中国分体文学史

诗歌卷

第三版

赵义山 李修生 主编

上海古籍出版社

图书在版编目(CIP)数据

中国分体文学史. 诗歌卷 / 赵义山,李修生主编;
周啸天等著. — 3 版. — 上海:上海古籍出版社,
2014.9 (2024.12 重印)
ISBN 978-7-5325-7378-3

Ⅰ.①中… Ⅱ.①赵… ②李… ③周… Ⅲ.①中国文
学—文学史—高等学校—教材②诗歌史—中国—高等学校
—教材 Ⅳ.①I209

中国版本图书馆 CIP 数据核字 (2014) 第 183478 号

国家级汉语言文学专业综合改革试点项目系列教材

中国分体文学史
诗 歌 卷
（第三版）

赵义山　李修生　主编

上海古籍出版社出版发行

(上海市闵行区号景路159弄1-5号A座5F　邮政编码201101)
　　(1) 网址:www.guji.com.cn
　　(2) E-mail:guji1@guji.com.cn
　　(3) 易文网网址:www.ewen.co
启东市人民印刷有限公司印刷
开本 850×1168　1/32　印张16　插页2　字数394,000
2014 年 9 月第 3 版　2024 年 12 月第 6 次印刷
印数:6,451—7,550
ISBN 978-7-5325-7378-3
Ⅰ·2846　定价:52.00 元
如发生质量问题,读者可向工厂调换

本 卷 主 编

赵义山　　李修生

本 卷 著 者

上编　诗
　　　周啸天
中编　词
　　　孙克强(第一章 1、2 节,第二、三、四章)
　　　李克和(第一章 3~7 节,第五、六章)
下编　散曲
　　　赵义山

《中国分体文学史》编著人员简介

（以姓氏笔画为序）

主　编

李修生　北京师范大学教授

赵义山　四川师范大学文学院首席教授、文学博士

著　者

万光治　四川师范大学教授

王立言　北京师范大学副教授

王旭川　上海师范大学副教授、文学博士

王琦珍　江西师范大学教授

石育良　中山大学副教授、文学博士

刘坎龙　新疆教育学院教授

刘明华　西南大学教授、文学博士

刘烈茂　中山大学教授

孙克强　南开大学教授、文学博士

李汉秋　《前进论坛》杂志社主编、教授

李克和　佛山大学教授

李修生　北京师范大学教授

张大新　河南大学教授

苗怀明　南京大学教授、文学博士

周国雄　华南师范大学教授

周啸天　四川大学教授

赵义山　四川师范大学文学院首席教授、文学博士

曹明纲　上海古籍出版社编审

路应昆　中国传媒大学教授、文学博士

熊宪光　西南大学教授

重订说明

　　本书是在跨入新世纪的第一年(2001年)初版的。2011年,本书又被列入四川省高等教育"十二五规划重点教材"。在过去的十多年中,本书共印行十多万册,除了被一些社会读者使用之外,主要被用作高校教材。在不同的学校,其使用情况也各不相同,但大体不出以下几种情况:一、用为高校中文本、专科教材;二、用为中文成人教育专升本教材;三、用为中文专业研究生教材;四、在以上几个层次中,有的用本书全套作为必修课教材,也有的用本书中的一册或几册作为选修课教材。总之,本书几乎适应了高校中文专业各个层次、各种类型的教学需要,得到了学界的关注。

　　本书的编撰,当年是有很强的针对性的,那就是在文学史研究和教学中,文学性被泛化甚而悬置的问题越来越突出,因此,本书的出发点是立足文学本位,目标是回归文学本体;同时,力图寻绎中国文学发展的独特路径,保存自身民族传统特质。但这不是短期可以实现的,是在文化建设中,学界长期的目标。本书具体的操作策略是分体叙述,增加一般文学史著作所缺少的各体文学体式结构和基本特征方面的内容,注重各体文学演变的历史脉络和文体批评,于是,在林林总总的文学史著作中,它便有了自己的一些特色,这也是它能赢得读者,从而顽强生存十多年的根本原因。

　　转眼间十多年过去了,即便从2007年我们首次修订此书至今,也又过去六七年了,学术又有发展,有一些新的研究成果问世,为了及时吸纳一些新的成果,也为了再次弥补某些遗憾,我们在2007年版的基础上再次进行了修订。本次修订的内容主要包括以下几方面:

一、重新检核引文及书中的人名、书名、地名、年号及作家生卒年等。

二、改正某些行文疏漏或笔误。

三、审订作家、作品评价分寸的把握。

四、更换个别代表作品。

五、适当吸纳一些新的研究成果。

六、对原列参考文献作一些调整或增补。

需要特别说明的是,为避免改版太多,以上几方面的重订也只能是局部的,因而,本书难免还存在这样那样的问题,我们衷心希望使用该书的广大师生和读者朋友们能继续提出宝贵意见。

十多年的时间,在人类历史的长河中不过一瞬,回忆十多年前各位撰著者的通力合作,教育部组织的鉴定专家们的充分肯定和热情鼓励,以及南北学界同仁在使用本书中所给予的关注与厚爱,总令人愉快和感动。但在本书撰著者个人的人生经历中,却不免有些沧桑之感了。小则工作单位变动,职务升迁,或已退休离职,此不待言;大则文存世间,身已鹤化,则不禁令人感叹唏嘘!在此,我们谨表深切的缅怀与悼念!

本次的修订工作,得到了上海古籍出版社、四川师范大学教务处和文学院等单位领导的大力支持,谨致衷心谢忱!

赵义山执笔　李修生修订

2014年5月

修订版弁言

此书2001年6月初版。六年多来,它在全国部分高校被一直使用着。在使用过程中,同行朋友们和作者自己也陆续发现了一些问题,经与大家商议,并征得上海古籍出版社的同道,我们开始本书的修订工作。按原计划,本想进行一次大规模的全面修订,但因为时间较紧,大家工作任务繁重,而且不少问题还有待学术界进一步深入研究,最终还是只做了局部的修订工作。

每当回首编写此书时各位朋友合作的难忘岁月,每当想到学界师友们长期以来所给予的关心和指教,心里总觉得十分温暖。此书出版之初,教育部有关部门曾组织中国社会科学院、北京大学、北京师范大学、南开大学、南京大学、首都师范大学等单位的同行专家对该书进行鉴定,鉴定座谈会于2001年9月12日在北京师范大学召开,学者们对该书给予了充分肯定。其后不久,还有一些专家在报刊发表评价文章。如中国社会科学院吕薇芬研究员曾在《光明日报》发表评论说:

> 《中国分体文学史》是近年出版的文学史中很有特色的一部。其年代自先秦至晚清,而其编纂方法则依文学体裁及其发展历史作为板块结构。它是一部在文学史整体意识观照下可分可合的文学史,它的构架具有创新性,为文学史的编写工作提供了新思路。这一构架是在"回归文学本位"这一明确的文学史观的指导下完成的,它着眼于文学作为一种艺术

美文的本质特征和其自身的发展规律。

诚如吕薇芬先生所言,本书是在"回归文学本位"这一思想的指导之下完成的。在同一时期,或稍后一段时间,也有一些专家撰文讨论"文学本位"的问题。我们之所以倡导"回归文学本位",是有鉴于此前的文学史著作编写大多立足历史本位并从社会史的角度阐释文学,希望有所突破,希望在高校的文学史教学中能够多一种选择,希望在文学史研究中能够多一种视角。也许,我们所追求的目标并没有完全做到,但这种追求,得到了不少同行朋友们的关注和认同,正因为如此,本书在六年时间里能够被多次印刷,并在南北各地一些高校的课堂里获得了老师和同学们的欢迎。

六年过去了,我们一直在不断地思考,中国文学史的研究和教学,是立足历史本位好,还是立足文学本位好?还是应该以一种更加开放的心态容纳各种模式和各种体例的同在共存?如果说,既然叫做文学史,立足文学本位就是天经地义的事,那么,本书似乎便有足够的理由得以继续发生影响;如果说,文学史的研究和教学,理应有多种模式和多种选择,那么,本书作为有自己特色的一种新的模式,也就自然有它存在的意义和价值。正因为这样,我们有责任广泛收集读者朋友们的意见,加以修订,并吸纳新的成果,不断提高其学术质量。前面说过此次修订只是局部的,其修订内容主要包括:一、引文的再次校对;二、某些评价分寸的审核;三、部分新成果的吸纳。至于内容结构,一般不做重大调整。经过此次修订,希望某些瑕疵得以消除,某些疏漏得到弥补,部分内容的准确性和科学性,以及学术质量,也将有一定的提升。在此,我们谨向给我们提出各种问题的朋友致以最诚挚的谢意!并衷心希望各位读者朋友继续提出宝贵意见!

赵义山执笔　李修生审订

2007 年 12 月 10 日

前　　言

一

　　二十世纪以来,文学史著作的编写,随着古典文学研究现代化的进程而发展,它的演变,与古典文学研究的基本观念、理论和方法的变化紧密联系在一起,又大都与高等学校文学史教学的状况相一致。近20年来,学术思想尤为活跃,产生的著作更多,并逐步表现出体现文学本位和中国文学民族特点的意图。

　　但是,人们对现有文学史著作仍不太满意,觉得从总体架构上看仍变化不大。至少在两个方面基本未变:第一,大致按朝代顺序划分成几个段落进行叙述的总体框架基本不变;第二,在每一个段落中,依照"一代有一代之文学"的指导思想来选择主要的叙述对象基本不变。因为这两点,我们可以从一部文学通史中看到某一历史时期文学的主要面貌,但却难以看到某一文体盛衰兴亡的全过程;可以看到某一时期社会文化对文学的影响以及文学对社会文化的反映,但却较少看到文学自身的艺术构成。说到底,是没有真正立足文学本位,而是有意无意地站在了历史本位;是历史本位主义而不是文学本位主义。努力突破历史本位而回归文学本位,这是我们编写此书的根本出发点。

　　在这项工作开始之前，我们就首先明确要求自己是立足文学本位来研究社会文化中的文学，而不是立足于社会历史来研究文学中的社会文化。即使在文学史的研究中还可以继续运用社会学和历史学的方法，但应当注意在从社会历史出发之前就必须想到最终要落脚到文学。诚然，文学作为一种社会文化现象，研究者原本可以从不同的立场出发，从不同的角度去研究，对其发展历史也可以从不同的角度去描述，历史学家可以立足历史学去研究，社会学家可以立足社会学去研究，心理学家可以立足心理学去研究，但这与文学家立足文学本位而运用历史学、社会学或心理学的方法来研究文学是两回事。这两者之间最本质的区别在于：前者可以忽略文学作为一种艺术美文的本质特征，而后者必须着眼于这种本质特征。

　　其次，我们要求自己必须主要着眼于文学作为一种艺术美文的本质特征，着眼于文学自身的特点和规律，而不是主要着眼于跟文学相关的其他社会文化现象。因为只有着眼于文学作为一种艺术美文的本质特征，才是真正立足于文学本位；换过来说也一样，即真正立足于文学本位的研究，必然会着眼于文学作为一种艺术美文的本质特征。比如，如果认为"文学是语言的艺术"，研究者可以从语言的角度研究文学作品中语言的组织、语言的特征、语言同意象展示、意境构成、形象塑造和情感表达的关系，以及语言变迁对于文学发展的影响等等；再比如，如果认为"文学是情感的艺术"，研究者可以从情感的角度研究文学作品中情感的内涵、情感的特征、情感的表达等等；又比如，如果认为"文学是形象的艺术"，研究者可以从形象的角度研究文学作品中形象的构成、形象的意蕴、形象的塑造、形象的演变和发展等等；又比如，如果认为"文学是作家心灵的艺术"，研究者可以从作家主体的角度研究文学作品中作家心灵的表现、作家的心路历程、从作家心灵中倒影出的社会人伦等等。总而言之，只有立足于文学本位，着眼于文学作为一种艺术美文的本质特征,文学史的编写才能突破由历史本位主义所形成的长期影响我们的定式而处于一种全开放的态势,文学史著作的编写也才能异彩纷呈。只有在这种情况下,文学史的教学也才能有更多的选择,只有在具备多种选择的前提下,才能真正培养出具有不同学风的创新型文学人才。

二

以上就总体的指导思想而言。具体如何操作? 我们认为,就立足文学本位而言,依文体来划分论述的板块结构,或许比按时代划分要更为合理。这是因为,按文体分类描述,不仅可以集中论析某一文体的体式特征和艺术构成,而且可以不间断地描述某一体式的文学产生、发展、兴盛、衰落的全过程,由此而真正展示属于"文学"的"史"。当然,世间万事万物,总是利弊共存。按照这种方式架构,优长如上,但似有两个弊端:其一,难以像传统的文学史著作那样,在一个相对完整的单元里集中看到某一历史时期文学的全貌;其二,对于众体兼擅的作家,一个人的创作,要被分散到多处去叙述,这又难以在一个相对完整的单元里集中看到某一作家文学活动的全貌。对于其一,我们认为,是一个不同的立足点问题,为什么就一定要立足于历史的"一代"而不可以立足于文学的"一体"呢? 因此,这一点或许不是什么弊端。对于其二,虽真属弊端,但是,在中国文学史上,才兼众体而且各方面都取得很高成就的作家,毕竟较少,而各有偏长独至的是绝大多数,而且,寻求一些补救方法,又照顾众多文体的系统性,也还不是不可能的。因此,我们选择了按文体划分论述板块的结构模式。

那么,文体如何划分? 如按人们习惯的诗歌、散文、戏曲、小说四分法来分,面对中国古代丰富多样的文学形态,似又太粗;如果按梁代刘勰《文心雕龙》、明代徐师曾《文体明辨》那样来分，则又太细，而且内中有不少非文学的体类。经再三考虑，我们认为，既应立足于中国古代文学丰富多样的形态特征，又应照顾到现代人相沿已久的分类习惯，因此决定分诗、词、散曲、散体文、赋、骈文、文言小说、话本小说、白话章回小说、杂剧、南戏与传奇、乱弹等12体，并将诗、词、散曲合编为"诗歌卷"，将散体文、赋、骈文合编为"散文卷"，将文言小说、话本小说、白话章回小说合编为"小说卷"，将杂剧、南戏与传奇、乱弹合编为"戏曲卷"，而总名之为《中国分体文学史》。

就论述范围而言，作为完整的中国文学发展史，理应包括批评在内，但考虑到中国文学批评史这一学科已基本独立，因此，对《文心雕龙》、《诗品》等文论著作，本书就未再列入论述范围。

就时间界限而言，本书所论，为远古到清朝灭亡（1911）的中国文学，包括人们习惯上所说的中国古代文学和中国近代文学，为避免繁冗，因略为今名。

对于每一种体式的文学发展历史，我们要求的描述原则是：

第一，文体变化与作家创作相结合。在对各体文学发展历史的描述上，以文体发展演变为经，以时代思潮和作家创作为纬，力争对每一文体的孕育产生、发展演变及体式特征做清晰的叙述，把对重要作家创作成就的介绍与文体的发展演变和时代思潮的变化紧密结合，力争将某一文体盛衰兴亡的历史过程、时代思潮的影响和作家创作的心路历程结合观照，以呈现中国各体文学发展变化的历史全貌。

第二，史的论述与作品选讲相结合。对每一种文体，在论述其发展演变、体式特征和作家创作时，适当征引一些经典性作品，把文体发展史的勾画、文体特征的揭示和作家创作的评述与作品的选讲有机结合。征引原作的比例，根据文体的不同，多少不等，一般要占到20%～30%的篇幅。尽管这样做比较费事，但可以避免游谈无根,做到"得鱼"而不"忘筌"。

第三,坚持实事求是原则。在对作家作品及有关文学现象进行评价时,既尊重历史事实并顾及前人的阅读体验,尽量做到客观公允,又力求站在新的时代高度,写出以扎实材料作基础的新意,表现出学术个性。并注意吸收学界的研究成果。

第四,对兼擅众体的作家,既避免遗漏,又力避重复。我们的处理原则是:如同一重要作家在同一卷中的各编中出现,则在其首次出现的一编中介绍其生平并论述其相关的创作,其后各编一般只着重论述其某方面的创作情况。

此外,本书在每章的末尾列出了一些思考题,以便读者掌握该章的要点;在每编的末尾列出了主要参考文献,包括原著与理论著述,或重要的工具书、资料书等。这样做的用意,是为初学者提供一个阅读指南,为深入研究者提供一些帮助。

以上算是对本书具体的编写原则和方法做了一个大致交代。

三

对于编写文学史,学界普遍认为,专家个人独著,要比多人合著效果好。这是因为,对于全局的把握,对于上下内容的贯通和衔接,对于前后左右的联系与呼应,对于描述详略的处理等等,一个人肯定要比一班人容易驾御。但是,从实际情况看,以区区一人之力,既要遍览三千年之文学典籍,又要精熟各种文体之特征,然后去粗取精,含英咀华,成巨著宏裁,又谈何容易!

怎样既充分发挥专家的优长,又充分利用集体合作的优势?换言之,即怎样在集体合作中让各位专家的特长得到充分发挥,最终相得益彰?或许,本书的架构在这方面也算一种尝试。我们约请的各编作者,大多是对某一文体有专门研究且有一定建树的学者,由他们分别来叙述自己所熟悉的某一文体产生、发展、演变、衰亡,比起按时代分段以后由多人来叙述一体,更容易前后贯通衔接。在对每一文体发展史的描述上,我们也只是提出全书总的指导思想和一些大的编写原则,以及一些基本体例,至于各编的具体架构,章节安排,因为体式各异,理应有一些细部的差别,为此,则充分尊重各位专家的意见,基本由各位专家根据实际情况去谋篇布局,这样,也就充分发挥了各位专家的研究特长,基本展示了各位专家的学术个性。因此,本书既可以说是个人的,也可以说是集体的,是个人智慧与集体力量的结合。

参加本书编写的共有全国9省市13院校以及有关单位的20位专家学者。具体分工是:

诗歌卷

上编"诗":周啸天(四川大学)

中编"词":孙克强(河南大学)、李克和(佛山大学)

下编"散曲":赵义山(佛山大学)

散文卷

上编"散体文":熊宪光(西南师大)、刘明华(西南师大)

中编"赋":万光治(四川师大)、曹明纲(上海古籍出版社)

下编"骈文":王琦珍(江西师大)

小说卷

上编"文言小说":石育良(中山大学)

中编"话本小说":王立言(北京师大)

下编"章回小说":刘烈茂(中山大学)、刘坎龙(新疆教育学院)、苗怀明(南京大学)、李汉秋(《前进论坛》杂志社)、王旭川(上海师大)

戏曲卷

上编"杂剧":张大新(河南大学)、李修生(北京师大)

中编"南戏与传奇":周国雄(华南师大)

下编"乱弹":路应昆(中国艺术研究院)

全书统稿工作,《诗歌卷》和《散文卷》主要由赵义山负责;《小说卷》和《戏曲卷》主要由李修生负责。全书格式的整合统一工作,主要由赵义山负责。

此书如期完成,与参加编写的各位专家全力投入和通力合作是分不开的,与佛山大学和上海古籍出版社的支持是分不开的,与各位责任编辑的尽心尽力是分不开的。还必须提到的是,在全书统稿工作进入关键时刻,佛山大学人文学院中文系教师郑小宁、吴宝祥、万伟成、贺仁智等先生以及田欣欣、文春梅等女士,他们为本书部分资料的查对、核实、录入等,做了大量工作;还有佛山大学中文系的不少学生也为文稿的录入积极出力。方方面面的雅意高情,以及各位友人为此书面世所付出的辛劳,我们谨在此致以最诚挚的谢意!

因为多种原因,实际的效果离我们的愿望还有一定距离。由于时间较紧,水平有限,缺点错误,也在所难免。我们热忱希望学界同仁和读者朋友不吝批评指正。

赵义山执笔　李修生审订
2001.5.1前夕

目　录

中编 词

下编 散曲

上编　诗

第一章　诗的产生到四言诗
——原始歌谣和《诗经》

诗是中国文学史上最为源远流长的文学样式之一。从诗体发展的角度看,近体诗运动的完成,为中国诗史划出了一条分界线。在此以前,为诗体的演化发展阶段:从原始歌谣起,中国诗体之句式由二言、三言、四言、杂言,而五言、七言,体制由古体而近体,经过长期的演变,最终是五七言古近体诗成为百代不易之体。在近体诗运动完成以后,是诗体全面成熟并进一步分化整合的阶段:统而言之,是五七言古近体诗相互渗透和影响,具体到个别作家,在诗体的运用上或各有偏长独至,但从总体上讲,五七言古近体诗在各个时代基本上呈协调发展之势。

本编前三章,从《诗经》到八代诗,即新体诗运动完成以前的部分,在论述上侧重于分体;后四章,从唐代至近代部分,即新体诗运动完成以后,在论述上侧重于整合,但通过具体作家的评介,仍可见出各体诗歌发展的不同脉络。

第一节　诗的产生:原始歌谣及其他

一、原始歌谣与劳动节奏

中国诗史的长河,向上可以追溯到原始歌谣。人们一般认为,语言和语言艺术起源于人类最早的实践活动,首先是劳动。一般的情况是,由劳动节奏而产生了音乐,由音乐产生了歌词。《广雅》说:"声比于琴瑟曰歌。"《尔雅》说:"徒歌谓之谣。"歌谣一词,也反映了诗与乐同源的关系。

古代劳动者即有"举重劝力之歌"(《淮南子·道应训》),用来协调节奏,统一步伐,减轻劳动强度,这就是较早的歌谣。鲁迅说:"我们的祖先原始人,原是连话也不会说的,为了共同劳作,必须发表意见,才渐渐的练出复杂的声音来。假如那时大家抬木头,都觉得吃力了,却想不到发表。其中有一个叫道'杭育杭育',那么这就是创作。……倘若用什么记号留存了下来,这就是文学;他当然就是作家,也是文学家,是'杭育杭育派'。"(《且介亭杂文·门外文谈》)

诗歌的构成因素之一是节奏。"杭育杭育派"的歌谣,其节奏来源于劳动的动作步调以及劳动工具所发出的声音,所以简洁明快,大体上两音一顿或一音一顿。这可以用来说明最早的诗歌句式何以是二言、三言的缘故。

原始宗教活动也是人类较早的实践活动。原始人渴望通过语言的力量来克服自然灾异和敌害,有一些歌谣即出自原始人的咒语:

> 土反其宅! 水归其壑! 昆虫毋作! 草木归其泽!(《礼记·郊特牲》)
>
> 神北行! 先除水道,决通沟渎。(《山海经·大荒北经》)

"土反其宅"一首是一位叫伊耆氏的部落长举行蜡(zhà 诈)祭的祝辞,"神北行"一首是驱除旱魃的咒语。诗与原始宗教的渊源关系,在《诗经》如《大雅·生民》、《商颂·玄鸟》一类反映先民部族远祖崇拜的作品中,也有一定程度的反映。

《诗经》以前的原始歌谣,大都收集在杨慎《风雅逸篇》、冯惟讷《风雅广逸》及《诗纪》前集 10 卷《古逸》里,此外,还有学者指出《易经》每卦的爻辞都引用了几句古歌的歌辞。以上文献中,载有一些以二言或二言为主的句式构成的歌谣,如:

> 断竹,续竹,飞土,逐宍。(《吴越春秋·弹歌》)

《吴越春秋》虽成书于东汉,但它引用的这首《弹歌》,从语言和内容上看,很可能是从原始时代流传下来,文本是由后人写定的。诗中反映了原始社会的狩猎生活。至于《易经》,其中征引的古歌谣,二言句更多。

> 屯如,邅如。乘马,班如。匪寇,婚媾。(《易经·屯卦·六二》)
>
> 乘马,班如。泣血,涟如。(《易经·屯卦·上六》)

《屯》卦爻辞引用的歌谣,其生活内容当是原始部落"抢婚"的古老风俗。以上原始歌谣,大体二言一句,句自为顿,音调短促,节奏明快。以后,歌谣句式以二言为基础,发展成每句两顿,即四言句式,乃是一种自然的趋势。

三言句式,在古歌谣中也很习见。从逻辑上讲,它的产生当后于二言句式。

> 不克讼,归而逋。其邑人,三百户。(《易经·讼卦·九二》)
>
> 不克讼,复即命。(《易经·讼卦·九四》)

《讼》卦爻辞引用的歌谣当出自一首古老的诉讼之歌。这里值得注意的是,三言句式虽然只多出一字,其韵味与二言句式却完全不同。因为它不但每句由两顿构成,形成上二下一或上一下二的节奏,即派生出一个单音的顿,其时值却与双音的顿相当,所以读来较为抑扬好听。总之,二言、三言句式是韵味不同的两种简单句式,因为太简单,单由这两种句式构成的诗体,未能为后世普遍采用,然而它们却是四言句式和汉语诗歌更为重要的五、七言句式的基础。五、七言句式分别是由二三或二二三的节奏构成的,它们都兼容了二言、三言这两种简单句式的韵味,从而更为悦耳。

二、诗与乐及舞的联体共生

诗歌产生之初,与音乐和舞蹈密切结合。"帝(舜)曰:'夔,命女典乐,教胄子。……诗言志,歌永言,声依永,律和声,八音克谐,无相夺伦,神人以和。'夔曰:'於,予击石拊石,百兽率舞。'"(《尚书·尧典》)"昔葛天氏之乐,三人操牛尾,投足以歌八阕。"(《吕氏春秋·古乐》)而将诗、舞、乐这三种古老艺术紧密结合在一起的纽带,便是节奏。诗、舞、乐因节奏而协调,而互补。

从《尚书·尧典》可知,诗与乐很早就发挥着抒情言志和教育人的作用。在尚未发明文字的时代,诗依靠乐而得到广泛传播,那时,诗就是歌,即声诗。产生于民间的声诗,不但合乐演唱,而且配合舞蹈,以集体歌唱为主。为了易唱易记,一般篇幅较短,以反复歌唱为常。于是形成了中国古代诗歌相对古希腊史诗,以短篇为主、以抒情为主的民族特色。

在中国古代,从原始歌谣、《诗经》、汉乐府,直到词曲,声诗的发展源远流长。而随着文字的发明,诗可以被记录,供识字者阅读,便逐渐发展出脱离音乐而独成部类的诗。诗与乐的主要区别在于,后者重在以声为用,前者重在以义为用。诗与声诗的主要区别在于,后者更属于听觉,而前者更偏重意味,它的容量更大,也更深沉。

总而言之,在中国古代,诗与乐的关系有分有合,从诗到词曲,分的时候固然多,合的时候也不少。当一种诗体产生民间时,最初与音乐都有密切关系,随后由于文人参与创作,使之得到发展和定

型,其创作逐渐与音乐分离,产生纯诗。纯诗与声诗并行而不悖,
此起彼伏,贯穿着整个中国诗史。

第二节　四言诗与《诗经》的类型和结构程式

一、《诗经》的成书及其分类

关于原始歌谣,限于材料,具体情况难详。到了周代,随着音
乐的发展,诗歌创作出现勃兴局面,诗人遍及于朝野,并有了献诗
(《国语·周语》:“故天子听政,使公卿至于列士献诗,瞽献曲,史
献书,师箴,瞍赋,矇诵,百工谏,庶人传语,近臣尽规。”)、采诗
(《汉书·食货志》:“孟春之月,群居者将散,行人振木铎徇于路以
采诗,献之太师,比其音律,以闻于天子。”)等制度,中国文学史上
第一种诗体四言诗,也完全成熟,并由此产生了我国最早的一部诗
歌总集《诗经》,其最早的文本当成于周代乐官太师之手。

《诗经》选录了西周初年至春秋中叶约 5 个世纪间的 305 篇
诗歌,原只称“诗”,或举其成数,称“诗三百”。孔子是有功于《诗
经》传播的第一人,他采用“诗三百”作为教学的课本,训示学生
道:“小子何莫学乎诗?诗可以兴,可以观,可以群,可以怨。迩之
事父,远之事君。多识于鸟兽草木之名。”(《论语·阳货》)到汉代
独尊儒术时,始称“诗经”。

汉代传习《诗经》的有鲁、齐、韩、毛四家。鲁诗因鲁人申培而
得名,齐诗出于齐人辕固生,韩诗出于燕人韩婴,毛诗的传授者是
大小毛公即毛亨、毛苌。鲁、齐、韩三家诗出现较早,西汉时已立于
学官。毛诗晚出,东汉时方立于学官,却后来居上,逐渐普及,余书
遂尽废。据最新整理出的战国竹简表明,在秦汉以前,诗的篇目、
顺序以至用字,都与毛诗不尽相同。但从东汉至今,通行的《诗
经》,即是毛诗。本编所述,仍以毛诗为据。

在毛诗中,诗篇是按风、雅、颂三大类编排的。这种分类原则及风、雅、颂的本义,自古学者说法不一。后世渐趋一致,普遍认同的意见是:这种编排和分类的依据是音乐。

周王朝重礼治,为了以伦理道德规范来维持巩固现存秩序和宣扬王朝声威,同时为了满足贵族声色享乐的需要,举凡祭祀、朝会、征伐、狩猎、宴请等活动,都要举行一定的仪式,这些仪式需要用音乐来制造气氛,故制礼和作乐的联系是十分紧密的。周王朝设有专职的乐官:太师,相当于汉代乐府机关中的协律都尉。其职责是编写乐曲,指导乐队,培养学生。太师在编写乐章时,须参考各地现成的民乐,因而收集整理民间音乐的曲词,也是他们经常性的工作。国风的采集和整理,主要依靠他们。

《周礼·春官》有"太师教六诗"、"以乐语教国子"之说。《诗经》就很可能是太师出于教学需要,为国子们选定的一种课本。风诗大多是民间无名氏的作品,雅诗中较多文人之作,但绝大部分诗篇作者已不可考。可以认定的知名作者,仅有许穆夫人、嘉父、寺人孟子、芮伯、尹吉甫等屈指可数的几人。

《诗经》是一部声诗,宋代学者郑樵在《通志》序中提出:风土之音曰"风",朝廷之音曰"雅",宗庙之音曰"颂"。这种说法可以采信。

风,又称"国风"(汉以前称"邦风"),国既指诸侯国,也指方域,国风是京都外各地地方音乐。《诗经》共有 15 国风:周南、召南、邶风、鄘风、卫风、王风、郑风、齐风、魏风、唐风、秦风、陈风、桧风、曹风、豳风。《国风》的名称,多是当时诸侯国名,如郑、齐、魏等;有的是地域名称,如《二南》,所收乃南方汝、汉流域一带乐曲,豳是周人发祥地(今属陕西),王指平王东迁后的国都地区即洛邑(今属洛阳)。《国风》共 160 篇,大部分是民歌,收集的途径是采诗。

雅,是正的意思,雅乐就是正乐,是相对于地方乐调而言。周天子建都的王城,是全国的政治文化中心,把王畿之乐称为正乐,是出于尊王的观念。雅分《大雅》、《小雅》,大约与产生的时代相关。《小雅》中的诗在时代上比《大雅》晚,风格上比较接近《国风》,可能是受到《国风》影响的缘故。《小雅》中还有六篇"笙诗"——《南陔》、《白华》、《华黍》、《由庚》、《崇丘》、《由仪》,有目无辞,当是未配歌词的乐曲。雅诗多是贵族文人所作,收集的途径是献诗。雅诗中也有一部分民歌。雅诗共 105 篇,其中《大雅》31篇,《小雅》74 篇。

颂,据阮元考证,颂即容,也就是舞容的意思,颂诗是祭神祭祖时用的歌舞曲辞。颂诗篇章较小,多数不押韵,而且不重叠。颂诗分《周颂》、《鲁颂》、《商颂》。《周颂》是周王朝祭祀宗庙的舞曲,《鲁颂》和《商颂》是春秋前期鲁国和宋国用于朝廷、宗庙的乐章。颂诗共 40 篇,其中《周颂》31 篇,《鲁颂》4 篇,《商颂》5 篇。

二、《诗经》的体式:四言诗

汉语诗歌有齐言和杂言之分,而一向以齐言为主。所谓齐言体,就是每句字数相等的诗体;杂言体,就是长短其句的诗体。从形式上讲,齐言体诗美在整饬,感觉是堂堂正正;杂言体诗美在错综,感觉是摇曳多姿。齐言体在汉语诗歌中的优势,有深刻的原因。简单地说,诗起源于歌,原本是唱的。而歌唱艺术是呼吸的艺术,一呼一吸,形成自然的节奏。呼吸作为一个生理过程,是通过呼和吸的交替和反复完成的。呼吸节奏,自然均匀,这是导致歌句大体整齐的自然的生理原因。此外,汉语一字一音,也容易体现整饬之美。

《诗经》成就了一种新的以齐言为主的诗体,那就是四言诗。四言诗是一种古体诗。古体诗的主要特点是每篇句数不拘,句式不求完全整齐。四言诗就是每句四字或以四字句为主的古体诗。《诗经》中多数诗篇每句皆为四言,相当整饬;大体偶句用韵,奇句

为出句,偶句为对句,自成唱叹。如《周南·关雎》:

> 关关雎鸠,在河之洲。窈窕淑女,君子好逑。
> 参差荇菜,左右流之。窈窕淑女,寤寐求之。
> 求之不得,寤寐思服。悠哉悠哉,辗转反侧。
> 参差荇菜,左右采之。窈窕淑女,琴瑟友之。
> 参差荇菜,左右芼之。窈窕淑女,钟鼓乐之。

此篇写男子对女方的恋情,诗中通过兴语的反复,将相思苦闷和执着追求之意写得人木三分。每句皆为四言,有一种整齐的美。

《诗经》的少数诗篇也间用杂言(除四言以外,从一言至九言)点缀其中,运用杂言的地方,或奇句为韵,或偶句为韵,较为灵活多变。如《鄘风·桑中》:

> 爰采唐矣,沫之乡矣。云谁之思?美孟姜矣。期我乎桑中,邀我乎上宫,送我乎淇之上矣。……

此诗通过男子的口吻,写一对恋人在桑林中相会,在社庙里同游,后来女方把男方一直送过淇河,字里行间洋溢着柔情蜜意。作者在以四言为主的句式中又插进五、七言句,在整饬中有错落,显出一种参差变化的美。

在原始歌谣中,二言、三言曾经是主要的句式,由此发展到《诗经》的四言句式,这一方面因为汉语语言的发展由简单渐趋复杂,产生出更多的双音词,二言、三言句式已不能完全适应组词成句的需要,四言句式自然应运而生;另一方面,二言句式,只有一个音步(每句一顿),节奏短促单调,随着语言和音乐的发展,诗歌由每句一个音步,发展到每句两个音步,诗句由每句二言增加到四言,也是一种必然的趋势。从二言到四言,看起来只有一步之遥,但实际上却有一个相当长的发展过程。

三、《诗经》的结构程式：重章叠咏

诗三百篇，大体配乐歌唱，一篇诗往往由数章组成，每章句数或同或异。特别是在《国风》和《小雅》中，由数章组成一篇的重章叠咏，非常普遍，可看作是《诗经》结构上的一种基本程式。所谓重章叠咏，是指诗的基本内容在前章中已得到表现，以后各章只在前章的基础上适当改变一些字句，由此构成以章为单位的重叠歌咏。

重章叠咏的方式主要有三种。一是易辞申意：每章歌词大体相同，只在某些地方更换一两字略寓变化。如《陈风·月出》：

> 月出皎兮，佼人僚兮，舒窈纠兮，劳心悄兮。
> 月出皓兮，佼人懰兮，舒忧受兮，劳心慅兮。
> 月出照兮，佼人燎兮，舒夭绍兮，劳心惨兮。

这是一首恋歌，主要的意思在第一章已经说完，后两章几乎是第一章的重复，其句数、字数和句法结构都完全相同，只是每句改换一、二字面，易辞申意而已。

二是循序推进：在易辞申意时，改换的字在程度上有推进，使诗意逐渐加深。如《王风·黍离》：

> 彼黍离离，彼稷之苗。行迈靡靡，中心摇摇。知我者谓我
> 心忧，不知我者谓我何求？悠悠苍天，此何人哉？……

此诗描写周大夫感慨周室的衰微，其首章兴语"彼稷之苗"，在第二、三章中分别变为"彼稷之穗"、"彼稷之实"，就有递进诗意，深化抒情的作用。

三是加"副歌"的叠咏：诗篇在作部分叠咏变化时，各章有几句歌词完全相同，相当于当代歌曲中的"副歌"。这相同的几句歌词，有的放在末尾，如《周南·汉广》：

> 南有乔木，不可休思。汉有游女，不可求思。汉之广矣，

不可泳思。江之永矣,不可方思。

　　翘翘错薪,言刈其楚。之子于归,言秣其马。汉之广矣,
不可泳思。江之永矣,不可方思。

　　翘翘错薪,言刈其蒌。之子于归,言秣其驹。汉之广矣,
不可泳思。江之永矣,不可方思。

此诗用比喻和暗示写男子求偶失望,全诗共3章,各章后四句完全相同。也有的诗篇将这种类似于“副歌”形式的几句相同的歌词放在开头,如《豳风·东山》写征人在归返途中的念家,全诗共4章,各章开头都重复出现“我徂东山,慆慆不归。我来自东,零雨其濛”四句。

　　《诗经》中的重章叠咏,有的较规范,有的不甚规范。规范的叠咏,是指一篇中的各章全都叠咏,这是叠咏的主要形式,最常见的是三章叠咏,如《周南·桃夭》、《王风·黍离》、《魏风·伐檀》、《秦风·蒹葭》等;或两章叠咏,如《鄘风·柏舟》、《王风·君子于役》、《郑风·溱洧》等。不甚规范的叠咏,是指同一篇中,只有部分诗章叠咏。如《周南·关雎》共5章,其第二、四、五章叠咏;《周南·卷耳》共4章,后3章叠咏;《邶风·北门》共3章,第二、三章叠咏等。重章叠咏的产生,当与集体歌唱这一事实相关。为了尽兴,一首歌曲常须反复演奏多次;为了便于记忆,歌辞必须简单易记。乐曲反复演奏,每遍配合的歌词却不用新填,因为歌词的主要内容只要一段就已表达清楚,简单的作法是将已唱过的歌词加以反复,为了避免完全雷同,只需在某些部位约略改变一些字面以示变化。

　　要之,《诗经》中的叠咏方式相当丰富,读起来一唱三叹,大有助于抒情。叠咏形式提醒读者,这些诗原本是用来唱的,而不是写来看的。当诗写来看时,叠咏的形式也就自然消失了。

第三节　《诗经》的思想艺术造诣

一、周代社会生活的百科全书

《诗经》的内容极为丰富,称得上周代社会生活的一面镜子,或周代社会生活的百科全书。

我们的祖先很早就在黄河流域定居生息,至西周已发展了相当成熟的农业文明。社会财富的增殖,使中原的城市和商业也有相当规模的发展。"三河为天下之都会,卫都河内,郑都河南……据天下之中,河山之会。商旅集则货财盛,货财盛则声色臻"(魏源《诗古微》),诗歌音乐文化因此得到蓬勃发展。《诗》三百篇既广泛反映了周人农牧渔猎、婚恋风俗、建筑娱乐、徭役战争等各方面的生活状况,又生动地表现了他们的七情六欲及宇宙人生、伦理道德、历史文化与宗教民俗等各种观念。诗中活动的从天子贵族到农奴贱隶等形形色色的人物,展示了极为丰富的历史场面,从而成为周代社会生活的一面镜子。

《大雅》中《生民》、《公刘》、《绵》、《皇矣》、《大明》是一组堪称周民族史诗的重要作品。这五篇史诗从对后稷稼穑功业的歌咏,写到公刘的历史性迁豳;从古公亶父建设周原的热烈场景,写到武王的灭殷壮举;这些诗形象地反映了周部族的发祥、迁徙、发展、壮大,基本上属于颂歌。其中保存有一些神话传说,是研究古代社会的珍贵资料。如《公刘》是一首叙述周朝开国历史的史诗,歌颂周族远祖公刘由邰(今陕西武功)迁豳(今陕西旬邑)的英明。诗中写了这次历史性迁徙的准备,以及到达豳地后如何观察地形、定居垦荒、扩建新居等情况,相当生动。其中写公刘率部族抵达京邑,皆大欢喜的情况道:

笃公刘,逝彼百泉,瞻彼溥原。乃陟南冈,乃觏于京。京师之野,于时处处,于时庐旅,于时言言,于时语语。

后四句以相同句式,一连串叠字,从文字形式和音韵节奏上,都造成蓬蓬勃勃的气氛,传达了以公刘为首的周代创业者们的热情与难以抑制的激动。

《诗经》还描绘了周人参与生产斗争的极为恢宏的画卷,和农牧渔猎极其真切的情景。如《周颂·噫嘻》赞美成王重视农业生产,劝农力耕:"噫嘻成王!既昭假尔,率时农夫,播厥百谷。骏发尔私,终三十里。亦服尔耕,十千维耦。"《小雅·无羊》中描写放牧牛羊:"谁谓尔无羊?三百维群。谁谓尔无牛?九十其犉。尔羊来思,其角濈濈。尔牛来思,其耳湿湿。"《鲁颂·駉》中描写马匹繁盛:"駉駉牡马,在坰之野。薄言駉者:有骄有皇,有骊有黄。以车彭彭,思无疆,思马斯臧。"都形象地反映了当时生产力发展状况。另如《豳风·七月》:

> 七月流火,九月授衣。一之日觱发,二之日栗烈。无衣无褐,何以卒岁。三之日于耜,四之日举趾。同我妇子,馌彼南亩,田畯至喜。
>
> 七月流火,九月授衣。春日载阳,有鸣仓庚。女执懿筐,遵彼微行,爰求柔桑。春日迟迟,采蘩祁祁,女心伤悲,殆及公子同归。
>
> 七月流火,八月萑苇。蚕月条桑,取彼斧斨,以伐远扬,猗彼女桑。七月鸣鵙,八月载绩。载玄载黄,我朱孔阳,为公子裳。
>
> 四月秀葽,五月鸣蜩。八月其获,十月陨萚。一之日于貉,取彼狐狸,为公子裘。二之日其同,载缵武功。言私其豵,献豜于公。
>
> 五月斯螽动股,六月莎鸡振羽。七月在野,八月在宇,九月在户,十月蟋蟀入我床下。穹窒熏鼠,塞向墐户。嗟我妇

子,曰为改岁,入此室处。

……

全诗88句,是《国风》中最长的诗篇,它就像奴隶主庄园一年生活的纪事长篇,基本上按季节月份先后,杂叙农时农事,包括每月虫鸟的更迭、草木的荣实、作物的生长和奴隶的作息,"天时、人事、政令、教养之道,无所不赅"(吴闿生《诗义会通》卷一)。但最基本的事实是,自正月至十二月,奴隶没有安逸休闲之一日,劳动时间之长,劳动强度之大,无以复加,而其一年到头辛勤劳动的成果大部分被奴隶主占有,全诗表现出阶级意识的觉醒。诗中通过物候描写表现节令的交替,充满了自然风光和浓郁的乡土气息。第二章先描绘春日转暖,黄莺歌唱的令人愉快的情景,然后在这个背景上写女奴的伤心事,就有以乐景写哀的反衬作用;第五章借对候虫动态的细致勾画,寥寥几笔,无寒字而寒气逼人,手法相当高明。

虽然在周代未发生急风暴雨式的阶级斗争,但在沉重的徭役和战争负担下,"夙夜在公"、"王事靡盬"一类发自社会下层的抱怨,风、雅诗中屡有所见。战争和徭役造成"内有思妇,外有旷夫"的社会问题,当时就成为诗歌的重要题材。如《王风·君子于役》:

　　君子于役,不知其期。曷至哉,鸡栖于埘。日之夕矣,羊牛下来。君子于役,如之何无思?……

此诗写女子思念长期在外服役未归的丈夫。诗由抒情到写景,再由写景到抒情,中间三句是很有意味的田园黄昏景色:夕阳西下,鸡已进窝,牛羊下山,所有的事物都找到了它自然的归宿,这与久役不归的君子形成对照,从而唤起了妻子对他的怀念和忧思之情,由此开启后来"闺怨"诗的先河。

还有的作品直接反映了阶级对立的社会现实,如《魏风·伐檀》写伐木者把砍下来的木材运到河边,面对泛着涟漪的河水,想到那些有钱有闲、不劳而获的大人先生们,心里感到愤愤不平,于是你一言我一语,对所谓"君子"冷嘲热讽,提出质问:

> 坎坎伐檀兮,置之河之干兮,河水清且涟猗。不稼不穑,胡取禾三百廛兮? 不狩不猎,胡瞻尔庭有悬鹑兮? 彼君子兮,不素飧兮!……

《秦风·黄鸟》控诉以活人殉葬这一奴隶制社会的野蛮习俗。关于子车氏三位大夫为秦穆公殉葬的事,《左传·文公六年》和《史记·秦世家》均有记载。诗以黄鸟可以自由自在地飞翔或栖息,从反面起兴。诗人对天呼号,要求还我三良,"如可赎兮,人百其身",紧扣前文"百夫之特",对三良之死深表痛惜,也是对野蛮的殉葬制度提出的抗议:

> 交交黄鸟,止于棘。谁从穆公? 子车奄息。维此奄息,百夫之特。临其穴,惴惴其栗。彼苍者天,歼我良人! 如可赎兮,人百其身。……

边塞、战争之作,既写戍边的战士长久回不了家乡的怨情,又写其保家卫国的责任感,至今读来令人感奋。如《秦风·无衣》:

> 岂曰无衣,与子同袍。王于兴师,修我戈矛。与子同仇!……

这首军歌中表现的是很强的国家民族意识,强调着一个共同的目标,强调着精诚团结步调一致,而这正是胜利的保证。语言单纯明快而有力,表现出军歌的本色。《小雅·采薇》也是一首较早的边塞诗,共6章,完整地展现了征人由久戍不归,以及归途痛定思痛的思想感情。诗的前三章主要表现久戍思归之情,紧接二章写军

旅生活,末章是全诗结穴所在,写戍卒在得归时转觉感伤:

> 昔我往矣,杨柳依依。今我来思,雨雪霏霏。行道迟迟,
> 载渴载饥。我心伤悲,莫知我哀。

东晋人亦以为这是《毛诗》中最佳之句(见《世说新语·文学》),清代王夫之评前四句是"以乐景写哀,以哀景写乐,一倍增其哀乐"(《薑斋诗话》卷上)。

涉及婚恋题材的诗篇,在《诗经》中占有很大的比重,约占总数的三分之一以上。爱情诗的产生,源于男女间的相思之情。远古文化史表明,原始人群居杂交,性欲易于满足,而涉及爱情的诗歌绝少。随着文明的发展,出现了性禁忌,通过社会自我调节机制而逐渐形成制度。到《诗经》时代,人们在政令许可的范围内仍享有有限的性爱自由,平时实行两性隔离。婚姻、家庭、私有制已经产生,"取妻如之何,必告父母"、"取妻如之何,匪媒不得"(《齐风·南山》)。礼教已通过婚俗和舆论干预生活,这时,爱情诗的大量产生,便不是偶然的了。

由于周人所受约束较后来封建时代为少,诗人们可以放歌那刺人心肠的爱的痛苦与欢乐,故《诗经》里的情歌在总体上表现出自由、坦率、淳朴的风貌。其间也有直率狂热的表白,如"求我庶士,殆其谓之"(《召南·摽有梅》)、"岂不尔思,畏子不奔"(《王风·大车》),但总体上却是昵而不亵,谑而不虐,乐而不淫,洋溢着健康的审美情趣。其中部分篇章,达到纯情的高度,且富有象征意蕴,成为爱情诗的绝唱。如《秦风·蒹葭》:

> 蒹葭苍苍,白露为霜。所谓伊人,在水一方。溯洄从之,
> 道阻且长。溯游从之,宛在水中央。
> 蒹葭凄凄,白露未晞。所谓伊人,在水之湄。溯洄从之,
> 道阻且跻。溯游从之,宛在水中坻。

> 蒹葭采采，白露未已。所谓伊人，在水之涘。溯洄从之，
> 道阻且右。溯游从之，宛在水中沚。

此诗意境特别空灵，它超越写实，而运用了象征手法。"溯洄从之"、"在水一方"云云，乃是追求执着、希望渺茫的象征。开篇展现出秋波渺渺、芦苇苍苍、露珠盈盈，一片清空旷远的河上秋色，对诗中所写执着追求、若即若离的爱情，是很好的烘托。

反映婚姻不幸与失恋痛苦的诗篇，构成《诗经》情歌的一个专题。由于社会及生理原因，不幸婚姻造成的痛苦，其承受者一般是女性。如《卫风·氓》：

> 氓之蚩蚩，抱布贸丝。非来贸丝，来即我谋。送子涉淇，
> 至于顿丘。非我愆期，子无良媒。将子无怒，秋以为期。
> 乘彼垝垣，以望复关。不见复关，泣涕涟涟。既见复关，
> 载笑载言。尔卜尔筮，体无咎言。以尔车来，以我贿迁。
> 桑之未落，其叶沃若。吁嗟鸠兮，无食桑葚。吁嗟女兮，
> 无与士耽。士之耽兮，犹可说也。女之耽兮，不可说也。
> 桑之落矣，其黄而陨。自我徂尔，三岁食贫。淇水汤汤，
> 渐车帷裳。女也不爽，士贰其行。士也罔极，二三其德。
> 三岁为妇，靡室劳矣。夙兴夜寐，靡有朝矣。言既遂矣，
> 至于暴矣。兄弟不知，咥其笑矣。静言思之，躬自悼矣。
> 及尔偕老，老使我怨。淇则有岸，隰则有泮。总角之宴，
> 言笑晏晏。信誓旦旦，不思其反。反是不思，亦已焉哉！

这是一首反映婚恋问题的诗，用女子控诉口吻写成。诗中写出了女主人公从婚前到婚后的生活变化，通过个案反映了被压迫妇女的勤劳善良和不幸遭遇。恩格斯说："历史上出现的最初的阶级对立，是同个体婚制下的夫妻间的对抗的发展同时发生的，最初的阶级压迫是同男性对女性的奴役同时发生的。"（《家庭、私有制和

国家的起源》)此诗就提供了一个形象的实例。诗中着重运用对比手法,如婚前"氓"的急情和女方的慎重,婚后女方的一心一意与"氓"的"二三其德"形成对比,使人物性格更加鲜明。全诗主要用赋,三四章兼用比兴,使诗歌语言更具形象性和精炼性。

礼教产生之初,作为一种道德力量,开始干预社会生活。礼教规范着两性行为,使青年男女逐渐丧失了恋爱自由,也有负面的影响,这在《诗经》中也有反映。如《郑风·将仲子》:

> 将仲子兮,无逾我里,无折我树杞。岂敢爱之,畏我父母。
> 仲可怀也,父母之言亦可畏也。……

此诗写一位热恋中的少女慑于舆论,劝心上人不要再跳墙幽会,内心充满痛苦与矛盾。"人言可畏"一语,即出本篇,可见舆论压力之大。

西周后期王政衰微,周天子的权力遭到削弱,诸侯各自为政,兼并无已,礼崩乐坏。"烨烨震电,不宁不令。百川沸腾,山冢崒崩。高岸为谷,深谷为陵"(《小雅·十月之交》),便是当时社会动乱、阶级升沉的形象写照。统治阶级中一些头脑清醒的人,超出了一己的休戚,而为王朝敲起警钟,谱写了一曲又一曲的哀歌。政治讽谕诗这样一个古代诗歌的重要品种诞生了,它们从不同角度干预政治,讽刺矛头直指执政大臣乃至天子,单刀直入,绝不顾忌。像《雅》诗中一些忧心君国、鼠思泣血之作,当是屈原的先声。如《小雅·北山》将统治阶级中两种人作对比:一方面是尽瘁于国事,一方面是赤裸裸的荒淫无耻,"是可忍,孰不可忍"之意,溢于言表。后12句两两对比,构成6组排比,揭露上层的腐朽,社会的不公,可以说达到了赋法的极致:

> 或燕燕居息,或尽瘁事国;或息偃在床,或不已于行;或不
> 知叫号,或惨惨劬劳;或栖迟偃仰,或王事鞅掌;或湛乐饮酒,

或惨惨畏咎;或出入风议,或靡事不为。

《雅》、《颂》诗中有一些诗篇用于祭祀与宴会,有的由盛赞美酒佳肴,而推广到赞美物产的丰富,有一定的认识意义:"鱼丽于罶,鲿鲨。君子有酒,多且旨。……物其多矣,维其嘉矣。"(《小雅·鱼丽》)用于祭祀的诗,多祈求福佑,歌功颂德,宣扬天命,粉饰太平,虽不可一概抹煞,然而"《颂》诗早已拍马"(鲁迅《伪自由书·文学上的折扣》),也是一个事实。

二、《诗经》的表现手法:赋、比、兴

《诗经》在艺术上有很高的造诣,有许多创造发明,成为后代作家学习和借鉴的典范,其影响于后世最大的莫过于赋、比、兴的表现手法。最早提出赋、比、兴概念的,是《周礼·春官》:"(太师)教六诗,曰风、曰赋、曰比、曰兴、曰雅、曰颂。"在这"六义"之中,风、雅、颂是诗的音乐分类,赋、比、兴则是诗的不同表现手法。关于赋、比、兴,前人有不同的概括。而以宋代李仲蒙之说为善:"叙物以言情,谓之赋,情物尽也;索物以托情,谓之比,情附物者也;触物以起情,谓之兴,物动情者也。"(胡寅《斐然集·致李叔易》引)

赋之"叙物以言情",主要是指直接叙述、抒情、写景、状物等手法。《诗经》多叙事之作,而抒情诗中也往往有叙事成分。所以,赋法的运用相当广泛。如《召南·野有死麕》写猎人和姑娘的幽期,《邶风·静女》写青年与牧女的密约,《卫风·硕人》写庄姜的出嫁,《卫风·氓》叙女主人公恋爱及婚变的经过,《豳风·七月》叙述农奴一年到头的劳动等等,或直叙其事,或直抒胸臆,无不以赋为主,层次清楚,详略得宜,并擅长描写,妙于形容。至于《小雅·北山》使用6组排比句,以揭露上层的腐朽,社会的不公,可以说达到了赋法的极致。

《诗经》中没有纯粹的写景之作,但诗中的抒情往往与写景相

结合,做到了情景交融。如《周南·葛覃》开篇写景:"葛之覃兮,施于中谷,维叶萋萋。黄鸟于飞,集于灌木,其鸣喈喈。"用一片富于生机的景色,烘托出女子归宁的愉快心情。还有前文所引《小雅·采薇》末章"昔我往矣,杨柳依依。今我来思,雨雪霏霏"的以景衬情,都是《诗经》中的千古绝唱。

《诗经》多对话描写。用第一人称叙事的诗,如《邶风·静女》、《卫风·氓》等诗,多属代言。用第三人称叙事的诗,也往往夹有对话的描写。诗中的对话颇肖人物性格,合于特定情景,如《召南·野有死麕》、《郑风·溱洧》。还有全篇由对话构成的"对话体诗",如《齐风·鸡鸣》、《郑风·女曰鸡鸣》。这种夫妻问答,大约是当时民歌的一种程式。

比之"索物以托情",即譬喻。对于诗歌,比喻的重要性超出一般的修辞手法,一个好的比喻往往能照亮一首诗。在《诗经》中,比有两种情况:一是通篇由譬喻构成,即"比体诗",如《周南·螽斯》、《魏风·硕鼠》、《豳风·鸱鸮》、《小雅·鹤鸣》等篇。更常见的情况,是作为修辞的、在局部上运用的比喻。《诗经》中的比喻已具明喻、暗喻和借喻等多种不同的形式。用比最生动的例子,如《卫风·硕人》:

> 手如柔荑,肤如凝脂,领如蝤蛴,齿如瓠犀,螓首蛾眉。巧笑倩兮,美目盼兮。……

诗中运用了五个新颖、生动的比喻,再加上两句形容,给人以鲜明深刻的印象,被誉为"美人赋"。值得注意的还有博喻,即用一连串的形象比喻来渲染和描写被比的事象,以取得更为形象化和淋漓尽致的效果。如《小雅·斯干》以一连串比喻,生动地描绘出建筑的气势感和运动感:"如跂斯翼,如矢斯棘,如鸟斯革,如翚斯飞。"《小雅·大东》用天上一连串星宿的徒有虚名,来影射人间有名无实,或欺世盗名的现象:"跂彼织女,终日七襄;虽则七襄,不成报章。睆彼牵牛，不以服箱。……维南有箕，不可以簸扬。维北有斗，不可以挹酒浆。"

兴之"触物以起情"，是民间创造的一种诗歌开篇程式。兴语的作用，主要表现在发端和限韵上。有时除了限韵，还与下文略有映带，或兴而赋，或兴而比。如《王风·黍离》的兴语就不单有发端和限韵的作用，同时也是诗中人所处的空间和场景，《魏风·伐檀》的起兴，《郑风·风雨》的起兴，也有交代背景、渲染气氛的作用，这些都是兴而赋。《周南·桃夭》以桃花起兴，因桃花色最艳，故以取喻女子，《邶风·谷风》用狂风呼啸起兴，借喻前夫的暴躁和反复无常，绘声绘色，形象备极生动，这些都是兴而比。

《诗经》中兴法的运用是相当灵活多变的，不仅用在一篇的开头，有时也用在篇中，往往是意义上另起一段的开头。如《卫风·氓》从开篇起一直用赋法，而第三、四章则各以桑之落与未落起兴，兼有比义，分别隐喻新婚之初小日子的滋润和男子变心后处境的黯淡，前后呼应，手法高明。

朱熹《诗集传》标明兴的，有265章，其中《国风》就占了138章。可见，兴已成为《诗经》开篇的一种程式，这对后世影响极大，从汉乐府直到现代，各地民歌仍普遍采用这一方法。

综上所述，赋、比、兴手法有不同的作用，但在具体写作中，这三种手法的运用又是彼此结合，互相渗透的。"宏斯三义，酌而用之，干之以风力，润之以丹彩，使味之者无极，闻之者动心，是诗之至也"（钟嵘《诗品》）。

《诗经》的语言，是富于形象性、音乐性和表现力的。当时诗人已懂得调声，双声、叠韵和叠字得到普遍运用。"叠韵如两玉相扣，取其铿锵；双声如贯珠相联，取其宛转"（清李重华《贞一斋诗说》）。不仅使得诗歌诵读起来音韵和谐，朗朗上口，而且妙于形容。"写气图貌，既随物以宛转；属彩附声，亦与心而徘徊。故'灼灼'状桃花之鲜，'依依'尽杨柳之貌，'杲杲'为出日之容'瀌瀌'

拟雨雪之状，'喈喈'逐黄鸟之声，'喓喓'学草虫之韵。'皎日'、
'嘒星'，一言穷理；'参差'、'沃若'，两字连形。并以少总多，情
貌无遗。"(《文心雕龙·物色》)。

《诗经》的修辞手法多种多样，就辞格而言，赋、比、兴而外，尚
有夸张、对比、衬托、对仗、排比、层递、设问、反诘、顶真、回文、拟
声、双关、反语等等，积累了丰富的经验。

《诗经》地位崇高，对后世影响深远。从思想内容上讲，其影
响后世最大的是"美刺见事"的现实主义精神，在中国诗史上形成
了一个歌诗的光辉传统，成为汉乐府、汉以后的古题乐府到唐代新
乐府继承和发展的对象。从表现形式上讲，其影响后世最大的是
赋、比、兴的创作手法，成为《楚辞》、乐府以及历代文人诗继承和
发展的对象。《诗经》衣被诗人，非一代也。

第四节 四言诗的变迁和式微

一、四言诗的变迁：石刻文、郊祀歌及其他

《诗经》之后，又产生了一些别的诗体，以辞体(骚体)对四言
诗的冲击最大。四言诗的一统天下虽被打破，但是在人们的观念
中，它仍是一种兴寄深微、庄重典雅的诗体。不但青铜器铭文，不
分南北，一律采用着四言的格调，就是在辞体中，《天问》、《招魂》、
《橘颂》等重要作品，基本上还保留着四言的格调。它们基本上延
续了《雅》诗的长篇格局，而扬弃了《风》、《雅》民歌的那种重章叠
咏的章法。

秦始皇统一中国后，曾数度巡狩、封禅，立石刻文多处，以颂秦
德。其文率出秦相李斯之手，多为四言韵语，间用杂言，三句为韵，
成一句群。如《泰山石刻文》：

皇帝临位，作制明法，臣下脩饬。二十有六年，初并天下，

> 罔不宾服。亲巡远方黎民，登兹泰山，周览东极。从臣思迹，
> 本原事业，祗诵功德。……

其文破除《诗经》程式，行以法家辞气，不重藻绘，虽体乏弘润，然疏而能壮，表现出很强的散文化倾向。

西汉武帝时，朝廷乐府机关在收集整理民歌的同时，吸收文士创作庙堂颂辞，延续了《诗经》的《雅》、《颂》诗传统，其义含颂扬，辞唯典雅。今存《汉郊祀歌十九首》相传有司马相如等人的作品，其中有四言诗，也有楚歌及杂言。四言"辞极古奥，意至幽深，错以流丽"（胡应麟《诗薮》内编一），然而稍少诗味。如《郊祀歌》十九章之二：

> 帝临中坛，四方承宇。绳绳意变，备得其所。清和六合，
> 制数以五。海内安宁，兴文偃武。后土富媪，昭明三光。穆穆
> 优游，嘉服上黄。

西汉文人四言诗较少个人抒情，故缺乏生机。值得提到的，有韦孟《讽谏诗》，篇幅颇长，体近《小雅》，而情辞少逊；而《焦氏易林》以四言韵语作爻辞，有一些生动的短篇。到汉末，文人四言诗又恢复抒情传统，如朱穆《与刘伯宗绝交诗》、仲长统《述志》诗、秦嘉《赠妇》诗等，或大展玄风，或清词丽句，实开魏晋诗的先声。

二、五言诗的出现和四言诗的式微

由于乐府五言民歌难以抵抗的诱惑，汉末文人诗也开始突破四言的藩篱，间用杂言以抒情。如梁鸿《五噫歌》句式由四言加上叹词构成，介乎四言和五言之间。杨恽《拊缶歌》末二句准乎五言句式。无意中表现了突破四言古奥的困境，而向着五言过渡的努力：

> 陟彼北芒兮，噫！顾瞻帝京兮，噫！宫室崔嵬兮，噫！民

之劬劳兮,噫! 辽辽未央兮,噫!(《五噫歌》)

　　田彼南山,芜秽不治。种一顷豆,落而为萁。人生行乐耳,须富贵何时。(杨恽《拊缶歌》)

当五言诗因其优越性日益明显而风靡诗坛,而七言诗的创作也开始蒸蒸日上时,四言诗的创作遂呈江河日下之势,其创作领地日渐萎缩,最后完全退至庙堂乐歌,艺术上也形于僵化。

　　汉代以下,虽然在少数天才作家,如曹操、嵇康、陶渊明、李白等大诗人笔下,仍有少许传世的四言名篇,但从总体上讲,四言一体已构衰难挽(后人选唐诗,以四言篇什极少,而附入七言古体,就是明证)。

[思考题]

1. 歌谣是如何产生的? 它具有哪些基本特征?
2. 《诗经》的作品产生于什么时代? 有哪些基本内容?
3. "诗有六义",具体所指是什么?
4. 《诗经》的作品在结构上有何程式? 它是如何形成的?
5. 什么是"三家诗"? 什么是"毛诗"? 它们有何区别?

第二章 辞体、杂言诗及其他
——《楚辞》与汉乐府

第一节 从楚歌到辞体

一、楚辞起源于楚声、楚歌

《诗经》所收,是春秋中叶以前的诗篇。"王风委蔓草,战国多荆榛。……正声何微茫,哀怨起骚人"(李白《古风》)。到七雄角逐的战国时代,在中原地区代诗歌而兴的是散文,当诸子以其论辩争鸣,大展逻辑力量和思辨才能之际,诗歌之神却在南方江汉流域找到了新的沃壤,一种崭新诗体——辞体诞生了。

辞体即楚辞体。"楚辞"的名称,最早见于《史记·张汤传》。汉成帝时,刘向整理古代文献,把屈(原)、宋(玉)之作和汉代人仿效这种体裁的作品汇编成集,定名《楚辞》。宋黄伯思释名道:"盖屈、宋诸骚,皆书楚语、作楚声、纪楚地、名楚物,故可谓之楚词(辞)。"(《校定楚词序》)

春秋战国时代,楚国是一个从地理、种族、政治、经济、语言、风俗等方面都与中原有相对独立性的国家。楚王虽曾在名义上受过周天子封爵,但事实上不受其统辖。这个开化较晚的南方新兴的民族,相当长时间受以老大自居的中原诸侯国的排斥和蔑视,"蛮夷"的称呼一直加在他头上。然而,这并不妨碍他后来居上,以奋发开拓精神开发了自然条件优厚的长江流域,发展了农业及工商业,积累了技术与财富,从而在内部生长出一种较中原文化更为生气蓬勃,也更加灿烂的地域性文化——楚文化。这种新文化,以更强的凝聚力,培养了一个新兴民族的自尊心和爱国主义情感,招致了诗神的垂青。

楚辞的代表作家是屈原,辞体是诗人屈原的一大创造。不过,这种创造是有所借鉴的。从文学继承的角度看,它与楚地的民间文艺——楚声和楚歌有着直接的关系。

楚声就是指楚地的音乐、曲调,楚歌就是指楚地的民歌。在春秋战国时代,楚国的音乐和民歌被称为"南风"或"南音",像《招魂》里面提到的"涉江"、"采菱",《离骚》里面提到的"九辩"、"九歌",宋玉《对楚王问》中提到郢人歌唱的"阳春"、"白雪",及《史记》写垓下之战中提到的"四面楚歌",都是关于楚歌的记载。可惜这些作品,只存名目,其声调到底如何,已不得而知。不过,先秦至汉人载籍仍一鳞半爪地存留下来某些楚歌,如见于《论语·微子》的《接舆歌》、见于《孟子·离娄》的《孺子歌》、见于《说苑·善说》的《越人歌》等,都是楚辞产生以前的南方歌曲。

今夕何夕兮,搴洲中流。今日何日兮,得与王子同舟。蒙羞被好兮,不訾诟耻。心几烦而不绝兮,得知王子。山有木兮木有枝,心说君兮君不知。(《越人歌》)

沧浪之水清兮,可以濯我缨。沧浪之水浊兮,可以濯我足。(《孺子歌》)

这些南方歌曲,跟《诗经》中的诗篇确实不同:它们都不是整齐的四言体,而且几乎都使用着一个语助词"兮"字。此外,据载:"楚人信巫鬼,重淫祀"(《汉书·地理志》),在民间祭祀活动中,常常以歌舞娱神。这类流行楚地民间的祭祀歌舞,往往带有丰富的幻想,富于浪漫情调,除抒情外,还间有一定的故事性情节,结构上也比一般诗歌宏阔,这对屈原《九歌》的创作有直接影响。

二、楚辞的体制及辞赋之辨

屈原以前的贵族文人之作,如《雅》、《颂》诗和铜器铭文,基本上采用四言格调,与民间的口语脱离。屈原则取法民间的楚歌,突破四言的格式,在五、七言诗产生之前,创造了一种新的诗体——辞体。

辞体的篇幅一般较长,其章节不用叠咏,而别饶唱叹之姿。《诗经》所用的语辞杂多,到楚辞却规范化地突出了一个"兮"字,约相当于今日之"啊",用以协调音节。辞体的章法,与《诗经》不同,《诗经》每首分成几章很清楚,辞体一般没有明确的分章。辞体的用韵,与《诗经》略同,大体偶句用韵,不过以四句二韵为定则。而每节四句,句句押韵的,也间或有之。

辞体在语言上吸收大量楚地民间口语和方言,其句法参差灵活,较多地使用六言,也有四言、五言、七言不等。大体两句一联,形成唱叹。具体情况有三种:第一种是六言句,句中嵌有虚字,奇句之末加语助词"兮",如:"惟党人之偷乐兮,路幽昧以险隘。"(《离骚》)第二种是五言或六言句,每句的句中加"兮"字,如:"帝子降兮北渚,目渺渺兮愁予。袅袅兮秋风,洞庭波兮木叶下。"(《九歌·湘夫人》)第三种大体为四言句,在偶句末加"兮"字(或"些"字、"只"字),如:"深固难徙,更壹志兮。""绿叶素华,纷其可喜兮。"(《九章·橘颂》)此外还有少数变例。

辞在汉代一般又被称作赋,如《史记·屈贾列传》称屈原"乃作《怀沙》之赋",说宋玉等人"皆好辞而以赋见称"。《汉书·艺文志》称"屈原赋二十五篇"。因此向来也有"屈赋"、"骚赋"、"楚赋"等名称。但事实上,辞、赋虽然并称,虽然在形式上有承继关系,但仍不宜混为一谈。

大较而言,辞先而赋后。从辞到赋,基本上是一个从诗体转变为文体的发展过程。因此,楚辞以抒发感情为主;汉赋则设为问答,铺陈词藻,以叙事述物说理为主。刘熙载说:"楚辞按之而逾深,汉赋恢之而弥广。""楚辞尚神理,汉赋尚事实。"(《艺概·赋概》)就是基于上述质的区别而言的。

第二节　屈原与楚辞的思想艺术造诣

一、哀怨起骚人:屈原的生平及创作

"不有屈原,岂见离骚!"(刘勰《文心雕龙·辨骚》)屈原(前339—前278?),名平,以字行。本为楚国贵族,生活在楚怀王时代,当时秦楚争雄,斗争极为剧烈。他一度担任左徒(副相)的要职,在内政上主张授贤举能、刷新政治,在外交上,推行联齐抗秦的策略。在与楚国旧贵族势力和亲秦派的政治斗争中,屈原曾两度遭到流放。第一次大约在怀王二十五年(前304)左右,地点是在汉北(汉水北部)一带;第二次是在顷襄王十三年(前286)左右,地点是在江南一带。

屈原的主要作品,就是在这两次放逐时期写成的。这些作品反映了屈原同当时旧贵族集团进行斗争的经过,及其虽受冤屈,被逐在外,仍然不忘祖国的安危,始终不改其眷念故国的忠贞。约在公元前278年,诗人因不忍目睹楚国为秦所灭,同时为了表明誓死不离开祖国的决心,遂投汨罗江自杀。

屈原能在战国诗坛脱颖而出,成为我国文学史上第一个伟大诗人,既是时代环境的加惠和文学自身发展的结果,也和他的独特遭际、禀赋和修养分不开。他不仅是一个文学家,而且是一个政治家和外交家。由于处在时代风云前列和政治旋涡的中心,形成了为常人不可企及的高瞻远瞩的胸怀和忧先天下的仁人之心。他明

于治乱,娴于辞令,对历史文化有深厚的知识和修养,一旦在政治上被放逐之后,便能将国家民族的忧愤、个人的极度不幸,转化为诗歌创作的动机和能量。他以一个巨人的全部精力和心血,凝铸成一系列震烁古今的诗篇,自能有空前绝后的成就。

屈原的作品,据班固《汉书·艺文志》记载,共有 25 篇,与王逸《楚辞章句》所收篇数相同。其中少数作品是否为屈原所作,尚有争议。屈原的创作,大体可分三类:第一类,如《九歌》11 篇,是他在楚地祀神乐曲的基础上再创作而成,更多地展现了诗人从继承到创新的创作轨迹;第二类,如《天问》,是屈原根据神话、传说材料创作的古今无二的煌煌大篇,着重表现了诗人的历史观与自然观,显示了哲理与抒情的两重性;第三类,如《离骚》、《九章》,是屈原的政治抒情之作,这些诗有事可据,有义可陈,情感充沛,形象鲜明,气势磅礴,达到了思想与艺术的完美结合。三类作品在不同的体式上,各自代表了楚辞的最高成就,奠定了屈原在文学史上的崇高地位。

诗歌史上从来不乏翡翠兰苕之作,但却缺少掣鲸碧海式的巨制鸿裁,而屈原的《离骚》、《天问》及两大组诗,皆为结构宏伟严密、笔参造化之作。后代诗人仅李白、杜甫差可追攀。在一个民族的文化中如果只有山峦而没有高峰,只有江河而没有大海,只有大合唱而没有最强音,是断难彪炳于人类文化之林的。从这个意义上说,屈原不愧是楚文化的骄傲与灵魂。

屈原是中国诗史上第一位伟大的爱国主义诗人。他的出现,开创了中国诗史上一个崭新的时代——从集体歌唱到个人独立创作的时代,也开创了古典诗歌的浪漫主义传统。其作品展示了中国诗史上第一个丰满的、具有鲜明个性的抒情主人公形象,由此散发出的强烈爱国热情,和坚持理想、独立不迁的精神,沾溉了一代又一代的进步作家。他创立的辞体,广泛采用《诗经》的比兴手法而加以发展。使比兴手法不再是一种局部的修辞手段,而更多地作为整体的立意构思。他创立了庞大而结构严整的象征系统,使辞体成为一种寄托深厚思想情怀的巨大艺术载体。"轩翥诗人之后,奋飞辞家之前"(刘勰《文心雕龙·辨骚》),正形象地概括了屈原在文学史上承先启后的地位和功绩。

二、与日月争光的长诗:《离骚》

《离骚》在楚辞中占有首席地位,前人将其尊为"经",而把楚辞的其余作品统称之"传"。它在中国诗史上有举足轻重的地位,乃至世称诗人为"骚人",谓辞体为"骚体",魏晋人倡言"痛饮酒,熟读《离骚》,便可称名士"(刘义庆《世说新语·任诞》)。《离骚》的名义,据司马迁说是"离忧";班固解为"罹忧";王逸解为"别愁",皆小异而大同。近人有提出"离骚"可能是楚歌名,即《大招》所谓"劳商",其意为牢骚,也可备一说。司马迁说"屈原放逐,乃赋《离骚》"(《报任安书》),屈原被放逐过两次,《离骚》当作于初放于怀王之后。

《离骚》既是一篇宏伟的政治抒情诗,又是一部伟大心灵的悲剧——"以烦恼为主题的一部回旋曲"(郭沫若《屈原赋今译》)。全篇可以分为"述怀"、"追求"、"幻灭"三部曲,其中自始至终活跃着抒情主人公的高大形象,其中除女须、灵氛、巫咸几个人物的对话外,几乎全由这个主人公的活动与内心独白构成。全诗共373句,近2500字。作者一起笔便叙述了自己的身世、才德并抒发其政治忧虑:

> 帝高阳之苗裔兮,朕皇考曰伯庸。摄提贞于孟陬兮,惟庚寅吾以降。皇览揆余初度兮,肇锡余以嘉名。名余曰正则兮,字余曰灵均。纷吾既有此内美兮,又重之以修能。扈江离与辟芷兮,纫秋兰以为佩。汩余若将不及兮,恐年岁之不吾与。朝搴阰之木兰兮,夕揽洲之宿莽。日月忽其不淹兮,春与秋其

代序。惟草木之零落兮,恐美人之迟暮。不抚壮而弃秽兮,何不改乎此度? 乘骐骥以驰骋兮,来吾导夫先路。

……

接下去反复抒写对楚国政治的看法和自己的不幸遭遇,并不断地表现对祖国前途和命运的忧虑,以及为追求理想政治而决不与群小同流合污的正直品格和"虽九死其犹未悔"的牺牲精神。

《离骚》与屈原的政治生涯和战国时代风云密切相关,故全诗有极现实的思想内容和生活内容。但由于历史和艺术的原因,诗中又大量运用超现实的意象和创作手法,把历史与神话、真实与想象奇特地糅合为一体。诗中诚然隐括了诗人的生平遭际,然而主要表现的是他的心路历程,在诗中并未出现人们称为"史实"的东西,更常见的作法是:诗人将个人特有的政治哀痛,与宇宙人生和社会历史中恒有的悲剧性现象的普遍感唱结合在一起,从情感上超越一己而勾通了上下古今。单就这个方面的象征意蕴而言,便有不可穷尽性。诗中主人公那独立不迁、举世无朋的伟大孤独者形象,就在后代不少先驱者心中激起过无限同情。

在诗艺上,《离骚》有着前无古人的开创和极独特的风貌。其一,表现在体制的宏伟,较《诗经》之长篇已有飞跃的演进,而为后来铺张扬厉的辞赋首开先河。其二,全诗有一个结构规模空前宏伟的意象系统,按其层次可分为:自然意象群(花草禽兽)、社会意象群(古今人物)和神话意象群(神话传说)三类,彼此交错并互相对应。意象的取用不竭,使诗在表现上极灵活自由,凡涉叙事性内容,大都能抛开笨重的现实,而象以幻境;而涉及抒情议论,则不妨诗人直露本相,现身说法。诗人的自我形象则在三大类意象中自由出入,使之打通成一片。其三,由于比兴象征手法的大量运用,为后世诗歌借物寓意树立典范,形成了"香草美人"的比兴传统。

此外,《离骚》一反《诗经》用重章叠句以取得唱叹之致的简朴的作法,而将奔突跌宕的情感融化在一种既澎湃汹涌又回旋往复的抒情节奏中,某些执着的情绪和类似的句子在诗中反复出现,加深了读者的印象,既悱恻缠绵,又惊心动魄。至于诗歌语言的绚丽精采,具体表现手法的丰富多样,酌奇玩华,更为人乐道。总之,就诗歌表现艺术而言,可以说是说不完的。

三、情致缥缈的《九歌》与满怀孤愤的《九章》

《九歌》是屈原放逐江南时仿民间祭歌再创作的一组诗,诗名沿用夏乐旧题。清陈本礼《屈辞精义》卷二云:"《九歌》之乐,有男巫歌者,有女巫歌者,有巫觋并舞而歌者,有一巫倡而众巫和者。"《九歌》共有 11 篇作品。前 9 篇各自歌咏一个神祇,间涉男女恋情而富于宗教色彩:《东皇太一》——写最尊贵的天神,《云中君》——咏云神,《湘君》、《湘夫人》——咏湘水的一对男女配偶神,《河伯》——咏河神,《山鬼》——咏山神,《大司命》——咏主寿命的神,《少司命》——咏主生育子嗣的神,《东君》——咏太阳神。只有后 2 篇比较特殊,一篇《国殇》,是悼念楚国的阵亡将士;一篇《礼魂》,是送神曲。

《九歌》中的祭迎神祇的歌辞,兼有娱神、娱人的功能,绝大多数篇章以代言体写成,即立足于神的本位,或由巫觋表演。古代举行社会时,又是男女发展爱情的机会,祭神的歌辞中亦自然有涉男女相爱,或男神与女神的相爱,或人神之间的相爱。《诗经》即有大量以女性为抒情主人公的恋歌和失恋歌,而屈原更结合自己特有的人生体验,在《九歌》中对女性苦恋心态,作了更深刻的描写。其中《湘夫人》所祭迎者为湘水女神,《山鬼》所祭迎者为巫山之神,就都杂有恋情描写。其抒情主人公形象具有以下共同特点:美丽多姿而志趣芳洁,善解风情而孤独寂寥,情有独钟而专一执着,遭遇不偶而苦闷幽怨。如《湘夫人》:

　　帝子降兮北渚,目眇眇兮愁予。袅袅兮秋风,洞庭波兮木

叶下。登白𬞟兮骋望，与佳期兮夕张。鸟何萃兮𬞟中，罾何为
兮木上？沅有芷兮澧有兰，思公子兮未敢言。荒忽兮远望，观
流水兮潺湲。麋何食兮庭中，蛟何为兮水裔？朝驰余马兮江
皋，夕济兮西澨。闻佳人兮召予，将腾驾兮偕逝。

筑室兮水中，葺之兮荷盖。荪壁兮紫坛，播芳椒兮成堂。
桂栋兮兰橑，辛夷楣兮药房。网薜荔兮为帷，擗蕙櫋兮既张。
白玉兮为镇，疏石兰兮为芳。芷葺兮荷屋，缭之兮杜衡。合百
草兮实庭，建芳馨兮庑门。九嶷缤兮并迎，灵之来兮如云。

捐余袂兮江中，遗余褋兮澧浦。搴汀洲之杜若，将以遗兮
远者。时不可兮骤得，聊逍遥兮容与。

其辞芳菲馥郁，其情缠绵悱恻，与《诗经》"子惠我思，褰裳涉溱，子
不我思，岂无他人"（《郑风·褰裳》）的恋情比较，有文野之分，有
婉约与爽直之别。这种借恋情以寄怀的创意影响极大，后世从闺
怨诗到李商隐的无题诗，皆与之一脉相承。

楚国在历次抗秦战争中伤亡惨重，《国殇》就是《九歌》中的一
篇追荐阵亡将士亡灵的祭歌：

操吴戈兮被犀甲，车错毂兮短兵接。旌蔽日兮敌若云，矢
交坠兮士争先。凌余阵兮躐余行，左骖殪兮右刃伤。霾两轮
兮絷四马，援玉枹兮击鸣鼓。天时怼兮威灵怒，严杀尽兮弃原
野。出不入兮往不返，平原忽兮路超远。带长剑兮挟秦弓，首
虽离兮心不惩。诚既勇兮又以武，终刚强兮不可凌。身既死
兮神以灵，魂魄毅兮为鬼雄。

此诗集中表现爱国主义精神，"出不入兮往不返"二句神似《易水
歌》，对后世影响很大。通篇一改诗人通常习用的比兴手法，直赋
其事；一改幽洁芬芳、缠绵悱恻的韵调，以刚健质朴的风格独树一
帜。诗中所写，并不是某次特定的战役，而有很强的艺术概括性，

堪称短小精悍。作者旨在歌颂楚国阵亡将士,却没有简单丑化敌人,相反地写出了敌人的强悍,然而"疾风知劲草",这对写楚国将士的忠勇,恰恰是有力衬托。

《九章》是9篇政治抒情诗,原非一时一地之作,后人因其内容、形式大致相似,就编在一起成为组诗。《九章》之名,当是西汉刘向最初编辑《楚辞》时加上去的。《九章》包括:《惜诵》——悼惜往事之诗(情调与《离骚》同),《抽思》——内容略同于《惜诵》,《悲回风》——诗人殉国前不久的作品,《思美人》——再遭放逐时的作品,《哀郢》——郢都沦陷时的作品,《涉江》——流放沅湘一带时的作品,《橘颂》——托物言志赞美人格的作品,《怀沙》——诗人的绝命辞,《惜往日》——诗人殉国前不久的作品。

《九章》中的作品,与《离骚》的浪漫奇特相比,大多直抒胸臆,并运用白描手法,偏于朴素自然。如《涉江》:

> 余幼好此奇服兮,年既老而不衰。带长铗之陆离兮,冠切云之崔嵬。被明月兮佩宝璐,世溷浊而莫余知兮,吾方高驰而不顾。驾青虬兮骖白螭,吾与重华游兮瑶之圃。登昆仑兮食玉英,与天地兮比寿,与日月兮齐光。哀南夷之莫吾知兮,旦余济乎江湘。……乱曰:鸾鸟凤凰,日以远兮。燕雀乌鹊,巢堂坛兮。露申辛夷,死林薄兮。腥臊并御,芳不得薄兮。阴阳易位,时不当兮。怀信侘傺,忽乎吾将行兮。

此篇作于在顷襄王时遭谗被放于江南之际,叙事以南行实际路线为脉络,路线和归宿极清晰,与《离骚》多写想象的历程不同,较富于纪实的意味。

四、悲秋之祖:宋玉《九辩》及其他

"屈原既死之后,楚有宋玉、唐勒、景差之徒者,皆好辞而以赋见称。然皆祖屈原之从容辞令,终莫敢直谏。"(司马迁《史记·屈

原列传》)

宋玉是屈原以后最重要的楚辞作家,历史上向以屈、宋并称。关于宋玉的生平,在历史上记载是很少的。从《史记》所载可知,他与唐勒、景差等人都是受屈原直接影响的同一流派的作家,其活动在屈原去世之后,都以写辞赋见长,并继承了屈原作品的风格体制。不过,他们在政治上不像屈原那样敢于直谏。

《汉书·艺文志》著录宋玉赋为 16 篇,公认可信的作品只有《九辩》一篇。《九辩》是夏代曲名,《离骚》和《天问》都曾提到。宋玉《九辩》是一篇长篇政治抒情诗。诗中抒情主人公是一个失落感很强的贫寒之士,全诗充满"贫士失职而志不平"的牢骚。作品缺少屈原那种"存君兴国"的政治理想和对黑暗势力的抗争精神;但表现了政治黑暗时代普通文士的悲哀,对于当时的社会弊端也做了一定的揭露,这可以说是它的独到之处。全篇共 255 句,兹录第一段:

> 悲哉! 秋之为气也,萧瑟兮草木摇落而变衰。憭栗兮若在远行,登山临水兮送将归。泬寥兮天高而气清,寂寥兮收潦而水清。憯凄增欷兮薄寒之中人,怆恍忼悢兮去故而就新。坎廪兮贫士失职而志不平,廓落兮羁旅而无友生。惆怅兮而私自怜。燕翩翩其辞归兮,蝉寂寞而无声。雁廱廱而南游兮,鹍鸡啁哳而悲鸣。独申旦而不寐兮,哀蟋蟀之宵征。时亹亹而过中兮,蹇淹留而无成。

《九辩》在艺术上颇具独创性,它不是直抒胸臆,而是通过自然景物的描绘,以情景交融的手法,制造一种氛围,创造一种意境,从而抒发感情,展示情愫。如本段诗中苍凉的秋景和诗人失意悲凉的心情交相融合,极大地增强了诗歌的艺术感染力,其影响之大,乃至开创了中国古代诗歌的一个悲秋的传统。唐代的杜甫、李商隐等大诗人,都处在宋玉的延长线上。

《九辩》在语言上亦有特色。它继承屈原的文采绚烂、词藻秀美而有所发展，有时一连排用八、九个近义词来刻画景物或描写心理，曲尽其妙，表现了诗人用词的丰富和细腻。其句法上也有创获："悲哉——秋之为气也"，把散文的句式写到诗里，开篇四句所用的音节、句式都是各不相同的，节奏铿锵，气势充沛，给人回肠荡气之感。因此，宋玉在文学史上的地位也不容低估，前人就将他与屈原并列，称为"屈宋"。

楚亡以后，楚辞创作经历了短时期的沉寂，到西汉曾得到复苏。汉高祖刘邦本人即好楚声，皇室大臣复多楚人。由于淮南王、梁孝王、汉武帝、汉宣帝的先后提倡，使楚辞的整理和创作得到重视，而仿制之风大起。后由"刘向哀集屈原《离骚》、《九歌》、《天问》、《九章》、《远游》、《卜居》、《渔父》，宋玉《九辩》、《招魂》，景差《大招》，而以贾谊《惜誓》，淮南小山《招隐士》，东方朔《七谏》，严忌《哀时命》，王褒《九怀》及刘向所作《九叹》，共为《楚辞》16卷。（王）逸又益以己作《九思》与班固二叙为 17 卷，而各为之注"（《四库全书总目提要》）。今刘向所编已佚，只有王逸《章句》流传至今。集中所收汉人仿作，自不能与屈、宋方驾。唯其中与屈原并称"屈贾"的贾谊，算是屈原最好的学生，其《吊屈原赋》、《鹏鸟赋》尤称杰作，刘熙载许为："屈子之赋，贾生得其质。"（《艺概·赋概》）不过，贾谊之赋，已演变成"赋"体性质，本书划入"汉赋"，不在诗歌论列的范畴了。

汉人仿作楚辞，虽然多狗尾续貂之作，然而，却有感于哀乐而作的"风起云扬"的楚歌，发聩振聋，不愧帝王之辞：

　　大风起兮云飞扬，威加海内兮归故乡，安得猛士兮守四方！（刘邦《大风歌》）
　　秋风起兮白云飞，草木黄落兮雁南归。兰有秀兮菊有芳，怀佳人兮不能忘。泛楼船兮济汾河，横中流兮扬素波。箫鼓

鸣兮发棹歌,欢乐极兮哀情多。少壮几时兮奈老何!（刘彻
《秋风辞》）

第三节　从杂言诗到五言诗

一、古诗的体制:齐言诗与杂言诗

中国诗史在齐梁新体诗出现以前,是古体诗的时代。古体是
相对于近体而言的,其差别简而言之:近体讲格律,古体则比较自
由。然而,认真说来,古体的自由只是相对于近体而言,或者说它
是自由而不放任的。大多数古诗还是遵循着一些基本的规范:其
一,句式以整齐或大体整齐为常则。四言诗的句式就很整齐或大
体整齐,辞体的句式大体整齐。其二,句群以两句为一单元、偶句
用韵为常则。四言诗如此,辞体也如此。当然,句式完全不整齐,
或出现奇句的诗也有,但毕竟是少数。

传统汉语诗歌有齐言和杂言的区别,而以齐言诗为主。齐言
诗是诗句字数整齐划一的诗,或为古诗,或为律诗、绝句。杂言诗
是古体诗的一种,诗句字数没有固定标准,最短的有一字句,最长
可达10字以上,而以三、四、五、七字相杂者为多。细究杂言诗,有
两种情况:其一,大部分句子整齐,表现整饬之美;个别句子不整
齐,别具错综之美。如西汉杨恽的《拊缶歌》。其二,纯粹的杂言
诗,不具备整饬之美,数量较少,是传统汉语诗歌的另类,如汉乐府
歌词中的《东门行》、《上邪》等。

二、从汉乐府看杂言诗的兴衰

《诗经》以后,四言诗式微,辞体在楚地兴起,到汉代犹有仿
制。而在汉乐府民歌之中,诗歌的体制则有一些新的变化。汉乐
府的句式原没有一定,初期的《薤露》、《蒿里》两歌和武帝、宣帝时

代的《铙歌》，都是杂言。在民歌中，甚至产生了一些杂言体的名篇佳作，如《战城南》：

　　　战城南，死郭北，野死不葬乌可食。为我谓乌：且为客嚎！野死谅不葬，腐肉安能去子逃！水深激激，蒲苇冥冥；枭骑战斗死，驽马徘徊鸣。梁筑室，何以南，何以北？禾黍不获君何食？愿为忠臣安可得？思子良臣，良臣诚可思：朝行出攻，暮不夜归！

此外，还有《妇病行》、《孤儿行》等长篇。杂言诗较之四言诗，显然不那么上口，不那么易于成诵，是其缺点。但在内容的表达上，却灵活得多，有利于诗歌题材的广泛开拓，是其优长。杂言的兴盛，实际上体现出在旧规范业已打破、新规范尚未建立的特定时期，民间歌手在诗歌句式上所作的探索和努力。

　　杂言诗勃兴的时间不长，很快就转入了五言诗的时代。所谓五言诗，就是由五字句所构成的诗篇。五言诗起于汉代，历八代至唐代大为发展，成为古典诗歌的主要形式之一。五言诗细分为五言古诗、五言律诗和五言绝句。在近体诗出现以前，五言诗主要是五言古诗，以及它的特例——古体的五言绝句。

　　五言诗的产生是中国诗歌发展史上最重要的转捩之一，为行文的方便，这一点将留到后面谈文人五言诗的部分再予论述。

第四节　汉乐府及其思想艺术造诣

一、乐府、乐府诗和《乐府诗集》

　　楚辞向汉赋的发展，实际上是由诗到非诗的演变过程。而汉乐府正好填补了诗坛这一段空白，它继《诗经》、《楚辞》之后，将中国诗歌的发展引入又一重要阶段。

　　"乐府"本是古代音乐机构的名称。据考,秦代已经有乐府的设置(《汉书·百官公卿表》载少府有六丞,属官之一为"乐府";秦始皇陵附近出土的编钟铭文亦有"乐府"字样)。汉代通过乐府机关大规模搜集民间歌辞,则在西汉武帝时代:"至武帝定郊祀之礼,乃立乐府,采诗夜诵,有赵、代、秦、楚之讴。以李延年为协律都尉,多举司马相如等数十人,造为诗赋,略论律吕,以合八音之调,作十九章之歌。"(《汉书·礼乐志》)

　　汉代乐府掌管的诗歌可分两大类,一部分是供朝廷祀祖宴享使用的郊庙歌辞,其性质与《诗经》的"颂"相同。另一部分则是从全国各地采集来的俗乐,其歌辞是流传民间的无主名的作品,世称之为乐府民歌,"有代、赵之讴,秦、楚之风,皆感于哀乐,缘事而发,亦可以观风俗,知薄厚云"(《汉书·艺文志》),这部分作品是乐府诗的精华所在。

　　宋郭茂倩编《乐府诗集》100卷,分12类(郊庙歌辞、燕射歌辞、鼓吹曲辞、横吹曲辞、相和歌辞、清商曲辞、舞曲歌辞、琴曲歌辞、杂曲歌辞、近代曲辞、杂歌谣辞、新乐府辞)著录。其中"相和歌辞"、"鼓吹曲辞"、"杂曲歌辞"都包含了汉代的民歌。"相和"即丝竹(管弦乐)相和的意思,是当时流行南方的俗乐,歌辞多为江南楚地的民歌;"鼓吹曲"本是北方民族的乐曲,主要用于军乐,现存有《铙歌》18篇,其中部分歌辞是民歌作品;"杂曲歌辞"是指声调已经失传而无所归属的一些乐曲的歌辞,其中也有不少民歌。另外,"杂歌谣辞"中收录了许多民谣,它们虽未入乐,但就其文学性质与乐府民歌是一致的。

二、感于哀乐,缘事而发:汉乐府的写实倾向

　　《乐府诗集》里现存汉乐府民歌40余篇,多是东汉的作品,真实地反映着当时广阔的社会现实生活和人民的爱憎感情,有着极其鲜明的现实主义倾向。

汉武帝时代，由于长期对外用兵，兴建宫室苑池和大规模地巡游和挥霍，给人民增加了繁重负担，至于成、哀之间，更达到"天下虚竭"的地步，由于王莽改制，导致了绿林赤眉起义；此后直到东汉末年，战乱时起时伏，人民的痛苦有增无减。尖锐的阶级矛盾也就反映到汉乐府民歌之中。如《战城南》揭露了战争的残酷性和穷兵黩武的罪恶，诗中对"良臣"之死，并非赞美，而是伤悼，诗人的倾向是反战的。"愿为忠臣安可得"一句，对统治者是有一定威胁性的警示语。《东门行》写一个贫民因家庭生活濒临绝境铤而走险，诗中夫妻别离的场面是富于戏剧性的：无衣无食怎么办？在这个问题上，夫妻二人主张相左。妻子宁忍贫困，不愿丈夫冒险，是不幸不争的典型；丈夫要豁出去，闯一条生路，是反抗斗争的典型。通过一方苦苦挽留，而一方断然引去的离别情节来表现，意味深长。另如《十五从军征》：

> 十五从军征，八十始得归。道逢乡里人，家中有阿谁？遥看是君家，松柏冢垒垒。兔从狗洞入，雉从梁上飞。中庭生旅谷，井上生旅葵。春谷持着饭，采葵持着羹。羹饭一时熟，不知饴阿谁。出门东向看，泪落沾我衣。

此诗以艺术概括的手法，描述一位老兵退伍还家，看到的只是一片破败荒芜。诗人措语从容平淡，却使人感到深深的悲哀——这种事在当时想必是司空见惯的吧。

汉代封建礼教的压迫加强了，妇女的地位更低了，汉乐府较《诗经》更多地表现妇女的不幸遭遇。《有所思》写一个热恋中的女子，听说对方变心之后的痛苦复杂的心情，比较富于民间气息。又如《上山采蘼芜》写一个弃妇与她的故夫偶然重逢时的一段简短的问答，从对话语气体会，大约造成悲剧的原因并不在男方，而在男方的家庭——当是家长专制的结果。另如《上邪》一诗，却指天为誓，表现了对爱情的坚贞态度：

上邪！我欲与君相知，长命无绝衰。山无陵，江水为竭，冬雷震震，夏雨雪，天地合，乃敢与君绝！

东汉后期的社会动乱给知识分子带来忧惧漂泊之苦，在汉乐府中也有反映。如：

枯鱼过河泣，何时悔复及。作书与鲂鱮，相教慎出入。（《枯鱼过河泣》）

悲歌可以当泣，远望可以当归。思念故乡，郁郁累累。欲归家无人，欲渡河无船。心思不能言，肠中车轮转。（《悲歌》）

前者是一首寓言诗，借一个不幸者的现身说法，警告同类不要蹈自己的覆辙。《悲歌》是一首游子之歌，诗中游子未能回家，不只是无法还家，实在是因为无家可归，可谓语语沉痛。

汉乐府还有一些别致之作，表现出民歌取材的丰富性，和多方面的成就。如《江南》：

江南可采莲，莲叶何田田：鱼戏莲叶间。鱼戏莲叶东，鱼戏莲叶西，鱼戏莲叶南，鱼戏莲叶北。

这是采莲人的歌唱，"鱼戏"数句在不断重复中却将方位词作东、西、南、北的腾挪，活灵活现地描绘出鱼儿在水里穿游的生动情态，并隐含男女爱悦之意。

要之，汉乐府是继《诗经》之后，古代民歌的又一次大汇集，它揭开了中国诗歌史上现实主义的新篇章。汉乐府民歌大部分是叙事诗，颇能描摹人物的口吻神情，创造性格鲜明的人物形象；或客观地写出一个生活片断，或写一个有头有尾的故事，有比较完整的故事情节，能抓住典型细节以表现场面和人物的思想；较《国风》中的叙事之作，演进之迹甚明，开拓了叙事诗的新阶段。与《国风》一样，汉乐府民歌里女性题材占着重要地位。所不同的是,《国风》里的爱情诗常常洋溢着愉悦,诗中女主人公有时还很骄傲,而乐府民歌很少有描写男女欢爱的诗篇,女主人公的命运往往都笼罩着一层不幸和悲惨的阴影。但乐府民歌中也有讽刺性、喜剧性作品。

三、悲剧性的《焦仲卿妻》和喜剧性的《陌上桑》

悲剧性长篇《焦仲卿妻》和喜剧性名篇《陌上桑》,从不同方面代表着汉乐府的最高成就。先看《焦仲卿妻》:

> 孔雀东南飞,五里一徘徊。"十三能织素,十四学裁衣。十五弹箜篌,十六诵诗书。十七为君妇,心中常苦悲。君既为府吏,守节情不移。鸡鸣入机织,夜夜不得息,三日断五匹,大人故嫌迟。非为织作迟,君家妇难为。妾不堪驱使,徒留无所施。便可白公姥,及时相遣归。"府吏得闻之,堂上启阿母:"儿已薄禄相,幸复得此妇。结发同枕席,黄泉共为友。共事二三年,始尔未为久。女行无偏斜,何意致不厚?"阿母谓府吏:"何乃太区区!此妇无礼节,举动自专由。吾意久怀忿,汝岂得自由!东家有贤女,自名秦罗敷。可怜体无比,阿母为汝求。便可速遣之,遣去慎莫留!"府吏长跪告,伏惟启阿母:"今若遣此妇,终老不复取!"阿母得闻之,槌床便大怒:"小子无所畏,何敢助妇语!吾已失恩义,会不相从许!"
>
> 府吏默无声,再拜还入户。举言谓新妇,哽咽不能语:"我自不驱卿,逼迫有阿母。卿但暂还家,吾今且报府。不久当归还,还必相迎取。以此下心意,慎勿违吾语。"新妇谓府吏:"勿复重纷纭!往昔初阳岁,谢家来贵门。奉事循公姥,进止敢自专?昼夜勤作息,伶俜萦苦辛。谓言无罪过,供养卒大恩。仍更被驱遣,何言复来还?……"鸡鸣外欲曙,新妇起严妆。著我绣裌裙,事事四五通。足下蹑丝履,头上玳瑁

光。腰若流纨素，耳著明月珰。指如削葱根，口如含朱丹。
纤纤作细步，精妙世无双。上堂谢阿母，母听去不止。"昔作
女儿时，生小出野里，本自无教训，兼愧贵家子。受母钱帛
多，不堪母驱使。今日还家去，念母劳家里。"却与小姑别，泪
落连珠子。"新妇初来时，小姑始扶床。今日被驱遣，小姑如
我长。勤心养公姥，好自相扶将，初七及下九，嬉戏莫相忘！"
出门登车去，涕落百余行。

府吏马在前，新妇车在后，隐隐何甸甸，俱会大道口。下
马入车中，低头共耳语："誓不相隔卿！且暂还家去，吾今且
赴府。不久当还归，誓天不相负！"新妇谓府吏："感君区区
怀，君既若见录，不久望君来。君当作磐石，妾当作蒲苇；蒲
苇纫如丝，磐石无转移。我有亲父兄，性行暴如雷。恐不任
我意，逆以煎我怀。"举手常劳劳，二情同依依。

入门上家堂，进退无颜仪。阿母大拊掌："不图子自归！十
三教汝织，十四能裁衣。十五弹箜篌，十六知礼仪。十七遣汝
嫁，谓言无誓违。汝今无罪过，不迎而自归？"兰芝惭阿母："儿
实无罪过。"阿母大悲摧。还家十余日，县令遣媒来。云有第三
郎，窈窕世无双。年始十八九，便言多令才。阿母谓阿女："汝
可去应之。"阿女含泪答："兰之初还时，府吏见叮咛，结誓不别
离。今日违情义，恐此事非奇。自可断来信，徐徐更谓之。"阿
母白媒人："贫贱有此女，始适还家门。不堪吏人妇，岂合令郎
君？幸可广问讯，不得便相许。"媒人去数日，寻遣丞请还。说
有兰家女，承籍有宦官。云有第五郎，娇逸未有婚。遣丞为媒
人，主簿通语言。直说太守家，有此令郎君，既欲结大义，故遣
来贵门。阿母谢媒人："女子先有誓，老姥岂敢言！"阿兄得闻
之，怅然心中烦。举言谓阿妹："作计何不量！先嫁得府吏，后
嫁得郎君。否泰如天地，足以荣汝身。不嫁义郎体，其往欲何
云？"兰之仰头答："理实如兄言。谢家事夫婿，中道还兄门。处

分适兄意,那得自任专?虽与府吏要,渠会永无缘。登即相许和,便可作婚姻。"媒人下床去,诺诺复尔尔。还部白府君:"下官奉使命,言谈大有缘。"府君得闻之,心中大欢喜。视历复开书:"便利其月内,六合正相应。良吉三十日,今已二十七,卿可去成婚。"交语速装束,络绎如浮云。……从人四五百,郁郁登郡门。阿母谓阿女:"适得府君书,明日来迎汝。何不作衣裳?莫令事不举!"阿女默无声,手巾掩口啼,泪落便如泻。移我琉璃榻,出置前窗下。左手持刀尺,右手执绫罗。朝成绣袷裙,晚成单罗衫。晻晻日欲暝,愁思出门啼。

府吏闻此变,因求假暂归。未至二三里,摧藏马悲哀。新妇识马声,蹑履相逢迎。怅然遥相望,知是故人来。举手拍马鞍,嗟叹使心伤:"自君别我后,人事不可量。果不如先愿,又非君所详。我有亲父母,逼迫兼弟兄。以我应他人,君还何所望!"府吏谓新妇:"贺卿得高迁!磐石方且厚,可以卒千年。蒲苇一时纫,便作旦夕间。卿当日胜贵,吾独向黄泉。"新妇谓府吏:"何意出此言!同是被逼迫,君尔妾亦然。黄泉下相见,勿违今日言!"执手分道去,各各还家门。生人作死别,恨恨那可论!念与世间辞,千万不复全。

府吏还家去,上堂拜阿母:"今日大风寒,寒风摧树木,严霜结庭兰。儿今日冥冥,令母在后单。故作不良计,勿复怨鬼神!命如南山石,四体康且直。"……其日牛马嘶,新妇入青庐。奄奄黄昏后,寂寂人定初。我命绝今日,魂去尸长留。揽裙脱丝履,举身赴清池。府吏闻此事,心知长别离。徘徊庭树下,自挂东南枝。

两家求合葬,合葬华山傍。东西植松柏,左右种梧桐。枝枝相覆盖,叶叶相交通。中有双飞鸟,自名为鸳鸯,仰头相向鸣,夜夜达五更。行人驻足听,寡妇起彷徨。多谢后世人,戒之慎勿忘!

此诗见于梁代徐陵所编《玉台新咏》,原题《古诗为焦仲卿妻作》,序云:"汉末建安中,庐江府小吏焦仲卿妻为母所遣,自誓不嫁。其家逼之,乃投水而死。仲卿闻之,亦自缢于庭树。时人伤之,为诗云尔。"郭茂倩《乐府诗集》作今题,通行本或取首句题为《孔雀东南飞》。从原序可知,此诗为汉末人作,诗中有汉以后风俗描写,一般认为是后人增饰。从全诗的意匠经营和艺术水准看,当写成于一人之手。这个无名诗人,以其冷峻的生活观察力、深厚的同情心和力透纸背的描写,为读者展现了一个感天动地的寻常夫妻间不同寻常的生离死别的故事,成为汉乐府中最厚重的作品,至今犹能震撼人心。

《礼记·内则》"七出"其一云:"子甚宜其妻,父母不悦,出。"《焦仲卿妻》就形象地揭露了封建礼教和家长制度的罪恶,同时反映了被压迫的青年男女对它的不满和抗争。诗中反复提到一个"自由"的问题——这是一个重大的话题。焦母强加给兰芝的罪名是:"此妇无礼节,举动自专由!"对儿子声称:"吾意久怀忿,汝岂得自由!"然而,在封建家庭内,只有家长的自由,没有子女的自由。更有甚者,尽管兰芝谨小慎微,自以为"奉事循公姥,进止敢自专?""处分适兄意,那得自任专?"但"自专由"的帽子还是落在了她的头上。将信任者逼到以死抗争的路上,深刻暴露了封建家长制的罪恶。诗中写的是一个家庭悲剧,反映的却是社会问题。家庭生活的不民主,正是封建专制的缩影。

《焦仲卿妻》中的人物对话描写,既是个性化的,又符合特定情景。诚如沈德潜所说:此诗"杂述十数人口中语,而各肖其声口性情,真化工之笔也"(《说诗晬语》卷上)。

再看《陌上桑》:

> 日出东南隅,照我秦氏楼。秦氏有好女,自名为罗敷。罗敷喜蚕桑,采桑城南隅。青丝为笼系,桂枝为笼钩。头上倭堕

髻，耳中明月珠。缃绮为下裙，紫绮为上襦。行者见罗敷，下担捋髭须。少年见罗敷，脱帽著绡头。耕者忘其犁，锄者忘其锄。来归相怨怒，但坐观罗敷。

使君从南来，五马立踟蹰。使君遣吏往，问是谁家姝。"秦氏有好女，自名为罗敷。""罗敷年几何?""二十尚不足，十五颇有余。""使君谢罗敷，宁可共载不?"罗敷前置辞："使君一何愚! 使君自有妇，罗敷自有夫。东方千余骑，夫婿居上头。何用识夫婿? 白马从骊驹;青丝系马尾，黄金络马头;腰中鹿卢剑，可直千万余。十五府小史，二十朝大夫，三十侍中郎，四十专城居。为人洁白晳，鬑鬑颇有须。盈盈公府步，冉冉府中趋。坐中数千人，皆言夫婿殊。"

与《焦仲卿妻》诗的悲凉沉重不同，《陌上桑》是汉乐府中最轻松而有风趣的作品。诗写一位太守对一位美丽的采桑女进行骚扰，从而碰了一鼻子灰，有很强的喜剧性。作品既有道德主题，同时毫不古板。忠贞在诗中并不是一个抽象的、违背人性的教条，而是同美满爱情和幸福家庭生活紧密联系在一起的，这是此诗高明所在。诗中的太守虽然轻佻，却也并非大恶，诗人让他碰一鼻子灰，小小地受一次教训，恰到好处，使全诗气氛轻松诙谐。中段以后全写对话，而以罗敷夸夫作结，似乎掐掉了一个尾声，其实避免了画蛇添足。

四、体既轶荡，语复真率:汉乐府的艺术成就

汉乐府民歌的艺术成就，概括起来主要有以下几点:第一，开创了中国叙事诗的一个新的、更趋成熟的发展阶段。第二，汉乐府民歌以杂言为主，逐步趋向于五言，也可以说开始了大量的五言诗创作，以成熟的五言形式大大地促进了文人五言诗的成熟，成为由四言、骚体向五七言诗过渡的一个重要阶段。第三，汉乐府诗语言

文从字顺,贴近口语,表现力强且富于生活气息。

　　要之,汉乐府对后世诗歌发展的影响极大,从现实主义精神到语言形式,以及具体的叙述描写方法等,都使后代诗人受益。许学夷谓其"文从字顺,轶荡自如,最为可法";又说:"盖乐府多是叙事之诗,不如此不足以尽倾倒。且轶荡宜于节奏,而真率又易晓世。"(《诗源辩体》卷三)所谓"轶荡",即自由无拘束。从建安作家到唐代大诗人,没有不受汉乐府影响、没有不从中获得思想和艺术养料的。

————————————

[思考题]

1. "楚辞"是怎样一种文学体裁? 它与赋有何联系和区别?
2. 为什么说屈原是中国文学史上第一位伟大诗人?
3. 与屈原相比,宋玉的作品有什么特点?
4. 什么是乐府诗? 其大体分类如何?
5. 为什么说《焦仲卿妻》代表了汉乐府诗的最高成就?

第三章　五七言古诗的壮大和
新体诗运动——八代诗

第一节　五言诗的崛起和"古诗十九首"

一、五言诗的诞生及其体制的优长

中国诗的一大转关,是乐府五言的兴盛,从"古诗十九首"到陶渊明告一段落。五言诗的最大特征,"是把《诗经》的变化多端的章法、句法和韵法变成整齐一律,把《诗经》的低回往复、一唱三叹的音节变成直率平坦"(参朱光潜《诗论》第十一章)。所谓"八代",是指东汉、魏、晋、宋、齐、梁、陈、隋,是唐代以前,中国诗史的一个重要阶段,五言诗在这一阶段中成为最重要的诗体,取得了长足的发展。

汉语最突出的特点之一,就是以单音素为基础。在古代,单音词占多数。要表达一个完整的意思,每个诗句至少要由两个词组成,所以从原始歌谣开始就是二言的形式。随着社会生活的丰富和发展,双音词、联绵词逐渐增多,二言体就不能满足表情达意的需要,于是产生了四言体。四言体是适应语言发展趋势的产物,它比二言体更自由更宜于抒发感情和描写事物,四言诗的出现,造就了《诗经》时代的诗歌繁荣。

　　此后,屈原根据楚地的民歌,创造了辞体;汉代民歌中又产生了杂言诗。这是诗体的一次大的解放,四言的格局被突破,但由于辞体后来演变为赋体,脱离了诗的范畴;而杂言的形式不固定,诗句的节奏、用韵缺少规则,所以没有解决四言诗后中国诗歌的民族形式问题。这种状况一直持续到五言诗的出现才被打破。

　　文学史上新的体裁往往产生于民间,五言句式虽然《诗经》、《楚辞》中皆有,而作为齐言体的五言诗的出现,却有一个渐进的过程。征于文献,较早如《孟子·离娄》所载《孺子歌》:

　　　　沧浪之水清兮,可以濯我缨。沧浪之水浊兮,可以濯我足。

如去掉两个作为语词的“兮”字,就是一首齐言的五言诗。而完全整齐的五言体诗,至少在秦汉时已萌生于民间。秦汉民谣中,颇有五言之作,如:

　　　　生男慎勿举,生女哺用脯。不见长城下,骸骨相支拄。（《水经注·河水注》引秦始皇时民歌）
　　　　城中好高髻,四方高一尺。城中好广眉,四方且半额。城中好大袖,四方全匹帛。（《后汉书·马廖传》引长安民谣）

而汉乐府民歌如《十五从军征》、《上山采蘼芜》、《陌上桑》、《长歌行》等,则更是形式圆熟的五言之作。

　　五言诗较之四言诗,在体裁上有明显的优越性。钟嵘谓四言“每苦文繁意少,故世罕习焉。五言居文词之要,是众作之有滋味者也”（《诗品序》）。四言句只包含两个音步（二二节奏）,单音词和双音词在配合上有一定局限;而五言句则包含三个音步（二二一节奏）,在四言的基础上增加了一个节拍,既可方便地容纳双音词,也可容纳单音词,以至多音词,便于组词达意,较之四言体句容量更大,刘熙载认为它一句抵四言两句（参《艺概·诗概》）。

四言体节奏虽鲜明,却单调,未能曲尽抑扬顿挫之美。五言句以单音步收尾,便于句末适当拖长或停顿换气,比双音步收尾要从容得多,对于咏歌玩味、因声求气更为有益。同时,诗歌也是呼吸的艺术,呼吸的人均时值,对应于诗句,大抵以三音步、四音步为宜。两顿稍嫌短促;四音步以上(九言)则偏长,不妨偶而用之,但难于形成齐言体诗。

因而,五言诗的出现,对于两汉文人,遂成挡不住的诱惑。由于文人的参与创作,而渐成时尚。有人认为"古诗十九首"中部分作品,成为太初改历以前(参隋树森《古诗十九首集释》)。现存较早而又无可争议的文人五言之作,是史家班固的《咏史》,诗写缇萦为赎父刑请求没身为婢之事,直咏其事,质木无文。至少在东汉,五言诗已流行于文坛,产生了诸如张衡《同声歌》、秦嘉《赠妇诗》、赵壹《疾邪诗》、蔡邕《翠鸟》以及所谓的"苏李诗"等佳作。至于辛延年《羽林郎》、宋子侯《董娇娆》的出现,更表明东汉文人在学习汉乐府民歌方面,已相当圆熟。

二、"古诗十九首"及其时代、作者

"古诗十九首"代表着汉代文人五言诗的最高成就。这一批诗最早著录于《文选》,萧统把两汉 19 篇无主名的文人五言诗选编在一起,标明是"古诗十九首",后来竟成为一个专名。所谓"古诗",本是六朝人对古代诗歌的一个统称,特指流传久远的无主名的诗篇。而汉代有一些未被乐府采录的民间诗歌,及一部分原已入乐而失了标题、脱离了音乐的歌辞,无以名之,也称古诗。

现有资料证明,汉代同类文人诗至少有 59 首之多,而这 19 首古诗,则是萧统经过严格挑选后保留下来的,它们经过时间的考验,历久弥新,既标志着汉代五言抒情诗的最高成就,同时也概括了同类古诗的大体风貌。

古诗和乐府有一部分重合,如《文选》把《羽林郎》、《长歌行》

也称为古诗,而它们也被收入《乐府诗集》。其实,"古诗十九首"和乐府有显著的区别。第一,乐府诗一般是民歌,而"古诗十九首"完全是文人之作,在文化水准上有一定差异。第二,乐府多叙事之作,或多叙事成分,而"古诗十九首"基本上是抒情诗。第三,乐府诗的篇幅或长或短,"古诗十九首"的篇幅则在8句("涉江采芙蓉"、"庭中有奇树")到20句("东城高且长"、"冉冉孤生竹"、"凛凛岁云暮")之间,属于短篇抒情诗。因此,"古诗十九首"在中国诗史上开出新的生面。

"古诗十九首"的作者,今人根据诗中地名和内容,认为是汉代以洛阳为活动中心的失职之士,主要应出自太学生阶层。汉代自武帝以来奉行养士政策,东汉质帝时代太学生已发展到3万多人,而他们的出路就是通过选举,由中央或州、郡征辟。他们的生活方式是传统的"游学"方式,要说是漂泊也可以。营求功名富贵的人数一天天增多,而官僚机构的容纳毕竟有限,幸进者少而失意者多。心怀不平,遂发而为诗。

三、两地相思与伤时失志:"十九首"的内容

"古诗十九首"各首独立成篇,整合而观,它们又围绕着一个共同的时代主题——中下层文士的苦闷、牢骚和不平。它们所表达的思想感情,与屈原赋所表达的忠君爱国的思想感情,已迥乎不同。是寒士之歌,而非志士之歌,却更接近普遍的人情。从内容题材上看,"古诗十九首"可以分为两类:

第一类,思妇游子之歌。在古代农业社会里,生活是比较简单的,最密切的人与人的关系莫过于夫妻、朋友,由于兵役、徭役或游宦,这种亲密的关系往往长期被隔断,这就成为许多人私生活中最伤心的事。因此,中国诗词中有相当数量的作品是表现别离情绪的。具体到游学者,对于漂泊之感、夫妇分居之苦,更有切身体验。所以思妇游子之悲,遂成为"古诗十九首"所表达的一个主要内

容。游子之悲与思妇之怨,实质上是一个问题的两个方面。"古诗十九首"中的思妇之辞甚至多于游子之辞,实际是文人的代言之作。把一种苦闷从男女不同的角度表现出来,在内容上就显得更加丰富,在艺术上也更加动人。如:

> 迢迢牵牛星,皎皎河汉女。纤纤擢素手,札札弄机杼。终日不成章,泣涕零如雨。河汉清且浅,相去复几许?盈盈一水间,脉脉不得语。

牛郎织女的故事是一个古老的爱情神话传说,因为家喻户晓,所以一提到它,就会引起在长时间里积累起来的丰富联想和感情。《迢迢牵牛星》以女方的哀怨为主,属于思妇之辞。却借天上牛女双星写人间别离之苦,形象性和概括力更强。"古诗十九首"的游子思妇之歌,开拓了我国诗歌史上一个重要的题材,形成了两个传统的主题:一是羁旅行役题材,一是宫怨闺怨题材,影响是深远的。

第二类,伤时失志之作。汉代,尤其东汉末年,外戚和宦官交相干政,为政者安插亲信、亲属,以巩固其政治地位,大大影响了一般士人正常的进身之路,在中下层士人中就产生了许多伤时失意的作品,有的愁荣名不立,有的恨知音稀少,有的愤慨世态炎凉,有的叹老嗟卑,总之是表现着他们的内心苦闷、彷徨和不满。然而,由于他们自身的依附性和两重性,这种不满又并没有指向对制度的批判,而是表现为找不到出路的、颓唐悲观的人生感喟。这种感喟往往和时序流逝的感慨结合在一起,形成了较之常人更为强烈的人生无常、生命短暂、当及时行乐的消极观念:"昼短苦夜长,何不秉烛游。"(《生年不满百》)"白露沾野草,时节忽复易。"(《明月皎夜光》)"四时更变化,岁暮一何速。"(《东城高且长》)"思君令人老,岁月忽已晚。"(《行行重行行》)凡此不免有消极影响,但也有一定认识价值。

从思想内容上看,"古诗十九首"具有共同的忧患意识。作者都不同程度地受过道家和名理思想的熏陶,对人生价值和人生归宿这两个问题进行思索,并使这种思考上升到了哲理高度。如"去者日以疏,来者日以亲"(《去者日以疏》)、"人生天地间,忽如远行客"(《青青陵上柏》)、"人生寄一世,奄忽若飙尘"(《今日良宴会》)、"人生非金石,岂能长寿考"(《回车驾言迈》)等,"皆透过人情物理,立言不朽,至今读之,犹有生气。每用于结句,盖全首精神专注末句。其语万古不可易,万古不可到,乃为至诗也"(沈用济、费锡璜《汉诗说》)。"此皆昔人甘苦论定之言",令人"冷水浇背,卓然一惊"(方东树《昭昧詹言》卷二)。

诗中表现的人生态度,从总体上讲很低调。但可以肯定的是,诗人认识到宗教迷信的虚伪——"服食求神仙,多为药所误"(《驱车上东门》),进而大胆暴露了在传统观念上被认为是不可告人的思想:"何不策高足,先据要路津。无为守贫贱,坎坷长苦辛。"(《今日良宴会》)"昔为倡家女,今为荡子妇。荡子行不归,空床难独守。"(《青青河畔草》)"奄忽随物化,荣名以为宝。"(《回车驾言迈》)"不如饮美酒,服被纨与素。"(《驱车上东门》)如此放言无惮,虽志趣不高,却说得快意当前。因为没有客气假象,所以王国维说:"但觉其亲切动人","但觉其精力弥满"而"无视为淫词鄙词者,以其真也。"(《人间词话》)

更有价值的是,"古诗十九首"在男女相思情爱方面表现出一种纯真质朴之情:"君亮执高节,贱妾亦何为。"(《冉冉孤生竹》)"置书怀袖中,三岁字不灭。"(《孟冬寒气至》)"著以长相思,缘以结不解。以胶投漆中,谁能别离此。"(《客从远方来》)这种刻骨铭心的深情,磐石一样坚定的情爱,被表现得力透纸背,它和"空床难独守"的情感,从表面上看来似乎是冰炭不相容,但在标榜人性的精神实质上却有相通之处。

其表现怀人之情更耐人玩味的是《涉江采芙蓉》与《庭中有奇树》,它们是"十九首"中最短的两篇,诗皆由采花而怀人,把对自

然的爱与对人的爱连在一起,情调古朴。引前一首于下:

> 涉江采芙蓉,兰泽多芳草。采之欲遗谁? 所思在远道。
> 还顾望旧乡,长路漫浩浩。同心而离居,忧伤以终老。

此诗以"所思在远道"一句为转折,有力地表达了"同心而离居"的苦恼。诗中如"涉江"、"芙蓉"、"兰泽"、"采之欲遗谁"、"长路漫浩浩"等,点化《楚辞》入妙,使诗中弥漫着芬芳馥郁的气息。后诗笔法安详,由树到花、由花到人缓缓写来,最后才揭出幽闺怀人的主题,表现了很深的思致。

四、深衷浅貌,短语长情:"十九首"的造诣

"古诗十九首"的艺术造诣,突出表现为以下几点:

第一,抒情言志,情景交融。"古诗十九首"在抒情中也间有自然景物和环境的描写,但它写景只是为了表现主观心情而作的必要的衬托和渲染。"古诗十九首"充满了浓厚的生活气息,但值得注意的是,它并不是生活现象的叙述,而是表现了人生中某些最动人的感觉和经验。总之,"古诗十九首"的情景、情事水乳交融,达到了极自然和谐的境地。

第二,深入浅出,自然而工。"十九首"的作者接近下层,对民间文学、民间语言较为熟悉,这使得他们的作品活跃着民歌的气息,呈现出生动而自然的语言风格。谢榛说它:"平平道出,且无用工字面,若秀才对朋友说家常话,略不作意。……官话使力,家常话省力;官话勉然,家常话自然。"(《四溟诗话》卷三)成书说它"不使一分才气而语语耐人十日思"(《多岁堂古诗存》卷二)。此外,诗人含英咀华,作适当修饰,丰富了诗句的内涵。有的诗句对仗自然工整,如《行行重行行》中"胡马依北风,越鸟巢南枝";有的运用互文见义手法,达到文省而义丰的效果,如《明月皎夜光》中"南箕北有斗,牵牛不负轭",语本《小雅·大东》中"维南有箕,不

可以簸扬;维北有斗,不可以挹酒浆","睆彼牵牛,不以服箱"六句
之省言,上句的意思,须从下句见之。所以黄子云说:"如'十九
首'岂非平淡乎? 苟非绚烂之极,未易到此。"(《野鸿诗的》)

第三,浑融完整,天衣无缝。"十九首"重视表现总体的诗意
感受,绝无雕琢拼凑痕迹。钟嵘说:"文温以丽,意悲而远,惊心动
魂,可谓几乎一字千金。"(《诗品》上)王士禛说:"'十九首'之妙,
如无缝天衣。"(《带经堂诗话》卷四);陆时雍说:"深衷浅貌,短语
长情。"(《古诗镜·总论》)诗人吸取乐府民歌的营养,保持民歌朴
素自然、平易流畅的特色;又凭着较高的文化素养,在工整、细致方
面有所提高。这组诗数量虽然不多,但作为早期文人五言诗的典
范之作,对后世的影响极大,被刘勰在《文心雕龙·明诗》中誉为
"五言之冠冕"。

第二节　五言诗的蓬勃发展:建安、
正始、太康诗人

一、志深笔长,梗概多气:建安诗人

"古诗十九首"造诣虽高,却没有主名。到汉末建安至曹魏正
始时代,五言诗成为诗坛的主要诗体,名家如林,产生了曹操、曹
植、阮籍、左思等承前启后的重要诗人。

汉献帝建安年间(196—220),天下大乱,军阀混战。这二十几
年间,政局走向三国鼎立,而主要作家却集中在北方,在政治上隶属
于曹氏集团。产生在这一时期的诗歌,一方面反映着社会动乱与民
生疾苦,充满悲天悯人的情调,如"铠甲生虮虱,万姓以死亡。白骨
露于野,千里无鸡鸣。生民百遗一,念之断人肠"(曹操《蒿里行》);
一方面便是表现乱世英雄建功立业的雄心,如"老骥伏枥,志在千
里。烈士暮年,壮心不已"(曹操《步出夏门行·龟虽寿》)。刘勰

说:"观其时文,雅好慷慨。良由世积乱离,风衰俗怨。并志深而笔长,故梗概而多气。"(《文心雕龙·时序》)前人谓之"建安风骨",简而言之,即是现实主义与积极浪漫主义相结合的文艺风貌。

建安诗文的代表作家,是三曹(曹操、曹丕、曹植)、七子和蔡琰,共同形成一个邺下文人集团,曹氏父子是这一集团的核心。

曹操(155—220),字孟德,沛国谯郡(安徽亳县)人。杰出的政治家、军事家。他以镇压黄巾起义起家,后迎献帝迁都许昌,"挟天子以令诸侯",成为北方实际统治者。他又是当时改造文章的祖师,提倡清峻通脱的文体。有《魏武帝集》。曹操爱好音乐,"汉自东京大乱,绝无金石之乐;乐章亡缺,不可复知。及魏武平荆州,获汉雅乐郎河南杜夔,能识旧法,以为军谋祭酒,使创定雅乐"(《晋书·乐志》)。

曹操喜用乐府旧题作政治抒怀。敖陶孙《诗评》说:"魏武帝如幽燕老将,气韵沉雄。"刘熙载《艺概·诗概》则说:"曹公气雄力坚,足以笼罩一切,建安诸子未有其匹也。"气韵沉雄是一方面,还有另一方面,那就是"曹公古直,甚有悲凉之句"(钟嵘《诗品》下)。诗中多以周公自比,对《诗经·东山》特别偏爱。曹操的行伍诗,亦多立足于士卒平民而为之吟咏,具有平常心,这使他的诗充满悲天悯人的人道主义色彩和博爱的情怀。在帝王诗中,可谓古今无二。如他的《苦寒行》:

> 北上太行山,艰哉何巍巍。羊肠坂诘屈,车轮为之摧。树木何萧瑟,北风声正悲。熊罴对我蹲,虎豹夹路啼。溪谷少人民,雪落何霏霏。延颈长叹息,远行多所怀。我心何怫郁,思欲一东归。水深桥梁绝,中路正徘徊。迷惑失故路,薄暮无宿栖。行行日已远,人马同时饥。担囊行取薪,斧冰持作糜。悲彼东山诗,悠悠令我哀。

《苦寒行》最值得玩味的是,作为军事统帅,诗人并不强作英豪之态,而是真实地写下了士卒的苦寒和自己内心的波动,表现了对不得已而用兵的深沉感喟,称得上是"古直悲凉"的典范。

曹操又是一个富于创造性的诗人,汉代四言诗不脱《三百篇》的套头,独他的四言不同,《短歌行》借用《郑风·子衿》、《小雅·鹿鸣》诗句,而风格自殊;及《观沧海》、《龟虽寿》抒情言志,在建安诗中均属一流。

> 对酒当歌,人生几何?譬如朝露,去日苦多。慨当以慷,忧思难忘。何以解忧,唯有杜康。青青子衿,悠悠我心。但为君故,沉吟至今。呦呦鹿鸣,食野之苹。我有嘉宾,鼓瑟吹笙。明明如月,何时可掇?忧从中来,不可断绝。越陌度阡,枉用相存。契阔谈宴,心念旧恩。月明星稀,乌鹊南飞。绕树三匝,何枝可依?山不厌高,水不厌深。周公吐哺,天下归心。(《短歌行》)

《短歌行》歌咏渴慕贤才的政治怀抱,以兴会为宗,点化《诗经》妙语,且善于写景,创造了一个光风霁月的境界,与思想内容高度契合。全诗感于哀乐,欣慨交心,具有很强的艺术感染力。

> 东临碣石,以观沧海。水何澹澹,山岛竦峙。树木丛生,百草丰茂。秋风萧瑟,洪波涌起。日月之行,若出其中。星汉灿烂,若出其里。幸甚至哉,歌以咏志。(《步出夏门行·观沧海》)

《观沧海》作为中国现存第一首完整的山水诗,以写海取胜。虽然写在秋季,却写得大气磅礴,笼罩万有,一洗悲秋的感伤情调,这与诗人积极用世的人生观,非凡的气度品格乃至美学情趣都是紧密相关的。

曹植(192—232),字子建,他"生乎乱,长乎军"(《求自试表》),以出众才华深得其父曹操的赏识。曹丕及其子曹睿当政后,对他在政治上予以排斥,最终死于忧愤。其创作大致以曹丕即位为界,分前后两个时期。前期诗多抒建功立业的壮志豪情;后期诗多写被压抑的苦闷心情。有《曹子建集》。他是建安时期创作最负盛名的作家,和第一个大力写作五言诗的诗人。曹植今存五言诗60多首,其诗脱胎于汉乐府与"古诗十九首",长于发端,形象生动,词采华美,韵律和谐,且多警句,具有浓厚的新鲜绮丽之感,和蓬勃的朝气,与其父的古直悲凉不同,故敖陶孙说"曹子建如三河少年,风流自赏"(《诗评》)。曹植的五言诗开了六朝绮丽的先河,对提高五言诗的艺术性有推动作用;但也有过于雕饰,与乐府渐远,更趋文人化的倾向。

> 高树多悲风,海水扬其波。利剑不在掌,结友何须多!不见篱间雀,见鹞自投罗?罗家得雀喜,少年见雀悲。拔剑捎罗网,黄雀得飞飞。飞飞摩苍天,来下谢少年。(《野田黄雀行》)

作为一篇寓言诗,"利剑不在掌,结友何须多"是《野田黄雀行》主题句,陈祚明谓"此应自比黄雀,望救于人,语悲而调爽;或亦有感于亲友之蒙难,心伤莫救"(《采菽堂古诗选》)。诗人的长篇力作是《赠白马王彪》:

> 谒帝承明庐,逝将归旧疆。清晨发皇邑,日夕过首阳。伊洛广且深,欲济川无梁。泛舟越洪涛,怨彼东路长。顾瞻恋城阙,引领情内伤。太谷何寥廓,山树郁苍苍。霖雨泥我途,流潦浩纵横。中逵绝无轨,改辙登高岗。修坂造云日,我马玄以黄。
> 玄黄犹能进,我思郁以纡。郁纡将何念?亲爱在离居。本图相与偕,中更不克俱。鸱枭鸣衡轭,豺狼当路衢。苍蝇间白黑,谗巧令亲疏。欲还绝无蹊,揽辔止踟蹰。
> 踟蹰亦何留?相思无终极。秋风发微凉,寒蝉鸣我侧。

原野何萧条,白日忽西匿。归鸟赴乔林,翩翩厉羽翼。孤兽走索群,衔草不遑食。感物伤我怀,抚心常太息。……

诗前有序,略言黄初四年(223)五月,诗人和胞兄任城王曹彰、异母弟白马王曹彪一起进京城洛阳参加"迎气"的例会。在京城期间,曹彰突然不明不白地死去。七月朝会完毕,诗人本与白马王曹彪顺路同行,中途为监国使者灌均制止,诗人遂在与曹彪分手时写了这首诗。诗中抒发了身为亲王而遭受残酷的政治迫害,与兄弟死别生离的情况下的悲愤心情。全诗篇幅宏肆,笔力非凡,章自为韵,逐章转意,除首章外,其余各章之间顶真蝉联。方东树云:"此诗气体高峻雄深,直书见事,直书目前,直书胸臆,沉郁顿挫,淋漓悲壮,……遂开杜公之宗。"(《昭昧詹言》卷二)

"七子"这一称呼,最初见于曹丕《典论·论文》,指的是邺下文人集团中除三曹以外的七个作家——孔融、陈琳、王粲、徐幹、阮瑀、应玚、刘桢。七子中孔融年辈较高,因持不同的政见被曹操所杀,其余六人则依附曹氏。王粲创作成就较高,史传上说他博闻强记,过目成诵,能凭记忆重布棋局,文不加点,而身材短小,其貌不扬,所以原先依附刘表受其冷落,后来归附曹操,受到重用。此外,刘桢的五言诗名气也很大,曹丕以为妙绝时人。七子的诗多反映动乱时世,王粲《七哀诗》、陈琳《饮马长城窟》等,尤为深刻。

西京乱无象,豺虎方构患。复弃中国去,委身适荆蛮。亲戚对我悲,朋友相追攀。出门无所见,白骨蔽平原。路有饥妇人,抱子弃草间。顾闻号泣声,挥涕独不还。"未知身死处,何能两相完?"驱马弃之去,不忍听此言。南登霸陵岸,回首望长安。悟彼《下泉》人,喟然伤心肝。(《七哀诗》)

《七哀诗》记初平三年(192)董卓部将李傕、郭汜作乱长安,人民流离失所的情形。"出门无所见,白骨蔽平原",可与曹操《蒿里行》

"白骨露于野,千里无鸡鸣"参读。诗中最深刻的一笔,是写途中亲眼看到母亲遗弃孩子,而过客行色匆匆,各走各路——这是一幅何等悲惨的乱世世态人情画! 母爱是出于人之天性的,而饥妇居然抱幼子而弃之。可见战争是何等灭绝人性。

建安时代五言诗最伟大的创获,当数蔡琰《悲愤诗》。蔡琰,女,生卒年不详,字文姬,父蔡邕为东汉学者。初嫁河东卫仲道,夫亡无子,归宁于家。汉末乱世中被董卓的部下所掳,辗转流入南匈奴,一住 12 年,配南匈奴左贤王,生二子。建安十二年(207),曹操念蔡邕死而无嗣,用重金将文姬赎回,再嫁董祀。《悲愤诗》乃蔡琰自传体五言长篇,它真实生动地记录了在汉末大动乱中诗人独特的悲惨遭遇,也写出了人民共同的苦难,具有史诗的性质和悲剧的色彩。全诗结构恢宏,挖掘感情,极有深度。诗中所记如"马边悬男头,马后载妇女",实已超越个人悲惨遭遇,而着眼于民众共同的苦难。诗人站在受害者的特殊角度,就战争对妇女人权的践踏的揭露,力透纸背。诗中最为感人的,是中间一段:

> 边荒与华异,人俗少义理。处所多霜雪,胡风春夏起。翩翩吹我衣,肃肃入我耳。感时念父母,哀叹无穷已。有客从外来,闻之常欢喜。迎问其消息,辄复非乡里。邂逅徼时愿,骨肉来迎己。己得自解免,当复弃儿子。天属缀人心,念别无会期。存亡永乖隔,不忍与之辞。儿前抱我颈,问母欲何之:"人言母当去,岂复有还时! 阿母常仁恻,今何更不慈? 我尚未成人,奈何不顾思!"见此崩五内,恍惚生狂痴。号泣手抚摩,当发复回疑。兼有同时辈,相送告离别,慕我独得归,哀叫声摧裂。马为立踟蹰,车为不转辙。观者皆嘘唏,行路亦呜咽。

作为被掠夺的妇女,女主人公天天思乡,一旦天从人愿,归国在即,却又导致了慈母与幼子诀别的悲剧。故国老亲之思,和膝下幼子之爱,对于诗人本是同等揪心的感情,现在奇怪地变成了不容得兼的熊鱼,必须作出选择,等于让她自己把心剖成两半。当她五内俱焚、恍惚发狂之际,偏还有一些难友,对她羡慕得要死,也悲痛得要死。力透纸背的描写,展示的是一颗被损害的妇女的心,和一颗破碎的母亲的心。沈德潜认为:"少陵《奉先咏怀》、《北征》等作,往往似之。激昂酸楚,读去如惊蓬坐振,沙砾自飞,在东汉人中,力量最大。"(《古诗源》卷三)

二、嵇志清峻,阮旨遥深:正始诗人

魏齐王正始年间(240—249),去建安时代相隔不过20年,文人的思想、文学的内容和风格,却为之一变。魏晋时期的政治特点,鲁迅概括为两个字:乱和篡(《而已集·魏晋风度及文章与药及酒的关系》)。魏晋统治者却提倡名教,非常虚伪,使当时名士十分反感,形于辞色。其时政治迫害滋多,如嵇康、何晏、夏侯玄等皆死于非命,故史称"魏晋之际,名士少有全者"(《晋书·阮籍传》)。于是老庄思想抬头,佛教亦乘虚而入,与汉末以来人伦月旦之风合在一起,形成一股清谈的风气。当时文士行为放达,而心情苦闷,饮酒、吃药,成为时尚。前人谓之"魏晋风度",实际上是旷达的表现与苦闷的象征。文学创作中,建安诗人那种积极入世,反映现实,慷慨悲歌的特点不见了,代之而起的是师心使气,忧生畏祸的思想和曲折含浑的诗风和文风。这个时期最重要的作家隶属于号称"竹林七贤"的文人团体,代表人物是嵇康和阮籍。

嵇康(223—262),字叔夜,魏谯郡铚(今安徽宿县)人。早孤家贫,博学有奇才。与魏宗室通婚,拜中散大夫。因不与司马氏集团合作,且毁谤名教,被诬陷致死。有《嵇中散集》。诗以四言见长:

> 良马既闲,丽服有晖。左揽繁弱,右接忘归。风驰电逝,蹑景追飞。凌厉中原,顾盼生姿。(《送秀才入军》)

陈祚明谓其"四言中饶隽语,以全不似《三百篇》,故佳"(《采菽堂

古诗选》卷八)。

阮籍(210—263),字嗣宗,阮瑀之子,陈留尉氏(今河南尉氏)人,竹林七贤之一。官终步兵校尉,故后世又称阮步兵。有《阮嗣宗集》。阮籍怀济世之志,而不满现实,曾登广武山观楚汉古战场,说"时无英雄,使竖子成名"(《晋书》本传)。他和嵇康一样反对名教,曾说"礼岂为我设耶"(同上引)。不过,他较嵇康谨慎,口不论人过,以酗酒的方式逃避现实。表面狂放不羁,但精神上非常痛苦。常常一个人驾着小车出游,走到路的尽头就痛哭而返,在其生平中是具有象征意义的事件。

阮籍是对五言诗的发展作出了重要贡献的诗人,也是曹植以后在五言诗的创作上取得突出成就的诗人。今存五言《咏怀》诗82首,集中表现诗人内心的寂寞、痛苦和愤懑。如:

> 夜中不能寐,起坐弹鸣琴。薄帷鉴明月,清风吹我衿。孤鸿号外野,翔鸟鸣北林。徘徊将何见?忧思独伤心。

《咏怀》诗产生在政治黑暗,压抑恐怖的时代,整个儿表现了找不到人生位置和归宿而歧路彷徨的人生苦闷。这也就委婉地讽刺曹氏集团的腐败,间接揭露司马氏集团的虚伪和残暴。其诗多用比兴、典故,因而隐晦曲折,独具特色。故刘勰说:"嵇志清峻,阮旨遥深。"(《文心雕龙·明诗》)钟嵘说:"厥旨渊放,归趣难求。"(《诗品》上)李善说:"文多隐避,百代之下,难以情测。"(《文选》注)《咏怀》诗还开辟了文人抒情诗的一个专题,如北周庾信《拟咏怀》、唐陈子昂《感遇》、张九龄《感遇》等,都明显地受其影响。

三、繁文绮合,时见风力:太康诗人

晋武帝太康年间(280—289),涌现了一大批五言诗人,所谓"三张、二陆、两潘、一左,勃尔复兴,踵武前王,风流未沫,亦文章之中兴也"(《诗品序》)。"降及元康,潘陆特秀,律异班、贾,体变

曹、王,缛旨星稠,繁文绮合"(《宋书·谢灵运传论》)。以潘岳(274—300,有《潘黄门集》)、陆机(261—303,有《陆士衡集》)为代表的太康诗人,继承发展了曹植的作风,追求词藻华丽和对偶工整,"采缛于正始,力柔于建安"(《文心雕龙·明诗》),对未来新体诗作好了铺垫。佳作如:

> 荏苒冬春谢,寒暑忽流易。之子归穷泉,重壤永幽隔。私怀谁克从,淹留亦何益?僶俛恭朝命,回心反初役。望庐思其人,入室想所历。帏屏无仿佛,翰墨有余迹。流芳未及歇,遗挂犹在壁。怅恍如或存,周遑忡惊惕。如彼翰林鸟,双栖一朝只;如彼游川鱼,比目中路析。春风缘隙来,晨霤承檐滴。寝息何时忘,沉忧日盈积。庶几有时衰,庄缶犹可击。(潘岳《悼亡诗》)

《悼亡诗》用白描的手法,通俗的比喻,将悼亡的深情婉转流动于清浅的字句之间,取得一种娓娓动听、扣人心弦的艺术效果,为传统诗歌开出了一个专题。

太康时代最杰出的诗人当推左思(252?—306)。思字太冲,出身寒门,史称貌寝口讷而辞藻壮丽,其妹左芬虽被选入宫中,他本人仕途并不得意。有《左太冲集》。左思五言诗的代表作为《咏史》八首,其中一首写道:

> 郁郁涧底松,离离山上苗。以彼径寸茎,荫此百尺条。世胄蹑高位,英俊沉下僚。地势使之然,由来非一朝。金张籍旧业,七叶珥汉貂。冯公岂不伟,白首不见招。

诗人不满现实,在诗中表现了与门阀势族对立的布衣之士的价值观,较阮籍诗有更深广的社会内容。题作《咏史》,实乃咏怀。"或先述己意,而以史事证之;或先述史事,而以己意断之;或止述己意,而史事暗合;或止述史事,而己意默寓"(张玉谷《古诗赏析》卷十）。诗人胸次浩落,大处落笔,夹叙夹议,音情顿挫,"修词造句,全不沿袭一句。落落写来,自成大家。视潘、陆诸人,何足数哉!"(吴琪《六朝选诗定论》卷十一)

左思最富创意之作是他的《娇女诗》。在重男轻女的时代,诗人怀着父爱,以细腻的笔墨为两个女儿传神写照,堪称创体,对后世颇有影响。

刘琨(271—318),字越石,出身士族,怀帝永嘉元年(307)为并州刺史,愍帝时拜大将军,先后与匈奴族的刘渊、刘聪,羯族的石勒作战,艰苦卓绝,为王室效忠,死而后已。有《刘越石集》。其《扶风歌》、《重赠卢谌》,得建安遗风,可与左思媲美。如《扶风歌》:

> 朝发广莫门,莫宿丹水山。左手弯繁弱,右手挥龙渊。顾瞻望宫阙,俯仰御飞轩。据鞍长叹息,泪下如流泉。系马长松下,发鞍高岳头。烈烈悲风起,泠泠涧水流。挥手长相谢,哽咽不能言。浮云为我结,归鸟为我旋。去家日已远,安知存与亡?慷慨穷林中,抱膝独摧藏。麋鹿游我前,猿猴戏我侧。资粮既乏尽,薇蕨安可食?揽辔命徒侣,吟啸绝岩中。君子道微矣,夫子故有穷。惟昔李骞期,寄在匈奴庭。忠信反获罪,汉武不见明。我欲竟此曲,此曲悲且长。弃置勿重陈,重陈令心伤。

《扶风歌》是一首持危扶颠的壮士之诗,本可以写得豪情满纸、激昂慷慨,诗人却采取了一种低调的写法,突出的是行军中种种凄凉感伤而忧惧的心情,展示的是普通的人情,与曹操《苦寒行》十分相近,表现出"英雄失路,万绪悲凉"、"随笔倾吐,哀音无次"(沈德潜《古诗源》卷八)的特色。

第三节　题材开拓和境界提升:陶渊明及六朝诗人的成就

一、从玄言诗到田园诗:陶渊明的创举

东晋时期,天下仍未安定,但于世事沧桑,人们已司空见惯,文学思潮渐趋平和。清谈老庄玄理的风气进一步影响到文学,产生了玄言诗,许询、孙绰为一时所宗。其代表作如:

> 仰观大造,俯览时物。机过患生,吉凶相拂。智以利昏,识由情屈。野有寒枯,朝有炎郁。失则震惊,得必充诎。(孙绰《答许询》)

不过借诗歌形式谈玄说理,"理过其辞,淡乎寡味"(《诗品序》)。唯郭璞《游仙诗》借助形象来阐述玄理,增加了抒情成分。在较长时间内,未能出现卓有成就的大诗人,清新可喜的作品不多。直到东晋末年,才出现了一位划时代的大诗人陶渊明,给诗坛带来了新的内容和风格,并昭示着充满希望的未来。

陶渊明(365—427),一名潜,字元亮。浔阳柴桑(今江西九江)人,曾祖陶侃出身寒微,晋时为大司马,是个务实而洁身自爱的人,外祖父孟嘉是标榜自然的名士。一生三仕三隐,最后的一次是义熙元年(405)八月出任彭泽县令,同年十一月郡里派来一名督邮来到,县吏提醒渊明应该穿戴得整齐一些,而他已厌倦县务,当天就解去印绶,辞官回家,从此再没有出来做官。有《陶彭泽集》。

钟嵘称渊明为"隐逸诗人之宗",但他并不是一般意义上的隐士。他很看重温饱,为人有极平常实际的一面,既亲近农业,然而当种田不能过活时,也不惜去做小官。做官不称心了,还回来躬耕。渊明诗以五言为主,从内容上大致可分两类,一类是咏怀(如

《杂诗》、《饮酒》等)咏史(如《咏荆轲》),与阮籍、左思一脉相承;一类是田园诗,则是渊明的新创。

中国以农业立国,在古老的大地上,很早就产生了关于农业劳动的歌谣,如《击壤歌》、《豳风·七月》等农事诗,但农事诗不等于田园诗。田园诗较农事诗更多审美趣味,它从田园风光和农村生活中汲取创作的素材和灵感,表现山水田园风光之美,赞美人与自然的和谐关系,歌颂农村淳朴的风俗及表达诗人对和平、自由的热爱与赞美。

陶渊明算得是中古时期新型的、具有田园色彩的士大夫典型,"六朝第一流人物"(沈德潜《说诗晬语》卷上)。他的诗品与人品统一,他的全部诗文展示着一种平实而有深度、有魅力的人生境界。其诗品与人品对后世文人影响极大,唐代大诗人如王孟、韦柳、李杜、白居易等都不同程度地受到他的影响,他超越于自己的时代,称得上是唐诗的先驱;宋代的苏轼与陶渊明风味最似,其对陶诗的推崇也不遗余力——以为曹刘、鲍谢、李杜诸人皆莫及也(参苏轼《与苏辙书》)。

二、回归自然:陶诗开拓的新境界

自汉末天命观发生动摇,魏晋时代的个性觉醒走出了旧的背谬,却又陷入新的困境。从"古诗十九首"到曹植、阮籍,诗中充满忧生之嗟,诗人在苦苦思索生命的价值和人生的意义,但走不出人生的苦闷,为严重的心态失衡所困扰。陶渊明田园诗的产生,其最大意义就在于它第一次对这些问题作出了明确答复,对生命价值和人生意义作出了肯定答案。本来,诗人和同时代人一样,也有苦闷,但他通过回归自然、参加劳动、享受亲情、从事创作,找到了新的生命价值和人生意义,并提出了他的社会政治理想(桃花源),以内心的充实与贫乏动乱的现实对立,找回了心理的平衡。

陶诗表现了一种新的人生观与自然观,这就是反对用对立的态度看待人与自然的关系,强调人与自然的同一,追求人与自然的和谐、人向自然的回归。人们欣赏陶诗的"冲淡",而这才是"冲淡"的本质。如他的《归园田居》之一:

> 少无适俗韵,性本爱丘山。误落尘网中,一去三十年。羁鸟恋旧林,池鱼思故渊。开荒南野际,守拙归园田。方宅十余亩,草屋八九间。榆柳荫后檐,桃李罗堂前。暧暧远人村,依依墟里烟。狗吠深巷中,鸡鸣桑树巅。户庭无尘杂,虚室有余闲。久在樊笼里,复得返自然。

《归园田居》组诗作于渊明在辞去彭泽令的翌年,五首诗分别从辞官、居闲、农事、访旧、夜饮几个侧面描绘诗人归隐后的生活及情趣。第一首写辞官归来如释重负的愉快心情。诗中"尘网"、"羁鸟"、"池鱼"、"樊笼"等比喻,前后映带,表现出诗人对官场的厌倦。"守拙"是一个关键词,与官场的机巧相对,"守拙"就是讲要老老实实做人。诗中用疏淡的笔墨画出一派田园风光,表现了诗人初回田庄的喜悦。诗人从与社会对立的自然,与城市对立的农村,与破坏对立的生产中看到希望。他用冲淡的五言诗,以平和从容的语调,叙述着他的愉悦和发现,使人在潜移默化中向真向善向美。所以方东树赞美渊明及其诗:"衣被后来,各大家无不受其孕育,当与《三百篇》同为经,岂徒诗人云耳哉!"(《昭昧詹言》卷四)

三、质而实绮,癯而实腴:陶诗的造诣

陶渊明的田园诗在艺术上的造诣概括而言有两个方面:

其一,平淡与醇厚的统一。诗人惯运用白描的手法,日常生活的语言,朴质自然乃至疏淡的笔调来精练地勾勒形象,一切明白如话,所以平淡。然而,诗人对自然与生命作诗意把握的悟性极高,从而诗味不薄。苏轼说:"渊明诗初看若散缓,熟看有奇句。""质而实绮,癯而实腴。"(《与苏辙书》)朱熹说:"陶渊明诗,人皆说是

平淡,据某看他自豪放,但豪放得来不觉耳。"(《朱子语类》卷一三六)前贤之论,实肯定了陶诗平淡中有醇厚。如他的《读山海经》:

> 孟夏草木长,绕屋树扶疏。众鸟欣有托,吾亦爱吾庐。既耕亦已种,时还读我书。穷巷隔深辙,颇回故人车。欢然酌春酒,摘我园中蔬。微雨从东来,好风与之俱。泛览周王传,流观《山海图》。俯仰终宇宙,不乐复何如!

其二,情景与哲理的结合。陶渊明诗常通过写景抒情,有意无意地表现出诗人从生活中领悟到的哲理。如《饮酒》:

> 结庐在人境,而无车马喧。问君何能尔,心远地自偏。采菊东篱下,悠然见南山。山气日夕佳,飞鸟相与还。此中有真意,欲辩已忘言。

"结庐在人境"四句,就含有心为物宰的至理,"远"是玄学的基本概念之一,指超脱于世俗利害的、淡然自足的精神状态。"心远地自偏"实为一篇之要言妙道。更多的时候,陶渊明并不采用说理,而直接通过景物本身来传达他的颖悟,如"有风自南,翼彼新苗"(《时运》),"平畴交远风,良苗亦怀新"(《癸卯岁始春怀古农舍》),"采菊东篱下,悠然见南山;山气日夕佳,飞鸟相与还"(《饮酒》),"众鸟欣有托,吾亦爱吾庐"(《读山海经》)等等,都含有梵家所谓"梵我一致",冥忘物我、和气周流的妙谛。要之,渊明诗创造了一种前所未有的新的美学范型,其特点是和谐静穆,圆融庄严,达到了古典主义的极致。

四、极貌写物,穷力追新:谢灵运与山水诗

晋宋之际,山水诗代替玄言诗,是一个重要文学现象。山水诗和田园诗均出现在玄言诗后,它们歌咏的主要对象都是自然,不过前者偏重山水景物,后者偏重田园风光。

山水诗的产生有时代的原因。魏晋以还,社会动乱,政治黑暗,隐逸之风遂盛。东晋以来官僚贵族集居于江浙的山水秀丽之地,佛寺道观亦多筑于名山,士大夫们既以隐逸为清高,又以徜徉山水为快乐,山水对于他们自然成为审美与描写的对象。玄言诗人高谈老庄玄理,亦崇尚于自然,所以诗中间及山水景物。加之游宦、行旅、离别等诗歌题材,都可以借着山水的描写来表现。于是山水诗也就应运而生。

山水诗则是与谢灵运的名字紧密联系在一起的。谢灵运(385—433),小名客儿,陈郡阳夏(今河南太康)人,东晋名将谢玄之孙。东晋末袭封康乐公,世称谢康乐。刘宋王朝建立后,降为侯爵,既不见知,常怀愤懑。永初三年(422)被排挤为永嘉(今浙江温州)太守,一年后回乡隐居。宋文帝即位,召为秘书监,常称病不朝,而事旅游,后被杀。有《谢康乐集》。

谢灵运是文学史上第一个专门从事山水诗写作的杰出诗人。他的山水诗绝大部分是在他做永嘉太守以后写的,诗里描绘了浙江、彭蠡湖等地的自然景色。其诗带有一种孤清闲适的情调,有意无意打上作家生活的烙印。他描绘山水力求精工与形似,有不少诗句生动细致地刻画了自然界的优美景色,情调比较开朗,给人以清新之感,前人谓之若初发芙蓉,自然可爱。然亦时见雕琢与堆砌,与陶渊明白描的、浑成的、情景交融、物我合一的境界相比,略逊一筹。刘勰说:"宋初文咏,体有因革,老庄告退,山水方滋。俪采百字之偶,争价一句之奇;情必极貌以写物,辞必穷力而追新。"(《文心雕龙·明诗》)谢灵运就是这种诗风的代表。如《石壁精舍还湖中作》:

> 昏旦变气候,山水含清晖。清晖能娱人,游子憺忘归。出谷日尚早,入舟阳已微。林壑敛暝色,云霞收夕霏。芰荷迭映蔚,蒲稗相因依。披拂趋南径,愉悦偃东扉。虑澹物自轻,意

惬理无违。寄言摄生客,试用此道推。

山水诗和田园诗虽然具体歌咏的对象有一些差异,但在表现人与自然的关系上,彼此是息息相通的,所以它们后来在唐代合一,形成一个声势浩大的山水田园诗派。

第四节　五言诗的律化:新体诗运动

一、低昂互节,回忌声病:永明体的产生

中国传统诗歌的发展,总的趋势是从不甚规范到比较规范,从自由体发展到格律体。从辞体、杂言到五言,就反映了这样一个趋势。在这个大的趋势中,五言诗的兴盛是一个重大事件,律诗的形成又是一个重大事件。

律诗的形成有一个先五言、后七言的过程。五言诗的律化,始于南齐武帝永明年间(483—493)。"永明末,盛为文章。吴兴沈约、陈郡谢朓、琅邪王融以气类相推毂,汝南周颙善识声韵。约等文皆用宫商,以平上去入为四声,以此制韵,不可增减,世呼为'永明体'"(《南齐书·陆厥传》)。最初是由四声的发现而避忌声病,从而产生了"永明体"——王闿运《八代诗选》称之为"新体诗"。

永明体的产生是文学史上重要事体之一,有两个关键人物:一个是首先提出四声说的周颙;一个是首先揭示律诗音乐美、倡导避忌八病的操作原则的沈约。沈约在《宋书·谢灵运传》里说:"欲使宫羽相变,低昂互节","若前有浮声,则后须切响。一简之内,音韵尽殊;两句之中,轻重悉异。"这段话极精要地道出了新体诗形式美的特点。所谓八病是指:平头(一联中上下两句的前一二字同声)、上尾(两句非韵脚所在的末字同声)、蜂腰(句中二五字同声)、鹤膝(隔句末字同声)、大韵(两句中有与韵脚同韵的字)、小韵(两句中

有彼此同韵的字)、正纽(两句中有不相连的双声字)、旁纽(两句中有不相连的叠韵字)。八病的规定不但过于繁琐,也缺乏科学依据,难于全部遵循,然而它是通向简捷的调声术的第一步。永明体诗歌炼句工稳,音韵谐婉流利,风格圆美流转,篇幅趋向短小,这些都对近体诗的形成有重大影响。以下是新体诗的实例:

> 生平少年日,分手易前期;及尔同衰暮,非复别离时。勿言一樽酒,明日难重持。梦中不识路,何以慰相思?（沈约《别范安成》）

新体诗的诗句几乎都是律句,不过还未形成粘对规律。

永明体或新体诗的最大特征,是丢开汉魏诗的浑厚古拙,而趋向精妍新巧。这种精妍新巧是基于汉语的元音优势,及四声区别。因而,通过平仄变化与双声叠韵追求,可达抑扬顿挫之听觉美,和骈句对仗之视觉美。

二、从清新到绮靡:新体诗与宫体诗

由沈约首倡风气,吸引了一代文人参与创作,新体诗的作者很多,南北朝合计有 80 余人,其中名家有谢朓、王融、何逊、阴铿等,从而蔚为文学运动。直到唐初,才最终将四声简化为平仄,由消极的回避声病变成积极的调声,从而形成了具有一整套格律样式可循的五言近体诗(即五言律诗)。这一完整过程,就是中国诗史上新体诗运动。

谢朓(464—499),字玄晖,南齐陈郡阳夏(今河南太康)人,和谢灵运同族,后并称大小谢。曾任宣城太守,世称谢宣城。齐永元元年因事牵连,下狱而死,年 36 岁。谢朓诗主要表现亦官亦隐的士族情趣。他继谢灵运之后进一步发展了山水诗,诗工于发端,篇中多有警句,诗风较谢灵运清新明快。是李白特别钦佩的一位六朝诗人。有《谢宣城集》。下面是他的代表作:

　　瀌涘望长安,河阳视京县。白日丽飞甍,参差皆可见。余
霞散成绮,澄江静如练。喧鸟覆春洲,杂英满芳甸。去矣方滞
淫,怀哉罢欢宴。佳期怅何许,泪下如流霰。有情知望乡,谁
能鬒不变?(《晚登三山还望京邑》)

　　此诗前半写景,比喻生动,形象鲜明,境界开阔,气象高华;后半抒
情,一怀愁绪,满纸苍凉,非常感人。谢朓还在五言绝句的写作上,
表现出他的趋新,如《玉阶怨》、《王孙游》等,已启唐人绝句。关于
五言绝句,后面将作专节论述。

　　新体诗在梁陈时代的宫廷演变出一种诗风轻艳的诗体,当时
号称宫体。其主要作家是梁简文帝萧纲、梁元帝萧绎,以及聚集于
他们周围的一些文人,如徐摛、徐陵父子,庾肩吾、庾信父子,诗的
主要内容写妇女生活与体态,以及咏物。如:

　　佳丽尽关情,风流最有名。约黄能效月,裁金巧作星。粉
光胜玉靓,衫薄拟蝉轻。密态随流脸,娇歌逐软声。朱颜半已
醉,微笑隐香屏。(萧纲《美女篇》)

　　《隋书·文学传序》指出宫体诗的特点是"争驰新巧","其意
浅而繁,其文匿而彩,词尚轻险,情多哀思",其影响所及,造成了
诗风的靡弱。另一方面,宫体诗多用典,辞藻浓丽,比永明体更趋
于格律化,故对律诗的形成有重要推动作用。

第五节　五言绝句与南北朝乐府

一、五言四句体和南朝乐府

　　南朝和汉代一样设有乐府机关,负责采集民歌配乐演唱。南
朝乐府民歌大约有500首,大部分属于清商曲辞,主要有吴歌326

首、西曲 142 首。吴歌产生于长江下游,而以当时的首都建业为中心;吴歌原是徒歌,采入乐府始配乐歌唱。吴歌产生的时代以东晋和宋居多。西曲是产生于长江中游和汉水两岸的城市,而以江陵为中心;在唱法上与吴歌不同。此外,西曲的时代比吴歌稍晚,以齐、梁居多。

东晋以来,长江流域经济活跃,商业发达,城市繁荣。宋文帝时出现经济上升的势头,富庶的地区首推荆州和扬州,齐初几十年也是较为安定的时期,当时繁荣的城市生活奢靡成风,王侯将相歌伎填室,鸿商富贾竞相夸大,舞女成群,互有争夺,音乐文艺蓬勃发展。南歌多半出自商人、妓女、船户和市民,主要反映城市中下层居民的生活和思想感情,内容比较狭窄,绝大多数是情歌,与《诗经》、汉乐府颇有异同。

“歌曲数百种,《子夜》最可怜;慷慨吐清音,明转出天然。”(《大子夜歌》)当时以《子夜歌》为代表的歌辞大都是五言四句体。这种五言四句体,在汉代民间歌谣中已有少量出现(如《藁砧诗》),其体裁还可溯源到《诗经》的每章四句。不过,这种体裁的小诗形成气候,却是在南北朝时代,特别是南朝乐府之中。这种诗体恰好符合新体诗篇幅趋短的走向,所以为当时诗人乐用,最终形成为五言绝句。

　　　始欲识郎时,两心望如一。理丝入残机,何悟不成匹。(《子夜歌》)

　　　夜长不得眠,明月何灼灼。想闻欢唤声,虚应空中诺。(同前)

　　　春林花多媚,春鸟意多哀。春风复多情,吹我罗裳开。(《子夜四时歌》)

　　　秋风入窗里,罗帐起飘扬。仰头看明月,寄情千里光。(同前)

江陵去扬州,三千三百里。已行一千三,所有二千在。
(《懊侬歌》)

南歌在艺术表现方面的主要特点是:第一,多自然景物的描写,明媚秀丽的江南风光与柔情绮思表里融洽,与汉魏古歌和北歌相比,是一个很大的优长。第二,比兴和双关手法的运用,双关语是利用同音字构成的,比如莲花的"莲"和怜爱的"怜","莲子"和"怜子",丝线的"丝"和相思的"思",篱笆的"篱"和离别的"离"等,增加了语言的活泼和委婉。第三,多代言体和问答体,南歌多用女子独白的语气写来,设为问答的也不少,此外还有连章体。

《杂曲歌辞》中有一篇《西洲曲》,堪称南朝乐府的杰作。这首五言诗四句一节,共32句,仿佛由八首五言四句体联缀而成。这种体制当由连章体演变而成。全诗如下:

忆梅下西洲,折梅寄江北。单衫杏子红,双鬓鸦雏色。西洲在何处?两桨桥头渡。日暮伯劳飞,风吹乌臼树。树下即门前,门中露翠钿。开门郎不至,出门采红莲。采莲南塘秋,莲花过人头。低头弄莲子,莲子青如水。置莲怀袖中,莲心彻底红。忆郎郎不至,仰首望飞鸿。鸿飞满西洲,望郎上青楼。楼高望不见,尽日栏杆头。栏杆十二曲,垂手明如玉。卷帘天自高,海水摇空绿。海水梦悠悠,君愁我亦愁。南风知我意,吹梦到西洲。

诗以长江中游明丽的自然风光,如西洲、渡口、桥头、南塘、乌臼、红莲等等场景风物,衬托水乡男女在采莲季节的生活和情思。富于暗示性的诗句和欲断还连的诗节,恰到好处地表现了诗中人一往情深而又欲言难言的内心活动。其中有不少律句,表现出新体诗的影响。

二、北朝乐府与《木兰诗》

北朝民歌今存约 60 多首,多半是北魏以后的作品,陆续传到南方,由梁代的乐府机关保存下来,主要见于《乐府诗集》的《梁鼓角横吹曲》。

北歌出于北方不同的民族,以鲜卑民歌为多,其中也有汉人的作品。由于北朝生产力水平较低,以游牧业为主,北人与南人生活状况大相径庭,北歌亦以五言四句体为多,但从内容题材到艺术风格、表现手法与南歌有显著的差别。北歌中的景物有北国情调,艺术表现较为质朴而生活内容却较为开阔:

> 愔马常苦瘦,剿儿常苦贫。黄禾起羸马,有钱始作人。(《幽州马客吟歌辞》)

> 敕勒川,阴山下。天似穹庐,笼盖四野。天苍苍,野茫茫,风吹草低见牛羊。(《敕勒歌》)

这些诗有对侠义精神的讴歌,对命运不平的感喟,对不合理现实的幽默嘲谑,有对广阔山川及家园的歌颂,社会生活内容比较广阔,为南歌所罕见。与南歌书面加工痕迹较显,且有文人仿作不同,北歌口头创作居多,以谣体为主,总的风格是刚健质朴,生气勃勃。

北朝民歌中的《木兰诗》是一篇难得的杰作:

> 唧唧复唧唧,木兰当户织。不闻机杼声,唯闻女叹息。问女何所思,问女何所忆?女亦无所思,女亦无所忆。昨夜见军帖,可汗大点兵。军书十二卷,卷卷有爷名。阿爷无大儿,木兰无长兄。愿为市鞍马,从此替爷征。

> 东市买骏马,西市买鞍鞯,南市买辔头,北市买长鞭。旦辞爷娘去,暮宿黄河边。不闻爷娘唤女声,但闻黄河流水鸣溅溅。旦辞黄河去,暮至黑山头。不闻爷娘唤女声,但闻燕山胡骑鸣啾啾。

万里赴戎机,关山度若飞。朔气传金柝,寒光照铁衣。将军百战死,壮士十年归。归来见天子,天子坐明堂。策勋十二转,赏赐百千强。可汗问所欲,木兰不用尚书郎。愿借明驼千里足,送儿还故乡。

爷娘闻女来,出郭相扶将;阿姊闻妹来,当户理红妆;小弟闻姊来,磨刀霍霍向猪羊。开我东阁门,坐我西阁床。脱我战时袍,著我旧时裳。当窗理云鬓,对镜贴花黄。出门看伙伴,伙伴皆惊惶。同行十二年,不知木兰是女郎。雄兔脚朴朔,雌兔眼迷离,双兔伴地走,安能辨我是雄雌!

诗写木兰女扮男装,替父从军,塑造一位保家卫国的女英雄形象,在思想上突破了男尊女卑的观念。尤其可贵的是诗人立足女性本位,通过心理刻划,表现出木兰虽然英雄,却毕竟是一个女儿。诗在"旦辞爷娘去"以前的部分,基本上以五言四句为一单元,颇具整饬之美。以后部分才打破这一程式,间用杂言。全诗音情跌宕,颇饶变化之致。

三、文人联句与绝句的产生

五言四句体诗的大量产生,引起南北朝文人的兴趣。文人聚会活动,就用这种体裁来进行联句,当时诗人如何逊、江革、范云、刘孝绰等集中,皆有联句诗。

所谓联句与后世文人唱和大体近似。一人先作了四句,别的人如果续作,便成"联句"。假如无人续作,便成了"断句",或称"绝句"。

最初,绝句只是五言四句体的专名,后来其外延扩展到七言四句体,成为兼名。于是,五言四句体诗就称为五言绝句。

五言绝句的产生,先于近体,所以以古风为多,与七言绝句基本上属于近体不同。早期优秀的五绝诗人,南朝推谢朓,北朝推庾信:

　　　　夕殿下珠帘,流萤飞复息。长夜缝罗衣,思君此何极。
　　(谢朓《玉阶怨》)

　　　　玉关道路远,金陵信使疏。独下千行泪,开君万里书。
　　(庾信《寄王琳》)

两人在取材上,谢朓近于民歌,庾信则偏重感怀。在风格上,谢诗
清新,庾诗老成,亦有南歌北歌之差异。

第六节　魏晋南北朝时代的七言诗

一、七言诗体及文人的早期创作

　　五言诗自其优越性为人认识以来,就很快取代四言诗而得到
普遍应用,从而成为汉魏六朝最流行的诗体。而七言诗的发展则
相对迟缓。

　　所谓七言诗,是指每句七字或以七字句为主的诗篇。七言诗
历八代而到唐代大为发展,与五言诗同为古典诗歌的主要形式。
七言诗细分为七言古诗,七言律诗和七言绝句。在近体诗出现以
前,七言诗即七言古诗。

　　七字句的出现较早,在《诗经》中偶尔一见,在《楚辞》中大量
出现。旧说七言诗起于汉武帝时的《柏梁台诗》,恐不可信。七言
诗当起于汉代的民间歌谣,由于未能像五言诗那样很快地受文人
重视。当"五言居文辞之要,是众作之有滋味者"(《诗品序》)时,
七言诗在人们的观念中还是"体小而俗"(傅玄《拟〈四愁诗〉
序》),不登大雅之堂的。

　　较早的文人七言之作有东汉张衡《四愁诗》,不过,此诗奇句
中夹有一个"兮"字,保留着楚歌的痕迹;直到晋代的傅玄,也还是
如此。今存较为成熟的文人七言诗,是魏文帝曹丕的《燕歌行》二

首,兹录其一:

> 秋风萧瑟天气凉,草木摇落露为霜,群燕辞归雁南翔。念
> 君客游思断肠,慊慊思归恋故乡,何为淹留寄他方?贱妾茕茕
> 守空房,忧来思君不敢忘,不觉泪下沾衣裳。援琴鸣弦发清
> 商,短歌微吟不能长,明月皎皎照我床。星汉西流夜未央,牵
> 牛织女遥相望,尔独何辜限河梁。

这首诗是整齐的七言诗,没有句末的语词。它句句押韵,三句一组
(即有奇句),与后来规范为偶句用韵,两句一联的七言古诗,还有
一些差异。

二、俊逸鲍参军:文人七言诗的成熟之作

七言诗相对于五言诗,自有潜在的优势。相对而言,"五言尚
安恬,七言尚挥霍"(刘熙载《艺概·诗概》),"五言绝尚真切,质
多胜文;七言绝尚高华,文多胜质"(胡应麟《诗薮》内编卷六)。七
言较五言如挽强用长,更能胜任纵横捭阖、淋漓恣肆的表达,和形
成多种风格。然而这一潜在的优越性,由于习惯的势力,长期被文
人忽视,直到刘宋时代出了个鲍照,才出现转机。

鲍照(?—466),字明远,南朝宋时东海(今山东郯城)人,出
身寒微,曾干谒临川王刘义庆,初未见知,后贡诗言志,始得赏识,
被提拔为国侍郎。后做过几任县令,后为临海王刘子顼前军刑狱
参军,世称鲍参军。子顼反,死于兵乱。"才秀人微,故取湮当代"
(《诗品》)。有《鲍参军集》。

鲍照诗赋兼长,其诗主要表现建功立业的愿望,以及对门阀制
度的不满,有的作品描写边塞战争和征人的生活,是唐代边塞诗的
先导。五言诗以清新俊逸著称,而最能表现艺术独创性的是他的
七言古诗。七言古诗是每句七字或以七字句为主的古诗。以七字
句为主,间有杂言的七言古诗,在汉魏乐府中多以"歌"、"行"命

篇,故后世亦称七言歌行。鲍照的七言古诗,相对于曹丕《燕歌行》,已变句句押韵为隔句押韵,变一韵到底为灵活转韵,使得七言古诗更多地具有散文和辞赋体的优长。它拓展了七言古诗的范畴,完善了七言古诗的形式,从而大大推动了七言诗体的发展。

鲍照今存乐府诗80余首,最具艺术独创性的是《拟行路难》18首。如其中一首:

> 对案不能食,拔剑击柱长叹息。丈夫生世会几时,安能蹀躞垂羽翼?弃置罢官去,还家自休息。朝出与亲辞,暮还在亲侧。弄儿床前戏,看妇机中织。自古圣贤尽贫贱,何况我辈孤且直!

《行路难》古辞今佚,据《乐府解题》,其辞乃"备言世路艰难及离别悲伤之意"。鲍照的拟作涉及不同的题材内容,体式、风格也不尽一致,看来非一时一地之作。其共同的主旋律则是对人生苦闷的吟唱,形式上则是齐言或杂言的七言古诗。无论在张扬个性意识,还是在慷慨任气、磊落使才的作风,及横发杰出的风格上,都对唐代诗人尤其李白,有不可忽略的影响。杜甫《春日忆李白》称其"清新庾开府,俊逸鲍参军",即是明证。

[思考题]

1. 五言诗是怎样产生的? 较之四言诗,有何明显的优越性?
2. "古诗十九首"在中国诗史上有何特殊的地位?
3. "三曹七子"分别指哪些作家? 他们的诗歌创作有何共同特征?
4. 什么是"建安风骨"? 它在中国文学史上发生过怎样的影响?
5. 阮籍《咏怀诗》主要内容是什么? 对后世有什么影响?
6. 钟嵘称陶渊明为"古今隐逸诗人之宗",是否正确?
7. 北朝乐府民歌与南朝乐府民歌有何不同?

第四章 古近体诗体大备及创作繁荣
——李白和初盛唐诗

第一节 五言律诗的成立与七言诗的丕变

一、中国诗史的光辉篇章:唐诗

中国诗史最光辉的篇章是唐诗。新体诗运动到初唐完成,最终确定了五七言古近体诗的范式,成为当时和后世诗人常用的百代不易之体。唐诗今存 5 万首之多,超出西周到南北朝一千六、七百年间存诗总数的 2 至 3 倍;知名诗人远逾 2000 之数,具有独特风格的诗人总数在 50 至 60 人之间,超过从战国到南北朝著名诗人的总和,其间产生了李白、杜甫、白居易等世界性的大诗人。

明胡应麟曾赞叹:"甚矣,诗之盛于唐也:其体则三四五言、六七杂言、乐府歌行、近体绝句靡弗备矣;其格则高卑远近、浓淡浅深、巨细精粗、巧拙强弱靡弗具矣;其调则飘逸浑雄、沉深博大、绮丽幽闲、新奇猥琐靡弗诣矣;其人则帝王将相、朝士布衣、童子妇人、缁流羽客靡弗预矣"(《诗薮》外编卷三),因而被王国维称为"一代之文学",谓"后世莫能继焉者"(《宋元戏曲考·序》)。

唐诗的最大特点是内容的生活化,创作的社会化。朱彝尊说:"唐诗色泽鲜艳,如旦晚间脱墨砚者,今诗才脱笔砚已是陈言。"

(《静志居诗话》)诗歌在唐代曾是最具群众性的文艺样式,且有很高的社会应用价值——唐诗中送别、寄赠之作之多,就是很好的说明。唐代诗人遍布社会各阶层,以诗赋举士的科举制度,和帝王宫廷重视诗歌创作,上行下效,形成全社会尊重文艺的风气。唐诗的传播方式,一是宴会赋咏,二是谱曲传唱。优秀的唐诗,千百年来一直活在人们的口头。

二、新制迭出,格律形成:初唐的五言律诗

　　初唐诗的实绩主要表现在太宗、武后两朝。贞观宫廷诗人如虞世南、李百药、陈叔达等,是初唐诗坛“元老派”人物,虽多为陈隋旧人,但诗风仍有改良。唐太宗认为国家兴亡的关键在政治,倡导中和雅正的诗风,大体合乎南北合流的诗歌发展趋势。

　　武则天时代,由于国家统一,社会经济和文化的繁荣,在宫廷以外崛起了新生代诗人——初唐四杰(王勃、杨炯、卢照邻、骆宾王),而宫廷诗人的诗风也突破了齐梁的藩篱,渐发唐音。

　　在初唐,律诗——首先是五言律诗定型,并产生大量佳作。

　　律诗是严格意义上的格律诗,讲求声律和对仗。律诗主要有五言律诗和七言律诗两类。它每篇8句,每两句相配为一联,每联的上句称“出句”,下句称“对句”。同一联中的出句和对句在平仄上须合符“对”(出句与对句同一位置上的字平仄相对)的要求。第一联或称首联,第二联或称颔联,第三联或称颈联,第四联或称尾联。相邻的联之间合符“粘”(上联对句与下联出句第二字平仄相同)的要求。颔联和颈联必须对仗(初唐偶有例外)。律诗于偶句(对句)押韵,首句可押韵可不押韵,通常押平声韵,所以每篇共四韵或五韵。律诗还可以延长至10句以上,多至百韵,称为排律。排律除首尾两联,中间各联皆须对仗。

　　在初唐,五言律诗率先定型,产生了堪称典范的作品。五言律诗与新体诗的最大不同,一是“当对律”的总结,一是将四声简化

为平仄、将消极的回避声病简化为积极的调声,使得诗歌格律化的追求变得简单易行。在这一转变过程中,功绩较大的诗人有上官仪,沈佺期和宋之问。

上官仪(608?—664)是唐太宗晚年赏识的词臣,其婉媚绮丽的诗作,引起时人纷纷效仿,被称之为"上官体"。他对新体诗的对仗手法颇有研究,提出了六对(正名、同类、连珠、双声、叠韵、双拟)、八对(的名、异类、双声、叠韵、联绵、双拟、回文、隔句)等方法,是对律诗当对律的初步总结。

沈佺期(656?—714,有《沈云卿集》)和宋之问(656?—712,有《宋学士集》)并称"沈宋",是武后朝宫廷诗人中的实力派人物,他们在调声术方面作出卓有成效的努力,对律诗的定型作了很大贡献。"汉建安后迄江左,诗律屡变,至沈约、庾信以音韵相婉附,属对精密。及之问、佺期又加靡丽,回忌声病,约句准篇,如锦绣成文,学者宗之,号为沈宋"(《新唐书·宋之问传》)。"《风》、《雅》、《颂》一变而为《离骚》,再变而为两汉五言,三变而为歌行杂体,四变而为沈宋律诗"(严羽《沧浪诗话》)。沈宋之外,杜审言和初唐四杰也作出了贡献。他们的五言律诗是相当规范的,例如:

> 度岭方辞国,停轺一望家。魂随南翥鸟,泪尽北枝花。山雨初含霁,江云欲变霞。但令归有日,不敢恨长沙。(宋之问《度大庾岭》)

> 城阙辅三秦,风烟望五津。与君离别意,同是宦游人。海内存知己,天涯若比邻。无为在歧路,儿女共沾巾。(王勃《送杜少府之任蜀川》)

> 独有宦游人,偏惊物候新。云霞出海曙,梅柳渡江春。淑气催黄鸟,晴光转绿蘋。忽闻歌古调,归思欲沾巾。(杜审言《和晋陵陆丞早春游望》)

这些诗题材广泛,内容丰富,情辞俱美,对仗精工,音调浏亮,饶有唱叹之致,是十分成熟的五言律诗。

在初唐,七言律诗也随五言律诗的定型而定型,不过作家不多,作品也较稚嫩,未达到五言律诗那样成熟的境地,其中杜审言、沈佺期之作笔墨较为酣畅,间有佳句,可算这一体裁中的先驱。如沈佺期的《古意》:

> 卢家少妇郁金堂,海燕双栖玳瑁梁。九月寒砧催木叶,十年征戍忆辽阳。白狼河北音书断,丹凤城南秋夜长。谁为含愁独不见,更教明月照流黄。

杜审言还工于五言长律,同时作家不过 6 韵 8 韵,很少达到 10 韵以上者,而杜审言《赠崔融》共 20 韵,《和李大夫嗣真奉使存抚河东》共 40 韵,后来杜甫喜作长篇排律,其法即出自这位祖父。

三、初唐的七言古诗:四杰体

七言古诗吸收了近体诗的成果,呈跃进性发展。初唐四杰运用近体诗的格调和《西洲曲》的篇法,创造了一种声调圆转、音乐性极强的七言诗品种——"四杰体"七古。这种七言古诗的特点是大体上四句一节,节自为韵,平仄韵交替,换韵处用逗韵,一篇古诗仿佛由若干首绝句联缀而成。在修辞上多用顶真、回文、对仗、复叠等手法,形成一气贯注而又缠绵往复的旋律。既采用了声律学的成果,又比律诗自由,这是四杰体的一个显著特点。

四杰体的杰作是卢照邻《长安古意》和骆宾王《帝京篇》。京都风光本是汉赋铺写的对象,太宗朝已有诗人仿效,卢、骆更施之七言长篇。如卢照邻的《长安古意》:

> 长安大道连狭斜,青牛白马七香车。玉辇纵横过主第,金鞭络绎向侯家。龙衔宝盖承朝日,凤吐流苏带晚霞。百丈游

丝争绕树,一群娇鸟共啼花。啼花戏蝶千门侧,碧树银台万种色。复道交窗作合欢,双阙连甍垂凤翼。梁家画阁中天起,汉帝金茎云外直。楼前相望不相知,陌上相逢讵相识。借问吹箫向紫烟,曾经学舞度芳年。得成比目何辞死,愿作鸳鸯不羡仙。……别有豪华称将相,转日回天不相让。意气由来排灌夫,专权判不容萧相。专权意气本豪雄,青虬紫燕坐春风。自言歌舞长千载,自谓骄奢凌五公。节物风光不相待,桑田碧海须臾改。昔时金阶白玉堂,即今唯见青松在。寂寂寥寥扬子居,年年岁岁一床书。独有南山桂花发,飞来飞去袭人裾。

如此洋洋洒洒的宏篇巨制,如此生龙活虎般腾踔的节奏,在辞藻上酌采齐梁芳华,以奔放的激情,放开粗豪而圆润的嗓子,唱出新声,"一变而精华浏亮,抑扬起伏,悉谐宫商,开合转换,咸中肯綮"(胡应麟《诗薮》内编卷三),从而压倒"四面细弱的虫吟"(闻一多《唐诗杂论·宫体诗的自赎》)。

四、以孤篇压全唐:《春江花月夜》及其他

初唐还有张若虚和刘希夷,他们特别把兴趣从外部世界的观察转到对人生的思索和内省,运用四杰体七古,写出了极具兴发感动力量的杰作。

张若虚,与沈、宋等人同时,扬州人,曾官兖州兵曹。与贺知章、张旭、包融并称"吴中四士"。他存诗虽仅有两篇,但他的《春江花月夜》独立华表,或谓其以孤篇压全唐。其诗如下:

春江潮水连海平,海上明月共潮生。滟滟随波千万里,何处春江无月明。江流宛转绕芳甸,月照花林皆似霰。空里流霜不觉飞,汀上白沙看不见。江天一色无纤尘,皎皎空中孤月轮。江畔何人初见月?江月何年初照人?人生代代无穷已,江月年年望相似。不知江月待何人,但见长江送流水。白云

一片去悠悠,青枫浦上不胜愁。谁家今夜扁舟子? 何处相思
明月楼? 可怜楼上月徘徊,应照离人妆镜台。玉户帘中卷不
去,捣衣砧上拂还来。此时相望不相闻,愿逐月华流照君。鸿
雁长飞光不度,鱼龙潜跃水成文。昨夜闲潭梦落花,可怜春半
不还家。江水流春去欲尽,江潭落月复西斜。斜月沉沉藏海
雾,碣石潇湘无限路。不知乘月几人归,落月摇情满江树。

此诗前半在春江花月夜的背景上,对人生展开哲理性沉思;后半写
人世悲欢离合,较为生活化。其形象概括力极强,与其说是一夜的
纪实,不如说是整个人生的缩影,诗人在描写自然景物和表现内心
世界两个方面,都是不受压抑,向外无限扩展。它第一次较为充分
地展示了唐人的生活理想和精神风貌。从这个意义上说,正是
"孤篇横绝,竟为大家"(王闿运《论唐诗诸家源流》)。

　　刘希夷亦与沈、宋同时,他的《代悲白头翁》亦是富有震撼力
的作品:

　　　　洛阳城东桃李花,飞来飞去落谁家? 洛阳女儿惜颜色,行
逢落花长叹息。今年落花颜色改,明年花开复谁在? 已见松
柏摧为薪,更闻桑田变成海。古人无复洛城东,今人还对落花
风。年年岁岁花相似,岁岁年年人不同。……

此诗以特有的敏感,对人生无常青春易逝深悲无奈,也有感伤怀才
不偶的情感寄寓,同时充满对生活的留恋和热爱。"年年岁岁花
相似,岁岁年年人不同"是千古脍炙人口的名句,《红楼梦·葬花
辞》就脱胎于此诗。

五、与齐梁划清界限:陈子昂

　　在初唐诗从创作上有了建树之后,就需要有人从理论上对齐
梁诗作一清算。完成这一历史任务的,是被称为一代文宗的陈子

昂。陈子昂(661—702)字伯玉,梓州射洪(今属四川)人,其一生与武后时代相始终。24 岁中进士,为麟台正字、右拾遗。曾两度随军从征,在讨契丹时因与武攸宜意见不合而受排斥打击。后辞职还乡,遭迫害致死,时年 42 岁。对理想的热切追求和理想不能实现的愤慨不平,是贯穿于陈子昂诗歌的主要内容。尤其重要的,是他提出了以复古为革新的诗歌主张:

> 文章道弊五百年矣,汉魏风骨晋宋莫传,然而文献有可征者。仆尝暇时观齐梁间诗,彩丽竞繁而兴寄都绝,每以永叹,思古人,常恐逶迤颓靡,风雅不作,以耿耿也。一昨于解三处,见明公咏孤桐篇,骨气端翔,音情顿挫,光英朗练,有金石声。遂用洗心饰视,发挥幽郁。不图正始之音复睹于兹,可使建安作者相视而笑。(《与东方左史虬修竹篇序》)

陈子昂批评齐梁间诗“彩丽竞繁而兴寄都绝”,提出了追踪《风》《雅》汉魏,讲求风骨兴寄,标榜建安作者和正始诗人。与杨炯《王勃集序》的某些提法非常相近,但更加具体,尤其是强调了“兴寄”与“风骨”。所谓“兴寄”,是指诗歌必须寄托政治时事、寄托诗人的理想抱负,即要有充实的社会内容和进步的思想感情;所谓“风骨”,通常认为指刚健遒劲的风格。其理论主张后来分别为白居易和殷璠所继承和发挥;并得到李、杜、白、韩等唐代大诗人一致推许,可谓衣被一代。其代表作有《感遇》38 首、《蓟丘览古赠卢居士藏用》7 首和《登幽州台歌》。

> 前不见古人,后不见来者。念天地之悠悠,独怆然而涕下。

这首《登幽州台歌》短短四句,却在悠远苍茫的时空背景中展示出抒情主人公的高大形象,抒发了壮士失志的孤独和悲愤,被誉为“不愧是齐梁以来两百多年中没有听到过的洪钟巨响”(游国恩等

《中国文学史》第四编第一章）。

第二节 山水田园诗与五言近体的升华

一、"盛唐气象"和唐诗的繁荣

玄宗开元、天宝年间（712—755），即史家所谓盛唐时代，唐诗发展呈跃进性趋势，短短半个世纪中，中国古典诗歌发展到它的全盛时代。

所谓盛唐气象，全然是百年积强、两个文明得到高度发展的产物。唐朝国土幅员辽阔，"东至安东，西至安西，南至日南，北至单于府"（《新唐书·地理志》）。从太宗贞观之治到武后永徽之治、到玄宗开元全盛，140年中物质文明达到很高水平。

国家的统一强盛，不但使人民具有自豪感，也为南北文化的融合提供了条件。以北方的贞刚之气，改造江左的绮靡之风，成为新王朝在文化上的自然要求。读万卷书，行万里路，不是唐代诗人的奢望，而是活生生的现实。

唐开国百余年，政治开明，学术自由，经学、史学、法学、文学、艺术等人文科学领域都有突出成就。当时诗人作家人数之多，分布之广，空前未有。这种情况，脱离了文化相对普及的背景，也是不可想象的。

唐代统治者重视和提倡文艺创作，唐太宗先后开设过文学馆、弘文馆，招延学士，编纂文书，唱和吟咏；高宗、武后常常自制新词以入乐，宴集群臣赋诗竞奖；玄宗本人既是诗人又是音乐家；代宗亲自过问王维集的编纂等等。以诗赋取士的制度也促使士人去研习诗文，他们把文学创作当作一种基本训练，这对诗歌创作的普及是有作用的，而盛唐诗的艺术极诣，可以说正是在普及基础上的提高。

二、冲淡中有壮逸之气:孟浩然的山水田园诗

盛唐诗的内容是丰富多彩的,然而有两种题材的诗歌——边塞诗和山水田园诗,无论数量还是质量都特别令人刮目相看。由陶渊明开创的田园诗,与谢灵运开创的山水诗,到唐代合流,出现了创作的繁荣,不是偶然的。农村总体上呈现出安定、和平的景象。隐居和漫游,是多数文人采取过的生活方式,他们的漫游兼有交际求仕和游山玩水的双重目的,隐居则兼有读书磨砺、造就声名和官余休憩等生活内容。唐人面对的是绿色的生态环境,人与大自然的关系比以往任何时代都更密切,更融洽,当然能发现更多的自然美和人情美。

孟浩然(689—740),襄阳(今湖北襄樊)人,是年辈较高的盛唐诗人,又是唐代很少以布衣终老的诗人。襄阳山水秀丽,在历史上出过著名隐者——汉阴丈人和庞德公,其地理人文环境培养了诗人耽爱山水和隐逸生活的特殊气质。青年孟浩然原怀用世之心,但因不涉事务,拙于奉迎,功名无着,遂以漫游为事。后为荆州从事,卒于疽。有《孟浩然集》,今存诗260余首。

孟浩然诗取材于日常生活、亲身经历和观感,诸如高士的孤怀、隐居的幽寂、登临的清兴、静夜的相思等等,现存作品有时甚至可以按时地顺序串联起来。除了少数几首情诗、宫词和边塞诗,一部孟浩然诗集,几乎可以看作一部孟浩然自传。所以,吴乔说:"孟浩然诗宛然高士。"(《围炉诗话》卷二)闻一多说:"说是孟浩然的诗,倒不如说是诗的孟浩然。"(《唐诗杂论》)他遇思入咏,不钩奇抉异,当巧不巧,以五言诗为主,律诗、绝句较古体为多,一时"五言诗天下称其尽美"(王士源《孟浩然集序》)。其代表作如下:

> 故人具鸡黍,邀我至田家。绿树村边合,青山郭外斜。开轩面场圃,把酒话桑麻。待到重阳日,还来就菊花。(《过故人庄》)

八月湖水平,涵虚混太清。气蒸云梦泽,波撼岳阳城。欲济无舟楫,端居耻圣明。坐观垂钓者,徒有羡鱼情。(《临洞庭赠张丞相》)

人事有代谢,往来成古今。江山留胜迹,我辈复登临。水落鱼梁浅,天寒梦泽深。羊公碑尚在,读罢泪沾襟。(《与诸子登岘山》)

春眠不觉晓,处处闻啼鸟。夜来风雨声,花落知多少?(《春晓》)

孟浩然诗宗渊明,但运用的诗体已经是五言近体为多了。他重视清新浑成的感受,风格冲淡。闻一多说:"淡到看不见诗了,才是真正孟浩然的诗。""真孟浩然不是将诗紧紧的筑在一联或一句里,而是将它冲淡了,平均地分散在全篇中。"(《唐诗杂论》)《过故人庄》诗写普普通通的作客,普普通通的农家,不过是一片场圃,遍地桑麻,却成功地创造了一个和平宁静的天地,表现了诗人对友情和自然的赞美,"语淡而味终不薄"(沈德潜《唐诗别裁集》卷一)。有人指出,孟浩然诗"冲淡中有壮逸之气"(胡震亨《唐音癸签》卷五引《吟谱》),如"气蒸云梦泽,波撼岳阳城"二句,写出西南风至,洞庭湖水声气东行时所具有的威力和影响,就写出了一种力度,一种震撼,切合时代的脉搏,即盛唐气象。

三、诗中有画,深契禅机:王维的山水诗

唐代的山水画也取得了划时代的成就,不少诗人本身就是画家,作为空间艺术的山水画,对山水诗的创作提供了借鉴之资。五言诗的特点,适合自然的题材,质朴的语言风格,安恬的意境,它的成熟,尤其是五言近体——五言律诗和五言绝句的定型,则给山水田园诗的创作提供了更加精美的诗体。反过来,山水田园诗人的创作,又使五言近诗体由初唐的典丽精工,一变为澄淡精致,清空

闲远,在艺术层次上得到再次升华。

王维(699—761),字摩诘,太原祁(今山西祁县)人。开元九年(721)进士,曾任太乐丞,开元末为殿中侍御史,知南选(主持考试)。安史之乱,身陷贼中,服药称喑。乱定后免罪复官。晚年官至尚书右丞,后世称王右丞。有《王摩诘文集》。

王维具有多方面的才能,是盛唐时代最具有普遍意义的代表人物。他精通音乐,做过大乐丞;又是南宗山水的开派画家;其母奉佛,他本人亦深契禅机。王维是一个天机清妙的诗人,能精确细致地感受、把握自然界美妙物色和神奇音响,善于用辞设色,注意诗歌音调的和谐,在完美表现对象的同时,又赋予它神秘而庄严的意蕴。他的诗歌同时具有音乐美、绘画美和禅味。

王维兼擅五、七言各体诗歌。《唐诗品汇》以王维为五七言古体名家,五七言律诗、五言排律、五言绝句正宗,七言绝句羽翼。今存诗400余首,多半无法编年。"王右丞诗,一种近孟襄阳,一种近李东川。清高名隽,各有宜也"(刘熙载《艺概·诗概》),大体可以看出其诗风的多样。其前期作风,大致可归入边塞一族;后期的山水田园诗,在艺术上达到登峰造极的程度。

开元二十八年(740),王维知南选自襄阳回京后,就开始了亦官亦隐的生活。最初隐居在终南山,不久,诗人又在蓝田辋川买到了原属初唐宋之问的庄园,辋川区有20来个景点,诗人常常邀约道友裴迪、丘为、崔兴宗等人,往还其间,浮舟往来,弹琴赋诗,啸咏终日。王维歌咏终南山、辋川的五言律诗,和与裴迪唱和的五言绝句《辋川集》等,内涵深厚,数量众多,格调雅淡,韵味隽永,是王维为唐诗献上的一份厚礼。如以下各首:

> 太乙近天都,连山接海隅。白云回望合,青霭入看无。分野中峰变,阴晴众壑殊。欲投人处宿,隔水问樵夫。(《终南山》)

寒山转苍翠,秋水日潺湲。倚杖柴门外,临风听暮蝉。渡头余落日,墟里上孤烟。复值接舆醉,狂歌五柳前。(《辋川闲居赠裴秀才迪》)

空山新雨后,天气晚来秋。明月松间照,清泉石上流。竹喧归浣女,莲动下渔舟。随意春芳歇,王孙自可留。(《山居秋暝》)

人闲桂花落,夜静春山空。月出惊山鸟,时鸣春涧中。(《皇甫岳云溪杂题·鸟鸣涧》)

王维诗在艺术上得陶诗真传,陶诗较多生活感受的发抒,他则更多地关注景物本身。他天机清妙,独具慧根,诗情、画意与哲理的结合,使他的诗歌同时具有音乐美、绘画美和禅味。其山水田园诗包含三个层面:其一,山水层面,对自然美的发掘。和煦明丽之为美,是人所共知的,而寂静幽暗之为美,则不为人所察觉;无声的寂静,无光的幽暗,是人所共知的,而有声的寂静,有光的幽暗,则较少为人注意。王维从对立面的相反相成中,发现了常人所不经意的美,既是独到的,也是成功的。例如上引《鸟鸣涧》,以及《鹿柴》、《竹里馆》等。其二,情感层面,抒发生活的感触。王维很少像陶渊明那样直抒怀抱,通常是将无限深情寄寓景物之中。例如上引《辋川闲居赠裴秀才迪》、《山居秋暝》,以及《终南别业》等。其三,哲理层面,表现一种人生态度。“太白五言绝自是天仙口语,右丞却入禅宗,如‘人闲桂花落’云云、‘木末芙蓉花’云云,读之身世两忘,万念皆寂。不谓声律之中,有此妙诠”(胡应麟《诗薮》内编卷六)。诗人实践着一种平平常常的、与物无忤的生活,将自身融入自然,以求得心境的和平。不仅能再现山水之美,令人心旷神怡,而且能启发人去参悟宇宙人生的奥秘。《辋川集》中小诗,形象地展示了作者面对自然,由静入定,由定生慧的悟道过程,从而深契禅机。

苏轼评王维:"味摩诘之诗,诗中有画;观摩诘之画,画中有诗。"(《东坡全集·书摩诘蓝田烟雨图》)作为一个画家诗人,王维自觉不自觉地将空间艺术的某些表现手法运用到诗中,他诗中描写往往是同一时刻并列在空间的情景,如《辋川田家》、《山居秋暝》、《辋川六言》等。王维五律中,恒有一联表现景物的空间关系,将时间意象空间化,从而被人赞为"如画"佳句:如"行到水穷处,坐看云起时"(《终南别业》)、"渡头余落日,墟里上孤烟"(《辋川闲居赠裴秀才迪》)、"大漠孤烟直,长河落日圆"(《使至塞上》)等。王维写景诗尤其是山水五绝,不事裁红晕碧,间用一、二色彩字,感觉仍是色淡神寒,如"荆溪白石出,天寒红叶稀。山路元无雨,空翠湿人衣"(《山中》)、"坐看苍苔色,欲上人衣来"(《书事》)、"湖上一回首,青山卷白云"(《欹湖》),正如他的画擅长水墨的渲染一样,其诗总体风格趋于淡雅。"摩诘以淳古淡泊之音,写山林闲适之趣,如辋川诸诗,真一片水墨不著色画"(王鏊《震泽长语》卷下)。他的诗风与画风是相通的。

王维精通音乐,且喜欢在诗中抒写普遍人情,他的诗如《相思》、《伊州歌》、《渭城曲》等,当时就被谱成歌曲广为流传,深受群众喜爱。如范摅《云溪友议》卷六载:"明皇幸岷山,百官皆窜辱,李龟年奔泊江潭,曾于湘中采访使筵上唱'红豆生南国',又曰'清风明月两相思',此辞皆王右丞所制,至今梨园唱焉。歌阕,合座莫不望南幸而惨然。"

红豆生南国,春来发几枝?愿君多采撷,此物最相思。(《相思》)

君自故乡来,应知故乡事。来日绮窗前,寒梅著花未?(《杂诗》)

渭城朝雨浥轻尘,客舍青青柳色新。劝君更尽一杯酒,西出阳关无故人。(《送元二使安西》)

这些诗多洋溢着少年热情,青春气息,语浅情深,所以流行。如《送元二使安西》通过饯宴,写出千古如新的场面,表现了真挚深厚的友情,自产生之日始,就成了流行送别曲。从此,"渭城曲"、"阳关曲"也成为送别歌的代称。

第三节　边塞诗与七古、七绝的发皇

一、边塞诗及其在盛唐的勃兴

较山水田园诗更能直接表现时代精神、集中体现盛唐气象的,无疑是盛唐的边塞诗。边塞诗的源头或许可以追溯到《秦风·无衣》、《小雅·采薇》,汉乐府《战城南》、《十五从军征》等。文人边塞诗则始于曹植《白马篇》、鲍照《代出自蓟北门行》等。隋及唐初,卢思道、薛道衡、四杰和陈子昂等都写过一些边塞诗。但总的说来,数量不多,诗境也还有待开拓。

盛唐时代,随着开疆拓土,军威四震,边塞军功成为一大出路向文士开放;交通便利,各族人民交往增多;盛唐将帅多文武全才,幕下亦多延揽文学之士,边塞军中有浓厚的文化气氛,边塞诗便大量产生,内容和艺术为前人所不可同日而语。

盛唐边塞诗主要反映边塞战争,以身许国的热情,和对和平生活的渴望;反映边区生活风情,各民族间友好相处的生活;描写边塞风光,和诗人对自然美的最新发现。边塞诗俨然成为反映边地现实生活的一面镜子,和表现一代唐人爱国主义、英雄主义、人道主义和民族自豪感的主要诗种。

二、边塞诗的重要体裁:七绝和七古

山水田园诗人对五言情有独钟,盛唐边塞诗人则对七言更有兴趣。本来盛唐文艺就以诗和音乐为极诣,而七言绝句和七

言古诗与乐府关系最深,与音乐的关系最密,信可发天地元气之奥。所以,这两种诗体遂成为盛唐诗人、尤其是边塞诗人的拿手好戏。

七言绝句本从七言四句体短歌发展而来。现存最早的七言四句诗是《垓下歌》,它每句中夹有一个"兮"字,是楚歌体;到南北朝乐府《横吹曲辞》中的《捉搦歌》、《隔谷歌》、梁简文帝《乌栖曲》等,发展为严格意义的七言四句,但或二韵换叶,或句句入韵,是短小的古风韵味;七言四句诗进一步发展,是隔句用韵,始作俑者是南北朝的鲍照《夜听妓》、汤惠休《愁思引》、魏收《挟琴歌》等;到初唐随近体律诗定型,七言四句体入律而稳顺声势,七言绝句也就诞生了。七绝在盛唐大量入乐称"唐乐府",成为最富于生命力和艺术潜力的诗歌体裁,不仅诗人普遍从事创作,在民间,也拥有相当数量的无名作者。正是在这个波澜壮阔的创作背景下,绝句艺术产生了成批高手和大量杰作,李白而外,如边塞诗人王昌龄、王之涣、王翰等,使七言绝句具有的艺术潜力第一次得到充分发挥,从而成为一种以小见大、深入浅出、情韵双绝、雅俗共赏的成熟诗体。

七言绝句虽好却小,难于正面表现波澜壮阔的生活图景、错综复杂的社会矛盾、深沉博大的思想内容。

七言古诗正好担当起这样的重任。因为它的篇幅可短可长,形式变化多端,句式杂用短长,句群奇偶无定,用韵变化多端,比别的诗体更富于波澜起伏,更便于铺陈叙写,表现重大的社会主题,展现广阔的生活画面。唐代七言古诗发展的过程,大体而言,"初唐风调可歌,气格未上;至王、李、高、岑四家,驰骋有余,安详合度,为一体;李供奉鞭挞海岳,驱走风霆,非人力可及"(沈德潜《唐诗别裁集·序》)。

七言古诗容易表达充沛旺盛的气势、横溢的才情,所以李白而外,高手多为边塞诗人,如沈德潜提到的高适、岑参、李颀等人(他所提到的王维,也兼长边塞之作)。

三、慷慨激昂,着眼政治:高适《燕歌行》

高适(700—765),字达夫,勃海蓨(今河北景县)人。他早年贫寒,且流落不偶,曾赴幽、蓟,后居宋中。安史之乱中时来运转,"以诗人为戎帅"(《旧唐书》本传),先后做到淮南节度使、剑南西川节度使,封勃海县侯。有《高常侍集》。

高适的边塞诗多抒发安边定远的理想,歌颂了将士的忠勇和牺牲,谴责了不义战争给人民带来的苦难,并反映了军中的阶级矛盾,对士卒和人民寄予同情。他不像王昌龄那样以戍卒的口吻抒情,也不像岑参那样以诗人的敏感去描绘战斗生活和边塞风光,而是以政治家的眼光去分析边防问题。不管是反映客观世界或抒发主观感受,他都喜欢用直抒胸臆的手法来表明自己的感情和思想,有慷慨激昂、豪放悲壮的风格,从而形成其边塞诗的特色。这一特点在名作《燕歌行》中得到集中表现:

> 汉家烟尘在东北,汉将辞家破残贼。男儿本自重横行,天子非常赐颜色。摐金伐鼓下榆关,旌旆逶迤碣石间。校尉羽书飞翰海,单于猎火照狼山。山川萧条极边土,胡骑凭陵杂风雨。战士军前半死生,美人帐下犹歌舞。大漠穷秋塞草腓,孤城落日斗兵稀。身当恩遇常轻敌,力尽关山未解危。铁衣远戍辛勤久,玉箸应啼别离后。少妇城南欲断肠,征人蓟北空回首。边庭飘飖那可度,绝域苍茫无所有。杀气三时作阵云,寒声一夜传刁斗。相看白刃雪纷纷,死节从来岂顾勋。君不见沙场征战苦,至今犹忆李将军。

《燕歌行》原为乐府古题,此诗虽然在写征夫思妇两地相思这一点上与古辞有联系,但写作的重心已转移到边塞问题上来,大大增加了社会意义,可谓推陈出新。全诗所展示的生活内容和思想内容，无论就深度还是广度而言，在边塞诗中均首屈一指。诗以刻画边防战士的集体形象为主，按其辞阙、赴边、激战、乡思、警戒和怅怨为主要线索展开描写，交织以天子送行、胡骑猖獗、将帅腐朽、少妇愁思等内容，有纵向发展，有横向延伸。就空间而言，涉及长安、榆关、碣石、瀚海、狼山、蓟北等，尺幅千里，坐役万景，形象丰满，气势开阔。主题思想却很集中——揭露军中矛盾、表现士兵对将帅不得其人的愤慨及人民对和平生活的向往。诗中写激战的同时，多次展现边庭荒凉的景象，通过对沙场荒凉的渲染，增加了悲壮惨苦的抒情气氛。"战士军前半死生，美人帐下犹歌舞"二句，通过画面组接，胜过千言万语。"校尉羽书飞瀚海，单于猎火照狼山"、"铁衣远戍辛勤久，玉箸应啼别离后；少妇城南欲断肠，征人蓟北空回首"、"杀气三时作阵云，寒声一夜传刁斗"等，皆用律对，相当工整。全诗音调浏亮，又浑厚老成，可推为盛唐边塞诗的力作。

高适的七绝也颇有名篇，如：

> 千里黄云白日曛，北风吹雁雪纷纷。莫愁前路无知己，天下谁人不识君！（《别董大》）

四、为西部传神写照：岑参的边塞诗

岑参（715—769），南阳（今属河南）人。官至嘉州（今四川乐山）刺史，故后世称岑嘉州。其曾祖岑文本在太宗时以布衣入相，伯祖岑长倩相高宗、武后，伯父岑羲相中宗、睿宗。"国家六叶，吾门三相"（《感旧赋》），使诗人有一种与众不同的自豪感和使命感。三十及第，天宝中两赴边塞为高仙芝幕掌书记，作封常清幕节度判官，足迹遍及天山南北。官至嘉州刺史，卒于成都。有《岑嘉州集》。

岑参的边塞诗中描绘遥远神奇的西部地区（东起陇右，西至中亚伊塞克湖即热海）的异域风光、习俗及其内在精神。就创作

而言,岑参与其他人不同,他以不功利的或现实的目光去看待边塞包括军中的一切,而是取审美的态度,来歌唱边塞新鲜的、富于活力的、甚至带有原始野蛮气息的景物、事物和人物。这里有写不完的冰川雪海、火山沙漠、烽火杀伐,以及比这一切更刺人心肠的悲伤和快乐。他是为大西北风光传神写照的高手,他以审美的眼光看待边塞的一切,从那片奇寒酷热之中发现了美丽、兴味和勃勃生气,并满腔热情地为之讴歌。他创作的西部诗歌,从数量上超过了盛唐诗人同类作品的总和。诗中表现的人物和事实"都是最伟大、最雄壮、最愉快的,好像一百二十面鼓,七十面铜钲合奏的鼓吹曲(军乐)一样,十分震动人的耳鼓"(徐嘉瑞《岑参》):

> 君不见走马川(行)雪海边,平沙莽莽黄入天。轮台九月风夜吼,一川碎石大如斗,随风满地石乱走。匈奴草黄马正肥,金山西见烟尘飞,汉家大将西出师。将军金甲夜不脱,半夜军行戈相拨,风头如刀面如割。马毛带雪汗气蒸,五花连钱旋作冰,幕中草檄砚水凝。虏骑闻之应胆慑,料知短兵不敢接,车师西门伫献捷。(《走马川行奉送封大夫出师西征》)

> 北风卷地白草折,胡天八月即飞雪。忽如一夜春风来,千树万树梨花开。散入珠帘湿罗幕,狐裘不暖锦衾薄。将军角弓不得控,都护铁衣冷难著。瀚海阑干百尺冰,愁云惨淡万里凝。中军置酒饮归客,胡琴琵琶与羌笛。纷纷暮雪下辕门,风掣红旗冻不翻。轮台东门送君去,去时雪满天山路。山回路转不见君,雪上空留马行处。(《白雪歌送武判官归京》)

岑参的边塞诗在写景、状物、叙事、抒情方面颇多奇趣。《走马川行奉送封大夫出师西征》通过唐军风雪之夜行军,不畏严寒,预言胜利。吸收了汉代以后民间歌谣中三三七和七言三句构成句群的形式,扩成长篇,意思三句一转,韵脚三句一变,句位密集,平仄交替,从而形成强烈的声势和急促的音调。《白雪歌送武判官归京》充满奇情妙思,有大笔挥洒,有细节勾勒,有真实摹写,有浪漫想象,神化了瑰丽的西部风光,又充满边地生活实感。凡此种种,非常够味。

五、"七绝圣手"王昌龄及其他

王昌龄(698—757),字少伯,京兆长安人,郡望太原。开元间登进士第,在此前后,曾去过西北边塞,到过萧关、临洮、碎叶等地。初授汜水尉,迁江宁丞。晚贬龙标尉。世乱归乡,途中为刺州间丘晓所杀。有《王昌龄诗集》。

王昌龄长于七言绝句,所作篇篇俱佳。其边塞绝句既有对卫国将士的歌颂,也有渴望和平、反对扩张战争的思想倾向,其主要特色是站在人民和士卒的立场言志抒情,对边塞戍卒寄予极大的同情。诗人忠实地描绘了当时战争生活的丰富画面,并为唐代戍边将士树起了一个有血有肉的人物集体形象,流露出忧国忧民和深厚人道主义的、真挚动人的思想感情:

> 秦时明月汉时关,万里长征人未还。但使龙城飞将在,不教胡马度阴山。(王昌龄《出塞》)
> 烽火城西百尺楼,黄昏独坐海风秋。更吹羌笛关山月,无那金闺万里愁。(王昌龄《从军行》)
> 青海长云暗雪山,孤城遥望玉门关。黄沙百战穿金甲,不破楼兰终不还。(同前)

王昌龄除擅长边塞题材外,还擅长宫怨和闺怨诗,有乐府旧题写成的绝句组诗,如《长信秋词》五首等,也有新题乐府,如《西宫春怨》、《西宫秋怨》等,这些诗针对玄宗后期宫中现实,以借汉代唐的手法写作,非常细腻地表现不幸宫女的心理活动,表明诗人体察生活人情之微和富于人道主义的关怀:

> 奉帚平明金殿开,且将团扇共徘徊。玉颜不及寒鸦色,犹

带昭阳日影来。(《长信秋词》)

　　闺中少妇不知愁,春日凝妆上翠楼。忽见陌头杨柳色,悔
教夫婿觅封侯。(《闺怨》)

无论是边塞绝句,还是宫怨、闺怨绝句,都表现出诗人对人的内心
世界的复杂性的微妙把握,他善于通过 28 字真实而生动地描绘人
的内心世界,对生活进行高度概括提炼,通过环境气氛作烘托暗
示,同时反映情感的变化发展过程。他七言绝句的赠别诗,亦有脍
炙人口的名篇:

　　寒雨连江夜入吴,平明送客楚山孤。洛阳亲友如相问,一
片冰心在玉壶。(《芙蓉楼送辛渐》)

　　与王昌龄辉映而作品存数较少的边塞绝句作家,还有王之涣
和王翰,他们的《凉州词》,也曾与王昌龄《出塞》等诗一样,被推为
唐人绝句首选佳作:

　　葡萄美酒夜光杯,欲饮琵琶马上催。醉卧沙场君莫笑,古
来征战几人回?(王翰《凉州词》)

　　黄河远上白云间,一片孤城万仞山。羌笛何须怨杨柳,春
风不度玉门关。(王之涣《凉州词》)

　　除上述诸家而外,突出的边塞诗人还有李颀。李颀(690—
751),祖籍赵郡(今河北赵县),家嵩阳(今河南登封县),在县东十
余里的东溪边筑有别业,号东川别业,世称李东川。有《李颀集》。
佳作如:

　　男儿事长征,少小幽燕客。赌胜马蹄下,由来轻七尺。杀
人莫敢前,须如猬毛磔。黄云陇底白云飞,未得报恩不得归。
辽东小妇年十五,惯弹琵琶能歌舞。今为羌笛出塞声,使我三

军泪如雨。(《古意》)

李颀的七古长于用短,善于描写音乐,制造气氛,抒发悲情,对人物素描独具兴趣和造诣。

第四节 盛唐诗的极诣:诗仙李白

一、时代的动荡与李白的生平

在公元 8 世纪的前半个多世纪中,唐帝国以高度的物质文明和精神文明屹立于世界的东方,时人相当普遍地具有昂扬的精神风貌和积极的处世态度,到开元时代达到巅峰状态。到天宝年间,统治集团已集聚了巨额财富,而其腐朽性也与日俱增,各种社会矛盾逐渐激化,引发了长达 8 年的安史之乱。这场战乱使社会生产遭到严重破坏,中央集权大为削弱,内忧外患连年不断,唐王朝的黄金时代一去不返。

社会的变革首先使人们的生活发生巨大变化,社会矛盾斗争比较复杂,各种社会问题都比较鲜明地暴露出来,不仅给文学创作提供了重大题材和丰富内容,使作家有可能深刻地去认识生活,而且使人的思想感情在尖锐复杂的斗争中受到激荡推动,从而有可能创作出内容丰富、思想深刻的史诗式作品。历史的转折期往往是产生文艺巨匠的时代,这一点业已为世界文学史所证明。而李白和杜甫并世而生,其创作活动又都集中在安史之乱前后,分别成就了中国诗史上最伟大的浪漫主义诗人和最伟大的现实主义诗人,也就不是偶然的了。

李白(701—762),字太白,祖籍陇西成纪(今甘肃天水),先世于隋末谪居条支(中亚碎叶),武后朝迁至绵州昌隆(今四川江油),李白即出生于此地(唐人魏颢、李阳冰等与李白有深交,皆无异辞)。25 岁时离蜀,以安陆(今属湖北)为中心长期漫游各地。天宝初受玄宗征召,供奉翰林。因受权贵谗毁,仅一年多时间,即赐金还山。遂以梁宋为中心,再度漫游。安史之乱中,被永王李璘辟为幕僚,因永王与肃宗发生权力之争而致兵败,李白受到牵累,流放夜郎,中途遇赦东还。晚年流寓当涂而卒。有《李太白集》。

二、政治、山川、风月:李白诗的题材

李白今存诗近千首(日人花房英树编《李白歌诗索引》收诗997 首,其中当有他人作品混入)。概括而言,凡属盛唐的题材,也都是李白的题材;具体地讲,李白的题材主要有三大类:政治抒情诗、山水纪游诗和日常生活的歌咏,而这各类题材常常又是渗透交织着的。

李白在开元之末已经成名,他站在盛唐的顶峰,一方面感受着个人、民族、阶级、国家在欣欣向荣的上升阶段的氛围,一方面也通过其从政经历察觉到尖锐的社会矛盾潜伏的危机。

诗人经常通过诗歌作政治抒情,抒发理想与现实的矛盾,以及蔑视世俗、向往自由、不满现实、笑傲王侯、纵情欢乐、恣意反抗的情怀。

　　　金樽清酒斗十千,玉盘珍羞值万钱。停杯投箸不能食,拔剑四顾心茫然。欲渡黄河冰塞川,将登太行雪满山。闲来垂钓碧溪上,忽复乘舟梦日边。行路难,行路难!多歧路,今安在?长风破浪会有时,直挂云帆济沧海。(《行路难》)

《行路难》古题本言世路艰难及离别悲伤,李白却借以抒写仕途艰险。理想在现实碰壁,诗情大起大落,悲愤而有豪气英风。拉杂使事,长短其句,也是诗人惯用技巧。在《梦游天姥吟留别》一诗的结尾,诗人写道:"别君去兮何时还?且放白鹿青崖间,须行即骑访名山。安能摧眉折腰事权贵,使我不得开心颜!"充分表现了布衣之士蔑视王侯的傲岸情怀。

与王维、孟浩然等人喜爱一般人喜爱的优美或宁静的自然美不同，名山大川似乎特别能激发李白的想象力，唤起他创造的热情，在李白的山水诗中最为动人的形象是黄河长江、庐山瀑布、横江风浪、蜀道山川等。他的山水诗还常与游仙诗结合，于写实中大胆运用想象夸张的手法，显示了诗人奔腾跳动的情怀。李白山水诗生动再现了 8 世纪祖国河山面貌，表现了诗人独特个性，及其对祖国河山的热爱。后世有许多足不出户的人，就是凭着李白诗篇才认识到了祖国河山的壮大和美丽的。

> 噫吁嚱，危乎高哉！蜀道之难，难于上青天。蚕丛及鱼凫，开国何茫然！尔来四万八千岁，不与秦塞通人烟。西当太白有鸟道，可以横绝峨眉颠。地崩山摧壮士死，然后天梯石栈相钩连。上有六龙回日之高标，下有冲波逆折之回川。黄鹤之飞尚不得过，猿猱欲度愁攀援。青泥何盘盘，百步九折萦岩峦。扪参历井仰胁息，以手抚膺坐长叹。问君西游何时还？畏途巉岩不可攀。但见悲鸟号古木，雄飞雌从绕林间。又闻子规啼夜月，愁空山！蜀道之难难于上青天，使人听此凋朱颜。连峰去天不盈尺，枯松倒挂倚绝壁。飞湍瀑流争喧豗，砯崖转石万壑雷。其险也如此，嗟尔远道之人胡为乎来哉！剑阁峥嵘而崔嵬，一夫当关，万夫莫开。所守或匪亲，化为狼与豺。朝避猛虎，夕避长蛇，磨牙吮血，杀人如麻。锦城虽云乐，不如早还家。蜀道之难难于上青天，侧身西望长咨嗟！（《蜀道难》）

《蜀道难》是李白的成名作，它运用夸张的笔法，从传说、历史、地理及政治等不同角度，全方位地歌咏蜀道之难，创造出惊险、神秘、奇丽、壮阔的大境界。"蜀道之难难于上青天"这个嗟叹咏歌的主题句在诗中三次出现，分别标志情感的爆发、延伸和远出，一如乐章中的主旋律,起到突出主题、强化抒情气氛的作用。全诗句式参差,音情跌宕,语助词的运用和散文化的句法,恰到好处地表现诗人火山喷发、不可遏止的激情。诗人因此被贺知章呼为"谪仙"。

李白的七言绝句多览胜纪行,以写景入神著称,如下诗就是典型例子:

> 天门中断楚江开,碧水东流至此回。两岸青山相对出,孤帆一片日边来。(《望天门山》)

李白虽然作风傲岸,对于下层人民却显得十分平易可亲。李白诗的内容题材之广泛,在盛唐诗人中是很突出的。除了政治抒情与山水纪游,还有大量日常生活的歌咏,抒发人们日常生活中的一些带普遍性和永恒性的主题或思想感情,诸如游子故乡的思念、人际友谊和爱情、妇女命运的悲欢、民间生活之苦乐等,也有个人日常抒情:

> 床前明月光,疑是地上霜。举头望明月,低头思故乡。(《静夜思》)
> 李白乘舟将欲行,忽闻岸上踏歌声。桃花潭水深千尺,不及汪伦送我情。(《赠汪伦》)

《静夜思》用浅近的语言道出一个人人心中所有、笔下所无的意思:人在异乡,哪怕一切都是陌生的,也还有一样熟悉的东西——"明月",因此它成为乡思的最佳意象。《赠汪伦》寥寥数语,即画出两个乐天派、一对忘形交,一诗中两呼人名,都表现了李白特有的风度。

三、无可仿效的天才发抒:李白的造诣

李白是个"主观诗人",他的诗歌形象主要是个人的思想感情,而不是客观社会生活。李白诗中的主体性异常鲜明突出,诗人的人格和自我形象得到了酣畅淋漓的表现,如火山之喷溢,如狂飙

之回旋。从他所有的诗、即便是叙事或写景的诗篇,也能使人感到有一大写的"我"字存乎其中,也能让读者无误地辨认其盛气凌人、豪情洋溢及其带有嘲讽的声音。

李白才思特别敏捷,有异乎寻常的想象力。当现实生活中的意象不够味时,他就借用非现实的神话和种种奇特的夸张来加以表现,从而将政治牢骚、失意愁情、山川风月、友谊乡情等诗歌内容,熔铸进一种古今无两的艺术形式中,使之得到淋漓尽致的表现,成为无可仿效的天才发抒。

李白笔下的自然山川、日月星辰与幻想中冯虚凌空的神仙、虚无缥缈的仙境融为一体,这使他的诗歌中弥漫着一股仙气,具有一种异乎寻常的气势感和力敌造化的艺术感染力。李白的生活经历充满大起大落的变化,其感情也波澜起伏、跌宕不平,故李白抒情诗的典型的格局是,在不长的篇幅中东一句、西一句,左右逢源、拉杂使事,感情从一个极端走向另一个极端,大起大落,痛快无比。内容溢出形式,是对旧的社会规范和美学标准的冲决和突破,其结果是建立了一种崇高的美学型范。

李白七古的特色,表现在他取法庄骚,同时结合初唐以来七古艺术发展的成果而创造出来的一种波澜起伏、气势纵横、音节高亢、飘逸奔放、雄奇壮丽的独特风格。四杰之整饬藻绘,一变而为王、李、高、岑的雄浑劲健,再变而为太白的纵横恣肆——"往往风雨争飞,鱼龙百变,又如大江无风,波浪自涌;白云从空,随风变灭,诚可谓怪伟奇绝者矣"(《唐宋诗醇》):

> 君不见黄河之水天上来,奔流到海不复回!君不见高堂明镜悲白发,朝如青丝暮成雪!人生得意须尽欢,莫使金樽空对月。天生我材必有用,千金散尽还复来。烹羊宰牛且为乐,会须一饮三百杯!岑夫子,丹丘生,将进酒,杯莫停。与君歌一曲,请君为我侧耳听:钟鼓馔玉不足贵,但愿长醉不愿醒。

古来圣贤皆寂寞,唯有饮者留其名。陈王昔时宴平乐,斗酒十千恣欢谑。主人何为言少钱,径须沽取对君酌!五花马,千金裘,呼儿将出换美酒,与尔同销万古愁!(《将进酒》)

弃我去者昨日之日不可留,乱我心者今日之日多烦忧。长风万里送秋雁,对此可以酣高楼。蓬莱文章建安骨,中间小谢又清发。俱怀逸兴壮思飞,欲上青天揽明月。抽刀断水水更流,举杯消愁愁更愁。人生在世不称意,明朝散发弄扁舟。(《宣州谢朓楼饯别校书叔云》)

这两诗篇幅不长,大抵借酒抒愤,风骨内含,笔酣墨饱,五音繁会,情极悲愤而作狂放,语极豪纵而又沉着,具有振动古今的气势与力量,是李白政治抒情诗的代表作。

李白今存绝句 150 余首,是盛唐绝句存数最多的一家。他五七绝兼长,五绝与王维并列第一,七绝与王昌龄并列第一。李白绝句抒情往往结合写景,一般不研炼字句,而重全篇风神。

故人西辞黄鹤楼,烟花三月下扬州。孤帆远影碧空尽,唯见长江天际流。(《黄鹤楼送孟浩然之广陵》)

朝辞白帝彩云间,千里江陵一日还。两岸猿声啼不住,轻舟已过万重山。(《早发白帝城》)

这两首绝句写景如神,起点高而饶有仙气,结尾淡出,使人神远。胡应麟说:"盛唐绝句,兴象玲珑,句意深婉,无工可见,无迹可求。"(《诗薮》内编卷六)李白绝句是最好的代表。

李白自觉地反对齐梁诗的绮丽雕饰,他得力于民歌,在语言上弃绝藻绘,以清新、自然、明快为宗,做到了"清水出芙蓉,天然去雕饰"(《经乱离后天恩流夜郎忆旧游书怀赠江夏韦太守良宰》)。李白诗歌语汇极为丰富,涉历极其广泛,《文选》、老庄以及魏晋南北朝小说,都是李白诗歌语言材料的源泉。一旦激情奔放,便觉古人于笔下奔命不暇,安放无不如志,无不切贴,一切都显得那样鬼斧神功,自然天成。

四、笔落惊风雨,诗成泣鬼神:李白的影响

李白继屈原之后,再创浪漫主义诗歌的高峰。杜甫赞为:"笔落惊风雨,诗成泣鬼神。"(《寄李十二白二十韵》)反叛传统的精神渗透在李白的全部作品中,形成了对传统美学规范的强大冲击波,成为李白诗歌无可抗拒的魅力所在。

李白以其诗歌主张和实践,最后扫清了六朝绮靡诗风,完成了陈子昂提出的诗歌革新的伟业。李阳冰说:"卢黄门云:陈拾遗横制颓波,天下质文,翕然一变。至今朝诗体,尚有梁陈宫掖之风,至公大变,扫地并尽。"(《草堂集序》)

李白诗的追求理想与自由、反抗权贵的精神,及其惊风雨、泣鬼神的艺术魅力,不仅影响同时代诗人,也给后代的诗人以强烈的艺术感染和丰富创作启迪,诸如李贺、苏轼、陆游、辛弃疾、高启、龚自珍、郭沫若等,都从李白那里汲取精华。李白的作品早已被翻译为多种文字,远越重洋,产生了世界性的影响。

[思考题]

1. 唐诗兴盛的原因是什么? 前人怎样对唐诗进行分期?
2. 初唐四杰指哪些诗人? 他们在唐代诗史上有何贡献?
3. 有人说张若虚"孤篇横绝,竟为大家",为什么?
4. 比较王维、孟浩然山水田园诗在造诣上有何异同?
5. 比较高适、岑参、王昌龄的边塞诗各有什么特色?
6. 为什么称李白为"谪仙"? 李白诗歌的特色是什么?

第五章　古近体诗的持续繁荣
——杜甫和中晚唐诗

第一节　诗界的开拓和律诗的发皇:诗圣杜甫

一、离乱中的人生:杜甫的生平

盛唐之音和文艺上许多浪漫主义峰巅一样,只是一个相当短促的时期。安史之乱结束了一个时代,盛唐气象云烟过尽,唐诗创作就转入一个较为持续的现实主义阶段。从大乱前夕,到大历之初,独立于诗坛,承先启后,成为中国封建社会前期最后一位诗人、后期最初一位诗人的,是被后世称为"诗圣"的杜甫。

杜甫是唐诗现实主义的开山之祖,他横跨两个时代,是在这个大动荡时代与苦难民众同呼吸、共命运的诗人,对诗艺有极深的造诣和得天独厚的条件,同时把毕生心血贡献给了诗歌创作,故能在盛唐诸公的浪漫歌声忽然消沉之后,成为时代的歌手。杜诗一向被称为"诗史",是当时社会生活的一面镜子,是唐代诗艺的集大成者。它的出现,标志着新的美学规范的建立。

杜甫(712—770),字子美,原籍襄阳(今属湖北),迁居巩县(今属河南)人。杜审言孙。十三世祖杜预尝家居京兆杜陵,甫亦自称"杜陵野老"。开元末举进士不第,曾漫游齐赵等地。其后往长安求仕,困守十年。安史之乱爆发后曾陷贼中,被解至长安,后逃至凤翔,谒见肃宗,授左拾遗。两京收复后回长安,出为华州司功参军,因关中大旱,弃官往秦州、同谷。后举家入蜀,受故人资助,筑草堂于浣花溪。一度入剑南节度使严武幕任参谋,武表为检校工部员外郎,世称杜工部。晚年携家出蜀,病死湘江舟中。有《杜工部集》。

杜甫经历了开元之治、天宝之乱和乱后的动荡时期。既有过裘马清狂的少年时代,也有过忍饥挨饿的寒士生活;作过难民,也作过侍臣。长年漂泊,家累很重。其人生经历之丰富,生活积累之深厚,对社会下层了解之真切,为同时代人很难比拟。家学渊源和个人不懈的努力,则使他在诗艺上转益多师,集前代之大成。杜甫是儒家思想的信奉者,其毕生关心在社会、在民众,忧国忧民是贯穿杜诗的一条主线。在创作方法上,他开拓并忠实于他的现实主义,忠实地反映社会生活、揭示阶级矛盾,使其诗在思想感情方面超出了原有阶级的旁观同情,而站到了人民的立场上来。这是杜甫的过人之处,也是现实主义的伟大胜利。

二、赋到沧桑句便工:杜甫与时事诗

杜甫现存诗1400多首,全面记载了诗人所处时代的社会、政治、经济、军事、人民生活和文化艺术各方面的状况;具体形象地反映了8世纪中叶半个世纪——尤其是安史之乱前后20多年间唐代社会的面貌;生动地记载了诗人一生走过的路程;在艺术上达到了唐代诗歌的最高成就。杜甫向有“诗圣”之誉,他关心政治,擅陈时事,继承了《诗经》、汉乐府、建安文学的优良传统,而且在诗中给人民生活和民生疾苦以重要地位。

杜诗内容博大精深,题材范围甚为宽广。举凡民生疾苦、社会时事、自然景物、名胜古迹、个人生活、题咏赠答,以及描绘绘画、音乐、建筑、舞蹈等等,莫不摄之于诗,可以看作是有声有色的中唐社

会文化史。杜甫是个边走边吟的诗人,诗中常纪年月地理,曾被人称为"图经"。总之,杜诗是包罗万象的。

杜甫对前代及同时诗人采取了一种兼容并包、博采众家之长的态度,"不薄今人爱古人,清词丽句必为邻"、"别裁伪体亲风雅,转益多师是汝师"(《戏为六绝句》),加之家学渊源,学识宏富,故能成为唐诗艺术的集大成者。

以时事入诗,建安作家如曹操、蔡琰已为先导,但如此深入持久地将富有社会意义的重大题材纳入诗歌创作,"上悯国难,下痛民穷,随意立题,尽脱去前人窠臼"(杨伦《杜诗镜铨》卷五)者,杜甫实有过之。正因为其情系苍生、心忧社稷,诗写沧桑,因而是文人叙事诗第一个值得推重的巨匠。他善于观察社会生活,能从纷繁复杂的社会现实中捕捉典型的事件和人物,通过客观的描写,予以生动地反映和再现。

> 车辚辚,马萧萧,行人弓箭各在腰。爷娘妻子走相送,尘埃不见咸阳桥。牵衣顿足拦道哭,哭声直上干云霄。道旁过者问行人,行人但云点行频。或从十五北防河,便至四十西营田。去时里正与裹头,归来头白还戍边。边庭流血成海水,武皇开边意未已。君不闻汉家山东二百州,千村万落生荆杞。纵有健妇把锄犁,禾生陇亩无东西。况复秦兵耐苦战,被驱不异犬与鸡。长者虽有问,役夫敢申恨?且如今年冬,未休关西卒。县官急索租,租税从何出?信知生男恶,反是生女好。生女犹得嫁比邻,生男埋没随百草。君不见青海头,古来白骨无人收。新鬼烦冤旧鬼哭,天阴雨湿声啾啾。(《兵车行》)

> 暮投石壕村,有吏夜捉人。老翁逾墙走,老妇出看门。吏呼一何怒!妇啼一何苦!听妇前致词,三男邺城戍。一男附书至,二男新战死。存者且偷生,死者长已矣。室中更无人,唯有乳下孙。有孙母未去,出入无完裙。老妪力虽衰,请从吏

夜归。急应河阳役,犹得备晨炊。夜久语声绝,如闻泣幽咽。天明登前途,独与老翁别。(《石壕吏》)

杜甫有一个非常可贵的习惯,就是实地采访。在《兵车行》、"三吏"、"三别"一类诗中,都可以看到诗人对笔下人物的访谈。这些诗有很强的现场感,诗中活动着征夫、农夫、贫妇、贵妇、权臣、官吏等形形色色的人物,给读者留下深刻的印象。诗人取法汉乐府的现实主义却不沿袭旧题,而是因事立题即自拟类新闻标题,创作了新题乐府,从而成为新乐府运动的不祧之祖。

杜甫是一个有巨著意识的诗人,"或看翡翠兰苕上,未掣鲸鱼碧海中"(《戏为六绝句》),表明其美学趣味,是爱好雄浑壮阔甚于爱好细致精巧的艺术境界的。杜诗特多长篇巨制,"铺陈终始,排比声韵,大或千言,次犹数百,词气豪迈,而风调清深,属对律切,而脱弃凡近"(元稹《唐检校工部员外郎杜君墓系铭》)。杜甫又是第一个大量将叙事、政论引进诗歌创作,并将其与抒情完满地结合,从而使诗歌反映社会现实的手段更丰富、更完善。

《自京赴奉先县咏怀五百字》是诗人困守长安十年的思想总结。诗分三大段,将抒情、叙事、纪行、说理熔为一炉。第一段纯属咏怀,诗人以自嘲的口吻,表白了"许身一何愚,窃比稷与契"的理想抱负,以及"穷年忧黎元,叹息肠内热"的政治情怀。第二段写探家途经骊山时的感想,由个人身世感慨转入对国事的忧念,揭露了当时日趋尖锐的阶级矛盾,并为此深感忧虑:

> 瑶池气郁律,羽林相摩戛。君臣留欢娱,乐动殷胶葛。赐浴皆长缨,与宴非短褐。彤庭所分帛,本自寒女出。鞭挞其夫家,聚敛贡城阙。圣人筐篚恩,实欲邦国活。臣如忽至理,君岂弃此物?多士盈朝廷,仁者宜战栗。况闻内金盘,尽在卫霍室。中堂舞神仙,烟雾蒙玉质。暖客貂鼠裘,悲管逐清瑟。劝客驼蹄羹,霜橙压香橘。朱门酒肉臭,路有冻死骨。荣枯咫尺

异,惆怅难再述。

第三段从自家遭遇幼子饿毙的不幸,忧及天下平民,可谓"家事、国事、天下事,事事关心"。这种民胞物与的情怀,在其他诗篇如《茅屋为秋风所破歌》中也表现得非常突出:"自经丧乱少睡眠,长夜沾湿何由彻! 安得广厦千万间,大庇天下寒士俱欢颜,风雨不动安如山? 呜呼,何时眼前突兀见此屋,吾庐独破受冻死亦足。"总之,《自京赴奉先县咏怀五百字》体制宏大,构思缜密,语言古朴,如话家常,是杜诗的力作,也是研究诗人生平和思想的重要文献。

三、晚节渐于诗律细:杜甫与律体

杜甫是一个有精品意识的诗人,善于将内涵极其丰富的社会生活和思想感情,予以高度提炼,浓缩在短短的诗句中。如以"朱门酒肉臭,路有冻死骨"概括尖锐的阶级对立,令人触目惊心;"戎马不如归马逸,千家今有百家存"(《白帝》)概括战争的创伤和民众的厌战心理;"三年笛里关山月,万国军前草木风"(《洗兵马》)概括安史之乱前三年的动荡,如此等等。杜诗的风格特色是凝练厚重,波澜老成,或他自称的"沉郁顿挫"。杜诗在语言艺术上的追求是"语不惊人死不休","毫发无遗憾"。

杜甫是唐代最善于驾驭各类诗体的高手,几乎每一种诗体在他的手里都得到新的发展。而对于律诗的创作,更是取得空前绝后的成就,为唐诗立下不朽功勋。本来,五律在初唐已取得可喜成就,七律到盛唐还未引起诗人足够的重视,像《河岳英灵集》这样一部重要的盛唐人选盛唐诗,其中只有一首崔颢《黄鹤楼》。而纵观盛唐诸家诗,七律一体,虽有崔颢、王维、李颀等作者,然制作不多,未尽其变,成就与其他诗体不能相侔。杜甫晚年漂泊西南期间专力作诗,并在诗律上认真推求,所谓"晚节渐于诗律细"。此期作诗千余,律诗就有 700 多首,在艺术上达到了唐代近体诗的峰顶。

杜甫的五律数量甚多,别开生面,寓纵横变化于整密中,达到了炉火纯青的境地。胡应麟说:"五言律体,极盛于唐。要其大端,亦有二格:陈、杜、沈、宋,典丽精工;王、孟、储、韦,清空闲远,此其概也。……太白风华逸宕,特过诸人。而后之学者,才非天仙,多流率易。唯工部诸作,气象嵬峨,规模宏远,当其神来境诣,错综幻化,不可端倪,千古以还,一人而已。"(《诗薮》内编卷四)例如:

> 国破山河在,城春草木深。感时花溅泪,恨别鸟惊心。烽火连三月,家书抵万金。白头搔更短,浑欲不胜簪。(《春望》)
> 细草微风岸,危樯独夜舟。星垂平野阔,月涌大江流。名岂文章著,官应老病休。飘飘何所似,天地一沙鸥。(《旅夜书怀》)

这些诗铸句精警,音情顿挫,都是杜诗的佳作,五言律诗的典范。

杜甫的七律有100多首,数倍于前人七律总和。成都所作风调清深,夔府所作益见老成。胡应麟说:"近体之难,莫难于七言律。五十六字之中,意若贯珠,言如合璧。……庄严则清庙明堂,沉着则万钧九鼎,高华则朗月繁星,雄大则泰山乔岳,圆畅则流水行云,变幻则凄风急雨。"(《诗薮》内编卷五)以往七律多属歌功颂德或应酬之作,杜甫却运用这种精严的形式来批评政治、感怀时事、描绘自然、抒写忧国忧民的思想感情;以往七律一味秀丽典雅,不免纤弱,杜甫则创造出沉雄悲壮、慷慨激昂的风格,并将这种形式运用得熟练自如、尽善尽美。

> 剑外忽传收蓟北,初闻涕泪满衣裳。却看妻子愁何在?漫卷诗书喜欲狂。白首放歌须纵酒,青春作伴好还乡。即从巴峡穿巫峡,便下襄阳向洛阳。(《闻官军收河南河北》)
> 花近高楼伤客心,万方多难此登临。锦江春色来天地,玉

垒浮云变古今。北极朝廷终不改,西山盗寇莫相侵。可怜后
主还祠庙,日暮聊为《梁甫吟》。(《登楼》)

　　玉露凋伤枫树林,巫山巫峡气萧森。江间波涛兼天涌,塞
上风云接地阴。丛菊两开他日泪,孤舟一系故园心。寒衣处
处催刀尺,白帝城高急暮砧。(《秋兴八首》之一)

　　风急天高猿啸哀,渚清沙白鸟飞回。无边落木萧萧下,不
尽长江滚滚来。万里悲秋常作客,百年多病独登台。艰难苦
恨繁霜鬓,潦倒新亭浊酒杯。(《登高》)

　　这些七律诗既精心追琢,又挥洒自如。他非常遵循格律,为了
协律,常常有意突破散文语序,多作名词提前、动词提前、形容词提
前等倒腾,语峻体健,句亦沉稳。如《秋兴八首》中"香稻啄余鹦鹉
粒,碧梧栖老凤凰枝"句中凝着鲜明的色彩,浓郁的香气,这里
剔除了一切虚词,达到最高的浓缩,而为了强调"香稻"、"碧梧"甚
至颠倒了正常词序,这乃是将六朝以来诗歌语言不断诗化的过程
推向极致,而这也正是对盛唐诗歌艺术集大成的结果(大历才子
七律多用散文语序,风格清空流畅就不免平滑)。为了超越必然
而达到自由,杜甫也根据律化的精神,对既成格律作相对变通的处
理,即对违反格律要求的诗句,作拗救处理。在夔州所作成组的七
律中,诗人集中了秋天、大江与高峡的形象,风格雄浑而又深沉、凝
练,几乎每个字都起着形象暗示的作用。

　　杜甫七律所创造的沉郁顿挫,波澜壮阔却严格规范在音律对
仗之中,与李白所代表的盛唐已是两种审美追求。七律形式的规
范,乃盛唐诗歌在充分展开之后的收敛和结晶。尔后刘禹锡、李商
隐、许浑、杜牧、苏轼、陆游、元好问、龚自珍等,皆长此体。近人作
旧体,仍以七律为主,都雄辩地说明这一诗体的生命力,都显示着
杜诗的深远影响。

四、摅民间疾苦,集诗艺大成:杜甫的影响

在中国诗史上,杜甫是承先启后的、伟大的现实主义诗人。中唐白居易一派发起新乐府运动,在创作中拓宽现实主义道路,在文艺思想方面显然受到杜诗的影响。

杜甫又是唐代诗艺的集大成者。元稹说:"至于子美,盖所谓上薄风骚,下该沈宋,言夺苏李,气吞曹刘,掩颜谢之孤高,杂徐庾之流丽,尽得古今体势,而兼人人之所独专矣。"(《唐检校工部员外郎杜君墓系铭》)

中唐韩孟一派在艺术上走奇险一路,元白一派倡导的新乐府运动,晚唐李商隐的七言律诗,都处在杜甫的延长线上。宋及宋后诗人如王禹偁、王安石、苏轼、黄庭坚、陈与义、陆游、元好问、李梦阳、屈大均等,对杜甫无不推崇备至,并在创作中从不同的方面继承了杜甫的传统。

第二节　诗到元和体变新:白居易等中唐诗人

一、稍厌精华,渐趋淡净:大历诗人

杜甫为盛唐诗歌划上了句号,尔后进入史家所谓中唐。中唐大致可分两段,一是大历(766—779)前后,创获平平,乃一过渡时期;二是元和、长庆(806—824)前后,诗坛又呈大活跃的景象,出现了声势浩大的新乐府运动,产生了白居易等一批诗风平易,又独具风格的杰出诗人。

盛唐诗人生当盛世,心理倾向是外向、发散的,心胸是开阔的,作品是雄浑的。而到国步维艰的大历时代,由于对外部世界的失望,缺乏积极参与的信心和热情,诗人的心灵渐由征服转向逃避,由外向转为内省。胡应麟谓之"稍厌精华,渐趋淡净"(《诗薮》内编卷四)。大历诗人吟唱的是现实人生之歌,其实亦不乏才子,然

缺少独树一帜、别开生面的诗人。

　　大历诗人有"十才子"之称,其中比较著名的有李端、卢纶、韩翃、钱起、司空曙等,此外,著名诗人还有刘长卿、韦应物、李益、郎士元、戴叔伦、张继、戎昱等。大历诗人无力追踪李杜,从而远宗南齐谢朓、近继王维,钟情寻常泉石林潭,审美趣味偏于清空幽隽,创作了大量翡翠兰苕式佳作,其古体的成就不如近体,七言的成就不如五言,长篇的成就不如短篇,写得最好的是五律,其次是绝句。其五律遣词造句安稳妥贴,风格清空流畅,在盛唐外别辟一境,开了中晚唐诗的先声。佳作如:

　　　　故人江海别,几度隔山川。乍见翻疑梦,相悲各问年。孤灯寒照雨,湿竹暗浮烟。更有明朝恨,离杯惜共传。(司空曙《云阳馆与韩绅宿别》)

　　　　乡心新岁切,天畔独潸然。老至居人下,春归在客先。岭猿同旦暮,江柳共风烟。已似长沙傅,从今又几年?(刘长卿《新年作》)

　　　　今朝郡斋冷,忽念山中客。涧底束荆薪,归来煮白石。欲持一瓢酒,远慰风雨夕。落叶满空山,何处寻行迹?(韦应物《寄全椒山中道士》)

　　　　十年离乱后,长大一相逢。问姓惊初见,称名忆旧容。别来沧海事,语罢暮天钟。明日巴陵道,秋山又几重。(李益《喜见外弟又言别》)

　　这些诗既可圈可点,复能浑成,为盛唐以来五律锦上添花。

　　大历诗人的绝句创作,亦颇有可观,"七言绝,开元之下便当以李益为第一,如《夜上西城》、《从军北征》、《受降城闻笛》诸篇皆可与太白、龙标竞爽,非中唐所得有也"(《诗薮》内编卷六)。此外,韩翃、张继等亦有佳作传世。五言绝,韦应物、刘长卿以古雅闲淡的风格,于盛唐李白、王维外别辟一境。

日暮苍山远，天寒白屋贫。柴门闻犬吠，风雪夜归人。（刘长卿《逢雪宿芙蓉山主人》）

月黑雁飞高，单于夜遁逃。欲将轻骑逐，大雪满弓刀。（卢纶《塞下曲》）

独怜幽草涧边生，上有黄鹂深树鸣。春潮带雨晚来急，野渡无人舟自横。（韦应物《滁州西涧》）

天山雪后海风寒，横笛偏吹《行路难》。碛里征人三十万，一时回首月中看。（李益《从军北征》）

春城无处不飞花，寒食东风御柳斜。日暮汉宫传蜡烛，轻烟散入五侯家。（韩翃《寒食》）

月落乌啼霜满天，江枫渔火对愁眠。姑苏城外寒山寺，夜半钟声到客船。（张继《枫桥夜泊》）

这些脍炙人口的名篇佳什情辞俱美，富于唱叹之音，要讲诗艺的圆熟精纯，绝不在盛唐之下。

二、歌诗合为事而作：白居易与新乐府

安史之乱造成的后果之一，是经济文化中心继晋永嘉后进一步南移。到贞元、元和之际，社会经济主要在南方得到恢复，城市经济繁荣，上层风尚日趋奢侈、安闲和享乐，人数日多的书生进士带着他们所擅长的华美文词，聪敏机对，已日益沉浸在繁华都市的声色歌乐和舞文弄墨之中。与盛唐文士那种反传统、敢开拓的时代氛围大不一样，这里已经没有对边塞军功的向往，也没有盛唐之音的雄豪刚健、光芒耀眼，却更加五颜六色，多彩多姿。政治上"元和中兴"的出现，对中唐文艺的繁荣有很大的刺激作用。

元和时期唐诗出现了现实主义诗歌大潮，即新乐府运动，和与李杜鼎立的大诗人白居易。诗歌风格流派比盛唐更多，出现了大批独具风格的杰出诗人，并称于后世者如元白、刘白、韩孟、韦柳、

张王,同中有异,各具情态。

白居易(772—846),字乐天,晚号香山居士。曾官太子太傅,故后世因称白傅。祖籍太原(今属山西),后迁下邽(今陕西渭南)。少年时代因兵乱,一度被迫漂泊越中。贞元进士,授秘书省校书郎。元和年间任左拾遗及左赞善大夫。诗歌与元稹齐名,称元白。后因宰相武元衡遇刺越职言事,为权贵中伤,贬江州司马。长庆间先后任杭州、苏州刺史,以太子宾客分司东都期间,与刘禹锡唱和齐名,称刘白。后以刑部侍郎致仕。有《白氏长庆集》。

白居易的诗歌主张,见于《与元九书》、《新乐府序》、《策林》等文献。他强调为政治服务,说“文章合为时而著,歌诗合为事而作”(《与元九书》)、“为君、为臣、为民、为物、为事而作,不为文而作”(《新乐府序》),对《诗经》风雅比兴(美刺比兴)的优良传统予以充分肯定。白居易讽谕诗尤其是《新乐府》50 首、《秦中吟》10 首,就是其诗歌理论的光辉实践。在艺术上,他非常强调形式和内容的统一,形式服务于内容,说“诗者,根情、苗言、华声、实义”(《与元九书》)。主张“其辞质而径,欲见之者易谕也;其言直而切,欲闻之者深戒也;……其体顺而肆,可以播于乐章歌曲也”(同前引);“非求宫律高,不务文字奇”(《寄唐生》)。当时白居易等一批著名诗人,继承乐府诗和杜诗的传统,形成了一个被称为“新乐府运动”的文学运动。元稹是白居易的亲密战友,王建、张籍是新乐府的重要作家。他们都留下了优秀的诗作:

　　卖炭翁,伐薪烧炭南山中。满面尘灰烟火色,两鬓苍苍十指黑。卖炭得钱何所营? 身上衣裳口中食。可怜身上衣正单,心忧炭贱愿天寒。夜来城外一尺雪,晓驾炭车辗冰辙。牛困人饥日已高,市南门外泥中歇。翩翩两骑来是谁? 黄衣使者白衫儿。手把文书口称敕,回车叱牛牵向北。一车炭,千余斤,宫使驱将惜不得。半匹红纱一丈绫,系向牛头充炭值。

（白居易《新乐府·卖炭翁》）

　　长安恶少出名字，楼下劫商楼上醉。天明下直明光宫，散入五陵松柏中。百回杀人身合死，赦书尚有收城功。九衢一日消息定，乡吏籍中重改姓。出来依旧属羽林，立在殿前射飞禽。（王建《羽林行》）

　　君知妾有夫，赠妾双明珠。感君缠绵意，系在红罗襦。妾家高楼连苑起，良人执戟明光里。知君用心如日月，事夫誓拟同生死。还君明珠双泪垂，恨不相逢未嫁时。（张籍《节妇吟》）

　　锄禾日当午，汗滴禾下土。谁知盘中餐，粒粒皆辛苦。（李绅《悯农》）

这些诗篇，无论是悲悯苦难的民生，还是揭露恶少的横行，婉讽权者的卑劣，都从不同角度暴露出当时的社会问题，从诗歌精神上继承着汉魏乐府的现实主义传统。

三、诗到元和体变新：白居易与叙事诗

　　"制从长庆辞高古，诗到元和体变新"（白居易《余思未尽加为六韵重寄微之》）。中唐的一个重要文学现象是叙事因素急剧增长，以杜甫为鼻祖，元白叙事诗和新乐府运动为大潮，直到韦庄等晚唐诗人的叙事之作，便是这一特点的最主要的体现者。

　　新乐府诗人在"诗言志"外，提出一个"为事而作"的口号。这就决定了他们在处理题材时，总是紧紧抓住"事"，将历史或现实生活中许多真实事件经过提炼加工，变成其诗中之"事"，然后采用铺叙或演述的手法对之作具体细致的描绘。

　　不少新乐府及其他叙事诗，已具完整的故事情节。诗中所写事情宛如生活中真实事件，有它的前因后果，有它的演变过程，一定的人物之间发生着一定的矛盾冲突。某些篇章中的人物已经突

破类型化的框框,而向典型形象的高度迈出了可喜的一步。

　　元白努力使诗歌平易化,采用人民的语言,更多地包含叙事的成分,而又注重音韵的优美,使人民大众容易了解。白居易《长恨歌》、《琵琶行》和元稹《连昌宫词》便是这一改革的典型代表。当时当代追随他们的人称之为"元和体"。

　　　汉皇重色思倾国,御宇多年求不得。杨家有女初长成,养在深闺人未识。天生丽质难自弃,一朝选在君王侧。回眸一笑百媚生,六宫粉黛无颜色。春寒赐浴华清池,温泉水滑洗凝脂。侍儿扶起娇无力,始是新承恩泽时。云鬓花颜金步摇,芙蓉帐暖度春宵。春宵苦短日高起,从此君王不早朝。承欢侍宴无闲暇,春从春游夜专夜。后宫佳丽三千人,三千宠爱在一身。金屋妆成娇侍夜,玉楼宴罢醉和春。姊妹弟兄皆列土,可怜光彩生门户。遂令天下父母心,不重生男重生女。骊宫高处入青云,仙乐风飘处处闻。缓歌曼舞凝丝竹,尽日君王看不足。渔阳鼙鼓动地来,惊破《霓裳羽衣曲》。九重城阙烟尘生,千乘万骑西南行。翠华摇摇行复止,西出都门百余里。六军不发无奈何,宛转蛾眉马前死。花钿委地无人收,翠翘金雀玉搔头。君王掩面救不得,回看血泪相和流。黄埃散漫风萧索,云栈萦纡登剑阁。峨眉山下少人行,旌旗无光日色薄。蜀江水碧蜀山青,圣主朝朝暮暮情。行宫见月伤心色,夜雨闻铃肠断声。天旋地转回龙驭,到此踌躇不能去。马嵬坡下泥土中,不见玉颜空死处。君臣相顾尽沾衣,东望都门信马归。归来池苑皆依旧,太液芙蓉未央柳。芙蓉如面柳如眉,对此如何不泪垂?春风桃李花开日,秋雨梧桐叶落时。西宫南苑多秋草,落叶满阶红不扫。梨园弟子白发新,椒房阿监青娥老。夕殿萤飞思悄然,孤灯挑尽未成眠。迟迟钟鼓初长夜,耿耿星河欲曙天。鸳鸯瓦冷霜华重,翡翠衾寒谁与共?悠悠生死别经年,魂魄不曾来入梦。临邛道士鸿都客,能以精诚致魂魄。为报君王辗转思,遂教方士殷勤觅。排空驭气奔如电,升天入地求之遍。上穷碧落下黄泉,两处茫茫皆不见。忽闻海上有仙山,山在虚无缥缈间。楼阁玲珑五云起,其中绰约多仙子。中有一人字太真,雪肤花貌参差是。金阙西厢叩玉扃,转教小玉报双成。闻道汉家天子使,九华帐里梦魂惊。揽衣推枕起徘徊,珠箔银屏迤逦开。云鬓半偏新睡觉,花冠不整下堂来。风吹仙袂飘摇举,犹似《霓裳羽衣》舞。玉容寂寞泪阑干,梨花一枝春带雨。含情凝睇谢君王,一别音容两渺茫。昭阳殿里恩爱绝,蓬莱宫中日月长。回头下望人寰处,不见长安见尘雾。唯将旧物表深情,钿盒金钗寄将去。钗留一股盒一扇,钗擘黄金盒分钿。但令心似金钿坚,天上人间会相见。临别殷勤重寄词,词中有誓两心知。七月七日长生殿,夜半无人私语时。在天愿作比翼鸟,在地愿为连理枝。天长地久有时尽,此恨绵绵无绝期。(白居易《长恨歌》)

《长恨歌》写唐明皇、杨贵妃的生死之恋,其崇情倾向,与唐代中叶爱情传奇的繁荣有着千丝万缕的联系。它具有曲折完整的故事情节,人物外貌和心理的刻划细致入微,在其韵文形式内流动着一股反复歌咏的情绪,"以易传之事,为绝妙之词,有声有色,可歌可泣"(赵翼《瓯北诗话》卷四)。《琵琶行》则深刻写出了旧时代人才被摧残压抑的悲剧,不但为琵琶女感今伤昔而作,还连绾己身迁谪失路之怀,混合作者与被咏者二者为一体,人我交融,宾主俱化,专情而更专情,感慨而复感慨。诗中有关琵琶声乐的描摹,历来为人称道:

转轴拨弦三两声,未成曲调先有情。弦弦掩抑声声思,似诉平生不得意。低眉信手续续弹,说尽心中无限事。轻拢慢捻抹复挑,初为《霓裳》后《绿腰》。大弦嘈嘈如急雨,小弦切

切如私语。嘈嘈切切错杂弹,大珠小珠落玉盘。间关莺语花
底滑,幽咽泉流水下滩。冰泉冷涩弦凝绝,凝绝不通声暂歇。
别有幽愁暗恨生,此时无声胜有声。银瓶乍破水浆迸,铁骑突
出刀枪鸣。曲终收拨当心画,四弦一声如裂帛。东舟西舫悄
无言,唯见江心秋月白。

诗人通过人们熟悉的自然音响来描摹琵琶演奏之声,描摹中特别
注意音乐对比因素的刻画,如高低、粗细、重轻、缓急、滑涩、断续等
等,极富层次感。注意以音乐化语言来描绘音乐,其间大量运用叠
字、重复、双声叠韵、顶真等修辞,并让乐声在高潮中结束,而余韵
不绝。所以被推为唐诗描写音乐的典范之作。

四、缠绵的元稹诗及言浅讽深的张王乐府

元稹(779—831),字微之,洛阳人,北魏鲜卑族拓跋部后裔。
25岁时与白居易同登书判拔萃科,俱受秘书省校书郎,元、白即于
此时订交。元和元年(806),与白居易同登才识兼茂明于体用科,
列名第一,授左拾遗。长庆年间曾居相位。有《元氏长庆集》。

元稹在诗论上与白居易相鼓吹,撰《唐故工部员外郎杜君墓
系铭》对杜甫作出极高评价。他是中唐较早写作新乐府的诗人,
与白居易可称一时瑜亮。元稹诗最具特色,而不为白氏所掩的,是
他写作的爱情诗和悼亡诗。他的爱情诗多日常生活细节的描述,
写得缠绵哀感,委婉动人。《遣悲怀》三首,属对工整,如话家常,
在七律中创通俗平易一格,如其中一首:

昔日戏言身后意,今朝都到眼前来。衣裳已施行看尽,针
线犹存未忍开。尚想旧情怜婢仆,也曾因梦送钱财。诚知此
恨人人有,贫贱夫妻百事哀。

又其《离思》诗一往情深,更是表现人世间刻骨铭心之爱的不朽之作:

曾经沧海难为水，除却巫山不是云。取次花丛懒回顾，半缘修道半缘君。

王建字仲初，颍川（今河南许昌）人。出身寒微，未中进士。元和年间官昭应县丞、渭南尉，长庆初由太常寺丞转秘书丞。有《王建诗集》。张籍（768—830?）字文昌，生于和州乌江（今安徽和县乌江镇），贞元十五年（799）登进士第，曾任国子助教、国子博士、水部员外郎、国子司业等职，世称"张水部"。有《张司业集》。二人均长乐府诗，时称"张王乐府"。与元白相比，特点是篇幅短小，语言精警凝炼而又平易自然，管世铭谓之"文今意古，言浅讽深"（《读雪山房唐诗钞序例》）。王建《宫词》百首，是中唐绝句的一大创获，从体制上说，它发展了杜甫首创的连章体形式，较之王昌龄宫怨之作，更重纪实，故能别开生面。兹引一首以见一斑：

射生宫女宿红妆，把得新弓各自张。临上马时齐赐酒，男儿跪拜谢君王。

"男儿跪拜"这一细节，将宫女出猎时的飒爽英姿表现得神气活现。

五、诗豪刘禹锡与骚人柳宗元

刘禹锡（772—842），字梦得，本匈奴族后裔，北魏孝文帝时改汉姓，入洛阳籍。贞元九年（793）与柳宗元同登进士第，为文章知己，号刘柳；参与永贞革新，革新失败，贬为永州司马。晚年居洛阳，与白居易为诗友，称刘白，白居易目之"诗豪"。有《刘梦得文集》。刘禹锡与白居易相同之处，是重视向民歌学习，写作了如《竹枝词》等大量的拟民歌：

杨柳青青江水平，闻郎江上唱歌声。东边日出西边雨，道是无晴却有晴。（《竹枝词》）

　　九曲黄河万里沙,浪淘风簸自天涯。如今直上银河去,同到牵牛织女家。(《浪淘沙》)

　　刘禹锡尤工七言绝句,其诗取境优美,语语可歌,既得力于瑰丽的藻思,又得力于学习民歌的比兴手法。《竹枝词》开辟了一个绝句的专题,风行后世,蔚为大国。

　　刘禹锡独到的成就表现在政治讽刺之作,如《昏镜词》、《聚蚊谣》、《元和十年自朗州至京戏赠看花诸君子》等,或以怀古的形式出之,寓借古讽今、借古鉴今之意:

　　百亩庭中半是苔,桃花净尽菜花开。种桃道士归何处?前度刘郎今又来。(《再游玄都观》)
　　山围故国周遭在,潮打空城寂寞回。淮水东边旧时月,夜深还过女墙来。(《金陵五题·石头城》)
　　王濬楼船下益州,金陵王气黯然收。千寻铁锁沉江底,一片降幡出石头。人世几回伤往事,山形依旧枕寒流。今逢四海为家日,故垒萧萧芦荻秋。(《西塞山怀古》)

多即景抒情,紧扣现实,绵里藏针,婉而多讽。在他的影响下,怀古与咏史在中晚唐绝句中也成为一个专题。

　　柳宗元(773—819),字子厚,唐代思想家,其文学成就主要在散文方面,诗歌成就虽略逊于刘禹锡,然造诣颇深。有《河东先生集》。柳诗多作于永贞革新失败后,多抒去国怀乡的迁客骚人之思,故其山水诗风格清幽冷峻,出入陶、谢,而间得楚骚之旨。苏轼说他“诗在陶渊明下、韦苏州上,退之诗豪放奇险则过之,而温丽精深不及也”(《东坡题跋二·评韩柳诗》)。

　　千山鸟飞绝,万径人踪灭。孤舟蓑笠翁,独钓寒江雪。(《江雪》)
　　城上高楼接大荒,海天愁思正茫茫。惊风乱飐芙蓉水,

密雨斜侵薜荔墙。岭树重遮千里目,江流曲似九回肠。共来百越文身地,犹自音书滞一乡。(《登柳州城楼寄漳汀封连四州》)

前诗在冷峻中寓志士的傲骨,后诗在激切中露骚人的哀怨。其意象鲜明生动,境界苍茫辽远,非等闲之笔。

第三节 追求奇异之美:中唐另类诗人

一、险怪生僻,好为奇崛:韩孟诗派

中唐韩愈、孟郊一派诗人,与元白一派诗人都不满意大历以来精致而圆熟的诗风,也不屑重复盛唐雄浑高华的老调,他们都宗杜甫,从不同方向开拓。元白诗风平易,刘柳诗风或雄健、或清深,但决不险怪。韩孟一派诗风则险怪生僻,好为奇崛,在艺术上大胆创新,成为另类。

韩愈(768—824),字退之,唐代散文家,郡望昌黎,后迁河阳(今河南孟县),世称韩昌黎。有《昌黎先生文集》。

韩诗格局广大,气势雄浑,首开以文为诗先河,即在诗中大量运用散文化句法,排斥骈偶,行笔合于散文语序,扩大了诗的表现手法。如《山石》:

> 山石荦确行径微,黄昏到寺蝙蝠飞。升堂坐阶新雨足,芭蕉叶大栀子肥。僧言古壁佛画好,以火来照所见稀。铺床拂席置羹饭,粗粝亦足饱我饥。夜深静卧百虫绝,清月出岭光入扉。……

此诗以诗作游记,既详记游踪,复能诗意盎然。单句散行,无一律句,既有诗之优美,复具文之流畅,韵散同体,诗文合一。七律如

《左迁至蓝关示侄孙湘》也有同样的特色：

> 一封朝奏九重天，夕贬潮阳路八千。欲为圣明除弊事，肯将衰朽惜残年！云横秦岭家何在？雪拥蓝关马不前。知汝远来应有意，好收吾骨瘴江边。

这种以文为诗的艺术取向，对宋诗影响甚大。

韩愈善于捕捉和表现变态百出的形象，诗境多重奇险，喜欢用奇字，造拗句，用仄韵、险韵，甚至有意采用了汉赋的笨重堆砌的手法，如《陆浑山火》等。所谓追求不美之美，就是突破审美的习惯内容，敢用前人不敢用的材料，敢用前人不敢用的手法，风格或阳刚，或阴冷。从积极方面说，就是扩大了诗的表现领域。纵有生硬之弊，创获却不容抹煞。

韩孟诗派造就了一批苦吟诗人。其共同特点是苦心孤诣为诗，诗风奇特。韩愈而外，如"东野之古，浪仙之律，长吉乐府，玉川歌行，其才具工力，故皆过人。如危峰绝壁，深涧流泉，并自成趣，不相沿袭"（胡应麟《诗薮》外编卷四）。

孟郊（751—814），字东野，湖州武康（今浙江德清）人。贞元十二年（796）登进士第，十六年任溧水尉，后辞官，终身贫困潦倒。有《孟东野诗集》。孟郊诗抒写穷愁，用字造句力避平庸浅率，而就生新瘦硬，和他并称的还有贾岛（779—843，有《长江集》），苏轼谓之"郊寒岛瘦"（《祭柳子玉文》）。兹各引一首，以见一斑：

> 梧桐相待老，鸳鸯会双死。贞妇贵殉夫，舍生亦如此。波澜誓不起，妾心古井水。（孟郊《列女操》）
> 数里闻寒水，山家少四邻。怪禽啼旷野，落日恐行人。初月未终夕，边烽不过秦。萧条桑柘外，烟火渐相亲。（贾岛《暮过山村》）

这些诗作的古拙苍老,与大历诸人的圆熟精致,可谓迥然有别。

韩派诗人的缺点,在卢仝、马异等人笔下表现得比较明显,险怪百出,时流于生涩。如卢仝《月蚀诗》纵横捭阖,至有"七碗吃不得也"之句,被讥为"乞儿唱长短急口歌博酒食者"(王世贞《艺苑卮言》卷四)。

二、瑰奇谲怪,惨淡经营:诗鬼李贺

中唐最富有创意的诗人——被称为诗鬼的李贺,可以说是另类中的另类。从韩愈到李贺的一个转变,是从不美走向唯美。李贺(790—816)字长吉,是中唐奇特而短命的诗人,唐宗室后裔。仕途极不得意,耽爱唯在做诗,一生呕心沥血,也属苦吟一派。有《李长吉集》。

李贺诗以乐府歌行为多,无七律,虽苗裔楚骚,滥觞李白,却瑰奇谲怪,惨淡经营,独具一种荒诞面目,杜牧形容他的诗品既"时花美女",又"牛鬼蛇神"(见《李贺歌诗集序》)。其诗主要抒发怀才不遇的悲愤,这类诗带着诗人独有幽冷凄婉、哀愤激楚的色彩,通过游仙的方式寻求寄托,是苦闷的象征,有别于传统的感遇诗。代表作如:

> 黑云压城城欲摧,甲光向日金鳞开。角声满天秋色里,塞上胭脂凝夜紫。半卷红旗临易水,霜重鼓寒声不起。报君黄金台上意,提携玉龙为君死。(《雁门太守行》)
>
> 茂陵刘郎秋风客,夜闻马嘶晓无迹。画栏桂树悬秋香,三十六宫土花碧。魏官牵车指千里,东关酸风射眸子。空将汉月出宫门,忆君清泪如铅水。衰兰送客咸阳道,天若有情天亦老。携盘独出月荒凉,渭城已远波声小。(《金铜仙人辞汉歌》)
>
> 花枝草蔓眼中开,小白长红越女腮。可怜日暮嫣香落,嫁

与东风不用媒。(《南园》)

这些诗大都想象奇特,词采浓重,措语独到,具有很强的艺术魅力。李贺诗重视象征、印象和感性显现,启迪了晚唐唯美主义的诗风。李商隐诗、温庭筠词都十分明显地受到李贺歌诗的影响。

李贺是中唐到晚唐诗风转变的关键人物:他所偏重的怀才不遇和恋情题材,在晚唐诗、词中成为普遍的主题。他是晚唐诗歌中迟暮黄昏的梦幻情调的始作俑者。

第四节 唯美诗风与迟暮情怀: 李商隐等晚唐诗人

一、清新俊爽,雄姿英发:杜牧七绝

晚唐诗流派与名家不如元和时代那样众多,但唐诗艺术还在发展。杜牧、李商隐等主流诗人,艺术上远绍杜甫,近承韩愈或李贺,与倡导平易诗风的元和体相对立,在各体诗歌都有突出成就,如五古之题材重大、叙事明晰、气势宏伟,不过,在艺术上最具特色的是七言律绝。唐末虽然也出现了如聂夷中、杜荀鹤、罗隐等现实主义的浅派诗人,对新乐府运动作出回应,但总的说来成就不高,并非一代诗歌的主流,可以存而不论。

杜牧(803—852),字牧之,京兆府万年县(今陕西西安)人,祖居长安下杜樊乡,因称"杜樊川"。官至中书舍人,故又称"杜紫微"(开元曾称中书省为紫微省)。少年时曾深入研究兵法,注有《孙子》十三篇。文宗大和两登科第,后应聘扬州,为牛僧孺幕掌书记。后历任监察御史,黄、池、睦诸州刺史,官终中书舍人。有《樊川文集》。

杜牧推崇李杜、韩柳,对元白攻之甚烈,亦不同于李贺,自称:

"某苦心为诗,本求高绝,不务奇丽(如李贺),不涉习俗(如元白),不今不古,处于中间。"(《献诗启》)前人谓其七律独持拗峭以矫时弊,而其七绝则颇具风调,可接武刘禹锡。佳作如:

> 千里莺啼绿映红,水村山郭酒旗风。南朝四百八十寺,多少楼台烟雨中。(《江南春》)
> 烟笼寒水月笼沙,夜泊秦淮近酒家。商女不知亡国恨,隔江犹唱《后庭花》。(《泊秦淮》)
> 青山隐隐水迢迢,秋尽江南草未凋。二十四桥明月夜,玉人何处教吹箫?(《寄扬州韩绰判官》)

杜牧绝句题材广泛,多历史与现实的感怀和感伤,风格或清新俊爽,或雄姿英发,语言轻灵典雅,清响绝伦,极富韵致。诗人虽与李商隐齐名,却更多地表现了对盛唐传统的继承发展。

二、典丽精工,余味曲包:李商隐及无题诗

李商隐(813—858),字义山,号玉溪生。祖籍怀州河内(今河南沁阳),后迁居郑州(今属河南)。青少年时代曾受知于天平军节度使令狐楚,开成年间为泾原节度使王茂元辟为幕僚,并入赘王家,遂为牛李党争连累,一生蹭蹬,以游幕生涯为主。有《李义山诗集》。李商隐诗有浓厚的感伤情绪,习惯于向以自己为中心的内心世界取材。

在七律的写作上,李商隐可谓异军突起,在老杜七律的凝练典重上,酌采李贺歌诗的瑰奇精丽,从语言、对仗、声律和典故等各个方面进行精心选择和组织,形成一种精丽而富于暗示的诗风,从而创造出以《无题》诗为代表的新型七律。

> 锦瑟无端五十弦,一弦一柱思华年。庄生晓梦迷蝴蝶,望帝春心托杜鹃。沧海月明珠有泪,蓝田日暖玉生烟。此情可

待成追忆,只是当时已惘然。(《锦瑟》)

　　相见时难别亦难,东风无力百花残。春蚕到死丝方尽,蜡
炬成灰泪始干。晓镜但愁云鬓改,夜吟应觉月光寒。蓬山此
去无多路,青鸟殷勤为探看。(《无题》)

　　昨夜星辰昨夜风,画楼西畔桂堂东。身无彩凤双飞翼,心
有灵犀一点通。隔座送钩春酒暖,分曹射覆蜡灯红。嗟余听
鼓应官去,走马兰台类转蓬。(同前)

　　以《无题》为代表的李商隐七律,扬弃了元白那种对事件本身
的兴趣,而转入心灵的象征,即将一己之悲剧性身世及心理,幻化
为象征性图景。既有形象的鲜明性、丰富性,又具有内涵的朦胧
性、抽象性,从而获得丰富的暗示性,能引起读者多方面的联想。
而内容的深微,意境的朦胧,手法的象征,语言的典丽精工,余味曲
包,开启了从晚唐到五代的词境。

　　李商隐七绝,管世铭谓其"用意深微,使事稳惬,直欲于前贤
之外另辟一奇"(《读雪山房唐诗抄》凡例)。如《乐游原》一诗表
现诗人的迟暮情怀,对时代也是一种象征,前人认为消息甚大:

　　　　向晚意不适,驱车登古原。夕阳无限好,只是近黄昏。

李商隐长于咏史,其咏史绝句大都运用见微知著,或即事微挑的手
法,具有很高的讽刺艺术:

　　　　永寿兵来夜不扃,金莲无复映中庭。梁台歌管三更罢,犹
　　自风摇九子铃。(《齐宫词》)

寄赠、述怀之作,多着想独到,措语清丽,极富情韵:

　　　　竹坞无尘水槛清,相思迢递隔重城。秋阴不散霜飞晚,留
　　得枯荷听雨声。(《宿骆氏亭寄怀崔雍崔衮》)

　　君问归期未有期，巴山夜雨涨秋池。何当共剪西窗烛，却话巴山夜雨时。(《夜雨寄北》)

　　或写同一时间不同空间，或写不同时间不同空间，都做到了以小见大，启人遐思。综上所述，李商隐的确是杜甫、韩愈和李贺之后，最富于创意的诗人。

三、亡国之音哀以思：韦庄等唐末诗人

　　唐末最重要的诗人是韦庄(836—910)，著《浣花集》。所作长诗《秦妇吟》是白居易《长恨歌》以来唐代叙事诗的最大收获。

　　《秦妇吟》以黄巢起义为背景，展现了动乱时世之面面观。诗中写农民起义使长安翻了个个儿："内库烧为锦绣灰，天街踏尽公卿骨。"作者的立场虽然是站在唐王朝一边，但可贵的是，他在描写自己亲身体验、思考和感受过的社会生活时，违背了个人的政治同情和阶级偏见，将批判的锋芒指向了李唐王朝的官军和割据的军阀：

　　明朝又过新安东，路上乞浆逢一翁。苍苍面带苔藓色，隐隐身藏蓬荻中。问翁本是何乡曲？底事寒天霜露宿？老翁暂起欲陈词，却坐支颐仰天哭。乡园本贯东畿县，岁岁耕桑临近甸。岁种良田二百廛，年输户税三千万。小姑惯织褐绒袍，中妇能炊红黍饭。千间仓兮万丝箱，黄巢过后犹残半。自从洛下屯师旅，日夜巡兵入村坞。匣中秋水拔青蛇，旗上高风吹白虎。入门下马若旋风，罄室倾囊如卷土。家财既尽骨肉离，今日垂年一身苦。一身苦兮何足嗟，山中更有千万家。朝飧山上寻蓬子，夜宿霜中卧荻花。

　　诗人痛心地指出，官军的罪恶有甚于"贼寇"。可知此诗的认识价值和艺术价值都是不容忽视的。

　　韦庄七绝，风调清深，直逼杜牧：

　　江雨霏霏江草齐,六朝如梦鸟空啼。无情最是台城柳,依旧烟笼十里堤。(韦庄《台城》)

　　小李杜和韦庄而外,工于七言律绝的晚唐诗人,还有不少,如温庭筠、许浑、赵嘏、郑谷等,皆属名家。其诗如:

　　一上高城万里愁,蒹葭杨柳似汀洲。溪云初起日沉阁,山雨欲来风满楼。鸟下绿芜秦苑夕,蝉鸣黄叶汉宫秋。行人莫问当年事,故国东来渭水流。(许浑《咸阳城东楼》)

　　云物凄清拂曙流,汉家宫阙动高秋。残星几点雁横塞,长笛一声人倚楼。紫艳半开篱菊静,红衣落尽渚莲愁。鲈鱼正美不归去,空戴南冠学楚囚。(赵嘏《长安秋望》)

　　香灯伴残梦,楚国在天涯。月落子规歇,满庭山杏花。(温庭筠《碧涧驿晓思》)

　　扬子江头杨柳春,杨花愁杀渡江人。数声风笛离亭晚,君向潇湘我向秦。(郑谷《淮上与友人别》)

　　这些作品无论写景、咏史、述怀,大都弥漫着一种恋旧、伤逝、惆怅、失落的情绪,许多诗人都怀有很深的六朝情结,诗中更普遍地带有梦幻情调。正是"亡国之音哀以思"(《毛诗序》)。

　　唐末政治窳败,藩镇割据、朝宦之争和朝内党争愈演愈烈,而声势浩大的农民起义经过酝酿,终于爆发。在这样一个危机四伏的时代,才志之士更是前途渺茫。"夕阳无限好,只是近黄昏"二句,正可形容当时诗品。

[思考题]

1. 为什么称杜甫为"诗圣",称杜诗为"诗史"?

2. 什么是"元和体"?元和诗风在诗史上有何创新?

3. 刘禹锡在唐代诗史上有何独特贡献?

4. 韩愈"以文为诗"对宋诗有何影响?

5. 前人为什么称李贺为"鬼才"?

6. "小李杜"指哪两位诗人? 其诗歌创作有何异同?

第六章 古近体诗的另辟蹊径——宋诗

第一节 从唐音到宋调:宋初诗人创作轨迹

一、主意与主情:宋诗与唐诗风格大较

诗歌这一古老文学样式,至唐代曾焕发出空前异彩。唐诗体裁大备,流派众多,造诣甚高,极盛难继。宋代诗人面对如此丰富的诗歌遗产,可以转益多师,突破却很困难。

宋代高度集权而国势不如汉唐,外侮频仍,未曾出现汉唐那样大一统的盛世,文学创作上便难以出现汉赋、唐诗所表现的恢宏气象。宋代上层穷奢极侈,朝廷对北方实行以金帛换和平的妥协外交,对官吏实行高薪笼赂,农民负担太重,起义频仍。阶级矛盾、民族矛盾的尖锐,政治斗争的激烈,影响到诗文创作,是较强的政治色彩和爱国主义思潮。宋代科举考试策论,加之南宋理学在思想界据统治地位;活字印刷术的发明,典籍与著作容易流通,为文人饱学创造了条件;凡此,对宋人以学问为诗、以议论为诗等习气都有影响。

宋代诗人无意追攀盛唐,他们选定杜甫和中晚唐诗人的方向,取材广而命意新。钱钟书认为:宋诗对唐诗不是冒险开荒,发现新天地,而是把唐诗的道路加长、河流加深。宋诗在技巧上比唐诗精

细,而且更有书卷气,或者说更有文化内涵。唐诗技巧已甚精美,举凡用事、对偶、句法、声韵,唐人妙处尚天人相半,在有意无意间;宋人则纯出于有意,欲以人巧夺天工。其风格和意境虽不寄生在杜甫、韩愈、白居易或贾岛、姚合等人的身上,总多多少少落在他们的势力圈里(参《宋诗选注·序》)。

宋诗与唐诗在风格上的大较是:唐诗缘情,情辞俱美,丰腴温润;宋诗主意,深析透辟,瘦劲枯淡。唐人重浑成完整,贵在蕴藉而空灵;宋人重精心刻画,不免发露而费力。唐诗自在而宋诗典雅,唐诗圆熟而宋诗生涩,唐诗豪迈而宋诗深细。诗学家故有唐音、宋调之分。从文学继承的角度讲,所谓宋调,还是可以溯源到中晚唐直至杜诗。

清朱庭珍说:"晚唐衰极,五代诗亡,几扫地尽。宋人出而矫之,杨、刘唱和,宗法玉溪,台阁从风,号西昆体。久而堆垛掊扯,贻人口实。故苏子美矫以疏纵,梅宛陵矫以枯淡,然未餍人望也。欧公学韩,而以夷犹神韵,变其光怪陆离。"(《筱园诗话》卷四)这段话大体钩勒出了从唐音渐入宋调的轨迹。

程千帆概括说:"五七言的古律绝诗在唐代都已定型,因此,宋代诗人艺术创造主要地显示在语言风格、表现手段等方面。前人区分唐宋诗说:'唐诗主情,宋诗主意。'抒情就需要含蓄,议论就显得刻露。在诗中发议论,也促进了诗的散文化即'以文为诗'。这种区别事实上在唐代就有了,不过到了宋诗才更明显。"(《古诗今选·前言》)

二、从宗唐开始:白体、晚唐体与西昆体

宋初诗坛之风气变迁大体可分两期,前期学唐,后期渐变。

宋初士大夫承晚唐五代之余,对通俗浅显的白居易闲适诗情有独钟,号称"白体"。唯王禹偁(954—1001)在作闲适诗时,也继承了白居易的现实主义精神,自谓"本与乐天为后进,敢期子美是

前身",遂主盟一时。有《小畜集》。其佳篇如:

> 马穿山径菊初黄,信马悠悠野兴长。万壑有声含晚籁,数峰无语立斜阳。棠梨叶落胭脂色,荞麦花开白雪香。何事吟余忽惆怅,村桥原树似吾乡。(《村行》)

其诗质朴近于白描,古体多单行素笔,直抒胸臆。宋诗散文化、议论化的倾向,于王诗亦初见端倪。

"唐末五代,流俗以诗自名者,大抵皆宗贾岛辈"(《蔡宽夫诗话》)。宋初一批山林诗人沿袭了这种风尚,代表诗人有魏野、林逋及所谓九僧。他们好以自然意象入诗,在艺术上追求奇巧,务为推敲,所谓"唯搜眼前景而深刻思之"。如林逋《山园小梅》:

> 众芳摇落独暄妍,占尽风情向小园。疏影横斜水清浅,暗香浮动月黄昏。霜禽欲下先偷眼,粉蝶如知合断魂。幸有微吟可相狎,不须檀板共金樽。

诗中"疏影""暗香"一联,颇能传梅花神韵,历来脍炙人口。

真宗朝台阁文人杨亿、刘筠、钱惟演等,专学晚唐李商隐及唐彦谦,其诗讲究典丽精工,开了以才学为诗的风气,十七家结集为《西昆酬唱集》,号"西昆体"。西昆体以华丽典雅的作风,取代了白体、晚唐体的冲淡瘦硬,一定程度上反映了宋初的升平气象。然摹仿痕迹和匠气太重,为人所讥。

> 油壁香车不再逢,峡云无迹任西东。梨花院落溶溶月,柳絮池塘淡淡风。几日寂寥伤酒后,一番萧索禁烟中。鱼书欲寄何由达?水远山长处处同。(晏殊《寓意》)

此诗仿李商隐《无题》,三四句轻描淡写池苑风景,"自然有富贵气"(葛立方《韵语阳秋》),是西昆体中难得的佳作。

三、由古淡到雄赡:梅、苏与欧阳修

仁宗朝,梅尧臣(1002—1060)反对意义空洞、语言晦涩的西昆体,诗风平淡。其诗对人民疾苦体会很深,字句也较朴素,古诗得力于唐代韩愈、孟郊、卢仝等,律诗则受王、孟的影响。有《宛陵先生集》。梅尧臣认为:"诗家虽率意而造语亦难。若意新语工,得前人所未道者,斯为善也。必能状难写之景如在目前,含不尽之意见于言后,斯为至矣。"(欧阳修《六一诗话》引)他与欧阳修关系密切,在当时有极高的声望。龚啸谓其"去浮靡之习于昆体极弊之际,存古淡之道于诸大家未起之先"(《宋诗钞》引)。梅诗佳作如:

> 行到东溪看水时,坐临孤屿发船迟。野凫眠岸有闲意,老树著花无丑枝。短短蒲茸齐似剪,平平沙石净于筛。情虽不厌住不得,薄暮归来车马疲。(《东溪》)

其"野凫眠岸有闲意,老树著花无丑枝",以及《梦后寄欧阳永叔》中"五更千里梦,残月一城鸡"等句,语新而意工,实践了他的创作理论。

苏舜钦(1008—1048,有《苏学士文集》)与梅尧臣齐名,并称"苏梅",苏诗以奔放豪健为主。

> 春阴垂野草青青,时有幽花一树明。晚泊孤舟古祠下,满川风雨看潮生。(《淮中晚泊犊头》)

其诗富于情韵,兼有气象,与梅诗平淡工致风格不同,创意则逊于梅。

欧阳修(1007—1072),字永叔,号醉翁,晚号六一居士。庐陵(今江西吉安)人,官至参知政事。前半生参与庆历新政,两度遭贬,经历略近唐代的刘、柳。他是宋代大散文家,新古文运动领袖。其诗则深受李白、韩愈、白居易的影响,而以韩愈影响为深。有《欧阳文忠公集》。欧于韩诗,不取其险怪,而效其清新,其诗歌语

言接近散文那样的流动潇洒,这自然就凑泊了李白与白居易。其诗与梅尧臣齐名,并称"欧梅";然而他对语言的把握,对字句和音节的感悟,实在梅、苏之上,风格也较为雄赡。其佳篇有如:

> 夜凉吹笛千山明,路暗迷人百种花。棋罢不知人换世,酒阑无奈客思家。(《梦中作》)

> 汉宫有佳人,天子初未识。一朝随汉使,远嫁单于国。绝色天下无,一失难再得。虽能杀画工,于事竟何益? 耳目所及尚如此,万里安能制夷狄? 汉计诚已拙,女色难自夸。明妃去时泪,洒向枝上花。狂风日暮起,飘泊落谁家。红颜胜人多薄命,莫怨春风当自嗟。(《明妃曲再和王介甫》)

《梦中作》是梦中受潜意识支配而得,四句各涉一事,似不相贯,如有神助。《明妃曲》用翻案法寄讽,有雅人深致。

第二节　宋诗鼎盛与江西诗派:
苏轼等元祐诗人

从神宗元丰(1078—1085)到哲宗元祐(1086—1094)时期,是宋诗发展的鼎盛期。陈衍曾把元祐上接开元、元和,称为"三元",认为是中国诗史三个繁荣时期。此期出现的王安石、苏轼、黄庭坚,是诗坛三大宗匠。苏轼才气和阅历都超越一代,在诗、文、词方面都达到了时代的最高峰;王安石、黄庭坚诗歌成就不如苏轼,但在宋代均可称为大家。王安石更多地表现出对唐音的继承发展,而黄庭坚则更多地表现出对宋调的开拓新创。

一、荆公绝句妙天下:王安石的造诣

王安石(1021—1086),字介甫,晚号半山,临川(今江西抚州)

人。神宗时由参知政事而拜相,推行新法,是宋代杰出政治改革家。有《临川先生文集》。王安石在文艺观上是个鲜明的载道派。在《上人书》中表现了他"以适用为本"的文论观。其前半生创作或反映现实弊端,或通过咏史发表政治见解,是"政治诗"。其诗结构精严,字句凝练,风格奇崛精美,与杜诗有一定渊源关系。《明妃曲》是他的代表作。

> 明妃初出汉宫时,泪湿春风鬓脚垂。低回顾影无颜色,尚得君王不自持。归来却怪丹青手,入眼平生几曾有。意态由来画不成,当时枉杀毛延寿。一去心知更不归,可怜着尽汉宫衣。寄声欲问塞南事,只有年年鸿雁飞。家人万里传消息,好在毡城莫相忆。君不见咫尺长门闭阿娇,人生失意无南北。

北宋时辽夏交侵,朝廷以岁币换和平,弊端甚大。当时诗人多借汉言宋,以昭君出塞题材谲讽现实。王安石的《明妃曲》抒写昭君爱国而失意的怨苦,是颇具卓见之作。

王安石又是一个禀赋很高的诗人,晚年脱离政界,隐居金陵(今南京),筑室于钟山(今紫金山)半腰,因自号"半山",致力于绝句创作。因身世的浮沉、阅历的加深,诗艺也转向内敛,其诗脱弃切近的功利目的,达到了精深华妙的境界,具有很高的审美价值。宋时已称"半山绝句"与唐人抗衡。

> 茅檐长扫静无苔,花木成畦手自栽。一水护田将绿绕,两山排闼送青来。(《书湖阴先生壁》)
>
> 川原一片绿交加,深树冥冥不见花。风日有情无处着,初回光景到桑麻。(《出郊》)
>
> 京口瓜洲一水间,钟山只隔数重山。春风又绿江南岸,明月何时照我还?(《泊船瓜洲》)

这些诗大都作于罢相时,作者从山水和佛学中寻找精神寄托,自然凑泊于唐诗尤其是王维,多以山水景物、自然风光为表现对象。但作者本质上不同于王维,他是受伤的战士,而非望峰息心的隐者,这种不同,自然也会在诗中表现出来。安石笔下的自然多是村郊习见景色,有亲切的乡土气息,而没有辋川诗那种空寂幽清之感。安石笔下闲居生活,有孤独感,但无厌世情,时时流露倔强孤傲的精神,亦为辋川诗所无。诗人以杜甫创作七律的态度对待七绝创作,所以其七绝诗律工细,形式精严,常用对结。如"细数落花因坐久,缓寻芳草得归迟",相对各类词意之轻重、力之大小,铢两悉称,令人叹绝。难怪陈衍说"荆公绝句多对语甚工者,似是作律诗未就,化成绝句"(《宋诗精华录》)。又极善炼字炼句,有如老吏断狱,措词一定不易。如"一水护田将绿绕"的"护"字、"将"字,"春风又绿江南岸"的"绿"字等,无不表现出老练笔力。概括言之,题材近王维而情调积极,内容近柳宗元而更加乐观,推敲似老杜而更饶风调,当时就有"荆公绝句妙天下"之誉。不过,安石作诗有时逞才,并开了"以才学为诗"的某些先例,如集句诗特别是集杜诗,集药名诗,则文字游戏而已。

二、无一字无来处:黄庭坚与江西诗派

元祐时代黄庭坚与苏轼齐名,称苏黄。尔后诗人鹊起,均不出二家范围。而黄庭坚推尊杜诗,力求变异,诗的手法与风格,迥别唐人,最足以表现宋诗的特色,尽宋诗的变态,其后学之众,衍为江西诗派,于是中唐诗之另类,遂成为宋诗之主流。南渡诗人,多受沾溉,如陆游、杨万里、姜夔等,无不与之有渊源关系。刘克庄说:"豫章稍后出,会粹百家句律之长,究极历代体制之变,搜讨古书,穿穴异闻,作为古律,自成一家,虽只字半句不轻出,遂为本朝诗家之宗祖。"(《江西诗派小序》)

黄庭坚(1045—1105)字鲁直,号山谷道人,晚号涪翁,分宁(今江西修水)人。宋代大诗人、大书家。神宗时教授北京(大名

府)国子监,受知于苏轼,与秦观、张耒、晁补之为"苏门四学士"。元祐旧党执政,擢为国史编修官。新党上台后一再被贬。有《豫章黄先生文集》。黄庭坚身处党争旋涡,尽管他推崇杜甫,也写了一些时事诗,但这方面的成就不如苏、王,更不如后来的陆游。黄庭坚服膺杜甫"语不惊人死不休"及韩愈"唯陈言之务去",曾谓:"自作语最难。老杜作诗,退之作文,无一字无来处。……古之能为文者,真能陶冶万物,虽取古人之陈言入于翰墨,如灵丹一粒,点铁成金也。"(《答洪驹父书》)这与杜甫所谓"读书破万卷,下笔如有神"有相通之处。

黄庭坚以创作实践其主张,注意在笔法的转折变化、字法句法的精密、语言的生新上下功夫,并有意制造拗句,押险韵,作硬语,宁可失之生僻,不肯失之庸俗。苏轼之胸襟开阔,诗如长江大河,风起涛涌,自成奇观;黄庭坚则刻厉深思,如危峰千尺,拔地而起,别有胜境。黄诗章法谨严细密,多用暗线串联。造句原则是"宁可使句不律,不可使句弱",故其诗老成遒劲,一如其书法。在音律上学杜七律,独持拗峭,于拗折中求风致。

> 子瞻谪岭南,时宰欲杀之。饱喫惠州饭,细和渊明诗。彭泽千载人,东坡百世士。出处虽不同,风味乃相似。(《跋子瞻和陶诗》)

> 痴儿了却公家事,快阁东西倚晚晴。落木千山天远大,澄江一道月分明。朱弦已为佳人绝,青眼聊因美酒横。万里归船弄长笛,此心吾与白鸥盟。(《登快阁》)

> 我居北海君南海,寄雁传书谢不能。桃李春风一杯酒,江湖夜雨十年灯。持家但有四立壁,治病不蕲三折肱。想得读书头已白,隔溪猿哭瘴溪藤。(《寄黄几复》)

> 投荒万死鬓毛斑,生入瞿塘滟滪关。未到江南先一笑,岳阳楼上对君山。(《雨中登岳阳楼望君山》之一)

这些诗的共同特点,是从腔子里说真话,内容比较充实。在写作上,少数诗采用白描,而多数用典,用典的范围比西昆派乃至李商隐要广博得多也冷僻得多,读者必须弄清每个语典的来历,才能确凿解读破译诗意,所以"读书少"的人会觉得生硬晦涩;"读书多"的人又不免草木皆兵,这是黄诗的短处。

元祐以后,黄庭坚的诗风颇受士人欢迎,追随者甚众。南渡之初的吕本中作《江西诗社宗派图》,罗列黄庭坚、陈师道、陈与义等26人,于是有了"江西诗派"的说法。因为这批诗人以学杜相标榜,元代方回《瀛奎律髓》又为之加上杜甫为鼻祖,于是有了"一祖三宗"之说。名列江西派的作家,也不全是江西人,只不过他们都是黄庭坚的追随者,故以江西命名。

江西诗派除了黄庭坚,较重要的作家还有陈师道(1053—1102),他字无己,又字履常,自号后山居士,彭城人。有《后山先生集》。陈师道才力、学力俱不如黄,学杜摹仿的痕迹较重,是个"闭门觅句"(黄庭坚)的苦吟诗人,自称作诗是"拆东补西裳作带",钱钟书揶揄他是"满肚子的话说不畅快"(《宋诗选注》)。他不刻意时,也能写出朴挚的好诗。

> 去远即相忘,归近不可忍。儿女已在眼,眉目略不省。喜极不得语,泪尽方一哂。了知不是梦,忽忽心未稳。(《示三子》)

这首诗通篇白描,末二句翻用老杜《羌村》"夜阑更秉烛,相对如梦寐"而富有新意,以生活内容取胜,妙在一个真字。

三、才思横溢,兴味盎然:苏轼的造诣

苏轼(1037—1101),字子瞻,号东坡居士,眉州眉山(今属四川)人。嘉祐时代进士,特行独立。熙宁、元丰间不见容于新党,因作诗讽刺新法之弊,下御史狱,贬官黄州。元祐更化时,任翰林

学士,因主张对新法"较量利害,参用所长"而不容于旧党,又因洛蜀党争,出知杭州、颍州,多有政绩。哲宗绍述时期,新党上台,复贬谪惠州、儋州,元符中因大赦始得以北归。翌年,死于常州。有《东坡全集》。

苏轼是宋代唯一称得上堪与屈、陶、李、杜方驾的伟大作家,在文艺上有多方面成就臻于一流。其诗冠代,与黄庭坚并称"苏黄",与陆游并称"苏陆";其文冠代,与欧阳修并称"欧苏";开创豪放词风,与辛弃疾并称"苏辛";书法为宋四家之一,并称"苏黄米蔡"。苏轼对文学创作的奥秘深有妙悟,主张甚高,强调以本质取胜,但从不把语言形式与思想内容割裂开来,说:"辞至于达足矣,不可以有加矣","大略如行云流水,初无定质,但常行于所当行,常止于所不可不止,文理自然,姿态横生。"(《答谢民师书》)又说:"吾文如万斛泉源,不择地而出。在平地滔滔汩汩,虽一日千里无难;及其与山石曲折,随物赋形而不可知也。所可知者,常行于所当行,常止于不可不止,如是而已矣。"(《文说》)虽是论文,亦适用于诗,对南宋严羽"妙悟说"和清代王士禛"神韵说"都有深刻的影响。

苏诗在取材广而命意新上,实超轶一代。总体特色是气象宏阔,铺叙宛转,意境恣肆,笔力雄健,与其文有相通之处。其散文化、议论化倾向,远继韩愈而近启黄庭坚。苏轼接受了杜甫、白居易的影响,重视诗歌的社会作用,如《荔枝叹》借唐戒宋,《陈季常所蓄朱陈村嫁娶图》反映民生疾苦,《吴中田妇叹》、《山村五首》暴露官吏借新法之名行扰民之实等,政治视野相当开阔。

　　我是朱陈旧使君,劝农曾入杏花村。而今风物那堪画?县吏催钱夜打门。(《陈季常所蓄朱陈村嫁娶图》)

由于这类诗讽诮现实,也曾给作者带来政治上的麻烦。

苏轼足迹遍及全国各地,从峨眉到西湖,从河北到海南,他是一个亲和山水自然、极富生活情趣的人。其诗取径甚广,而多得山

川之助。"苏子瞻学刘梦得,学白乐天、太白,晚而学渊明"(张戒
《岁寒堂诗话》卷下)。自然山川到作者的笔下,便具有了独特的
视角,有了哲理意味,如《望湖楼醉书》、《有美堂暴雨》、《新城道
中》、《饮湖上初晴后雨》、《题西林壁》等。一部分题画诗与其写景
诗具有同一性质,名篇如《书李世南所画秋景》、《惠崇春江晓景》、
《李思训画长江绝岛图》等,美不胜收。在苏诗中,手足之情,亲友
之爱,故乡之思,常常和自然风物的描写结合着,时见作者的旷达
情怀和幽默睿智,如《游金山寺》、《和子由渑池怀旧》、《中秋月》、
《澄迈驿通潮阁》等。

　　我家江水初发源,宦游直送江入海。闻道潮头一丈高,天
寒尚有沙痕在。中泠南畔石盘陀,古来出没随涛波。试登绝
顶望乡国,江南江北青山多。羁愁畏晚寻归楫,山僧苦留看落
日。微风万顷靴纹细,断霞半空鱼尾赤。是时江月初生魄,二
更月落天深黑。江心似有炬火明,飞焰照山栖鸟惊。怅然归
卧心莫识,非鬼非人竟何物?江山如此不归山,江神见怪惊我
顽。我谢江神岂得已,有田不归如江水。(《游金山寺》)

　　人生到处何所似,应似飞鸿踏雪泥。泥上偶然留指爪,鸿
飞那复计东西?老僧已死成新塔,坏壁无由见旧题。往日崎
岖还记否?路长人困蹇驴嘶。(《和子由渑池怀旧》)

　　游人脚底一声雷,满座顽云拨不开。天外黑风吹海立,浙
东飞雨过江来。十分潋滟金樽凸,千杖敲铿羯鼓催。唤起谪
仙泉洒面,倒倾鲛室泻琼瑰。(《有美堂暴雨》)

　　水光潋滟晴方好,山色空濛雨亦奇。欲把西湖比西子,淡
妆浓抹总相宜。(《饮湖上初晴后雨》)

　　横看成岭侧成峰,远近高低各不同。不识庐山真面目,只
缘身在此山中。(《题西林壁》)

　　竹外桃花三两枝,春江水暖鸭先知。蒌蒿满地芦芽短,正

是河豚欲上时。(《惠崇春江晓景》)

这些诗大都才思横溢,情韵俱胜。长篇自然奔放,挥洒自如,尤善博喻,具有一种淋漓酣畅之感;短诗则必有一二佳句。令人想见其写作时的得心应手,左右逢源。其古体有太白风而略趋凝练,近体诗大都圆美流动,晚年尤臻于炉火纯青。宋诗以文字为诗、以才学为诗、以议论为诗等特点,在苏诗都有充分的表现,只不像黄庭坚那样极端而已。

第三节　重大主题与日常题材: 陆游与中兴诗人

一、南渡前期的感喟哀时之作

江西诗派最初主要是从形式上学杜的,南渡之后,国难当头,诗人遭遇到天崩地裂的大变动,这才对杜诗发生了一种心心相印的共鸣关系,从而赋予诗歌以沉重的生活内容与忧患意识。

南北之交的著名诗人是陈与义。陈与义(1090—1138),字去非,号简斋。宣和中为太学博士,以赋《墨梅》受知于徽宗。靖康之乱金人入汴,他自陈留避乱南奔,经商水、襄阳至湖南,转徙岳阳、长沙、衡阳。高宗绍兴元年(1131)抵临安,累官至参知政事。有《简斋集》。方回将其归入江西派,为三宗之一。陈与义诗歌创作主要受黄庭坚、陈师道的影响。然而,由于他经历了南渡,遂较黄、陈于杜诗更有深悟——"但恨平生意,轻了杜陵诗",由此于诗歌创作多有抒发国破家亡与天涯沦落之感。

庙堂无策可平戎,坐使甘泉照夕烽。初怪上都闻战马,岂知穷海看飞龙。孤臣霜发三千丈,每岁烟花一万重。稍喜长沙向延阁,疲兵敢犯犬羊锋。(《伤春》)

全诗语言明净,音调响亮,风格沉雄慷慨,在江西派中最近杜甫。

与陈与义同时,念念不忘国耻,在诗中进行历史反思的代表当推刘子翚。刘子翚(1101—1147),字彦冲,建州崇安(今属福建)人,理学家,因病辞官归武夷山讲学 17 年,朱熹曾师事之。有《屏山集》。《汴京纪事》20 首是其于南渡后痛定思痛之作:

> 空嗟覆鼎误前朝,骨朽人间骂未销。夜月池台王傅宅,春风杨柳太师桥。(同前)
>
> 辇毂繁华事可伤,师师垂老过湖湘。缕衣檀板无颜色,一曲当时动帝王。(同前)

这组诗采汴京故事为题材,写山河变色的感慨有关一代时事,堪称诗史。

二、集中十九从军乐:爱国诗人陆游

南渡以后民族矛盾上升,和战之争成为当时政治斗争的主要内容。尽管主和势力高宗朝一直占据上风,但主战势力从未偃旗息鼓,爱国主义仍成为一种文艺思潮,其在诗歌创作中的杰出代表是陆游。

陆游(1125—1210),字务观,别号放翁。越州山阴(今绍兴)人。绍兴中应礼部试为秦桧所黜。孝宗时曾任镇江、隆兴通判。乾道中入蜀,入四川宣抚使王炎幕府,是其一生最为意气风发的时期。淳熙中范成大镇蜀,陆游应邀到成都帅府任参议官,与范为诗文之交。晚年退居家乡。有《剑南诗稿》。

陆游创作力十分旺盛,今存诗近万首。其作品不但数量多,而且题材广泛,内容丰富。平生诗风虽经藻绘、宏肆、平淡三变,但其思想内容始终贯穿着爱国主义精神。与当时诗中一般的慷慨愤世、感喟哀时不同,陆游重在鼓吹投身于抗金复国的战场:"上马击狂胡,下马草军书"(《观大散关图有感》)、"人生不作安期生,

醉入东海骑长鲸；犹当出作李西平，手枭逆贼清旧京"（《长歌行》），这样的慷慨激昂，直欲越过杜诗的伤时念乱，直攀盛唐边塞诗的营垒。虽然也有悲怆的音调，但诗人对抗金前途满怀信心，充满乐观主义的战斗精神，则是其诗的主要特征。

> 黄金错刀白玉装，夜穿窗扉出光芒。丈夫五十功未立，提刀独立顾八荒。京华结交尽奇士，意气相期共生死。千年史册耻无名，一片丹心报天子。尔来从军天汉滨，南山晓雪玉嶙峋。呜呼！楚虽三户能亡秦，岂有堂堂中国空无人！（《金错刀行》）

这首诗作于嘉州，借刀以言志，抒发抗金复国的壮志豪情，写得抑扬亢奋，豪情满怀，颇类唐代的岑参。另如《关山月》、《书愤》、《秋夜将晓出篱门迎凉有感》、《十一月四日风雨大作》等，也都是类似的名篇。陆诗豪句如"食粟本同天下责，孤臣敢独废深忧"（《北望感怀》）、"位卑未敢忘忧国"、"神州未复士堪羞"（《纵笔》），直是顾炎武"天下兴亡，匹夫有责"爱国理论的先导。无怪梁启超赞美道："集中十九从军乐，亘古男儿一放翁。"（《读陆放翁诗》）

在艺术上，陆游是一位转益多师的诗人，其诗比较全面地反映了那个时代的社会面貌，又经常通过瑰奇的想象来表达对理想的热烈追求，是现实主义与浪漫主义的高度结合。陆游诗的风格主要表现为雄浑奔放、气象开阔，而不失晓畅平易、清新自然。其豪迈处似李白，沉郁处似杜甫，平易如白居易，瑰奇如岑参。陆游诗无体不备，而以七律一体成就最高，有人将杜甫、李商隐、陆游称为七律诗史上的三大里程碑。陆游的七古长于用短，富于文彩而清新流畅；七绝佳作累累，与王安石、杨万里、范成大、姜夔同为宋代绝句大宗；七律亦不乏精工婉畅的佳作。

> 莫笑农家腊酒浑，丰年留客足鸡豚。山重水复疑无路，柳

暗花明又一村。箫鼓追随春社近,衣冠简朴古风存。从今若许闲乘月,拄杖无时夜叩门。(《游山西村》)

早岁那知世事艰,中原北望气如山。楼船夜泊瓜洲渡,铁马秋风大散关。塞上长城空自许,镜中衰鬓已先斑。出师一表真名世,千载谁堪伯仲间。(《书愤》)

僵卧孤村不自哀,尚思为国戍轮台。夜阑卧听风吹雨,铁马冰河入梦来。(《十一月四日风雨大作》)

死去原知万事空,但悲不见九州同。王师北定中原日,家祭无忘告乃翁。(《示儿》)

这些诗表现了作者虽然退居故乡,但生活激情不减,复国壮志犹存。古人说"七十老翁何所求"(王维《夷门歌》),而作者以85岁高龄,临死《示儿》,诗中殊无分香卖履之意,仍念念不忘国事,希望在九泉下能听到王师北定中原的胜利消息,所以感人至深。

三、陶成瓦砾亦诗材:杨万里的小品诗

陆游诗一扫江西诗派的某些积弊,为宋诗开了新的生面,对当时和后世诗人有很大的影响。宋末诗人如戴复古、刘克庄,清代的宋琬、查慎行、郑燮、赵翼等,都耽爱陆放翁诗,并在创作上深受其影响。

与陆游同时齐名,被列入"中兴四大诗人"的杨万里、范成大,也是有独特贡献的诗人。在感怀时事、抒写爱国情怀这一点上,他们与陆游有共同之处。只不过篇什较少,没有陆游那样出色。然而他们在诗歌题材和创作手法的开拓上,却有不为陆游所掩的独到成就。

杨万里(1127?—1206),字廷秀,号诚斋,江西吉水人。高宗绍兴中任零陵县丞时,曾三次前往拜访谪居在家的爱国将领张浚,张浚以"正心诚意"四字,遂号诚斋。历任太常博士、宝谟阁直学

士等职。一生为人正直,为官清正,品格很高。韩侂胄当国,居家
15年不出而卒。有《诚斋集》。杨万里是一位别开生面、独具一格
的诗人,又是一位高产作家,"游居寝食,非诗无与",所作极有特
色,时人谓之"诚斋体"。

杨万里早年学诗,亦曾从江西派入门。后脱离江西派藩篱,
转学唐人及王安石绝句,尽毁少作千余首,并自立门户。诚斋诗
在取材上较前人有新的开拓,其主要兴趣在天然景物和日常生活
方面。他在《诚斋荆溪集序》中说:"步后园,登古城,采撷杞菊,
攀翻花竹,万象毕来,献余诗材。"总之,其内容俯拾即是,而形式
则多用七绝。

> 泉眼无声惜细流,树阴照水爱晴柔。小荷才露尖尖角,早
> 有蜻蜓立上头。(《小池》)
> 篱落疏疏一径深,树头新绿未成阴。儿童急走追黄蝶,飞
> 入菜花无处寻。(《宿新市徐公店》)
> 梅子留酸软齿牙,芭蕉分绿与窗纱。日长睡起无情思,闲
> 看儿童捉柳花。(《闲居初夏午睡起》)
> 毕竟西湖六月中,风光不与四时同。接天莲叶无穷碧,映
> 日荷花别样红。(《晓出净慈寺送林子方》)

这些诗如揣摸蜻蜓先得小荷之乐,如着眼自然赋予蝴蝶以保
护色等等,都表现出作者所具的稀有天才和十足童心,他到处都有
发现的喜悦,能为小到一片落叶、一只昆虫写一首诗。在人们熟视
无睹的寻常景物和生活现象中,总能发现不平常的意趣。

在艺术上,杨万里创辟了一种新鲜泼辣的写法。语言上贴近
口语,能做到口心相应,就像一个伶牙俐齿、风趣成性的人,想到就
说,无难达之意,无不尽之情,其友张镃誉为"笔端有口古来稀"。
其次是变化多端,横说竖说,正说反说,出人意表,入人意中,思路
灵活,表达曲折,幽默诙谐,变幻莫测。将七绝一体的表现力,尽量

加以发掘。论者谓之"活法"。所谓活法,也就是不法而法。综上所述,杨万里开创了一种"小品诗"体,即诚斋体,他是一位最具独创性的诗人。

四、偶回光景到桑麻:范成大与《四时田园杂兴》

范成大(1126—1193)字致能,号石湖居士,平江吴郡(今苏州)人。绍兴中进士,出使过金国,不辱使命。历任静江、成都、明州、建康等地行政长官,拜参知政事,加大学士。在成都时,曾是陆游依附的对象。晚年隐居石湖,又是年轻词人姜夔的靠山。有《石湖居士集》。

范成大早期也受江西诗派影响,同时上继白居易等唐乐府诗人的现实主义精神。诗风平易浅显,清新妩媚。代表作是两大七绝组诗,一组是使金时所作的72首绝句;一组是淳熙十三年(1186)所写的《四时田园杂兴》60首。当时宋金构和,双方暂时处于休战状态,组诗即反映江南农业生产的复苏及农村生活种种,颇具特色。

文人田园诗首创于陶渊明,经王维、孟浩然、储光羲等唐代诗人大力创作,蔚为诗派,以后作者不断。宋代诗人大都有田园之作,范成大称得上宋代写作田园诗最多而又最具特色的作家。

历来田园诗,除陶渊明外,较少有真实的生活内容和生活气息,只描绘一些带有鸡犬桑麻的美丽图景,《四时田园杂兴》把王、孟式的田园风光描写和李绅、聂夷中式的悯农情感融为一体,把以前田园诗的两大系统结合起来,算得是中国古代田园诗的新的范本,组诗分春日、晚春、夏日、秋日、冬日五部,各12首,好比一幅农村风俗画长卷,全面、生动、真实地反映了当时农民一年四季的活动,诸如岁时、风俗、劳动、困难、忧虑、灾难、压迫等各式各样的生活,纤细毕登,鄙俚尽录,曲尽田家况味。

昼出耘田夜绩麻,村庄儿女各当家。童孙未解供耕织,也傍桑阴学种瓜。(《四时田园杂兴》)

采菱辛苦废犁锄,血指流丹鬼质枯。无力买田聊种水,近来湖面亦收租。(同前)

新筑场泥镜面平,家家打稻趁霜晴。笑歌声里轻雷动,一夜连枷响到明。(同前)

这些诗或通过乡村儿童的活动来表现农忙,或通过采菱者的不幸遭遇揭露封建剥削的无孔不入,或通过连夜打稻的场面写丰收时节的喜悦,内容相当丰富,农村生活气息十分浓厚。

第四节　从江湖派到遗民诗

一、从清空到小巧:江湖派诗人

南宋后期,宋金对峙已成定局,国人习于苟安。江西派的瘦硬诗风已不为时人所喜,于是出现了新的诗歌流派。南宋书商陈起编辑姜夔等著名诗人之作,刊为《江湖集》、《江湖前集》、《江湖后集》、《江湖续集》等,入选作家庞杂,然以生活在孝宗、光宗、宁宗、理宗四朝百年间诗人,尤以遭逢不偶、浪迹江湖的下层文士为主。这就是所谓江湖派诗人。

姜夔(1155?—1221?),字尧章,号白石道人。南宋词人。饶州鄱阳(今属江西)人,自幼随父宦居汉阳,成年后旅食江淮,往来于湘鄂等地。一生湖海飘零,长作贵家清客,以布衣终老,生世相当落寞。有《姜白石诗词全集》。姜夔学诗,亦先从江西派入手,后来大悟学即病,强调自然高妙。诗以七绝擅场,多寄情湖山胜景,抒写个人怀抱,视野虽窄,诗风清空,标格独高。故缪钺评道:"白石的诗,气格清奇,得力江西;意境隽淡,本于襟抱;韵致深美,

发乎才情。"(《灵谿词说》)

> 笠泽茫茫雁影微,玉峰重叠护云衣。长桥寂寞春寒夜,只有诗人一舸归。(《除夜自石湖归苕溪》)
>
> 细草穿沙雪半销,吴宫烟冷水迢迢。梅花竹里无人见,一夜吹香过石桥。(同前)
>
> 自作新词韵最娇,小红低唱我吹箫。曲终过尽松陵路,回首烟波十四桥。(《过垂虹》)

诗人乘着篷船从江南水乡的桥下通过,水上荡漾着荷花的香气和小红的歌声,令人陶醉。诗中的境界幽冷孤清,有一种名士风流、自得其乐的情调。

江湖派诗人,声名较著者还有刘过、刘克庄、戴复古、叶绍翁等人,大多不满现实,以江湖相标榜,所作多古体和七绝,力求平直流畅,长于炼意,唯题材较窄,时病小巧。

> 小桃无主自开花,烟草茫茫带晚鸦。几处败垣围故井,向来一一是人家。(戴复古《淮村兵后》)
>
> 应怜屐齿印苍苔,小扣柴扉久不开。春色满园关不住,一枝红杏出墙来。(叶绍翁《游园不值》)

诗人笔下景象萧条,侧面烘托着时局的不堪。有时因自然生机的启迪,也会萌生出"满园春色关不住,一支红杏出墙来"之类的警句。

二、诗风野逸清瘦的永嘉四灵

与江湖派同时,尚有一个永嘉(今浙江温州)诗派,一共四位诗人:徐玑字灵渊,徐照字灵晖,翁卷字灵舒,赵师秀号灵秀,他们彼此赓歌相和,字号中都带有一个灵字,故合称永嘉四灵。南宋诗人多从江西派入门,而四灵公开打出对立的旗帜,反对江西诗派特重用典、生涩瘦硬的诗风,主张学习中晚唐,以贾岛、姚合为二妙,创作以五律为主,兼及绝句。自抒性灵,诗风野逸清瘦,生新可喜,对江西派或有纠偏补弊的作用,然取法乎中,格局不大,与江湖派同病。

> 水满田畴稻叶齐,日光穿树晓烟低。黄莺也爱新凉好,飞过青山影里啼。(徐玑《新凉》)
>
> 黄梅时节家家雨,青草池塘处处蛙。有约不来过夜半,闲敲棋子落灯花。(赵师秀《约客》)
>
> 绿遍山原白满川,子规声里雨如烟。乡村四月闲人少,才了蚕桑又插田。(翁卷《乡村四月》)

这些诗表现出身处末世的诗人,有意避开了政治话题,从山光水色和田园生活中寻求佳趣,以使沉重的心情得到暂时放松和些许抚慰。

三、烈士的悲号与遗民的哀歌

宋末危急存亡之际,文天祥、谢枋得、汪元量等烈士和遗民的诗以抗元图存和亡国实录为主要内容,成为陆游等爱国诗人的有力回应。

文天祥(1236—1283),号文山,庐陵(今江西吉安)人,宋末民族英雄。其诗歌创作以元军攻陷临安为界分前后两期,精华多在后期。有《指南录》、《指南后录》。诗多记叙作者与部下为图存而作的艰苦卓绝的斗争,表现了崇高的爱国精神,大都取法杜甫,而直书胸臆,沉痛深至,可传不朽。

> 辛苦遭逢起一经,干戈寥落四周星。山河破碎风飘絮,身世浮沉雨打萍。惶恐滩头说惶恐,零丁洋里叹零丁。人生自古谁无死,留取丹心照汗青。(《过零丁洋》)

几日随风北海游,回从扬子大江头。臣心一片磁针石,不指南方不肯休。(《扬子江》)

这两首诗既抒写身处艰危困厄的家国之恨,又以磅礴的气势、高亢的情调表达矢志不屈、杀身成仁的决心,影响后世极为深远。

谢枋得(1226—1289)号叠山,德祐起兵抗元,兵败后变姓名入唐石山中,后卖卜为生。元时多次拒绝征召,后被强解至大都,绝食而死。有《叠山集》。

十年无梦得还家,独立青峰野水涯。天地寂寥山雨歇,几生修得到梅花?(《武夷山中》)

此诗托物言志,张扬民族气节,与文天祥之作异曲同工。

汪元量(1241—1330?)号水云,钱塘人,以词章给事宫廷。元兵攻陷临安,俘恭帝及皇太后全氏、太皇太后谢氏等先后赴大都,汪元量随谢氏北行至大都。其间曾屡次探视在囚的文天祥。有《湖山类稿》。早期创作有模拟痕迹,元兵南下后,诗风一变,“亡国之戚,去国之苦,艰关愁叹之状,备见于诗”,“亦宋亡之诗史”(李珏跋语)。其《湖州歌》98 首、《越州歌》20 首、《醉歌》10 首三大七绝组诗,是他的代表作。

西塞山前日落处,北关门外雨来天。南人堕泪北人笑,臣甫低头拜杜鹃。(《送琴师毛敏仲北行》)

作者在诗中自比杜甫,其三大绝句组诗,确是一代“史诗”。

[思考题]

1. 宋初诗坛有哪些流派?各有哪些代表作家?
2. 王安石、苏轼诗歌各有什么独特造诣?

3. 什么是"江西诗派"？主要有哪些作家？
4. 陆游在诗歌创作上有何突出成就？
5. 杨万里和范成大在诗歌创作上有何独创性？

第七章　古近体诗的回潮与新潮
——元明清及近代诗

第一节　守成与出新

一、挑战与机遇并存:元明清诗人的创作处境

古典诗歌的传统样式是五七言诗体,其发展趋势,是从五言到七言,从古体到近体。八代诗人处在开创的阶段,这一时期,五言古体已发展得相当成熟,七言和近体也开始形成。唐代诗人处在集成阶段,这一时期,五七言古近体诗在样式上已全部定型,发展得相当完熟;而词体也产生于民间,由于文人的染指,也以小令的面貌,登上了诗坛。到北宋,从晏、欧到柳永,词体完成了从令词到慢词的繁衍,它以缘情为主,而有别于载道的诗文,蔚为大国。五七言诗在样式上,已没有新的拓展。

宋代以后,诗歌创作在整个文学创作上的地位,发生了根本的变化。一方面,由于写诗与作文一样,是文人必备的技能,五七言古近体诗仍被大量地写着,给作者带来声名。另一方面,这些诗歌的影响,又被局限在文场和官场以内,它们在社会与公众中的影响,则远不如唐诗宋词。而戏曲和说部这些非传统的、生气勃勃的文学样式,却相继登上文学的舞台,成为雅俗共赏的、最有生命力

的文学样式。正是面对这样的事实,王国维才说出了他那句很有影响又很有争议的话:"一代有一代之文学。"(《宋元戏曲史·自序》)

在诗歌发展史上,文学新样式的魅力总是超过旧样式。新的样式总与民间有着密切的联系,总是拥有广大的受众,总是处在上升发展的阶段,因而能产生较大影响和经典的作家。八代唐宋之诗、唐宋词就不但产生大量杰作,而且产生了陶潜、李白、杜甫、白居易、李煜、苏轼、柳永、陆游、辛弃疾那样伟大的诗人和词人。

元代新的诗歌样式是散曲,有宫调曲牌,是用来唱的。散曲大量运用口语,以铺叙为主,可以加衬字,以戏入曲,特有谐趣,于传统诗词的含蓄之美以外,大大发展了豪辣诙谐之美。明清时代产生了《山歌》、《挂枝儿》、《马头调》等俗曲,也是唱的,用口语创作。散曲和俗曲皆不登大雅之堂,却广泛地拥有受众。

元明清诗人所处的社会历史条件,难以与八代唐宋诗相提并论,因此,在诗歌创作上能否以旧体出新意,如何以旧体出新意,就成为元明清诗人所要面对的新课题。

不过,中国的封建社会已发展到新的历史阶段,重大的历史变革不断发生。不少的生活内容、精神境界,为前人无从梦见,这又给元明清诗人提供了丰富的创作源泉。所以,对于元明清诗人来说,实是挑战与机遇并存。而五七言古近体诗作为成熟的诗歌体裁,也仍具有强大的生命力,诗人们用以描写社会与人生,早已得心应手,作品数量之多,远逾古人;佳作累累,美不胜收。

二、江山代有才人出:元明清的诗论与创作

生在八代唐宋诗人之后,元明清诗人有条件对诗歌创作的规律和经验加以理论总结,用来指导创作实践。在诗学著述的数量和质量方面,明清作家实超过宋人,更无论唐代。如明杨慎《升庵诗话》、王世贞《艺苑卮言》、谢榛《四溟诗话》、李东阳《麓堂诗话》、徐祯卿《谈艺录》、陆时雍《诗镜总论》、胡应麟《诗薮》、胡震亨《唐音癸签》,清王夫之《姜斋诗话》、叶燮《原诗》、王士禛《带经堂诗话》、沈德潜《说诗晬语》、袁枚《随园诗话》、赵翼《瓯北诗话》等等,在总结评论前人得失的同时,提出了不少有价值的诗歌主张和见解。其中对于绝句,有大量精彩的见解和评论。这些诗话作者多为卓有成就的诗人。

"我愧虽无李白才,料应月不嫌我丑"(唐寅《把酒对月歌》)。元明清诗坛纵然没能产生像戏剧家关汉卿、小说家曹雪芹那样光芒耀眼的大家,但亦可谓是名家辈出;纵然没有经天日月,亦可谓星汉灿烂。其间诞生出元好问、杨维桢、高启、钱谦益、吴伟业、王士禛、查慎行、黄景仁、龚自珍、黄遵宪卓荦十余辈,在诗歌创作上,各有专长和独诣,可称"江山代有才人出,各领风骚数百年"(赵翼《论诗》)。

第二节　从宗宋到学唐:金元诗人

一、推宗苏黄,亲和宋诗:元好问及金代诗人

金元两朝于马上得天下,金为割据之邦而元代享国较短,又都是北方比较落后的游牧民族入主中原。其诗坛皆借才于异代,而文士多有屈才之感。所以,金元文艺没有、也不可能有唐宋时代那样百花竞放的局面。诗文创作较之唐宋时代,总体上出现了较大的滑坡。然金、元诗歌的面貌,还有祧宋、宗唐的不同。金与宋在政治上对立,而在文化上,受宋的影响却非常明显。"金初无文字,自太祖得辽人韩昉而始言文;太宗入宋汴州,取经籍图书,宋宇文虚中、张斛、蔡松年、高士谈后先归之,而文字煟兴,然犹借才异代也"(庄仲方《金文雅·序》)。元好问所编《中州集》"其大旨不外苏黄"(王世贞《艺苑卮言》卷四)。

　　金初，由来自辽宋的文士竞胜于诗坛，明昌(1190)以后，新一代文士成长起来，创作领域有所开拓。金室南渡后，兵连祸接，内外交困，诗风一变，有如南宋。赵秉文、杨云翼等诗人名望日崇，稍后则有李俊民、王若虚、段克己等，作品多以艰难时世、涂炭民生为题材。此期诗坛的荣光，是由金入元，为金诗编集的元好问。

　　元好问(1190—1257)，字裕之，号遗山，太原秀容(今山西忻县)人。兴定五年(1221)进士，官至左司员外郎。金亡不仕，入元后20余年，主要致力整理金代文献，编成金史《壬辰杂编》、金诗总集《中州集》、金词总集《中州乐府》。有《元遗山诗集》。他推崇杜甫，又潜心于苏轼诗的研究，撰有《东坡诗雅》、《东坡乐府集选》(皆佚)。在诗歌风格上也比较接近苏轼，他擅长七律和七古，七绝亦独出冠时。如七律《横波亭为青口帅赋》：

　　　　孤亭突兀插飞流，气压元龙百尺楼。万里风涛接瀛海，千年豪杰壮山丘。疏星澹月鱼龙夜，老木清霜鸿雁秋。倚剑长歌一杯酒，浮云西北是神州。

横波亭在江苏赣榆县的河边，金时属青口辖区。蒙古人南侵，破中都燕京。金将移剌粘合驻防青口，一时士望甚重。此诗歌颂抗敌将领，渴望收复失地，音情顿挫，充满爱国激情。

　　以七绝体论诗，首创者为杜甫。杜甫在漂泊西南期间，写下了《戏为六绝句》、《解闷》等，发表他在诗歌创作和欣赏中的随想。追随杜甫而写过论诗七绝的唐宋诗人，数量不少。而元好问的《论诗三十首》被公认是杜甫《戏为六绝句》之后最重要的作品。其数量之多，系统性之强，见地之高，意兴之豪，诗味之浓，均可谓前无古人，后启来者。兹引三首于下：

　　　　一语天然万古新，豪华落尽见真淳。南窗白日羲皇上，未害渊明是晋人。

慷慨歌谣绝不传，穹庐一曲本天然。中州万古英雄气，也到阴山敕勒川。

东野穷愁死不休，高天厚地一诗囚。江山万古潮阳笔，合在元龙百尺楼。

这里除以"一语天然万古新"赞美陶潜、"合在元龙百尺楼"肯定韩愈外，还对北朝民歌《敕勒歌》大加标榜，可见其对清新自然、质朴刚健之诗风是如何地激赏了。

二、近体主唐，古体主选：刘因等元代诗人

金代诗人或以北人学南，或本南人入北，故推宗苏黄，亲和宋诗。然而，南宋诗评家严羽对苏黄已表不满，标举汉魏盛唐。元好问亦对江西派进行抨击。到元代，诗人便厌弃宋诗，而效法唐音。元初王恽提出"宗唐"，仇远更提出"近体主唐，古体主选（《昭明文选》）"，大体上确定了元诗的发展方向。

初期唯刘因（1249—1293），字梦吉，号静修，保定容城人，有《静修先生文集》。诗笔雄健，各体诗皆有可观。名篇如：

宝符藏山自可攻，儿孙谁是出群雄。幽燕不照中天月，丰沛空歌海内风。赵普元无四方志，澶渊堪笑百年功。白沟移向江淮去，止罪宣和恐未公。（《白沟》）

"白沟"本为宋辽之界河，诗中通过咏叹宋对辽、金妥协，致使边界南移江淮的史实，抒发历史感慨，发人深省。

中叶诗人有并称四大家的虞集、杨载、范梈、揭傒斯。总体说来，以绮丽秀淡见长，却不免气格较弱。而萨都刺（1305？—1355？），字天锡，号直斋，有《雁门集》。所作七绝清旷有致，风神跌宕，尤长于北方风物的描写。如：

紫塞风高弓力强，王孙走马猎沙场。呼鹰腰箭归来晚，马

上倒悬双白狼。(《上京即事》)

此诗描写元蒙皇族子弟在上京打猎的情景,生动展现了北国风光和狩猎场面,洋溢着快乐与豪情。

元末名气最大的诗人是杨维桢(1296—1370)。他"掇锦囊(李贺)之逸藻,嗣玉溪(李商隐)之芳润",好为乐府,诗多奇诡,间失之佻滑,然而他的《海乡竹枝歌》、《西湖竹枝词》、《吴下竹枝词》,皆嗣响刘禹锡,扩大了七绝中"竹枝"一体表现的领域,使之成为七绝中一大派别。同期杨允孚《滦京杂咏》大型组诗虽不以"竹枝"为题,而描写北方风土人情,其精神与《竹枝词》实一脉相通。

> 潮来潮退白洋沙,白洋女儿把锄耙。苦海熬干是何日,免得侬来爬雪沙。(杨维桢《海乡竹枝歌》)
>
> 汲井佳人意若何,辘轳浑似挽天河。我来濯足分馀滴,不及新丰酒较多。(杨允孚《滦京杂咏》)

这两首诗分别用白描手法写海乡妇女耙盐劳动的艰辛,和西北地区水资源的匮乏,皆以异域风俗动人,为读者打开了新的窗口,开拓了前所未有的题材领域。

此外,令人刮目相看的还有王冕(1287—1359)题画绝句。

> 我家洗砚池头树,朵朵花开淡墨痕。不要人夸颜色好,只留清气满乾坤。(《墨梅》)

王冕所画梅花,即是作者的自我写照;他的咏梅诗,也显示着诗人的高尚情操,能使读者受到精神的陶冶。

元人由宋返唐,纠补宋人以文为诗的某些偏弊,有积极意义。但由于特殊政治气候环境的影响,元诗表现的生活视野较为狭窄,诗人学唐还普遍地停留在摹拟的层次上,总体成就反而在宋诗以下。陶瀚说:"论气格则宋诗辣、元诗近甜,宋诗苍、元诗近嫩,论情韵则元为优。"而反过来,也可以这样说:"宋人调甚驳,则材具纵横,浩瀚过于元;元人调颇纯,而材具局促,卑陋劣于宋。"(《诗薮》外编卷六)

第三节　明代诗人学唐得失及其他

一、诗必盛唐:明代诗歌的创作主流

明太祖朱元璋借农民起义的力量推翻元蒙统治,作为中国主体民族的汉人重新建立了统一的国家。明代开国即诏复衣冠如唐制,时人复见汉官威仪,盛唐气象遂为文士所憧憬。

闽中诗人林鸿等以盛唐相号召,认为"开元天宝间,神秀声律,粲然大备,故学者当以是为楷式"(《唐诗品汇》序)。高棅编《唐诗品汇》,以其巨大影响,引导了明诗继元诗之后宗唐的大方向。"闽中十子"之一的王偁亦云:"诗自《三百篇》以降,汉魏质过于文,六朝华浮于实,得二者之中,备风人之体,唯唐诗为然。然以世次不同,故其所作亦异。初唐声律未纯,晚唐气习卑下。卓卓乎其可尚者,又唯盛唐为然。此具九方皋目者之论也。故是选专重盛唐,而初唐晚唐,特以备一代之制"(《唐诗品汇》序)。《唐诗品汇》就体现了闽中诗派的诗歌主张,而长达百年之久的前后七子的复古运动,已朕兆于此。

《唐诗品汇》在明代流传极广,直接影响到当时的诗歌创作。这对纠正宋末芜杂细碎和元代纤巧诡异的诗风,起到了积极地作用;同时客观上也为前后七子"诗必盛唐"的复古倾向开了先河。《四库总目提要》评此书说:"《明史·文苑传》谓终明之世,馆阁以此书为宗。厥后李梦阳、何景明等,名为崛起,其胚胎实兆于此。平心而论,唐音之流为肤廓者,此书实启其弊;唐音之不绝于后世者,亦此书实衍其传。功过并存,不能互掩。"

　　从弘治到万历百余年间，明诗大盛。主持此期诗坛的前后七子，更公然打出"诗必盛唐"的旗号。首倡者为李梦阳（1472—1529），其人"才思雄鸷，卓然以复古自命。弘治时，宰相李东阳主文柄，天下翕然宗之，梦阳独讥其萎弱，倡言'文必秦汉，诗必盛唐'，非是者弗道"（《明史·文苑传》）。李攀龙（1514—1570）认为："文自西京、诗自天宝而下，俱无足观，于本朝独推李梦阳。"甚至鼓吹："视古修辞，宁失诸理。"（《沧溟集·送王元美序》）他特别推崇汉魏古诗、盛唐近体，"论古则判唐、《选》为鸿沟，言今则别中、盛如河汉"（钱谦益《列朝诗集小传》）。所编《诗删》，唐后直接明代，宋元诗一概不选。唐诗部分主要从《唐诗品汇》中采出，选诗465首，单行为《唐诗选》。按诗体编次，入选唐诗以初盛唐为主，中晚唐诗甚少。

　　"唐诗学"在明代成为显学。胡应麟（1551—1602）生在前后七子之后，对前后七子极力推崇，作《诗薮》评论古今诗歌。内编六卷，依体论诗，分古、近体各三卷；外编六卷，自周至元，按时代论诗。另有杂编、续编（续编论当代之作）。对唐诗的推崇不遗余力，又以明诗直继汉唐，而将宋元诗一笔勾销。道："自《三百篇》以迄于今。诗歌之道，无虑三变。一盛于汉，再盛于唐，又再盛于明。典午创变，至于梁陈极矣，唐人出而声律大宏。大历积衰，至于宋元极矣，明风启而制作大备。"（《诗薮》续编卷一）明末胡震亨继胡应麟等，作《唐诗统签》，对清代编辑《全唐诗》作了奠基工作。《唐诗癸签》一部，内容涉及唐诗的源委与变革、体制的形成、风格的高下、作家的短长和一切知人论世的材料等等，对唐诗的研究，提供了很大方便。

　　由于明人诗论贯穿着宗唐一线，持论者又多是主宰诗坛风气的人物，在相当程度上局限了明诗创作的成就。宏观上看，这是诗史上的一次回潮。具体而论，也有新的现象，新的获弋。

二、涉笔有博大昌明气象：高启与明初诗人

明初诗人皆经历元末社会动荡，其独领风骚的诗人是高启。赵翼谓其："才气超迈，音节响亮，宗派唐人，而自出新意，一涉笔则有博大昌明气象，亦关有明一代文运。"（《瓯北诗话》卷八）高启（1336—1374）字季迪，号青丘子，长洲（今江苏苏州）人。洪武初召修《元史》，授翰林编修。后辞官，赐金放还。与徐贲、张羽、杨基并称吴中四杰。他以作风自由，为朱元璋所不容。英年遇害，实未尽才。有《高青丘集》。其佳作如：

> 大江来从万山中，山势尽与江流东。钟山如龙独西上，欲破巨浪乘长风。江山相雄不相让，形胜争夸天下壮。秦皇空此瘗黄金，佳气葱葱至今王。我怀郁郁何由开？酒酣走上城南台。坐觉苍茫万古意，远自荒烟落日之中来。石头城下涛声怒，武骑千群谁敢渡？黄旗入洛竟何祥？铁锁横江未为固。前三国，后六朝，草生宫阙何萧萧！英雄乘时务割据，几度战血流寒潮。我生幸逢圣人起南国，祸乱初平事休息。从今四海永为家，不用长江限南北。（《登金陵雨花台望大江》）

> 绿盆小树枝枝好，花比人家别开早。陌头担得春风行，美人出帘闻叫声。移去莫愁花不活，卖与还传种花诀。余香满路日暮归，犹有蜂蝶相随飞。买花朱门几回改，不如担上花长在。（《卖花词》）

《登金陵雨花台望大江》是作者七古的代表作。诗人登高望远，抒发对江山形胜的赞叹、对金陵历史的感慨和对国家初归统一的喜悦。浑浩流转，波澜壮阔，笔墨酣畅，有太白逸风。《卖花词》则新题新意，结尾作见道语，从卖花人口中道出，尤耐人寻味。

专制统治需要文学来为之捧场，粉饰升平之风遂弥漫于诗坛，自成祖永乐（1403—1424）至英宗天顺（1457—1464）间，出现台阁

重臣三杨(士奇、荣、溥)为代表的"台阁体",以歌功颂德和道德说教为内容,其诗特点是假大空,雍容华贵的形式,掩饰不了内容的贫乏。只有少数经历了"土木堡之变"的杰出人物,如于谦(1398—1457)、郭登等不为时风所限,写下了一些具有生气的篇章。于谦不以诗名世,诗以勤政戍边生活为内容,诗风刚健质朴,却上继唐人边塞之作,开了明代边防诗的先声。

> 千锤百凿出深山,烈火焚烧若等闲。粉骨碎身全不怕,要留清白在人间。(《石灰吟》)

此诗以拟人化手法,表达了作者以清白正直为人生准则的高尚情操,及其对献身精神的高度赞美。正气凛然,堪称其诗谶。

"台阁体"后,"杂体"诗兴。茶陵(今属湖南)人李东阳(1447—1516),虽受台阁体影响,然又与杂体相通,诗以拟古乐府著称,风格苍健,是上承台阁、下启前后七子的过渡人物。有《怀麓堂集》。李东阳以宰相地位主持文坛,奖掖后进,形成了以他为首的茶陵诗派。其题画诗不但能于画外传神,而且颇有寄托。

> 莫将画竹论难易,刚道繁难简更难。君看萧萧只数叶,满堂风雨不胜寒。(《柯敬仲墨竹》)

这首诗系题友人所画墨竹小品,讨论笔墨功夫中的繁简问题,足抵一篇画论,不仅富于哲理,而且形象鲜明生动,颇有韵味。

三、超元越宋,直攀唐人:前后七子及其他

明诗的繁荣,出现在从弘治到万历百余年间。弘治初期,明孝宗曾尝试政治改革,广开言路,斥逐奸邪。嘉靖前期,明世宗亦励精图治,较为开明。虽然这些改革并未坚持下去,后来导致宦官和权臣的专权,但文学创作的环境还是有所宽松。弘治、正德时的"前七子"以李梦阳、何景明为代表,嘉靖、万历时的"后七子"以李

攀龙、王世贞为代表,发起并展开文学复古运动。他们相继登场,以其理论主张和创作实践,使"一时云从景合,名家不下数十"(《诗薮》续编卷一)。

前后七子的主体风格是追求盛唐的雄浑豪放,又沿于谦、李东阳的阳刚之美一脉而发展。他们又都是京师官场中的"文人兼气节者"(《诗薮·续编》卷一),刚直不阿,桀骜不驯;他们或指斥阉党,或弹劾奸臣,处于政治斗争的漩涡;他们关心国家命运,忧虑边塞安危,充溢着浩然正气。要之,从弘治到万历这段时期,明诗形成一种超元越宋、直攀唐人的气象。无论何种题材,都能仿佛唐音,比元人雄浑,比宋人富于情韵。最能体现明诗气象、得盛唐之遗风、而又具时代气息的作品,莫过于以国防为题材的边防诗。

从总体上说,明代的国威没有唐代那样强大,却也不像宋代那样屡弱。明代外来的威胁,主要是北方的游牧民族如蒙古鞑靼部、瓦剌部,和来自日本的海上倭寇。当时称为"南倭北虏"。明太祖朱元璋定下"修武备,谨边防,来则御之,去不穷追"的以守御为主的国防政策,成功地抵御了外来的入侵。明代的国防现实,反映到诗中,形成两个系列:一是针对北部边防的边塞诗,基本上沿袭了唐代边塞诗的传统,在内容和手法上,都处在唐人边塞诗的延长线上;一是针对东南沿海的海防诗,则在唐人边塞诗外另辟一境,从内容到手法上不是简单摹仿唐人,而有更多的新意,成为明诗中光彩夺目的部分之一。

唐代的中日关系相当亲善,宋元时代也没有大问题。而到明朝立国前后,日本进入南北分裂状态,内战不休。战败的南方封建主组织武士、商人和浪人,与朱明境内的不法商贾相勾结,经常入侵中国沿海地区,进行武装走私和抢劫活动。因此,明代开国即加强海防建设,长期进行抗倭斗争,涌现出不少可歌可泣的历史人物,其杰出代表便是戚继光(1528—1587)。他兼资文武全才,其诗多描写军旅生活,抒发报国情怀,诗风豪迈沉著。沈明臣以秀才为抗倭名将胡宗宪掌书记,亦颇有佳作。

> 霜角一声草木衰,云头对起石门开。朔风房酒不成醉,落叶归鸦无数来。但使雕戈销杀气,未妨白发老边才。勒名峰上吾谁与?故李将军舞剑台。(戚继光《盘山绝顶》)

> 衔枚夜度五千兵,密领军符号令明。狭巷短兵相接处,杀人如草不闻声。(沈明臣《凯歌》)

这些明代的边防诗,与唐代边塞诗比较,虽然一样写战斗,一样洋溢着爱国主义精神,却更多地偏于东南海疆,如沈明臣《凯歌》之类,明显带有海风和里巷气息,直开唐代边塞绝句未有之意境,令读者耳目一新。

不过,从总的情况看,前后七子从唐诗学到了重情主气的一面,所作富于情韵,蔚为气象,在相当程度上纠补了宋、元以来诗歌创作中平庸纤巧之偏弊。然而"视古修辞,宁失诸理"(李攀龙《沧溟集·送王元美序》)的理论偏颇,限制了他们的创作成就。只承认盛唐,而否定元和以下诗歌,从而使明诗的风格比较单调。有的作品在风格乃至意象上,虽逼近盛唐,然而,却使人感到似曾相识。初读若"高华杰起",但终不耐读,"人但见黄金、紫气、青山、万里,则以于鳞体"(《诗数》续编卷二),其实多半因袭唐人。因其模拟多创辟少,明诗总体上不能新开气象。

四、独抒性灵,不拘格套:公安派和竟陵派

明中叶以后,公安派打出"独抒性灵"的口号,与前后七子的复古主张相对立,是对正统的载道派文论的反叛。从哲学思想的角度看,它是与"存天理,灭人欲"的程朱理学相对抗的主张个性解放的人性论在文艺理论上的表现。

性灵说不是凭空出现的,它起码与两个事实相联系:一是明代的封建统治比唐宋时代更趋专制,统治者提倡理学,对文化人实行思想钳制,动加诛戮,像方孝孺被诛灭十族的事例,对于唐宋人该是何等的骇人听闻!二是明中叶以后,国内尤其是长江流域及沿海地区,出现了资本主义的萌芽,在社会经济新因素基础上成长起来的市民文艺,得到蓬勃发展。于是,打破封建礼教的束缚,召唤人性的复归,便成为时代的要求。性灵说可说是适逢其时,应运而生,代表了明中叶后社会发展对文学的要求和文学自身发展的要求,在明中叶以后的绝句创作中,擦出了新的火花。

其实在性灵说正式提出以前,早在弘治、正德时代,江南就有一批诗画兼长的才子,如沈周、唐寅、文征明、祝允明等,他们作诗不事雕琢,纯任天真,已开风气。李贽进而提出《童心说》,认为天下至文皆出自童心,即"绝假纯真、最初一念之本心",而反对以"闻见道理"即以孔孟之道为心。认为只要"童心常存"则"无时不文,无人不文","诗何必古选,文何必先秦"。在古代作家中,他最欣赏不受儒学羁勒的司马迁、李白、苏轼。在提倡童心的同时,他还重视所谓"迩言",即"街谈巷议,俚言野语,至鄙至俗,极浅极近,上人所不道,君子所不乐闻者"(《道古录》下)。这些见解惊世骇俗,又具真知灼见,影响极大。

袁宗道、宏道、中道兄弟三人,是李贽的追随者,他们是公安(今属湖北)人,世称公安派。三袁中,以袁宏道(1568—1610)成就最大,他主张文随时变,在《叙小修诗》中,通过对其弟中道的诗歌评论,提出诗要"独抒性灵,不拘格套,非从自己胸臆流出,不肯下笔",从而形成性灵说。"中郎之论出,而王、李之云雾一扫,天下之文人才士始知疏瀹心,搜剔慧性,以荡涤摹拟涂泽之病,其功伟矣!"(钱谦益《列朝诗集小传》)

与复古派对立的诗人,创作成就较高的徐渭,是公安派的同道。徐渭(1521—1593)字文长,晚号青藤,山阴(今浙江绍兴)人。他多才多艺,自称:"书第一,诗次之,文又次,画又次之。"为人不合流俗,蔑视礼法,穷困以终。有《徐文长集》。其成就方面较广,天机清妙,自成一家,被袁宏道称作"有明一人"。其诗自称用"张打油叫街语",而风格诙谐,颇具童趣。

> 短剑随枪暮合围,寒风吹血着人衣。朝来道上看归骑,一片红冰冷铁衣。(《龛山凯歌》)
>
> 春风语燕泼堤翻,晚笛归牛稳背眠。此际不偷慈母线,明朝孤负放鸢天。(《题风鸢图》)
>
> 柳条搓线絮搓绵,搓够千寻放纸鸢。消得春风多少力,带将儿辈上青天。(同前)

《龛山凯歌》记明嘉靖间浙闽总督胡宗宪大破浙闽沿海入侵倭寇之捷,作者时在军幕。《题风鸢图》乃以诗配画,共25首,多以俚语写童趣,将南宋杨万里的小品诗向前推进了一步。

继公安派之后,晚明时代又兴起了以竟陵(今属湖北)钟惺、谭元春为代表的竟陵派。竟陵派在反对复古派的斗争上,和公安派有相通之处,同样在文学创作上提倡"性灵"或"灵心"。为了补正公安派所谓俚陋的偏向,竟陵派提出在精神上迫近古人,追求"幽深孤峭"的纯诗的境界以矫其枉,诗境失之狭小,无论从理论意义还是创作实绩上,都在公安派以下。总之"性灵"文学到了竟陵派,终是强弩之末了。

明末剧烈的社会动荡使诗人不得不面对惨痛的现实。复社和几社的诗人,尤其是陈子龙、夏完淳师生,将忧愤时乱的诗歌倾注了沉重的感情,所作悲劲苍凉。抗元英雄史可法、张煌言等人的诗,和宋末文天祥等人的感慨悲歌一样,是血写的文字,闪耀着人文的、理想的光辉,令后世读者肃然起敬。

> 来家不面母,咫尺犹千里。矶头洒清泪,滴滴沉江底。(史可法《燕子矶口占》)

我年适九五,偏逢九月七。大厦已不支,成仁万事毕!
（张煌言《绝命诗》）

二诗同属口占,或抒国难当头、忠孝不能两全的惨烈情怀;或抒以身许国、取义成仁的决心,皆浩气充斥,正所谓沧海横流,方显出英雄本色。

第四节　清诗的复兴和诗界革命

一、南朝情结:吴伟业等"江左三大家"

有清一代诗家蜂起,诗派林立,有逾明时。清代诗人惩于元诗绮靡,以及明诗复古而诗境浅狭等方面的流弊,广益多师,取径较多,在继承的基础上不断创新,而现实主义始终是诗坛之主流。诗歌出现了百花竞艳的复兴局面,在数量上和总体成就上都超过元明。

倘若单就诗歌艺术的创作成就言,清诗第一页,当是由明亡后改仕新朝的汉族士大夫钱谦益揭开的。钱谦益(1582—1664),号牧斋,江苏常熟人。南明福王朝任礼部尚书。清顺治二年(1645)降清,授礼部侍郎,后辞归。有《牧斋初学集》、《牧斋有学集》。钱才华富赡,主持东南诗坛,主张诗贵有本有物,不名一家,不拘一格,兼喜奖拔后进。诗作转益多师,长于七律,得力于杜甫,形成情辞苍郁、词藻富赡的诗风。

寂寞枯枰响泬寥,秦淮秋老咽寒潮。白头灯影凉宵里,一局残棋见六朝。(《金陵后观棋》)
海角崖山一线斜,从今也不属中华。更无鱼腹捐躯地,况有龙涎泛海槎。望断关河非汉帜,吹残日月是胡笳。嫦娥老大无归处,独倚银轮哭桂花。(《后秋兴之十三》)

这类诗中带有一种浓重的寂寞空虚、凄苦悲凉的氛围,乃是作者亲历沧桑、重温历史,从内心深处唤起的历史空幻感的外在表现。

吴伟业(1609—1672),号梅村,江苏太仓人。南明福王朝拜少詹事。清顺治九年(1652)授秘书院侍讲,迁国子监祭酒,不久乞归。有《吴梅村诗集》。善以现实题材,作叙事长诗,如《圆圆曲》、《楚两生行》等数十篇,取易传之事为绝妙之辞,"格律本乎四杰,而情韵为深;叙述类乎香山,而风华为胜"(《四库总目提要》),时称"梅村体"。

> 鼎湖当日弃人间,破敌收京下玉关。恸哭六军俱缟素,冲冠一怒为红颜。红颜流落非吾恋,逆贼天亡自荒宴。电扫黄巾定黑山,哭罢君亲再相见。相见初经田窦家,侯门歌舞出如花。许将戚里箜篌伎,等取将军油壁车。家本姑苏浣花里,圆圆小字娇罗绮。梦向夫差苑里游,宫娥拥入君王起。前身合是采莲人,门前一片横塘水。横塘双桨去如飞,何处豪家强载归。此际岂知非薄命,此时只有泪沾衣。薰天意气连宫掖,明眸皓齿无人惜。夺归永巷闭良家,教就新声倾坐客。坐客飞觞红日暮,一曲哀弦向谁诉?白皙通侯最少年,拣取花枝屡回顾。早携娇鸟出樊笼,待得银河几时度?恨杀军书抵死催,苦留后约将人误。相约恩深相见难,一朝蚁贼满长安。可怜思妇楼头柳,认作天边粉絮看。遍索绿珠围内第,强呼绛树出雕栏。若非壮士全师胜,争得蛾眉匹马还?蛾眉马上传呼进,云鬟不整惊魂定。蜡炬迎来在战场,啼妆满面残红印。专征箫鼓向秦川,金牛道上车千乘。斜谷云深起画楼,散关月落开妆镜。传来消息满江乡,乌桕红经十度霜。教曲妓师怜尚在,浣纱女伴忆同行。旧巢本是衔泥燕,飞上枝头变凤凰。长向尊前悲老大,有人夫婿擅侯王。当时只受声名累,贵戚名豪竞延致。一斛明珠万斛愁,关山漂泊腰支细。错怨狂风扬落花,无

边春色来天地。尝闻倾国与倾城,翻使周郎受重名。妻子岂应关大计,英雄无奈是多情。全家白骨成灰土,一代红妆照汗青。君不见馆娃初起鸳鸯宿,越女如花看不足。香径尘生鸟自啼,屟廊人去苔空绿。换羽移宫万里愁,珠歌翠舞古梁州。为君别唱吴宫曲,汉水东南日夜流。(《圆圆曲》)

明清易代之际的苏州名妓陈圆圆的富于传奇色彩的一生,本来就是歌行体诗的绝好材料。《圆圆曲》自始至终就陈圆圆的遭际作如怨如慕、淋漓尽致的歌咏,亦借陈圆圆与吴三桂的离合之情,寄托兴亡之感。对吴三桂假托复明,实为一己私怨,引清入关的行径,则据事直书。这是白居易《长恨歌》之后不可多得的叙事杰作。其叙述之流利婉畅,亦近于白诗。

吴伟业律诗的成就和名望虽逊于古诗,但也能自成一家,且不乏佳篇。如:

登高怅望八公山,琪树丹崖未可攀。莫想《阴符》遇黄石,好将《鸿宝》驻朱颜。浮生所欠止一死,尘世无由识九还。我本淮王旧鸡犬,不随仙去落人间。(《过淮阴有感》)

此诗借淮南王升天故事暗指崇祯晏驾,慨叹自己未能追随崇祯作升天的"鸡犬",竟"去落人间",出仕新朝;其内心极为矛盾。这是心怀故国,却又被迫出仕的清初文人共同的矛盾痛苦。

吴伟业与同时的钱谦益、龚鼎孳,被称为"江左三大家"。三家诗共同之处是多表现所谓"贰臣"的心理负担。沧桑感触与负罪之感交织,兼受庾赋和杜诗的影响,形成一种凝炼、萧瑟、沉郁而老成的风格。这些人都曾奉事南明,在诗中反复运用的一个诗歌语汇便是"六朝"或"南朝",可以说有很深的南朝情结,较之中晚唐诗人歌咏南朝的诗,别有切肤之痛。如吴伟业《过淮阴有感》一诗抒写对亡明的眷念,末二句广被征引传诵。此诗写作在顺治年间,作者却未成文网中人,实属侥幸。

可以说,清诗一开始,就不是根据某一先验的艺术标准或主张来规范诗歌的创作,而是一代士大夫根据自身的遭遇,尤其是精神上的失落,用艺术创作来拯救自己的灵魂。而这些作者,大都学养深厚,底蕴充足,不管运用典实,还是借助光景,都能信手拈来,自然贴切,而富于艺术含蕴。其诗对人性的解剖,尤有独到的认识价值。

二、王士禛"神韵说"及其他

满族入主中原,到了康熙、雍正时期,清代社会已趋稳定。而老一代诗人渐渐退出人生舞台,第二代诗人已成长起来。王士禛说:"康熙以来诗人,无出南施北宋之右,宣城施闰章愚山、莱阳宋琬荔裳是也。"(《池北偶谈》卷十一)。施闰章(1618—1683)字尚白,号愚山,宣城(今属安徽)人。有《学余堂文集》。所作五言近体清空凝炼,意境悠深。其中年时代写的具有现实主义倾向的五七言古体诗,如《牵船夫行》、《浮萍兔丝篇》等,影响较大。除施、宋之外,还有一位吴嘉纪(1618—1684)。吴字宾贤,号野人,泰州(今属江苏)人。明亡后绝口不谈仕进,隐居泰州,自署其居曰"陋轩",苦吟不辍。诗学唐能化,汪懋麟谓其:"五七言近体,幽峭冷逸,有王、孟、钱、刘诸家之致,自脱拘束。至所为今乐府诸篇,即事写情,变化汉魏,痛郁朴远,自为一家之言。"(《陋轩诗序》)孔尚任则推他和同时屈大均、王士禛为三大诗人(参《题居易堂文集屈翁山诗集序后》)。

但真正代表康熙、雍正朝诗歌创作主流,而在绝句一体中独领风骚的诗人是王士禛。王士禛(1634—1711)号阮亭,又号渔洋山人,新城(今山东桓台)人。顺治十五年(1658)进士,出任扬州推官,后升礼部主事,官至刑部尚书。康熙三十四年(1704)罢官归里。有《渔洋山人精华录》。康熙、雍正时代政治稳定,相对承平,诗人仕途顺利,不欲犯文网之严,宁肯回避现实中尖锐的民族矛盾,更多地在诗艺上进行追求。王士禛推崇晚唐司空图"味在酸咸之外"及南宋严羽"以禅喻诗"之旨,高倡"神韵说",是清诗发展中一大关键。

"神韵"一词,较早见于唐人张彦远《历代名画记》"论画六法"。在诗论中首标神韵者是明代的胡应麟。前后七子倡言盛唐,措意神情和声调,推重七言律诗,创作流于肤廓;公安、竟陵派以宋人矫七子之失,创作流于浅率,影响至于清初,王士禛欲纠两派之偏,所以一方面标举唐音,一面也兼顾宋调,最后乞灵于司空图"不著一字,尽得风流"(《诗品·含蓄》)、严羽"诗道亦在妙悟"、"盛唐诗人唯在兴趣"(《沧浪诗话·诗辨》)之说,倡言"神韵",追求古澹空灵,推重七言绝句,自然湊泊于唐人。王士禛为推行其诗歌主张,岁晚亦操持唐诗选政,所编《唐贤三昧集》和《唐人万首绝句选》,影响较大。

王士禛是清代第一个大量写作七言绝句的诗人,其中有不少是绝句组诗。其诗多取材于游历中所见山水风光,不乏情寄。风格古淡自然,清新圆润,成功地实践了其诗歌主张,故一时风靡而景从。其佳作如:

> 年来肠断秣陵舟,梦绕秦淮水上楼。十日雨丝风片里,浓春烟景似残秋。(《秦淮杂诗》)

> 江干多是钓人居,柳陌菱塘一带疏。好是日斜风定后,半江红树卖鲈鱼。(《真州绝句》)

《秦淮杂诗》是一组带有感伤前朝旧事情味的诗篇,诗句并不涉及具体的政治人事,只写对自然风光的特殊感受,读者却能从中领略到笼罩在秦淮繁华旧地的冷落氛围。可谓虚处着笔,空际传神,正符合作者所提倡的"不著一字,尽得风流"的诗歌主张。《真州绝句》是一组描绘真州(今江苏仪征)风物的小诗,出语清新自然,颇饶诗情画意。

"阮亭先生诗,同时誉之者固多,身后毁之者亦不少。推其致毁,盖有两端:一则标举神韵,易流为空调;一则过求典雅,易掩却性灵"(张维屏《听松庐诗话》)。流为空调、掩却性灵,则正是明七子的弊病。王士禛从纠补明七子之弊出发,绕了一圈之后,不意却重又陷入明七子的覆迹。"当王士禛诗论在艺术形式方面所起的一些补弊救偏作用消失了它的时代意义以后,神韵说本身也就有待于后人的补弊救偏了"(郭绍虞《中国历代文论选·清》)。

第一个起来纠正王士禛的是赵执信。赵执信(1662—1744),字仲符,号秋谷,益都(今属山东)人。康熙进士,授翰林院编修。因在皇后丧期观《长生殿》被革职。有《因园集》。他是王士禛甥婿,对王却并不迷信。王有《古诗平仄论》,秘不相示,他就自著《声调谱》。王说"诗如神龙,见其首不见其尾,或云中露一爪一鳞而已",赵即著《谈龙录》力斥其非。他服膺冯班、吴乔的诗论,认为"诗之中须有人在"、"诗人贵学,尤贵知道"。赵执信在创作上,思路巉刻,以清新取胜。与王士禛同时齐名的诗人还有朱彝尊,称南北两大宗。朱彝尊(1629—1709)为著名学者,主要成就在于词学。他才力宏富,而诗歌创新则不如王氏。

三、宗宋派诗人:查慎行与厉鹗

真能弥补神韵派缺失的诗人,是与王士禛同时而略后的查慎行。查慎行(1650—1727),号初白,海宁(今属浙江)人。康熙四十二年(1703)进士,特授翰林院编修,入直内廷。与朱彝尊为中表兄弟,得其奖誉,声名早著。入朝前曾从军西南,入朝后又随驾东北,丰富了阅历,饱览了各地风光。论诗主气雄韵畅,空灵淡脱,抒写情性,去王氏未远。而创作成就出于王上。有《敬业堂诗》。

查慎行看到从明七子到清代神韵派摹拟唐人,几成熟调,而习惯是诗歌的大敌,因而他兼学唐宋,尤致力于宋诗的研究。著《补注东坡编年诗》,得力苏、陆较深,于唐则近白居易。

　　　　月黑见渔灯,孤光一点萤。微微风簇浪,散作满河星。(《舟夜书所见》)

　　　　半浮半没树头树,乍合乍离山外山。借取日光磨一镜,吴娘船上看烟鬟。(《晓发胥口》)

这些诗多成于旅途,擅用白描手法,朗畅而不率易。如《舟夜书所见》借一点渔灯,把自己在夜舟中所见所感生动真切地表达出来,"一点萤"和"满河星"的景象形成强烈的反差,使单调一变而为壮观。《晓发胥口》写清晨舟中所见景色,通过船家女借拂晓的日光整妆,意味船将"晓发",极富生活情趣。赵翼认为:"梅村后欲举一家列唐宋诸公之后者,实难其人。唯查初白才气开展,工力纯熟","要其功力之深,则香山、放翁后一人而已。"(《瓯北诗话》卷十)

　　以宗宋为主的诗人,还有厉鹗。厉鹗(1692—1757),字太鸿,号樊榭,钱塘(今浙江杭州)人。康熙举人,后因应试受挫无意仕进,留意著述,以歌咏自娱。有《樊榭山房集》。厉鹗广游历,足迹遍及两浙、齐鲁、幽燕等名山大川,其诗以游览之作为多。诗以取法宋人为主,兼宗大小谢及王、孟、韦、柳。他精熟辽宋史实,编《宋诗纪事》,是清代雍、乾时期"宋诗派"代表和"浙派"词领袖。

　　　　水落山寒处,盈盈记踏春。朱栏今已朽,何况倚栏人!(《湖楼题壁》)

此诗是作者悼念亡妾朱满娘之作,诗虽短,却写得精巧别致,深沉含蓄,意味隽永。

四、袁枚"性灵说"及其他

　　乾隆朝宗唐而影响较大的诗人是沈德潜。沈德潜(1673—1769),字确士,号归愚,长洲(今江苏苏州)人。青年时代即从事教馆生涯,乾隆时中进士已是67岁老翁,官至内阁学士兼礼部侍郎。深得乾隆赏识,常出入禁苑与乾隆唱和,编《唐诗别裁集》、《明诗别裁集》《清诗别裁集》,著《说诗晬语》论历代诗的源流和升降,声誉鹊起,影响甚大。

袁枚不满于沈德潜倡导温柔敦厚的"格调说"及翁方纲以考据为诗的"肌理说",而从明代公安派、竟陵派那里继承了"性灵说",著有《随园诗话》,在后世影响甚大。袁枚(1716—1797),字子才,钱塘(今浙江杭州)人。乾隆进士。先授翰林院庶吉士,七年改放外任,在溧水等地任知县,有政声,后辞官定居江宁(今江苏南京)。筑室小仓山隋氏废园,改名随园,晚号仓山先生。与赵翼、蒋士铨并称乾隆三大家。有《小仓山房诗集》。

袁枚认为"自《三百篇》至今日,凡诗之传者,都是性灵,不关堆垛"(《随园诗话》卷五),"情所最先,莫如男女"(《答蕺园论诗书》)。把才、学、识作为创作的条件,以真、新、活为创作的追求,较公安派、竟陵派的性灵说更加深入而具体。诗歌创作"学杨诚斋而参以白傅"(尚镕《三家诗话·总论》),多取材于日常生活和景物、个人性趣和识见,写法灵活。如:

> 养鸡纵鸡食,鸡肥乃烹之。主人计自佳,不可使鸡知。(《鸡》)
>
> 莫唱当年《长恨歌》,人间亦自有银河。石壕村里夫妻别,泪比长生殿上多。(《马嵬》)
>
> 人生薪水寻常事,动辄烦君我亦愁。解用何尝非俊物,不谈未必定清流。空劳姹女千回数,屡见铜山一夕休。拟把婆心向天奏,九州添设富民侯。(《咏钱》)

袁枚喜欢以议论为诗,妙在新意迭出。刘大白评《鸡》道:"一切资本家豢养劳动者,男性豢养女性,军阀豢养兵士的阶级豢养的背景,都被这几句诗道破了。不料旧诗中竟有这样的象征文字。"

(《旧诗新话》卷十八)《马嵬》巧妙地借用杜甫、白居易诗篇以发议论,做到了浅近、新警与含蓄的统一。《咏钱》议论风生,直言当时人所不敢言,却入情入理,语言清新流畅,用典自然妥帖,颇饶情趣。

袁枚诗发乎性情,辞尚自然,可读之作甚多。但立论时有偏颇,如:"有性情便有格律,格律不在性情外。"(《随园诗话》卷一)这就把客观的、外在的格律和主观的、内在的性情完全等同起来,实际上取消了格律,有损于诗的艺术性。其次,诗歌表现性情,却不必排斥用典,以学问为诗固不可取,而恰当的用典,却能加长联想,使诗意更加含蓄。

赵翼(1727—1814)的诗歌主张略近于袁枚,不满王士禛神韵说的不着边际和沈德潜格调说的流于空套,论诗重性灵而主创新。翼字云崧,号瓯北,阳湖(今江苏常州)人。乾隆进士,授翰林院编修,曾任镇安、广州知府,官至贵西兵备道。后辞官家居,一度主讲于扬州安定书院。有《瓯北诗钞》。赵翼诗以五古见长,其诗吸收了白居易、陆游的某些优长,造语浅近流畅。他的论诗绝句以思想新颖、立论大胆著称,是元好问之后流传最广的论诗绝句。

　　李杜诗篇万口传,至今已觉不新鲜。江山代有才人出,各领风骚数百年。(《论诗》)

这首论诗之作,尤其是末二句,不愧为警世名言,作者不迷信古人,对沉迷于唐人余唾中讨生活的时辈,不啻是当头棒喝。其所体现的无畏精神和发展观点,在所著《瓯北诗话》一书中,则可谓一以贯之。

与袁枚、赵翼具有同样倾向、以性情为本的诗人还有郑燮等人。郑燮(1693—1765),字克柔,号板桥,兴化(今属江苏)人。乾隆进士,曾任山东范县、潍县等地知县,为官清正,关心民生疾苦。因请赈触忤大吏而辞官。郑燮具有多方面的文艺才能,擅长文人画,尤工兰竹。以诗、书、画称"三绝"。平生狂放不羁,多愤世嫉

俗之举,略类于明代的徐渭。有《郑板桥集》。佳篇如:

　　咬定青山不放松,立根原在破岩中。千磨万击还坚劲,任尔东西南北风。(《竹石》)

　　衙斋卧听萧萧竹,疑是民间疾苦声。些小吾曹州县吏,一枝一叶总关情。(《潍县署中画竹呈年伯包大中丞括》)

此类题画诗多有寓意,用白描手法,或直抒胸臆,语言明白晓畅,通俗易懂,多反映社会黑暗及民间疾苦,继承发扬了乐府的优良传统。

五、百样飘零只助才:黄景仁的造诣

　　乾嘉两代著名诗人还有不少,如钱载、吴雯、杭世骏、黄任、张问陶、舒位、严遂成、黎简、宋湘、洪亮吉等等,灿若群星,不一而足。其时诗歌创作“济之以考据之学,艳之以藻绘之华,才人学人之诗,屈情难悉,而诗人之诗,则千百中不得什一焉”(万黍维《味余楼诗稿序》)。黄景仁独出冠时,写出了“一些话语沉痛,字字辛酸的真正的诗人气质的诗”(郁达夫《关于黄仲则》),使人刮目相看。

　　黄景仁(1749—1783),字仲则,武进(今江苏常州)人,黄庭坚后裔。幼年丧父,屡应乡试不第。20岁时为养家糊口,开始浪游,官卑俸薄,家计维艰。后例得主簿,加捐县丞。候补未果,乃为债家所迫,抱病离京,病逝途中,年仅35岁。有《两当轩集》。景仁诗才甚高,推崇李白,七言诗最有特色:古体直造太白之室,近体亦自然工妙。其至交、诗人洪亮吉评论说:“自湖南归,诗益奇肆,见者以为谪仙人复出也。后始稍稍变其体,为王、李、高、岑,为宋元诸子,又为杨诚斋,卒其所诣,与青莲最近。”(《黄君行状》)

　　男儿作健向沙场,自爱登台不望乡。太白高高天尺五,宝刀明月共辉光。(《少年行》)

这首诗乃作者早年之作,诗中想象自己站在太白之巅,手执宝刀与明月争辉,诗风单纯浪漫,足见抱负不凡。

　　然而,诗人短暂的一生中,大半时间是在贫病潦倒中度过的,兼之家累不轻,心理负担沉重。为诗多写遭遇的不平、社会的不公,表现出一种力透纸背的孤独感,固不免于感伤低沉,与李白诗的雄快飘逸大异其趣。然而,诗人常常是通过家常的语言,描写内心的担忧和负疚,表现刻骨铭心的人伦感情,诗风沉郁清新,迥异时流,生动地反映了中下层知识分子的生存状态和苦恼。

　　　　仙佛茫茫两未成,只知独夜不平鸣。风蓬飘尽悲歌气,泥絮沾来薄幸名。十有九人堪白眼,百无一用是书生。莫因诗卷愁成谶,春鸟秋虫自作声。(《杂感》)
　　　　五剧车声隐若雷,北邙唯见冢千堆。夕阳劝客登楼去,山色将秋绕郭来。寒甚更无修竹倚,愁多思买白杨栽。全家都在风声里,九月衣裳未剪裁。(《都门秋思》)

这些诗因失意而发牢骚,如"十有九人堪白眼,百无一用是书生"(《杂感》),对仗用典诙谐而冷峻;至于"全家都在风声里,九月衣裳未剪裁"(《都门秋思》),则巧妙点化《诗经·豳风·七月》"七月流火,九月授衣"、"无衣无褐,何以卒岁"等语,不局限于抒发个人的悲哀,也是当时无数失意文人悲愤心情的写照。

六、九州生气恃风雷:龚自珍等晚清诗人

　　道光二十年(1840)鸦片战争爆发,洋枪洋炮打开了中国的大门,随后太平天国革命风起云涌,中国社会的性质发生了重大变化,由独立的封建国家逐渐沦为半殖民地半封建国家,产生了新的阶级、社会思潮和社会矛盾。在新的社会生活和社会思潮的激荡下,近代诗坛发生了重大变化,诗歌创作开始冲决传统诗歌的樊篱,出现了新的浪潮。

晚清大诗人往往同时是思想家和政治活动家,他们以诗歌为武器,紧密围绕重大的政治斗争,深刻地反映这一特定历史时期的社会生活面貌和新的时代要求。在鸦片战争的历史风暴到来前夕,被誉为"三百年来第一流"(柳亚子)的龚自珍,以启蒙思想家特有的敏感,忧念时局,呼唤风雷,成为近代诗歌的奠基人。稍前则有粤东诗人张维屏,以《三元里》一诗直接反映广东人民组织的平英团的反帝斗争,得风气之先。

龚自珍(1792—1841)号定庵,仁和(今浙江杭州)人,他从科场的坎坷体会到政治的腐败,敏感到国家面临的危机,逐步产生了改良的思想。为学主张经世致用,关注现实政治和社会重大问题,不断抨击时弊并提出改良主张。有《龚自珍全集》。

龚自珍今存诗歌绝大部分是中年以后所作,他擅长各体诗歌,颇具浪漫气息。他用诗作自画像道:

> 绝域从军计惘然,东南幽恨满词笺。一箫一剑平生意,负尽狂名十五年。(《漫感》)

诗中的"一箫一剑",就象征着作者的个性特征:箫表明了他的怨恨,也表明了他对周围环境不协调、不合作的态度;剑表明了他的狂,他的白眼看世、不受制于封建礼教的反抗精神。

道光十九年(1839)己亥,作者辞官南归,尔后北上迎接眷属,他将往返途中见闻及随想,写成 315 首七绝,总题《己亥杂诗》。《己亥杂诗》是一组规模空前、思想内容极为丰富的大型七绝组诗,其独创性表现在将叙事、议论和抒情相结合,不受格律拘束,挥洒自如地历叙旅途见闻、生平经历和思想感情。

> 九州生气恃风雷,万马齐喑究可哀。我劝天公重抖擞,不拘一格降人材。(《己亥杂诗》)
>
> 浩荡离愁白日斜,吟鞭东指向天涯。落红不是无情物,化

作春泥更护花。(同前)

这组诗在内容上无所不包,其最成功之处,是诗中塑造了一个彷徨苦闷、呼唤风雷、意欲冲决罗网的诗人自我形象。如"九州生气恃风雷"一诗,就表达了作者对生机勃勃的生活理想的追求和向往,对摧残生机、死气沉沉的局面的发自肺腑的抗议,为人才的解放和未来的变革呼唤风雷。"浩荡离愁白日斜"一诗,则抒写辞官南归时的离愁和积极的人生态度,末二句脍炙人口,表现了对个体生命的超越,也体现对人生价值更深更高一层的肯定。

> 金粉东南十五州,万重恩怨属名流。牢盆狎客操全算,团扇才人踞上游。避席畏闻文字狱,著书都为稻粱谋。田横五百人安在,难道归来尽列侯?(《咏史》)

龚自珍诗对现实多持批判态度,《咏史》可以看做用诗体写成的杂文,它针对当时所谓名流这一特定阶层,抽出其本质特征予以针砭,不留面子,同时也暴露了晚清社会和政治的腐朽和黑暗,间接表明了政治变革的势在必行,有发聩震聋的力量。

要之,"龚诗不仅表达了启蒙思想的进步内容,而且在艺术形式上鲜明地表现了独创性,桀骜不驯,大歌大哭,犹如彗星划破夜空,狂飙漫卷大地,打破了传统的思想和写法,它不是汉魏六朝诗,不是唐宋诗,而是真正具有独特面目的清诗"(钱仲联《清诗精华录》)。

值得一提的还有稍后之贝青乔的《咄咄吟》。贝青乔(1810—1863)字子木,江苏吴县人。出身低微,科场失意,常为幕僚。鸦片战争中投效扬威将军奕经幕中,参加抗英斗争。所作《咄咄吟》七绝共120首,每首之后有一则短文述所咏之事,将其在奕经幕中所见所闻,诸如军中重要举措,所历主要战事,对满清军吏的贪婪、庸碌、愚昧等种种丑闻,予以无情揭露和讽刺。

取《世说新语》殷浩被黜，终日书空作"咄咄怪事"，命题为"咄咄吟"，讽刺之意自明。

晚清诗坛有一些脱离政治和社会现实的诗人，如崇尚汉魏六朝盛唐的湘湖派、崇尚宋诗的"同光体"诗人等，为艺术而艺术。就诗论诗，亦可谓各有偏长独至。如置诸乾嘉以上时代，固不失为一派一家。遗憾的是，这些诗人生在一个不平静的国步维艰、新思潮泛滥的时代，却两耳不闻窗外事，一味与古人对话，不免给人以抱残守缺之印象，难予较高评价。

七、融新理想入旧风格：黄遵宪与诗界革命

晚清的掘墓人，从戊戌变法到辛亥革命的志士仁人，皆以诗歌作革命宣传和战斗武器，抒发政治愤懑，多挟议论以行，有唤醒民众的作用，以沉郁的风格和洋溢的豪情震撼人心。这是一批政治诗人，以丘逢甲、蒋智由、谭嗣同、梁启超、秋瑾等最为著称，这批诗人生于国难当头之际，大都以天下为己任，故为诗不及个人得失，而心关万家忧乐。诗多以血泪写成，应当以超审美的标准予以评价。

丘逢甲（1864—1912），字仙根，号蛰仙，民国后以仓海为名，台湾彰化人。光绪进士，官工部主事。甲午战后，在乡督办团练。因抗日兵败回广东，创办学校，推行新学。民国成立后曾被举为参议院参议员。有《岭云海日楼诗钞》。梁启超（1873—1929）青年时即有感于清廷政治腐败，与康有为一起积极从事维新变法运动。戊戌政变失败后，东渡日本，"猛忆中原"一诗即用了著名的"闻鸡起舞"的故事抒写其对国事的关怀和振兴中华的决心。有《饮冰室合集》。秋瑾（1875—1907）乃近代革命女杰，庚子事变后献身革命，谋求民族解放与妇女解放，成为她诗歌抒写的基本内容。有《秋瑾集》。这批诗人，以革命者的气概，承继了龚自珍所开风气，从而形成当时诗坛大气候。他们的诗作以洪钟一般的音响，压倒

了四面的虫吟。

　　　　春愁难遣强看山,往事惊心泪欲潸。四百万人同一哭,去
　　年今日割台湾。(丘逢甲《春愁》)
　　　　一雨纵横亘二洲,浪淘天地入东流。却余人物淘难尽,又
　　挟风雷作远游。(梁启超《太平洋遇雨》)
　　　　万里乘风去复来,只身东海挟春雷。忍看图画移颜色,肯
　　使江山付劫灰? 浊酒不销忧国泪,救时应仗出群才。拼将十
　　万头颅血,须把乾坤力挽回。(秋瑾《黄海舟中日人索句并见
　　日俄战争地图》)

这些诗具体内容虽有不同,但都是爱国志士的悲壮之鸣,一方面怀
有极深的忧患意识,一方面则热血沸腾,有壮志未酬誓不罢休之
概,十分鼓舞人心。

　　太平天国革命失败后,资产阶级改良主义政治运动兴起,上层
社会内部发生激烈的守旧与革新的冲突,西方声光电化科技知识
传入,一些思想趋新的诗人,冲出旧的营垒,发动了一场"诗界革
命"。此期新派诗人,黄遵宪最称翘楚。

　　黄遵宪(1848—1905),字公度,别号人境庐主人,广东嘉应
(今梅州市)人。光绪举人,曾任驻日本使馆参赞。日本明治维新
的成就,使他思想上发生了极大的震动,认识到变法的必要。后调
任驻美国旧金山总领事,目睹了美国的大选。后修《日本国志》,
被推荐为驻英二等参赞。长期的外交生涯,使他接触了西方文明,
开拓了政治视野,以改良主义为思想武器。回国后积极参加戊戌
变法,后罢官归家,常与丘逢甲唱酬,与亡命日本的梁启超书信往
还,并大量从事新派诗的创作,因此被梁启超誉为"诗界革命"的
旗帜。有《人境庐诗草》、《日本杂事诗》等。所谓新派诗,就是运
用旧体的形式,纳入新时代的思想和生活内容。也就是"旧瓶装
新酒"或"熔铸新理想以入旧风格"。黄遵宪广泛借鉴古人和民

歌,大胆使用新事物、新名词和流俗语入诗,康有为赞为:"意境几于无李杜,目中何处着元明!"(《与菽园论诗》)

> 星星世界遍诸天,不计三千与大千。倘亦乘槎中有客,回头望我地球圆。(《海行杂感》)
>
> 拔地摩天独立高,莲峰涌出海东涛。二千五百年前雪,一白茫茫积未消。(《日本杂事诗》)

《海行杂感》诗表现的宇宙观及通过妙用古典表现的对于太空飞船的联翩浮想,《日本杂事诗》诗中对富士山逼真生动的描绘,都得力于科技的进步,文明的发展,以及作者眼界的开放。

光绪十年(1884)作者驻美任旧金山总领事时所写《纪事》一诗,记叙该年美国总统大选的"西洋镜",在诗坛别开生面。诗共八段,除末段抒发感慨以外,其余各段,皆叙述诗人亲见亲闻的驴象之争。竞选中投入大量经费以行贿争取选票,是资产阶级政党为竞选获胜施展的重要手段之一,第六段写道:

> 众人耳目外,重以甘言诱。浓绿苗芽茶,浅碧酿花酒。……琐屑到钗钏,取足供媚妇。上谒士雕龙,下访市屠狗。……指此区区物,是某托转授。怀中花名册,出请纪谁某。知君有姻族,知君有甥舅。赖君提挈力,吾党定举首。

这里不但叙述贿选的现象,而且摹拟贿选者甜言蜜语的声口,惟妙惟肖。作者可谓睁开眼睛看世界,目光和笔触犀利敏锐,揭示了资产阶级民主的阴暗面。全诗从内容到形式,都突破了传统古诗的格局,语言运用也熔古今中外于一炉,充分表现了革新诗风的精神。不过,古典的运用难以完全贴切,显露了旧体诗在表现新生活时所固有的局限。

苏曼殊(1884—1918),原名戬,曼殊为其法号,广东香山(今中山)人。出生于日本横滨,其母为日本人。早年因家庭矛盾而为僧,然而民族危难又使他不能忘情于现实,后投身旧民主主义革命。苏曼殊独特的身世、生活经历,造就了他独特的思想性格——时僧时俗,时而壮怀激烈,时而放浪不羁。他曾向陈独秀、章太炎求教,起步虽晚,而悟性很高,专工七绝。有《苏曼殊全集》。其佳作有如:

> 春雨楼头尺八箫,何时归看浙江潮。芒鞋破钵无人识,踏过樱花第几桥?(《春雨》)
> 蹈海鲁连不帝秦,茫茫烟水著浮身。国民孤愤英雄泪,洒上鲛绡赠故人。(《以诗并画留别汤国顿》)
> 柳阴深处马蹄骄,无际银沙逐退潮。茅店冰旗知市近,满山红叶女郎樵。(《过蒲田》)

作者这类七言绝句,将异国情调与传统风格结合起来,多以阴柔之美与龚自珍七绝的阳刚之美相映生辉,有较高的艺术造诣。

随着五四运动的到来,新诗狂飙风靡中国诗坛,新诗的创作成为中国诗歌创作的主流。五七言古近体诗逐渐失去往日的荣光,虽然在写作上不乏传人,但在整个诗坛所占份额和地位,却已今非昔比。至此,中国诗史便跨入了另一个崭新的时代。

[思考题]

1. 元好问诗有何特色?《中州集》是怎样一本书?
2. 前后七子为什么主张"诗必盛唐"?它对明诗有何影响?
3. 为什么说时调山歌为明代"一绝"?
4. 清初"江左三大家"指谁?其诗歌创作各有什么特色?
5. 龚自珍《己亥杂诗》的主要内容是什么?
6. 晚清诗界革命的代表人物是谁?其创作有什么特色?

[主要参考文献]

《毛诗正义》 （汉）毛亨传（汉）郑玄笺（唐）孔颖达疏 有阮元校刊《十三经注疏》本

《楚辞章句》 （汉）刘向辑（汉）王逸注 有《丛书集成初编》本

《文选》 （梁）萧统编（唐）李善注 中华书局 1977

《先秦汉魏晋南北朝诗》 逯钦立辑校 中华书局 1983

《全唐诗》 （清）彭定求等编 中华书局 1960

《全唐诗外编》 王重民等辑录 中华书局 1982

《全唐诗补编》 陈尚君辑校 中华书局 1992

《全宋诗》 傅璇琮 倪其心 许逸民主编 北京大学出版社 1995

《乐府诗集》 （宋）郭茂倩编 中华书局 1979

《宋诗钞》 （清）吴之振等辑 管庭芬等补 中华书局 1986

《宋诗纪事》 （清）厉鹗辑撰 上海古籍出版社 1983

《中州集》 （金）元好问编 中华书局 1959

《元诗选》 （清）顾嗣立编 中华书局 1987

《明诗综》 （清）朱彝尊编《四库全书》收入

《晚晴簃诗汇》 徐世昌编 闻石点校 中华书局 1990

《诗经选》 余冠英选注 人民文学出版社 1956、1979

《楚辞选》 马茂元选注 人民文学出版社 1958

《古诗源》 （清）沈德潜选编 中华书局 1963

《汉魏六朝诗选》 余冠英选注 人民文学出版社 1958、1978

《唐诗别裁集》 （清）沈德潜选编 中华书局影印本 1975

《宋诗精华录》 陈衍选评 曹中孚校注 巴蜀书社 1992

《明诗别裁集》 （清）沈德潜选编 中华书局影印本 1975

《清诗别裁集》 （清）沈德潜选编 中华书局影印本 1975

《近代诗选》 北京大学中文系选注 人民文学出版社 1963

《中国历代诗歌选》 林庚 冯沅君主编 人民文学出版社 1964、1979

《曹植集诠评》 （魏）曹植著 丁晏诠评 文学古籍刊行社 1957

《陶渊明集》 （晋）陶渊明著 逯钦立校注 中华书局 1979

《孟浩然集校注》 （唐）孟浩然著 徐鹏校注 人民文学出版社 1989

《王右丞集笺注》 （唐）王维著 （清）赵殿成笺注 上海古籍出版社 1984

《李太白全集》　（唐）李白著　（清）王琦注　中华书局 1977

《王昌龄诗集》　（唐）王昌龄著　黄明校编　江西人民出版社 1981

《高适诗集编年笺注》　（唐）高适著　刘开扬笺注　中华书局 1981

《杜诗详注》　（唐）杜甫著　（清）仇兆鳌集注　中华书局 1979

《岑参集校注》　（唐）岑参著　陈铁民等校注　上海古籍出版社 1981

《韩昌黎诗系年集释》　（唐）韩愈著　钱仲联集释　上海古籍出版社 1984

《刘禹锡集笺证》　（唐）刘禹锡著　瞿蜕园笺证　上海古籍出版社 1989

《白居易集笺校》　（唐）白居易著　朱金城笺校　上海古籍出版社 1988

《李贺诗歌集注》　（唐）李贺著　（清）王琦等注　上海古籍出版社 1978

《樊川诗集注》　（唐）杜牧著　（清）冯集梧编注　中华书局上海编辑所 1962

《李商隐诗歌集解》　（唐）李商隐著　刘学锴　余恕诚集解　中华书局 1988

《梅尧臣集编年校注》　（宋）梅尧臣著　朱东润注　上海古籍出版社 1980

《苏轼诗集》　（宋）苏轼著　（清）王文诰辑注　孔凡礼点校　中华书局 1982

《山谷诗注》　（宋）黄庭坚著　（宋）任渊等编注　有《四部备要》本

《剑南诗稿校注》　（宋）陆游著　钱仲联校注　上海古籍出版社 1985

《白石诗词集》　（宋）姜夔著　夏承焘校辑　人民文学出版社 1959

《元遗山诗集笺注》　（金）元好问著　（清）施国祁笺注　人民文学出版
　　　社 1958

《牧斋有学集诗注》　（清）钱谦益著　（清）钱曾注　有清春晖堂刊本

《吴梅村诗集笺注》　（清）吴伟业著　（清）程穆衡原笺　（清）杨学沆补注
　　　上海古籍出版社 1983（影印）

《渔洋山人诗集》　（清）王士禛著　有清康熙刻本。

《敬业堂诗集》　（清）查慎行著　有《四部丛刊》本。

《郑板桥集》　（清）郑燮著　上海古籍出版社 1979

《小仓山房诗文集》　（清）袁枚著　上海古籍出版社 1988

《瓯北诗钞》　（清）赵翼著　清刻本 1785

《两当轩集》　（清）黄景仁著　李国章标点　上海古籍出版社 1983

《龚自珍全集》　（清）龚自珍著　王佩诤校　中华书局 1959

《人境庐诗草笺注》　（清）黄遵宪著　钱仲联笺注　上海古籍出版社 1981

《岭云海日楼诗钞》　（清）丘逢甲著　上海古籍出版社 1983

《燕子龛诗笺注》　苏曼殊著　马以君笺注　四川人民出版社 1983

《文心雕龙注》（梁）刘勰著 范文澜注 人民文学出版社 1978

《诗品注》（梁）钟嵘著 陈延杰注 人民文学出版社 1961

《历代诗话》（清）何文焕辑 中华书局点校本 1981

《历代诗话续编》 丁福保辑 中华书局点校本 1983

《清诗话》 丁福保辑 上海古籍出版社 1978

《清诗话续编》 郭绍虞编选 富寿荪校点 上海古籍出版社 1983

《苕溪渔隐丛话》（宋）胡仔著 人民文学出版社 1981

《沧浪诗话》（宋）严羽著 郭绍虞校释 人民文学出版社 1961

《诗薮》（明）胡应麟著 上海古籍出版社 1962

《唐音癸签》（明）胡震亨著 中华书局上海编辑所 1959

《列朝诗集小传》（清）钱谦益著 上海古籍出版社 1983

《带经堂诗话》（清）王士禛著 人民文学出版社 1983

《随园诗话》（清）袁枚著 顾学颉校点 人民文学出版社 1960

《瓯北诗话》（清）赵翼著 霍松林等点校 人民文学出版社 1963

《艺概》（清）刘熙载著 上海古籍出版社 1978

《中国诗史》 陆侃如 冯沅君著 大江书铺 1931（多次重印）

《中国诗歌发展史略》 郑孟彤著 黑龙江人民出版社 1981

《元白诗笺证稿》 陈寅恪著 上海古籍出版社 1980

《古诗考索》 程千帆著 上海古籍出版社 1984

《唐诗综论》 林庚著 人民文学出版社 1987

《唐诗风貌》 余恕诚著 安徽大学出版社 1998

《插图本中国文学史》 郑振铎著 商务印书馆 1930（多次重印）

《中国文学史》 刘大杰著 中华书局 1949（多次重印）

《中国文学史》 中国科学院文学研究所编写 人民文学出版社 1962（多次重印）

《中国文学史》 游国恩 王起 萧涤非 季镇淮 费振刚主编 人民文学出版社 1963（多次重印）

《中华文学通史》 张炯 邓绍基 樊骏主编 华艺出版社 1997

《中国古代文学史》 郭预衡主编 上海古籍出版社 1998

《中国文学史》 袁行霈等主编 高等教育出版社 1999

《中国文学史》 章培恒 骆玉明主编 上海文艺出版社 2000

中编　词

第一章　词的兴起及体式特征

　　词是一种音乐文学,是与乐曲相配合的歌辞。在词的初期,歌辞依附于乐曲,所以词被称为"曲词"或"曲子词"。清人宋翔凤说:"以文写之则为词,以声度之则为曲。"(《乐府余论》)正因为词与音乐的密切关系,所以又被称为"倚声"、"乐府"、"乐章"、"歌曲"等。词与诗相比,句式长短不齐,也叫长短句。词的另一个名称是"诗余",对此称谓前人的理解不尽相同,有解释为词继诗之后兴起的,有解释为词乃五七言近诗体演化而来的,有解释为诗人以余兴填词的,也有认为是因为词人将自己的词作编辑于诗作之后而得名的等等。

第一节　燕乐的兴起及特征

　　关于词的起源,词学史上众说纷纭。综合各家所论,主要约有三说:第一,起源于《诗经》说。如清朝人汪森说:"自有《诗》而长短句即寓焉。《南风》之操、《五子之歌》是已。周之《颂》三十一篇,长短句居十八……谓非词之源乎?"(《词综序》)第二,起源于六朝乐府诗说。宋人朱弁说:"词起于唐人,而六代已滥觞矣。"(《曲洧旧闻》)明代人杨慎也说:"在六朝,若陶弘景之《寒夜怨》、梁武帝之《江南弄》、陆琼之《饮酒乐》、隋炀帝之《望江南》,填词之体已具矣。"(《词品序》)第三,起源于唐代律诗说。宋人胡仔说:"唐初歌辞多是五言诗或七言诗,初无长短句。自中叶以后至五代,渐变成长短句。"(《苕溪渔隐丛话》后集卷三九)以上三说各有不同的立论角度。《诗经》说意欲推尊词体,论者将词体与儒家经典相联系,试图改变词为"小道"、"卑体"认识;六朝乐府诗说注意到六朝乐府诗题与唐宋词调有相同的现象;唐代律诗说注意到了唐代近体诗有的能够配乐入歌。探讨词的起源,须先认识词的本质特征:词是配合隋唐燕乐曲调的歌唱、以"依调填词"的方式创作出来的、以长短句的句式为主要形体特征的歌词(参刘尊明、王兆鹏《全唐五代词·前言》)。

燕乐起源于隋朝,完成于盛唐。唐宋以前的音乐史上,先后存在雅乐、清(商)乐和燕(宴)乐三个音乐时代。"先王之乐为雅乐,前世新声为清乐,合胡部者为宴乐"(沈括《梦溪笔谈》卷五)。先秦的古乐为雅乐。战国时期,雅乐逐渐衰落,又经秦始皇"焚书坑儒"的劫难,到汉代雅乐已非常残缺,仅在宫廷中流传。汉魏六朝时期,产生了以南方民间音乐为主,融合北方民间音乐的清商乐,简称清乐。六朝乐府诗所配之乐即为清乐。燕乐是隋唐时期的新乐。随着隋唐王朝国家统一,民族融合,中原地区的旧乐与民间音乐、西域胡乐渐次融合,"自开元以来,歌者杂用胡夷里巷之曲"(《旧唐书·音乐志》),由此形成了区别于清乐的新的音乐系统——燕乐(参吴熊和《唐宋词通论》)。

燕乐,也作宴乐或讌乐。有狭义和广义二种。狭义的燕乐指与清商乐及各类胡乐分列的"九部乐"之一。杜佑《通典》记:"九部乐:一燕乐,二清商,三西凉,四扶南,五高丽,六龟兹,七安国,八疏勒,九康国。"广义的燕乐是指以上"九部乐"加上"高昌乐"而成的所谓"十部乐"的总称。燕乐较之传统清乐的最大不同,是与胡乐的结合。胡乐即西域音乐,作为异域音乐给中原人带来的是新鲜刺激的感受。《文献通考·乐二》记有演奏胡乐时的现场效果：
"铿锵镗鞳，洪心骇耳，抚筝新靡绝丽。各省歌声全似吟哭，听之
无不凄怆。……感其声音者，莫不奢淫躁竞，举止轻飙，或踊或跃，
乍动乍息，蹻脚弹指，撼头弄目，情发于中，不能自止。"燕乐所使
用的乐器较雅乐和清商乐更为丰富，主要的燕乐乐器有管乐器如
笛、篪、箫、笙簧等，弦乐器如琴、瑟、三弦琴、筝、箜篌、琵琶等，击乐
器如方响、钟、镎于、羯鼓等。其中不少乐器是新从域外传来或采
用于少数民族（参杨荫浏《中国古代音乐史稿》）。乐器的丰富，极
大地提高了音乐的表现力，这是燕乐能赢得普遍欢迎的重要原因。

　　在燕乐曲调形成的过程中，唐代教坊曲所起的作用不可忽视。
教坊曲即教坊中保留的曲子。教坊为教习音乐歌舞的伎艺之所。
唐玄宗爱好俗乐，在宫廷中设立内外教坊加以管理。据崔令钦的
《教坊记》记载，教坊曲共有 324 曲，其中与仅存唐宋词调相同的
有 80 曲，如《清平乐》、《浣溪沙》、《望江南》、《菩萨蛮》等等。部
分教坊曲演化为曲（词）调，使曲（词）调更为丰富，促进了词体的
形成发展。

　　燕乐属于俗乐，与宫廷雅乐相对。隋唐雅乐指宫廷所保留下
来的传统音乐，主要用于宗庙祭祀、朝廷礼仪、御殿宴飨场合。雅
乐雍容舒缓的风格出于政治需要，基本上不具有娱乐功能。而燕
乐产生于民间，用于歌楼妓馆佐欢应歌，俗乐的性质决定了娱乐为
其主要的功能。正如刘扬忠所说："此种新音乐曲调丰富，乐器繁
多，旋律和节奏活泼而多变化，格调多姿多彩，既有中土韵味，亦兼
容异域风情。更明显的一个特点是，它的许多曲调迥然有异于传
统庙堂那种典重乃至沉闷的基调，而充溢着世俗性的欢快冶荡心
音，因而赢得了朝野士庶各阶层众多接受者的普遍喜爱"（《唐宋
词流派史》第48页）。乐曲的特点必然会影响到歌词，与燕乐相
合的歌词也就具有了通俗、娱乐、新奇的特色。

第二节　声诗和"倚声填词"

　　随着燕乐曲调增多,就需要更多与之相配的曲辞。唐代元稹在谈及乐府诗时使用了两个范畴:"由乐以定词"和"选词以配乐"(《乐府古题序》)。在燕乐流行之际,也有这样两种情况:既有"由乐以定词",直接以长短句合乐的"词";也有"选词以配乐",即用诗配乐的声诗。前者以民间词为主,熟习音律的乐工歌妓为主要作者,此由敦煌词可证;后者则是借用现成的五、七言近体诗由乐工歌妓配合曲调演唱,所用之近体诗即为声诗。张炎说:"自隋、唐以来,声诗间为长短句。"(《词源》卷下)即此。例如在敦煌词中有《凤归云》4 首,都是长短句,为民间词人作。而在《乐府诗集·近代曲辞》中也收有滕潜《凤归云》2 首,皆七言四句,实为七绝,试举其一:

　　　　金井栏边见羽仪,梧桐树上宿寒枝。五陵公子怜文采,画与佳人刺绣衣。

七绝被用来配合《凤归云》曲调演唱,此为声诗。薛用弱《集异记》记有一则"旗亭赌唱"的故事:唐朝诗人王昌龄、高适、王之涣一起到旗亭小饮,遇上歌妓唱曲,所唱皆三人的诗作,且大都是他们的绝句。这则故事说明"李唐伶伎,取当时名士诗句入歌曲,盖常俗也"(王灼《碧鸡漫志》卷一)。盛唐、中唐时期,精于乐曲、染指填词的文人数量极为有限,民间词作又不为文人接受,声诗是解决曲辞不能满足曲调之需的权益之计。因此,一时"乐府、声诗并著"(李清照《词论》,《苕溪渔隐丛话》后集卷三三引),二者并行不悖。随着文人对曲调的掌握,"由乐以定词"的长短句曲辞创作增多,声诗逐渐退出词坛。

　　近体诗句式整齐,且有特定的平仄、叶韵的格律规范,乐曲也有自己的旋律、节奏的要求。以近体诗入乐,二者难以丝丝入扣。为解决这个矛盾,入乐歌唱时,演唱者或可在节奏和歌法上采用一些变通办法,使之适合歌唱,如沈括说:"诗之外,又有和声,则所谓曲也。古乐府皆有声有词,连属书之。如'贺贺贺'、'和和和'之类,皆和声也。今管弦之缠声,亦其遗法也。唐人乃填词入曲中,不复用和声。"(《梦溪笔谈》卷五)朱熹也说:"古乐府只是诗中添却许多泛声,后来怕失了那泛声,逐一填个实字,遂成长短句。今曲子便是。"(《朱子语类》卷一四〇)"和声"、"泛声"都是解决声诗入乐不协调的办法。例如唐代皇甫松的《采莲子》:

　　　　菡萏香连十顷陂。举棹。小姑贪戏采莲迟。年少。晚来弄水船头湿,举棹。更脱红裙裹鸭儿。年少。

这里"举棹"、"年少"就是为了合曲趁拍而添的泛声。"和声"、"泛声"的运用虽是以诗入乐时的变通手法,却也对词调格律、句式的形成也产生了重要影响。

　　声诗入乐只是词体发展特定阶段的的作法,要实现曲调与曲辞的完美结合,"选词以配乐"毕竟不是办法,曲辞的创作必然要走上"由乐以定词"的路,也就是所谓"倚(乐)声填(文)词"。其实,由乐定词的所谓"倚声填词",一直在民间实践着,敦煌词中的多数作品就是按乐曲填的长短句词。在文人中首先明确指出运用这种方法的是刘禹锡。他的《忆江南》二首自注说:"和乐天春词,依《忆江南》曲拍为句。""依曲拍为句"的作法,可以体现曲调的声情特色,进而使词体成为有别于诗体的文学样式。不过"依曲拍为句"需要词人具有较高的音乐修养,所以依声填词的普遍化是在文人对曲调有逐渐深入了解的中唐以后。

第三节 词的牌调

词是音乐和文学结合的产物。它最初是先有曲牌,然后依据曲调填上词句。这种曲调就称词牌。由于一个词牌代表一种曲调,所以词牌又名词调。词还在歌场传唱时,一个词牌在音乐上有基本固定的旋律结构,当按乐谱填词,"以词从乐"的时候,这个基本固定的旋律结构也就决定了文辞的基本句数,以及每句的基本字数和每个字的基本声调,这就是所谓"调有定句,句有定字,字有定声"。不过,在按乐谱填词,"以词从乐"的时代,这些所谓"定"还不是很严格,而有一定自由度;当辞乐分离以后,填词不能再按乐谱,而是按前人文辞依样画葫芦(即按"文字谱"填),这种"调有定句,句有定字,字有定声"的现象就很突出了。

词牌最初往往是根据词的内容而定。如《双双燕》就是歌咏燕子的,《渔歌子》就是描写渔家生活的,《更漏子》是咏春夜闺情的。但随着时间的推移,人们主要是依调填词,曲调的名称和词的内容就不一定相联系了。到后来词与音乐相分离,大多数词已不再配乐歌唱,各种曲调的名称更只代表一种文字、音韵和结构的定式了。尽管如此,人们在填词之前,仍得先选择词牌。因为某一种词牌只适宜于表现某种内容,例如,《满江红》就较多地表达壮怀激烈之情。词牌得名,大体有以下几种情况:

一是来自乐府旧题,如《采桑子》、《乌夜啼》等;

二是沿用唐代教坊曲名,如《菩萨蛮》、《天仙子》之类;

三是根据词的内容定名,如《女冠子》最初就是写道情,《临江仙》最早是咏水仙的;

四是取自诗、词中的的名句,如《看花回》取自刘禹锡《游玄都观》"无人不道看花回";《西江月》取自李白《苏台怀古》"只今惟有西江月,曾照吴王宫里人"。

五是词人的创造,如柳永的《望海潮》、苏轼的《醉翁操》等。

除了上述几种外,还有用人名作词牌的,如《虞美人》;有用地名作词牌的,如《八声甘州令》;有根据字数或句式定名的,如《十六字令》;有根据乐调定名的,如《角招》等。

应该指出,有的词牌又有许多别名,例如,《忆秦娥》又名《秦楼月》,《念奴娇》又名《大江东去》、《酹江月》,《一剪梅》又名《玉簟秋》、《腊梅香》,《西江月》又名《江月令》、《白苹香》,《蝶恋花》又名《鹊踏枝》、《凤栖梧》等等。词调的别名大都取自这一词调的某一名作,如《念奴娇》又名《大江东去》、《酹江月》,就是因为苏轼《念奴娇·赤壁怀古》词为千古佳篇,其词开篇有"大江东去",结尾有"一尊还酹江月"等句,所以有这样两个别名。

与这种"同体异名"现象相联系,还有"同调多体"的情况,即一种词调可能有多种体式。每种体式的字数、句数都不尽相同,甚至用韵也不同。例如《满庭芳》,《钦定词谱》卷二四就列举了晏几道、周邦彦、黄公度、程垓、赵长卿、元好问、无名氏等多种体式。一般认为,这种情况与音乐变奏有关。

第四节　词的章法

任何一种文学样式,都要讲究结构,讲究命意构思,布局成章的问题。刘勰《文心雕龙·章句》就曾指出:"设情有宅,置言有位。"尽管词的创作没有固定的格套,但其基本体式是人们公认的,词的起端、过片、结拍也是有迹可寻、有法可依的。

一、词的分片

除了少数令词之外,词大都是分片的。片即"遍",唐宋时把乐曲从头到尾演奏一次叫一遍;音乐演奏完毕称为"乐阕"。所以一首词又可称一片(遍)或一阕。唐宋曲调大多分段,所以宋词也分为单调、双调、三叠、四叠四种,而以双调为主。所谓双调词,就是分为上下两段的词,如《浣溪沙》、《钗头凤》。也有部分慢词是分为三段的,如《瑞龙吟》、《戚氏》等;还有个别慢词分为四段,如《莺啼序》,长达240字。习惯上人们将双调词的上下段分别称为上片、下片,或上阕、下阕,三段、四段的词则称为三叠、四叠,而不称片。

上下片句式完全相同的,称为"重头"。例如《浣溪沙》、《蝶恋花》、《生查子》、《少年游》等,它给人以一种对称的均衡美,同时又不失活泼流动之感,不像近体诗那么方正规整。上下片开头形式不同的,称"换头"。例如《菩萨蛮》、《清平乐》、《念奴娇》、《雨霖铃》等,它给人以一种变化的错落美,充满慢声促节、繁会相宜之感。下片开头处,一般称为"过片"或"过遍"、"过拍",表示由上段乐曲转入下段乐曲,这是词的最关键处,特别为人所重视。一般说来,它既要有衔接,又要有过渡。

至于三叠词,结构形式又有所不同。有的是"双拽头",即前两段句式、平仄相同,而第三段不同,如《瑞龙吟》、《绕佛阁》。其特点是融均衡美和错落美于一体。有的则三段句式各不相同,如《兰陵王》、《戚氏》,其长处是极尽变化之致。

二、词的发端

早在宋代,张炎在《词源·制曲》中就明确指出,填词需"思量头如何起"。沈义父《乐府指迷·论起句》谓:"起句便见所咏之意,不可泛入闲事,方入主意。"发端不凡,往往石破天惊,扣人心弦。名家名作的发端,千姿百态,为我们提供了范例。从内容分析入手,常见的模式有以下几种:

其一,景起式。唐宋词作,以景起居多。大都是上片写景,下片抒情。由景入情,既是为了创造意境,又是为了渲染气氛,同时还有某种象征作用。发端之景最妙在能为全篇定调,切合本篇意旨,他处挪用不得,例如柳永《雨霖铃》"寒蝉凄切"就笼罩了全篇,秋蝉的哀鸣不仅反衬了离人的无语凝噎,而且整篇都是悲切之情、凄凉之感。

其二,情起式。这种情况亦很普遍。发端倾怀,往往能造成一种酣畅淋漓、不可遏止的气势。如苏轼《江城子》"老夫聊发少年狂",既隐含了壮志难酬的感叹,又显示出豪迈雄放的性格。又如李煜《望江南》"多少恨,昨夜梦魂中";岳飞《满江红》"怒发冲冠,凭栏处、潇潇雨歇",读者一下就能感受到词人满怀忧愤,起伏难平的心情。

其三,论起式。多见于感时伤世之篇,亦见于借物抒怀之作。前者如辛弃疾《采桑子》"少年不识愁滋味",从一种人生体验入手,反映饱经磨难后的深沉痛苦;后者如苏轼《水龙吟》"似花还似非花,也无人惜从教坠",将描写与议论融为一体,使咏物拟人浑成一片,透射出幽怨缠绵的情调。

其四,问起式。开篇发问,既有利于振起全词,又能抓住读者,所以,历代词人都常采用。如李煜《虞美人》:"春花秋月何时了?"苏轼《水调歌头》:"明月几时有?"辛弃疾《南乡子》:"何处望神州?"元好问《迈陂塘》:"问世间、情是何物?"都如破空而来,突兀警拔,具有震撼人心的力量。

其五,叹起式。与问起式相依傍的还有叹起式,开篇就慨然抒感,喟然长叹。如苏轼《念奴娇》"大江东去,浪淘尽千古风流人物",辛弃疾《菩萨蛮》"郁孤台下清江水,中间多少行人泪"。如果说问起式主要以峭拔见长,富有警策性;那么叹起式则以深沉取胜,富有感染力。

其六,忆起式。从回忆入手,抚今追昔,引人入胜。如欧阳修《生查子》"去年元夜时,花市灯如昼",陈与义《临江仙》"忆昔午桥桥上饮,座中多是豪英",陆游《诉衷情》"当年万里觅封侯,匹马戍梁州"等,莫不如是。

其七,交代式。除上述几种特定的起法外,其余大都可视为此。或开篇点明时节,如史达祖《双双燕》"过春社了";或交代环境,如辛弃疾《清平乐》"茅檐低小","饶床饥鼠";或描写人事,如温庭筠《忆江南》"梳洗罢,独倚望江楼",刘克庄《玉楼春》"年年跃马长安市";或展示状态,如李煜《长相思》"云一绢,玉一拨",皇甫松《忆江南》"兰烬落,屏上暗红蕉";或反映心理,如苏轼《江城子》"十年生死两茫茫",辛弃疾《破阵子》"醉里挑灯看剑"等等。

当然,以上几种类别并不是绝对的,不少起法都是互相渗透、互相融合的。例如文天祥《念奴娇》"水天空阔,恨东风,不借世间英物",就是情景交融的,既可视为景起,又可看作情起,同时还有深深的感叹。此外,语言艺术千姿百态,词的起式变化万端,这里只是举其大要而言之。

三、词的过片

大多数词都由上下两片组成。下片的开头与上片衔接,是全词的关键。张炎《词源》指出:"过片不要断了曲意,须要承上启下。"词之过片方式,大致有:

其一,藕断丝连法。所谓藕断丝连,就是指上下片之间,需有轻丝暗萦,微息默度,互相照应,互为补充。具体说来,又主要有以下几种情况:

前呼后应。如李煜《虞美人》上片结句为"故国不堪回首月明中",过片则是"雕栏玉砌应犹在,只是朱颜改",紧承"故国"二字叙写。辛弃疾《破阵子》上片结句为"沙场秋点兵",下片则由点兵过渡到出征:"马作的卢飞快,弓如霹雳弦惊。"

前总后分。如冯延巳《长命女》上片结句为"再拜陈三愿",下片则云"一愿郎君千岁,二愿妾身长健"。苏轼《念奴娇》上片结句为"一时多少豪杰",下片则是"遥想公瑾当年",具体叙写"多少豪杰"中的典型代表周瑜。

前问后答。如李清照《渔家傲》上片结句设问:"闻天语,殷勤问我归何处?"过片即答:"我报路长嗟日暮,学诗漫有惊人句。"辛弃疾《木兰花慢》上片结句问:"嫦娥不嫁谁留?"过片即答:"谓经海底问无由,恍惚使人愁。"

前后互补。如李清照《声声慢》上片结句为仰望长空:"雁过也,正伤心,却是旧时相识。"过片则写俯视大地:"满地黄花堆积,憔悴损,如今有谁堪摘。"从而将天地上下的悲苦景象联为一个整体。秦观《鹊桥仙》上片结拍为:"金风玉露一相逢,便胜却人间无数。"下片则申述"胜却"的原因:"柔情似水,佳期如梦。"表明爱情以质量为胜,等待和回味就是挚爱的表现,而挚爱才能永恒。

其二,异军突起法。所谓异军突起,便是过片陡然转折,另出新意。乍看起来,似与上片无干,细细思量又有某种联系。如姜夔《一萼红》上片写登长沙定王台观赏官梅,结拍为"野老林泉,故王台榭,呼唤登临",表明游兴正高,欢娱未尽;过片却为"南来北去何事,荡湘云楚水,目极伤心",笔锋陡转,突生悲情,令人愕然。仔细想来,原是由登临想到迁移,于是羁旅之愁、身世之感油然而生,这种过片既有异军突起之感,又有似断实续之妙。再如周邦彦《苏幕遮》上片结句写荷花:"水面清圆,一一风荷举。"过片却是:"故乡遥,何日去?"似与上片无干,词意全变。结合下文,"小楫轻舟,梦入芙蓉浦",读者才恍然大悟,原来是由他乡的荷想起了故乡的荷,于是思乡之情涌上心头,不知不觉进入了心驰神往的境界。

四、词的结拍

结拍,又名"歇拍"、"煞拍"。结拍往往是一首词成败的关键。所以前人认为,发端难,结拍更难。好的结拍,犹如"临去秋波那一转",勾魂摄魄,令人执卷留连;草草结拍,则可能令全词失色,甚至前功尽弃。一般认为,结拍有情结和景结两种。故刘永济

《词论》云:"情结以动荡见奇,景结以迷离称隽。"其实,结拍还可作更细致的划分:

其一,情结式。以情语收束全词,可以使题旨更为醒豁,更加神完气足。如陆游《钗头凤》诉说与唐琬的爱情悲剧,上片结以"错、错、错",下片结以"莫、莫、莫",使人们恍惚看到作者那捶胸顿足、呼天抢地的悔恨和那种欲罢不能又不得不罢的苦痛。至于是莫再提、莫相思、还是莫忘情,尽由读者去想象。

其二,景结式。以景语收束全词,融情于景往往能产生曲终人杳,江上峰青,留不尽意于缥缈天地间的效果。如李白《忆秦娥》以"西风残照,汉家陵阙"结拍,既气象雄浑,又寄慨遥深,无数兴废之感,尽在夕照之中。

其三,喻结式。以比喻作结,可以使难状之景、难言之理、难申之情,具体而生动地表现出来。如李煜《虞美人》以"问君能有几多愁,恰似一江春水向东流"作结,贺铸《青玉案》结以"试问闲愁都几许? 一川烟草,满城风絮,梅子黄时雨",不仅将原本抽象的愁情形象化了,而且拓宽了词的意境,加强了表现力。

其四,论结式。以议论作结,往往能扩大词旨,深化词意,加强某种哲理。如秦观《鹊桥仙》结以"两情若是久长时,又岂在朝朝暮暮",惊人之语,独创之见,让人领悟爱情的真谛:只要曾经拥有,便是天长地久。

其五,问结式。以反问作结,问话本身便是答案,因而加强了语意,增加了概括力。例如李清照的《声声慢》在陈述了晚年种种凄切后,结句问:"这次第、怎一个愁字了得?"秦观《踏莎行》倾吐流放之苦后,结句问:"郴江幸自绕郴山,为谁流下潇湘去?"无不字字千钧,有无可置疑的力量,有无比丰富的内涵。

其六,祈想式。在情感抒发欲了未了之时,以思维想象作结。能收到余味无穷的效果。有的结以祝愿,如苏轼《水调歌头》:"但愿人长久,千里共婵娟。"有的结以希望,如王观《卜算子》:"若到江南赶上春,千万和春住。"有的结以无奈,如晏殊《蝶恋花》:"欲寄彩笺兼尺素,山长水阔知何处?"有的结以推想,如李清照《武陵春》:"只恐双溪舴艋舟,载不动,许多愁。"凡此,都有余音袅袅、情思绵绵之妙。

其七,对比式。它本身又有两种情况,一是结拍与前文相对比,例如辛弃疾《破阵子》本为赋壮词,前面写点兵出征,建功立业,显得酣畅淋漓,志得意满,就在"了却君王天下事"的高潮处,反跌为"可怜白发生"! 由此表明上文所写不过是一种愿望,从而使理想的情景与现实的痛苦形成鲜明的对比。二是结拍两句本身互相对比映衬,如陆游《诉衷情》"心在天山,身老沧洲",李清照《一剪梅》"才下眉头,却上心头",辛弃疾《鹧鸪天》"却将万字平戎策,换得东家种树书"等,都是典型之例。

其八,无定式。除了上述几种特定的结拍外,其余大都可归于此类,即结句不拘定式,如行云流水,姿态横生。或以人物活动结尾,如苏轼《浣溪沙》"敲门试问野人家",辛弃疾《水龙吟》"倩何人,唤取红巾翠袖,揾英雄泪";或以主观体验收束,如陈与义《临江仙》"古今多少事,渔唱起三更",晏殊《玉楼春》"天涯地角有穷时,只有相思无尽处",陆游《卜算子》"零落成泥碾作尘,只有香如故";或以客观描写歇拍,如欧阳修《玉楼春》"梦又不成灯又烬"。同样,以上结拍的类别不是绝对的,正如不同的起法一样,互相兼容,彼此融合。

第五节　词 的 句 法

任何文学作品,都是由句子构成的。刘勰《文心雕龙·章句》说:"宅情曰章,位言曰句。"句子对于语言艺术有着基石般意义。

一、词的基本句式

词由长短句构成。句式参差、变化多端是其鲜明特征。少则一言、二言,多则八言、九言。而以三言、四言、五言、六言、七言为多。

三言句:"胡未灭,鬓先秋,泪空流。"(陆游《诉衷情》)

四言句:"月桥花院,琐窗朱户。"(贺铸《青玉案》)

五言句:"谁寄岭头梅,来报江南信。"(晏几道《生查子》)

六言句:"燕子来时新社,梨花落后清明。"(晏殊《破阵子》)

七言句:"塞下秋来风景异。"(范仲淹《渔家傲》)"凌波不过横塘路。"(贺铸《青玉案》)需要指出的是,词中七言句的音节有时与近体诗是不同的。近体诗的七言句,一般都是二、二、三的节奏,而词中有时会出现三、二、二的节奏。例如:

惊粉重/蝶宿/西园,喜泥润/燕归/南浦。(史达祖《绮罗香》)

记曲径/共携/素手,向闲窗/频拈/吟须。(仇远《玉蝴蝶》)

而这种三、二、二的节奏,在近体诗中是罕见的。

此外还有其他句式,少数词句甚至多达十言、十一言。

二、词的特殊句式

词与诗不同,除句式参差不齐,还在于它有种种特殊句式。

其一,叠字句。常见的叠字句有以下几种:

一字叠。如陆游《钗头凤》:"一怀愁绪,几年离索。错!错!错!"

二字叠。如李清照《如梦令》:"知否? 知否? 应是绿肥红瘦。"

三字叠。如贺铸《忆秦娥》:"鲜妆辉映桃花红。桃花红,吹开吹落,一任东风。"

四字叠。如辛弃疾《丑奴儿》:"欲说还休,欲说还休,却道天凉好个秋。"

其二,排比句。如晁补之《忆少年》:"无穷官柳,无情画舸,无根行客。"王沂孙《醉蓬莱》:"一室秋灯,一庭秋雨,更一声秋雁。"刘辰翁《柳梢青》:"辇下风光,山中岁月,海上心情。"苏轼《行香子》:"对一张琴,一壶酒,一溪云。"

其三,领字句。即常用某个虚字(也有用实字的)引导一句或数句,这种句子叫做领字句。张炎《词源·虚字》云:"词与诗不同","合用虚字呼唤。"领字处一般略加停顿,由此形成顿挫与流利相结合的乐感。这以一字领(又名一字逗)最为常见,如:

以一字领一句者:"怅客里光阴虚掷。"(周邦彦《六丑》)"纵芭蕉不雨也飕飕。"(吴文英《唐多令》)

一字领两句者:"渐凄凄芳草绿江南,轻晖弄春容。"(周密《甘州》)"且莫思身外,长近尊前。"(周邦彦《满庭芳》)

一字领三句者:"念凄绝秦弦,感深荆赋,相望几许凝愁。"(贺铸《望扬州》)"渐霜风凄紧,关河冷落,残照当楼。"(柳永《八声甘州》)

一字领四句者:"似谢家子弟,衣冠磊落;相如庭户,车骑雍容。"(辛弃疾《沁园春》)

一字领常用的领字还有:纵、奈、但、更、甚、任、应、正、又、况、叹、对、记、想、只、须、怎、岂等。这些字多为上声或去声字。

另有二字领者:"正是玉人肠断处,一渠春水赤栏桥。"(温庭筠《杨柳枝》)"可堪分袂又经秋,晚风斜日不胜愁。"(张泌《浣溪沙》)。

二字领的常用领字还有:恰似、不妨、又是、莫是、试问、那堪、那知、漫道、争道、料得、欲待等。

还有三字领者:"更那堪冷落清秋节。"(柳永《雨霖铃》)"便似得班超,封候万里,归计恐迟暮。"(晁补之《摸鱼儿》)"怎奈向欢娱渐随流水,素弦声断,翠销香减。"(秦观《八六子》)

三字领常用领字还有最无端、莫不是、怎禁得、怎奈得等。

领字句最能体现词在句式上的特色和节奏。至于什么情况下用领字，就要根据词意和词谱的要求而论了。

三、词的对仗

与近体诗比较，词的对仗形式多种多样，比较自由，因而更加丰富多采。

其一，两句对。这与近体诗相同，两句对要求结构相同，字数相等，词性相对；不同之处在于近体诗对仗一般只有五言、七言，而词则不拘句式，从三言到七言的对仗均俯拾即是：

三言对者如："风不定，人初静。"（张先《天仙子》）"思往事，惜流光。"（欧阳修《诉衷情》）

四言对者如："纤云弄巧，飞星传恨。"（秦观《鹊桥仙》）"一种相思，两处闲愁。"（李清照《一剪梅》）

五言对者如："系我一生心，负你千行泪。"（柳永《忆帝京》）"落花人独立，微雨燕双飞。"（晏几道《临江仙》）

六言对者如："梦后楼台高锁，酒醒帘幕低重。"（晏几道《临江仙》）"世事一场大梦，人生几度秋凉。"（苏轼《西江月》）

七言对者："无可奈何花落去，似曾相识燕归来。"（晏殊《浣溪沙》）"舞低杨柳楼心月，歌尽桃花扇底风。"（晏几道《鹧鸪天》）

其二，三句对，即鼎足对。由三句字数、词性、结构相同的句子组成对仗，这是近体诗所没有的。例如：

> 凭江阁，看烟鸿，恨春浓。（晏几道《愁倚栏令》）
>
> 斜阳淡淡，暮霭纷纷，晚风猎猎。（王质《倦寻芳》）
>
> 千古兴亡，百年悲笑，一时登览。（辛弃疾《水龙吟》）

词中的鼎足对，多为三言、四言短句，它丰富了对仗形式，增加了词章的音乐美。

其三,带逗对(又名衬豆对)。其第一字为领字,由它引导两个对仗的句子。例如:

> 念两处秋风,万重烟水。(柳永《卜算子慢》)
> 愁一箭风快,半篙波暖。(周邦彦《兰陵王》)

这里,领字为顿逗,它后面的句子,便是对偶句。

其四,隔句对(又名扇对)。四句当中,除却领字,一、三句相对,二、四句相对。如:

> 叹半妆红豆,相思有分;两分青镜,重合难期。(程垓《洞庭春色》)
> 怅东风巷陌,草迷春恨;软尘庭户,花误幽期。(史达祖《风流子》)

其五,并头对(又名人字对)。对句的前半部分有一字或两三字相同。如:

> 一竿风月,一泓烟水。(陆游《鹊桥仙》)
> 奴如飞絮,郎如流水。(秦观《望海潮》)

其六,联尾对(又名丫字对)。对句的后半部分有一字或两三字相同。如:

> 思悠悠,恨悠悠。(白居易《长相思》)
> 才下眉头,又上心头。(李清照《一剪梅》)

其七,同声对。近体诗要求对句平仄相对,而词中有上下句平仄完全相同者。如:

> 东南形胜,江吴都会。(柳永《望海潮》)
> 情高意真,眉长鬓青。(刘过《醉太平》)

　　总之,词的对仗比近体诗宽松自由得多。它不拘于五言、七言;不拘平仄,只要符合词律;不避重复,甚至可以同字相对。

第六节　词的用韵

　　任何韵文,都须按照一定的规律押韵。宋词用韵无专书。人们基本上依照诗韵填词,只是用韵较诗韵宽松。直到明清时代,专门的词韵之书才先后问世,如李渔《笠翁词韵》、沈谦《词韵略》等,而以戈载《词林正韵》影响最大,也最为精审。它将词韵分为 19 部,其依据有二:一是"取古人之词,博考互证,细加辨析",也就是从宋词的创作实际出发,探讨其用韵的规律;二是以诗韵为参照体系,研究词韵与诗韵的异同,将诗韵加以合并,形成词韵系统。关于韵的划分,与诗韵的圭臬《平水韵》相比,词韵韵部大大精减了。《平水韵》为 106 个韵部,词韵仅 19 韵部。由于词韵的韵部减少,每个韵部的字则大大增加,因此词在用韵上的自由度比诗要大得多。然而,相对近体诗来说,词的用韵格式又复杂得多。近体诗一般都是用平韵(只有少数作品除外),而且都是一韵到底,而词的用韵则多种多样。就其用韵格式而言,主要有以下类型:

　　其一,平韵格。一韵到底用平韵。如温庭筠《忆江南》:

　　　梳洗罢,独倚望江楼。过尽千帆皆不是,斜辉脉脉水悠悠。肠断白蘋洲。

通篇押平声韵,中间不换韵。使用这种韵格的词牌还有《捣练子》、《浪淘沙》、《江城子》、《玉蝴蝶》、《临江仙》、《沁园春》、《满庭芳》等。

　　其二,仄韵格。一韵到底用仄韵。但个中情形比平韵格要复杂一些。一般说来,同属于仄韵的上声、去声往往可以通押;但入声韵独立性较强，一般都是独用。前者如苏轼《卜算子》：

> 缺月挂疏桐，漏断人初静。谁见幽人独往来？缥缈孤鸿影。　　惊起却回头，有恨无人省。拣尽寒枝不肯栖，寂寞沙洲冷。

通篇押仄声韵，而且中间不换韵，一韵到底。但"静"是去声字，"影"、"省"、"冷"均为上声字。类似的词调还有《醉花阴》、《齐天乐》、《水龙吟》、《永遇乐》、《摸鱼儿》、《贺新郎》、《谒金门》、《渔家傲》等。

与此不同，入声韵往往只是独用，不与上声、去声通押。例如李白《忆秦娥》：

> 箫声咽，秦娥梦断秦楼月。秦楼月，年年柳色，灞陵伤别。　　乐游原上清秋节，咸阳古道音尘绝。音尘绝，西风残照，汉家陵阙。

韵脚均为入声字。此类词调有《满江红》、《念奴娇》、《雨霖铃》、《兰陵王》、《桂枝香》等。

其三，平仄韵通押格。打破平仄界限，同属一个韵部的平、上、去声通叶。如贺铸《西江月》：

> 携手看花深径，扶肩待月斜廊。临分少伫已伥伥，此段不堪回想。　　欲寄书如天远，难销夜似年长。小窗风雨碎人肠，更在孤舟枕上。

其中"廊"、"伥"、"长"、"肠"属平声韵，"想"为上声韵，"上"为去声韵。这种平仄通押是由词调规定的，《西江月》词调就规定了上下片第二句第三句押平声，第四句押仄声。这种格式的词调还有《渡江云》、《醉翁操》、《戚氏》、《哨遍》、《曲玉管》等。

其四，平仄韵转换格。如果说，平仄韵通押格属于转声而不转

韵,只是同一韵部的平上去声通叶。那么,平仄韵转换格则是既转声,又转韵。如温庭筠《菩萨蛮》:

> 小山重叠金明灭,鬓云欲度香腮雪。懒起画蛾眉,弄妆梳洗迟。　　照花前后镜,花面交相映。新帖绣罗襦,双双金鹧鸪。

上下两片都是第一句和第二句押仄韵。第三句和第四句押平韵。"灭"、"雪"、"眉"、"迟"不仅字声不同,韵部也不同。这种格式的词调有《虞美人》、《更漏子》、《昭君怨》、《清平乐》、《河渎神》、《梅花引》等。

其五,平仄韵交错格。不仅转声、转韵,而且出现交错押韵。例如温庭筠《荷叶杯》:

> 一点露珠凝冷,波影,满池塘。绿茎红艳两相乱,肠断,水风凉。

词中有四仄韵、两平韵,交错使用。四仄韵中,"冷"、"影"属词韵第十一部,"乱"、"断"属词韵第七部,而平韵的"塘"、"凉"属词韵第二部。再如苏轼《定风波》:

> 莫听穿林打叶声,何妨吟啸且徐行。竹杖芒鞋轻胜马,谁怕? 一蓑烟雨任平生。　　料峭春风吹酒醒,微冷,山头斜照却相迎。回首向来萧瑟处,归去,也无风雨也无晴。

其中,"声"、"行"、"生"、"迎"、"晴"押韵,"马"与"怕"、"醒"与"冷"、"处"与"去"押韵。全词以平声韵为主,中间穿插仄声韵。

总之,词押韵的情况繁杂,花样甚多。以上所举的,只是最常见的几种形式。除此以外,韵脚的疏密也有很大的不同。有的句句押韵,如《长相思》、《忆王孙》;有的隔句押韵,如《花非花》;有的数句押一韵,如《沁园春》。正是这种复杂多变的格式、疏密不同的韵位,造就了词章抑扬顿挫的音乐美,同时也为情感的表达提供了不同形式的选择。

必须指出的是,虽然词韵比诗韵宽,作者在用韵上的自由度较大,但绝不意味词韵的要求不及诗韵,相反,填词比作诗更需精通音律。这不仅表现在词韵变化多端,更在于词的格律比近体诗要严格得多。作诗只需讲究平仄,而填词还得辨别四声,“不可遇仄而以三声概填”(万树《词律发凡》)。至于词的格律,各类词谱均有介绍,这里就从略了。

第七节　词 的 分 类

以音乐分,词有令、引、近、慢数种。王灼《碧鸡漫志·甘州》云:“凡大曲,就本宫调制引、序、慢、近、令,盖度曲者常态。”由此可见,词之令、引、近、序这些名称,均与音乐有关,它源于大曲,是大曲某些乐段的名称。其区别在于音乐曲式以及节拍长短的不同。

一、令

令,又称小令,歌令,令曲。它源于唐人宴席所行的酒令。当时宴饮,常于席上请妓女以其所擅长的歌舞行令,于是歌与令两者合一,出现了由酒令演变而来的歌令,亦即唐五代流行的曲子词。白居易《就花诗》就曾写道:“歌翻衫袖抛小令。”后蜀花蕊夫人《宫词》亦写道:“新翻小令著词章。”宋人陈元靓《事林广记·癸集》卷一二载有《行令的说卜算子令》、《浪淘沙令》、《调笑令》、《花酒令》等4首酒令,同时附有说明。由此可见,小令首先是宴饮时侑酒助觞的抒情短曲,后来便成了词曲中的短章。它具有调短字少的特点。张炎《词源·令曲》谈词的创作时说:“词之难于令曲,如

诗之难于绝句。"现在我们见到的一些小令曲牌依然带着"令"字,
如《十六字令》、《如梦令》、《留春令》、《调笑令》等。更多的小曲
牌虽然已不带令字,但万树《词律》曾指出,"凡小调,俱可加令
字"。例如韦庄的《应天长》调,夏竦称为《应天长令》;其《喜迁
莺》,毛升称为《喜迁莺令》;又《小重山》,姜夔称为《小重山令》;
欧阳修的《鹊桥仙》,周邦彦称为《鹊桥仙令》;秦观《海棠春》,史
达祖称为《海棠春令》,等等。由此可知,这些不带"令"字的小调
曲牌只是一种简称。宋人对此是非常明白的,省去令字,并未改变
其令曲的性质。值得注意的倒是另一种情况,我们见到的一些带
有"令"字的曲牌,其实并非令词,如《百字令》、《六么令》,因此不
可将所有带有令字的词调均视作小令。

二、引

"引"本是古代乐曲的名称,古琴曲有《九引》,唐教坊曲有《柘
枝引》。宋以前,诗体也有称引的,曹植有《箜篌引》,杜甫有《丹青
引》、《桃竹杖引》等。词中的"引",可能是这类乐曲歌诗的演化,
以"引"为名的词调约 40 个(词名未标明为引的不计在内)。最短
的为《翠华引》,24 字;最长的为《梅花引》,114 字。引词一般比小
令要长,但也有例外。它们的主要区别在于音乐结构不同,而不是
字数多寡。

三、近

近是近拍的省称。近本为小唱之一种。词调中以近为名的约
有 20 余个,如《好事近》、《荔枝香近》、《祝英台近》。《快活年近
拍》、《斗百花近拍》等。字数最少的是《好事近》,45 字,而《剑器
近》则多达 96 字。近的乐调长短、字数多少略近于引,大都介于
小令与慢词之间。后来被视为中调。其实,近与令、引、慢的区别
亦只在音乐曲式上的不同。

四、慢

慢，又称慢词、慢曲、慢曲子。慢曲乃是相对急曲而言，《新唐书·礼乐志》说："慢者过节，急者流荡。"慢词特点在于调长拍缓，富于变化。岑参《秦筝歌送外甥萧志归京》曾写道："怨调慢声如欲语，一曲未终日移午。"白居易《早发赴洞庭舟中》亦记载："出郭已行十五里，惟消一曲慢《霓裳》。"由此可见慢曲节奏之慢了。至于其音乐变化，张炎《词源》卷下说："慢曲不过百余字，中间抑扬高下，丁、抗、掣、拽，有大顿、小顿、大住、小住、打、掯等字，真所谓上如抗，下如坠，曲如折，止如槁木，倨中矩，句中钩，累累乎端如贯珠之语，斯为难矣。"这些都表明慢曲在音乐上有变化繁多和悠扬动听的特点。

慢词是依慢曲所填的词，始于唐而兴于宋。柳永贡献最大。宋词中属于慢曲子的词，如果调名与急曲子相同的，一般都标明"慢"字，以示区别，如《浣溪沙慢》、《木兰花慢》、《卜算子慢》等。调名本不混同的则不以"慢"字标目，如《雨霖铃》、《永遇乐》、《八声甘州》、《瑞龙吟》等。慢词较令、引、近词，乐调要长，字数要多。最短《卜算子慢》为89字，最长的《莺啼序》240字。只要拿同名的小令与慢词相比，就会发现它们在篇幅上的差别：《浪淘沙》54字，而《浪淘沙慢》134字；《木兰花令》56字，而《木兰花慢》101字。慢词比令调都加长了一倍左右。

当然，令、引、近、慢的主要区别在音乐。只是由于宋词的乐谱已经失传，后人难得其详，我们只能就前人的记载作些推测。张炎《词源·讴曲旨要》指出："歌曲令曲掯匀，破、近六均慢八均。"其下卷《拍眼》篇指出："引、近则用六均拍。"宋人沈义父《乐府指迷》谓："词腔谓之均，均即韵也。""歌时最要叶韵应拍。"根据这些记载，我们大体上可以认识到，令曲每歌一遍，通常是四拍排匀；引、近通常使用六均拍，词章上多表现为六韵；慢曲通常为八均拍，词章上多表现为八韵。当然这种认识也是不全面的，它们在乐曲节奏上有急慢之分，叶韵应拍的方式存在差异，词章上的韵的数量往往也有出入。

五、小令、中调、长调

词除了令、引、近、慢之分而外,前人又曾按字数多少分为小令、中调、长调,这种区分始于明代中期。嘉靖年间顾从敬所刻《类编草堂诗余》四卷,把宋本《草堂诗余》原来的分类形式作了更改,将原本的春景、夏景、天文、地理、人物等 12 类别废除,改为依小令、中调、长调三类编排。此后,毛先舒《填词名解》进一步明确指出:"凡填词五十八字以内为小令,自五十九字始至九十字止为中调,九十一字以外者俱长调也。"这种划分仅从字数多少出发,全然不顾各种词调在音乐体段、节奏上的区别,因此不尽科学也不完善。清人万树《词律·发凡》就曾对此提出异议:"所谓定例,有何所据?若以少一字为短,多一字为长,必无是理。如《七娘子》有五十八字者,有六十字者,将名之曰小令乎,抑中调乎?如《雪狮儿》有八十九字者,有九十二字者,将名之曰中调乎,抑长调乎?"然而应该承认,这种划分也不是毫无道理。因为令、引、近、慢的分别与字数多少是有关系的,特别是令与慢的区别,显然与篇幅有关。其次,词的音乐已经失传,宋人区分词的标准已难知晓,按字数区分也不失为一种没有办法的办法。所以,明清以来,这种类别已为世人广泛接受,一直沿用不废。宋翔凤《乐府余论》云:"令者,乐家所谓小令也;曰引、曰近者,乐家所谓中调也;曰慢者,乐家所谓长调也。不曰令、曰引、曰近、曰慢,而曰小令、中调、长调者,取流俗易解,又能包括众题也。"正是因为这种分类虽缺乏科学性,但有其实用性,因此,在人们还提不出更好的分类标准时,它便大行其道,无形间得到社会承认了。

[思考题]

1. 简述词的兴起与燕乐的关系。

2. "由乐以定词"和"选词以配乐"的区别何在?

3. 词调的意义和由来。
4. 词的过片主要有哪些方法？
5. 与诗相比，词有哪些特殊句式？
6. 词的用韵有哪些主要格式？
7. 令、引、近、慢与小令、中调、长调等分类的依据是什么？

第二章　从民间走向文坛的唐五代词

第一节　倚声之"椎轮大辂":敦煌词

清朝光绪二十六年(1900),敦煌鸣沙山藏经洞因为偶然的机遇被打开,千年以前的四万余卷珍贵文献重见天日。在敦煌文献中有许多的歌辞作品,称之为敦煌曲子词,或敦煌词。敦煌词以民间词为主体,产生年代为唐五代时期。在敦煌词被发现之前,人们普遍认为花间婉丽词风为词体"本色",而对真正代表词体初期特点的民间词几乎毫无了解。敦煌词的发现不仅填补了词史的空白,而且改变了人们对词体、词史的传统认识。近代词学家朱祖谋称敦煌词为"朴拙可喜,洵倚声椎轮大辂"(《云谣集杂曲子跋》)。概括出了敦煌词的特点及在词史上的地位。

一、众生世相,多彩多姿:敦煌词的内容

敦煌词绝大多数没有留下写作年代,据考定,现存敦煌词,都是唐五代期间的作品(仅有一首是隋代的作品)。敦煌词的作者可以考知的仅有温庭筠、欧阳炯、唐昭宗数人,绝大多数没有留下作者名字。敦煌词的内容丰富而芜杂。王重民先生概括敦煌词的内容说:"有边客游子之呻吟,忠臣义士之壮语,隐君子之怡情悦

志,少年学子之热望和失望,以及佛子之赞颂,医生之歌诀,莫不入调。"(《敦煌曲子词集叙录》)任二北先生《敦煌曲初探》更将敦煌词分为20类:疾苦、怨思、离别、旅客、感慨、隐逸、爱情、志愿、豪侠、勇武、颂扬、医、道、佛、人生、劝学、劝孝、杂俎。由此可以看出敦煌词涉及众生世相,题材十分广泛,这与后来以《花间集》为代表的、以男女恋情相思离别为主的词的题材形成了鲜明的对照。敦煌词的题材主要有以下几个方面:

第一,表现战争和动乱生活。敦煌地处边疆,战事频仍。如一首《菩萨蛮》描写边地的战乱岁月:"自从宇宙充戈戟,狼烟处处熏天黑。"对待战争的态度,民间词人充满了矛盾。一方面表现了杀敌立功的爱国豪情,如《菩萨蛮》(敦煌古来出神将)表现消灭敌人,建功立业的壮志:"早晚灭狼蕃,一齐拜圣颜。"一方面又对战乱不断、民不聊生的局面深感痛心。如一首失调名的词作:

> 十四十五上战场,手执长枪。低头泪落悔吃粮,步步近刀枪。昨夜马惊辔断,惆怅无人遮拦。

连十四、五岁少年也被投入战场,可见战争给人民带来的深重苦难。

第二,征夫思妇题材。敦煌地处边陲,男子离家戍边,留下女子独守空房,因而此类词作较多。如《破阵子》:

> 年少征夫军帖,书名年复年。为觅封侯酬壮志,携剑弯弓沙碛边,抛人如断弦。　迢递可知闺阁,吞声忍泪孤眠。春去春来庭树老,早晚王师归却还,免教心怨天。

男子重功名而轻别离,留下闺中女子年复一年的期待。与花间词中的此类思妇词相比,词中女主人公没有浓艳的脂粉气,情感表达也更为真切。

第三、烟花女性题材。如《望江南》:

> 莫攀我，攀我太心偏。我是曲江临池柳，这人折了那人攀。恩爱一时间。

这是一位青楼女子痛苦的心声。以时常遭受攀折的临池柳比喻被侮辱、受损害的自己。再如《抛球乐》：

> 珠泪纷纷湿绮罗，少年公子负恩多。当年姊妹分明道，莫把真心过于他。子细思量着，淡薄知闻解好么。

词中这位烟花女子没有听取姊妹们的劝告，将真情交付于那位"淡薄知闻"（相识不深的朋友）的"年少公子"，结果落得被人抛弃的凄凉境地。

二、质朴俚俗，不拘一格：敦煌词的艺术特点

敦煌词以唐五代的民间词为主。词体初创时期的特点、民间词人的文化水平和审美习惯，以及当时人们对词体的认识等因素，使敦煌词独具特色：

第一，体现了词体初期的不完备、不定型。唐圭璋将其概括为7条：有衬字；有和声；有双调；字数不定；平仄不拘；叶韵不定；咏题名（《敦煌唐词校释》）。吴熊和又增一条：曲体曲式丰富多样（《唐宋词通论》）。以"字数不定"为例：敦煌词中有《凤归云》数首，字数却各不相同，有81字、84字、78字三体。都表现出随意性较强的特点。

第二，敦煌词表现出民间文学的质朴俚俗的特色。在语言表达方面多用口语、方言，通俗易懂，如《捣练子》：

> 堂前立，拜词（辞）娘，不角（觉）眼中泪千行。劝你耶娘小（少）怅望，为吃他官家重衣粮。   词（辞）父娘了入妻房，莫将生分向耶娘。君去前程但努力，不敢放慢向公婆。

通篇白话口语,"生分"、"放慢"都是方言。此词为联章叙事体,咏孟姜女故事,词中运用对话,是一种流行于民间的说唱艺术形式。民间文学的又一特点是感情真切,表达真切。敦煌词在情感表达方面,真率自然,绝少做作之态。如《菩萨蛮》:

　　枕前发尽千般愿,要休且待青山烂。水上秤锤浮,直待黄河彻底枯。　　白日参辰现,北斗回南面。休即未能休,且待三更见日头。

此词与汉乐府《上邪》表现信誓的手法相同,连用六种不可能出现的自然现象作比喻,表达自己的坚定信念,词中女子的真切之情跃然可见。

　　第三,风格多样也是敦煌词的显著特点。敦煌词大多为民间创作,"感于哀乐,缘事而发",填词唱曲不像后世文人那样有明确的题材和风格取向,而呈现出多种风格形态。在敦煌词中,后世词史上所出现的各种风格,诸如婉约、豪放、艳丽、清空等等,皆可找到源头。此与《花间》词所形成的婉丽为本色当行、偏取一格的风格取向形成了鲜明的对比,也对人们认识词的风格发展历史有着重要意义。

三、现存最早的词选:《云谣集杂曲子》

　　敦煌词中有一部词选,名为《云谣集杂曲子》(前文所引之《破阵子》"年少征夫军帖"、《抛球乐》"珠泪纷纷湿绮罗"皆为《云谣集》所选)。在《云谣集》被发现之前人们一直认为《花间集》是最早的词选本。如清代的陆蓥说:"词之选本,以蜀人赵崇祚《花间集》为最古。"(《问花楼词话》)《云谣集杂曲子》的发现改变了这一论断。据考证,《云谣集杂曲子》的结集至迟也要比编成于后蜀广政三年(940)的《花间集》早30年左右,实为现存最早的词选本。

　　虽然敦煌曲子词的题材内容十分广泛,但《云谣集杂曲子》却并非如此,而与稍后的《花间集》相类似,表现的内容多与女性有关,或者出于女子之口吻,或者以女性为描写对象。唐圭璋说:"其间有怀念征夫之词,有怨恨荡子之词,有描写艳情之词,与《花间》、《尊前》之内容相较,亦无二致。"(《云谣集杂曲子校释》)"云谣"之典出于古小说《穆天子传》所载西王母于瑶池宴为穆王歌云谣之事。此事典具有艳情色彩。唐五代人诗词中用此典多具此义。如曹唐《小游仙诗》:"玉童私地夸书札,偷写云谣暗赠人。"后唐庄宗《水调歌头》云:"长宵宴,云谣歌皓齿,且行乐。"更值得注意的用例是欧阳炯《花间集序》:"唱云谣则金母词清,挹霞醴则穆王心醉。""云谣"一词所具有的艳情意味则是显见的,那么,以《云谣集》为名则为这部词选的内容作了明确的说明。

《云谣集》未注明编者。从《云谣集》的内容和编排来看,应与《花间集》一样,同为侍宴应歌的唱本。《云谣集》的存在说明了曲子词这种配乐歌唱的文学形式,从产生之初就与娱宾佐欢的娱乐相联系。

第二节 由诗向词的演变:唐代文人词

文人倚声填词始见于初唐(隋炀帝有曲子词传世,论者认定所依曲调非燕乐)。据各种唐五代词总集(如林大椿《唐五代词》,张璋、黄畬《全唐五代词》,曾昭岷等《全唐五代词》)所载,唐代文人填词者数以一百余人,词作二千余首。然而各本所收的作品是否都是真正的词,学界至今尚无一致的意见。

一、唐代文人词的发展阶段

唐代是曲子词的孕育、诞生和初步定型的时期。一方面民间词在胡夷里巷蓬勃兴起,一方面文人开始尝试填词。南宋人胡仔说:"唐初歌辞,多是五言诗,或七言诗,初无长短句。自中叶以后,至五代,渐变成长短句。"(《苕溪渔隐丛话》后集卷三九)唐代文人词大致经过了三个阶段:

第一,初唐、盛唐时期词,此时歌词所配之乐尚不稳定,燕乐与其他音乐因素正处于相互交融之中。诗和词的界限尚不分明,词以齐言为主,如沈佺期等人的《回波乐》词即是齐言的六言四句。唐玄宗的《好时光》不过增加衬字作和声,仍可视为齐言。此时的词作究竟是倚声填词,抑或由诗谱曲,或是由诗入词的"声诗",今天已很难断定。此时的部分词作也被作为乐府诗,郭茂倩的《乐府诗集》将这些作品列之"杂曲歌辞"。这一时期须特别说明的是李白的词作。现存李白词 13 首,其中《清平调》3 首体制与绝句相似,其余数首后人都有真伪之议,《菩萨蛮》(平林漠漠烟如织)和《忆秦娥》(箫声咽)二首的争论更为激烈。当代研究者多认为,此二词不见于唐代典籍,且题材、风格与同时代文人词作迥异,应视为伪作。

第二,中唐时期,倚声填词渐成风气,刘禹锡《忆江南》自注说:"依《忆江南》曲拍为句。"表明已与"选词以配乐"的声诗不同,开始按曲调填词。然而中唐词人所填之词无论其所依配之曲调,还是所表现出来的风格气质都与乐府诗歌或民歌相似,而与本色当行的词体有所区别,诗论家往往目之为诗。如张志和、刘禹锡、白居易等词人填的《渔父》、《杨柳枝》、《竹枝》皆如此。清人先著《词洁·发凡》说:"唐人之作,有可指为词者,有不可执为词者。若张志和之《渔歌子》、韩君平之《章台柳》,虽语句声响居然词令,仍是风人之别体。"说明此时的词体仍不能完全摆脱诗体而独立。

第三,晚唐时期,词体初步成熟,可以温庭筠、皇甫松、杜牧等人的词作作为标志。以温庭筠的词为代表的词作,已确立了以城市妇女生活为表现对象、以婉丽柔媚为风格特色、以小令为主要体裁的"本色"词体。温庭筠、皇甫松皆为《花间集》中入选的重要词人,留在下节介绍。杜牧的《八六子》是唐代文人词中罕见的长调,在小令一统天下的晚唐词坛十分醒目,在词体发展史上有一定意义。

　　唐代文人的词创作经历了由诗到词,逐渐"本色"化的过程。文人初步接触词体,往往受写诗习惯的影响,所作词的题材、情志、风格往往与诗相近。随着对词体的熟悉,加之词体娱宾应歌功用的刺激,诗言志,词言情,诗庄词媚的观念逐渐深入人心,文人词逐渐远离诗体,而呈现独特的词体风貌。

　　二、中唐文人词的特点

　　中唐文人词并无词为"艳体"的观念,词的题材并不像后世局限于城市女子的闺阁绣帏之中,写景、抒怀皆有表现,突出的风格特点是接近于民歌的清新流畅。

　　中唐时期,曲子词调主要在民间流行,文人从民间接触到词体,并尝试创作。词人往往游历所至,有所感兴,如白居易的《忆江南》表现江南景物:

　　　　江南好,风景旧曾谙。日出江花红胜火,春来江水绿如蓝,能不忆江南?

如韦应物《调笑令》表现西北边塞风光:

　　　　胡马,胡马,远放燕支山下。跑沙跑雪独嘶,东望西望路迷。迷路,迷路,边草无穷日暮。

文人填词受由《诗经》以至乐府诗所形成的传统观念的影响,学习民间文艺带有采风、观风的意识。如刘禹锡的《竹枝》词:

　　　　白帝城头春草生,白盐山下蜀江清。南人上来歌一曲,北人莫上动乡情。（其一）

　　　　杨柳清清江水平,闻郎江上唱歌声。东边日出西边雨,道
　　是无情还有情。(其十)

刘禹锡《竹枝词序》中谈到创作《竹枝》词是听到了"里中儿联歌
《竹枝》,吹短笛,击鼓以赴节,歌者扬袂睢舞",感其"伧㤀""鄙
陋","亦作《竹枝词》九篇,俾善歌者扬之"。说明其《竹枝》采自
民间,加以雅化。白居易的《杨柳枝》词也有这样的特点:

　　　　《六么》《水调》家家唱,《白雪》《梅花》处处吹。古歌旧
　　曲君休听,听取新翻《杨柳枝》。(其一)
　　　　叶含浓露如啼眼,枝袅轻风似舞腰。小树不禁攀折苦,乞
　　君留取两三条。(其七)

这二组词具有浓郁的民歌风味,如徐崶评刘词:"赋风土,写人情,
非流连光景之作。"(《词律笺榷》卷一)张历友评白词:"其声情之
儇利轻隽与《竹枝》大同小异,与七绝微分,亦歌谣之一体也。"
(《师友传信录》)此与以浓艳之笔写相思离别的"本色"之词有着
明显的差别。
　　表现文人隐逸山水之间的情志,于诗歌中常见,唐代文人利用
长短句之词加以表现,显得更为清新晓畅。如张志和的《渔父》
(《渔歌子》)词:

　　　　西塞山前白鹭飞,桃花流水鳜鱼肥。青箬笠,绿蓑衣,斜
　　风细雨不须归。

词中表现了自然景色的美好,及主人翁融入大自然的愉悦之情。
文人作品中常用自然山水的清新、宁静反衬官场世俗环境的污浊、
喧嚣。陶醉于山水之中,隐含有抛弃功名利禄的隐逸之思。此词
色彩明丽,语言精炼,音节流畅。既有文人诗笔的淡雅,又有民间
渔歌的通俗,因而传诵千古。此词于唐代就流传到了日本,嵯峨天

皇及宫廷贵族和者甚多。宋代词人苏轼、黄庭坚等人于原词之上增减文字改调为《浣溪沙》、《鹧鸪天》，词坛上一时传为佳话。可见此词影响之大。

　　文人词中写男女恋情、相思离别题材的词作在中唐以后逐渐增多，表明词体与诗体逐渐拉开距离。如王建的《宫中调笑》四首，分咏团扇、胡蝶、罗绣、杨柳，借物写人，都是表现妇女题材。如其一：

　　　　团扇，团扇，美人病来遮面。玉颜憔悴三年，谁复商量管弦。弦管，弦管，春草昭阳路断。

其题材出自汉代班婕妤《怨歌行》，"昭阳路断"喻女子失宠。再如刘禹锡《忆江南》：

　　　　春去也，多谢洛城人。弱柳从风疑举袂，丛兰浥露似沾巾，独坐亦含颦。

以物拟人，用"弱柳从风"、"丛兰浥露"比女子缠绵悱恻的情思，十分生动传神。城市女性题材逐渐增多，词的"艳体"特征也渐趋显现。

第三节　文人词的典范：花间词

　　五代时期，战乱频仍，军阀割据。西蜀却因地势险要，偏安于西南。前后蜀主王衍、孟昶喜好声色之乐，与避难于此的文人一起，纵情词曲，西蜀词坛繁盛一时。后蜀广政三年（940），赵崇祚编成《花间集》十卷，共收入"诗客曲子词"18 家 500 首。《花间集》是最早的文人词总集，成为"倚声填词之祖"（《古今词论》）。《花间集》成为后世文人词作（尤其是婉约词）的典范，花间体也就成了词体的"本色"、"当行"。

一、《花间集》和花间体

《花间集》所收的 18 位作者中，温庭筠、皇甫松生活于晚唐，其余为五代人，除孙光宪仕于荆南，和凝仕于后晋之外，其余皆为西蜀人。从《花间集》的选编特点可以看出，温词在《花间集》中具有典范的意味，其他花间词人心慕手追，使花间词具有相对一致的风格，具有流派的意味，因而后世有"花间体"、"花间派"的称谓。花间词人之一的欧阳炯曾作《花间集叙》以阐明他们对词体的看法，结合这篇叙文考察《花间集》的风貌，有两点值得注意：

第一，花间词的雅化特点。《花间集叙》中自称己作为"诗客曲子词"，以区别于乐工歌妓和民间词人，表明了花间词人的求雅意识。《花间集叙》说："名高《白雪》，声声而自和鸾歌；响遏行云，字字而偏谐凤律。"标明花间词的语言音律区别于民间词的俚俗随意，而追求典雅规范；"将使西园英哲，用资羽盖之欢；南国婵娟，休唱莲舟之引"。《花间集》要为文人雅士的娱宾佐欢提供应歌的唱本，而摒弃俚俗的民间小调。据龙榆生研究，《花间集》中所用的词调已经过了筛选，敦煌词和教坊曲中的俚俗词调如《煮羊头》、《醉胡子》、《麻婆子》、《唧唧子》等大多汰去不用，表现出花间词人的避俗趋雅的意识（参龙榆生《词体之演进》，载《词学季刊》创刊号）。

第二，确立了词体的艳体特色。《花间集叙》说："有绮筵公子，绣幌佳人，递叶叶之花笺，文抽丽锦；举纤纤之玉指，拍按香檀。不无清绝之辞，用助娇娆之态。"表明了花间词的"清绝之辞"正为了配合歌妓演唱的"娇娆之态"。以温庭筠为代表的花间体词的特点，正如花间词人之一的孙光宪所说的"香而软"（《北梦琐言》《历代词话》引），即用华丽精工的词句表现以女性为主人公的相思离别题材。

花间词具有相对一致的体制特点和审美趋向，主要表现在：题材内容多写男欢女爱相思离别,尤以描写城市女子的生活感情为多,语言浓艳华美,体裁以小令居多,讲求含蓄蕴藉的效果。这一特点被后世称为花间体或花间风格。

二、花间鼻祖:温庭筠

温庭筠(812?—866),本名岐,字飞卿,太原祁(今山西祁县)人。唐初宰相温彦博之裔孙。据《旧唐书》等记载,温庭筠才思敏捷,却因恃才傲物,讥刺权贵,生活放浪不羁,因而仕途不顺,一生大半漂泊困顿。诗与李商隐齐名,并称"温李"。"能逐弦吹之音,为侧艳之词"(《旧唐书》卷一九〇《温庭筠传》)。温庭筠的词极为五代词人所推崇,他是文学史上第一个以词名家的作者。黄昇称温庭筠"词极流丽,宜为《花间》之冠"(《唐宋诸贤绝妙好词选》)。温庭筠不仅在《花间集》中被列为首位,而且入选66首,为各家之冠。可以说,温庭筠词即为花间词的代表。

温庭筠的词几乎都是妇女生活题材,词中抒情主人翁几乎都是女性,如宫人、歌妓、思妇、怨女等等。表现内容多男女恋情相思离别,正如清人刘熙载所说:温词"类不出乎绮怨"(《词概》)。温庭筠的词以闺阁绣帏、离别相思的题材和浓艳华美的语言确立了词为艳科的观念,温词的表现手法成为花间体的典型艺术手法。其特点是:

第一,多以城市女性生活中的景物构筑精美的物象,加强环境氛围的渲染,以表现女子的情感世界,如《菩萨蛮》:

水精帘里颇黎枕,暖香惹梦鸳鸯锦。江上柳如烟,雁飞残月天。 藕丝秋色浅,人胜参差剪。双鬓隔香红,玉钗头上风。

词中水精帘、颇黎枕、鸳鸯锦、人胜、玉钗等精美之物着力表现闺房陈设服饰之富丽华贵,而江天、烟柳、飞雁、残月等清疏之景又隐约透露女子的寂寞情思。温庭筠词中表现富贵、华美的物象举目皆是,如金、玉、锦、绣、香、钗、翡翠、凤凰等等,耀眼眩目。温词景物华美、意象繁多、色彩艳丽,然缺乏强烈的情感和鲜明的个性,王国维借温词之句"画屏金鹧鸪"加以形容(见《人间词话》),概括出了温词虽富丽但无生气的特点。

第二,表情达意含蓄蕴藉,讲求饶有余韵的效果。温词体裁全为小令,因其体制短小,"尺水兴波",与之相应的含蓄蕴藉风格则成为必然的选择。"《花间》逸格,原以少许胜人多许"(杨芳灿《纳兰词序》)。在作品中留下一定的欣赏空间,留待调动读者的艺术想象去补充完成。这是较为高雅的欣赏方式,也正是"诗客曲子词"区别于民间词的重要特征。温词在这一方面颇具典型性。如其《菩萨蛮》:

> 小山重叠金明灭,鬓云欲度香腮雪。懒起画蛾眉,弄妆梳洗迟。　　照花前后镜,花面交相映。新贴绣罗襦,双双金鹧鸪。

此词表现一个女子晨起前后的情绪动作。睡恣、懒起、梳妆、照镜,以女子一系列动作的描写作为铺垫,末句以"双双金鹧鸪"反衬女子的形单影只,暗示词旨,引发读者的联想,颇具余韵不绝之妙。张炎说:"词之难于令曲,如诗之难于绝句,不过十数句,一句一字闲不得。末句最当留意,有有余不尽之意始佳。当以唐《花间集》中韦庄、温飞卿为则。"(《词源》卷下)温庭筠的这种含蓄蕴藉的风格就成了花间体的典型风格。

温词也有呈现清新自然风格的,如《梦江南》:"梳洗罢,独倚望江楼。过尽千帆皆不是,斜晖脉脉水悠悠,肠断白蘋洲。"清远之景与哀婉之情浑然交融,一洗脂粉之浓艳,显现温庭筠受到乐府诗和民间词影响的痕迹。

三、花间别调:韦庄

韦庄(836—910),字端己,京兆杜陵(今陕西西安)人。韦应物四世孙。少孤,家贫力学,屡试不第,困居长安。黄巢入长安,庄陷兵中,辗转自关中至洛阳,尝作《秦妇吟》名于世,人称“《秦妇吟》秀才”。后流寓大江南北。唐昭宗乾宁元年(894)进士,授校书郎,官至左补阙。天复中应王建辟,入蜀为掌书记。为花间派词人之一,与温庭筠齐名,世称“温韦”。

韦庄词的内容与温词大致相同,表现男女恋情、离愁别恨的题材。然而由于二人所处时代和身世经历均不同,因而词中的情感内涵及表现风格皆有所不同:

第一,将身世之感打入词中。温庭筠词的内容大多为描摹女子的形貌,或表现男女恋情,但温词几乎全是客观的描写,绝少渗入作者自己的感情。词中描摹美人形态,作者本人完全处于冷静旁观的角度;描写男女恋情,也仅停留于客观的叙述。韦庄则将自己的身世之感写入词中,词中浸满了词人的感情体验,词中之情是以其自身经历为基础的。刘熙载云:“(韦庄词)留连光景,惆怅自怜,盖亦易飘扬于风雨者。”(《词概》)下面这首《菩萨蛮》融入了作者的人生感受:

> 人人尽说江南好,游人只合江南老。春水碧于天,画船听雨眠。　炉边人似月,皓腕凝双雪。未老莫还乡,还乡须断肠。

五代时期,战乱频仍,民不聊生。韦庄颠沛流离,身心俱苦。正如顾宪融所说:“唐末中原鼎沸,韦以避乱入蜀,欲归未得,言愁始愁,所谓‘未老莫还乡,还乡须断肠。’”(《词论》)韦庄的一些词作记录了他的情感经历。据杨湜《古今词话》载:“韦庄以才名寓蜀,王建割据,遂羁留之。庄有宠人,姿质艳丽,兼善词翰。建闻之,托以教内人为词,强庄夺去。庄追念悒怏。”下面这一首《女冠子》或为此事而作：

> 昨夜夜半，枕上分明见。语多时，依旧桃花面，频低柳叶眉。　　半羞还半喜，欲去又依依。觉来知是梦，不胜悲。

词中充溢着凄婉的情感，非亲身感受不能道。

第二，清疏的词风。近代词论家蔡嵩云将花间词人分为浓艳、清丽两类，并以温庭筠和韦庄为代表："温派浓艳，韦派清丽。"(《柯亭词论》)同样写男女之情、相思离别，温庭筠常用华美的物象营造浓烈的氛围，而韦庄则用清疏的自然景象表达情思，如《菩萨蛮》：

> 洛阳城里春光好，洛阳才子他乡老。柳暗魏王堤，此时心转迷。　　桃花春水渌，水上鸳鸯浴。凝恨对残晖，忆君君不知。

词中自然景物与主人翁的情绪相交融，语言淡雅，风格清新。王国维《人间词话》："'画屏金鹧鸪'，飞卿语也，其词品似之；'弦上黄莺语'，端己语也，其词品亦似之。"对温、韦差异的形容可谓生动形象。

花间词人除了温、韦代表浓艳、清丽二派之外，也有一些较有个性的词人。如"抱朴守质，自然近俗，而词亦疏朗，杂记风土者"的李珣(李冰若《栩庄漫记》，《花间集评注》引)，"飘忽奇警，矫健爽朗"的孙光宪(詹安泰《风格、流派及其承传关系》，《詹安泰词学论稿》广东人民出版社1984年版)，甚至被研究者认为可与温、韦鼎足而三。但是总体来看，花间词人是一个具有相近审美趋向的群体，他们的词作也具有体式、题材、语言和风格的相对一致性。

作为文人"倚声填词之祖"的《花间集》，对后世产生了深远影响。词史上常将花间词作为衡量词作优劣的标准，著名词人无不受其浸润滋养，如北宋初期的词人"同叔(晏殊)、永叔(欧阳修)、方回(贺铸)、叔原(晏几道)、子野(张先)，咸本《花间》而渐近流畅"(严沆《古今词选序》,《宋词三百首笺注》引),南宋辛弃疾也曾"效花间体"(见辛弃疾《河渎神》自注)作词。清代郭麐还概括出花间体的特征:"词之为体,大略有四。风流华美,浑然天成,如美人临妆,却扇一顾,花间诸人是也。"(《灵芬馆词话》卷一)花间词派成为了词史上几大重要流派之一。

第四节　词的深化和转折:南唐词

一、南唐词人的词体观念

南唐词是指五代时期生活于金陵的一批词人的词作,主要人物有南唐二主李璟、李煜和冯延巳。从时间上看,南唐词人稍后于西蜀词人。当后蜀广政三年(940)《花间集》结集之时,李璟、冯延巳已为成人,李煜尚在幼龄。南唐词与花间词一样,依然是女性世界,同样是以花间樽前、相思离别的内容和小令体裁为主。同处于五代时期割据分裂的动荡岁月,又同受晚唐词风尤其是温庭筠词的影响,西蜀和南唐二个词坛,词风呈现出一定的相似之处;然而南唐地处金陵,具有历史和现实所形成的特殊的人文环境,加之五代末期行将亡国的政治形势,使南唐词形成了有别于西蜀的独特的词学意识和风格。王国维说南唐词"在《花间》范围之外"(《人间词话》),是颇有见地的。

《南唐书·冯延巳传》记载有李璟与冯延巳的一次对话:"元宗尝因曲宴内殿,从容谓曰:'吹皱一池春水'干卿何事?延巳对曰:安得如陛下'小楼吹彻玉笙寒'之句?"对话中所引二句分别为冯延巳的《谒金门》和李璟的《浣溪沙》中的词句。此二句皆以刻画女子内心情思生动传神而闻名,君臣二人以此相互戏谑,既有称赞对方又有自得之意,说明他们对词为艳体的认同。其实这种词体观念是南唐词人的普遍观念。李璟词今存4首,词中主人翁全为女性。上面提及的《浣溪沙》最为有名：

> 菡萏香销翠叶残，西风愁起绿波间。还与韶光共憔悴，不堪看。　　细雨梦回鸡塞远，小楼吹彻玉笙寒。多少泪珠无限恨，依阑干。

起句即以含苞未放的荷花（菡萏）凋零衰败的景象为起兴，刻画女子正值青春年华而遭感情折磨的痛苦。"小楼吹彻玉笙寒"不仅是笙簧之凉和小楼气温之冷，更是女子心境之寒。此词写相思之苦，已深入到抒情主人公的内心世界，因而情感沉郁，常使人产生联想。如王国维读此词前两句后，"大有众芳污秽，美人迟暮之感"（《人间词话》）。这种特点不仅是李璟词的特点，也是南唐词的共同特点，冯延巳的词则更为突出。

二、词情深化的冯延巳词

冯延巳（903—960），一名延嗣，字正中。少随父在南唐烈祖李昪军营，及长，在李昪帅府掌书记。中主李璟即位，拜谏议大夫、翰林学士，迁户部侍郎。冯延巳几次罢相，又几次复出，在朝廷权力中心的位置上几经沉浮。

清人冯煦谈及冯延巳的创作心态说："翁俯仰身世，所怀万端，缪悠其辞，若显若晦。揆之六义，比兴为多。若《三台令》、《归国谣》、《蝶恋花》（即《鹊踏枝》）诸作，其旨隐，其词微，类劳人、思妇、羁臣、屏子郁伊怆恍之所为。翁何致而然耶？周师南侵，国势岌岌，中主既昧本图，汶闇不自强，强邻又鹰瞵而鹗睨之，而务高拱，溺浮采，芒乎芴乎，不知其将及也。翁负其才略，不能有所匡救。危苦烦乱之中，郁不自达者，一于词发之。"（《阳春集序》）联系冯延巳的身世经历来看，冯煦对冯延巳的精神境界不无拔高之嫌。然而指出冯延巳所处的时代和环境对他词风的影响，还是很有见地的。冯延巳虽官至宰辅，位极人臣，但是朝廷内部政敌对

立,勾心斗角;外部强敌进逼,虎视眈眈。南唐已是国势衰颓,岌岌
可危。内外交困的环境不能不使冯延巳的心绪情感受到影响,冯
词中浓重的感伤情绪应与此有关。

　　冯延巳的词后人评之为"极沉郁之致,穷顿挫之妙"(陈廷焯
《白雨斋词话》卷一)。冯延巳词中主人公虽然仍是以女性为多,为
女子代言,但与花间词人的作品相比,已有较大不同。他的词注重
的是人的内心情感的开掘与抒发,很少有浮艳轻薄的描写。他的词
不像温庭筠词那样仅作客观的描写,而是深入女主人公的内心作深
刻的体验,因而词中所表现的感情显得非常深厚。如《鹊踏枝》:

　　　　谁道闲情抛掷久,每到春来,惆怅还依旧。日日花前常病
　　酒,敢辞镜里朱颜瘦。　　　　河畔青芜堤上柳,为问新愁,何事
　　年年有? 独立小桥风满袖,平林新月人归后。

此词写一个深受相思之苦的女子,春日引发旧情的复杂心理活动。
相思之情并不因时间的推移而冲淡,也不以理性的自警而解脱。
"敢辞镜里朱颜瘦",为情而无怨无悔作决绝语,使人为主人公的
深挚情怀所感动。

　　北宋陈世修称冯词"思深辞丽"(《阳春集序》),"辞丽"是对晚
唐词风的继承,而"思深"则体现了南唐词的新变。王国维说:"冯正
中词,虽不失五代风格,而堂庑特大,开北宋一代风气。"(《人间词
话》)"堂庑特大",指词境的开拓,北宋词人于此又有进一步发展。

三、变伶工之词而为士大夫之词:李煜的词作

　　李煜(937—978),本名从嘉,字重光,号钟隐、白莲居士。中
主李璟第六子。初封为安定郡公、郑王,徙封吴王,以尚书令知政
事,并册为太子。建隆二年(961)嗣位。在位15年。开宝八年
(975),宋军攻破金陵,李煜肉袒出降,从宋军北上汴梁,被宋廷封
为违命侯。宋太宗即位,封其为陇西公。太平兴国三年(978)七

月七夕服太宗赐牵机药殂。史称后主。李煜在政治上昏庸无能，在文艺上却有极高的造诣。诗文俱工，书画兼擅，尤以词的成就出类拔萃。正如清人沈谦所说："李后主拙于治国，在词中犹不失为南面王。"(《填词杂说》)

以降宋为界，李煜的一生可分为前后两个时期。前期的李煜是一个昏庸荒唐的国君，生活上奢侈荒淫，常于宫中纵情声色。这一时期的词多写宫中生活。如其《浣溪沙》中所描写的：

> 红日已高三长透，金炉次第添香兽。红锦地衣随步皱。　　佳人舞点金钗溜，酒恶时拈花蕊嗅。别殿遥闻箫鼓奏。

通宵达旦纵情狂欢的场景真切可见。后期的李煜已沦为阶下囚，"终日以泪水洗面"，经常沉湎于感怀身世的悲情之中，词中多写故国之思，如《破阵子》：

> 四十年来家国，三千里地山河。凤阁龙楼连霄汉，玉树琼枝作烟萝，几曾识干戈？　　一旦归为臣虏，沈腰潘鬓消磨。最是仓皇辞庙日，教坊犹奏别离歌，垂泪对宫娥。

王国维说李后主词"不失其赤子之心"(《人间词话》)，就是指李煜词"真"的特点，这种特点贯穿于后主一生。

所谓真，一是内容感情真实。亡国之前身为国君的李后主，宫中生活荒唐放浪，其词不乏描写，如《菩萨蛮》：

> 花明月暗笼轻雾，今宵好向郎边去。刬袜步香阶，手提金缕鞋。　　画堂南畔见，一向偎人颤。奴为出来难，教郎恣意怜。

此词写后主与大周后之妹小周后的幽会偷情。李后主并不因要保持帝王的尊严而加以掩饰。亡国之后的李煜生活在宋廷的威压和严密监管之下,他也不因远祸避害而箴默。据记载,他在与人谈话中痛悔当年错杀忠臣(见王铚《默记》上),在词中更是倾泄失国之痛和故园之思,如《虞美人》:

> 春花秋月何时了,往事知多少。小楼昨夜又东风,故国不堪回首月明中。　　雕栏玉砌应犹在,只是朱颜改。问君能有几多愁,恰似一江春水向东流。

刘毓盘说李后主:"于富贵时能作富贵语,愁苦时能作愁苦语,无一字不真。"(《词史》)

二是词的表现真切。自晚唐以来,词家以委婉含蓄,词中多用比兴、象征手法。后主作词则一任情感奔泄,"自写襟抱,不事寄托"(吴梅《词学通论》),"直抒心胸,一空倚傍"(俞平伯《读词偶得》)。如《子夜歌》:

> 人生愁恨何能免?销魂独我情何限。故国梦重归,觉来双泪垂。　　高楼谁与上?长记秋晴望。往事已成空,还如一梦中。

满腔愁和恨喷涌而出,毫无矫饰。周济称后主词"粗服乱头"(《介存斋论词杂著》),周之琦称为"天籁",均是指此真情而言。

李煜词在词的发展史上具有重要地位。王国维说:"词至李后主而眼界始大,感慨遂深,遂变伶工之词而为士大夫之词。"(《人间词话》)此评从两方面揭示出李煜词的艺术价值及在词史上的地位。其一,在内容意境上,李煜词打破了从花间词以来男欢女爱、相思离别的题材领域。尤其是亡国以后的词,将家国之痛、生命感受、感情磨难写入词中,且气象"高奇","雄起幽怨"(谭献《复堂词话》),开了词境的新天地,对宋代苏、辛豪放词风的形成颇有启迪意义;其二,李煜的词由为人而作变为为己而作,由写给乐工歌妓演唱为歌妓代言,变为抒发自己的思想感情。词人无需揣摩演唱者的心理、口吻和声情,而出于自然的表现。李煜词的这种特点在前期已有表现,后期则更为突出。试读其前期作的《玉楼春》:

> 晚妆初了明肌雪,春殿嫔娥鱼贯列。风箫吹断水云闲,重按《霓裳》歌遍彻。　　临风谁更飘香屑,醉拍阑干情味切。归时休放烛花红,待踏马蹄清夜月。

词中写深夜歌舞欢会之后,兴犹未尽,让侍从灭掉灯烛,骑马踏月,作清夜之游。风流倜傥的主人公形象跃然纸上。后期词则更是表现了一个亡国之君的真切感受。词在后主手中,已成为抒发词人主体情感的载体。因此,李煜词在后世一直被以"当行""本色"称之。如明代胡应麟说:"温、韦虽藻丽,而气颇伤促,意不胜辞,至此君方是当行作家。"(《诗薮·杂编》卷四)清代沈谦说:"男中李后主,女中李易安,极是当行本色。"(《填词杂说》)李煜词既保留了晚唐以来所形成的词体特有的要眇宜修的特点,又赋予了词体主体抒情的功能,于是就成为词情与声情完美结合的典范。

[思考题]

1. 从题材内容和艺术特点方面分析敦煌词的民间特色。
2. 唐代文人词的发展经历了哪几个阶段? 各阶段有哪些特点?
3. 试述花间词和南唐词的特征及影响。
4. 比较分析述温庭筠和韦庄词风的异同。
5. 试述李煜和冯延巳词的艺术成就。

第三章　五音繁会的北宋词

宋建立政权后,吸取中唐以来节度使专权而最终导致亡国的教训,实行高度的中央集权制度,大幅度削减武将的权力,作为平衡补偿,给予官僚优厚的物质待遇。在此背景下,达官显宦不仅广置庄园田产、舞榭歌台,而且蓄歌妓,养乐工,纵情声色,享乐风气盛行。与宴饮歌舞相伴而生的词曲也迅速繁荣起来,作为词体之宗的《花间集》成为词家摹仿的典范,如北宋初年晏殊、欧阳修、张先等词人仍传响着《花间》的余韵,形成了婉约词风占主导的局面。与此同时,范仲淹、王安石等人因为个人襟怀与经历异于流俗,写出了一些体现文人性情的豪放之作,预示着词体的变化。当官僚词人们以香艳软媚的小令自娱自乐之时,沦落不遇的柳永却以慢词写市民生活内容,并与乐工歌妓结合,把词广泛普及到社会的中下层,在词中开启了雅俗两大文学潮流的融会合流。到北宋中叶,随着苏轼豪放词风的震撼词林,并与婉约词相互比美,北宋词坛便进入五音繁会的胜境。到北宋后期,以周邦彦为代表的大晟御用词人揣声摹色,进一步发展了词的表现技巧,并开启了南宋姜夔、吴文英等工雅一派的词作。

第一节　北宋初期花间词风的延续和新变

一、花间南唐词风的延续

北宋名相寇准的一首诗《和倩桃》即记录了当时文人的心态："将相功名终若何？不堪急景似奔梭。人间万事君休问，且向樽前听艳歌。"在这种风气影响下，用来娱宾遣兴的词成了文人纵情声色的工具，词作内容不外相思离别，风格亦绮艳柔靡。"宋初诸家，靡不祖述二主（李璟、李煜），宪章正中（冯延巳）"（冯煦《蒿庵论词》）。相思恋情的题材、婉丽的风格和小令的体式成为这一时期词坛主要特征。其代表词人有晏殊、张先、宋祁、欧阳修和稍后的晏几道等。

晏殊（991—1055），字同叔，抚州临川（今属江西）人。7岁能文，有神童之称。官至中书门下平章事，集贤殿大学士，兼枢密使。卒赠司空兼侍中，谥元献。晏殊词受南唐词影响，尤近冯延巳。宋人刘攽说："晏元献尤喜江南冯延巳歌词，其所自作，亦不减延巳。"（《中山诗话》）晏殊一生顺达，性情温厚，据《青箱杂记》载：晏殊每读韦应物诗，爱之曰："全没些脂粉气。"晏殊曾选编诗选，其选取标准是"凡格调猥俗而脂腻者，皆不载"。可见晏殊的审美取向为清丽典雅。这种审美取向也影响到了他的词风，宋人李之仪称其"风流闲雅"（《跋吴思道小词》），王灼说他"温润秀洁"（《碧鸡漫志》卷二），均是指此特点而言。如其《浣溪沙》：

> 一曲新词酒一杯。去年天气旧亭台。夕阳西下几时回？　无可奈何花落去，似曾相识燕归来。小园香径独徘徊。

在伤春怀人的表层意象中，流露出对时光易逝、生命有限的怅惘之

情,情感含蓄而深沉。再如《玉楼春》:

> 绿杨芳草长亭路,年少抛人容易去。楼头残梦五更钟,花底离情三月雨。　　无情不似多情苦,一寸还成千万缕。天涯地角有穷时,只有相思无尽处。

此词写相思离愁,与《花间》常见的题材一致;但景物雅致,感情含蕴深沉,风格婉丽温润,与晚唐五代词人常有的凄惶绮艳已有明显差异。清人黄苏评云:"妙在意思忠厚,无怨怼口角。"(《蓼园词评》)

欧阳修以诗文著称,苏轼曾评其"论大道似韩愈,论事似陆贽,记事似司马迁,诗赋似李白"(《六一居士集序》)。作为一代文宗,他对作词并不经意,"聊佐清欢"(欧阳修《西湖念语》)而已。《四库全书简明目录》说:"修诗文皆变当时旧格,惟词为小技,未尝别辟门庭,然婉约风流,较苏轼之硬语盘空,转不失本色。"欧词继承了南唐词"思深辞丽"的特点,在词中融入了更多感情体验,正如清人冯煦所说:"(欧阳修)词与元献同出南唐,而深刻则过之。"(《蒿庵论词》)如其《踏莎行》:

> 候馆梅残,溪桥柳细。草薰风暖摇征辔。离愁渐远渐无穷,迢迢不断如春水。　　寸寸柔肠,盈盈粉泪。楼高莫近危栏倚。平芜近处是春山,行人更在春山外。

此词写离情别绪,上片用迢迢春水形容远行人的愁思,下片写闺中人凭栏远眺,结句将思妇的视线和愁绪带往春山之外的远方。感情深挚,韵味悠长。刘熙载说:"冯延巳词……欧阳永叔得其深。"(《词概》)由此词可以概见。

晏、欧之外,张先(990—1078,字子野),宋祁(998—1061,字子京)等善于炼字炼句,亦有不少佳作。如:

《水调》数声持酒听,午醉醒来愁未醒。送春春去几时回?临晚镜,伤流景,往事后期空记省。　　沙上并禽池上暝,云破月来花弄影。重重帘幕密遮灯,风不定,人初静,明日落红应满径。(张先《天仙子》)

东城渐觉风光好,皱縠波纹迎客棹。绿杨烟外晓寒轻,红杏枝头春意闹。　　浮生长恨欢娱少,肯爱千金轻一笑。为君持酒劝斜阳,且向花间留晚照。(宋祁《玉楼春》)

这些令词,也都是锤炼精工,颇有韵味的婉丽之作。

稍后于前述诸人的晏几道(1038—1110),字叔原,号小山,晏殊幼子。虽出相门,其仕途却颇为坎坷。词与乃父齐名,并称"二晏"。宋代陈振孙评晏几道的词云:"在诸名胜中,独可追逼《花间》,高处或过之。"(《直斋书录解题》卷二一)明代毛晋也说:"《小山集》直逼《花间》,字字娉娉婷婷,如揽嫱、施之袂。"(《跋小山词》)。如他的《鹧鸪天》:

彩袖殷勤捧玉钟,当年拼却醉颜红。舞低杨柳楼心月,歌尽桃花扇底风。　　从别后,忆相逢,几回魂梦与君同。今宵剩把银釭照,犹恐相逢是梦中。

此词写情人别后重逢,上片呈现传统花间艳情题材的表象。下片词情转深,尤其结句化用杜甫诗句"夜阑更秉烛,相对如梦寐"之意,写出了久别重逢的激动和惊喜。诚如清代陈廷焯所评:"叔原词丽而有骨,不第以绮语见长。叔原词风流自赏,极顿挫起伏之妙。"(《云韶集》卷二)这表明由北宋初年而进入中叶,晏几道等人已渐能突破《花间》局限。

北宋前期词人普遍醉心词句的锤炼,以求其精美,这也体现了受《花间》、南唐词的影响。张先、宋祁等人尤为著名。如张先先以"心中事"、"眼中泪"、"意中人"被人称为"张三中";后以"云破月来花弄影"、"娇柔懒起,帘压卷花影"、"柳径无人,堕风絮无影"等句被人称为"张三影";并因其任郎中而雅称"云破月来花弄影郎中";又因其《一丛花》词中名句而称"桃杏嫁东风郎中"(参宋范公偁《过庭录》)。宋祁也以其《木兰花》中的名句被称为"红杏枝头春意闹尚书"。此类词句,时人誉之为"警策"。所谓"警策"之句,即用凝炼新奇的词语,构筑生动传神的意象,具有含蓄隽永的美感,因而成为词人竞相追求的对象。然而,因过于讲求语言的精致,使词局限于上层文人自娱的狭小范围,离广大民众便愈来愈远,所以敌不过柳词的社会影响。

二、北宋初期词风的新变

北宋初期的词坛主流是沿袭晚唐五代以来所形成的词为"艳科"的传统,严守诗词之辨,受"当行"、"本色"的词体观念影响,内容上诗言志,词言情;风格上诗庄词媚。词的题材仍囿于花间樽前。然而,随着时代的发展,习词文人的增多,词体也在悄然变化,出现了一些体现文人性情的豪放旷达之作。如范仲淹(989—1052,字希文)的《渔家傲》:

> 塞下秋来风景异,衡阳雁去无留意。四面边声连角起,千
> 嶂里,长烟落日孤城闭。　　浊酒一杯家万里,燕然未勒归无
> 计。羌管悠悠霜满地。人不寐,将军白发征夫泪。

范仲淹曾有统兵戍边的经历,人称"胸中自有数万甲兵",军旅生活拓展了他的艺术视野。这首词描写边塞风光和戍边将士的情感,风格悲壮苍凉,开豪放词先河。此词与词体传统的艳情题材和婉丽风格迥然不同,时人有"穷塞主之词"的讥评(见魏泰《东轩笔录》卷一二),即指此词不合传统本色,但它却为词体风格开辟了新境界。

欧阳修则是一位极具个性的词人,他的词不仅有"温润秀洁"

(王灼《碧鸡漫志》卷二)颇得《花间》风味的,也有抒发其旷达胸怀的,如《朝中措·送刘仲原甫出守维扬》:

> 平山栏槛倚晴空。山色有无中。手种堂前垂柳,别来几度春风。　文章太守,挥毫万字,一饮千钟。行乐直须年少,尊前看取衰翁。

一扫传统令词的缠绵情调,而直抒士大夫豪放旷达胸怀。再如:

> 尊前拟把归期说,未语春容先惨咽。人生自是有情痴,此恨不关风与月。　离歌且莫翻新阕,一曲能教肠寸结。直须看尽洛城花,始共春风容易别。(《玉楼春》)

此词虽是传统的歌妓惜别题材,却毫无柔靡之色。王国维说:"永叔'人生自是有情痴,此恨不关风与月'、'直须看尽洛城花,始共春风容易别',于豪放之中有沈著之致,所以尤高。"(《人间词话》)

王安石的《桂枝香·金陵怀古》则将以史为鉴的凝重题材引入词中:

> 登临送目,正故国晚秋,天气初肃。千里澄江似练,翠峰如簇。征帆去棹残阳里,背西风、酒旗斜矗。彩舟云淡,星河鹭起,画图难足。　念往昔,繁华竞逐。叹门外楼头,悲恨相续。千古凭高对此,谩嗟荣辱。六朝旧事随流水,但寒烟、衰草凝绿。至今商女,时时犹唱,《后庭》遗曲。

怀古常见于诗中,词以写艳情为长,因而在词中罕见怀古题材。王安石这首词感慨金陵历经朝代兴衰更替,实为针对宋朝现实政治而发。政治历史的厚重内容,加上词中所展现的清肃气象,与同时代的"艳科"之词形成了鲜明的对比。

此时题材和风格方面的一些新变虽不成规模,但却预示着宋词发展新时代的到来。

第二节　慢词的兴起和柳永俚俗词风

　　由花间词所形成的文人词传统,主要特征之一即体裁以小令为主。小令体制短小,容量有限,与之相应,词的内容风格也形成以抒情为主、强调含蓄蕴藉的特征。然而,短小的令词不便叙事,词体结构也因此缺少开阖起伏的变化。北宋初期,柳永、张先等人开始借鉴流行于民间的慢词长调作词,二人因并称"张柳"。但是,张先的慢词缺少完整的情节,更无情事的起伏波澜,而纯是《花间》小令笔法,比如用物象暗示人物,结尾以含蓄蕴藉的手法显示主旨。所以后世评张先词:"子野词凝重古拙,有唐五代之遗音,慢词亦多用小令作法。"(夏敬观《手批张子野词》)这与使用铺叙手法的柳永迥然不同。柳永慢词,无论叙事、写景或是抒情,层层铺叙,层层递进,"一笔到底,始终不懈"(夏敬观《映庵词评》),展现了文人令词所没有的新的审美风貌,开启了词史新的一页,同时也开启了宋词作为"一代之文学"的新时代。

一、面向下层市民:柳词的题材内容

　　文人染指词作后,形成民间和文人两个传统。北宋初期的词人大都不屑于民间词的俚俗,柳永却异众而为,大胆谱写"俗词"。柳永(987?—1053),原名三变,字景庄,行七,亦称柳七,改名永,字耆卿。祖籍河东(今山西永济),徙居崇安(今属福建)。科场失意后,遍游荆楚吴越。仁宗景祐元年(1034)登进士第,后历任推官、著作郎、太常博士等。皇祐中迁屯田员外郎,人称柳屯田。晚年流落,病殁润州(今江苏镇江)。柳永生当宋初经济繁荣、市民享乐意识膨胀之际,其"为举子时,多游狭邪,善为歌辞,教坊乐

工,每得新腔,必求永为辞,始行于世,于是声传一时"(宋叶梦得
《避暑录话》卷三)。柳永凭着高超的词艺受到妓女、乐工的推誉,
成为当时最负盛名的通俗歌曲作家。

柳词一直被公认为"俗",这主要在于他的词表现出了具有市
民特征的感情、观念和价值标准。由下面一则故事可以得到说明:
"(柳永)诣相府。晏(殊)公曰:'贤俊作曲子么?'三变曰:'只如
相公亦作曲子。'公曰:'殊虽作曲子,不曾道"彩线慵拈伴伊坐"。'
柳遂退。"(张舜民《画墁录》)晏殊讽刺柳永作俗曲——当时主要
流行于社会下层的"曲子"。柳永并不服气,以晏殊亦曾染指作词
反唇相讥,但晏殊举出了柳永的俗词名句"彩线慵拈伴伊坐",意
在说明同是写词,自己的词与柳永词的品格是有雅俗之别的。柳
永被击中要害,无话可说。晏殊所举"彩线慵拈伴伊坐"为柳永
《定风波》词中之句。全词如下:

> 自春来、惨绿愁红,芳心是事可可。日上花梢,莺穿柳带,
> 犹压香衾卧。暖酥消,腻云亸。终日厌厌倦梳裹。无那。恨
> 薄情一去,音书无个。　　　早知恁么。悔当初、不把雕鞍锁。
> 向鸡窗、只与蛮笺象管,拘束教吟课。镇相随,莫抛躲。彩线
> 慵拈伴伊坐。和我。免使年少,光阴虚过。

这首词描绘一位思妇空虚无聊的精神状态,以及悔恨哀愁的内心
世界。词用代言手法,用思妇之口直叙内心感受,体现了下层市民
的爱情观:长相厮守,过一种平庸而甜蜜、琐细而快活的生活。
"彩线慵拈伴伊坐"正是这种生活最典型的写照,是市民生活中实
实在在的平俗意识。很显然,这是晏殊所鄙夷的,晏殊与柳永词雅
俗之别也正体现于此。

柳词多写风尘女子,但作者对她们的感情却是真挚的、平等
的。这与晏殊、欧阳修等士大夫词人形成了鲜明的对照。

　　　　寒蝉凄切,对长林晚,骤雨初歇。都门帐饮无绪,留恋处、兰舟催发。执手相看泪眼,竟无语凝噎。念去去、千里烟波,暮霭沉沉楚天阔。　　多情自古伤离别。更那堪、冷落清秋节。今宵酒醒何处?杨柳岸、晓风残月。此去经年,应是良辰好景虚设。便纵有、千种风情,更与何人说。(《雨霖铃》)

这样的"情语",并非做作得出。在士大夫的眼中,歌妓是供玩弄欣赏的对象,为不失自己的文雅身份,他们不可能与歌妓"平等相待",柳永却不耻于与歌妓为伍,因而被斥之为"淫俗"。

　　柳词为迎合受众而作,甚至可以说柳词是作为商品投入市场的。受众的需要成为柳词题材内容的选择。正如论者所说:"屯田词在小说中如《金瓶梅》。"(陈锐《袌碧斋词话》)这正是指柳永词中多迎合下层市民娱乐要求的男女两性描写,有些词章就是专为妓女而作的。如《昼夜乐·秀香家住姚花径》一词,后人指出:"此词丽以淫,为妓作也。"(《古今词话·词品》下卷引花庵词客语)柳永的咏妓词,或描写妓女容貌情态,如《木兰花》;或描写男主人公(实是作者本人)与妓女的欢会离别,甚至露骨地写男女床笫之欢,如《菊花新》。在这些词中对男女艳情的描写,柳永不像传统令词那样,往往以"巫山云雨"之类暗示,他表现出来的是真切的情感和动作(参村上哲见《唐五代北宋词研究》第223页)。这也是词中雅与俗的重要区别。

　　柳词除了大量的艳情之作外,还有如《望海潮》等歌颂都市的繁华,如《八声甘州》等咏叹江湖飘零的感受,由此显示出柳词对词的题材内容的丰富和发展。这类词的语言大都较为雅炼。

二、追求俗趣:柳永词的特色

　　柳永词广泛流传,"凡有井水饮处,即能歌柳词"(叶梦得《避暑录话》),语言的通俗是其流行的重要原因,后世因称其为"词家之白居易"(《四库全书总目·东坡词提要》)。柳永因长期混迹市井,其语言多来自市井,并力求符合歌妓声口,因而他的词多使用市井通俗之语,体现出下层社会的情趣。再加上为市民所激赏的艳情内容,故"言多近俗,俗子易悦"(《苕溪渔隐丛话》卷三九引《艺苑雌黄》)。柳词对"俗子易悦"的俗趣的追求,主要表现在三个方面:第一,在题材选择上,多以男女艳情为主,且描写往往大胆露骨。第二,在语言运用上,多采用市井方言俗语,如宋翔凤所云:"耆柳失意无俚,流连坊曲,遂尽收俚俗语言,编入词中,以便伎人传习,一时动听,散播四方。"(《乐府余论》)柳词中如"甚时向"(《尾犯》)、"便只合"(《昼夜乐》)、"长只恁"(《征部乐》)、"好生地"(《长寿乐》)等市井词汇为数不少,尤其是体现口语特点的副词"恁"、"争"、"处"、"怎",语尾词"得"、"成"、"了"等等(参梁丽芳《柳永及其词之研究》,三联书店香港分店1985)。第三,摹拟歌妓声口语气。柳永写词应歌,为了使演唱委婉生动,他努力揣摩歌妓心理,摹拟歌妓声口,用第一人称代言形式,把妓女的内心世界淋漓尽致地表露出来,如《昼夜乐》:"早知恁地难拚,悔不当初留住。其奈风流端正外,更别有系人心处。一日不思量,也攒眉千度。"《梦还京》:"追悔当初绣阁话别太容易。"《鹤冲天》:"假使重相见,还得似当初么?"《征部乐》:"待这回好好怜伊,更不轻拆。"(参吴梅《词学通论》)最典型的要数《玉女摇仙佩》:"愿奶奶兰心蕙性,枕前言下,表余深意。"这些在词中特别生动感人的语言,赢得了下层市民的欢迎,也遭到雅词阵营的激烈攻击:"如柳屯田之'兰心蕙性'、'枕前言下',不几风雅扫地乎?"(田同之《西圃词说》)

柳词除了在文词上追求俗趣,而且在声情效果上亦特别用心。为宜于演唱,在词律尚未定型的宋初,柳永善于运用韵脚、语言四声等变化达到奇特效果,以此吸引和感染听众。比如,在词中韵脚的安排上,柳永就与他人讲究大致均匀有很大不同,而是表现为忽疏忽密,如《倾杯》下片:"惭黛蛾,盈盈无绪。共黯然消魂,重携素手,话别临行,犹自再三、问道君须去。频耳畔低语。"疏者20余字用韵,密者数字即用韵。疏密如此悬殊,可见柳永当时之词调音乐,其旋律必然跳动活泼,变化多端,忽而"缓歌慢舞",忽而"急管繁弦",竭尽变化之能事(参林玫仪《周柳词比较研究》,载《词学考诠》)。又比如四声的安排,柳词妙用去声、入声、去上连用、句中用韵以及双声、叠韵等,让人感到音节极其响亮(参唐圭璋《柳词略述》,载上海古籍出版社1986年《词学论丛》)。柳词之所以得到受众的热烈欢迎,与其音律、语音的安排结构也有着直接的关系。

三、慢词铺叙,雅俗分流:柳词的贡献和影响

柳词扩大了词固有的题材领域,向着更广阔的社会空间拓展。陈振孙说:柳永词"音律谐婉,语意妥贴,承平气象,形容曲尽,尤工于羁旅行役。"(《直斋书录解题》卷二一)词中大量描写羁旅行役的感受和城市风光,柳永可谓首开风气。他一生或为功名奔走,或因仕宦颠簸,往往把途中所见与羁旅劳顿、人生遭际的痛苦交织在一起,用慢词铺叙无余。如《八声甘州》:

> 对潇潇暮雨洒江天,一番洗清秋。渐霜风凄紧,关河冷落,残照当楼。是处红衰翠减,苒苒物华休。惟有长江水,无语东流。　不忍登高临远,望故乡渺邈,归思难收。叹年来踪迹,何事苦淹留?想佳人、妆楼颙望,误几回、天际识归舟。争知我、倚阑干处,正恁凝愁。

此词写羁旅怀人,景色凄清,气象宏阔,音节悲亢。苏轼评"霜风凄紧,关河冷落,残照当楼"句云:"此语于诗句,不减唐人高处。"(赵令畤《侯鲭录》卷七引)此词是柳永羁旅行役的切身感受,非为迎合他人而作,表现出柳永的文人本色。又如《安公子》:"游宦成羁旅,短樯吟倚闲凝伫。万水千山迷远近,想乡关何处。自别后、风亭月榭孤欢聚,刚断肠、惹得离情苦。听杜鹃声声,劝人不如归去。"情景交

融,颇具悲感。

宋人黄裳说:"柳氏《乐章》,喜其能道嘉祐中太平气象。"(《书乐章集后》)北宋初年,随着经济的繁荣,城市也迅速发展起来。所谓"太平气象",尤以写都市风光最有代表性,如其《望海潮》:

> 东南形胜,三吴都会,钱塘自古繁华。烟柳画桥,风帘翠幕,参差十万人家。云树绕堤沙。怒涛卷霜雪,天堑无涯。市列珠玑,户盈罗绮,竞豪奢。　　重湖叠巘清嘉。有三秋桂子,十里荷花。羌管弄晴,菱歌泛夜,嬉嬉钓叟莲娃。千骑拥高牙。乘醉听箫鼓,吟赏烟霞。异日图将好景,归去凤池夸。

此词极写杭州湖山的美丽和城市的繁荣,传说金主完颜亮读后起投鞭南渡之意,可见其强大的艺术感染力。

柳永除扩大了词的题材范围而外,他对词体形式的最大贡献是发展、完善了慢词的体制和表现手法。清人宋翔凤《乐府余论》云:"词自南唐以后,但有小令。其慢词盖起宋仁宗朝。中原息兵,汴京繁庶,歌台舞席,竞赌新声。耆卿失意无俚,流连坊曲,遂尽收俚俗语言,编入词中,以便伎人传习,一时动听,散播四方。其后东坡、少游、山谷辈相继有作,慢词遂盛。"柳永充分发挥了精通音律的特长,继承民间歌词中慢词的传统,又大量使用了前人未曾使用过的如《望海潮》、《黄莺儿》、《阳台路》等新的慢词词调,使词体叙事容量更大,言情更为动人。

柳永慢词的主要艺术手法是铺叙,如李端叔所言:"耆卿词铺叙展衍,备足无余"(沈雄《古今词话·词评》上卷引)。文人雅词从晚唐到北宋初年,从体裁上看主要是小令;从表现手法上看,强调精工雅炼,蕴藉含蓄;这些都集中表现了文人雅词的风采。柳永的慢词,则迎合下层市民的接受兴趣,不求含蓄蕴藉,不求幽深曲折,叙事写情朗畅直露,充分体现了俗文学的特点,与士大夫文人雅词形成鲜明的对照。柳词在叙述上侧重于首尾完整,描写细腻,王灼谓"柳耆卿《乐章集》，世多爱赏该洽，序事闲暇，有首有尾。"（《碧鸡漫志》卷二）即指的是这一特点。如上引《八声甘州》，开篇二句写雨后之明丽江天；次三铺写霜风落日之凄境；"是处"四句感叹眼前景物凋残，惟江水东流而已。过片即景生情，"不忍"三句叙他乡流落，情怀难堪；"叹"字领起二句，承上自感潦倒漂泊；"想"字领至篇末，都是设想对方意态与情思。通篇情景映衬，层次清晰，有头有尾。柳永长调铺叙在当时虽得"俗"名，多受文人雅士的指责，但词中通过丰富的意象给人以强烈感染，不失其艺术价值。其后，文人多用铺叙，"东坡、少游、山谷辈，相继有作，慢词遂盛"（宋翔凤《乐府余论》）。

柳永的俚俗词风也影响于后世，不仅黄庭坚、秦观等人"学柳七作词"（《高斋诗话》记苏轼语），更有"沈公述、李景元、孔方平、处度叔侄、晁次膺、万俟雅言……六人者，源流从柳氏来"（王灼《碧鸡漫志》卷二），俗词创作在文人中遂渐成风。北宋之后，文人词雅、俗趋向更加明显，雅词诗化，而柳永"俚词袭五代淫靡之风气，开金、元曲子之先声"（夏敬观《映庵词评》）。在宋元时期雅俗两大文学潮流的融会合流中，柳永的贡献和影响是巨大的。

第三节 苏轼和豪放词风

苏轼是中国文化史上极为罕见的文豪，其诗文、书画都达到了时代的高峰，他的词更是开一代风气，成为词史上的里程碑。

一、以诗为词与词人主体意识的强化

晚唐五代以来所形成的词体观念，使人们对诗和词采取了不同态度，一般认为诗应体现教化思想，风格应温柔敦厚；而词可笔涉闺情，格调可绮丽婉媚。苏轼之词，时人评其"以诗为词"（胡仔《苕溪渔隐丛话》前集卷四九引陈师道《后山诗话》），"小词如诗"（《王直方诗话》），即指其词具有诗的品格和气质，与本色当行的词有着明显的不同。苏轼以诗为词的创作是在其明确的词体观念的指导下进行的。苏轼与前人强调诗词之别不同，认为词是"诗之裔"（《祭张子野文》），称赞陈季常的词"句句警拔，诗人之雄，非小词也"（《与陈季常书》），又称赞蔡景繁的词为"古长短句诗也"（《与蔡景繁书》）。苏轼"以诗为词"，以诗的品格改造传统本色的词体，以诗的精神提高词的品味，可以说"以诗为词"集中体现了苏轼词的独特风格。胡寅说："及眉山苏氏，一洗绮罗香泽之态，摆脱绸缪宛转之度，使人登高望远，举首高歌，而逸怀浩气，超然乎尘垢之外，于是《花间》为皂隶，而柳氏为舆台矣。"（《向子諲酒边词序》）

从《花间集》开始，词的创作受樽前应歌特殊环境的影响，"男子而作闺音"，文人词的主题内容和抒情写景逐渐模式化，诸如男欢女爱、相思离别、叹老嗟悲等内容，往往缺乏作者鲜明独特的主体意识，从中看不出作者的胸襟、怀抱、气质，创作主体的个性被消融在模式化的共性之中。即使如韦庄、冯延巳等"将身世之感打入词中"的词人，词中的隐约之情，也多是托思妇怨女之口出之。

苏词突出表现自我的胸襟和怀抱，其抒情主人公就是作者自我。据统计，苏轼词中"我"字出现 66 次，这些"我"字都是指作者自我。而在苏轼之前的所有唐五代北宋初期词人的词作中，"我"字总共出现 88 次，而且其中大多数的"我"是指词中依托的女性主人公的"我"（参王兆鹏《唐宋词史论》第 140 页）。这从一个侧面反映了苏词中自我意识的突现。正如龙榆生所说："（苏轼）悍然不顾一切，假斯体以表现自我之人格与性情抱负，乃与当时流行歌曲，或应乐工官妓之要求，以为笑乐之资者，大异其趣。"（《两宋词风转变论》，载《词学季刊》第 2 卷第 1 号）东坡词中有激情，也有闲适；有缠绵，也有超逸；都是作者自我性情的表现。如元好问所说："自东坡一出，性情之外不知有文字。"（《新乐府引》）试读其《水调歌头》：

明月几时有,把酒问青天。不知天上宫阙,今夕是何年。我欲乘风归去,又恐琼楼玉宇,高处不胜寒。起舞弄清影,何似在人间。　转朱阁,低绮户,照无眠。不应有恨,何事长向别时圆。人有悲欢离合,月有阴晴圆缺,此事古难全。但愿人长久,千里共婵娟。

此词题:"丙辰中秋,欢饮达旦,大醉,作此篇,兼怀子由。"当时,苏轼避开京城的政治旋涡而出知密州,现实的失意寥落使他在醉中产生"乘风归去"的幻景,终以"月有阴晴圆缺"的自然现象为自己人生坎坷自解自慰。词中一个襟怀浩逸、超脱达观的主人公形象跃然而现。再如《定风波》:

莫听穿林打叶声,何妨吟啸且徐行。竹杖芒鞋轻胜马,谁怕?一蓑烟雨任平生。　料峭春风吹酒醒,微冷,山头斜照却相迎。回首向来萧瑟处,归去,也无风雨也无晴。

据词序:"三月七日,沙湖道中遇雨,雨具先去,同行皆狼狈,余独不觉。已而遂晴,故作此。"但词中借此事阐发了他的人生态度和人生哲学:心胸坦荡,从容不迫,随遇而安。郑文焯评此词云:"此足征是翁坦荡之怀。"(手批《东坡乐府》)词人的人生境界由此词得以展现。

二、无意不可入,无事不可言:扩大词的题材范围

苏词题材范围之宽广,一如其诗。如咏史怀古、悼亡怀人、登临送别、田园风光、说理谈禅、爱国热情等等,无不涉入笔端。诚如刘熙载所言:"东坡词颇似老杜诗,以其无意不可入,无事不可言也。若其豪放之致,则时与太白为近。"(《艺概·词概》)东坡词题材的扩大也是他以诗为词的一个方面。

词以言情为"当行",然而晚唐五代以来词中之情多为艳情。

苏轼词将情的范围扩展至朋友、师生、兄弟、夫妻之间。前引《水调歌头》即是"怀子由",抒兄弟之情;《木兰花令·次欧公西湖韵》抒师生之情;而下面这首《江城子》悼念亡妻,表现的是刻骨铭心的夫妻之情:

> 十年生死两茫茫,不思量,自难忘。千里孤坟,无处话凄凉。纵使相逢应不识,尘满面,鬓如霜。　夜来幽梦忽还乡,小轩窗,正梳妆。相顾无言,惟有泪千行。料得年年肠断处,明月夜,短松冈。

词前题为:"乙卯正月二十日夜记梦。"以词悼念已逝世 10 年之久的亡妻王弗,由思而梦,情怀哀痛,凄婉而深挚,感人至深。以词悼亡,东坡此词可谓创格。

词为"艳体","绮筵公子,绣幌佳人"作于花间樽前,词中内容多写城市妇女生活,农村生活、农民形象极少入词。农村题材正式入词由苏轼始,如这首《浣溪沙》:

> 簌簌衣巾落枣花,村南村北响缲车,牛衣古柳卖黄瓜。　酒困路长惟欲睡,日高人渴漫思茶,敲门试问野人家。

这是苏轼在徐州知州任上写下的 5 首《浣溪沙》组词中的第 4 首。词中描绘农村生活情景,充满乡土气息,给晚唐五代以来的香艳词坛吹进一缕清新的村野之风。

咏物是北宋渐兴的题材,敦煌词及中唐文人词中虽已有咏物因素,但还不是专事专题咏物之词,苏轼的咏物词作有开拓之功。东坡的咏物词有 30 余首,如咏橘、咏古松、咏柳、咏红梅、咏琴、咏海棠等等,已具规模。如《水龙吟·次韵章质夫杨花词》咏杨花颇得神韵,王国维以为"咏物之词,自以东坡《水龙吟》为最工"(《人间词话》)。再如《卜算子》的咏孤鸿:

　　缺月挂疏桐,漏断人初静,谁见幽人独往来? 缥缈孤鸿
影。　　　惊起却回头,有恨无人省。拣尽寒枝不肯栖,寂寞沙
洲冷。

词题为"黄州定慧院寓居作",是苏轼初到黄州贬所的作品。其时
因"乌台诗案"险遭杀身之祸,处境艰难,词咏"缥缈孤鸿",实为自
写心境。清代黄苏《蓼园词选》即谓其"乃东坡自写在黄州之寂寞
耳。初从人说起,言如孤鸿之冷落;第二阕专就鸿谈,语语双关"。
词中的"孤鸿"既写出了作者"忧谗畏讥"、战战兢兢的处境和心
情,也写出了作者清高孤傲的性格。苏轼的咏物词借鉴了咏物诗
的艺术传统,将所咏之物形与神理浑然融合,咏物以寓寄托,奠定
了咏物词的体制特色。在苏轼之后,咏物词渐盛,至南宋姜夔、王
沂孙等则蔚为大观。

三、豪放旷达的阳刚之美:苏词的艺术风格

　　在苏轼之前,词体由其"娱宾遣兴"的功能决定,其风格以雅
丽婉约为主,虽偶有突破传统词风(如范仲淹、欧阳修),但未成气
候。苏轼豪放旷达词风一出,打破了《花间》以来以词应歌而男作
闺音的传统定势,在词坛引起了巨大震动。风格上也打破了专以
婉丽柔媚为美的局限,转变为认同词体具有多样化审美风格的观
念。苏词虽多格并存,但最引人注目的还是豪放旷达之风。具此
风格,往往气象雄浑,境界阔大。如《念奴娇·赤壁怀古》:

　　大江东去,浪淘尽、千古风流人物。故垒西边,人道是、三
国周郎赤壁。乱石穿空,惊涛拍岸,卷起千堆雪。江山如画,
一时多少豪杰。　　　遥想公瑾当年,小乔初嫁了,雄姿英发。
羽扇纶巾,谈笑间、强虏灰飞烟灭。故国神游,多情应笑我,早
生华发。人生如梦,一樽还酹江月。

词中展现了瑰奇壮丽的江山人物，作者雄奇阔大的胸怀与极其沉重的感伤给人造成了强烈的震撼。再如《江神子·密州出猎》：

> 老夫聊发少年狂。左牵黄。右擎苍。锦帽貂裘，千骑卷平冈。为报倾城随太守，亲射虎，看孙郎。　　酒酣胸胆尚开张。鬓微霜。又何妨。持节云中，何日遣冯唐？会挽雕弓如满月，西北望，射天狼。

词中表达了报效朝廷、捍卫国家的豪情，洋溢着崇武杀敌的阳刚之气。苏轼对此词也颇为自赏："令东州壮士抵掌顿足而歌之，吹笛击鼓以为节，颇壮观也。"（《与鲜于子骏书》）另如前引《水调歌头·明月几时有》，也是豪放的名篇，词中不但表现出一种豪气，更表现出一种旷达。后人吟赏苏词，谓"歌之曲终，觉天风海雨逼人"（陆游《跋东坡七夕词》《放翁题跋》）。

苏轼词令人耳目一新的风格，在当时招致不少非议，甚至连苏门弟子也颇有微辞。陈师道说："子瞻以诗为词，如教坊雷大使之舞，虽极天下之工，要非本色。"（《苕溪渔隐丛话》前集卷四九引）晁补之说："东坡词，人谓多不谐音律。然居士词横放杰出，自是曲中缚不住者。"（《苕溪渔隐丛话》后集卷三三引《复斋漫录》）委婉地指出东坡词任情挥洒不协音律、有乖词体法度。南宋以后，时代的主旋律与东坡豪放词风相契合，东坡风渐盛，并衍为辛弃疾、陈亮等人的爱国词派。

苏词的豪放旷达之风既是他个性的真切表现，又是他清醒的审美追求。他常常将自己的词与柳永的词相比，曾问门下："我词与柳词何如？"流露出与柳争胜的意气并以区别于柳词而自鸣得意。在《与鲜于子骏书》中，又谓："虽无柳七郎风味，亦自是一家。"可见苏轼是有意创立"自是一家"的新气象的。王灼云："东坡先生非心醉于音律者，偶尔作歌，指出向上一路，新天下耳目，弄笔者始知自振。"（《碧鸡漫志》卷二）汤衡说："镂玉雕琼，裁花剪叶,唐末词人非不美也,然粉泽之工,反累正气。东坡虑其不幸而溺乎彼,故援而止之,惟恐不及。其后之元祐诸公,嬉弄乐府,寓以诗人句法,无一毫浮靡之气,实自东坡发之也。"(见《影刊宋金元明本词》所载《张紫微雅词序》)凡此,都指出了东坡词豪放旷达风格在词史上的重要意义。还应指出的是,苏轼创新词风,突破音律的束缚,并非不通音律,随意而为。陆游曾言:"世言东坡不能歌,故所作乐府词多不协。晁以道谓:绍圣初,与东坡别于汴上,东坡酒酣,自歌《古阳关》。则公非不能歌,但豪放不喜剪裁以就声律耳。"(《老学庵笔记》卷五)

第四节　词艺深化的北宋中后期词坛

到北宋中后期,词人多追踪柳永、苏轼。南宋王灼提到了柳永的效法者,谓"沈公述、李景元、孔方平、处度叔侄、晁次膺、万俟雅言,皆有佳句。就中雅言又绝出。然六人者,源流从柳氏来,病于无韵。"(《碧鸡漫志》卷二)宋人汤衡论述了苏轼的影响,谓"(苏轼)后之元祐诸公,嬉弄乐府,寓以诗人句法,无一毫浮靡之气"(《张紫微雅词序》,载《影刊宋金元明本词》)。此外,元祐、政和间,王齐叟、曹组等用词来调笑、戏谑,形成滑稽风气(参王灼《碧鸡漫志》卷二)。此时的词坛,更是五音繁会,各擅胜场。词家们以深厚的学养和独特的个性形成了独具特色的艺术风格,并使词体艺术内蕴得以深化。虽没有出现像柳永、苏轼那样开一代新风的代表人物,但也产生了如黄庭坚、秦观、贺铸和大晟词人周邦彦等一批深受人们喜爱的著名词家。

一、雅俗兼备的黄庭坚词

黄庭坚诗名颇盛,与苏轼合称"苏黄",为江西诗派的宗主。其词雅俗并存,在当时毁誉不一。一方面被人誉为"今代词手唯秦七、黄九尔,唐诸人不逮也"(陈师道《后山诗话》);一方面又因词风俚俗而遭非议。黄庭坚的雅词颇得东坡豪放词的神韵。王灼云:"黄鲁直皆学东坡,韵制得七八。"(《碧鸡漫志》卷二)如《念奴娇》:

> 断虹霁雨,净秋空,山染修眉新绿。桂影扶疏,谁便道,今夕清辉不足。万里青天,姮娥何处?驾此一轮玉。寒光零乱,为谁偏照醽醁。　　年少从我追游,晚凉幽径,绕张园森木。共倒金荷,家万里,难得尊前相属。老子平生,江南江北,最爱临风曲。孙郎微笑,坐来声喷霜竹。

此词作于贬谪戎州(今四川宜宾)之时,身处逆境却表现出傲岸倔强的性格。全词意境开阔,风格豪放,作者曾自称"或以为可继东坡《赤壁》之歌"(见《苕溪渔隐丛话》后集卷三一)。吴梅曾谓:"世谓可并东坡,不知此仅豪放耳,安有东坡之雄俊哉。"(《词学通论》)

黄庭坚的词无论豪放、旷达还是婉丽之作,都带有他兀傲峻洁的个性色彩,如《鹧鸪天》词的下片:"身健在,且加餐。舞裙歌板尽清欢。黄花白发相牵挽,付与时人冷眼看。"这使黄庭坚的词具有特殊的"瘦健"(张绖《淮海集跋》)、"精而刻"(秦士奇《草堂诗余》正集),以及"掘起盘屈,另开生面"(陈廷焯《云韶集》卷二)的风格,在词史上独树一帜。

黄庭坚的俗词带有明显的学柳痕迹:一是写艳情而流于狎亵,二是运用下层社会的俚俗语言和僻字怪字。黄自己曾说:"余少时,间作乐府,以使酒玩世,道人法秀独罪余以笔墨劝淫,于我法中当下犁舌之狱。"(《小山词序》)看来黄写淫艳词还颇为知名。如《忆帝京》写妓女心理:"断肠时,至今依旧。镜中消瘦。那人知后,怕夯你来偢僽。"格调不高。再如:

> 对景还销瘦,被个人、把人调戏,我也心儿有。忆我又唤

我,见我嗔我,天甚教人怎生受。　　看承幸厮勾,又是樽前眉峰皱。是人惊怪,冤我忒捼就。挼了又舍了,定是这回休了,及至相逢又依旧。(《归田乐引》)

通篇摹拟烟花女子声腔,正因其惟妙惟肖,越发显得格调底下。

李调元云:"山谷词酷似曲","多用俳语,杂以俗谚,多可笑之句。"(《雨村词话》卷一)黄庭坚词中用俚词俗语比柳永有过之而无不及。词论家对此多有批评,如刘体仁说:"柳七最尖颖,时有俳狎,故子瞻以是呵少游,若山谷亦不免,如'我不合太捼就'类,下此则蒜酪体也。"(《七颂堂词绎》)黄庭坚还常在词中用一些"字书所不载"(《四库全书总目·山谷词提要》)的方言僻字怪字,这就更增加了其词的俚俗色彩。

二、辞情兼胜的秦观词

秦观(1049—1100),字太虚,后改字少游,别号淮海居士。扬州高邮人。神宗元丰八年(1085)登进士第。秦观颇有才情,黄庭坚称他"对客挥毫秦少游"(《病起荆江亭即事十首》之一)。秦观的诗柔婉而乏刚健,因而有"少游诗似小词"(《王直方诗话》)的评议,又有"女郎诗"(元好问《论诗绝句三十首》之二十四)的讥诮。秦观虽是"苏门四学士"之一,但他的词却转益多师,多凄婉清丽之风。夏敬观说:"山谷是东坡一派,少游则纯乎词人之词也。"(《宋人词集跋尾》,载《同声月刊》第2卷第10号)宋人论少游词多注意纤艳柔婉的外部特征,或批评其"词虽婉美,然格力失之弱"(胡仔《苕溪渔隐丛话》后集卷三三)。如果深入体察秦观的"词心",则可发现"少游虽作艳语,终有品格"(王国维《人间词话》)。

刘熙载说:"秦少游词得《花间》、《尊前》遗韵,却能自出清新。"(《艺概·词概》)秦词多写相思离别的题材,但在词中融入身世感慨,常常在言情述愁中现出很深的思致。清代冯煦说:"少游以绝尘之才,早与胜流,不可一世,而一谪南荒,遽丧灵宝。故所为词,寄慨身世,闲雅有情思,酒边花下,一往情深。"(《蒿庵论词》)试读其《满庭芳》:

> 山抹微云,天粘衰草,画角声断谯门。暂停征棹,聊共引离尊。多少蓬莱旧事,空回首,烟霭纷纷。斜阳处,寒鸦万点,流水绕孤村。　销魂,当此际,香囊暗解,罗带轻分。谩赢得青楼,薄幸名存。此去何时见也,襟袖上空惹啼痕。伤情处,高城望断,灯火已黄昏。

此词写传统的离愁别恨,但读者还是可以感受到词人宦场失意、前途迷茫的抑郁和悲凉。所以周济评此词"将身世之感,打并入艳情"(《宋四家词选》)。再看《踏莎行》:

> 雾失楼台,月迷津渡,桃源望断无寻处。可堪孤馆闭春寒,杜鹃声里斜阳暮。　驿寄梅花,鱼传尺素,砌得此恨无重数。郴江幸自绕郴山,为谁流下潇湘去。

此词写于贬谪远徙之地郴州(今湖南郴县)。词中自然环境的凄凉与词人谪居心情之悲苦交织一起,词风"凄厉"(王国维《人间词话》),已毫无所谓纤柔婉媚之感。

宋人蔡伯世说:"苏东坡辞胜乎情,柳耆卿情胜乎辞,辞情兼称者,唯秦少游而已。"(孙兢《竹坡老人词序》引)若论其"情",秦观多愁善感,有"古之伤心人"(冯煦《蒿庵论词》)之称,词中之情深沉浓挚,以至有人读到其"飞红万点愁如海"(《千秋岁》)之句,感其悲怆之至,预言其年寿不永(见《艇斋诗话》)。可见秦观词决非逢场应景之作,而是将真情灌注笔端。若论其辞,一是音律和协,"语工而入律,知乐者谓之作家歌"(叶梦得《避暑录话》卷三)。二是语言清丽自然,"淡语皆有味,浅语皆有致,求之两宋词人,实罕其匹"(冯煦《蒿庵论词》)。试以诸人之论来看他的《鹊桥仙》:

　　　纤云弄巧，飞星传恨，银汉迢迢暗度。金风玉露一相逢，
便胜却人间无数。　　柔情似水，佳期如梦，忍顾鹊桥归路。
两情若是久长时，又岂在朝朝暮暮。

出语自然，一无雕饰，抒情中融入议论，委婉深沉又自然流畅。

　　秦词在本色的婉约词体的发展流变中占有重要地位。陈廷焯
谓："秦少游自是作手，近开美成，导其先路；远祖温、韦，取其神不
袭其貌，词至是乃一变焉。"（《白雨斋词话》卷一）他虽与黄庭坚齐
名，并称"秦七黄九"，实际成就却远在山谷之上。

三、刚柔兼美的贺铸词

　　贺铸（1052—1125），字方回，晚自号庆湖遗老，原籍山阴（今浙
江绍兴），生长于卫州共城（今河南辉县）。宋太祖贺皇后族孙，娶宗
室之女。17 岁依门授右班殿直，元祐六年（1091）以李清臣、苏轼荐，
由武职改入文阶。晚居苏、常二州。贺铸诗词兼擅，诗名颇高。《王
直方诗话》记载："方回言：学诗于前辈，得八句法：平淡不流于浅俗；
奇古不邻于怪僻；题咏不窘于物象；叙事不病于声律；比兴深者通物
理；用事工者如己出；格见于成篇，浑然不可镂；气出于言外，浩然不
可屈。尽心于诗，守此勿失。"（《诗人玉屑》卷五引）贺铸的词艺颇
得力于其诗。贺词风格多样，张耒称其"盛丽如游金、张之堂，而妖
冶如揽嫱、施之袂，幽洁如屈、宋，悲壮如苏、李"（《东山词序》）；陈
廷焯说"方回词，儿女英雄兼而有之"（《云韶集》卷三）。

　　盛丽、妖冶者，"本《花间》而渐近流畅"（清人严沆《古今词选
序》，《宋词三百首笺注》引）。如《青玉案》：

　　　凌波不过横塘路，但目送，芳尘去。锦瑟年华谁与度？月
桥花院，锁窗朱户，只有春知处。　　碧云冉冉衡皋暮，彩笔
新题断肠句。试问闲愁都几许？一川烟草，满城风絮，梅子黄
时雨。

此词写情无由达的缠绵幽怀，上片极写女子姿态之美艳和情怀之孤寂，下片写伊人不至的感伤，结尾以博喻形容愁绪，生动而新奇，因享誉一时。黄庭坚《寄方回诗》道："解道江南断肠句，只今惟有贺方回。"（《豫章黄先生文集》卷一一）尤其结尾三句广为传诵，使其得"贺梅子"的雅号（见周紫芝《竹坡诗话》）。

贺铸性格耿直，不为权贵折腰。又尚酒使气，评论时政，臧否人物，因而仕宦 40 年，一直沉沦下潦，抑塞不平之气时于笔端发之。如《小梅花·行路难》写道："缚虎手，悬河口，车如鸡栖马如狗。白纶巾，扑黄尘，不知我辈，可是蓬蒿人？"此词与下面的《六州歌头》，皆为贺铸"悲壮"词的代表作：

> 少年侠气，交结五都雄。肝胆洞，毛发耸。立谈中，死生同。一诺千金重。推翘勇，矜豪纵。轻盖拥，联飞鞚，斗城东。轰饮酒垆，春色浮寒瓮，吸海垂虹。间呼鹰嗾犬，白羽摘雕弓，狡穴俄空。乐匆匆。　　似黄梁梦。辞丹凤，明月共，漾孤篷。官冗从，怀倥偬，落尘笼，簿书丛。鹖弁如云众，供粗用，忽奇功。笳鼓动，渔阳弄，思悲翁。不请长缨，系取天骄种，剑吼西风。恨登山临水，手寄七弦桐，目送归鸿。

词中表达了壮志难酬的抑塞不平之气。《六州歌头》是适宜于表现悲壮激昂情感的词调。宋代程大昌《演繁露》卷一六谓"《六州歌头》，本鼓吹曲也。……音调悲壮，又以兴亡事之，闻其歌使人怅慨，良不与艳科同调。"贺铸这首词在用韵上又有特别之处，全调39句，竟用34韵，句短韵密，急管繁弦，激越的声情在跳荡的旋律中得到充分体现。况周颐云："东山笔力沉至，满心而发，肆口而成，骤观之，甚似意中之言；涤求之，实有无穷之蕴。"（《历代词人考略》卷三〇）

贺铸词善于从唐人诗句中汲取精华。他曾说："吾笔端驱使李商隐、温庭筠，当奔命不暇。"（《宋史·贺铸传》）据钟振振考察，贺铸词中一字不改地嵌用前人成句即达28家57句,用前人句而增损变化者更多到90余家200多句(参《北宋词人贺铸研究》第149页)。夏敬观说贺铸词"小令喜用前人成句,其造句恒类晚唐人诗;慢词命辞遣意多自唐贤诗篇得来,不施破碎藻采,可谓无假脂粉,自然瑰丽"(《映庵词评》)。贺词化唐诗词句,铸为词中新的意境,为词体的典雅化起到了促进作用。贺铸词师法苏轼,清旷不足而悲壮过之,在北宋豪放词阵营中独具特色,对南宋辛弃疾及其爱国词派影响颇大。正如夏敬观所说:"细读东山词,知其为稼轩所师也。世但言苏、辛为一派,不知方回,亦不知稼轩。"(《手批东山词》)

四、典雅精工的周邦彦词

周邦彦(1056—1121),字美成,号清真居士,钱塘(今浙江杭州)人。神宗元丰中以太学生超擢太学正。政和间官秘书监,进徽猷阁待制,提举大晟府。周邦彦是北宋后期著名词家。千年词史上,他得到的褒扬最多。陈廷焯说:"词至美成,乃有大宗。前收苏、秦之终,复开姜、史之始。自有词人以来,不得不推为巨擘,后之为词者,亦难出其范围。"(《白雨斋词话》卷一)明清论家如王世贞、何良俊、戈载等喜谈词体正变,周邦彦往往被推为"正宗"、"当行"、"本色"。词有《清真集》。

清真词的内容仍多男女相思离别。因其题材与柳词为近,故后世常以"周柳"并称。如清人曹溶说:"秽亵不落周、柳。"(《古今词话序》)王昶说:"柳永、周邦彦辈不免杂于俳优。"(《姚莔汀词雅序》,载《春融堂集》卷四二)周邦彦之所以能得后世很高评价,主要取决于他典雅精工的艺术成就。

清真词的典雅精工,首先表现在构思精巧而顿挫有致的章法结构。周、柳虽皆因擅长慢词而闻名,但柳词为迎合受众,在叙事表情时往往直露浅白,不求回味;周邦彦却在词的结构上颇具匠

心,章法布局开阖回旋,顿挫有致,既有柳词叙事容量和感情力度,又避免了直露无余,适合文人久咀久玩。如《瑞龙吟》:

> 章台路。还见褪粉梅梢,试华桃树。愔愔坊陌人家,定巢燕子,归来旧处。　　黯凝伫。因记个人痴小,乍窥门户。侵晨浅约宫黄,障风映袖,盈盈笑语。　　前度刘郎重到,访邻寻里,同时歌舞,唯有旧家秋娘,声价如故。吟笺赋笔,犹记燕台句。知谁伴、名园露饮,东城闲步? 事与孤鸿去,探春尽是,伤离意绪,官柳低金缕。归骑晚、纤纤池塘飞雨。断肠院落,一帘风絮。

此词写“伤离意绪”,表现手法独具匠心。第一叠以今昔相同景物引入旧情,第二叠倒叙往昔故事的传神细节,第三叠写今日所见所思,结句以景语作结。全词写景、叙事、抒情时空交错,造成感慨万端、低徊欲绝的效果。清代陈廷焯谓词“其妙处,亦不外沉郁顿挫。顿挫则有姿态,沉郁则极深厚”(《白雨斋词话》卷一)。所谓“沉郁顿挫”,正是由这种开阖有致的章法,使其显示出感情的浑厚和表达的蕴藉。

周词在章法布局上的顿挫有致,常表现在以不同感情相互衬托。如《满庭芳·夏日溧水无想山作》:

> 风老莺雏,雨肥梅子,午阴嘉树清圆。地卑山近,衣润费炉烟。人静乌鸢自乐,小桥外、新绿溅溅。凭阑久,黄芦苦竹,疑泛九江船。　　年年,如社燕,漂流瀚海,来寄修椽。且莫思身外,长近尊前。憔悴江南倦客,不堪听、急管繁弦。歌筵畔,先安簟枕,容我醉时眠。

上片“人静乌鸢自乐”数句,情绪欢乐轻快;下片“年年,如社燕”至“憔悴江南倦客”,忽转入悲苦;“鸟鸢虽乐,社燕自苦。……或是依人之苦,或有患失之心,但说得虽哀怨,却不激烈。沉郁顿挫中别饶蕴藉"(陈廷焯《白雨斋词话》卷一)。词中哀、乐互衬,情感跌宕起伏,有含蓄蕴藉之妙。

此外,周词还特别善于以景结尾,具有文人所推崇的含蓄蕴藉、回味无穷的效果。沈义父云:"结句须要放开,含有余不尽之意,以景结尾最好。如清真之'断肠院落,一帘风絮',又'掩重关,遍城钟鼓'之类是也。"(《乐府指迷》)

清真词的典雅精工,还表现在词语雕琢上。与晚唐五代词的自然天成、柳永词的骫骳从俗、苏轼词的率性而为不同,周邦彦苦心孤诣,"不肯浪下笔,予故谓语意精新,用心甚苦"(王灼《碧鸡漫志》卷二)。清真词语言典雅,音律精严,具有人工美的特色。他长于炼字,特别在选用动词摹写物态上最见功力。清真词还大量使用借代字面,如以"凉吹"代风,以"凉蟾"代月,以"楚宫倾国"代花等等,这也大大增加了典雅的书卷味。清真还善于融化前人诗句入词,浑然天成,如同己出。沈义父说:"清真最为知音,且无一点市井气,下字运意,皆有法度,往往自唐宋诸贤诗句中来,而不用经、史中生硬字面,此所以为冠绝也。"(《乐府指迷》)如《西河·金陵怀古》:

> 佳丽地,南朝盛事谁记,山围故国,绕清江、髻鬟对起。怒涛寂寞打孤城,风樯遥度天际。 断崖树,犹倒倚。莫愁艇子曾系。空余旧迹郁苍苍,雾沉半垒。夜深月过女墙来,伤心东望淮水。 酒旗戏鼓甚处市?想依稀、王谢邻里。燕子不知何世,入寻常、巷陌人家,相对说兴亡,斜阳里。

此词化用了古乐府《莫愁乐》、南朝谢朓《入朝曲》、唐朝刘禹锡《石头城》、《乌衣巷》诸诗的句意,通过联想,大大丰富了词的内涵,而无琐碎拼凑的痕迹。

清真词典雅精工的特色,还表现在声律方面。周邦彦精通音律,曾自命其堂为"顾曲堂"(用"曲有误,周郎顾"意)。又有提举大晟府的便利,因自度新曲50多调。张炎说:"迄于崇宁,立大晟府,命周美成诸人讨论古音,审定古调,沦落之后,少得存者。由此八十四调之声稍传。而美成诸人又复增演慢曲、引、近,或移宫换羽,为三犯、四犯之曲,按月律为之,其曲遂繁。"(《词源》卷下)如《瑞龙吟》、《六丑》等不少新调都出于清真之手。新调的增加,为宋词发展开辟了更广阔的天地。

　　清真妙解音律,其词和婉动听而又激越响亮,填词于四声的安排独具匠心,仄声中上去入的运用,平声与仄声的搭配都十分讲究,王国维说:"读其词者,犹觉拗怒之中,自饶和婉,曼声促节,繁会相宣,清浊抑扬,辘轳交往,两宋之间,一人而已。"(《清真先生遗事·尚论三》)

　　清真词在语言、章法、音律方面都非常典雅精工,颇得文人爱赏,但却远离了普通民众。到南宋,姜夔、吴文英等骚雅一派,成为清真的嫡传。

　　大晟词人中除周邦彦之外,还有晁端礼(字次膺)、万俟咏(字雅言)、晁冲之(字叔用)、田为(字不伐)、徐伸(字干臣)、江汉(字朝宗)等人。这些人任职大晟或先或后,创作个性也有差异,但他们同处于北宋末年的特殊时代环境之中,又有精于音律的共同特长,因而在创作上具有一定的共性。他们是北宋末年一个特殊的词人群体,其词作内容上无多可取,但在词的音调格律、形式体制上颇有贡献。

[思考题]

1. 试述北宋词的繁荣盛况及主要原因。

2. 北宋前期晏、欧等人的词风有何共同特征? 其形成原因何在?

3. 柳永、苏轼的词风有何异同? 他们在词史上各有何贡献?

4. 除苏轼以外,北宋中后期还有哪些著名词人? 他们各有怎样的词风?

第四章 继续发展的(南)宋、金词

公元 1127 年,金灭北宋,徽、钦二帝及宋朝皇室三千余人被掳北上。同年赵构称帝于南京(今河南商丘),改元建炎,随即南渡,10 年后定都临安(今杭州),历史掀开了南宋之页。强敌压境的半壁江山是南宋面临的新环境,社会生活的巨变带来词文学的改观,怀念故国、渴望收复中原成为南宋词的主旋律。苏辛豪放词风对南宋和金朝词人都有巨大影响。在逐渐偏安的社会环境中,周邦彦的典雅之风又在姜夔、吴文英等人手中有新的发展。

第一节 李清照与南渡词人

一、故国之念:南渡词人的创作

所谓"南渡词人"是指活动于南北宋之交、从北宋过渡到南宋的词人。他们的前半生是在徽宗朝畸形繁荣的社会中度过的,优裕的生活、享乐的心理,加之艳体的词体观念,使他们的词风呈现婉媚轻艳的特点。靖康之难后,民族的屈辱、残破的河山和词人们所经历的颠沛流离的生活改变了他们的风格,悲愤激切、忧患苦闷成为南渡词人新的主题。

南渡词人不论身份地位高低,山河破碎的剧变都使他们的心灵受到震撼。宋徽宗赵佶(1082—1135,自号教主道君皇帝)。

以帝王之尊，降为阶下囚。金人将他与其子钦宗赵桓掳往北方五国城。他在北行路上见到杏花盛开，百感交集，写下《燕山亭》词：

> 裁剪冰绡，轻叠数重，淡著燕脂匀注。新样靓妆，艳溢香融，羞杀蕊珠宫女。易得凋零，更多少、无情风雨。愁苦！问院落凄凉，几番春暮？　　凭寄离恨重重，这双燕何曾，会人言语。天遥地远，万水千山，知他故宫何处？怎不思量，除梦里、有时曾去。无据，和梦也、新来不做。

上片先写杏花的香艳，继写杏花的凋零，形成巨大的反差，已含有人事巨变之意。下片直抒亡国之悲。故国远在天外，只能梦中慰藉，却又新梦不成。心中悲苦千折百回。王国维："尼采所谓：一切之文学，余爱以血书者。后主之词，真所谓以血书者也；宋道君皇帝《燕山亭》词亦略似之。"（《人间词话》）

南渡之后怀念中原、收复失地成为词中主旋律。宋翔凤说："南宋词人，系情旧京，凡言归路，言家山，言故国，皆恨中原隔绝。"（《乐府余论》）南渡前后李纲写下《水龙吟》、《喜迁莺》等咏史词7首，皆围绕中兴之主雄才大略，平灭外侵或叛寇，强固国家统一的主题，借古喻今，实为上奏高宗，鼓励其收复河山信心的谏书。如《喜迁莺·晋师胜淝上》的下片：

> 奇伟！淝水上，八千戈甲，结阵当蛇豕。鞭弭周旋，旌旗麾动，坐却北军风靡。夜闻数声鸣鹤，尽道王师将至。延晋祚，庇烝民，周雅何曾专美。

引谢安以少胜多的战例，激励朝廷树立必胜信念。

南渡词人的风格前后变化巨大。如叶梦得（1077—1148，字少蕴）的词，早年"婉丽绰有温、李之风，晚岁落其华而实之，能简淡时出雄杰"（关注《题石林词》）。再如向子諲（1085—1152，字伯恭，自号芳林居士)早年作词主要学晏、欧、秦、柳,多花前月下的风致,南渡后写故国之思与隐居山水的感受。他还将南渡前后的词分别名之为《江北旧词》和《江南新词》,并"退江北所作于后,而进江南所作于前"(胡寅《酒边集序》),表现了南渡之后词体观念的变化。

朱敦儒(1081—1159)字希真,号岩壑,又称伊水老人,洛阳人。词集名《樵歌》,一名《太平樵唱》。南渡前隐居故里,《宋史·文苑传》称他:"志行高洁,虽为布衣而有朝野之望。"追求的是清狂放逸的人生境界,如《鹧鸪天·西都作》:

> 我是清都山水郎。天教懒慢带疏狂。曾批给雨支风券,累上留云借月章。　　诗万首,酒千觞。几曾着眼看侯王。玉楼金阙慵归去,且插梅花醉洛阳。

黄昇称他这类词"有神仙风致"(《花庵词选》)。靖康之难打破了他的潇洒自在,他在携家南逃中历尽苦难,词风因而大变。如:

> 扁舟去作江南客,旅雁孤云。万里烟尘,回首中原泪满巾。　　碧山对晚汀洲冷,枫叶芦根。日落波平,愁损辞乡去国人。(《采桑子》)

此词抒发国破家亡的沉痛心情,充满悲凉凄苦之音。

朱敦儒颇受后世推崇,如汪莘说:"余于词,所爱喜者三人焉。盖至东坡而一变,其豪妙之气,隐隐然流出言外,天然绝世,不假振作。二变而为朱希真,多尘外之想,虽杂以微尘,而其清气自不可没。三变而为辛稼轩,乃写其胸中事,尤好称渊明。此词之三变也。"(《方壶诗余自序》)将他与苏轼、辛弃疾相提并论,似恐过誉。然而,朱敦儒词风南渡前后的变化在文人雅士中却具有典型意义。

张元幹(1091—1167)字仲宗,号芦川居士,长乐(今属福建)人,词集有《芦川词》。张元幹在南渡之前的"政和、宣和间,已有能乐府声"(周必大《跋张元幹送胡邦衡词》),生活与朱敦儒的疏狂颇有相似之处，"百万呼卢，拥越女吴姬共掷"（《柳梢青》），更显豪奢。词的内容多在花间樽前，风格"极妩秀之致"（毛晋《芦川词跋》）。南渡后，词风转为慷慨激昂，如《贺新郎·送胡邦衡待制》：

> 梦绕神州路。怅秋风、连营画角，故宫离黍。底事昆仑倾砥柱，九地黄流乱注。聚万落、千村狐兔。天意从来高难问，况人情、老易悲难诉。更南浦，送君去。　　凉生岸柳催残暑。耿斜河、疏星淡月，断云微度。万里江山知何处？回首对床夜语。雁不到，书成谁与？目尽青天怀今古，肯儿曹、恩怨相尔汝。举大白，听《金缕》。

胡邦衡即胡铨，时为枢密院编修官，曾上书高宗请斩奸臣秦桧等三人之头以谢天下，因而得罪遭流放。张元幹不畏秦桧淫威，写下这首词为胡铨送行。词中激愤之情、忠勇之气令人感奋至极。

《芦川词》突出表现了爱国之情，报国之志，使词从闺阁绣帏走向时代风云际会的前沿。张元幹词的这种变化，受到时人的高度重视。曾噩谓元幹词"岂以嘲风咏月者所可同日语"（《芦川归来集序》），蔡戡说元幹词"非若后世靡丽之词，狎邪之语……不为无补于世，又岂与柳、晏辈争衡哉"（《定斋集·芦川居士词序》）。

二、词坛女杰：李清照

在"南渡词人"中，成就最突出的要数词坛女杰李清照。李清照（1084—1155?）号易安居士，济南章丘（今属山东）人。父李格非曾以文章受知于苏轼。清照年十八嫁赵挺之之子太学生赵明诚，甚相得。崇宁元年（1102），清照为父榜列元祐党人事，曾以诗上时任吏部侍郎的赵挺之。靖康二年（1127）金兵陷青州，清照南奔，时年46岁。其后在转徙流离中度过凄凉的晚年。李清照早期曾写过一篇《词论》，文中对晚唐以来的主要词人分别进行了评论，同时还提出了自己的词体观念。主要内容有二：第一，尚雅，即强调思想的雅正和语言音律的文雅。第二，提出"词别是一家"的主张，强调词与诗的区别。易安自己的词作也十分注重词体特性，形成了独具特色的"易安体"。

易安词以靖康之难为界，分前后两期。前期，她生活在少女、少妇的温馨和美而又充满诗艺的氛围之中。其词作如：

> 薄雾浓云愁永昼，瑞脑消金兽。佳节又重阳，玉枕纱厨，半夜凉初透。　东篱把酒黄昏后，有暗香盈袖。莫道不消魂，帘卷西风，人比黄花瘦。(《醉花阴》)

> 昨夜雨疏风骤，浓睡不消残酒。试问卷帘人，却道海棠依旧。知否？知否？应是绿肥红瘦。(《如梦令》)

景物雅致，意象清疏，淡淡的清愁中时时透出闺中的温馨。

后期的李清照经历了国破家亡，生离死别的磨难。词风也由清丽淡雅变为沉郁哀痛。况周颐说："以词格论，淑真清空婉约，纯乎北宋；易安笔情近浓至，意境较沉博，下开南宋风气。非所诣不相若，则时会为之也。"(《蕙风词话》卷四)如《永遇乐》：

> 落日熔金，暮云合璧，人在何处？染柳烟浓，吹梅笛怨，春意知几许。元宵佳节，融和天气，次第岂无风雨。来相召，香车宝马，谢他酒朋诗侣。　中州盛日，闺门多暇，记得偏重三五，如今憔悴，风鬟霜鬓，怕见夜间出去。不如向帘儿底下，听人笑语。

元宵佳节，一派热闹景象，而词人却流落他乡，落寞孤寂，衰老憔悴；再对比昔日的"中州盛日"，因倍感凄凉。

易安词具有很高的艺术成就。第一，语言清新淡雅又通俗易晓。宋人张端义赞其《永遇乐》词"皆以寻常语度入音律。炼句精巧则易，平淡入调者难"(《贵耳集》卷上)；清人彭孙遹谓易安词"用浅俗之语，发清新之思，词意并工，闺情绝调"(《金粟词话》)。

第二,精于音律,尤其善于将语言变化与声情、词情相结合,达到表现情感的艺术极致。其《声声慢》就是典型的例子:

　　寻寻觅觅,冷冷清清,凄凄惨惨戚戚。乍暖还寒时候,最难将息。三杯两盏淡酒,怎敌他晚来风急。雁过也,正伤心,却是旧时相识。　　满地黄花堆积,憔悴损,如今有谁堪摘。守着窗儿,独自怎生得黑。梧桐更兼细雨,到黄昏点点滴滴。这次第,怎一个愁字了得。

《声声慢》有平声韵和入声韵二种,此词选择迫促、逼侧的入声韵是为了表达创深愁重的感受。词中叠字的运用更具匠心,"寻寻(平声)觅觅(入声)"、"惨惨(平声)戚戚(入声)"、"点点(上声)滴滴(入声)"平声、上声与入声交互运用,形成抑扬有致顿挫有节的声调,读之有长吁短叹之感。据夏承焘研究,这首词共97字,其中用舌声15字,用齿声42字。舌、齿二声占全词半数以上。"尤其是末了几句,'梧桐更兼细雨,到黄昏点点滴滴。这次第,怎一个愁字了得。'舌齿两声交相重叠,这应是有意用啮齿丁字的口吻,写自己忧郁惆怅的心情"(《李清照词的艺术特色》)。

　　易安词在后世被推崇为当行本色的典范,如沈谦说:"男中李后主,女中李易安,极是当行本色。"(《填词杂说》)词论家论及词体正变,常将易安词作为正体的代表,如秦士奇说:"闺秀若易安居士,词之正也。"(《草堂诗余》正集)徐君野说:"正宗易安第一。"(《古今词统》评语)李清照在词史上享有极高地位,后人评价甚高。如明代杨慎说:"宋人中填词,李易安亦称冠绝。使在衣冠,当与秦七、黄九争雄,不独雄于闺阁也。"(《词品》卷二)清代李调元甚至说她:"不徒俯视巾帼,直欲压倒须眉。"(《雨村词话》卷三)

第二节 辛弃疾与辛派爱国词

辛弃疾是南宋中叶杰出的爱国词人,他的词发出了时代的最强音,达到了词体艺术的高峰,代表了南宋爱国词的最高成就,对当时及后世均产生了深刻的影响。

辛弃疾(1140—1207),初字坦夫,后改字幼安,号稼轩,历城(今山东济南)人。高宗绍兴三十一年(1161)组织义兵抗金,后率部归耿京义军,为掌书记。次年奉命奉表归宋,高宗于建康召见。授耿京、辛弃疾等人官职。使还,张安国已害耿京,率部降金。弃疾带人径闯金营,缚张安国,率义军归南宋。归宋后,虽也曾担任地方长官,并卓有政绩。但他的政治、军事才能并不为朝廷重视。淳熙八年(1181)被劾,落职。卜居上饶城北之带湖筑室名之稼轩,自号稼轩居士。晚年虽有再起之机,终无造就之势。临终前曾"大呼杀贼数声"(《济南府志》)。

一、感时而作的内容

辛词最突出的内容是抒发报国豪情和壮志难酬的悲愤。冯班《叙词源》说:"辛稼轩当宋之南,抱英雄之志,有席卷中原之略。"驰骋疆场杀敌立功,是稼轩一生的向往。直至晚年还在追忆当年的战斗生活,如《鹧鸪天·有客慨然谈功名,因念少年时戏作》:

> 壮岁旌旗拥万夫,锦襜突骑渡江初。燕兵夜娖银胡䩞,汉箭朝飞金仆姑。　　追往事,叹今吾。春风不染白髭须。却将万字平戎策,换得东家种树书。

周在浚说:"辛稼轩当弱宋末造,负管、乐之才,不能尽展其用。一腔忠愤,无处发泄。观其与陈同父抵掌谈论,是何等人物,故其悲歌慷慨抑郁无聊之气，一寄之于词。今乃欲与搔头傅粉者比，是岂知稼轩者。……予谓有稼轩之心胸，始可为稼轩之词。"(《借荆堂词话》，《词苑丛谈》卷四引)另如《破阵子·为陈同甫赋壮词以寄之》，也是此类词中的名篇。

南宋朝廷实行偏安政策，打击志在恢复的爱国志士。壮志难酬、报国无门的愤懑成为稼轩词又一主题。如《水龙吟·登建康赏心亭》：

> 楚天千里清秋，水随天去秋无际。遥岑远目，献愁供恨，玉簪螺髻。落日楼头，断鸿声里，江南游子。把吴钩看了，栏干拍遍，无人会、登临意。　　休说鲈鱼堪脍。尽西风、季鹰归未？求田问舍，怕应羞见，刘郎才气。可惜流年，忧愁风雨。树犹如此，倩何人，唤取红巾翠袖，揾英雄泪。

词中将故国沦陷的悲愤、漂泊他乡的失落、岁月流逝的焦虑和无人理解的孤独，交织而形成了沉郁悲壮的风格。辛弃疾智勇双全，功绩卓著，却不时招致小人的谗陷和政敌的攻击。其词在悲愤中又注入激切。如《摸鱼儿》：

> 更能消、几番风雨，匆匆春又归去。惜春长怕花开早，何况落红无数。春且住。见说道、天涯芳草无归路。怨春不语。算只有殷勤，画檐蛛网，尽日惹飞絮。　　长门事，准拟佳期又误。蛾眉曾有人妒。千金纵买相如赋，脉脉此情谁诉？君莫舞。君不见、玉环飞燕皆尘土！闲愁最苦。休去倚危栏，斜阳正在，烟柳断肠处。

春愁、春思、春怨之中抒发了流年已失、志不得伸的感慨，其后笔锋一转，对朝中群小进行了辛辣的讽刺。

辛词题材十分广泛，穷达出处、儿女之情、田园感受都在词中有充分的表现。辛弃疾的感情世界十分丰富，除了对国家民族的

饱满激情,仍不乏个人生活的缠绵柔情。如《青玉案》:

> 东风夜放花千树,更吹落,星如雨。宝马雕车香满路,凤箫声动,玉壶光转,一夜鱼龙舞。　　蛾儿雪柳黄金缕,笑语盈盈暗香去。众里寻他千百度,蓦然回首,那人却在,灯火阑珊处。

上片极力描写元夕的繁华热闹,反衬出"那人"的孤独。也许是词人的一次微妙的感情经历。

在辛弃疾的眼中,农村田园的生活和景致充满了意趣:

> 茅檐低小。溪上青青草。醉里吴音相媚好。白发谁家翁媪?　　大儿锄豆溪东,中儿正织鸡笼。最喜小儿无赖,溪头卧剥莲蓬。(《清平乐》)
>
> 明月别枝惊鹊,清风半夜鸣蝉。稻花香里说丰年,听取蛙声一片。　　七八个星天外,两三点雨山前。旧时茅店社林边,路转溪头忽见。(《西江月·夜行黄沙道中》)

农村生活平凡而富有情趣,乡间景象自然而清新,表现出词人生活于农村中的自在和惬意。

二、刚柔相济,另造要眇词境的艺术成就

苏轼开拓词领域,无意不可入,无事不可言,确是词体的进步。但是,词的发展的关键在于怎样能够既扩大题材又能保持词体要眇凄迷之特美,辛弃疾词则是成功的典范。他的豪放词大都刚柔相济,陈廷焯说:"稼轩词,于雄莽中别饶隽味。"(《白雨斋词话》卷六)缪钺说:"稼轩作壮词于其所欲表达之豪壮情思之外,又另造一内蕴之要眇词境,豪壮之情,在此要眇词境之光辉中映照而出,则粗犷除而精神益显。"(《论辛稼轩词》)这正是辛弃疾与其他写"豪气词"者的主要区别。冯煦说:"《摸鱼儿》、《西河》、《祝英台近》诸作,摧刚

为柔,缠绵悱恻,尤与粗犷一派,判若秦越。"(《蒿庵论词》)

喜议论、善用典是稼轩词的突出特点。前人论苏轼有"以诗为词"之说,论辛弃疾则有"以论为词"之评。徐君野说:"苏以诗为词,辛以论为词。"(《古今词统》评语)明人杨慎论稼轩用典:"稼轩,诸子百家,行间笔下,驱斥如意矣。"(《古今词话·词品》下卷引)。试看《永遇乐·京口北固亭怀古》:

> 千古江山,英雄无觅,孙仲谋处。舞榭歌台,风流总被,雨打风吹去。斜阳草树,寻常巷陌,人道寄奴曾住。想当年,金戈铁马,气吞万里如虎。　　元嘉草草,封狼居胥,赢得仓皇北顾。四十三年,望中犹记,烽火扬州路。可堪回首,佛狸祠下,一片神鸦社鼓。凭谁问:廉颇老矣,尚能饭否?

此词写于镇江知府任上,举历史经验教训为即将北伐的将领鼓气献言。上片列举三国孙权、东晋刘裕,含赞许之义;下片以南朝宋文帝的教训告诫不可轻敌冒进。全词以议论为旨,又饱含深情。辛词用典十分广泛,如吴衡照说:"辛稼轩别开天地,横绝古今。《论》、《孟》、《诗小序》、《左氏春秋》、《南华》、《离骚》、《史》、《汉》、《世说》、选学、李杜诗,拉杂运用,弥见其笔力之峭。"(《莲子居词话》卷一)当然,用典过多不免给人"掉书袋"(刘克庄:"时时掉书袋,要是一癖。"《跋刘叔安感秋八词》)之感。

词史上常将辛弃疾与苏轼相提并论,合称"苏辛"。范开说:"世言稼轩居士辛公之词似东坡,非有意于学坡也。自其发于所蓄者言之,则不能不坡若也。"(《稼轩词序》)其过人的才气、豪放的气质、坎坷的经历,特别是稼轩有意学习苏词,都是二人风格相近的原因。然而二人也有相异之处。

第一,时代与人生经历不同,词中的感情内涵也不同。清人尤侗说:"夫苏公以殿阁之才,屏弃蛮烟瘴雨之外,惟与老僧谈禅,或强闲人说鬼;辛公当南渡时,自恨抱负未尽,至欲据牛头山,决西湖之水,陈同甫骇而遁去。彼两公者,何如人哉!其见于词者如'大江东去,浪淘尽、千古风流人物'与'把吴钩看了,栏杆拍遍,无人会、登临意',略见一斑矣。"(《溉堂词序》,载《西堂杂俎》三集卷三)苏轼的遭际是党争攻讦所致,辛弃疾面对的是亡国于异族的危险,"苏如诗家太白,非辛可观,惟辛有一段耿耿不忘恢复之思"(杨希闵《词轨》卷六)。

第二,个性禀赋不同,其风格特征有显著差异。王国维说:"东坡之词旷,稼轩之词豪。"(《人间词话》)东坡性情旷达,词作自然天成,稼轩性情豪放,词作沉郁痛快。周济说:"苏、辛并称,东坡天趣独到处,殆成绝诣。而苦不经意,完璧甚少。稼轩则沉著痛快,有辙可循,南宋诸公,无不传其衣钵,固未可同年而语也。"(《宋四家词选目录序论》)陈廷焯说:"稼轩求胜于东坡,豪壮或过之,而逊其清超,逊其忠厚。"(《白雨斋词话》卷八)

第三,对待词律的态度不同,社会反响有异。苏轼有意"以诗为词",其豪放词在北宋即有不协音律之评;而稼轩词则有"当行"之誉。周济说"辛之当行处,苏必不能到。"(《介存斋论词杂著》)陈廷焯说:"苏、辛千古并称,然东坡豪宕则有之,但多不合拍处;稼轩则于纵横驰骋中,而部伍极其整严,尤出东坡之上。"(《云韶集》卷五)

邓广铭说:"就辛稼轩所写作的这些歌词的形式和它的内容来说,其题材之广阔,体裁之多种多样,用以抒情,用以咏物,用以铺陈事实或讲说道理,有的'委婉清丽',有的'秾纤绵密',有的'奋发激越',有的'悲歌慷慨',其丰富多彩也是两宋其他词人的作品所不能比拟的。"(《略论辛稼轩及其词》)

三、慷慨纵横的辛派词人

《四库全书总目·稼轩词提要》说:"其词慷慨纵横,有不可一世之概,于依声家为变调,而异军特起,能于剪红刻翠之外,屹然别立一宗,迄今不废。"与辛弃疾同时的一批词人,或与稼轩为同志,或追慕稼轩,感时激愤,词的主题抒发爱国感情,风格豪放激切,形成了风格相近的"辛派",主要人物有陈亮、刘过等。辛派词人远承苏轼而近学辛弃疾,从东坡到稼轩,其间的桥梁应是张孝祥。

张孝祥(1132—1169)字安国,历阳乌江(今安徽和县)人。寓居芜湖,因号于湖居士。词集名《于湖词》。张孝祥词以学东坡而闻名,据说他"每作为诗文,必问门人曰:比东坡何如?"其"平昔为词,未尝著稿,笔酣兴健,顷刻即成。"气质与东坡为近,其词"寓以诗人句法,无一毫浮靡之气"的特点与东坡"同一关键"(汤衡《张紫微雅词序》)。其代表作有《六州歌头》:

> 长淮望断,关塞莽然平。征尘暗,霜风劲,悄边声。黯销凝。追想当年事,殆天数,非人力。洙泗上,弦歌地,亦膻腥。隔水毡乡,落日牛羊下,区脱纵横。看名王宵猎,骑火一川明。笳鼓悲鸣,遣人惊。　　念腰间箭,匣中剑,空埃蠹,竟何成!时易失,心徒壮,岁将零,渺神京。干羽方怀远,静烽燧,且休兵。冠盖使,纷驰骛,若为情?闻道中原遗老,常南望、翠葆霓旌。使行人到此,忠愤气填膺,有泪如倾。

据与张孝祥同时人所撰的《朝野遗记》所载,这首词作于张浚建康留守席上,"歌阕,魏公为罢席而入"(《说郛》卷二九)。可见此词之感染力。读张孝祥的词,"使人奋然有禽灭仇虏,扫清中原之意"(朱熹《书张伯和诗词后》,载《晦庵题跋》卷三),词体面貌遂为之一变。南宋末周密编《绝妙好词》,专收南宋词,而张孝祥在所收132人中,被列为第一。由此可见其地位和影响。

陈亮(1143—1194)字同甫,号龙川,学者称龙川先生,婺州永康(今浙江永康)人。少喜谈兵,下笔千言立就,有国士之目。词集名《龙川词》。叶适说:"每一章就,辄自叹曰:平生经济之怀,略已陈矣。"(《书龙川集后》)周密说:"龙川好谈天下大略,以节气自居,而词亦疏宕有致。"(《词林纪事》卷一一引)陈亮与辛弃疾交宜甚笃,曾经鹅湖聚会,以词酬唱,为词史上盛事。陈亮词风豪放如稼轩,而又在词中议论纵横。如其《水调歌头·送章德茂大卿使虏》:

> 不见南师久,漫说北群空。当场只手,毕竟还我万夫雄。自笑堂堂汉使,得似洋洋河水,依旧只东流。且复穹庐拜,会向藁街逢。　　尧之都,舜之壤,禹之封。于中应有,一个半个耻臣戎。万里腥膻如许,千古英灵安在? 磅礴几时通? 胡运何须问,赫日自当中。

词中慨叹南宋朝廷不思恢复,以屈辱换取苟安,下片则表达了抗战的决心和必胜的气概。陈廷焯说换头五句"精警奇肆,几于握拳透爪,可作中兴露布读"(《白雨斋词话》卷一)。陈亮以词为武器、为号角,却往往剑拔弩张,不免有失词的深蕴。沈曾植谓其:"终不堪与稼轩同日语,非嫌其面目粗,嫌骨理粗耳。"(《海日碎金·刘融斋〈词概〉评语》)

　　刘过(1154—1206)字改之,号龙洲道人,吉州太和(今江西泰和)人,四举不第,一生布衣,放浪江湖。词集有《龙洲词》。刘过对辛弃疾十分崇拜,其《呈稼轩》诗道:"书生不愿黄金印,十万提兵去战场。只欲稼轩一题品,春风侠骨死犹香。"黄昇说:"改之,稼轩之客","其词多壮语,盖学稼轩者也。"(《花庵词选》)下面这首《沁园春》即是"寄辛承旨"的:

> 斗酒彘肩,风雨渡江,岂不快哉。被香山居士,约林和靖,与东坡老,驾勒吾回。坡谓西湖,正如西子,浓抹淡妆临照台。二公者,皆掉头不顾,只管衔杯。　　白云天竺去来,画图里、峥嵘楼阁开。爱纵横双涧,东西水绕,两峰南北,高下云堆。逋曰不然,暗香浮动,争似孤山先探梅。须晴去,访稼轩未晚,且此徘徊。

此词构思极为奇特。将先后相隔几百年的白居易、林逋和苏轼汇聚一起,巧借三人的诗句来对话。此词有稼轩词狂放而又幽默的影子,风格、结构都与辛弃疾的《沁园春》(杯汝前来)近似。不过,刘过之效仿辛弃疾,往往仅得形似,"虽颇似其豪,而未免于粗"(陈模《论稼轩词》《怀古录》卷中)。

第三节　姜夔与清雅词派

　　南渡以后,偏安局面渐渐形成,朝野激愤慷慨的情绪逐渐平息。文士们虽不乏北望中原、壮志难酬的悲愤,然而达官显贵则更愿及时享乐。举朝上下,文恬武嬉,沉醉在歌舞升平之中。本以婉媚为本色的词作,在乾道、淳熙前后更为绮靡。如稍长于姜夔的蔡戡谈及当时词风云:"靡丽之词,狎邪之语,适足劝淫,不可以训。"(《芦川居士词序》)词坛风气由此可以想见。

　　在词坛的另一端,辛弃疾的"豪气词",至刘过诸人亦形成风气。正如王炎所概括的当时词坛风气:"今之为长短句者,字字言闺阃事,故语懦而意卑;或者欲为豪壮语以矫之。"(《双溪诗余自序》)无论是溺于淫靡,还是故逞豪壮,其弊端都显而易见。正是在这种词学风尚的背景下,白石词的清雅才会受到推崇。白石词的出现,有矫正词坛弊端的作用。

一、清空骚雅的白石词

　　姜夔(1155?—1221?)字尧章,号白石道人,鄱阳(今江西波阳)人。姜夔早岁孤贫。宁宗庆元三年(1197)进《大乐议》,乞正雅乐。五年上《圣宋铙歌》,诏免解与礼部试,不第,以布衣终。白石人品峻洁,有名士风度,时人评他"襟期洒落,如晋宋间人"(《藏一话腴》)。白石才华极高,诗、词、文、字无所不精。在诗学批评方面有《诗说》一部,见解独到而深刻。姜夔成就最高、影响最大者还是在词的创作方面。

白石词的题材以感时伤世、咏物言志及追记恋情为主,并无大的拓展。有的词论者以"比兴寄托"论白石词,如宋翔风《乐府余论》说:"(姜夔)其流落江湖,不忘君国,皆借托比兴,于长短句寄之。如《齐天乐》,伤二帝北狩也。《扬州慢》,惜无意恢复也。《暗香》、《疏影》,恨偏安也。"恐失之坐实。以提到的《齐天乐·咏蟋蟀》为例:

> 庾郎先自吟《愁赋》,凄凄更闻私语。露湿铜铺,苔侵石井,都是曾听伊处。哀音似诉,正思妇无眠,起寻机杼。曲曲屏山,夜凉独自甚情绪。　　西窗又吹暗雨。为谁频断续,相和砧杵。候馆迎秋,离宫吊月,别有伤心无数。《豳》诗漫与。笑篱落呼灯,世间儿女。写入琴丝,一声声更苦。

这首词即包含了时事艰辛、身世感伤和恋情悲苦的多重感受。姜夔的词大多像这首词一样,并无坐实单一的词本事,而是感时触景的情感表现。

白石词远承周邦彦,南宋黄昇说他"词极精妙,不减清真乐府"(《题白石词》)。论词者将二人并称为"周姜"。缪钺《论姜夔词》谓:"周词华艳,姜词隽澹;周词丰腴,姜词瘦劲;周词如春圃繁英,姜词如秋林疏叶。姜词清峻劲折,格澹神寒,为周词所无。"(《四川大学学报》1984.4)白石词风,南宋末的张炎以"清空"、"骚雅"概括之,其《词源》卷下说:"词要清空,不要质实。清空则古雅峭拔,质实则凝涩晦昧。姜白石词如野云孤飞,去留无迹。吴梦窗词如七宝楼台,眩人眼目,碎拆下来,不成片断。此清空质实之说。……白石词如《疏影》、《暗香》、《扬州慢》、《一萼红》、《琵琶仙》、《探春》、《八归》、《淡黄柳》等曲,不惟清空,又且骚雅,读之使人神观飞越。"从此,清空、骚雅就成为白石词独特风格的代称。

清空与质实相对。大致说来,清空的审美特征如清人沈祥龙《论词随笔》所说:"清者不染尘埃之谓,空者不著色相之谓。清则丽,空则灵,如月之曙,如气之秋。"姜夔的清空首先表现在清幽空灵的意境上,即如刘熙载所说:"姜白石词幽韵冷香,令人挹之无尽,拟诸形容,在乐则琴,在花则梅也。"并以"藐姑冰雪"(《词概》)形容之。如《暗香》:

> 旧时月色,算几番照我,梅边吹笛。唤起玉人,不管清寒与攀摘。何逊而今渐老,都忘却、春风词笔。但怪得、竹外疏花,冷香入瑶席。　　江国,正寂寂。叹寄与路遥,夜雪初积。翠尊易泣,红萼无言耿相忆。长记曾携手处,千树压、西湖寒碧。又片片、吹尽也,几时见得。

这首词借咏梅以怀人。词中多用素洁的意象,如"月色"、"玉人"、"疏花"、"冷香"、"瑶席"、"夜雪"、"寒碧"等,营造出清疏高旷的境界。"感慨全在虚处,无迹可寻"(陈廷焯《白雨斋词话》)。

使用虚字是构成清空的重要手法。唐圭璋谓"虚字能使语意转折灵活,流走自如而又传神入微,且能避免平铺直叙的缺点,在这方面,白石词是有着独到的造诣",并举其《疏影》:

> 莫似春风,不管盈盈,早与安排金屋。还教一片随波去,又却怨玉龙哀曲。等恁时,重觅幽香,已入小窗横幅。

唐氏分析道:"这几乎是每句上面用虚字,使它们自为开合,变化虚实,跌宕曲折,空灵夭矫,且又余韵无穷;词中所出现的许多平实典故,由于有虚字的前后承应,在音节上是给人以谐婉灵动的感觉,在内容上则启发人由怀古而思今,由此生出无限的遐想。"(《论姜白石及其词》,载《南京师范学院学报》1962.3)另如《扬州慢》:"杜郎俊赏,算而今、重到须惊。纵豆蔻词工,青楼梦好,难赋深情。二十四桥仍在,波心荡、冷月无声。"几句中的"算"、"须"、

"纵"、"仍"等虚字,使词张弛、吞吐有致,转折、跌宕有力。虚字的运用,"句语自活,必不质实"(张炎《词源》卷下)。

骚雅有二层含义:一是雅正。张炎说:"词欲雅而正,志之所之,一为情所役,则失其雅正之音。"(《词源》卷下)雅正有摒弃淫邪、音律语言规范、风格避免极端的多重含义。二是继承屈原《离骚》所开创的"香草美人"之比兴寄托传统。如《扬州慢》:

> 淮左名都,竹西佳处,解鞍少驻初程。过春风十里,尽荠麦青青。自胡马窥江去后,废池乔木,犹厌言兵。渐黄昏,清角吹寒,都在空城。　　杜郎俊赏,算而今、重到须惊。纵豆蔻词工,青楼梦好,难赋深情。二十四桥仍在,波心荡、冷月无声。念桥边红药,年年知为谁生。

词前的小序云:"淳熙丙申至日,予过维扬。夜雪初霁,荠麦弥望。入其城则四顾萧条,寒水自碧。暮色渐起,戍角悲吟。予怀怆然,感慨今昔,因自度此曲。千岩老人以为有《黍离》之悲也。"金人南侵,曾在扬州烧杀掳掠。姜夔此词表达感怀家国、伤时念乱的《黍离》之悲"。词中没有慷慨激昂的呼喊,而是从侧面着笔,虚处传神,而更显得哀婉深沉。

二、以雅乐入词与诗意的强化:白石清雅词的贡献

白石词的音律精严,人所共识,这得力于他对音乐的精通。白石于词中求雅也是从音乐开始的。白石既通俗乐又精于雅乐(参徐养源《拟南宋姜夔传》),他以雅乐注入词体,主要有二种方法:一是以古乐府入词。如推演汉乐《铙歌》,作《圣宋铙歌吹曲十四首》,依古《九歌》作《越九歌》,并作《琴曲》。作品的内容以"感藏人心,永念宗德"(《圣宋铙歌吹曲十四首·小序》)为宗旨,艺术品味也与俗词俗乐截然不同,"言辞峻洁,意度萧远"(周密《浩然斋雅谈》)。再如《琴曲·古怨》,郑文焯品味其风格云:"音澹节希,一洗筝琶之耳。""其泛音散声,较今谱幽淡绝俗。"(夏承焘《姜白石词编年笺校》引)二是把法曲音乐("其音清而近雅,参《新唐书·礼乐志》")注入词中,以"清"、"雅"、"淡"的风格代替胡乐的浓艳急促。如其《霓裳中序第一》序云:"《霓裳曲》音节闲雅,不类今曲。"《霓裳羽衣曲》是经唐玄宗润色加工定名法曲,白石借其"闲雅"风格来改造"今曲"。清人郑文焯说:"白石以沉忧善歌之士,意在复古。"(《大鹤先生论词手简》)此言得之。白石正是以古乐的雅音来革除"今曲"的淫靡。

音乐的清雅为词的清雅提供了基础,白石又在词的性情、意境上融入清拔绝俗的诗性韵味。为提高词的品味和词体雅化作了实践上的探索。论家将白石与陶渊明相比,如陈锐《襄碧斋词话》谓"白石得渊明之性情"。陶诗在诗史上以高雅脱俗而著称,以姜比陶实是肯定了白石词洗却词体所胎带的俗艳色彩,而具有诗性。刘熙载"在乐则琴,在花则梅"(《词概》)的比喻是对白石词诗性意味的最好说明。将在诗中尚称高雅的风格引入词中,词体的雅化在姜夔的努力下向诗迈进了一大步。在词学史上,白石词为文人雅士所心仪,是与其诗性特征分不开的。

姜夔首创的清雅词风于婉丽、豪放之外别立一宗,并蔚然成派,成为广为词家承认的"第三派"。这一成熟的风格流派的形成,丰富了词体风格的内涵,并使词最终能够与传统的诗文并列比肩起了重要的作用。明代张綖分词体为婉约、豪放二体(《诗余图谱·凡例》附识),清初王士禛又改张綖之"词体"为"词派"(《花草蒙拾》),此后词派二分之说流行。按一般认识,唐宋词人除了苏轼、辛弃疾等豪放词人外,皆属婉约。如此分派不免简单粗疏。从词史的实际面貌考察,同为豪放派之外词人,姜夔与传统观念上"本色""当行"的《花间》词人及周邦彦风格颇为不同。清人蒋兆兰说:"南渡以后,尧章崛起,清劲遒峭,于美成外别树一帜。"(《词说》)因而,论者将白石词风单列一体,并与其他流派并列对比,以显示其特征和地位。

如清初人顾咸三云："宋名家词最盛,体非一格。苏、辛之雄放豪宕,秦、柳之妩媚风流,判然分途,各极其妙。而姜白石、张叔夏辈,以冲澹秀洁得词之中正。"(《湖海楼词序》引《清名家词》)。顾氏将姜派的"冲澹秀洁"与"雄放豪宕"、"妩媚风流"二"格"区分开来。王鸣盛则明确以一个新的风格流派目之："北宋词人原只有艳冶、豪荡两派,自姜夔、张炎、周密、王沂孙方开清空一派,五百年来,以此为正宗。"(《赌棋山庄词话》续编四引)

作为一个文学流派,除了领袖之外,还要有一个有相当规模的风格相同或相似的群体。汪森云："鄱阳姜夔出,句琢字炼,归于醇雅。于是史达祖、高观国羽翼之,张辑、吴文英师之于前,赵以夫、蒋捷、周密、陈允衡、王沂孙、张炎、张翥效之于后,譬之于乐,舞《箾》至于九变,而词之能事毕矣。"(《词综序》)风格相同或相近的词人群的形成,标志着词学流派的形成,同时也标志着流派主体风格已被词坛所认同。白石及清雅词派从《花间》、南唐、晏、柳、秦、周所形成的婉丽传统风气中独立出来,是对词学的一大贡献。

第四节　主流不彰的宋末词坛

南宋末年,词坛主流风格不十分突出,渐趋多样化,举其声势大者约可分为三派:稼轩一派,以刘克庄、刘辰翁为代表;导源白石派者,以张炎、王沂孙为代表;导源清真派者,以吴文英、周密为代表(参蔡嵩云《乐府指迷笺释·引言》)。后二派中吴文英和张炎颇有相似之处,如都主张典雅,反对俚俗;注重音律,摒弃粗豪;因而二人被视为"格律派",或"典雅词派"。但他们又同中有异,分别代表了密丽、清疏二种风格。

一、辛派后劲:刘克庄、刘辰翁

刘克庄(1187—1269)字潜夫,号后村。学者称后村先生,莆田(今属福建)人。著有《后村长短句》。他在《自题长短句后》中说:"青端帖子让渠侬,别有诗余继变风。"表明自己作词是针对社会时政,有感而发。冯煦说:"后村词,与放翁、稼轩,犹鼎三足。"(《蒿庵论词》)此评显然过高。如果说刘克庄为辛派词人的后劲则当之无愧。陈廷焯说:"潜夫词豪宕风流,有独来独往之概。豪宕感激,悲壮风流,是潜夫本色,是苏、辛流亚。"(《云韶集》卷六)如《贺新郎·送陈真州子华》:

> 北望神州路,试平章、这场公事,怎生分付。记得太行山百万,曾入宗爷驾驭。今把作、握蛇骑虎。君去京东豪杰喜,想投戈、下拜真吾父。谈笑里,定齐鲁。　　两河萧瑟惟狐兔,问当年、祖生去后,有人来否?多少新亭挥泪客,谁梦中原块土?算事业须、由人做。应笑书生心胆怯,向车中、闭置如新妇。空目送,塞鸿去。

词中表达了收复中原的激情,并谴责讽刺南宋朝廷的苟且偷安。其词风"大率与辛稼轩相类"(毛晋《后村别调跋》)。然而,由于时代不同,后村与稼轩的词风也有不同。后村处于国势衰颓、复兴已属渺茫的南宋末期,故更多忧愤悲凉。如《贺新郎·实之三和有忧边之语走笔答之》:"国脉微如缕,问长缨何时入手,缚将戎主?"《贺新郎·送黄成父子还朝》:"时事只今堪痛苦,未可徐徐俟驾。"张炎说:"潜夫负一代时名,《别调》一卷,大约乃效稼轩而不及者。"(《古今词话·词评》上卷引)要之,后村词多悲凉之音,豪放有余而深婉不足,此为他与稼轩的差异。

刘辰翁(1232—1297)字会孟,号须溪,庐陵(今江西吉安)人。理宗景定三年(1262)进士。廷试忤贾似道,抑置丙等,以鲠直著称。词集名《须溪词》。宋亡隐居,以甲子纪年,不用元人年号,很有民族

气节。况周颐说:"须溪词,风格遒上似稼轩。"(《蕙风词话》卷二)。作为遗民,其情韵已染上凄苦之色。如《柳梢青·春感》:

> 铁马蒙毡,银花洒泪,春入愁城。笛里番腔,街头戏鼓,不是歌声。　　那堪独坐青灯,想故国、高台月明。辇下风光,山中岁月,海上心情。

元宵抒怀,明月依旧,但物是人非,元军带来了"蒙毡"、"番腔",亡国景象触目惊心,其情怀何堪!况周颐说:"须溪词多真率语,满心而发,不假追琢,有掉臂游行之乐。其词笔多用中锋,风格遒上,略与稼轩旗鼓相当。"(《餐樱庑词话》)

二、以吴文英为代表的密丽词风

吴文英(1200？—1260？)字君特,号梦窗,晚号觉翁,四明(今浙江宁波)人。一生未第,游幕终生,于苏州、杭州、越州三地居留最久。吴文英于词学颇有心得,其"词法"部分由沈义父《乐府指迷》保存下来,如"论词四标准":"音律欲其协,不协则成长短之诗;下字欲其雅,不雅则近缠令之体;用字不可太露,露则直突无深长之味;发意不可太高,高则狂怪而失柔婉之意。"

梦窗词的渊源来自周邦彦。如沈义父《乐府指迷》说:"梦窗深得清真之妙。"周缦云说:"梦窗实本清真。"(《绿楪花龛词序引》)其词作内容与周邦彦为近,多表现落魄失意的心绪,抒发缠绵缱绻的情怀,时事的感慨被迷离的情绪所隐匿。梦窗词的风格,周济说:"返南宋之清泚,为北宋之秾挚。"(《宋四家词选目录序论》)陈锐说:"梦窗变美成之面貌,而炼响于实。"(《袌碧斋词话》)总之,梦窗词脱胎于周邦彦,进而形成超逸沉博、浓艳密丽的风格特色,其独特审美价值正体现于此。

前人论梦窗词,多批评其晦涩难懂。如沈义父《乐府指迷》说:"其失在用事下语太晦处,人不可晓。"王国维《人间词话》说:

"梦窗诸家写景之病,皆在一'隔'字。"其实,梦窗词有其独特的情绪体验和表现方式。如《风入松》:

> 听风听雨过清明。愁草瘗花铭。楼前绿暗分携路,一丝柳、一寸柔情。料峭春寒中酒,交加晓梦啼莺。　　西园日日扫林亭。依旧赏新晴。黄蜂频扑秋千索,有当时、纤手香凝。惆怅双鸳不到,幽阶一夜苔生。

这是一首怀念亡姬的作品。词中境界亦真亦幻,实景与梦景交替出现。乍读之,有"映梦窗,零乱碧"(王国维《人间词话》引梦窗词句)之感,深悟方理解是作者痴迷的忆恋而产生的幻觉。

梦窗词的章法结构也十分独特,叶嘉莹说"他的叙述往往使时间与空间为交错之杂糅"(《迦陵论词丛稿·拆碎七宝楼台》)。这种叙述方式与亦真亦幻的内容相适应。如其长达240字的自度曲《莺啼序》,即将过去的回忆、现在正在进行的事情、未来的设想相互渗透,又将空间不同的景物杂糅描写,再将写景、叙事和心理活动交织一起,于是便给人造成情景错综叠映、意境扑朔迷离的感觉。

姜夔词以清空著称,其词结构方式往往与"于词中转接提顿处,用虚字以显明之","南宋清空一派,用此勾勒法为多"。梦窗词则"多换以实字,玉田讥为七宝楼台,拆下不成片段,以为质实,则凝涩晦昧"(夏敬观《蕙风词话诠评》)。对此手法论者褒贬不一。陈匪石则体会到其妙处:"细读梦窗各词,虽不着一虚字,而潜气内转,荡气回肠,均在无虚字句中,亦绚烂,亦奥折,绝无堆垛饾饤之弊。"(《旧时月色斋词潭》)

与吴文英词风接近的周密(1232—1298),字公谨,号草窗,先世济南人,南渡后寓吴兴(今浙江湖州)。有《草窗词》。"周草窗之词,以姜白石为模范,与吴梦窗同志友善,并驱争先"(杜文澜《重刊周草窗词稿序》)。其词与吴文英(梦窗)齐名,并称"二窗"。戈载说:"其词尽洗靡曼,独标清丽,有韶倩之色,有绵渺之思,与梦窗旨趣相侔。二窗并称,允矣无忝。其于律亦极严谨。"(《草窗词跋》)草窗词风"清丽",咏物寄托遥深,如蒋敦复所说:"寓其家国无穷之感,非区区赋物而已。"(《芬陀利室词话》卷三)其代表作有《一萼红·登蓬莱阁有感》。

三、以张炎为代表的清疏词风

张炎(1248—1319)字叔夏,号玉田,一号乐笑翁,先世凤翔人,世居临安(今浙江杭州)。南宋初大将张俊六世孙。宋亡,家产籍没。此后流落漫游。曾与王沂孙、唐珏、周密等人唱和。以《南浦·春水》一词,人呼为"张春水";又以《解连环·孤雁》一词被呼为"张孤雁"。张炎少得声律之学于杨缵等人。精通音律,于词学颇有心得,著《词源》二卷。其论词极推姜夔的"清空"、"骚雅",作词也颇有白石风致。有《山中白云词》。仇远认为他的词"意度超玄,律吕协洽,不特可写音檀口,亦可被歌管,荐清庙。方之古人,当与白石老仙相鼓吹"(《玉田词题辞》)。因而与姜夔并称为"姜张"。其《南浦·春水》如下:

> 波暖绿粼粼,燕飞来、好是苏堤才晓。鱼没浪痕圆,流红去、翻笑东风难扫。荒桥断浦,柳阴撑出扁舟小。回首池塘青欲遍,绝似梦中芳草。　　和云流出空山,甚年年净洗,花香不了。新渌乍生时,孤村路、犹忆那回曾到。余情渺渺,茂林觞咏如今悄。前度刘郎归去后,溪上碧桃知多少?

这首词作于宋亡之前,写景优美,用笔细腻,"有周清真雅丽之思"(舒岳祥《赠玉田序》)。南宋亡国后,张炎词风也随之变为凄凉悲苦。如其《解连环·孤雁》:

> 楚江空晚,怅离群万里,恍然惊散。自顾影、欲下寒塘,正

沙净草枯,水平天远。写不成书,只寄得、相思一点。料因循误了,残毡拥雪,故人心眼。　　谁怜旅愁荏苒?谩长门夜悄,锦筝弹怨。想伴侣、犹宿芦花,也曾念春前,去程应转。暮雨相呼,怕蓦地、玉关重见。未羞他双燕归来,画帘半卷。

这首给他带来又一个雅号"张孤雁"的词,写尽孤雁的飘零和凄凉,其实正是词人当时处境的写照。

上承白石的清空疏宕,近与梦窗的密丽质实显然有别。张祥龄说:"词至白石,疏宕极矣。梦窗辈起,以密丽争之。至梦窗密丽又尽矣,白云以疏宕争之。"(《半箧秋词序录》)张炎特注意词的形式技巧,楼敬思评云:"张玉田能以翻笔、侧笔取胜,其章法、句法俱超,清虚骚雅,可谓脱尽蹊径,自成一家。"(《词林纪事》卷一六引)也正是这一点,受到了注重词之主旨内涵的词论家的批评。如周济说:"叔夏所以不及前人处,只在字句上著功夫,不肯换意,若其用意佳者,即字字珠辉玉映,不可指摘。近人喜学玉田,亦为修饰字句易,换意难。"(《介存斋论词杂著》)

与玉田词风相近的还有王沂孙(生卒年不详,字圣与,号碧山)、蒋捷(生卒年不详,字胜欲,号竹山)。碧山词有《花外集》,一名《碧山乐府》。碧山最擅长咏物词,陈廷焯说:"咏物词至王碧山,可谓空绝古今。"(《白雨斋词话》卷七)碧山在咏物词中,往往有故国之思、身世之慨的寄托。既有白石咏物而不滞于物的清空,又深婉委曲,思深力沉。总之,碧山"其词闲雅,有姜白石意趣"(张炎《琐窗词》自注)。蒋捷于度宗咸淳十年(1274)进士,宋亡,隐居太湖中之竹山,人称竹山先生,著有《竹山词》。他的词融豪放婉约为一体,在宋末词人中,卓然自成一家,有"长短句之长城"(刘熙载《词概》)之誉。

第五节　豪放词风的北延：金朝词坛

金朝（1115—1234）是北方区域性政权，时间上主要与南宋共存。宋金关系一直是对峙状态。金朝统治者女真族本以狩猎为主，后靠武功立国，与宋朝相比，经济、文化相对落后。金中叶女真人逐渐汉化，通用汉语，金代文化实际上是汉文化。金朝词坛是由留北的宋人建立起来的，所以金初词实为北宋词在北国的延续和繁衍。随着词人的增加，词艺的深化，金朝词人逐渐形成了独特的风格，尤其是在金朝末期产生了元好问这样的大家，使金朝词坛成为中国词学史颇具光彩的一页。

一、金朝词坛的建立和发展

金朝词风有相对贯穿一致的风格形态，即苏、辛豪放词风。近人陈匪石说："自金迄元之一派，实即东坡之流衍也。"（《声执》卷下）金朝地处北国，在特殊的自然环境中形成的地域文化必然会影响词的风气。如况周颐所说："南宋佳词能浑，至金源佳词近方刚。……南人得江山之秀，北人以冰雪为清。"（《蕙风词话》卷三）北方民族本具有崇尚豪爽之气和刚健之美的文化心理，当苏轼具有豪放气概的词作传到金国，很快便赢得金朝文人的欢迎，豪放词风便成为词坛的主流风格。

在金朝初年的词坛上享有盛誉的是吴激和蔡松年，二人的词作后世称作"吴蔡体"。吴与蔡都有由宋入金的经历，词风颇受苏轼的影响。近人陈匪石说："金源词人以吴彦高、蔡伯坚称首，实皆宋人。吴较绵丽婉约，然时有凄厉之音；蔡则疏快平博，雅近东坡。"（《声执》卷下）

吴激（？—1142）字彦高，号东山，建州（今福建建瓯）人。宋宰相吴拭之子、名书画家米芾之婿。靖康末使金,被羁留,任金翰林待制。后出守深州(治所在今河北深县南),到官三日而卒。其《人月圆·宴北人张侍御家有感》在南北二朝广为流传:

> 南朝千古伤心事,犹唱《后庭花》。旧时王谢,堂前燕子,飞向谁家?　　恍然一梦,仙肌胜雪,宫髻堆鸦。江州司马,青衫泪湿,同是天涯。

此词作于张总侍御家酒宴上,时见到一原为北宋皇宫宣和殿宫姬的佐酒侍儿,百感交集写下这首词。词中极写故宫黍离之感,表现了由宋入金之人的普遍心态。此词代表了吴激词柔婉之中隐有凄厉之音的特点,实为由南入北带来的变化。

蔡松年(1107—1159)字伯坚,自号萧闲老人。本为余杭(今杭州)人,长于汴京,入金后家居真定(今河北正定)。北宋末年从父蔡靖守燕山,兵败随父降金,官至右丞相。蔡松年的词更与东坡词为近,如《念奴娇·追和赤壁词》:

> 《离骚》痛饮,笑人生、佳处能消何物。江左诸人成底事,空想岩岩玉壁。五亩苍烟,一丘寒碧,岁晚忧风雪。西州扶病,至今悲感前杰。　　我梦卜筑萧闲,觉来岩桂,十里幽香发。块垒胸中冰与炭,一酹春风都灭。胜日神交,悠然得意,遗恨无毫发。古今同致,永和徒记年月。

此词用苏轼《念奴娇·赤壁怀古》的原韵。词中表现了对东晋名士风流和隐逸自适生活的向往,于豪宕之中透露沉郁之思。蔡松年词中的豪放之风对金朝词坛影响深远,实为金词开风气者。

金中叶是金王朝的兴盛阶段,也是词坛的繁荣时期。其繁荣标志是:第一,出现了众多颇有成就的词人。如党怀英、景覃、王庭筠、刘迎、赵秉文、王特起、折元礼、高宪等等。与吴、蔡本为宋人而入金为词不同,这批在金朝土地上成长起来的词人,更具有北国风情。第二,这些词人虽师法东坡又各具特色。如"党怀英之松秀高寒,王庭筠之幽峭绵邈,赵秉文之英朗超旷,折元礼之遒劲沉雄,高宪之嶔崎排奡"(钟振振《论金元明清词》)。表明他们已深于词艺并立之于词林了。试读赵秉文(1159—1232 字周臣,晚号闲闲道人)的一首《水调歌头》:

> 四明有狂客,呼我谪仙人。俗缘千劫不尽,回首落红尘。我欲骑鲸归去,只恐神仙官府,嫌我醉时真。笑拍群仙手,几度梦中身。 倚长松,聊拂石,坐看云。忽然黑霓落手,醉舞紫毫春。寄语沧浪流水,曾误闲闲居士,好为濯冠巾。却返天台去,华发散麒麟。

此词以瑰丽奇特的想象,勾勒了游仙境界,景象开阔,风格豪放。

金朝后期,外有强敌威胁,朝廷内侈靡成风,国势危艰。词人笔下时流出忧国之思,如李俊民、段克己及段成己兄弟等。这一时期的杰出代表是元好问。

金朝词人中,女真族作者颇值得注意。金朝君主中能词者不乏其人,如完颜亮、完颜璮、完颜璟等。他们皆精习汉文化,又具有本民族的个性,其词作也别具一格。完颜亮(1122—1161)即海陵王,字元功,本名迪古乃。金太祖庶长子完颜宗幹第二子。皇统九年十二月(1150 年 1 月)杀熙宗自立,为金朝第四代国君。完颜亮不仅是一名雄毅剽悍的政治军事家,而且是一位独具个性的词家。其《鹊桥仙·待月》云:

> 停杯不举,停歌不发,等候银蟾出海。不知何处片云来,做许大、通天障碍。 虹霓捻断,星眸睁裂,惟恨剑锋不快。一挥截断紫云腰,仔细看,嫦娥体态。

此词为中秋赏月而作,论者谓"出语崛强,真是咄咄逼人"(徐釚《词苑丛谈》卷三引《词统》)。这正是作者雄劲剽悍个性的体现。

二、得苏、辛风骨的元好问词

元好问是金元时期的大文豪,金亡不仕,以著述存史自任。元好问特别推崇苏、辛豪放词风,谓"自东坡一出,性情之外不知有文字,真有一洗万古凡马空气象"(《新轩乐府引》),"乐府以来,东坡为第一,以后便到辛稼轩"(《自题乐府引》,载彊村丛书本《遗山新乐府》)。加之他生长北方,得北国崇山峻岭、酷寒劲风的熏染,又时值国家危亡之秋,因而铸就了豪放沉雄的词风,颇有苏、辛风骨。清人赵翼说:"(元好问)盖生长云、朔,其天禀多豪健英杰之气。又值金源亡国;以宗社丘墟之感,发为慷慨悲歌,有不求工而自工者,此固地方为之也,时为之也。"(《瓯北诗话》卷八)

元好问早年既有秀逸婉丽之词,又有豪迈激荡之作。如其16岁所写的《摸鱼儿》(问世间、情是何物)一词,咏雁侣生死与共的至情,缠绵悱恻,张炎评此词说:"风流蕴藉处,不减周、秦。"(《词源》卷下)再如其20岁左右写的《水调歌头·赋三门津》:

> 黄河九天上,人鬼瞰重关。长风怒卷高浪,飞洒日光寒。峻似吕梁千仞,壮似钱塘八月,直下洗尘寰。万象入横溃,依旧一峰闲。　　仰危巢,双鹄过,杳难攀。人间此险何用,万古秘神奸。不用燃犀下照,未必伏灵强射,有力障狂澜。唤取骑鲸客,挝鼓过银山。

写出黄河三门津(即今三门峡)的险峻雄奇,更写出词人勇往无前的气概。全词气势磅礴,后人甚至有"崎崛排奡,坡公之所不可及"(况周颐《蕙风词话》卷三)之评。

开兴元年(1232)蒙古大军进围金都汴京,二年后金哀宗自缢于蔡州,金朝灭亡。正值中年的元好问开始了遗民生活,其词多写故国之悲,风格更为沉郁,如况周颐说:"(元好问)丝竹中年,遭遇国变……神州陆沉之痛,铜驼荆棘之伤,往往寄托于词。"(《蕙风词话》)如《木兰花慢》:

拥都门冠盖,瑶圃秀,转春晖。怅华屋生存,丘山零落,事往人非。追随。旧家谁在,但千年、辽鹤去还归。系马凤凰楼柱,倚弓玉女窗扉。　　江头花落乱莺飞。南望重依依。渺天际归舟,云间汀树,水绕山围。相期。更当何处,算古来、相接眼中稀。寄与兰成新赋,也应为我沾衣。

这首词借赠友人,倾吐家国之感、身世之悲。境界旷远,情思绵渺,体现了词人后期词外柔内刚,熔婉约豪放为一体的特点。

[思考题]

1. 李清照前后期词风有何变化?为什么会出现这样的变化?
2. 辛弃疾的词有怎样的时代特征?苏、辛词风有何差异?为什么会形成这种差异?
3. 简析姜夔、吴文英词的艺术风格。
4. 简述金朝词坛的风尚和元好问词的风格特征。

第五章　走向衰落的元明词

第一节　中衰词坛两面观

任何一种文体都有它产生、发展、盛极而衰的过程。一方面是由于文学自身运动的必然,一种文体发展到极致,自成习套,难出新意,人们自然会另辟蹊径,寻求并创造新的文学样式;另一方面,人们的审美需求和审美心理也是不断提高变化的,永远不会停留在一个水平上。清人吴衡照《莲子居词话》卷三认为"金元工于小令套数而词亡"。这种说法虽过于片面,但元曲成为文学主流无疑是词迅速衰落的一个重要因素。近人陈匪石《声执》卷下指出:"词肇于唐,成于五代,盛于宋,衰于元。"这种观点更具有代表性,因为它确实反映了词发展演变的实际情况。

应当指出的是,所谓"衰于元,敝于明",是从宏观的角度,就词的总体成就而言,并非全盘否定元明词。事实上,词的衰落早从南宋后期就已开始,而元明两代也不乏优秀的词人词作。词体词艺仍在继续发展,清词的中兴,更雄辩地表明词潜在的生机与活力。

客观地说,元明两代词道衰落,风会转移是不争之实,但词的演化并未中止,词作为一种文体更没有消亡,在文学史上依然占有重要的一席。它的进化至少表现在以下两个方面:

一、元明完成了词体由应歌娱人向言志抒情的过渡,使词最终摆脱音乐而成为独立的文体。词自诞生开始,就与音乐有着剪不断、理还乱的联系。词与音乐的分离经历了一个漫长的历史过程,而元明终于实现了词体艺术的本质性蜕变。

二、元明涌现了一批风格鲜明、成就卓著的优秀词人。例如,被誉为"元词之冠"的张翥,被称为"全明不能有二"的陈铎,都堪称词林大手笔,即使列于两宋名家之中亦毫无愧色。其他如王恽、仇远、赵孟頫、虞集、萨都剌、杨基、高启、陈子龙等,也都天才骏发,挺秀振响,前嗣两宋,后启清人。正如刘熙载《艺概·词概》所说:"虞伯生、萨天锡两家词,皆兼擅苏、秦之胜。张仲举词大抵导源白石,时或以稼轩济之。"亦如况周颐《蕙风词话》卷五所谓:"陈大声(陈铎)词……兼《乐章》之敷腴,《清真》之沉着,《漱玉》之绵丽。南渡作者,非上驷不能方驾。明词往往为人指摘,一陈先生掩百瑕而有余。"

据唐圭璋《全金元词》统计,元代共有词人 212 人,词作 3721 首。全明词的搜集整理工作尚在进行之中。值得注意的是,明代的词学研究成果辉煌。杨慎的《词品》论述了词、诗、音乐的关系,对词调的缘起及填词的声韵,作了精确的考订。著作的规模之大,论述的范围之广,都超过前人。更有一批关于词谱词韵的专著问世。在词乐失传的情况下,明人运用四声平仄,从唐宋词实例中探索词的创作规律,制定《词谱》,变"倚声填词"为"按谱填词",为词的赓续发展开辟了新路。清代《词律》、《词林正韵》、《钦定词谱》的问世,都是基于明人的功业;清词的中兴,也与此有着密切的联系。

第二节 渐趋衰微的元词

元朝在我国历史上呈一种特殊的形态,是第一个由少数民族主宰全国政权的朝代。从公元1206年成吉思汗统一蒙古诸部,到1279年忽必烈攻灭南宋,建立全国政权,经历了73年。而一统政权的元朝仅90年。

在元代文学中,词处于次要地位,其成就远不及杂剧、散曲。从词的发展来看,由于去宋未远,宋金余风尚存,加之词曲本是姊妹艺术,相通之处不少,所以元词尚有一定建树。早期的词人,多为宋金之遗:如耶律楚材、杨果等出自金国,仇远、赵孟頫等出自南宋,其词作自然带有前朝遗气。一般说来,由宋入元者,受刘辰翁的影响尤深,故《蕙风词话》卷二说:"《须溪词》中,间有轻灵婉丽之作,似乎元明以后词派,导源乎此。"由金入元者,则多步元好问后尘。刘辰翁、元好问均以气节名世,都将神州陆沉之痛,铜驼荆棘之伤,寄托于词,在词风上又都承袭苏辛,兼有豪放婉丽之长,所以元初词作多清疏豪宕之概。从艺术上说,元代词作因受新兴散曲的影响,有明显的曲化倾向。不少词浅白通俗,尖新流利,以致一些近词与令曲极易混淆。

元词大体上可分前后两期:前期大约从元初到大德年间,后期大约从大德以后到元末。

一、风向各异的元前期词坛:刘秉忠、白朴等

随着国家的统一,疆域的开通,出现了南北词风交会并存的局面。词人众多而佳作迭出,思想内容上也反映出两种不同的价值取向:一是表达对国家统一的欣慰和建功立业的向往,其作者大多为新朝的开国功臣,或在宋亡后入仕元朝而成为新贵,如刘秉忠、卢挚、张弘范、刘敏中等。一是抒写世事沧桑的感慨和对官场的厌倦,其作者多以遗民自处,或在凭吊故国之余反思江山易主的原因,或在兴亡无定之中诉说人生的幻灭和人事的荒诞,如白朴、张炎、王恽等。前期重要词家主要有以下诸人:

刘秉忠(1216—1274),字仲晦,号藏春散人,邢州(今河北邢

台)人。曾出家为僧。后知遇元世祖忽必烈,命还俗,授光禄大夫,参领中书省事。著有《藏春乐府》,收词81首。他为政力主仁德,反对滥捕妄杀;为词则经天纬地,充满英雄豪气。特别是他的一首《木兰花慢》,正面抒发了积极入世、大济苍生的志向:

> 望乾坤浩荡,曾际会,好风云。想汉鼎初成,唐基始建,生物如春。东风吹遍原野,但无言、红绿自纷纷。花月留连醉客,江山憔悴醒人。　龙蛇一屈一还伸,未信丧斯文。复上古淳风,先王大典,不费经纶。天君几时挥手,倒银河、直下洗嚣尘。鼓舞五华鸳鹭,讴歌一角麒麟。

字里行间,既有扫平割据、一统天下的喜悦,又有"天生我材必有用"的自信,还有重铸千秋霸业的向往。它表现的荡涤嚣尘之概、经纶八方之才、致君尧舜之愿,都前无古人。即便是唐宋名家,亦少有如此雄阔。当然,词人也有一些鄙视功名、向往隐逸的词,如"今古利名忙,谁信长安道路长"(《南乡子》),"好在五湖烟浪,谁识归舟"(《风流子》),反映出仕与隐的矛盾心态。由于他的词别具一格,所以清人王鹏运在《藏春乐府》跋中赞扬他"雄阔而不失之伧楚,酝藉而不流于侧媚"。

白朴(1226—1306),字仁甫,号兰谷,受业于元好问,义不仕元。有《天籁阁词》传世,存词104首。其词多写兴亡,音节谐婉,词意俊迈,名篇有《夺锦标·清溪吊张丽华》、《水调歌头·初至金陵》等,往往借六朝之旧事,发盛衰之感慨。如《沁园春》下片写道:

> 长江不管兴亡,漫流尽、英雄泪万行。问乌衣旧宅,谁家作主;白头老子,今日还乡。吊古愁浓,题诗人去,寂寞高楼无凤凰。斜阳外,正渔舟唱晚,一片鸣榔。

在词人眼中,世事无凭,变化无端。英雄也好,贵族也好,诗人也好,都不过是历史的匆匆过客。只有长江水逝、斜阳夕照才是永恒的真实。而长江无情的感慨之中，又寄托了作者对故国的凭吊和无尽的感伤。

王恽（1228—1304），字仲谋，号秋涧，卫辉汲（今河南汲县）人。有词曲集《秋涧乐府》。他曾师事元好问，作词凝丽典重，能嗣响其师。名篇有《春从天上来》、《水龙吟·赋秋日红梨花》等。朱彝尊《词综》对元初词作别择精严，一般词人入选不过一、二首，独王恽入录8首，可见对他格外重视。况周颐《蕙风词话》亦云，其词"清浑超逸，近两宋风格"。诸如"昆明灰冷，十年一梦无踪"（《春从天上来》）、"百年总是逢场戏，拍板门锤未易当"（《鹧鸪天》）、"百年心事，一樽浊酒，长使此心违"（《平湖乐》）等，都道尽人世沧桑，颇能引起读者的感慨。

姚燧（1239—1314），字端甫，号牧庵，洛阳人。官至翰林学士承旨，知制诰。有《牧庵词》，存词约50首。他以文章名世，小词亦姿态横逸，别有风韵。如《浪淘沙》："桃花初也笑春风，及到离披将谢日，颜色逾红。"体物细致入微。披散凋零的残花，往往为人忽视，而词人别具只眼：桃之夭夭，固然赏心悦目；桃之将谢，更有一番凄艳。再如《清平乐·闻雁》：

> 春方北度，又送秋南去。万里长空风雨路，谁汝冥鸿知处。　　朝朝旧所窥鱼，由渠水宿林居。为问江湖苦乐，汝于白鹭何如？

大雁春去秋来，不辞万里，不避风雨；白鹭守居一隅，日复一日，旧所窥鱼。两种不同的生活方式，寓示着两种不同的追求。寻常咏物，闲闲写来，却能别开生面，展现深刻的哲理，因而读来饶有趣味。

仇远（1247—1326），字仁近，钱塘人。宋末即以诗名，与白珽并称"仇白"，入元为溧阳州学教授。善绘画，尤工词，有词集《无弦琴谱》，存词近200首。其《八犯玉交枝》写招宝山观月出，于暮霭沉沉、烟雾弥漫之中，描摹仙山楼阁的情景，幻出月宫仙子"霓裳正舞"的活动，全篇不着一"月"字，而月清丽可睹，景物毕现。《齐天乐·赋蝉》用拟人手法，将蝉比作美丽的齐女，写来情影姗姗，似真似幻，不仅神态酷肖，而且情意绵绵。其中的"薄剪绡衣，凉生鬓影，独饮天边风露"、"奈一度凄吟，一番凄楚"等，都是咏蝉的名句。

　　刘因有《樵庵词》一卷，多写隐逸之趣。例如《南乡子·张彦通寿》以调侃的笔调，评论古来的不平之事，像董召南一类终年苦读、穷原竟委的学子，一生穷困潦倒；而刘邦一类不事生产、纵饮狂歌的无赖，反而黄袍加身，名震天下，全词幽默风趣，耐人寻味。《鹊桥仙》则以看破红尘的口吻指出，平生豪举的陈元龙，在浩荡乾坤中又占得了什么地位？那高吟《梁甫》的诸葛亮，原也不值得效仿；他呕心沥血，费尽心机，还不如乡间老农，在完粮纳税之后，过着耕给自足的生活。正因为其词向往闲适，追求清静，所以，况周颐《蕙风词话》卷三称之为"元之苏文忠"，赞扬他的词："真挚语见性情，和平语见性养。"尤其值得肯定的是，刘因本以精研程朱理学名世，他以理学家的身份填词，却无道学气，能于朴厚深沉中见性情，见真趣，因而特别可贵。

二、雅词再度兴起的元后期词坛：虞集、张翥等

　　元代后期的词，大约从大德以后到元末。后期与前期的最大区别在于，曾兴盛于南宋词坛的"雅词"又再度兴起，南宋词的倾向颇为明显。究其原因，主要是元代文化重心南移，词的创作不免受到南风熏染所致；其次则是词的曲化导致词体本身某些艺术特性丧失，后人不得不重新高扬"雅正"的旗帜，努力"复雅"的结果。其中成就最高、影响最大的词人是张翥，当时名家张雨（1283—1350）、倪瓒（1301—1374）、顾瑛（1310—1369）等都与之唱和，追承周邦彦、姜夔之风，工雅婉丽，讲究清空。一时高古变风，成为"南方之一流别"。即使是北方词人也或多或少受其影响，翕然而

归婉约蕴藉。后期的重要词人有：

虞集（1272—1348），为宋丞相虞允文五世孙。有词集《道园乐府》，存词31首。最负盛名的词作是《风入松·寄柯敬仲》：

> 画堂红袖倚清酣，华发不胜簪。几回晚直金銮殿，东风软、花里停骖。书诏许传宫烛，香罗初试朝衫。　　御沟冰泮水接蓝，飞燕又呢喃。重重帘幕寒犹在，凭谁寄、银字泥缄。为报先生归也，杏花春雨江南。

上片主要描写内庭奉职的惬意，目的在于唤起友人柯敬仲对当年生活的回忆，因为词人与他寄赠的对象均有内阁学士的经历。帝苑虽然繁花似锦，但自己已近迟暮之年，从而又为下片的归隐埋下伏笔。"飞燕语呢喃"看似描写春景，内层已包含思友的蕴意；"重重帘幕寒犹在"，更透出自身寂寞冷落的情怀。歇拍以景结情，尤为警策，给人以不尽之思和无穷之味：友人在江南，此时已杏花灼灼，春雨霏霏，帝都虽有"画堂红袖"，又何如春雨中的杏花旖旎丽雅，令人销魂呢？至此读者方恍然大悟，词人向往的是超凡脱俗的田园生活。在他的心目中，归去友人身边，归去杏花春雨江南，比起帝都的春风得意，更幸福更美好，更令人心旷神怡。一首寄赠之词，写得如此情深谊长，词翰兼美，难怪当时争相传刻。人们甚至将它织于罗帕，作为纪念品收藏。

张埜，字野夫，号古山，河北邯郸人，约1294年前后在世。著有《古山乐府》，存词60余首。名篇有《沁园春·泉南作》、《石州慢》、《水龙吟》等。李长翁《古山乐府序》称其词"意高语妙，真可与苏、辛二公齐驱并驾"。从其《水龙吟·酹辛稼轩墓在分水岭下》可以看出，他对辛弃疾的人品和词格都推崇备至：

> 岭头一片青山，可能埋得凌云气？遐方异域，当年滴尽，英雄清泪。星斗撑肠，云烟盈纸，纵横游戏。漫人间留得，

《阳春》《白雪》,千载下,无人继。　　不见戟门华第,见萧萧竹枯松悴。问谁料理,带湖烟景,瓢泉风味?万里中原,不堪回首,人生如寄。且临风高唱,逍遥旧曲,为先生酹。

开篇叩问苍天,暗示稼轩浩气长存,既非青山可掩,亦非时间可磨。继而感叹英雄报国无门,只能消壮怀于词章。然而他以"英雄清泪"写就的《阳春》、《白雪》却成为千古绝唱。过片由吊古转到伤今,明写英雄故宅难寻,暗寓世无志士,只能高唱旧曲,奠祭先哲。辛词以气势豪迈、慷慨纵横见长;张埜过其墓,吊其人,赋词亦感情充沛,内容浑厚,颇得稼秆笔意。

张翥(1287—1368),字仲举,号蜕庵先生,晋宁(今江苏武进)人。其《蜕庵词》存词 130 余首,以题画、咏物、怀古、写景为主要内容。名篇有《六州歌头·孤山寻梅》、《花心动·剑浦有感》、《踏莎行·江上送客》、《蝶恋花·柳絮》等。其词师承南宋姜夔、吴文英一派,讲究法度性情,词风工雅婉丽。如《摸鱼儿·赋湘云》:

问湘南、有云多少?不应长是为雨。平生宋玉缘情老,赢得鬓丝如许。歌又舞。更一曲琵琶,昵昵如私语。闲悲浪苦。怪旧日青衫,空流泪满,不解画眉妩。　　空凝伫。十二峰前路阻。相逢知在何处?今朝重见春风手,仍听旧弹《金缕》。君且住,怕望断、蘅皋日暮伤离绪。新声自谱。把江南江北,今愁往恨,尽入断肠句。

词中的湘云完全人化了,充满人情味。它缠绕着历史的永恒的情结——"今愁往恨",负载着人生的种种凄楚——"闲悲浪苦",透露出生活的巨大变迁,心灵的无数失落。它实际上是词人一生追求与痛苦的象物。对张翥词前人评价甚高。叶申芗《本事词》卷下推许为"元代词宗";陈廷焯《白雨斋词话》卷三谓:"树骨甚高,寓意亦远,元词之不亡者,赖有仲举耳。"

萨都剌有《雁门集》传世，而存词仅 15 首。然而他是元代最富才力的词家，其怀古词尤为著名，莫不气象开阔，寄意深远。如《满江红·金陵怀古》：

> 六代繁华，春去也、更无消息。空怅望、山川形胜，已非畴昔。王谢堂前双燕子，乌衣巷口似曾识。听夜深、寂寞打孤城，春潮急。　　思往事，愁如织；伤故国，空陈迹。但荒烟衰草，乱鸦斜日。《玉树》歌残秋露冷，胭脂井坏寒螀泣。到如今、只有蒋山青，秦淮碧。

此词完全打破了一般怀古词习见的即景抒怀的手法，作者先自带着浓厚的吊古之情，在怀古的意绪中观照万物，抒发议论。六代繁华付诸东流，如同三春一去了无痕迹，从而透射出历史的苍茫无情。接下来融铸刘禹锡《金陵五题》中诗句，进一步表现物是人非的落寞之感。过片由无言观照进入直接抒怀。进而寓情于景，展示历史的颓败，最后以自然的永恒对比世事的短暂。再次印证繁华如梦、往昔如烟，从而使全词首尾照应，含蕴无穷。金陵怀古词，前人作过不少，如王安石《桂枝香》，周邦彦《西河》，都是传咏不衰的佳作。萨都剌步其后尘，却能自出机杼，写得沛然风流，清丽洒脱，足见其器识不凡，才情卓绝。更有甚者，他的《百字令·登石头城》，步和苏轼《念奴娇·赤壁怀古》原韵，同样写得意宏情深：

> 石头城上，望天低吴楚，眼空无物。指点六朝形胜地，唯有青山如壁。蔽日旌旗，连云樯橹，白骨纷如雪。一江南北，消磨多少豪杰。　　寂寞避暑离宫，东风辇路，芳草年年发。落日无人松径里，鬼火高低明灭。歌舞尊前，繁华镜里，暗换青青发。伤心千古，秦淮一片明月。

其曲酣畅淋漓,毫无斧凿痕迹,表现出糅合再造的高度技巧和充分自由。

就上述后期诸家词作看,其工雅婉丽,绝不亚于南宋雅词。

综上所述,元代词家的创作实绩是不可抹杀的。但是,从总体上说,元词已经趋于衰微,富于新意而又充满生气的作品已远远少于前代。大量的曲语入词,导致词体曲化,这一风尚虽不宜全盘否定,但确实从根本上削弱了词的本身特征。当大量的词人词作都追求曲的意趣时,词本身的特性不能不迅速失落。与两宋相比,元词呈中衰之象,但又不致中断,仍时有佳作。一代词风发生了重大变化,它是词体发展史上的一个特殊环节,对它还需作更深入的研究。

第三节　滑入谷底的明词

朱明王朝取代蒙元而有天下,历时近 300 年。其统治的时间与宋、清相仿,但明词的成就却上不及宋,下不逮清。究其原因,主要有二:第一,当时理学盛行,统治者对文人实行严密的思想箝制和残酷的政治迫害,导致人们的精神受到空前压抑,才情遭到扼杀,词作上难以创新。正如明人钱允治《国朝诗余序》所说:"我朝悉屏诗赋,以经术程士","骚坛之士,试为拍弄,才为句掩,趣因理湮,体段虽存,鲜能当行。"第二,从文学本身看,北曲方兴未艾,文人专注于曲者多,留意于词者少。由于曲为主导,明词在相当长的时期内继续沿着曲化的方向滑落,直白而乏蕴藉,浅率而失厚重,削减了词固有的艺术特性。一代明词均以小令为主而慢词匮乏,也从一个侧面反映人们于此用心较少。当然,对处于衰落中的明词,也不可一笔抹杀。诚如王昶《明词综序》所说:"一代之词,亦有不可尽废者。"明词的流变,大致可分为前、中、后三个时期。近

300 年间词的发展呈一马鞍形,即两头稍高,中间偏低。

一、绵延余气的前期词:刘基、高启等

明前期(约洪武至天顺的百年间)的词,仍承袭元词风气。故学界一般均持肯定态度。"明初词人犹沿虞伯生、张仲蕃之旧,不乖于风雅"(王昶《明词综序》)。"明初作手若杨孟载、高季迪、刘伯温辈,皆儒雅纤丽,咀宫含商"(朱彝尊《词综发凡》)。这时期的重要词人有刘基(1311—1375)、杨基(1332—1378 后)等台阁重臣,以及高启等不愿被御用的刚直文士。他们或表达寰区大定、四海清一的愿望,或抒发怀才不遇、报国无门的悲哀;或描摹旖旎风景,或反映绮思闺怨。作品的风格亦多种多样,有的气势恢弘,有的婉丽清雅。试看刘基《水龙吟》:

> 鸡鸣风雨潇潇,侧身天地无刘表。啼鹃迸泪,落凤飘恨,断魂飞绕。月暗云霄,星沉烟水,角声清袅。问登楼王粲,镜中白发,今宵又添多少?　　极目乡关何处,渺青山髻螺低小。几回好梦,随风归去,被渠遮了。宝瑟弦僵,玉笙指冷,冥鸿天杪。但侵阶莎草,满庭绿树,不知昏晓。

上片化用《诗经·郑风·风雨》和杜甫《春望》诗意,并用王粲作客他乡、登楼作赋之典,暗示时世艰危,漂泊潦倒,托身无所。下片承"登楼"意,抒发凭高眺远,故乡渺邈,求归不得之苦,进一步表达英雄失意、怀才不遇的落寞情怀。而这种悲慨后面蕴藏的正是重整乾坤、济世救物的志向和施展才华、建功立业的愿望。在表达上化刚为柔,出豪情于婉约,显得蕴藉深沉。

再看杨基《清平乐》:

> 欺烟困雨,拂拂愁千缕。曾把腰肢羞舞女,赢得轻盈如许。　　犹寒未暖时光,将昏渐晓池塘。记取春来杨柳,风流

全在轻黄。

韩愈以"草色遥看近却无"为一年春好之处,杨词"风流全在轻黄"的立意与韩诗完全相同,但词人将早春之景写得更加生动具体,充满对新生事物的深情。

另如高启的《念奴娇》正面抒发自己待时而动,随时准备积极用世的抱负,在表现上以疏旷见长。

> 策勋万里,笑书生骨相,有谁曾许?壮志平生还自负,差比纷纷儿女。酒发雄谈,剑增奇气,诗吐惊人语。风云无便,未容黄鹄先举。　　何事匹马尘埃,东西南北,十载犹羁旅。只恐陈登容易笑,负却故园鸡黍。笛里关山,樽前日月,回首空凝伫。吾今未老,不须清泪如雨。

词中虽有壮志难酬的感叹,更有"天生我才必有用"的自信;纵然受到社会的压制,那蓬勃风发的意气却是羁勒不住的。在英雄失路之时,能写出如此雄健豪放的作品,展示如此开阔奋发的胸怀,自古以来都是少见的。

高启的咏物词亦颇具特色,往往随物赋形,托物寄意,有极强的感染力。那首著名的《沁园春·雁》咏物不即不离,用典自然妥贴,说尽世道的艰难、人心的险恶,表现出对明初统治者的高度防范和警惕,充满匿迹韬光之意。它既反映了词人自己的人生感慨,又概括了当时不少文人的共同心态。然而,词人最终还是落入朱元璋的网罟,死于非命,数百年后,仍令人感叹。

明代前期的重要词人另如陶安(1315—1371)、瞿佑(1341—1427)等,其词亦风流酝藉。如瞿佑的《一剪梅·舟次渭塘书所见》:

> 水连亭馆傍晴沙,不是村家,恐是仙家。竹枝低亚柳枝斜,红是桃花,白是梨花。　　敲门试觅一瓯茶,惊散群鸦,唤

出双鸦。临流久立自咨嗟,景又堪夸,人又堪夸。

上片写令人沉醉的乡村景色;下片写清纯的农家少女。人与自然环境完全融为一体,词人虽未具体描绘她的容貌体态,但从其“临流久立自咨嗟”的神情中,可以看到他的震惊,他的感动,他的芳思。应该承认,这类小词,是发乎至性,出于至情的。

二、纤弱软媚的中期词:陈铎等

明中期(约成化至隆庆百年间)的词,以小令为主,多写艳情,较少反映社会现实生活,词风显得纤弱软媚。加上人们以曲为词,语言俚俗而感情直露,因而引致不少批评。例如赵尊岳《惜阴堂明词丛书叙录》就指出:“拈毫托兴,徒尚浮华;鄙语村谈,俯拾即是。”然而,即使是在这一时期,仍有一些佳作传世。例如陈铎(1460?—1521?),字大声,号秋碧,曾以世袭官指挥。工诗善画,尤精声律。如其《浣溪沙》:

波映横塘柳映桥,冷烟疏雨暗亭皋。春城风景胜江郊。　　花蕊暗随蜂作蜜,溪云还伴鹤飞巢。草堂新竹两三梢。

水波涟涟,使横塘充满生气;杨柳依依,给小桥增添秀色。冷烟疏雨的小城别有一番风韵。过片开拓新意,自然流转,写出了花与蜂的交流,云与鹤的默契,使整个春天充满灵性。同时又反映了主客体之间的悠然神会。它既是词人眼中所见的春景,更是作者胸中所感的春意。最后推出几梢新竹,貌似漫不经心,却是点睛之笔,突出了春的生机,春天蓬勃向上的生命力。

类似的写景佳什还有夏言的《浣溪沙》、边贡的《踏莎行》、王世贞的《忆江南》、吴宽的《采桑子》、赵宽的《减字木兰花》等。

更可贵的是,在香软之风弥漫词坛之时,仍有一些气势雄浑、

论理透辟的杰作传世。如文征明(1470—1559,与祝允明、唐寅、徐祯卿并称"吴中四才子")的《满江红》:

> 拂拭残碑,敕飞字、依稀堪读。慨当初、倚飞何重,后来何酷。岂是功成身合死,可怜事去言难赎。最无端堪恨又堪悲,风波狱。　岂不念,封疆蹙;岂不念,徽钦辱。但徽钦既返,此身何属? 千载休谈南渡错,当时自怕中原复。笑区区一桧竟何能? 逢其欲。

词人一针见血地指出了岳飞冤狱的真正根源,揭露了宋高宗赵构的阴暗心理和自私本质。正是由于他贪恋君位,害怕北伐胜利,害怕徽宗、钦宗被释归来,影响自己的统治,才纵容秦桧以"莫须有"的罪名,加害民族英雄,导致抗金事业功败垂成。正由于这首词表现出了超凡的史识,道出了问题的本质,因而赢得了世人的赞同和传诵。

又如杨慎(1488—1539,字用修,号升庵,正德六年进士第一)的《临江仙》:

> 滚滚长江东逝水,浪花淘尽英雄。是非成败转头空。青山依旧在,几度夕阳红。　白发渔樵江渚上,惯看秋月春风。一壶浊酒喜相逢。古今多少事,都付笑谈中。

词人借千古英雄的是非成败,抒发自己的怀古之情。在高亢的音调之中,表现对世事沧桑的超然和感悟,豪放而含蓄,雄浑而深沉。全篇虽未提及秦汉时期任何英雄的具体事迹,却给人以丰富的想象,因而具有更为广阔的艺术容量。毛批《三国演义》将它作为全篇的序词,正是着眼于此。

当然,这一时期主流是那些纤弱软媚的艳情词。不仅内容贫乏,艺术上也乏善可陈。如唐寅《踏莎行·闺情》:"可怪春光,今年便早,闺中冷落如何好? 因他一去不归来,愁时只是吟芳草。"

前两句本应对仗,却用白话带过,全不讲究句法。通篇纯乎口语,毫无蕴藉可言。词的婉约、凝重、清雅本色,几乎丧失殆尽。

三、革新求变的后期词:陈子龙、夏完淳等人的悲歌

明万历以后的 70 余年间,腐朽统治臻于极致而最终导致朱明王朝土崩瓦解。与此相反,词学跌入衰敝的谷底却又绝境逢生。在一片颓废之中,陈子龙对明词的历程作了正确的评估,对词学凋敝的原因作了初步的反思。其《幽兰草·题词》指出:词作妙在"境由情生,辞随意启,天机偶发,元音自成。""然诚意(刘基)音体俱合,实无惊魂动魄之处;用修(杨慎)以学问为巧,便如明眸玉屑、纤眉积黛,只为累耳;元美(王世贞)取境,似酌苏柳间,然如凤凰桥下语,未免时坠吴歌。"这些大家巨手,尚且未能找到词的感觉,难怪一代明词鲜有建树了。

以陈子龙为代表的云间词派为词风的转变作出了巨大的努力,也为清词的中兴拉开了序幕。

陈子龙(1608—1647),字卧子,又字人中,号大樽。籍贯云间,即今上海松江县。陈子龙、宋征璧宋征舆兄弟、李雯、夏完淳等,词风相近,词学主张相同,又都属当时的松江府治,故有云间派之称。他们推崇南唐、北宋的词,词题以闺情、咏物、感怀居多,但亦讲究寄托。例如陈子龙的《浣溪沙·杨花》:

> 百尺章台撩乱吹,重重帘幕弄春晖。怜他飘泊怨他飞。　淡日滚残花影下,转风吹送玉楼西。天涯心事少人知。

借杨花写章台女子漂泊风尘的身世,对她们既怜爱又幽怨的情思流转于字里行间。"天涯心事少人知"的叹息声中,不仅有情愫难通的感慨,更有知音难得的孤寂。这种失落和痛苦似已超出一般的情爱与眷念,而带有对时局纷然、流离无所的伤悲。

以隐托的物象写家园的艰危,借自然之事传颠覆之忧,是陈子龙词的一大特征。请看《点绛唇·春日风雨有感》:

> 满眼韶华,东风惯是吹红去。几番烟雾,只有花难护。 梦里相思,故国王孙路。春无主! 杜鹃啼处,泪染胭脂雨。

全词用比兴手法,借风雨摧残韶华,暗寓满清横扫江南,致使乾坤板荡。自己有心护花,却回天乏力。面对梦绕魂牵的故国神州,只有杜鹃啼血的哀恸。

类似的情境,亦见于夏完淳(1631—1647)的词中,例如《一剪梅·咏柳》:

> 无限伤心夕照中。故国凄凉,剩粉余红。金沟御水自西东。昨岁陈宫,今岁隋宫。 往事思量一晌空。飞絮无穷,依旧烟笼。长条短叶翠蒙蒙。才过西风,又过东风。

夏完淳系陈子龙的学生,甲申之后,师生歃血为盟,誓死抗清,最后也于同一年赴难。陈子龙就义时 39 岁,而夏完淳仅 17 岁。其志既未得而申,其才亦未能纵横以逞。倘若天假以年,他们本可将云间词风推向一个新的境界。

云间词派的李雯(1608—1647)、宋征舆(1618—1667),早年与陈子龙齐名,并称"云间三子"。李、宋因屈志失节,品格上与陈子龙判若云泥,为人所轻。不过,他们的才情并不亚于陈子龙,对词风的转变也有一定的贡献。其仕清后的词作,亦曾流露出一种愧疚之情。例如李雯《浪淘沙·杨花》:

> 金缕晓风残,素雪晴翻。为谁飞上玉雕阑? 可惜章台新雨后,踏入沙间。 沾惹忒无端,青鸟空衔。一春幽梦绿萍间。暗处消魂罗袖薄,与泪偷弹。

同是咏杨花,这里表现的却是"踏入沙间"的懊悔。对比慷慨就义的旧时盟友,他们不能无愧于心。暗处消魂,潸然落泪,应是堕溷之哀,不无难言之隐。

云间词派兴于多事之秋,本以艺术探求启其端,却因政治动荡终其局。它为时虽短,却振词坛一代之衰,导清词中兴之先路,对词风转变起了重要作用,其历史贡献不容低估。

与陈子龙、夏完淳同时的还有一批抗清志士,虽不属于云间词派,亦以其血透纸背、磊落悲壮的爱国词章,敲响了末世警钟,震动了晚明词坛。最突出的有孙承宗(1563—1638)的《塞翁吟》、《水龙吟》、《阳关引》,徐石麒的《拂霓裳》、吴易的《满江红》等。试以张煌言《满江红》为例:

> 屈指兴亡,恨南北黄图消歇。便几个孤忠大义,冰清玉烈。赵信城边羌笛雨,李陵台上胡笳月。惨模糊、吹出玉关情,声凄切。　　汉宫露,梁园雪,双龙逝,一鸿灭。剩遗臣怒击,唾壶皆缺。豪杰气吞白凤髓,高怀歃饮黄羊血。试排云待把捧日心,诉金阙。

这道词步和传为岳飞所作的《满江红》原韵,写得同样激昂慷慨。山河变色的悲痛,舍身报国的壮怀,像火山爆发一样喷薄而出。

[思考题]

1. 如何评价元明词?
2. 萨都剌词的艺术特色有哪些?
3. 试述明词的创作历程。
4. 云间词派的历史贡献是什么?

第六章　再造辉煌的清词

第一节　春兰秋菊,流光溢彩:
清代词坛的中兴盛况

经历元明两代的委靡消沉之后,词至清代又出现了振颓起衰的中兴气象。不仅在创作上超越元明,"比隆两宋",而且在词学研究、词籍整理方面取得显著成绩。更重要的是,历代沿袭的对词的种种偏见,至此一扫而空。难怪近人朱祖谋认为,"清词独到之处,虽宋人未必能及"(见叶恭绰《全清词钞》序)。一代清词流霞溢彩,文质彬彬,以其卓越的艺术贡献,在抒情文体的发展史上留下了辉煌的一页。

与前代相比,清词有三个鲜明的特征:第一,词人纷起,词作繁多。两宋是词的黄金时代,现存宋词约 2 万首,金元词 7300 首,而清词"总量将超出 20 万首以上,词人也多至 1 万数"(严迪昌《清词史》第 1 页)。诚然,数量不能完全说明问题,但如此壮观的创作,确实令人兴奋,数量本身也是繁荣昌盛的注脚之一。第二、流派纷呈,推陈出新。在词的发展史上,从未有过清代那么多的艺术流派和群体,他们的艺术主张是那么鲜明,审美追求是那么坚定,并且往往带有浓厚的地域性和家族血缘关系的特点。先辈后进同声相应,同气相求,共同努力,在艺术技巧方面付出了大量心血。陈子龙为首的云间词派变风于前,余波流及清初词坛;陈维崧为代表的阳羡词派和朱彝尊为旗帜的浙西词派争奇斗艳,兰菊并茂,张惠言为领袖的常州词派更影响词坛百年之久。他们或崇尚五代,倡导古雅;或推重南宋,主张清空;或推赏北宋,讲究比兴寄托。每一次流变都反映出弃旧图新的进取精神,博涉约取,补偏救弊,力求创新。这使得清词的中兴不是沿着既有的轨迹回归,不是循着本来的程式恢复,而是充满自觉意识的创造。第三、抒情本体,得以确认。词自产生以来,一直为正统文人所轻视,长期被视为末道小技。究其原因,主要在于世人多以道德功用的眼光看待文艺,诗以言志,文以载道,而词却以抒情为主,因而从理念上将词视为异端。清代词学者理直气壮地肯定情性乃是艺术的本质特征,重新建构新的审美价值和艺术观念,力纠世俗偏见,使词的抒情功能得到更充分的发挥。

　　清词中兴的原因是多方面的。首先,元明词的低迷衰落为清词创作提供了教训。明清易代之际,云间词派已大力倡导雅正,力纠淫哇俚俗之弊,新的词风正酝酿而起。清代词人更表现出了弃旧图新的高度自觉。无论取法哪家哪派,都能各极其长,而不受其局限。正如近人叶恭绰所云:"清初诸家,实各具特色,不愧前茅。"(《广箧中词》卷一)百家腾跃而又相因相革,大胆扬弃,直接导致了词风丕变和词学振兴。其次,清词的演变不断得到大家巨擘的引导扶持。吴伟业被誉为"本朝词家之领袖"(张德瀛《词征》卷六),他以歌行大手笔作长调,悲慨激扬,姿态横生,阳羡宗主陈维崧等对此就有所师承。王士禛总持广陵词坛,一时名流聚首,英彦毕集,大有"春风十里扬州路"的彬彬盛况。纳兰性德情真意挚,其词凄艳动人,王国维称之"北宋以来,一人而已"(《人间词话》)。海内词人,一齐俯首。仅清代初年就名家辈出,"一时多少豪杰"。随之而来的是庄媚纷呈,百花争艳。再次,风云变幻的时代给人们造成了强烈的刺激，带来了词风的变化。满族入主朝廷的社会激变，"科场案"、"奏销案"等政治事件的动荡震撼，令知识分子充满痛苦、悲愤、不安、彷徨。他们对故国的眷念，对新朝的惊恐，对现实的迷茫以及进退失据的矛盾，都寄诸笔墨，托于词章，使词的内容再也不是倚红偎翠、浅斟低唱，而充满了时代气息。最后，清廷思想控制严密，文网高张，文狱迭起，也迫使文人学士敛形远害，转向统治者不大注意的"倚声"一道。在压抑的环境中，借词这种委婉曲折的抒情方式抒发幽微之情、难言之隐。这样，客观上造成了词人队伍的迅速扩大，词作的大量增加。

第二节　百派回流、名家辈出的清前期词坛：
王夫之、陈维崧、朱彝尊、纳兰性德等

清初顺治康熙年间，是清词最为繁盛的时期，李一氓指出："清顺康间，词风大盛，就其表达方法而论，极为自由放纵而又委曲隐讳，此一代作家同具有明清易代之感受，唯词足以发抒之。……论清词而不崇顺康，则有清一代为无词。"(《一氓题跋·清康熙本〈瑶华集〉》)由此可见，这一时期词人词作的杰出贡献、历史地位和深远影响。

一、出处各异的清初词人：王夫之、吴伟业等

清初的诗人大都又是词人，王夫之、吴伟业、屈大均、宋琬、龚鼎孳、尤侗，王士禛、曹尔堪等均有词集传世。他们行年有先后，出处各相异，人品气节更迥然有别，但对清词的繁荣都有独特的贡献。

王夫之(1619—1692)，字而农，号薑斋，抗清失败后，退居故乡衡阳石船山，人称船山先生。其词充满故国之思、身世之感，自

谓平生"从不作艳词",近人朱孝臧更高度评价其词"字字楚骚心"（《彊村语业》卷三）。例如《忆秦娥·灯花》：

> 残膏少，零落难待春宵晓。春宵晓，灰飞无迹，更谁弄巧？　　曚昽睡眼微萦绕，疑无疑有幽光小。幽光小，破镜寒辉，死萤残照。

表面上句句咏灯花，实际上句句抒写自己对故国的忠爱眷念。以灯花的未冷之心，幽弱之光，曲折表达自己苦撑待晓、期盼光复的心情。"死萤残照"不过是孤忠的自我写照，而"灰飞无迹"又反映出现实的严酷，前途的渺茫。

另一首《女冠子·卖姜词》更表现了他那济世救物的情怀：

> 卖姜来也，谁是能酬价者？不须悭。老去丝尤密，酸来心愈丹。　　垂涎休自闷，有泪也须弹。最疗人间病，乍炎寒。

值得注意的是，船山词多用比兴，曲隐深沉，怆怀故国之思，多出之于芳悱缠绵之调。近人叶恭绰《广箧中词》卷一评曰："船山词言皆有物，与并时批风抹露者迥殊，知此方可以言词旨。"这对于重"比兴"、"寄托"的常州词派，当有一定影响。

吴伟业作为"江左三大家"之一，以诗名于天下，而词的成就往往为人疏忽。其实《梅村词》更能反映这位"天下大苦人"的怨愤和尴尬。《贺新郎·病中有感》写道：

> 万事催华发。论龚生、天年竟夭，高名难没。吾病难将医药治，耿耿胸中热血。待洒向、西风残月。剖却心肝今置地，问华佗、解我肠千结？追往恨，倍凄咽。　　故人慷慨多奇节。为当年沉吟不断，草间偷活。艾灸眉头瓜喷鼻，今日须难决绝。早患苦，重来千叠。脱屣妻孥非易事，竟一钱不值何须说！人世事，几完缺？

全篇悲感万端，自怨自艾，上片拿汉人龚胜和自己对比，从历史的角度论说龚胜"天年竟夭，高名难没"，因死节而流芳百世，自己却因失节而怀着遗臭千年的恐惧。由于身事二朝，从前所有的志向热血、所有的辛苦努力都白费了；无论怎样"剖却心肝"，也无人理解，无人相信。这种精神的苦痛，即使华佗再生，也无法医治。下片由历史转到现实，想到许多慷慨死节的朋友故交，更反衬自己"沉吟不断，草间偷活"的可耻。名节既亏，人生就变得一钱不值，毫无意义了。一方面有生不如死的悔恨，另一方面又有求死不能的牵系。这种内心解剖比起"误尽平生是一官，弃家容易变名难"的哀叹，更显得深入细腻，委曲尽致。难怪后人都将它视为作者的绝笔。梅村晚年多作长调，大都慨然深沉，弥补了云间词派缺乏长篇的不足，为后来的长调创作提供了范例。

　　同样以诗名震朝野的王士禛，因创立"神韵说"而成为诗坛盟主。然而他早年却是因词蜚声于世。他于顺治十七年（1660）任扬州通判，年仅27岁。在广陵的5年间，"昼了公事，夜接词人"，陈维崧、邵潜、曹尔堪、宋琬、邹祗谟、董以宁、彭孙遹等一大批文人会集于此，形成了清朝第一个阵容齐整、声势壮大的词学中心。各种词风、各种艺术在这里交流切磋，融会扬弃，消除门户之见，冲破"定于一尊"的宗旨，大大促进了清词的嬗变。王士禛总持广陵词坛，还与邹祗谟合编了大型词选《倚声初集》。其词论著作《花草蒙拾》亦颇多卓见。《衍波词》存词140余首，佳作如《减字木兰花·秦淮归棹》：

　　　　隔溪桃叶，照影秋波双画楫。旧日琅玕，红板桥南第几家？　　趁潮归去，一缕柔情无着处。但有垂杨，叶叶枝枝总断肠。

词人于泛舟秦淮之时，追思晋人风流旧事。由桃叶渡而想桃叶其人，她与琅玡望族王献之相恋，当年王献之正是在秦淮渡口作歌送别美人。词人感叹香魂零落、柔情无着之余,着重反映的是对爱情的向往。词中既有往事如烟的怅惘,又有知音难觅的遗憾。

清初词人值得一提的还有顾贞观,其《弹指词》中最负盛名的是寄吴兆骞《金缕曲》二首,今录其一:

> 季子平安否?便归来、平生万事,那堪回首?行路悠悠谁慰藉?母老家贫子幼。记不起、从前杯酒。魑魅搏人应见惯,总输他、覆雨翻云手。冰与雪,周旋久。　　泪痕莫滴牛衣透。数天涯、依然骨肉,几家能够?比似红颜多命薄,更不如今还有。只绝塞、苦寒难受。廿载包胥承一诺,盼乌头马角终相救。置此札,君怀袖。

吴兆骞是"科场案"的受害者,被流放塞外宁古塔达22年之久。此词是顾贞观安慰朋友之作,以词代书,此为创造。至其内容,字字从肺腑流出,只如家常说话。上片先同情朋友的不幸,并陈述宦海凶险,暗寓友人的不白之冤;继而叙远戍之苦,流落之悲。过片后相慰藉,相宽解;最后起誓相救,给对方以鼓励和希望。陈廷焯《白雨斋词话》卷三誉此词为"千秋绝调",并谓其"悲之深,慰之至,丁宁告戒,无一字不从肺腑流出,可以泣鬼神矣"。纳兰性德读此词后,不禁泣下,挺身相救,终使吴兆骞获赦生还。可见此词感人之深。

二、陈维崧与声势浩大的阳羡词派

阳羡词派的主要活动时期在17世纪下半叶,即清初顺治年间和康熙前期。在这不到半个世纪的时期里,就在区区阳羡(今江苏宜兴)境内,聚集在此派领袖陈维崧周围的作家竟达百人之多。

阳羡词派的历史贡献主要有三:第一,在创作实践中,敢于"拈大题目,出大意义",大量反映民生之哀,大胆抒发亡国之痛,大力表现乡土之情,以其丰富多彩的创作,加快了清词的嬗进。正如王煜指出，阳羡词派出而"镗鎝辉煌，清词初大"（《清十一家词钞序》）。第二，提出了全新的词学观。陈维崧《词选序》明确指出："天之生才不尽，文章之体格亦不尽"，"为经为史，曰诗曰词，闭门造车，谅无异辙"，"选词所以存词，其所以存经存史也夫。"将词的地位提到了前所未有的高度。这实质是向世人宣告，文体的流变是必然的，一代有一代之文学，词的出现便是"补古人之所未备"（任绳隗《学文堂诗余序》）。经、史、诗、词并无大小之分，高下之别。阳羡词派不仅从根本上否定"词为小道"的传统观念，而且以补遗补缺的意义阐释"诗余"，强调词的独立价值。第三，及时编辑了《今词苑》、《瑶华集》、《名媛词选》等词集，以巨额篇幅汇录了当代的词人词作，使大批清初词人的篇章得以保存。而《荆溪词初集》则是阳羡词派自我检阅式的群体结集，对自身创作作了镂碑勒石式的历史性总结。

阳羡词宗陈维崧（1625—1682），字其年，号迦陵。出身名门，其父贞慧为复社重要成员，曾因声讨阉党阮大铖而系狱，以气节著称。陈维崧少负才名，甲申之变，他年仅19，从此长期处于穷愁潦倒、客游四方的境地。54岁时，方被荐应博学鸿词试，以第一等第10名授职翰林院检讨，3年后即逝于北京。著有《迦陵词》三十卷，存词1629首。其创作之丰，为历代词人之冠。他崇尚苏、辛，认为其词波澜壮阔而具现实意义，诸长调"如杜甫之歌行与西京之乐府也"，而受辛词影响尤深。风格豪放，气魄宏伟，凌厉光怪，变化如神。长调小令，任笔驱使，莫不纵横如意。所以吴梅称之"气魄之壮，古今殆无敌手"（《词学通论》第九章）。

陈维崧词题材广泛，常用词抒写类似杜甫《三吏》、《三别》的主题，反映重大的社会现实。如著名的《贺新郎·纤夫词》揭露朝廷强虏民夫拉纤，闹得鸡犬不宁、妻离子散、民不聊生。那如狼似虎的里正团保，与杜甫笔下的《石壕吏》是那么酷似；"临歧诀绝"的情景更是《兵车行》"牵衣顿足拦道哭"的人间惨剧的再现。

运用歌行手法是迦陵词的一大特征。笔之所纵,信马由缰,飞扬腾跃,气势磅礴。如《贺新郎·秋夜呈芝麓先生》:

> 掷帽悲歌发。正倚幌、孤秋独眺,凤城双阙。一片玉河桥下水,宛转玲珑如雪。其上有、秦时明月。我在京华沦落久,恨吴盐只点愁人发。家何在? 在天末。　　凭高对景心俱折,关情处,燕昭乐毅,一时人物。白雁横天如箭叫,叫尽古今豪杰。都只被、江山磨灭。明到无终山下去,拓弓弦、渴饮黄獐血。《长杨赋》,竟何益?

笔底挟有一股风云激荡的英雄气,完全不受任何习惯的审美倾向的约束,纵横古今,雄辩滔滔。经史百家、《诗》、《骚》乐府都运用词中,骨力劲拔而神思飞扬,意脉连贯而顿挫分明。而这种雄放苍凉的《贺新郎》、《满江红》就有一百多首,难怪吴梅说:"即苏、辛复生,犹将视为畏友也。"(《词学通论》第九章)

一般说来,慢词因篇幅较长,容量较大,比较容易运气蓄势,故前代词人凡作壮语,多用长调。相比之下,小令则难以雄肆其气,而陈维崧却能在几十字的小令中纵横意态,丝毫不为形式所拘。如《点绛唇·夜宿临洺驿》:

> 晴髻离离,太行山势如蝌蚪。稗花盈亩,一寸霜皮厚。　　赵魏燕韩,历历堪回首? 悲风吼,临洺驿口,黄叶中原走。

江山与岁月、怀古与伤今,都从中透射出来。而景物的萧瑟与历史的沧桑,又给人慷慨苍凉之感。惟有英雄眼中,才会有太行山势如蝌蚪浮游的联想;惟有圣手笔下,才会有"黄叶中原走"的感慨。"悲风吼",既是眼前景象,也是作者悲情激荡的长啸。

阳羡词派的重要作家有任绳隗、万树、曹贞吉、曹亮武、蒋景祁、陈维岳等。

任绳隗(1621—?),字青际,号植斋。著有《直木斋词选》三卷。词风"意气豪上",与陈维崧相近。如《昼锦堂·述怀》:

> 少小才华,平生志气,竟欲摧倒江东。可叹一钱遗累,身世飘蓬。金鸡孤悬云日里,玉环双串梦魂中。从今后,一片热肠,都交酒政诗筒。　　疏慵。半窗月,三径草,香清茶熟帘栊。那管求田问舍,是处冬烘。摊书昼卧黄梅雨,围棋坐隐落花风。吾心乐,常是侧身怀古,醉里称翁。

此词作于"奏销案"后,作者已被革除功名,但仍可见其当年的豪气。虽然词中一再表示,自己将寄情诗酒、潜心学术、忘却世事,但摧挫颓落的背后,却潜藏着山呼海啸、泉涌风飞的激情。因此,王士禛认为其词与陈其年在季孟之间,堪称"双绝"。

万树(1630?—1688),字红友,号山翁。有《香胆词选》六卷500首。小词自然轻松,多乐府民歌意味,长调亦清疏放逸。如《望江怨·送别》:

> 春江渺,断送扁舟过林杪。愁云青未了,布帆遥比沙鸥小。恨残照,尤有一竿红,怪人催去早。

词人以轻松语写沉重情,雅韵与俗美兼具,虽用比兴而无曲晦之感,毫不雕琢却有流动之趣,离愁别绪跃然纸上。当然,万树最大的贡献还在于编有《词律》,共二十卷,收前代词作660调,1180余体。在康熙《钦定词谱》问世前,它是词体最全、资料最详、考订最细的一部词谱。

曹贞吉(1634—?),字升六,号实庵。著有《珂雪词》,此集是唯一一部被收入《四库全书》中的清人词集。其作颇具独创性。如《永遇乐·和友人望华山》:

> 谁凿空蒙? 最惊人处,芙蓉千丈。激荡疑潮,奔腾似马,

罗列儿孙状。八荒雷雨,一天苍翠,缥缈灵旗想象。待清秋凭陵绝顶,画里秦川如掌。　　潼关孤笋,黄河东注,俯览翻增惆怅。飒飒天风,泠泠环佩,九节仙人杖。咄哉韩子,苍龙回驭,那得褰衣长往?耐可拉青莲居士,三峰高唱。

此词写华山的险峻雄奇,有感叹,有描绘,有想象,同时也抒发了自己的壮阔情怀。作者登西岳指点江山,对八荒品评人物,韩愈畏于巍峨,竟然不敢下山;李白却高歌问天,倍增豪迈。显而易见,他推崇的是李白的风格,向往的是超凡脱俗的气概。

阳羡词派活跃于清代初期,而其流风余韵还波及后世,清中期的郑燮、蒋士铨、黄景仁、洪亮吉等都受其影响。

三、朱彝尊与清空醇雅的浙西词派

浙西词派是一个以浙江词人为主体的流派,得名于龚翔麟选辑的《浙西六家词》。浙西词派的领袖朱彝尊,字锡鬯,号竹垞,秀水(今浙江嘉兴)人。其前半生的经历与陈维崧颇为相似,依人远游,居无定所。50 岁时,与陈维崧同年参加博学鸿词试,中第一等第 17 名,授同样的官职,官翰林院检讨,参修《明史》。所不同的是,陈氏早逝,而朱则一度得到康熙殊宠。他博学工词,著有《曝书亭集》八十卷,其中词七卷,500 余首。朱氏还选编《词综》,辑唐宋金元词 659 家,2253 首。不仅采集广泛,而且去取严谨、考证精当,成为词学研究的重要书籍。

朱彝尊的词学观有一个发展转化过程,前期注重词的抒情主体,强调艺术功能在于"情见乎词",后期则转向艺术形式的追求,强调韵趣醇雅。他认为,张炎《词论》所谓"清空"是词的最高境界。而词至南宋,姜夔、张炎出,才真正具有古雅醇厚的格调和疏淡清远的意境。朱彝尊《词综·发凡》指出:"世人言词,必称北宋,然词至南宋,始极其工,至宋季而始极其变,姜尧章氏(姜夔)

最为杰出。"他那首著名的《解珮令·自题诗集》也宣称:"不师秦七,不师黄九,倚新声、玉田(张炎)差近。"事实上,他不仅视秦观、黄庭坚的言情为鄙俚,连苏、辛的雄豪也在屏退之列。他所追求的是句琢字炼,归于醇雅。因此朱彝尊词前期成就较高,题材内容也丰富多彩,吊古伤今、体物寄怀都有独特之处。后期则大量制作咏物词,刻意征典摹形。虽偶有佳作如《长亭怨慢·雁》,借咏雁来感慨身世,写得凄切哀婉,细微绵密,深沉隽永,但这样作品并不多见。更多的词内容贫弱,失之空疏,而大量用典,追求声律又流于雕琢饾饤之弊。

其实,朱彝尊是描写恋情的能手。他与妻妹冯寿常热恋而难以遂愿,其《雅志居情趣》就记录了这一段苦恋,大都深婉细腻,哀艳缠绵。如《鹊桥仙·十一月八日》写一见钟情的状况:

> 一箱书卷,一盘茶磨,移住早梅花下。全家刚上五湖舟,恰添了、个人如画。　　月弦初直,霜花乍紧,兰桨中流徐打。寒威不到小蓬窗,渐坐近、越罗裙衩。

不仅相见的情景氛围逼真眼前,惊艳的情态和当时的心灵震颤都丝丝入微。而另一首《眼儿媚》更把一往情深、欲说还休、欲罢不能的痛苦展示在读者面前:

> 那年私语小窗边,明月未曾圆。含羞几度,已抛人远,忽近人前。　　无情最是寒江水,催送渡头船。一声归去,临行又坐,乍起翻眠。

双方咫尺天涯,小窗私语,是那样难得而又难忘,"含羞几度",默默相爱而又不能相亲。一旦离别,令人坐立不安,辗转反侧。寥寥48字,将苦恋哀情表现得淋漓尽致。

朱彝尊的词论和词作在清代前期影响极大,浙西词派因此成为当时的主要流派,一直延续到乾隆末年。不过,与朱彝尊同时的浙西派词人,如龚翔麟、李良年、李符、沈皡日、沈岸堂等成就并不高。唯沈皡日后来认识到一味追求"清空"的弊病,而提出"一人有一人之性情",要求"各自吐其所怀,自成一家之言"(《瓜庐词序》),可视作对朱彝尊后期词学观的一种拨正,而重新回归朱氏原来的注重抒情主体的词论宗旨。其词作亦颇能反映这一观点,如《解连环》:

> 断蛩吟晚,正苔痕露冷,离魂吹散。坐旅馆、听尽琼签,是人倦背灯,家山犹远。泪洒难收,又和墨、书来点点。算乡城月黑,秋风望极,故人愁眼。　　尘飞软红冉冉。纵无情别去,也成凄怨。伴雁影、芦荻烟波,为频嘱明年,归程同转。双鬓霜前,想镜里、星星先见。只销凝、南浦长亭,玉田半卷。

作者用张炎名篇《解连环·孤雁》原韵,同样述说羁旅漂泊、孤独凄凉的境遇,写来却毫不重复。泪和墨水,书来点点,既见真情,又如在目前。"乡城月黑",照应了开端的"断蛩吟晚",又与双鬓星星形成对比,更显得神伤心苦。从这些描写中不难体会到他主张"吐其所怀"的实质和意义。

四、纯任性灵的纳兰词

清代前期,不属于阳羡、浙西两派而自成一家的词人是纳兰性德。纳兰性德(1655—1685)原名成德,字若容,号楞伽山人。满洲正黄旗人,大学士明珠之子。康熙十五年(1676)应殿试,赐进士出身,官至一等侍卫,深得康熙宠信。词集初名《侧帽》,后增补为《饮水词》,后世又汇辑其全部作品题称《纳兰词》,共存词342首。纳兰天资聪颖,好读书,富情感。词崇南唐后主李煜,词风亦凄婉哀伤。他虽身为贵胄,出入扈从,势要莫比,但由于高层派系林立,勾心斗角,使之"惴惴有临履之忧"。他多次写道,"德也狂生耳,偶然间,缁尘京国,乌衣门第"(《金缕曲·赠顾梁汾》);"羡煞软红尘里客,一味醉生梦死"(《金缕曲·简梁汾》);"还睡、还睡,解道醒来无味"
(《如梦令》),可见他对仕禄的厌倦,心情的抑郁。

纳兰之作,以悼亡词和边塞词最为有名,由于爱妻早丧,其心
灵受到严重创伤,以致悼亡之吟不绝,知己之恨绵绵,成为历代写
悼亡之作最多的词人。这也是导致他早逝的重要原因。请看《金
缕曲·亡妇忌日有感》:

> 此恨何时已?滴空阶、寒更雨歇,葬花天气。三载悠悠魂
> 梦杳,是梦久应醒矣。料也觉、人间无味。不及夜台尘土隔,
> 冷清清一片埋愁地。钗钿约,竟抛弃! 重泉若有双鱼寄,
> 好知他、年来苦乐,与谁相倚?我自终宵成转侧,忍听湘弦重
> 理?待结个、他生知己。还怕两人俱薄命,再缘悭、剩月零风
> 里。清泪尽,纸灰起。

这首词作于亡妇三周年忌日,凄哀断肠,情痴入骨。尤其是痛心疾
首之余的种种幻想和怀疑,令人惊心动魄。

其《蝶恋花》四首也是《饮水词》中的传世名篇。其一为:

> 辛苦最怜天上月,一昔如环,昔昔都成块。若似月轮终皎
> 洁,不辞冰雪为卿热。 无那尘缘容易绝,燕子依然,软踏
> 帘钩说。唱罢秋坟愁未歇,春丛认取双栖蝶。

词人曾梦见娇妻淡妆素服,对他倾诉:"衔恨愿为天上月,年年犹
得向郎圆。"难怪他酬之以"若似月轮终皎洁,不辞冰雪为卿热",
表明自己情愿履冰卧雪,为之牺牲一切。只是明月常在而伊人杳
然,亡妻何尝真能化为一轮皎洁的明月呢?然而燕子不解人世事,
依旧双踏帘钩,呢喃软语,它又给人强烈的刺激。于是幻想能和爱
妻化为双蝶,起舞花丛。结尾既化用《蝶恋花》词调的本意,又寄
托了自己的不尽思念,显得情致缠绵,婉丽凄切。

纳兰的边塞词同样颇具特色。前人的边塞吟大都描写安邦定

远的雄心、沦落天涯的痛苦和万里征人的乡情。而他只写自己对
奇异风光的一种体验,一番感受。如《采桑子·塞上咏雪花》:

> 非关癖爱轻模样,冷处偏佳。别有根芽,不是人间富贵
> 花。　　谢娘别后谁能惜?飘泊天涯。寒月悲笳,万里西风
> 瀚海沙。

面对漂泊天涯的雪花,竟使他产生怜爱、艳羡之情,原因就在于它
"别有根芽,不是人间富贵花"。这当中显然寄寓了自己作为贵胄
公子常常羁縻人间、身不由己的感慨。在这里看不到他随天子出
巡的丝毫荣耀,反而充满对冰清玉洁、轻倩自由的向往。

　　由于纳兰"天分绝高",作词又"纯任性灵",其作大都哀感顽
艳,清新自然,流传极广。王国维评其"以自然之眼观物,以自然
之舌言情……北宋以来,一人而已"(《人间词话》)。

第三节　吟风弄月、蚌病成珠的清中叶词坛:
厉鹗、郑燮、张惠言等

　　康熙以后,明清易代的历史震荡已经过去,清王朝得到举国上
下的确认。从雍正到嘉、道之际,词坛的成就远不及前期。究其原
因,主要是文网严酷、风波迭起,造成了思想文化界的万马齐喑。
大部分词人在风声鹤唳的精神状态中,有意淡化文学的社会功能,
隐蔽抒情主体的独特个性,而转向声律格调的探讨。在这近百年
的时间里,虽有独抒性灵的词人不时突起,但已不能雄霸词坛,树
帜立派了。

一、浙西词风的盛行:厉鹗、王昶等人的崇尚清空
　　在高压政治下,浙西词派崇尚清空、讲究声律的审美追求成了

最合时宜的选择。继朱彝尊之后,浙派的代表词人是厉鹗。

厉鹗一生落拓而博学多才,著作等身。有《樊榭山房词》。厉鹗在作为浙派词人审美极致的"清空"境界上用力最多,因而赢得了浙派大宗的地位。"雍正、乾隆间,词学奉樊榭为赤帜",大批非浙籍的词人也汇合到他的旗下。当然,浙派词与现实距离也拉得更大,内容贫乏的缺陷更加突出,可谓盛极一时而流弊益甚。

从词的艺术技巧上说,厉鹗词确实是笔调清疏,字句工巧,审音叶律,圆转浏亮,颇有清幽淡雅之风。如《忆旧游》:

> 溯溪流云去,树约风来,山剪秋眉。一片寻秋意,是凉花载雪,人在芦石奇。楚天旧愁多少,飘作鬓边丝。正浦溆苍茫,闲随野色,行到禅扉。　　忘机。悄无语,坐雁底焚香,蛩外弦诗。又送萧萧响,尽平沙霜信,吹上僧衣。凭高一声弹指,天地入斜晖。已隔断尘喧,门前弄月渔艇归。

词人笔下的秋景极其空灵。比拟手法的运用,使溪云、树木、山峰都窈曲幽深,极富情致,因而使这"一片寻秋意",格外高远超逸。悲秋之情在这里表现得非常含蓄。词人只借秋芦着花、秋风萧瑟、浦溆苍茫来暗示人生的衰飒。在那几无烟火气的环境之中,自然透露出词人孤寂冷峭的情怀。如此清空的境界,确实可令白石却步。

这时期属于"厉派"的作家有陆培(1686—1752),著《白蕉词》;江昱(1706—1775),著有《梅鹤词》;过春山(约1722—1775),著有《湘云遗稿》;赵文哲(1725—1773),著《媕雅堂词》。堪称浙派全盛时期总结性人物的是王昶。

王昶(1724—1806),字德甫,精通经学而早有诗名,加之官高位重,声气广通。他竭力将词归于温柔敦厚,变浙派的幽淡为雍容尔雅,为鼓吹盛世服务。如《倦寻芳·胥江夜泊》:

　　　一溪碎雪,十里残阳,吴市初夜。倦客乌篷,斜阳姑胥城下。绿槛官桥排雁齿,红帘妆阁分鸳瓦。傍荒祠、看灵旗半卷,怒涛如乍。　　况正值、梅边寒紧,珠络藏香,元夕近也。月上灯街,几许钿车罗帕。卖酒楼台人摁笛,传柑门巷衣飘麝。写吟笺,作升平水天闲话。

词人极力描绘苏州的繁华景象,虽然提及伍子胥的荒祠,不过是为了陪衬官桥的热闹、妆阁的华丽。灯街月下,花车往来,吹笛风情,传柑习俗都显示出元宵前夕的节日气氛。显然,作者的用意是歌咏太平。王昶的词学贡献主要在于编纂《明词综》、《国朝词综》。朱彝尊《词综》止于元代,而王昶延续了这一工程,选词的准则亦依从朱氏,体现了浙派的宗旨和传统。虽然他对词人词作的选取不乏偏颇,不免遗珠,但对于网罗散佚,保存一代词篇功不可没。

　　由于厉鹗等追求的是词体的完美,词格的严密,而忽视词意词情,将词引上了带有唯美倾向的形式主义的发展道路。在"清空"、"醇雅"的旗帜下,词与现实生活的距离越来越远了。

二、阳羡词风的余响:郑燮、黄景仁等人的郁勃苍凉

　　康熙以后,阳羡词派渐趋衰竭。阳羡境内再无大家巨匠,而那萧骚凄怨之调、悲慨长啸之吟亦难见容于世。因此,浙派者众多,而心仪阳羡的却寥寥可数,只有郑燮、蒋士铨、黄景仁、洪亮吉、姚椿等人。然而,在浙派鼎盛、阳羡式微的总形势下,这少数词人却以其郁勃苍凉之作显示出阳羡的余韵流风。

　　郑燮的《郑板桥集》中有《词钞》一卷,存词80首左右。最能体现其悲情激荡的是《沁园春·书怀》:

　　　花亦无知,月亦无聊,酒亦无灵。把天桃斫断,煞他风景;鹦哥煮熟,佐我杯羹。焚砚烧书,椎琴裂画,毁尽文章抹尽名。

荥阳郑,有慕歌家世,乞食风情。　　　单寒骨相难更。笑席帽青衫太瘦生。看蓬门秋草,年年破巷;疏窗细雨,夜夜孤灯。难道天公,还箝恨口,不许长吁一两声? 颠狂甚,取乌丝百幅,细写凄清。

上片全是破坏性意象,颠狂至极。然而,在那奇特怪诞的欲念中,反映出的却是山呼海啸般的怨愤不平,表现的是作者与现实世界的格格不入,水火不容。下片则揭示其疯言狂态的由来,它完全是激于令人窒息的专制。正因为思想箝制到了无法忍受的程度,才会产生这种旋转乾坤、扫荡一切的冲动。郑燮的颠狂,是对统治者的强烈抗议。其愤世嫉俗之情、鼓荡恣肆之作,对于软弱疲沓的词坛,也有矫正流弊的作用。

蒋士铨(1725—1785),字心余,江西铅山人。有《铜弦词》。他心仪陈维崧,多以劲笔硬语,抒发慷慨之气,其词绝无温柔敦厚之旨,常常写愁吐恨,怨而且怒。《金缕曲》曾写道:"百感孤踪都似仆,对江山、肯作寻常语? 拔长剑,向天舞。"可见其为人为词都是傲世独特的。又如《城头月·中秋雨夜书家信后》:

他乡见月能凄楚,天气偏如许。一院虫音,一声更鼓,一阵黄昏雨。　　　孤灯照影无人语,默把中秋数。荏苒华年,更番离别,九载天涯度。

作者胸中自有一段真奇气,发而为词,喷薄而出。身世之感,离别之苦,风人之怨,都跃然纸上。虫鸣声、更鼓声、雨滴声,衬托出秋夜的寂静;孤灯照影,默数中秋,显示出内心的凄寒;沦落天涯,年华逝水,更反映了对未来的惶惑。

黄景仁著有《竹眠词》,也是清奇桀傲,不落恒径。他颇多咏物词,但所咏的常是大杀风景、寒微枯败之物,如归鸦、蝙蝠之类。大都写得情调萧瑟,充满落拓不偶的哀伤。值得肯定的是,这类词往往立意新颖、构思奇特,带有强烈的逆反情绪和离心倾向,因而包含着对社会的批判。

> 浪得松名,借片瓦,托根而已。也只伴墙蒿城草,一般生理。余气惯催金碧换,劫灰不共鸳鸯死。博词人、争咏昔邪房,香生齿。　　鸱吻畔,鱼鳞里;连断藓,交从祀。怪宫室寝坏,尔曹偏喜。似有客楼新雨绿,更无僧寺斜阳紫。怕深宵、发屋走妖狐,齐飞起。(《满江红·瓦松》)

词言瓦松名不符实,讽刺大小官僚的徒有虚名。其更为深刻之处在于词人看透了"乾隆盛世"官僚体制的腐败。

三、张惠言与常州派词的崛起

浙派词人偏重形式,务穷纤巧;阳羡词派早已式微,无力抗衡。力图廓清积弊、挽转颓势的常州词派应运而生。

常州词派的领袖张惠言(1761—1802),字皋文,江苏武进人。嘉庆四年进士(1799),官翰林院编修。他是一位经学家,并以词和散文著名。其词学观集中表现在他所编的《词选》中。概括起来,大约有三:第一,反对将词当作小道,而强调尊崇词体。为此,他不惜移花接木,以《说文》所引"意内而言外谓之词"一语为据,将原本指言语的词比附为长短句的词,以证明词这一文体由来已久,完全可以与《风》、《骚》并列。第二,主张词必须"感物而发","意在笔先",而不可专事雕琢。第三,词要讲究比兴,含蓄蕴藉。既厚重质实,又深美闳约。他精心编辑的《词选》共选唐宋词人44家,116首词,而以温庭筠词为极致。要求"以《国风》、《离骚》之情趣,铸温、韦、周、辛之面目"。

张惠言本人创作态度严谨,一生只写了46首词,但佳构不少。其词大都文字简洁,很少华丽的词藻和生僻的典故,而抒情写物都疏朗有致。如《木兰花慢》咏杨花,既传神生动,又自托情怀,显示漂泊不遇之感。

　　　　　　恁飘零尽了,何人解,当花看?正风避重帘,雨回深幕,云
　　护轻幡。寻他一春伴侣,只断红、相识夕阳间。未忍无声委
　　地,将低重又飞还。　　　　疏狂情性,算凄凉、耐得到春阑。但
　　月地和梅,花天伴雪,合称清寒。收将十分春恨,做一天,愁影
　　绕云山。看取青青池畔,泪痕点点凝斑。

全篇物我交融,浑然一体。上片写杨花飘游不定的遭遇,正是作者
怀才不遇而又无可奈何的自我写照;下片写杨花以疏狂的姿态面
对冷酷的现实,立志伴梅映雪,清寒自洁,正是词人主观情性的寄
托。在表现方法上,借杨花飘转无定写一介寒士托身无着的悲伤,
也体现了作者的审美主张,即“缘情造物,兴于微言”,可视为作者
词学理论的成功实践。

　　张惠言的同调者有张琦、李兆洛、董士锡、周之琦、郑善长等,
他们互相鼓吹,亦有佳作传世。但真正影响较大,并将常州词派发
扬光大的是稍后的周济。

　　周济(1781—1839),字保绪,号未斋,又号止庵,江苏荆溪(今
宜兴)人。嘉庆十年(1805)进士,官淮安府学教授。有《味隽斋
词》、《词辨》、《介存斋论词杂著》,并纂有《宋四家词选》。在词学
理论上,周济对张惠言的主张有新的补充和修正。如他同样重视
比兴寄托,但认识上更为透彻。他说:“词非寄托不入,专寄托不
出。”(《宋四家词选目录序论》)这就避免了只讲寄托,将词写成谜
语的弊病;他要求词人反映社会现实,发挥词的社会功能,而不仅
仅抒发“离别怀思,感士不遇”之类的个人情感,从而扩大了词的
题材内容。经周济的发挥补充,常州词派的理论更为系统,也更多
积极意义,因而影响也更加深远。

　　然而,周济本人的词却有难副其理论的缺憾。特别是他的咏
物词,寄托过于深曲,以致词意隐晦难明,使人觉得有“专寄托不

出"之弊。如《蝶恋花》：

> 柳絮年年三月暮，断送莺花，十里湖边路。万转千回无落处，依侬只恁低低去。　　满眼颓垣欹病树，纵有余英，不值风姨妒。烟里黄沙遮不住，河流日夜东南注。

词从极轻极小的柳絮写起，以极长极大的河流结拍，颇能反映词家的艺术技巧。但词意却甚为隐约。哀叹春光流逝，如同江河日下，似为惜春之吟；断送莺花，好景难再，又有盛衰之感；而"颓垣"、"病树"，满目萧然没落，当是时势之忧；"纵有余英，不值风姨妒"，还疑幽怨之意。因此，吴梅《词学通论》第九章评曰："止庵自作词，亦有寄托，惟能入而不能出耳。"

　　总之，清代中期的词不及前期，既无陈维崧、朱彝尊、纳兰性德三家鼎立的繁盛，又乏令人震撼的名作传世。龚自珍诗曰："九州生气恃风雷，万马齐喑究可哀。"政治的高压造成了词坛的颓唐，而词作的生气也有待时代风雷来灌注重造。

第四节　风雨如晦、鸡鸣不已的晚清词坛：龚自珍、王鹏运、秋瑾等

　　鸦片战争一声炮响，山崩海立，大一统的封建帝制，从此趋于解体。国家危亡，朝政腐败，民怨鼎沸，士子悲慨。一批站在时代潮流前列的词人，发出了强烈的不平之鸣。清代后期词坛应验了文学史上一条带有普遍意义的规律："国家不幸诗家幸，赋到沧桑句便工。"这个时期词人词作之多，超过了前期和中期，而且题材丰富、紧贴现实、风格多样、技艺高超。诚如叶恭绰《全清词钞序》所说，此为"词的中兴光大时代"。

一、道、咸衰世之词:龚自珍等人的幽愤心歌

战乱频仍,江山陆沉,爱国志士大都怀着深沉的忧患意识。既有救国救民的愿望,又有力不从心的悲哀。一批民族英雄都有词集传世,如邓廷桢的《双砚斋词》、林则徐的《云左山房词》等。愤于鸦片之祸,他们以词为书,痛陈艰危时势。

> 玉粟收余,金丝种后,蕃航别有蛮烟。双管横陈,何人对拥无眠? 不知呼吸成滋味,爱挑灯、夜永如年。最堪怜,是一丸泥,捐万缗钱。　春雷歘破零丁穴,笑蜃楼气尽,无复灰然。沙角台高,乱帆收向天边。浮槎漫许陪霓节,看澄波、似镜长圆。更应传,绝岛重洋,取次回舷。(林则徐《高阳台》)

词中对帝国主义公然以武装贩毒的罪行表示极大的愤慨,对国人麻木不仁、津津有味地彻夜吸毒感到无比悲哀,同时为白银外流、财力耗尽而痛惜不已。从这里,读者不难看到,他们不顾个人安危,拍案而起、禁毒销烟的动因。另一方面,面对朝廷的腐败,内政外交上的朝令夕改,他们又痛心疾首,时有回天无力之叹。邓廷桢《酷相思》写道:“眼下病,肩头事,怕愁重如春担不起。”林则徐《金缕曲》亦表现出意懒心寒:“任花开花谢皆春意,休问讯,春归未?”

龚自珍以诗名世,是开一代风气的大手笔。其《定庵词》同样意象飞腾,感情激荡,笔力纵横。22岁时所作《金缕曲》曾明确表示:“纵使文章惊海内,纸上苍生而已,似春水,干卿何事?”颇有“雕虫小技,壮夫不为”的气势。即使像冯延巳那样,写出了“风乍起,吹皱一池春水”的千古名句,又何益于苍生,何补于世事?然而随着阅历的加深、生活的磨炼,始知“怨去吹箫,狂来说剑”乃是英雄失意的渲泄。因此他也常以词的形式抒发忧生悼世之情。如“倘若有城还有国,愁绝,不能雄武不风流”(《定风波》)。暴卒前一年,是他诗词写得最多的一年。在反映世道人心、揭露封建末世气数已尽方面,他的词堪称当时的最强音:

　　游踪廿五年前到，江也依稀，山也依稀，少壮沉雄心事违。　　词人问我重来意，吟也凄迷，说也凄迷，载得齐梁夕照归。（《丑奴儿令》）

词人的"心事"关乎家国，系于江山，然而这一切已不堪言说。历史的演变就在眼前，很快就会无国可倾，无城可倾了，人们对满清江山也只能作最后的吊唁了。《定庵词》在艺术表现上注重寄托却不隐晦艰深，颇具象征而又晓畅淋漓。谭献《复堂词话》赞之"绵丽飞扬，意欲合周、辛而一之，奇作也"。

　　周济《介存斋论词杂著》曾指出："诗有史，词亦有史。"毫无疑问，上述志士以史家的气度，史家的笔法填词，其作确实有"词史"的价值。

　　这一时期，公认为词坛大家的是项鸿祚、蒋春霖。他们不受浙派和常州词派的羁勒，主要效法纳兰性德，因而他们与性德被认为是"二百年中，分鼎三足"的词人。

　　项鸿祚（1798—1835），一名廷纪，字莲生，钱塘人。有《忆云词甲乙丙丁稿》，多伤心之语，愁苦之音。自称："生幼有愁癖，故其情艳而苦，其感于物也郁而深。"（《忆云词自序》）如：

　　西风已是难听，如何又著芭蕉雨？泠泠暗起，渐渐渐紧，萧萧忽住。候馆疏砧，高城断鼓，和成凄楚。想皋亭木落，洞庭波远，浑不见，愁来处。　　此际频惊倦旅，夜初长、归程梦阻。砌蛩自叹，边鸿自唳，剪灯谁语？莫更伤心，可怜秋到，无声更苦。满寒江剩有，黄芦万顷，卷离魂去。（《水龙吟·秋声》）

此词受欧阳修《秋声赋》启发，开端亦着眼于声音：风声、雨声、疏砧声、断鼓声，以表现秋的凄凉。下片则在"自叹"、"自唳"之后，反跌出"无声更苦"，加重了游子的孤独寂寞，从而使词意更深一层。末句一个"卷"字紧贴"万顷",颇见动势,颇具力量,既渲染了离魂,又给人以巨大震撼。

蒋春霖(1818—1868),字鹿潭,江苏江阴人。著《水云楼词》,存词170余首。与项鸿祚一样,多写身世之苦、伤别念乱之情。如《卜算子》:

> 燕子不曾来,小院阴阴雨。一角阑干聚落花,此是春归处。 弹泪别东风,把酒浇飞絮。化了浮萍也是愁,莫向天涯去。

全词充满漂泊之苦、沦落之悲,还有难释的块垒、难期的将来。这种世纪末的情调,特别能引起同代文人的共鸣。其他如"遥凭南斗望京华,忘却满身清露在天涯"(《虞美人》)、"一片春愁,渐吹渐起,恰似春云"(《柳梢青》)等,都苍凉沉郁,备极酸辛。

二、同、光之词:文廷式、王鹏运、秋瑾等人的悲情绝唱

愈近清末,世纪末的情调愈浓。处在同、光时期悲声长吟的重要词人,有谭献、文廷式和晚清四大家王鹏运、郑文焯、朱孝臧、况周颐,以及爱国女侠秋瑾等人。

谭献(1832—1901),字涤生,号复堂,浙江杭州人。他编纂的《箧中词》是清人选清词的权威选本,也是清末民初流传甚广的词选。自著有《复堂词》、《复堂词话》。其词从总体上说,长调胜于小令,但小词亦不乏佳作,例如《蝶恋花》:

> 庭院深深人悄悄,埋怨鹦哥,错报韦郎到。压鬓钗梁金凤小。低头只是闲烦恼。 花发江南年正少。红袖高楼,争抵还乡好?遮断行人西去道,轻躯愿化车前草。

全篇以一个多情女子的口吻,写出镂心刻骨的爱。作者一方面善于熔铸前人的词句,显示出深厚的艺术修养;另一方面又善于吸收

民间创作的特长,语言明白流畅,有口语化的色彩。

文廷式(1856—1904),字道希,号云阁,江西萍乡人。官翰林侍读学士,戊戌政变,因同情变法而被迫流亡日本。词风豪放,多慷慨激昂之作,著有《云起轩词钞》,存词150余首。多表达对时局前途的忧虑,抒发报国救世的志向。如《风流子》"倦书抛短枕"痛斥守旧派误国殃民,《广谪仙怨》"玄菟千里烽烟"纵论甲午之战的战略决策。集中更不乏《离骚》那样抑郁幽愤的作品,如《蝶恋花》:

> 九十韶光如梦里,寸寸关河,寸寸销魂地。落日野田黄蝶起,古槐丛荻摇深翠。　惆怅玉箫催别意,蕙些兰骚,未是伤心事。重叠泪痕缄锦字,人生只有情难死。

此词作于革职离京之时。借三春景色的转瞬即逝,感喟光绪百日新政的夭折。他被慈禧逐出朝廷,并宣布"永不叙用",自然满怀愤郁,入眼的景物也莫不悲凉凄怆。回首故国神京,告别销魂之地,当年屈原放逐,长歌当哭的形象自然浮上心头。而对前贤的趣向与认同,又是精神解脱的良方。词人最后极力渲染"人生只有情难死",曲折寄托了树蕙滋兰、愁缄锦字的深意和期望。

名列晚清四大家之首的王鹏运(1849—1904),年资最高,治词亦最早,词有《半塘定稿》。多针砭时弊、悲慨政事之作。如1894年安维峻因上书光绪,弹劾李鸿章,被慈禧发配张家口军台。王鹏运不仅为之送行,而且以《满江红》词相赠,对安表示深切同情和支持,对其行为给予高度评价。

> 荷到长戈,已御尽、九关魑魅。尚记得、悲歌请剑,更阑相视。惨淡风烟边塞月,蹉跎冰雪孤臣泪。算名成、终竟负初心,如何是?　天难问,犹无已;真御史,奇男子。只我怀抑塞,愧君欲死。宠辱自关天下计,荣枯休论人间世。愿无忘、珍惜百年身,君行矣。

发端对友人才干给予充分肯定,对慷慨请剑的壮举给予高度赞扬,同时对双方的友谊作了深情的回忆,随后对安的遭遇深表同情和安慰。全词情思饱满,笔锋雄健,切中肯綮而又含蓄有致。

此外,珍妃的胞兄志锐、侍读学士文廷式,因支持光绪变法维新,逆忤慈禧,或贬职边关,或逐出帝京,王鹏运亦分别以《八声甘州》和《木兰花慢》词相赠。其耿直刚正于斯可见。朱孝臧在《半塘定稿序》中,赞扬他"于回肠荡气中,仍不掩其独来独往之概",可谓知言。

朱孝臧(1857—1931),一名祖谋,字古微,号彊村。浙江归安(今湖州)人。著有词集《彊村语业》。其词取径吴文英,力求委婉致密,音律和谐,晚年又取法苏轼豪放词,词风沉郁苍劲。在戊戌变法中,他倾向维新,作于 1901 年的《声声慢》对光绪和珍妃的不幸遭遇表示深切的同情。"戊戌六君子"遇害,他曾作《鹧鸪天》悼念刘光第:

> 野水斜桥又一时,愁心空诉故鸥知。凄迷南郭垂鞭过,清苦西峰侧帽窥。　　新雪涕,旧弦诗,惜惜门馆蝶来稀。红荭白菊浑无恙,只是风前有所思。

词人与刘光第志同道合,曾多次在刘光第郊外的别墅弹琴咏诗。而此时物在人亡,门馆凄清。经过此地,不由得悲从中来,涕泪涟涟。结拍更是余韵不绝,低徊不已。

郑文焯(1856—1918),字俊臣,奉天铁岭(今属辽宁)人。有《樵风乐府》九卷。其词"体洁旨远,句妍韵美"(易顺鼎《瘦碧词序》)。尤其是 1900 年前后的作品,感时伤世,情意饱满。此后则多冷眼观世之吟,辛亥革命后更以遗老自居,反复低唱"故国之思",对清王朝覆灭表示哀婉叹息。

况周颐(1859—1926),字夔笙,号蕙风,广西临桂人。有《蕙风词》、《蕙风词话》。他专意于词 50 年,见识不凡,如提出"以吾言写吾心,即吾词","真字是词骨,情真、景真,所以必佳"。因此,《蕙风词话》与王国维《人间词话》被公认为是清末民初最重要的词学著作。况氏虽然写过一些感时伤世之作,但大部分作品是抒发个人哀愁,很少反映时代生活。不过在艺术上还是颇见功力的。如《鹧鸪天》:

> 如梦如烟忆旧游,听风听雨卧沧洲。烛消香篆沉沉夜,春也须归何况秋。　　书咄咄,索休休,霜天容易白人头。秋归尚有黄花在,未必清尊不破愁。

作者认为"词境以深静为至",此词便极力创造至静的境界,"听风听雨"、"书咄咄"都是为了反衬秋夜的沉静。词中熔铸前人词句,不见斧凿痕迹,锤炼而不失自然,感伤而不乏通脱。

晚清四家之词,各有特色。王词爽健而不乏风云气,朱词深苍而多书卷气,郑词萧散而略带隐逸气,况词隽秀而有名士气。

晚清词人值得注意的还有王国维(1877—1927)。国维字伯隅,号静安,浙江海宁人。著有《人间词》和《人间词话》。他是第一个运用西方哲学思想来研究中国文学的学者。《人间词话》提出了著名的"境界说",以"能写真景物真感情者,谓之有境界"。其《人间词》充满厌世消沉的心绪。如《浣溪沙》:

> 掩卷平生有百端,饱更忧患转冥顽。偶听啼鴂怨春残。　　坐觉无何消白日,更缘随例弄丹铅。闲愁无分况清欢。

此词颇能反映作者的生活态度,饱经忧患却更加执着,感时伤世又不能有所作为,只能专事著述消磨时光。歇拍极言内心的痛苦,自己连闲愁都无分,更哪得什么清欢呢?

晚清还有一批匡国济世的英才,如黄遵宪、谭嗣同、梁启超、秋瑾等,他们虽不以词名,仅偶尔涉足词坛,但在屈指可数的词作中,

却流露出惊世骇俗的气概。字里行间,热情滚滚,催人奋发,感人泪下。如梁启超的《金缕曲》:

> 昨夜东风里,忍回首、月明故国,凄凉到此。鹑首赐秦寻常梦,莫是钧天沉醉?也不管人间憔悴。落日长烟关塞黑,望阴山、铁骑纵横地。汉帜拔,鼓声死。　　物华依旧山河异。是谁家、庄严卧榻,尽伊酣睡?不信千年神明胄,一个更无男子。问春水、干卿何事?我自伤心人不见,访明夷、别有英雄泪。鸡声乱,剑光起。

这首词作于 1902 年,在八国联军入侵之后,中国正面临帝国主义列强瓜分的危险。词人厉声喝问"莫是钧天沉醉"?是谁让"庄严卧榻,尽伊酣睡"?在"我自伤心人不见"的感慨之余,作者表示一定要奋起抗争,挽国家于危亡,拯生民于苦难。

更值得一提的是鉴湖女侠秋瑾,她愤于国政,引亢长啸,喊出了时代的最强音。

> 祖国沉沦感不禁,闲来海外觅知音。金瓯已缺总须补,为国牺牲敢惜身?　　嗟险阻,叹飘零。关山万里作雄行。休言女子非英物,夜夜龙泉壁上鸣!(《鹧鸪天》)

词中一股英雄豪气喷薄而出。它已经不是一般人忧国伤时的叹息,而是奋起救国、不惜以身殉国的誓言。

一部词史绵延千年,从一开始就是男作闺音,这种表现形态一直在词史上占着主导地位,以致"诗庄词媚"成为大多数治词者的共识。然而在清词的终点,却站起一位真正的巾帼英雄,奏弹起比苏、辛更加激烈的铁琵铜琶。其慷慨豪迈的雄风,"莽红尘、何处觅知音"的诘词,反教千载男儿莫能仰视应答。对比词的发端,古代词史的终结,竟是如此幽默,如此出人意料,如此发人深思,耐人寻味。

[思考题]

1. 清词中兴的标志和原因是什么？

2. 阳羡词派的文学贡献是什么？

3. 浙西词派为什么能延绵一个多世纪？其词学主张是什么？

4. 纳兰词为什么充满哀怨的情调？

5. 常州词派在清词史上的地位如何？

[主要参考文献]

《全唐五代词》　曾昭岷等编著　中华书局 1999

《全宋词》　唐圭璋辑　中华书局 1988

《全金元词》　唐圭璋辑　中华书局 1979

《明词汇刊》　赵尊岳编　上海古籍出版社 1992

《全清词钞》　叶恭绰编　中华书局 1982

《清词综补》　丁绍仪辑　中华书局 1986

《云谣集杂曲子》　世界文库本

《花间集注》　（五代）赵崇祚辑　华连圃注　中州书画社 1983

《草堂诗余》　（宋）何士信辑　中华书局 1958

《词综》　（清）朱彝尊选　上海古籍出版社 1978

《词选》　（清）张惠言选评　中华书局 1957

《唐宋名家词选》　龙榆生选　上海古籍出版社 1980

《唐宋词选释》　俞平伯选释　人民文学出版社 1978

《唐宋词简释》　唐圭璋选释　上海古籍出版社 1981

《唐宋词选》　中国社会科学院文学研究所选注　人民文学出版社 1982

《唐宋词鉴赏辞典》　唐圭璋主编　江苏古籍出版社 1986

《宋词三百首笺注》　朱祖谋选　唐圭璋笺注　上海古籍出版社 1979

《宋词选》　胡云翼选注　上海古籍出版社 1982

《宋十大名家词》　羊春秋编　岳麓书社 1990

《金元明清词选》　夏承焘　张璋选注　人民文学出版社 1983

《金元明清词鉴赏辞典》　唐圭璋主编　江苏古籍出版社 1989

《清名家词》　张乃乾辑　上海书店 1982(复印)

《李璟李煜词》　（五代)李璟　李煜著　詹安泰编注　人民文学出版社 1982

《乐章集校注》　（宋)柳永撰　薛瑞生校注　中华书局 1994

《东坡词编年笺注》　（宋)苏轼著　薛瑞生笺注　三秦出版社 1998

《周邦彦清真集笺》　（宋)罗忼烈笺注　三联书店香港分店 1985

《淮海居士长短句》　（宋)秦观著　徐培均校注　上海古籍出版社 1985

《东山词》　（宋)贺铸著　钟振振校注　上海古籍出版社 1989

《李清照集校注》　（宋)李清照著　王仲闻校注　人民文学出版社 1979

《稼轩词编年笺校》　（宋)辛弃疾著　邓广铭笺注　上海古籍出版社 1978

《姜白石词编年笺校》　（宋)姜夔著　夏承焘笺校　上海古籍出版社 1981

《纳兰性德词新释辑评》　张秉戍释评　中国书店 2000

《唐宋人词话》　孙克强辑　河南文艺出版社 1999

《碧鸡漫志》　（宋)王灼著　有《词话丛编》(唐圭璋编　中华书局 1986)本

《词源注》　（宋)张炎著　夏承焘校注　人民文学出版社 1981

《乐府指迷笺释》　（宋)沈义父著　蔡嵩云笺释　人民文学出版社 1981

《艺苑卮言》　（明)王世贞著　有《词话丛编》本

《词品》　（明)杨慎著　有《词话丛编》本

《花草蒙拾》　（清)王士禛著　有《词话丛编》本

《雨村词话》　（清)李调元著　有《词话丛编》本

《灵芬馆词话》　（清)郭麐著　有《词话丛编》本

《张惠言论词》　（清)张惠言著　有《词话丛编》本

《介存斋论词杂著》　（清)周济著　有《词话丛编》本

《宋四家词选目录序论》　（清)周济撰著　有《词话丛编》本

《乐府余论》　（清)宋翔凤著　有《词话丛编》本

《赌棋山庄词话》　（清)谢章铤撰　有《词话丛编》本

《蒿庵论词》　（清)冯煦著　有《词话丛编》本

《词概》　（清)刘熙载著　有《词话丛编》本

《白雨斋词话》　（清)陈廷焯著　有《词话丛编》本

《人间词话》　王国维著　人民文学出版社 1960

《蕙风词话》　况周颐著　人民文学出版社 1960

《词学通论》　吴梅著　华东师范大学出版社 1996

《词曲史》 王易著 上海书店 1989

《词曲通论》 刘庆云 刘建国著 湖南大学出版社 1999

《詹安泰词学论稿》 詹安泰著 汤擎民整理 广东人民出版社 1984

《词史论纲》 金启华著 南京出版社 1992

《唐宋词通论》 吴熊和著 浙江古籍出版社 1989

《唐宋词史》 杨海明著 江苏古籍出版社 1987

《唐宋词十七讲》 叶嘉莹著 岳麓书社 1989

《唐宋词流派史》 刘扬忠著 福建人民出版社 1999

《宋词通论》 薛砺若著 上海书店 1985(影印)

《宋词辨》 谢桃坊著 上海古籍出版社 1999

《南宋词史》 陶尔夫 刘敬圻合著 黑龙江人民出版社 1992

《女性词史》 邓红梅著 山东教育出版社 2000

《清词论丛》 叶嘉莹著 河北教育出版社 1997

《金元词论稿》 赵维江著 中国社会科学出版社 2000

《金元词史》 黄兆汉著 (台湾)学生书局 1992

《清词史》 严迪昌著 江苏古籍出版社 1987

《唐宋词人年谱》 夏承焘著 上海古籍出版社 1979

《词林纪事》 (清)张宗橚辑编 成都古籍书店 1982

《词籍序跋萃编》 施蛰存主编 中国社会科学出版社 1994

《历代词纪事汇评丛书》 钟振振等编 黄山书社 1995

《词集考》 饶宗颐著 中华书局 1992

《词学古今谈》 缪钺 叶嘉莹著 岳麓书社 1992

《中国词学史》 谢桃坊著 巴蜀书社 1993

《中国词学批评史》 方智范等著 中国社会科学出版社 1994

《中国词学大辞典》 马兴荣等主编 浙江教育出版社 1996

下编　散曲

第一章　散曲的形成及其体式特征

　　曲这一概念，一般兼指剧曲与散曲。作为剧曲的曲，与科介（表情和动作）、说白紧密配合，在舞台演出故事，是戏曲；作为与剧曲相对的散曲，不加科、白，只用来清唱，是诗歌。本编要叙述的，就是流行在元明清时期而被人们作为诗歌的散曲。

第一节　散曲之称名及其体式演化

　　元人尚无散曲之称名，他们对散曲的通行称呼是"乐府"、"新乐府"、"北乐府"、"今乐府"等，这表明元人对这种新兴诗歌体式的推崇，也表明他们对散曲作为音乐文学之特质的准确把握。作为一种新的诗歌体式的"散曲"一词，首见于明初朱有燉的《诚斋乐府》。不过，此书所言"散曲"，指没有被组织成套的零散"只曲"，实际上是指与"套数"相对而言的小令。到明中叶的曲论家如王世贞、吕天成、王骥德等人论曲时所提到的"散曲"，往往才与"杂剧"、"传奇"对举而兼包小令、套数在内。明清以后，散曲还有诸如词、曲、词余、乐府、乐章、清曲等许多别称，近人任中敏在《散曲概论·名称第三》中进行考订辨析之后，其"散曲为总名，散套及小令为分别之名"的界定，渐为曲学界普遍接受。

　　在论述曲的渊源时,明清人普遍认为"曲者,词之变"(王世贞《曲藻序》),这个说法符合实际,但较为笼统。其实,若将词曲通观,二者实无本质上的区别。就音乐体式而言,二者皆为曲牌体;就诗歌体式而言,二者皆为长短句;可以说大体上是词曲一体,或说曲承词体,只是在某些方面有一些新的变化。

　　散曲当中,最基本的体式是小令与套数。小令的体式,是直承唐宋词小令一体而来,这不仅因为:就歌辞而言,二者都是性质相同的长短句,就音乐而言,二者都使用曲牌体音乐;还因为有如[人月圆]、[风入松]、[忆秦娥]、[忆王孙]等大约三分之一的曲牌同时就是词牌,在这些词曲牌名相同的曲调中,有不少句式结构还完全相同。因此,就小令而言,说词曲一体,一般不会有异议。

　　但对套数一体,却有不同看法。一般认为,曲中套数是在唐宋大曲、唱赚、诸宫调等曲艺影响下而在北曲中形成的一种新体式。其实,大曲、唱赚和诸宫调是曲式结构完全不同的三种形式。简言之,大曲是以一支曲子作为主曲,且将主曲作一系列的变形处理后形成若干只曲(前人叫"歌声变件"),并把这些只曲和主曲组合起来演唱,也就是说,大曲中各只曲的组合,并非不同牌调的组合,而是主曲与一系列"歌声变件"的组合。至于诸宫调,只是配合故事的叙述,把各种不同宫调的曲子放在一起来演唱,其中虽有一些成套的曲子,但只不过是对唱赚一体的借用。实际上,曲中的套数,就是自北宋以来流行歌场,后来为词人染指的唱赚一体。

　　耐得翁《都城纪胜》中"瓦舍众伎"条有云:"唱赚在京师日有'缠令'、'缠达'。有'引子'、'尾声'为'缠令';'引子'后只以两腔互迎循环间用者为'缠达'。"其中"有'引子'、'尾声'为'缠令'"的一体,是后来套数的主体形式。如贯云石的[越调·斗鹌鹑]《佳偶》套数:

　　[斗鹌鹑]国色天香,冰肌玉骨。燕语莺吟,鸾歌凤舞。

夜月春风,朝云暮雨。美眷爱,俏伴侣。落叶归秋,花生满路。　　[金蕉叶]见他眉来眼去,俺早心满愿足。他道是抛砖引玉,俺却道因祸致福。　　[天净沙]虽然似水如鱼,甚世曾少实多虚,更有闲言剩语。若将他辜负,待古里不信神佛。　　[小桃红]至诚惠性厌其余,无半米儿亏人处。觅便寻芳厮照觑,要欢娱,看时相见偷圆聚。知心可腹,牵肠割肚,不枉了用工夫。　　[尾]锦纹封寄情缘簿,罗帕留香信物,常想着相见时话儿甜,早忘了星前月下苦。

此套的曲式结构为:[斗鹌鹑]→[金蕉叶]→[天净沙]→[小桃红]→[尾],首曲[斗鹌鹑]即"引子",中间[金蕉叶]、[天净沙]、[小桃红]等为"过曲",最后有[尾]声,这种结构是套数的主要形式。

至于"'引子'后只以两腔互迎循环间用者为'缠达'"的一体,在套数中还有保留,如邓学可的[正宫·端正好]《乐道》套,其曲式结构为:[端正好]→[滚绣球]、[倘秀才]→[滚绣球]→[倘秀才]→[滚绣球]→[呆骨朵]→[太平年]→[随煞],其中首曲[端正好]为"引子",其后过曲中[滚绣球]、[倘秀才]两支曲子不断地交替反复,即为"两腔互迎循环间用",至于后面还有"[呆骨朵]、[太平年]、[随煞]"三曲,则可看作是"缠达"的变体了。

显而易见,"唱赚"中无论"缠令"还是"缠达",它们与元散曲中"套数"的曲式结构都完全相同,由此可以认为,宋代的"唱赚",就是元曲中的套数。因为"唱赚"要联合若干首只曲成套曲,须以"套"作为单位来计数,所以后来便称其为"套数"了。当然,由词体到曲体,也有一些变化,这主要表现在:在词体中,除极少数词牌外,绝大多数词牌为双调;在曲体中,除极少数曲牌外,绝大多数为单调。故来源于词调的,有不少仅截取词之一片而用为曲调。如晏几道的一首《风入松》词:

　　柳阴庭院杏梢墙,依旧巫阳。凤箫已远青楼在,水沉谁复暖前香。临镜舞鸾离照,依筝飞雁辞行。　　坠鞭人意自凄凉,泪眼回肠。断云残雨当年事,到如今几处难忘。两袖晓风花陌,一帘夜月兰堂。

再看张可久的一首［风入松］曲:

> 琅琅新雨洗湖天,小景六桥边。西风泼眼山如画,有黄花休恨无钱。细看茱萸一笑,诗翁健似当年。

同为“风入松”,但词为双调,曲仅截取词之一片,为单调。这是由词体发展为曲体的显著变化。

综上所述,可以说明:在散曲中,无论小令、套数,其体式都并非曲的新创,而是词的旧有之体,只不过在某些方面有一些变化而已。

第二节　曲乐新声和文体风貌的形成

既然说词曲一体,那么,词曲之间究竟有无差异呢? 有的,但这种差异并不主要表现在文辞的体式构成上,而主要表现在音乐体式和文辞风格上。若就音乐而言,在一种有别于唐宋词所用燕乐的北曲新声的流行;若就文辞而言,在一种有别于词的温婉雅丽之风的通俗自然一格的兴盛。

一、曲乐新声的形成

通观我国音乐文学的发展历史,不难看到:每当一次南北东西音乐的大交流大融合以后,就会产生一种新的音乐体式,而伴随着这种新的音乐体式的盛行,便是一种新的诗歌体式的风靡。由于西汉帝国的大一统,汉乐府机关有条件广采“赵、代、秦、楚之讴”,南北各地的"街陌讴谣"与庙堂雅乐融合，音乐体式为之一新，一种有别于《诗》、《骚》的新型歌诗——"汉乐府"随之流行，并促成文人五言诗和拟、代体乐府诗的大盛。魏晋南北朝时期，中华民族进入长期的分裂与战乱，南北东西音乐文化的大交流失去条件，但却在不同的地域形成各自的特色，随着隋的统一南北与唐王朝的威震天下，四夷歌舞、八方风谣又汇集国都，在"先王之雅乐"、"前世新声"之"清乐"与"合胡部"之"宴乐"一起流行的过程中，最终是"合胡部"之"宴乐"取得优势，新的"燕乐"体式由此形成，随之而来的便是按谱填词、"字与音协"的唐宋词的崛起。到金元时期，女真、蒙古民族先后入主中原，"番腔"伴着"铁马"南播，以燕乐为代表的中原音乐又随宋、金王朝的倾覆而大规模北上，经过一番痛苦的融合，一种被称着"北曲"的新的音乐体式又告形成，伴随着"北曲"的兴盛，号称"大元乐府"的元曲便得以风行。当属于燕乐体系的词乐中北上的一支与北方民族音乐融合而形成"北曲"时，它保留在南宋王朝统治下的另一支则与江浙一带俗曲俚歌结合而形成"南曲"，到元统一南北后，北曲南下，南曲北上，二者又开始新的交流与融合。在整个元代，主要是北曲的天下，保存至今的元曲也主要是北曲，所以本节所叙的曲乐的形成主要指北曲。而且，曲虽然有剧曲与散曲之别，但其作为音乐文学的本质是共同的，所以，在谈到曲的形成和体式构成时，一般是合二为一，统称之为曲的。

若论曲乐新声的形成，可以说，其中既有传统的词乐，也有受词乐熏染的民间俗曲俚歌和北方少数民族的音乐。在金元之交，传统的词乐继续在歌坛流行，如元燕南芝庵《唱论》有云："近出所谓大乐：苏小小《蝶恋花》、邓千江《望海潮》、苏东坡《念奴娇》、辛稼轩《摸鱼子》、晏叔原《鹧鸪天》、柳七卿《雨霖铃》、吴彦高《春草碧》、朱淑贞《生查子》、蔡伯坚《石州慢》、张子野《天仙子》也。"另如元末陶宗仪也在《南村辍耕录》卷二七"杂剧曲名"条中说："金际国初，乐府犹宋词之流。"除元人的明确记载以外，从元曲所用曲牌中亦可考见。据周德清《中原音韵》的整理统计,北曲共用了335个曲牌(实不止此数),据考,其中出于唐宋词者就有110余调。当然,决不能说这些词调都一成不变地保存着原貌,但曲乐新声中有大量传统词乐的存在,这是铁的事实。

说到民间的俗曲俚歌,金末刘祁的《归潜志》卷一三有云:"尝与亡友王飞白言:'唐以前诗在诗,至宋则多在长短句,今之诗在俗间俚曲也,如所谓[源土令]之类。'飞白曰:'何以知之?'予曰:'古人歌诗,皆发其心所欲言,使人诵之至有泣下者。今人之诗,惟泥题目、事实、句法,将以新巧取声名,虽得人口称,而动人者绝少,不若俗谣俚曲之见其真情,而反能荡人血气也。'"正是因为那"如所谓[源土令]之类"的俗曲"能荡人血气",故能得时人爱赏,与传统词乐一道流行,并相互影响。就元曲所用曲牌名称看,如[大拜门]、[小拜门]、[骂玉郎]、[油葫芦]、[醋葫芦]、[采莲曲]、[采茶歌]、[梨花儿]、[山石榴]、[山丹花]、[节节高]、[穷河西]之类,十有八九,便是刘祁所谓"能荡人血气"的"俗谣俚曲"。

就北方少数民族音乐而言,见于元人记载者,如周德清《中原音韵》云:"如女真[风流体]等乐章,皆以女真人音声歌之,虽字有舛讹,不伤于音律者,不为害也。"像[风流体]这样来源于北方少数民族音乐而曲牌名已经汉译的曲调究竟有多少?现今已难确考。在曲乐新声中,也还有一些未经汉译的曲名,如[者剌骨]、[阿纳忽]、[古都白]、[唐兀歹]、[阿忽令]、[也不罗]、[拙鲁速]等,这些曲调显然来自北方少数民族音乐。

就整个中国音乐文学发展的历史看,无论任何一个朝代,在文人雅士圈内流行的"乐府"与民间的俗曲俚歌,总是不间断地以不同的方式,通过不同的途径交流着。在唐以前,主要靠朝廷出于"观风以知政"和"化民以成俗"的政教目的,通过行政的手段来沟通这种"交流",在唐以后,主要靠那些随市民消费文学的兴盛而辗转于民间和官府的职业卖艺人来沟通这种交流。在金元时期,就主要是靠如夏庭芝《青楼记》所记之张怡云、张玉莲、珠帘秀、刘婆惜等歌儿舞女们把民间的俗曲俚歌唱与文士，又把文士们的雅言"乐府"散播民间，经过她们的这种中介作用，雅乐与俗乐、上层与民间被紧密地联系在一起，以传统词乐为基础，并融合民间俗乐与少数民族音乐的新的曲乐体式，便渐渐形成了。

　　由于曲乐的失传，北曲新声的曲式构成和风格特征已无法具体分析，只能从前人的记载中知道它的一些特征。如明魏良辅《曲律》云："北曲以遒劲为主，南曲以婉转为主，各有不同。"王世贞《曲藻》云："凡曲，北字多而调促，促处见筋；南字多而调缓，缓处见眼。北则辞情多而声情少，南则辞情少而声情多。北力在弦，南力在板。北宜和歌，南宜独奏。北气易粗，南气易弱。"

二、曲辞通俗自然的文体风貌的形成

　　与词的温婉雅丽相比，曲最突出的特征便是通俗自然。比如同是写离情别绪，欧阳修《浪淘沙》云：

　　　　把酒祝东风，且共从容。垂杨紫陌洛城东。总是当年携手处，游遍芳丛。　　聚散苦匆匆，此恨无穷。今年要胜去年红。可惜明年花更好，知与谁同？

关汉卿的[沉醉东风]云：

　　　　咫尺的天南地北，霎时间月缺花飞！手执着饯行杯，眼阁着别离泪。刚道得声保重将息，痛煞煞叫人舍不得！

欧词先由眼前垂杨紫陌的别宴写起，接着回想当年携手芳丛的甜蜜欢快，然后再回到聚散匆匆，别恨无穷，最后在惜花悯人和对别后的遐想中结束，其交错铺叙中含思婉转，咫尺短幅中层波叠浪，全词景美、人雅、情浓，而且在怨离恨别中暗寓着深沉的人生感慨，其艺术表现颇见温婉雅丽之美。关曲则只着笔于离别情事本身，

直写执杯饯行那一霎间天南地北、月缺花飞的沉痛之感,无任何修饰渲染,只是白描直陈,但其情感的表现力与感染力却是那么强烈,曲文学的这种通俗自然之风是显而易见的,它与南北朝时期北朝民歌的质朴风韵还可遥相辉映。

元明时人曾将曲的这种与民歌为近的通俗自然之风比喻为"蛤蜊"、"蒜酪"之味,这种以味论文的比喻十分生动形象,但略嫌简略。近人任中敏在《散曲概论·作法》中有一段著名的词曲异同论:"词静而曲动;词敛而曲放;词纵而曲横;词深而曲广;词内旋而曲外旋;词阴柔而曲阳刚;词以婉约为主,别体则为豪放;曲以豪放为主,别体则为婉约;词尚意内言外,曲竟为言外而意亦外。"任氏所论更具体全面,其所谓"动"、"放"、"横"、"广"、"外旋"、"阳刚"、"豪放"、"言外而意亦外"等等,实质上都与通俗自然这一本质特征有关。

曲之通俗自然的文学风貌的形成,除了受民间俗谣俚曲和坊间通俗曲艺的影响外,宋金文人俗词的影响更应引起重视。宋词的发展,自苏轼"以诗为词"以来,词在开始脱离音乐的同时也开始雅俗两途的分道扬镳。在市民俗文化圈内,是柳永一派的所谓"俗词"的天下,如陈师道《后山诗话》云:"柳三变游东都南北二巷,作新乐府,骪骳从俗,天下咏之。"徐度《却扫编》卷下云:"(柳永)词虽极工致,然多杂以鄙语,故流俗人尤喜道之。其后欧、苏诸公继出,文格一变,至为歌词,体制高雅。柳氏之作,殆不复称于文士之口,然流俗好之自若也。"在正统文士们看来,"流俗"人喜好的是柳词的"骪骳"、"杂以鄙语",其实,柳词得市民激赏,关键还是在它的通俗易懂和肆意畅情。宋代词乐的流汇入曲,主要由始终未脱离歌场的柳永俗词一派保留下来,而俗词通俗易懂、肆意畅情的特征也就自然会影响到曲的创作。而且,在宋金文人中,喜欢作俗词的并非只有一个柳永,而是大有人在,已俨然形成一种与雅词抗衡的时代潮流,并且有相当多的俗词已具有浓郁的曲味。

如康与之《长相思》：

> 南高峰，北高峰，一片湖光烟霭中。春来愁杀侬。　　郎意浓，妾意浓，油壁车轻郎马骢。相逢九里松。

辛弃疾《鹊桥仙·送粉卿行》：

> 轿儿排了，担儿装了，杜宇一声催起。从今一步一回头，怎睚的一千余里。　　旧时行处，旧时歌处，空有燕泥香坠。莫嫌白发不思量，也须有思量去里。

赵可《席屋上戏书》（失调名）：

> 赵可可，肚里文章可可，三场捱了两场过，只有这番解火。恰如合眼跳黄河，知它是过也不过。试官道：王业艰难，好交你知我。

像这些不假雕饰而只以寻常口语直陈白描的特点，是比许多曲作都还要突出的。这些俗词对于元曲通俗质朴特征的形成无疑有重要影响。

除上述文学方面的影响而外，更重要的是时代使然。在蒙古族入主中原后，随着民族歧视政策和强权政治的推行，元代文士由科举入仕之路被彻底断绝，现实社会无情地抛弃了汉族文士，否定了他们的人生价值，所以，文士们在治国平天下的理想破灭后便也转而在政治上愤怒地讽刺和批判社会，在思想文化上鄙弃和嘲弄传统，鄙薄"周秦汉"，亵渎"孔孟颜"，他们要发泄牢骚愤懑，要讽时叹世，要抒发痛苦与不平，他们需要酣畅淋漓的发泄，而不需要蕴藉含蓄的表达，所以，在曲体风格的选择上，民间俗谣俚曲和宋金俗词的作风便成了他们的典范。

综上所述，可以说明：就文学体式而言，词曲本为一体；就文体

风格而言,词雅而曲俗——曲者,词中之俗曲;词者,曲中之雅调;
如此而已。然而,曲虽上承词体而来,但它毕竟生长繁荣在新的时
代环境中,因此,它在曲牌体制、平仄韵式、章法技巧、修辞艺术等
方面也都与词有显著的区别,并由此构成别具一格的体制特征。

第三节 曲的宫调与曲牌

随便翻检一些曲集,可以看到标在曲牌前面的[正宫]、[中
吕]、[双调]等称名,这便是所谓宫调;简单一点说,宫调是用来表
示演唱曲调时所用的调高。标在宫调之后曲词之前的[端正好]、
[粉蝶儿]、[落梅风]、[沉醉东风]等,便是曲牌,它们是用来表示
演唱歌词时所用的曲调。一个宫调有大致确定的调高,一个曲牌
有大致固定的唱法。

北曲所用宫调,据周德清《中原音韵》所列,一共有 12 个,它
们是:[黄钟]、[正宫]、[大石调]、[小石调]、[仙吕]、[中吕]、
[南吕]、[双调]、[越调]、[商调]、[角调]、[般涉调]。南曲所用
宫调,据明人沈璟《南九宫谱》所列,共有 13 个,它们是:[仙吕
宫]、[羽调]、[正宫]、[大石调]、[中吕宫]、[般涉调]、[南吕
宫]、[黄钟宫]、[越调]、[商调]、[小石调]、[双调]、[仙吕入双
调],这就是所谓"十三调";其中[羽调]可附入[仙吕宫],[大石
调]可附入[正宫],[般涉调]可附入[中吕宫],[小石调]可附入
[商调],除了这些可附入的 4 调外,其余便是所谓"南九宫";被统
称为"九宫十三调"。北曲所用曲牌,据《中原音韵》所列,一共有
335 个(实不止此数)。元以后,曲牌越来越多,尤其是南曲出现了
截取两个以上曲牌的部分乐句而合成一个新的曲牌的"集曲"现
象(如截取[倾杯序]、[玉芙蓉]两曲的乐句而合成[倾杯赏芙
蓉]),这使南曲曲牌的繁衍兴盛大大超过北曲。据沈璟《南九宫

谱》所录,南曲所用曲牌共有 543 个,到清乾隆年间,周祥玉等人编《九宫大成南北词宫谱》,将元明清三代散曲、剧曲所用曲牌汇为一编,共收北曲曲牌 581 个,南曲曲牌 1513 个,就真是集其"大成"了。

就北曲的曲式构成而言,绝大多数北曲曲牌的句数、字数不太固定,如下面两首北曲[乔牌儿]:

款将花径踏,独立在纱窗下,颤钦钦把不定心头怕。不敢将小名呼咱,则索等候他。(摘自关汉卿[双调·新水令])

闷怀双泪涌,恨锁两眉纵。自从执手河梁送,离愁天地永。(摘自姚燧[双调·新水令]《冬怨》)

关作与姚作,其句式、字数,差异甚大。这种情况在南曲中一般不会出现。这表明,北曲的曲式结构不太稳定,许多曲牌在演唱时增句添字,或减字偷声的情况是大量存在的。

无论北曲还是南曲,其曲牌功用都有区别:有小令、套数各自专用的曲牌,有小令与套数通用的曲牌。以北曲为例,在 300 多个曲牌中,为小令专用的曲牌共有 30 多个,小令与套数通用的曲牌共有 50 多个,为套数专用的曲牌共有 200 多个。在套数所使用的曲牌中,只有少数可作为首曲,绝大多数只能作为"过曲"。在北曲中用作首曲的曲牌只有 50 多个,而常用的只有[醉花阴]、[端正好]、[点绛唇]、[粉蝶儿]、[一枝花]、[新水令]、[夜行船]、[斗鹌鹑]、[赏花时]、[哨遍]等 10 余个而已,这些被用作套数首曲的曲牌以及如[人月圆]、[金字经]、[卖花声]等专用于小令的曲牌,其增减字句的现象较少;如[喜迁莺]、[醉春风]、[梅花酒]等用于套数过曲的曲牌,其增减字句的现象较多;这种情况表明:就曲式结构而言,用于小令的曲牌和用为套数首曲的曲牌,要比用为套数过曲的曲牌稳定。

第四节　散曲的体式

一、小令

宋词中有令、引、近、慢之名,本为种种歌法名称,后人却逐渐将"令"与"慢"相对,称字数少的词为"小令"或"令词",称字数多的词为"长调"或"慢词"。所以,人们在词中提到"小令",一般是指调短字少之词,并非将其作为一种特殊体制的名称。散曲中"小令"虽沿用词中小令的称名,但它已成为与"套数"相对的只曲的体式名称了。杨朝英的《阳春白雪》和《太平乐府》,便是分"小令"和"套数"两类来选录元散曲的。拿小令与词相比,词多为双调,小令多为单调;拿小令与套数相比,套数为组曲,小令为只曲;所以,小令最基本的特点是单调只曲。就曲式结构而言,前文已言,小令曲调比套数中曲调稳定;就曲辞风格而言,小令一般比套数雅致。

小令可分为独曲体和联章体二类。独曲体为寻常单支小令;联章体又称重头小令,它是指同一曲调重复使用若干次的组曲。重复的次数一般以4次最为常见,如关汉卿的[四块玉]《闲适》:

> 适意行,安心坐,渴时饮饥时餐醉时歌。困来时就向莎茵卧。日月长,天地阔,闲快活。
>
> 旧酒投,新醅泼,老瓦盆边笑呵呵。共山僧野叟闲吟和。他出一对鸡,我出一个鹅,闲快活。
>
> 意马收,心猿锁,跳出红尘恶风波。槐阴午梦谁惊破。离了利名场,钻入安乐窝,闲快活。
>
> 南亩耕,东山卧,世态人情经历多。闲将往事思量过。闲的是他,愚的是我,争什么?

在散曲中,如咏"琴棋书画","酒色财气","春夏秋冬"等,曲家们通常都用联章体。这种形式，究竟以连用多少首为宜，并无定规，或4首，或8首，甚而有多达百首的，如明李开先[傍妆台]联章体小令就有100首，王九思和之，亦达100首。

二、套数

套数是把若干只曲按一定原则组合起来演唱的套曲，是唱赚一体在曲中的运用。最初，"套"是唱赚一体的计数单位，然后由计数单位演变为体式名称。在北曲中，散曲的"套"，相对于一本杂剧的有一定组织结构的"四大套"而言，此套与彼套是各自独立的、分散的，故又称为"散套"。纯由北曲曲调组成的套数为"北套"，纯由南曲曲调组成的为"南套"，由南曲和北曲交错组成的为"南北合套"。

一篇完整的套数，一般由首曲、过曲和尾声三部分组成。首曲的曲式结构是比较稳定的，而中间的过曲和最后的尾声，则不太稳定。不同首曲的套数，有不同的过曲和尾声。而且，过曲较多的套数，其过曲差不多都形成了一种以2只或3只曲调为一组的曲牌固定组合结构，如[一枝花]套数中的[骂玉郎]、[感皇恩]、[采茶歌]3只曲调就是一个固定的曲牌组合结构，只要它们在[一枝花]套数中出现，就总是按这个顺序固定排列在一起的。不同首曲的套数有不同的曲牌固定组合结构，如[醉花阴]套数中有[喜迁莺]、[出队子]，[刮地风]、[四门子]、[水仙子]；[端正好]套数中有[滚绣球]、[倘秀才]，[脱布衫]、[小梁州]等等。

当一篇套数用于歌场演唱时，这个套数中的各只曲调一般要使用大致相同的调高，即"同一宫调"，但不少人在理解套数时却以为"套数是由同一宫调的只曲构成"；正因为理解倒了，所以就有了所谓"借宫"一说。其实，所谓"借宫"，不过就是同一曲牌被用于不同的套数，而并非同一套数用了不同宫调的曲牌。

套数与重头小令虽然同为组曲，但二者之间却有显著区别：重头小令是同一曲调经多次重复使用而构成的组曲,套数则是由不同只曲构成的组曲;重头小令中各曲之间是相对独立的,其计数仍然以"首"为单位,套数中各只曲则是紧密联系成一体的,其计数以"套"为单位。

就曲体风格而言,与小令相比,套数的"俗"是显而易见的,这种"俗"既表现在题材内容方面,也表现在语言风格方面。

三、带过曲

带过曲是由两三个只曲结合而成的小型组曲,是介于小令与套数之间的一种特殊体式。如杜仁杰的[雁儿落过得胜令]《美色》:

> 他生得柳似眉莲似腮,樱桃口芙蓉额。不将朱粉施,自有天然态。 半折慢弓鞋,一搦俏形骸,粉腕黄金钏,乌云白玉钗。欢谐,笑解香罗带。疑猜,莫不是阳台梦里来。

又如顾德润的[骂玉郎过感皇恩采茶歌]《述怀》:

> 蛛丝满甑尘生釜,浩然气尚吞吴。并州每恨无亲故。三匝乌,千里驹,中原鹿。 走遍长途,反下乔木。若立朝班,乘骢马,驾高车,常怀下玉,敢引辛裾。休归去,休进取,任揶揄。 暗投珠,叹无鱼。十年窗下万言书,欲赋生来惊人语,必须先下死工夫。

这种带过体式,可单称"带"、"过"、"兼",或并称"带过",它是把套数的某些曲牌固定组合结构选摘下来演唱而逐渐独立成体的。比如[雁儿落过得胜令]和[骂玉郎过感皇恩采茶歌],就分别是从[新水令]和[一枝花]套数中选摘的曲牌固定组合结构。这就是说,带过曲由某曲带过某曲,是有定规的。在现存全部的元人散曲中,曲作家们所用过的带过曲总共才20多种,常用的也不过[雁

儿落过得胜令]、[骂玉郎过感皇恩采茶歌]、[快活三过朝天子]、
[齐天乐过红衫儿]等少数几种。

　　对于带过曲式,一般把它看作小令的一体;但也有把它看作套
数的,如朱权《太和正音谱》中录有曾瑞卿的一篇[骂玉郎过感皇恩
采茶歌]《惜花春起早》的带过曲,便标作"曾瑞卿散套"。但带过曲
与小令和套数毕竟有所不同。若与小令相比,一是独立的只曲,一
是两三个不同只曲构成的小型组曲;若与套数相比,套数一般有引
子和尾声,而带过曲无引子和尾声,套数中只曲多者可达二、三十
只,而带过曲最多不超过 3 只。正因为带过曲既不同于小令,又不
同于套数,而有它自己的体式特征,故而应当把它单独视为一体。

第五节　　曲的衬字与押韵

　　词与曲虽同为长短句诗歌体式,但二者在句法与韵式上却有
相当的差异,简而言之,可谓词句定而曲句变,词韵变而曲韵定。
曲句变,是指因所谓"衬字"的使用,使得句无定字;曲韵定,是指
无论小令套数,都必须一韵到底,定于一韵,中间概不换韵。

一、曲的衬字

　　前文已言,北曲同一曲牌的句数、字数并不像词那样有较严格
的定式,而是有一定变化的(如前面第三节中所引关汉卿和姚燧
的[乔牌儿])。同一曲牌,不同的作家使用,其字数长短奇偶有时
会有很大的不同,这便是曲句变的明证。这种情况的出现,与北曲
初无严格律谱、作家仅以词应歌有关。因为以词应歌,即使某些句
位字数多少不一,比较灵活的曲牌音乐曲式是可以通过添声偷声
来处理的,这原属正常情况,本无所谓"正字"、"衬字"之分。当
然,曲乐的这种处理能力毕竟有一定限度,因此,如果按乐谱填词

太随意化,不免出现拗嗓而不可歌的情况,为避免此种情况的发生,就需要有规范其句数、字数、平仄、韵式的律谱著作,此其一;其二,一些不懂音乐的作家,无法按乐谱填词,也迫切地需要一种标明句数、字数、平仄、韵式的文字谱;其三,当某些曲牌的乐谱失传,无法再按乐谱填词时,也需要一种文字谱。上述种种情况,都决定了考订律谱,以求统一的工作是很有必要的。

那么,当周德清、朱权等曲谱学家在考订律谱时面对同一曲牌而字数多少不等的诸多曲作时,怎么办? 他们的办法一般是选择某一为多数人常用的格式定为"正格",而将一些与"正格"有出入的格式称作"变格";将同一曲牌各句中为大多数人常用的字数称作"正字",而比"正字"多出的一些字,便被称作"衬字"。这便是曲中所谓正变、正衬一说的由来。曲中"衬字"一说,几乎与曲谱的诞生同步,如周德清《中原音韵》中有《定格四十首》,相当于最早的北曲谱,此书同时也就有关于"衬字"的论述。

若从以词合乐的角度看,正、衬本无可分;若从文辞结构角度看,则又似可作如此区别。如果把《太和正音谱》所标出的"他则待"、"记的是"、"博得个"、"关不住"、"呀呀的"、"疏剌剌"、"更那堪"等"衬字",与张炎《词源》中所论词中"莫是"、"还又"、"更能消"、"又却是"等"虚字"相比较,其性质大致相同,不过从词性和作用上看,曲中衬字比词中虚字更加广泛。从词性上看,词中虚字一般为副词,而曲中衬字除了副词,还有代词、动词、数量词、形容词、象声词等;从作用上看,词中虚字一般起领带、逗转作用,而曲中衬字除了起领带、逗转作用外,还可起修饰、限制、说明、补充等作用。此外,在用法上,词中虚字仅用在句子开头,每词所用或一、二次,或三、四次而已;曲中衬字还可用于句中,有的曲作几乎句句有衬;更有甚者,是不但有衬字,还有多出句数的所谓"衬句"。

如果将不同作家、不同形式的曲作加以比较,可以发现,北曲用衬比南曲多,剧曲用衬比散曲多,散曲中套数用衬比小令多,勾栏中作家用衬比仕宦文人多。这种现象足以说明,从文辞结构意义上出现的衬字,是伴随着北曲以词应歌而将歌词通俗化、口语化的需要。如关汉卿[一枝花]《不伏老》套数[尾]曲中的两句:

> 我是个蒸不烂煮不熟捶不匾炒不爆响珰珰一粒铜豌豆,恁子弟每谁叫你钻入他锄不断斫不下解不开顿不脱慢腾腾千层锦套头。

像这样的句子,因为其中加入了"蒸不烂"、"煮不熟"、"捶不匾"、"炒不爆"之类衬字,便显得更为通俗,口语化色彩也更强烈,且增加了一种幽默诙谐、淋漓泼辣之趣。由此可以看出,从修辞的角度看,衬字的加入,对曲体风格的形成有很重要的意义。

二、曲的押韵

北曲初兴,盛行于以大都、平阳为中心的北方,曲家以词应歌,依当时北方民众口头之自然语音用韵,这就是周德清所总结的"中原音韵"。若与唐宋文人作诗时所遵循的《唐韵》、《礼部韵略》一系的官韵相比,其不同之点有三:一是韵部大大简化,由《韵略》之107部减为19部;二是"入派三声",即入声基本消失,古入声被分派入平、上、去三声之中;三是"平分阴阳",即在原来笼统的平声字中分阴平和阳平。曲之所以去韵书不用,而依中原语音之实际用韵,关键在"以词应歌",要合歌儿之顺口与广大听众之悦耳。除此以外,也因为曲之为体,较诗词卑下,曲家用韵,不必求"古雅"而死守韵书;还因为元代科举久废,文学之士于音韵之学亦势必荒疏。由此可知,曲家用韵时弃韵书而求实际,实乃势所必然。

到元代元贞(1295—1297)、大德(1297—1307)以后,北曲已流行于南方,南人作北曲,南伶歌北调,有的步武关汉卿、白朴、马致元等"前辈名公"而谨守"中原音韵";有的则依南方语音之实际用韵。若按南方语音之实际,这与"中原音韵"自然多有不合,如

《中原音韵》所列出的"真文"、"庚青"、"侵寻"三韵,北人口中分别甚严,而南人却时常混用,徐渭在《南词序录》中就曾批评"吴人不辨清、亲、侵三韵"。其实,北曲流行于南方以后,与南曲一样,曾一度依南方语音实际用韵,原因是南人作,且以词应南人之歌的结果。其后,因为"南北合套"的需要,必须统一南北曲的用韵,又因为北人统治南人,作曲亦崇北而卑南,因此,周德清总结北曲用韵规律的《中原音韵》便应运而生了。随着《中原音韵》一书的广泛流传,南北曲的用韵就渐渐统一于该书所列出的"东钟"、"江阳"、"支思"、"齐微"、"鱼模"、"皆来"、"真文"、"寒山"、"桓欢"、"先天"、"萧豪"、"歌戈"、"家麻"、"车遮"、"庚青"、"尤侯"、"侵寻"、"监咸"、"廉纤"等 19 部韵了。

在诗词的押韵中,除了近体律诗不能换韵而外,古体诗和词,都是可以换韵的。当然,词的换韵,要受韵位格律的限制,不能像在古诗中那样可以随心所欲地换韵。而曲的押韵,则无论小令、套数,从头到尾,都必须一韵到底,"东钟"便"东钟"到底,"江阳"便"江阳"到底,中间一概不换韵,这叫曲韵"定",即定于一韵,这是曲的押韵比诗词押韵较严的一面。曲的押韵也有比诗词押韵较宽的一面,即诗词一般不重韵,而曲可以重韵:同一个字,可以重复地出现于韵脚,甚而整首曲重复地用一个韵字,构成一种"重韵体",如元曲家周文质的[叨叨令]《自叹》:

　　　　去年今日题诗处,佳人才子相逢处,世间多少伤心处,人面不知归何处。望不见也么哥,望不见也么哥,绿窗空对花深处。

关于曲的押韵,有两个习惯性的说法值得注意。一说"曲可平仄通押",但必须注意:一些平仄通押的曲牌,何处押平,何处押仄,何处可平可仄,一般是有定规的。如[水仙子]8 句 7 韵,它的7 个韵字的平仄韵式最常见的为"平平仄仄平平平"和"平平仄平平平平"两种,此外,尚有多种变化,但不管哪一种韵式,第一、五韵位始终押平韵,而第三韵位始终押仄韵,这三处很少例外。所以,如果仅仅只讲到曲可"平仄通押",而不说明何处押平何处押仄亦有定规,那是很不够的;如果认为曲的押韵可以不讲平仄,那就更是大错特错。二说"词韵疏曲韵密",或说"曲句句押韵",这只能说大体上如此,或说大部分曲牌是如此,而隔句押韵的曲牌,如[节节高]、[白鹤子]、[普天乐]等,实为数不少。

第六节　曲的语言与修辞

与诗词相比,曲成为流行歌曲,最贴近市民生活,追求媚俗,故以俗趣为尚,金元之曲,此点尤为突出。因此,就语言风格与修辞艺术而言,同诗词的庄雅、婉媚相比,曲以通俗自然为主,且别具一种活泼诙谐之趣。

一、曲的语言

曲之语言的通俗自然,不仅表现在具体的语言成分上,而且还表现在句式结构上。

从具体的语言成分上看,凡市民口头的一切语料,无论雅俗诨谐,曲家无不取而用之。这是因为,在元代,曲家大多沦落于市井勾栏,面子既已放倒,对他人有顾忌之谑言浪语、粗语俗语,不但毫无顾忌,反而一至于淋漓尽致,由此形成曲以通俗自然为主的"本色"作风。这种风气不仅影响于当时当代的仕宦文人,而且也影响于元以后的曲体风格。尽管周德清在《中原音韵》中提出"不可作俗语、蛮语、嗑语、市语、方语、书生语、讥诮语"等等,但那不过是元曲发展到中后期,随着张可久、乔吉等清丽派曲家称雄曲坛,文人欲以词绳曲的一种倡导而已。事实上,曲中"俗语"、"市语"、

"方语"等,可谓俯拾即是,"蛮语"、"嗑语"、"书生语"、"讥诮语"等亦并不鲜见。在这些语料中,除了"书生语"而外,其总的特征可谓之"俗",正是由这种"俗",而构成了曲特有的"趣"。如商道的〔南吕·一枝花〕《叹秀英》套数:

> 〔一枝花〕钗横金凤偏,鬓乱香云轉。早是身是名染沉痾。自想前缘,结下何因果,今生遭折磨。流落在娼门,一旦把身躯点污。　〔梁州第七〕生把俺猍及做顶老,为妓路划地波波。忍耻包羞排场上坐,念诗执板,打和开呵,随高逐下,送故迎新,身心受尽摧挫。奈恶业姻缘好家风俏无些个。纠撅丁走踢飞拳,老妖精缚手缠脚,拣挣勤到下锹镬。甚娘,过活,每朝分外说不尽"无廉耻,颠狂相爱左,应有的私房贴了汉子,恣意淫诋"。　〔赚煞〕禽唇撮口由闲可,殴面枭头甚罪过?圣长里厮搭抹,倒把人看舌头厮缴络。气杀人呵,唱到晓夜评薄。待嫁人时要财定囤图课,惊心碎唬胆破。只为你没情肠五奴虔婆,毒害相扶持的残病了我。

这篇套数哀叹秀英流落娼门的不幸命运,并借秀英的口对倡家的狠毒作了控诉。曲中许多寻常口语和方言俗语的运用,在诗词中绝难见到。它的不尚修饰,宛如田间地头粗服乱发的村姑,其风韵全在其淳朴自然,不假雕饰。正是由那许多的寻常口语和方言俗语的运用,使整首曲"俗"得很地道,在语言风格上自然也就产生了一种"俗趣"。不过,内中像"顶老"指妓女,"撅丁"指妓家男子,"打和"为众人合唱,"开呵"为演出开场等等,这类方言俗语,对于时地相隔久远的人来说,理解起来就很费事了。所以自元明以来,就不断有人解说元曲中的市语方言,至现代而成专书者,如陆澹安《戏曲语词汇释》、顾学颉、王学奇《元曲释词》等可为其代表。假如不借助这些专书,曲作中许多方言俗语就将构成较大的阅读障碍,从这个角度说,周德清在《中原音韵》中提倡作"天下通语"，要求做到"文而不文，俗而不俗"，是有道理的。

假如再从曲的句式结构上看，它与词虽然同为长短句，但二者却有显著的不同。词的句式结构，与诗为近，比较整齐划一，如四言为二二句式，五言为二二一或二一二句式，七言为二二二一或二二一二句式等等，有时虽发生变化，如四言变为一三句式，五言变为一四句式等等，亦大多有规律可循。而曲的句式结构，特别是套数的某些句式，则与散文为近，没有什么规律。如前引商道的套数，其中"生把俺殃及做顶老"、"奈恶业姻缘好家风俏无些个"、"每朝分外说不尽无廉耻"、"应有的私房贴了汉子"等句，是很难有规律地去划分节奏的。因此，与诗词的句式结构相比，一整齐匀称，有规律可循；一灵活多变，并无定规；一雅一俗，亦判然有别。

由上所述，可知无论从语言成分上还是从句式结构上，元曲之语言都与传统诗词之语言相去甚远，而别具民间特色的"俗"的一格。

二、曲的修辞

曲的谐趣之风的构成，不仅与语言的"俗"大有关系，而且与曲的一些特殊修辞手法大有关系。诗文辞赋常用的如比喻、排比、对偶、借代、重叠等修辞手法，曲无不用，值得称道的是曲用之，在某些方面常常翻新出奇，别开生面。

如对偶一法，诗词中所用，多偶句相对，而曲中所用，则五彩缤纷，令人目眩。《太和正音谱》中列有"对式"一项，所举有"合璧对"、"连璧对"、"鼎足对"、"连珠对"、"隔句对"、"鸾凤和鸣对"、"燕逐飞花对"等等，远比诗词繁富。尤其"鼎足对"一式，更被曲家发挥得淋漓尽致。例如：

　　伴的是银筝女银台前理银筝笑倚银屏，伴的是玉天仙携
玉手并玉肩同登玉楼，伴的是金钗客歌《金缕》捧金樽满泛金

瓯。(关汉卿[南吕·一枝花]《不伏老》)

伴虎溪僧鹤林友龙山客,似杜工部陶渊明李太白,有洞庭柑东阳酒西湖蟹。(马致远[拨不断])

五华台望望愁心远,双洱河渺渺波涛限,七星关叠叠云岚嵌。(明杨慎[仙吕·点绛唇])

散文章敌不过时髦手,钝舌根念不出摩登咒,穷骨相封不到富民侯。(清朱彝尊[醉太平])

这种对式在词的《行香子》、《诉衷情》、《柳梢青》、《人月圆》、《水龙吟》等调中已有不少作家用到,但不过三、四字为句,如辛弃疾《水龙吟》中对句:"绿野风烟,平泉草木,东山歌酒。"这与上引曲中各对相比,就远不如其酣畅淋漓了。

又如重叠一格,曲中用来,也是五彩斑斓,远过于诗词。如王廷秀[中吕·粉蝶儿]《怨别》套数中的[尧民歌]一曲:

呀!愁的是雨声儿渐零零落滴滴点点碧碧卜卜洒芭蕉,则见那梧叶儿滴溜溜飘悠悠荡荡纷纷扬扬下溪桥,见一个宿鸟儿忐楞楞腾出出律律忽忽闪闪串过花梢。不觉的泪珠儿浸淋淋漉漉扑扑簌簌搵湿鲛绡。今宵,今宵睡不着,辗转伤怀抱。

此曲以叠字为主,又兼用对偶、排比等多种手法,把凄冷的环境氛围和落寞感伤的情怀渲染得非常出色,此种效果确为诗词所无而为曲所独专。

在散曲中,因为多种修辞手法的运用,还形成了许多饶有韵味的特殊体式,或称"巧体",或称"俳体"。如重叠一格,可形成叠字体,如乔吉的[天净沙·即事]:

莺莺燕燕春春,花花柳柳真真。事事风风韵韵,娇娇嫩嫩,停停当当人人。

　　与重叠一格相关的还有独木桥体、叠韵体、重句体、连环体、顶真体等。其他如嵌字体、短柱体、隐括体、足古体、集调名、集药名等等,任中敏《散曲概论·内容》中共列出了散曲"俳体"25 种。这些丰富多彩的散曲"俳体",无非在用韵、造句、结构等方面逞才弄巧,翻新出奇,十有八九都与修辞有关。如此五光十色的修辞手法和由此形成的"俳体",大大加强了散曲的戏谑调侃色彩,它与散曲的俗语方言一样,都有助于其谐趣之风的形成。

――――――――

[思考题]

1. 为什么说从体式上看词曲本为一体?

2. 北曲曲乐体式和通俗自然的文体风格是怎样形成的?

3. 什么是宫调? 什么是曲牌? 曲牌的来源主要有哪几方面?

4. 套数与带过曲的体制结构有何不同?

5. 简述曲中"衬字"一说的由来。曲中"衬字"与词中"虚字"有何区别?

6. 曲的句法和用韵与诗词有什么不同?

第二章　元散曲的繁荣

在元代,散曲与剧曲一起,在中国文学的大观园中构造了新的奇观,这就是"元曲"的辉煌,它与此前的楚骚、汉赋、骈文、唐诗、宋词一样,都是空前绝后的艺术丰碑。

第一节　元散曲的繁荣盛况及时代特征

一、元散曲的繁荣盛况

有元一代,那号称"大元乐府"的散曲是怎样的繁荣?芝庵《唱论》有云:"词山曲海,千生万熟。三千小令,四十大曲。"这是歌儿们以唱曲者的眼光,用高山大海的广袤,来慨叹曲的浩瀚。周德清《中原音韵》自序又云:"乐府之盛,之备,之难,莫如今时。其盛,则自缙绅及闾阎歌咏者众;其备,则自关、郑、白、马一新制作,韵共守自然之音,字能通天下之语。"这是曲学家从作曲的角度看曲在元代的广泛普及和创作的繁荣,不仅上至官僚士夫下至市井贫民都曾染指,而且,在群峰耸翠的作家队伍中,还特别地挺拔出四座峰峦,这就是号称"元曲四大家"的"关(汉卿)、郑(光祖)、白(朴)、马(致远)"。可是,流传至今的元代散曲,《全元散曲》所收元代200余人现存的作品,小令才3800多首,套数400余套,这相对于现存约 5 万首的唐诗、2 万多首的宋词来,作为鼎足而三的曲,就数量而言,仿佛实在难以相提并论。这其中的原因,诚如隋树森在《全元散曲·自序》中所言,一是因曲之文体卑下,不为正统文士所承认;二是元代散曲别集刊行甚少;三是元代立国时间很短,仅 90 余年;"有前两种情形,于是有些元人散曲就会自生自灭;有第三种情形,元人散曲的数量,也就越发难以和唐诗、宋词相比了"。尽管如此,"我国一切韵文之内容,其驳杂广大,殆无逾于曲者。剧曲不论,只就散曲以观:上而时会盛衰、政事兴废,下而里巷琐故、帏闼秘闻,其间形形式式,或议或叙,举无不可于此体中发挥之者"(任中敏《散曲概论·内容》)。就元代散曲而言,由于特殊的时代环境,它在驳杂的题材中又形成了一些非常突出的倾向,这就是叹世、咏史、归隐、恋情和写景题材的异常兴盛,并由此表现出元散曲鲜明的时代特征。

二、叛逆的时代思潮:元散曲的思想特征

元散曲的时代特征,如果就文化思想而言,可以用两个字概括,那就是"叛逆"。这突出地表现在曲家们对历史和现实的否定。在那些叹世之曲中,曲家们揭露现实社会的混乱不堪:"官法滥刑法重黎民怨,人吃人钞买钞何曾见,贼做官官做贼混愚贤"(无名氏[醉太平]《讥奸佞专权》);厌恶名利场中的肮脏龌龊:"取富贵青蝇竞血,进功名白蚁争穴"(马谦斋[沉醉东风]);感叹仕宦之途的险象环生:"黄金带缠着忧患,紫罗襕裹着祸端"(张养浩[水仙子]《休官》);无论缙绅仕宦,还是市井文人,都普遍地表现出了愤世嫉俗的强烈感情。如果说叹世之曲是曲家们对现实的感悟,而咏史之曲则是他们在感悟现实后对历史的反思,通过这种反思,他们或悲悯历史英雄凄凉的结局,否定其积极入世的精神:"楚大夫行吟泽畔,伍将军血污衣冠,乌江岸消磨了好汉"(张养浩[沽美酒兼太平令]);或对历史人物的命运冷眼旁观,以虚无态度

对待王朝的盛衰兴亡:"周公瑾,曹孟德,果何为? 都打入渔樵话里"(宋方壶[梧叶儿]《怀古》)。在叹世之曲中,曲家们批判了现实;在咏史之曲中,曲家们否定了历史;但实质上是借否定历史来否定现实。因此,咏史,不过是叹世题材的变奏曲。

　　在否定历史和现实以后,曲家们无可奈何地信奉老庄退让哲学,接受了全真道教忍辱退让以全真全性的思想,从而表现出退隐玩世的态度,这使得元散曲中归隐题材的盛行,超过了此前任何一个朝代。这类散曲,或写厌恶官场的污浊危险而主动退避:"昨日玉堂臣,今日遭残祸,怎如我避风波走在安乐窝。"(贯云石[清江引]《抒怀》)或写怀才不遇而被迫隐逸:"糟腌两个功名字,醅淹千古兴亡事,曲埋万丈虹霓志。"(范康[寄生草])或写自由潇洒地享受人生:"旧酒投,新醅泼,老瓦盆边笑呵呵,共山僧野叟闲吟和。"(关汉卿[四块玉]《闲适》)或不问是非、胡里糊涂地玩世:"君若歌时我慢斟,屈原清死由他恁,醉和醒争甚。"(马致远[拨不断])这类归隐之曲和前述叹世之曲占了很大的比例,而且也最具时代特征,可视为元散曲的主旋律。

　　当曲家们在叹世之曲中发过了愤世嫉俗的牢骚,在归隐之曲中消磨了积极进取的壮志,真要心平气和地享乐人生的时候,歌咏男女恋情便成了他们很热衷的题材。在元散曲恋情题材中,有三方面是最惹人注目的,一是他们写出了为争取自由相爱而敢于大胆抗争的新的女性形象,如:

　　　　从来好事天生俭,自古瓜儿苦后甜。奶娘催逼紧拘钳,甚是严,越间阻越情忺。(白朴[喜春来]《题情》)

二是表现了摒弃郎才女貌,重在两情相悦的新的爱情观念,如:

　　　　我事事村,他般般丑。丑则丑村则村意相投。则为他丑心儿真,博得我村情儿厚。似这般丑眷属,村配偶,只除天上

有。(兰楚芳［四块玉］《风情》)

三是肆无忌惮地描写偷情幽媾,如关汉卿的［双调·新水令］套数等。从这些作品中,可以看出曲家们蔑视礼法的勇气是空前的。

综上所述,曲家们对历史和现实的否定,对隐逸玩世的热衷,对封建礼法的蔑视等等,这从人生哲学上背离了儒家积极用世的精神,从人生态度上放弃了对国家和社会的责任,从文学思想上更有背于儒家"温柔敦厚"的诗教传统,总之,集中表现了对以儒家思想为核心的文化传统的叛逆。尤须注意的是,这种叛逆思想并非仅仅流露在少数人的笔端,而是形成了一种时代潮流。这有时代环境的逼压,有市民意识的熏染,有历代退隐思想的影响,但最主要的是环境的逼压。在异民族统治下,科举取士长期废止,知识分子失去进身之阶而沦落于"八倡九儒十丐"的社会底层,"修齐治平"的人生理想完全破灭,当他们在遭受社会歧视成为时代的弃儿以后,便极自然地否定社会,叛逆时代了。他们这种叛逆思想的影响是双重的,从反抗黑暗政治、冲破封建礼教传统、张扬个体人格自由的意义上说,它是进步的,并一直影响到后世如汤显祖、曹雪芹等文学家的思想;但他们放弃了知识分子传统的使命感和责任感,又是消极的;不过,这份责任应归咎于社会。

元曲家在否定社会背弃传统后玩世享乐,除寄情诗酒声色,还钟情自然山水,让疲惫的身心在嘉山胜水中得到休憩,让潦倒失意的牢骚愤懑在风花雪月中淡化,曲家们似流浪儿渴求母爱般地投入了自然山水的怀抱,在对自然美的怜赏中融进了一怀深情。他们在展现自然风光时还借鉴了宋元山水画高超的技法。读元人的山水散曲,仿佛读着一颗颗人与自然冥和的水月心,仿佛观赏着一幅幅技艺高超的山水画:

挂绝壁枯松倒倚,落残霞孤鹜齐飞。四围不尽山,一望无穷水,散西风满天秋意。夜静云帆月影低,载我在潇湘画里。

（卢挚［沉醉东风］《秋景》）

　　　金华洞冷,铁笛风生,寻真何处寄闲情,小桃源暮景。数
枝黄菊勾诗兴,一川红叶迷仙径,四山白月共秋声,诗翁醉醒。
　　（张可久［醉太平］《金华山中》）

在这些迷人的山水风月之中,人与自然已融会为一,自然景物不再
是诗词中借景抒情的载体,它本身已成为一种生命的存在,为曲家
深情地拥抱和亲吻。元山水散曲这种特有的审美价值是前所未有
的,这或许可以看作是他们否定社会而寄情山水的副产品。

三、俗趣的高扬:元散曲的艺术特征

　　就艺术成就而言,元散曲在诗词进入高堂华屋后独植根于市
井勾栏,所以在诗的庄雅、词的婉媚之后别开通俗一路。曲家们普
遍继承了民间文学的精神,以文人学士的修养,写为市民喜闻乐见
的内容,在曲文学中完成了自宋以来的雅俗两大文学潮流的融会
合流。出现于曲家们笔下的"俗",不仅表现在题材内容方面,也
表现在语言方面。由题材内容和语言的"俗"形成了元散曲特有
的"趣",如前面所引兰楚芳的［四块玉］《风情》,便很能见出此种
特色之一般。在写恋情的诗词作品中,较多的是以锦绣之句赞赏
郎才女貌,仿佛还从来没有谁像那样以寻常口语直言男人的村俗
和女人的丑陋,作者却敢于冒世人之大不韪,特别以男女外表的
"村"和"丑"反衬双方的"心儿真"、"情儿厚"、"意相投",这不仅
在内美与外丑的巨大反差中表现了一种真情、一种重情意轻外表
的新的爱情观念,而且形成了一种令读者开怀的谐趣。这是一种
由"俗"引起的"趣",是元曲以大俗为大雅的一种特有的谐趣——
前人称为"蛤蜊"、"蒜酪"之味。元人对这种韵味的追求是执著
的,甚至敢于大胆地与正统文士们传统的审美情趣相对抗:"若夫
高尚之士、性理之学,以为得罪于圣门者,吾党且啖蛤蜊,别与知味

者道。"（钟嗣成《录鬼簿序》）曲家们能"得罪于圣门"而不顾地坚持"吾党且啖蛤蜊"，即坚持他们对于俗趣之美的艺术追求，若没有一种敢于反叛传统的勇气，是决不可能的。这足以表明，元散曲能在诗词之后别开"俗"的一路，能形成一种俗趣，与元曲家们在时代环境逼压下形成的叛逆思潮有密切关系。

　　不过，元散曲的俗趣却又视作家派别、时代、题材和体式的不同而有程度不同的表现，从总体上说，它在关汉卿、王和卿、马致远、贯云石等豪放本色一派作家的创作中要比在张可久、乔吉等清丽雅洁一派的作家中突出，在前期作家的创作中要比在后期的作家中突出，在叹世归隐和男女恋情题材中要比在写景题材中突出，在套数作品中要比在小令作品中突出。就其原因，主要与作家的人生经历、曲体观念和散曲本身的发展进程等紧密相关。

第二节　词曲并行的演化期

一、元散曲的发展分期与词曲并行的早期曲坛

　　元王朝虽然在1271年才正式建国号为"大元"，但它却早在1234年灭金以后就统治了广大的中原地区，金亡不仕的遗民如元好问、杜仁杰等已在此前后开始曲的创作，所以自王国维以来，大多以1234年作为元曲发展的起点，至1368年元王朝亡国，凡130余年。对元散曲发展阶段，一向有前、后两分或前、中、后三分的不同分法。随着隋树森《全元散曲》和孙楷第《元曲家考略》等书的先后出版，以及曲学界对不少重要作家生活与创作活动年代的考订，把这各方面的研究成果加以综合利用，似以分演化（1234—1260）、初盛（1260—1294）、鼎盛（1295—1332）、衰落（1333—1368）四期更符合元散曲发展的实际情形。本节先叙述演化期内的情况。

　　从金末到元世祖登基（1234—1260），在这前后数十年间，元

散曲处于词曲并行的演化发展阶段,一方面是传统的词在歌坛继续流行,另一方面是新兴的曲又不断产生。就词曲的歌唱而言,金末元初是词曲并行的时代;就散曲文学的发展而言,是文人创作由词演化为基本成熟的曲的阶段。就作家构成看,这一时期有元好问、杜仁杰等金亡不仕的遗民,有刘秉忠、商道、商挺等出仕元朝的达官显宦。就题材类型看,此时的作家或写叹世归隐,或写恋情相思,或写自然风景等,开启了散曲中同类题材的先河。从语言运用上看,不少作品在传统的词的雅洁之语中夹进一些曲的俗语,明显是雅俗相间,还不是相融,由词而曲的演化痕迹甚明。就元散曲特殊的谐趣之风而言,已在杜仁杰、刘秉忠和商挺等人的曲作中有明显表现。

二、首开风气的遗民曲家:元好问、杜仁杰

在由词向曲演化的早期作家中,元好问(号遗山)是诗、文、词、曲兼擅的,他对于元散曲的贡献在当时已极受称赞,如郝经在《遗山先生墓铭》中称其"用今题为乐府,揄扬新声者,又数十百篇,皆近古所未有也"。遗憾的是这些"乐府"、"新声"现仅存9篇,其中较有特色的是一些抒发人生感叹的篇章,如[人月圆]《卜居外家东园》二首:

> 重冈已隔红尘断,村落更年丰。移居要就,窗中远岫,舍后长松。　十年种木,一年种谷,都付儿童。老夫惟有,醒来明月,醉后清风。
>
> 玄都观里桃千树,花落水空流。凭君莫问,清泾浊渭,去马来牛。　谢公扶病,羊昙挥涕,一醉都休。古今几度,生存华屋,零落山丘。

从"古今几度,生存华屋,零落山丘"的悲凉之音中,可以感受到遗山在王朝兴废中饱受创伤的心灵,也可以看到他对"清泾浊渭,去

马来牛"的漠然态度,以及对"远岫"、"长松"、"明月"、"清风"的向往。作者以表面的闲适放达之语,写沉痛悲愤之情,实开元散曲叹世归隐之曲的先河。从艺术形式上看,其构句、造境似词,其情境的显豁又似曲,尚处于亦词亦曲的蒙昧难分状态。

他那首名[骤雨打新荷](一名[小圣乐])的自度曲,据《辍耕录》卷九所记,"名妓多歌之",一时影响很大。曲云:

> 绿叶阴浓,遍池塘水阁,偏趁凉多。海榴初绽,妖艳喷香罗。老燕携雏弄语,有高柳鸣蝉相和。骤雨过,珍珠乱糁,打遍新荷。　　人生有几?念良辰美景,一梦初过。穷通前定,何用苦张罗。命友邀宾玩赏,对芳樽浅酌低歌。且酩酊,任他两轮日月,来往如梭。

篇末的表面放达,与前二曲一样,实掩盖着内心的沉痛悲愤。此曲前半写景、后半言情的表达方式,以及多数句子的节奏匀称整齐,都与词为近;但其中参用如"人生有几"、"何用苦张罗"等寻常口语,且不避重韵,便具有一定的曲味了。总而言之,遗山之曲尚不能以成熟的散曲目之,但由词而曲的演化之迹甚明,故其以雅就俗、"揄扬新声"的开启之功实不可磨。

与元好问大致同时的遗民作家杜仁杰(1196?—1276?),原名之元,字善夫,号止轩,济南人。金时隐居内乡山中,元初屡征不起。才宏学博,善戏谑,与遗山相契。今人孔繁信有《重辑杜善夫集》。其曲存小令1首,套数4篇,这些作品表现了他"善谑"的诙谐之风,其中尤以[般涉调·耍孩儿]《庄家不识构阑》最为突出:

> [耍孩儿]风调雨顺民安乐,都不似俺庄家快活。桑蚕五谷十分收,官司无甚差科。当村许下还心愿,来到城中买些纸火。正打街头过,见吊个花碌碌纸榜,不似那答儿闹穰穰人多。　　[六煞]见一个人手撑着椽做的门,高声的叫:"请

请!"道:"迟来的满了无处停坐。"说道:"前截儿院本《调风
月》,背后么末敷衍《刘耍和》。"高声叫:"赶散易得,难得的妆
哈。" 〔五〕要了二百钱放过咱,入得门上个木坡。见层层
叠叠团圞坐,抬头觑是个钟楼模样,往下觑却是人旋涡,见几
个妇女向台儿上坐。又不是迎神赛社,不住的擂鼓筛锣。

〔四〕一个女孩儿转了几遭,不多时引出一伙。中间里一个央
人货,裹着枚皂头巾顶门上插一管笔,满脸石灰更着些黑道儿
抹。知他待是如何过?浑身上下,则穿领花布直裰。〔三〕念
了会诗共词,说了会赋与歌,无差错。唇天口地无高下,巧语
花言记许多。临绝末,道了低头撮脚。囊罢将么拨。

〔二〕一个妆做张太公,他改做小二歌,行行行说向城中过。
见个年少的妇女向帘儿下立,那老子用意铺谋待取做老婆,叫
小二哥相说合。但要的豆谷米麦,问甚布绢纱罗。 〔一〕
教太公往前那不敢往后那,抬左脚不敢抬右脚。翻来覆去由
他一个。太公心下实焦懆,把一个皮棒槌则一下打做两半个。
我则道脑袋天灵破,则道兴词告状,划地大笑呵呵。

〔尾〕则被一胞尿,爆的我没奈何。刚揎刚忍更待看些儿个,
枉被这驴颏笑杀我。

此套写一位乡下人进城看戏的经历。从中可考见早期杂剧演出的
情况,是很有价值的民俗风情之作。曲中的乡下人因孤陋寡闻,对
杂剧的演出莫名其妙,从他眼中见出的一切都很滑稽可笑。全曲
以乡民之眼观物,以乡民之口叙事,纯用口语白话,将俗与趣发挥
到极致。杜仁杰的这种谐趣作风,不仅继承了唱赚的"俗",而且
融会了杂剧的"谐",成为元散曲中滑稽戏谑一路的开山,其后如
马致远的《借马》、刘时中的《代马诉冤》、姚守中的《牛诉冤》、曾
瑞的《羊诉冤》、睢景臣的《高祖还乡》等,都显然受其影响。从语
言运用和曲体风格方面的成就与影响看,杜仁杰是真正以曲作家

面目出现的第一人,在元初的曲坛,他是独拔众流的。

三、以雅从俗的达官显宦曲家:刘秉忠、商挺等

在元初的达官显宦曲家中,杨果、商道、刘秉忠、商挺等人的创作成就是较高的。这里仅对刘秉忠和商挺作简要论述。

刘秉忠(1216—1274),字仲晦,邢州(今河北邢台)人。至元初拜光禄大夫,位太保,参预中书省事。其曲存小令12首。其中较有影响的是8首[乾荷叶],杨慎《词品》和蒋一葵《尧山堂外记》都认为是刘的“自度之曲”。其中有5首直咏本题,如:

> 乾荷叶,色苍苍,老柄风摇荡。减了清香,越添黄,都因昨夜一场雨,寂寞在秋江上。

或谓元人以“乾荷叶”喻男女失偶,玩味曲中“减了清香,越添黄”句,似不无薄命女子色貌衰变的象征寓意,不过因构思巧妙,喻体与本体完全融合,已无迹可寻。在这8首曲子中,另有3首是离开本题的“依调填词”,或感慨南宋衰亡,或写女性的妩媚,或写行乐市井,都具有一种市井俗曲的风致。如:

> 脚儿尖,手儿纤,云鬟梳儿露半边。脸儿甜,话儿粘,更宜烦恼更宜忺。直恁风流倩。

秉忠的[乾荷叶]曲,既有民歌味,又有市井气,但其造语的圆熟,又非纯民间之物可比。他以朝廷重臣身份而向民间俗曲学习,从而创造出一种清新活泼、通俗自然的曲风,昭示着文人曲发展的正确道路。

商挺(1209—1288),字孟卿,曹州(今属山东)人。元初,事世祖于潜邸,为京兆宣抚司郎中,累官参知政事、枢密副使。其曲存[潘妃曲]小令19首,分写景与言情两类。其写景4首为联章体,分咏春、夏、秋、冬四时景色,与刘秉忠[蟾宫曲]4首同,均为散曲

中联章体写景组曲之先导。其中写春的一首云：

> 绿柳青青和风荡,桃李争先放。紫燕忙,队队衔泥戏雕梁。柳丝黄,堪画在帏屏上。

此曲有唐宋词的清雅,但缺少其蕴藉婉曲;其意境显豁是为曲风,但又并无曲之俗趣;这正表现了早期文人曲家"以词为曲"的现象。最能代表商挺散曲成就的是他的言情小令,或写少女的美貌娇羞,或写情人爽约的怅惘,或写怀人念远的愁恨,或写男女幽会的情景等等,其曲味浓郁,与其写景小令大异其趣。如写女子相思怀人的一首：

> 目断妆楼夕阳外,鬼病恹恹害。恨不该,止不过泪满旱莲腮。骂你个不良才,莫不少下你相思债。

他这类小令不用典语,不避俚俗,明白而家常,是地道的"本色"作风,与刘秉忠的[乾荷叶]小令,都是元代早期文人小令的成熟之作。文人小令"本色"曲风的发展成熟,其意义是重大的,它表明文人散曲的创作正在离开"乐府"的雅而靠近"街市小令"的俗,预示着雅、俗两大文学潮流的融会合流,这正是元散曲走向繁荣发展的关键。

如果从元曲发展历史来看,刘秉忠、商挺等达官显宦和元好问、杜仁杰等遗民作家在题材内容和曲体风格方面以雅从俗的开启之功,是应大书特书的。

第三节　元散曲的始盛期:关汉卿、
白朴、卢挚等人的风采

以关汉卿、王和卿中统年间(1260—1264)出现在曲坛为标志,元散曲的发展进入始盛期,即整个忽必烈统治的中统、至元

(1264—1294)时期。相对于前一个时期来说,此时社会已大为安定,忽必烈接受了如张德辉、元好问、郝经等一批儒生的建议后,坚定不移地推行汉法,并取得经济繁荣、礼乐文化逐渐修备的显著成效,适应社会文化消费需要的曲文学由此得到长足发展。说此时的散曲创作已进入始盛期,其标志主要有三:一是像关汉卿、王和卿这样的勾栏曲家和伯颜、不忽木等少数民族作家的出现;二是散曲题材内容较前一时期有广泛开拓以及极具时代特征的叹世归隐题材的流行;三是元散曲自然潇洒的风致已普遍成熟。本期散曲创作能走相向繁荣,除开社会原因外,以关汉卿为代表的勾栏作家的贡献是很重要的,而与勾栏作家有密切联系的如张怡云、曹娥秀、珠帘秀等歌女伶工,也通过她们的演唱扩大了散曲的社会影响。主要活动在这一期内的重要曲家,有关汉卿、王和卿、白朴、卢挚、姚燧、胡祗遹、徐琰、庾天锡等。

一、滑稽调侃、张扬俗趣:关汉卿、王和卿等勾栏曲家

关汉卿(1227 前后—1297 后),号己斋叟,大都(今北京)人。《录鬼簿》载其曾为"太医院尹",元末熊梦祥《析津志》将其列入《名宦》,或据此。但就其创作看,似与"名宦"不合。有的《录鬼簿》版本作"太医院户",或疑其为医户中人而混迹于勾栏书会。他与王和卿等人活跃在中统、至元的曲坛上,在当时为"驱梨园领袖,总编修帅首,捻杂剧班头"(贾仲明[凌波仙]挽词)。他的杂剧和散曲创作皆为元代卓然大家,向来被列为"元曲四大家"之首。著有杂剧 60 余种,现存 18 种。散曲存小令 57 首、套数 13 篇。今人王学奇等有《关汉卿全集校注》。

关曲主要写儿女之情与闲放之意,其中最多而最有文学价值的是前者。作者把杂剧的滑稽调侃艺术运用于有关儿女之情的散曲创作,特别注重人物行动和心理的描绘,把一个个女性形象展现得活泼如生。如[一半儿]《题情》写娇痴爽辣的女子:

　　　　碧纱窗外静无人,跪在床前忙要亲,骂了个负心回转身。
　　虽是我话儿嗔,一半儿推辞一半儿肯。

[碧玉箫]写泼辣刚烈的女子:

　　　　你性随邪,迷恋不来也;我心痴呆,等到月儿斜。你欢娱
　　受用别,我凄凉为什迭?休荒说,不索寻吴越。咱,负心的教
　　天灭!

[四块玉]《别情》写一往深情的女子:

　　　　自送别,心难舍,一点相思几时绝。凭栏袖拂扬花雪,溪
　　又斜,山又遮,人去也。

另如[醉扶归]《秃指甲》写有生理缺陷而境遇凄凉的女子,[越
调·斗鹌鹑]写具有高超足球技艺的女子,[双调·新水令]写大
胆偷情的女子等等,与他在杂剧中塑造的窦娥、赵盼儿、谭记儿等
女性一样,都有着鲜明的个性形象,这使在文人作家文学中长期失
落的女性形象的个性得到了复活,为明清时期如《金瓶梅》、《红楼
梦》等写出个性化的女性奠定了良好基础。

　　汉卿写闲放之意的作品为数不多,内中充满世俗化的玩世享
乐情调和叛逆传统的精神。如前章所引[四块玉]《闲适》4首联
章体小令,便表现了作者厌弃“红尘风波”,追求随缘自适的闲放
情绪,内中充满着一种野气、俗气,与文人士大夫历来向往的明月
松影、瑶琴幽竹的隐逸闲情正好相反,可见在隐逸避世的追求上,
关汉卿也走着一条反传统的路。因为长期的戏剧编演生涯铸就了
他的人格典型,那就是让高度自由的生命和世俗化的玩世享乐结
合起来,把避世的闲放情绪转化为玩世的放浪不羁。这在[南
吕·一枝花]《不伏老》套中有很夸张的表现,如该套的[黄钟尾]:

　　　　我是个蒸不烂煮不熟捶不匾炒不爆响珰珰一粒铜豌豆,

恁子弟每谁叫你钻入他锄不断斫不下解不开顿不脱慢腾腾千层锦套头。我玩的是梁园月，饮的是东京酒，赏的是洛阳花，攀的是章台柳。我也会围棋会蹴鞠会打围会插科，会歌舞会吹弹会咽作会吟诗会双陆。你便是落了我牙歪了我嘴瘸了我腿折了我手，天赐与我这几般儿歹症候，尚兀自不肯休！则除是阎王亲自唤，神鬼自来勾，三魂归地府，七魄丧冥幽，天哪！那其间才不向烟花路儿上走！

作者在这里所塑造的下层文人放浪不羁的人格典型，是文人士大夫"穷"、"达"二极中"穷"的一极，但他们不是像传统的"穷"者那样在儒家道德规范中"独善其身"，而是坚决地叛逆这种"规范"，从而让生命获得高度的"自由"，它是作者绝望于现实后对传统士流风尚的大胆叛逆，是以玩世而求避世的最极端的表现。

关汉卿还有[南吕·一枝花]《杭州景》套写繁华的城市风光，《赠朱帘秀》套以咏物赞人，[越调·斗鹌鹑]《女校尉》二套写女子足球表演赛等，都是很出色的作品。

通观汉卿散曲，无论何种题材，他都写得肆意畅情，肆无忌惮，一至于淋漓酣畅而后快。就艺术风格而言，或如《不伏老》套之豪放爽辣，或如《赠朱帘秀》套之工丽典雅，或如[四块玉]《别情》之清丽蕴藉，或如[一半儿]《题情》之本色自然等，在同时代人中最为丰富多彩，但其主导风格是本色自然，并融入诙谐之趣，所以也就更带"蒜酪"之味。作为领时代潮流的专业曲家，关汉卿隐逸玩世的人生态度，放荡不羁的浪子作风，自然本色中融滑稽诙谐的曲作风格等，都极大地影响了元代的士流风尚和散曲创作。

王和卿，生平不详。孟称舜本《录鬼簿》称"王和卿散人"，《辍耕录》卷二十三记载他中统初同关汉卿在大都的曲坛活动，从其"滑稽佻达"的作风看，应与关汉卿一样，同是活动在市井勾栏中的"散人"。他的散曲存小令21首，套数3篇。作为与关汉卿一

样名震勾栏的曲家,他的作品从题材内容到艺术风格,都具有一种
滑稽诙谐之趣。其艺术价值最高的是咏物之作,如《长毛小狗》、
《绿毛龟》、《大龟》、《咏大蝴蝶》等,确能凭其滑稽诙谐之趣给读
者一种轻松愉快的审美愉悦。如:

> 弹破庄周梦,两翅架东风,三百座名园一采一个空! 难道
> 风流种? 唬杀寻芳的蜜蜂。轻轻的飞动,把卖花人扇过桥东!
> ([醉中天]《咏大蝴蝶》)

> 胜神鳌,夯风涛,脊梁上轻负着蓬莱岛。万里夕阳锦背
> 高,翻身犹恨东洋小,太公怎钓? ([拨不断]《大鱼》)

读这种咏物之曲,读者在惊叹其奇特的想象和夸张艺术时,也感受
到它的滑稽诙谐之趣,从而获得极大的审美快感,这就是这类散曲
的意义和价值。至于说这类作品中有什么寄寓,那是以传统的比
兴象征之法去解读的结果,而从根本上忽略了王和卿的散曲创作
从题材之尚奇异怪僻、粗俗丑陋到艺术表现之尚滑稽调侃、直白浅
俗,都走着一条反传统的路,所以难免穿凿附会。

王和卿的言情散曲,情调活泼又不失"蒜酪"味,如[一半儿]
《题情》:

> 鸦翎般水鬓似刀裁,小颗颗芙蓉花额儿窄。待不梳妆怕
> 娘左猜。不免插金钗,一半儿蓬松一半儿歪。

至于他一部分较为粗俗怪僻的题材,如《胖夫妻》、《胖妓》、《偷情
为获》、《咏秃》等等,写得很刻露,只求滑稽可笑,是"审丑"现象的
极端化和表面化。王和卿的滑稽调侃之风,继杜仁杰后又有所发
展,如题材更驳杂,滑稽戏谑效果增强,由在套数中调侃转而在小
令中调侃等。他的这种滑稽戏谑作风,与关汉卿一样,对豪放一派
作家有较大影响,尤其对散曲俗趣的张扬,功不可没。

二、避世情怀：居士白朴和卢挚、姚燧等仕宦曲家

初盛期内的曲家，如白朴、卢挚、姚燧等，因受时代环境的影响，无论在朝在野，都已表现出一种隐逸避世情怀。

白朴生长于金元易代之际，自幼饱经伤乱，郁郁寡欢，因放浪形骸。后因弟弟白恪任官江南而移家金陵，常从诸遗老纵情山水，以诗酒自娱，终身未仕。其散曲存小令37首，套数4篇。

白朴一向被推为"元曲四大家"之一。就散曲创作而言，其成就虽略逊于关汉卿，但仍不失大家风范。就题材内容而言，白曲主要有隐逸、恋情和写景三类。散曲发展到始盛时期，叹世归隐之作渐增，白朴闲居避世，亦有所染指。这类作品，大半是他看透现实以后的人生自白，如[阳春曲]《知几》二首：

> 知荣知辱牢缄口，谁是谁非暗点头。诗书丛里且淹留，闲袖手，贫煞也风流。
>
> 张良辞汉全身计，范蠡归湖远害机。乐山乐水总相宜，君细推，今古几人知？

但是，白朴仍生活在士大夫文化圈内，他"乐山乐水"、乐"四时风月"的闲居隐逸，仍不失高人逸士的闲雅风韵，与关汉卿等人相比，明显地有"避""玩"之分，雅俗之别。

白朴写男女恋情的[阳春曲]《题情》6首，或写女子失恋的相思，或写其求爱的大胆主动，其中除一、二首较雅丽外，大多质朴自然，且具诙谐之趣。如以下二首：

> 从来好事天生俭，自古瓜儿苦后甜。奶娘催逼紧拘钳，甚是严，越间阻越情忺。
>
> 笑将红袖遮银烛，不放才郎夜看书，相偎相抱取欢娱。止不过迟应举，及第待何如！

这类散曲与他的《墙头马上》所描写的李千金与裴少俊的自由相

爱一样，表现了作者进步的爱情观念，尤其把两情相悦凌驾于"及第"入仕之上，就更具有一种叛逆思想了。这类曲子不仅与他的叹世隐逸之曲在思想根源上有一定联系，而且风格也一样显得通俗自然，还更有诙谐之趣，具有民歌的生动活泼、清新爽脆。

白朴的写景之曲，多以联章体组曲形式写春、夏、秋、冬四季之景，内中有的为静观默察、以物观物的纯写景之作，有一种精工雅丽之美，如[天净沙]《秋》：

> 孤村落日残霞，青烟老树寒鸦，一点飞鸿影下。青山绿水，白草红叶黄花。

有的则与抒情遣怀结合，在写景中流露出一种凄凉之感，如[得胜乐]《秋》：

> 玉露冷，蛩吟砌，听落叶西风渭水，寒雁儿长空嘹唳。陶元亮醉在东篱。

白朴常在词中写国破家亡的禾黍之悲，在这种写景散曲里亦有隐约表现，曲中"落叶长安"、"西风渭水"与"蛩吟"、"雁唳"构成的凄凉之景，正映衬着作者内心的凄情。这些作品与他的隐逸、恋情之作的质朴之风相比，则表现为清丽雅洁。

总的来看，白曲多格并存，其叹世隐逸和男女恋情之曲较为通俗，多自然本色之风，其写景之作则偏于文采，有清丽雅洁之美。如果说他的隐逸、恋情之曲和关汉卿的曲作一道影响了马致远、贯云石等豪放本色一派，那么，他写景之曲的清丽雅洁，就显然是张可久、乔吉清丽一流的先导。

卢挚（1242？—1315？），字处道，一字莘老，号疏斋，又号嵩翁。祖籍涿郡（今河北涿县），后迁河南。累迁河南府总管，拜集贤学士，又任岭北湖南道廉访史，复入为翰林学士，迁承旨。晚年客居宣城。卢挚诗与刘因齐名，文与姚燧并称，都有较大影响。今人李修生有《卢疏斋集辑存》。其曲存小令 120 首,涉及咏史怀古、写景咏物、隐居乐闲、唱酬赠答等等。

疏斋的咏史怀古之曲,有的是随宦游足迹所至而对名胜古迹的凭吊,内中多抚事伤怀的兴亡之感和由此而生的隐逸之情,如:

> 对关河今古苍茫,甚一笑骊山,一炬阿房。竹帛烟消,风云日月,梦寐隋唐。快寻趁王家醉乡,见终南捷径休忙。茅宇松窗,尽可栖迟,大好徜徉。([蟾宫曲]《咸阳怀古》)

有的悼咏古代许多红颜薄命的女子,如[蟾宫曲]《丽华》、《萧娥》、《杨妃》、《西施》等等,多借红颜薄命怅叹乐事难终,感慨帝王的荒淫恶国,如《萧娥》一曲:

> 梵王宫深锁娇娥,一曲离笳,百二山河。炀帝荒淫,乐淘淘凤舞鸾歌,琼花绽春生画舸,锦帆飞兵动干戈。社稷消磨,汴水东流,千丈洪波。

这些咏史的作品发思古之幽情,集中表现了历史兴废无常、人生虚幻无定的悲感,是元散曲叹世归隐之曲的变奏。

疏斋的写景之曲清新明丽,极富诗情画意,如本章第一节所引[沉醉东风]《秋景》,另如[湘妃曲]《西湖》等,都秀美如画,具有较高的艺术鉴赏价值。

疏斋的隐居乐闲之作,或向往田园山林的闲适,或感叹人生虚幻不如及时行乐。如[殿前欢]:

> 酒频沽,正花间山鸟唤提壶。一葫芦提在花深处,任意狂疏。一葫芦够也无,临时觑,不够时重沽去。任三闾笑我,我笑三闾。

像疏斋这样的达官显宦也表现出对社会和人生的失望,其灵魂深处的痛苦,与那些沦落不遇的下层文人是共同的。疏斋这类隐居乐闲之作,大都质朴本色,与关汉卿的曲风为近。

疏斋的唱酬赠答之作,绝大部分是赠给歌妓舞女的,这些曲子大多写得典雅华丽,也有少数写得朴实自然。作者总是以赞赏之笔夸赞对方的技艺才情,绝少玩弄亵渎之意,表现了对这些卑贱女子人格的尊重。其中最情深意挚的是[寿阳曲]《别珠帘秀》:

> 才欢悦,早间别,痛煞煞好难割舍!画船儿载将春去也,空留下半江明月。

此曲直抒离情,朴实自然。篇末以景结情,万千离恨如冷月清辉,茫茫无际;似一江寒水,长流不绝。珠帘秀有[寿阳曲]《答卢疏斋》,亦情恨绵绵,非常感人:

> 山无数,烟万缕,憔悴煞玉堂人物。倚蓬窗一身儿活受苦,恨不得随大江东去。

把两曲对读,可见这种不被社会承认的悲剧性恋情对当事者双方来说是何等的刻骨铭心。

总起来说,疏斋之曲不仅题材内容丰富多彩,其艺术风格也非常多样,或通俗,或豪爽,或朴实,或清丽,或秀美,或疏朗,但其主导风格是清丽疏朗。因以诗词之端谨句法,融以曲的直白浅近之味,故不少作品论语言色彩似词,论韵味则似曲。从总体成就看,他与关汉卿、白朴可算本期内散曲三大家;从主要风格倾向上看,关汉卿应归为豪放一派,白朴与卢挚应归为清丽一流。

本期的仕宦曲家,除卢挚以外,为论家注目者,尚有姚燧、胡祗遹、徐琰、庾天锡等,这里仅对姚、庾做简要论述。

姚燧是元初的重臣、名儒和古文大家。散曲存小令29首,套数1篇,内容大致有抒怀言志、写景记游和男女恋情三类。其抒怀言志之作反映了不同人生阶段中的感慨,如[阳春曲]表现青年时期的踌躇满志：

> 墨磨北海乌龙角，笔蘸南山紫兔毫，花笺铺展砚台高。诗
> 气豪，凭换紫罗袍。

[醉高歌]《感怀》则表现暮年时宦情的淡泊：

> 十年燕月歌声，几点吴霜鬓影。西风吹起鲈鱼性，已在桑
> 榆暮景。

这些作品，或豪放健举，或清爽雅洁，风格是多样的。

姚燧的男女恋情之作以一组[凭栏人]小令为代表，内中有的
感情肤浅，属游戏之笔；有的深情婉曲，韵味醇厚而隽永，如：

> 欲寄君衣君不还，不寄君衣君又寒。寄与不寄间，妾身千
> 万难。(《寄征衣》)

还有的自然本色，更富有曲趣：

> 寄与多情王子高，今夜佳期休误了。等夫人熟睡着，悄声
> 儿窗外敲。

总的来看，姚曲或豪放，或清丽，于多格并存中又以雅健雄豪为主
导。其曲有雄健豪放之风而无粗俗草率之病，有清丽雅洁之美而
无刻意雕镂之痕。

庚天锡，字吉甫，大都人，《录鬼簿》云其为"中书省掾，除员外
郎，中山府判"。明初贾仲明为马致远所作挽词，称马"共庚、白、
关老齐肩"，由此可见吉甫与汉卿大致同时，且享有盛誉。今存小
令 7 首，套数 4 篇。其[蟾宫曲]2 首隐括王勃《滕王阁诗》和欧阳
修《醉翁亭记》，是曲中最早的隐括体。其 5 首[雁儿落过得胜令]
为联章体组曲，把怀古咏史和隐居乐闲相结合，在表现历史虚无之

感时,也表现了对富贵功名的鄙弃和对青山白云的向往。

> 春风桃李繁,夏浦荷莲间。秋霜黄菊残,冬雪白梅绽。四季手轻翻,百岁指空弹。慢说周秦汉,徒夸孔孟颜。人间,几度黄粱饭;狼山,金杯休放闲。

像"慢说周秦汉,徒夸孔孟颜"那样大胆地否定历史,甚至否定孔孟,还是空前的。这与关汉卿的任情放诞、王和卿的摄丑入曲,一同表现了对儒家文化传统的叛逆。庾氏小令既精工雅丽,又通俗晓畅,处处有奇巧的匠心,但又无斧凿的痕迹。如此曲开头四句用联璧对,且分别嵌以时令字"春"、"夏"、"秋"、"冬",奇巧而又自然。贯云石《阳春白雪序》谓其"造语妖娇",甚为中肯。

[思考题]

1. 从文化思想和艺术特色看,元散曲有怎样的时代特征?
2. 元散曲的发展可以分为哪几个阶段? 演化和始盛阶段的散曲创作各有何阶段性特征? 各有哪些代表性作家?
3. 元好问、杜仁杰的散曲创作各有何特色和贡献?
4. 关汉卿、王和卿、白朴、卢挚的散曲创作各有何成就?

第三章　元散曲的鼎盛与衰落

从元成宗元贞元年(1295)到元文宗至顺三年(1332),是元散曲发展的鼎盛时期。以马致远、贯云石为代表的豪放派和以张可久、乔吉为代表的清丽派在本期内各呈异彩,共同创造了元散曲的鼎盛辉煌。从元顺帝元统元年(1333)到元朝亡国(1368),即整个元顺帝统治时期,是元散曲的衰落期。而且,就整个古代散曲发展而言,这种衰落一直持续到了明代中叶。

第一节　元散曲的鼎盛与豪放、清丽两派之特征

1294年,忽必烈死,其嫡孙铁穆耳即位后,继续推行汉化政策,修好睦邻,一时四海宴然,史称其"垂拱而治"。其后武宗、仁宗、英宗、泰定帝、文宗等先后即位,虽然围绕帝位之争出现不少激烈、残酷的争斗,但除天历年间明、文之争曾酿成内乱外,其余则大多仅限于王室内部和统治集团上层,基本未造成大范围的政治动荡。虽然一系列社会矛盾已在急剧酝酿,但总体上还保持着"秀华夷"、"锦社稷"的升平气象,并屡见文人吟咏。当时的杭州更是"城宽地阔,人烟稠集",这座在南宋以来就十分繁华的消费城市,吸引了大批北方文士如关汉卿、马致远、贯云石、乔吉、曾瑞等南

来,他们与江南作家如张可久、徐再思、周文质等,共同在奢靡的城市生活中创造了元散曲繁荣发展的新局面。

一、空前绝后的鼎盛状况

本期内散曲的鼎盛辉煌,可以说是空前绝后的。这首先表现在作家增多,作品增多,名家辈出。在《全元散曲》所收 200 余名作家中,现存作品 20 首以上者共 38 人,可以大致确定其创作活动年代在本期内的,就有 23 人,在《全元散曲》所收的有署名的约 3700 余篇中品中,本期内的 23 人便约有 2600 篇。

其次是题材内容的开拓比前一期更为深广。最令人注目的是张养浩、刘时中等所写反映现实,同情和关心民生疾苦内容的出现,这标志着元散曲由写作家个人的牢骚愤懑,开始转向更广阔的社会人生;另外,作为元散曲主旋律的叹世归隐题材在此时登峰造极,不少历经宦海风波的人都以切身感受道出了官场的险恶和争名夺利的无聊,他们对现实的感悟,对历史的思索,比任何一个时期都要强烈、深刻得多,这与社会政治、宗教思想的影响有密切联系,与马致远大量的神仙道化剧在精神实质上是一致的,即处于文化转型时期的知识分子对儒家思想的叛逆和在全真教思想熏染下对于道家哲学的崇拜。

再次是不同风格特色的豪放、清丽两大创作流派的形成。以马致远、贯云石为代表的豪放派和以张可久、乔吉为代表的清丽派都主要活动在本期内,正是他们在本期内的双峰并峙、各呈异彩,才形成了本阶段散曲创作的鼎盛辉煌。无论哪一种文体,其不同风格流派的形成,都只有达到他的鼎盛阶段才是可能出现的。

此外,不同民族、不同地域文化的交流融合在本期散曲创作中获得巨大成功。在本期内的作家,无论豪放或清丽,其作品都不同程度地既具河朔贞刚之气,又有江南秀丽之风,这种豪放的气势和秀美的风韵是本期内散曲最显著的特征,这是南北统一后数十年间各民族文化大融合的结果。而作为文化大交流大融合最丰硕的成果，是贯云石、薛昂夫等少数民族作家取得很高成就，如果从民族关系的改变从而使文学创作发生巨大变化这一点而言，这在中国文学史上是应当大书特书的。

最后，应当注意的还有著名的散曲选集《阳春白雪》、曲学专著《中原音韵》、《录鬼簿》等都产生于这一时期，这与元散曲发展到繁荣鼎盛，也同样是紧密相关的。

元散曲的繁荣鼎盛，有赖于城市消费经济的繁荣和市民阶级的扩大，也得力于南北东西各民族文化的交流与融合，也更与元代前期废除科举、文人入仕无门有极大关系。

二、豪放、清丽两派之特征

最早划分元散曲体式派别的为朱权《太和正音谱》，其所列有"丹丘体"、"宗匠体"、"黄冠体"、"江东体"、"东吴体"等"乐府一十五家"，并加以简单释说，如谓丹丘体"豪放不羁"，谓江东体"端谨严密"，谓东吴体"清丽华巧，浮而且艳"等等。任中敏在《散曲概论·派别》中作了适当归并，提出了"豪放"、"清丽"、"端谨"三派，且又认为"元曲之中，虽连端谨共有三派，而实惟豪放、清丽两派乃永久对峙耳"。论到两派的特征，任氏说，"豪放"不仅表现为"意境超逸"，而且还表现为修辞的特殊、不羁与表现手法的多用白描、不重妆点；对于"清丽"来说，则无论其"以俗为丽"（奇丽），还是"以雅为丽"（雅丽），"机趣要不能板，而膝理要不能滞"。任氏还认为，豪放与清丽的分别是相对的，不能太拘泥，太绝对，"豪放"作家不乏清丽之作，"清丽"作家也有豪放之篇。这些论述都是很中肯的。

需要注意的是，散曲中的豪放与诗词中的豪放是迥然有别的，诚如李昌集在《中国古代散曲史》第二卷下编第二章中所言，"它不作'壮志'的咏叹高歌，而恰恰是以'自弃'为形式的'豪'，是嘲弄讥笑传统'豪情'的'放'"。至于元散曲中的"清丽"，则是针对情感激越豪宕、痛快淋漓的"豪放"之风而言的温和雅丽、精工凝练的另一流散曲风格,在意境上已基本与传统诗词融为一体。就题材内容而言,豪放之曲多叹世归隐之作,清丽之曲多写景咏物之篇;就语言修辞而言,豪放之曲多用口语,少用典实,注重本色自然,清丽之曲多炼字炼句,喜用故实,讲究蕴藉工巧;就艺术风格而言,豪放之曲多超逸隽爽,清丽之曲多雅致和婉。

"豪放"与"清丽"虽然只是在鼎盛阶段才有两个明显的作家阵容,但是,作为两种对比鲜明的体式风格,却是在整个元散曲发展历程中一以贯之的。比如,在演化阶段中,杜仁杰之曲"豪放",元好问之曲"清丽";在始盛阶段中,关汉卿、王和卿之曲"豪放",白朴、卢挚之曲偏于"清丽";在衰落阶段中,汪元亨、刘庭信之曲"豪放",鲜于必仁偏于清丽等等。虽然用"豪放"和"清丽"两种风格来划分元散曲的流派有一定局限,不能囊括其他风格的作品,但"豪放"和"清丽"两种风格的特征对比鲜明,其划分也有较强的概括力,故仍为论曲者所乐于采用。

第二节　马致远、贯云石等人的豪放本色

在鼎盛期内"豪放"一派的作家中,如果就散曲创作的实际成就及其在曲坛的地位和影响而言,马致远、贯云石二人堪为代表性的作家。

一、元代散曲的冠冕:马致远及其散曲成就

马致远(1250?—1321?),号东篱,大都(今北京市)人。青年时期曾积极追求功名,"且念鲰生自年幼,写诗曾献上龙楼"([黄钟·女冠子]套数)。他在大都逗留了约20年,估计仍入仕无望,便南下江南,大约在大德年间曾任江浙行省务官。与卢挚、王伯成、刘致、

张可久等有交往。如就生卒时间来看,他好像是跨阶段的作家,但其散曲作品,却多作于后期,而且如[双调·夜行船]《秋思》之类的许多代表作品几乎全作于后期,所以,理应将其归入鼎盛期内。东篱素来被推为"元曲四大家"之一,著有杂剧15种,现存《汉宫秋》、《荐福碑》、《黄粱梦》等7种;散曲存小令115首,套数24篇。今人刘益国有《马致远散曲校注》。贾仲明挽词称:"战文场,曲状元;姓名香,贯满梨园。"(天一阁本《录鬼簿》)朱权评其曲"岂可与凡鸟共语哉? 宜列群英之上"(《太和正音谱》)。

东篱散曲,题材内容十分丰富,广泛涉及到叹世归隐、写景咏物、言志抒怀、羁旅行役、男女恋情等许多方面。其中不少作品与他的《荐福碑》杂剧一样,是带着鲜明时代烙印的人生怅叹曲,代表了元代失意文人的哀吟和悲歌。如以下各曲:

> 带月行,披星走,孤馆寒食故乡秋。妻儿胖了咱消瘦。枕上忧,马上愁,死后休。([四块玉])
>
> 枯藤老树昏鸦,小桥流水人家,古道西风瘦马。夕阳西下,断肠人在天涯。([天净沙]《秋思》)
>
> 夜来西风里,九天雕鹗飞,困煞中原一布衣。悲,故人知未知? 登楼意,恨无上天梯! ([金字经])

像这样用朴实自然之语真实地记录为求取功名而奔走天涯的凄凉状况,表现了元曲家在豪放洒脱背后的悲苦与辛酸,生动而形象地展示出英雄失路之悲和壮志未酬之叹,这在元散曲中为数不多,可视为东篱的一大成就。其中[天净沙]《秋思》小令意境鲜明,它与[夜行船]《秋思》套数一同被推为东篱的代表作。

东篱在积极进取的人生理想破灭后,虚无感、幻灭感不禁油然而生,当其在[庆东原]《叹世》小令中对项羽、孔明、司马懿、曹操等历史人物一一慨叹评说时,便认为成败得失了无意义,一切如过眼云烟,都"不如醉还醒,醒而醉"。更有甚者,对屈原的"清死",

也认为毫不可取：

> 酒杯深，故人心。相逢且莫推辞饮，君若歌时我慢斟。屈
> 原清死由他恁，醉和醒争甚？（［拨不断］）

这些，都是在仕进无门，对现实绝望之后，借以否定历史来否定现
实，并否定儒家"修齐治平"的人生理想，以此发泄牢骚和愤懑，以
求得心理的平衡。最后，马致远也与大多数曲家一样，走向了避世
隐逸，并尽量为世俗生活涂上一层恬静安乐的色彩：

> 绿水边，青山侧，二顷良田一区宅。闲身跳出红尘外。紫
> 蟹肥，黄菊开，归去来！（［四块玉］《恬退》）

这种闲适的境界，实质上是为受难的灵魂虚构一个理想的家园而
已。在马曲中，以此类直接抒发人生感慨，表现隐逸思想的作品居
多，其中最出色的是［双调·夜行船］《秋思》套数：

> ［夜行船］百岁光阴一梦蝶，重回首往事堪嗟。今日春
> 来，明朝花谢，急罚盏夜阑灯灭。　　［乔木查］想秦宫汉阙，
> 都做了衰草牛羊野。不恁么渔樵没话说。纵荒坟横断碑，不
> 辨龙蛇。　　［庆宣和］投至狐踪与兔穴，多少豪杰。鼎足虽
> 坚半腰里折，魏耶？晋耶？　　［落梅风］天教你富，莫太奢，
> 没多时好天良夜。富家儿更做道你心似铁，争辜负了锦堂风
> 月。　　［风入松］眼前红日又西斜，疾似下坡车。不争镜里
> 添白雪，上床与鞋履相别。休笑巢鸠计拙，葫芦提一向装
> 呆。　　［拨不断］利名竭，是非绝，红尘不向门前惹，绿树偏
> 宜屋角遮，青山正补墙头缺。更那堪竹篱茅舍。　　［离亭
> 宴带歇指煞］蛩吟罢一觉才宁贴，鸡鸣时万事无休歇，何年是
> 彻！看密匝匝蚁排兵，乱纷纷蜂酿蜜，急攘攘蝇争血。裴公绿
> 野堂，陶令白莲社。爱秋来时那些，和露摘黄花，带霜分紫蟹，

煮酒烧红叶。想人生有限杯,浑几个重阳节?人问我顽童记者,便北海探吾来,道东篱醉了也!

此套前五曲思索历史,感叹人生,后二曲歌颂隐逸,集元人叹世、咏史、隐逸作品之大成,把看破红尘、彻悟古今的退隐思想表现得淋漓尽致,可作为元散曲叹世归隐之主旋律的代表作品。作者用极鲜明生动的形象,表现了极强烈奔放的感情,其对仗工稳而又自然流畅,其语言雅练而又爽朗通脱,是把雅与俗融合浑化得极圆熟极精纯的典范。自元明以来,此套一直很受推崇,周德清《中原音韵》谓:"此方是乐府,不重韵,无衬字,韵险,语俊,谚云'百中无一',余曰'万中无一。'"王世贞《曲藻》称其"放逸宏丽而不离本色"。如果拿此套与关汉卿的[南吕·一枝花]《不伏老》和[双调·乔牌儿]等套数对读,可以发现,其愤世嫉俗的感慨和超然绝世的人生态度是相同的,但关汉卿的退隐是"向烟花路儿上走",或"寻取个稳便处闲坐地","受用一朝,一朝便宜",表现出一种世俗化的玩世享乐;而马致远是"和露折黄花,带霜分紫蟹,煮酒烧红叶",不失裴公、陶令等高人韵士的闲雅风致。就艺术风格而言,关曲多自然本色,马曲则稍事藻绘。两位大家的不同风格,不仅表现了市民作家与仕宦中作家的差异,也表现了前后不同时代特征的差异。

东篱还有不少的写景小令,能以简淡之语写闲放之境,表现出一种和平宁静的氛围,有一种清旷疏朗之美。如:

夕阳下,酒旆闲,两三航未曾着岸。落花水香茅舍晚,断桥头卖鱼人散。([寿阳曲]《远浦归帆》)

东篱的言情小令,有不少描绘失欢女子的哀怨,往往以通俗自然之语写典型细节,极生动传神,如:

从别后,音信绝,薄情种害煞人也。逢一个见一个因话说,不信你耳轮儿不热。(同前调)

东篱的散曲还有一些比较奇特的题材内容,如[般涉调·耍孩儿]《借马》套数描写一位爱马如命的悭吝人的内心活动,[般涉调·哨遍]《张玉嵒草书》赞美张氏草书的出神入化,或极其诙谐,或极其恣纵,都具有大手笔风范。

东篱在积极进取的人生理想破灭后,无可奈何地避世陶情,逍遥放诞,其悲剧性的人生是元代不幸文人的典型,因此,就叹世归隐一类曲的写作而言,很少有人写得像他那样淋漓恣肆,那样放逸宏丽,那样带有强烈的主观感情色彩和鲜明的时代烙印。就艺术成就而言,其涉题广泛,雅俗皆宜,纵笔所至,无不得体,随心所欲,无不如意;其俗不失之粗,雅不失其趣,真可谓"文而不文,俗而不俗"。他不愧为元代散曲的冠冕和豪放派的魁首。

二、少数民族的骄傲:贯云石、薛昂夫

由于南北各民族文化的大交流大融合,少数民族作家在散曲创作中取得了惊人的成就,其中尤以贯云石、薛昂夫最为突出。

贯云石(1286—1324),号酸斋,维吾尔族人。曾袭父职为两淮达鲁花赤,后让官于弟,北从姚燧学。仁宗即位,拜翰林学士、中奉大夫,忽称疾辞官,归隐钱塘。《元史》本传谓其"晚年为文日邃,诗亦冲淡,草隶等书,稍取古人所长,变化自成一家。所至,士大夫从之若云,得其片言尺牍,如获拱璧。其视生死若昼夜,决不入念虑"。酸斋现存小令79首,套数8篇。今人胥惠民等有《贯云石作品辑注》。

酸斋之曲,绝大多数是写恋情与隐逸。他的恋情之作善于吸取民歌活泼直率的长处,用通俗朴实之语写出一种出人意表的痴情,如以下两曲:

挨着靠着云窗同坐,偎着抱着月枕双歌,听着数着愁着怕着早四更过。四更过情未足,情未足夜如梭。天哪,更闰一更

儿妨什么？（［红绣鞋］）

　　若还与他相见时，道个真传示：不是不修书，不是无才思，绕清江买不得天样纸！（［清江引］《惜别》）

前曲写男女欢爱的大胆热烈，后曲言相思情怀的深广无边，均非一般人敢望其项背；那奇妙的想象和大胆的夸张，又非一般人所能具有的才情。在［上小楼］《赠伶妇》、［蟾宫曲］《赠曹秀莲》等恋情作品中，酸斋还表现出了难能可贵的人道主义精神。他大部分恋情曲都写得清新爽脆，有浓郁的"蒜酪蛤蜊"之味。

　　酸斋的隐逸之曲，或感慨仕途的险恶，或歌咏退隐的闲适，都表现出一种经过深切理悟之后的和平宁静、轻快洒脱。如以下两首［清江引］小令：

　　竞功名有如车下坡，惊险谁参破？昨日玉堂臣，今日遭残祸。争如我避风波走在安乐窝。

　　弃微名去来心快哉，一笑白云外。知音三五人，痛饮何妨碍，醉袍袖舞嫌天地窄。

虽然酸斋也曾抒写过"百年浑是醉，三万六千场"（［小梁州］）、"将屠龙剑，钓鳌钩，遇知音都去做酒"（［红绣鞋］）等一些把壮志付醉乡的愤懑情怀，但是，他毕竟是在进入官场并参破了世态炎凉后才主动退隐的，他没有马致远那样欲进不能、欲罢不忍的矛盾痛苦，所以，他的这些隐逸之曲，也就没有马曲那样的愤懑与牢骚，不像马曲那样深于感叹，那样沉郁悲凉，那样潜气内转，而大多是从酣畅淋漓的语言风格中表现出贵胄公子特有的豪气和洒脱。故而虽然同是豪放派代表作家，却一如闲云野鹤，一如激流涌浪；一如侠客长啸，一如壮士悲号。

　　由彻悟人生世相以后的和平宁静出发，酸斋非常热爱恬静的自然美景，向往淳朴的农家生活，欣赏孤高的雪里梅花。他曾在

[蟾宫曲]中以美丽的遐想展现了西湖的明净与秀美：

> 问胸中谁有西湖？算诗酒东坡，清淡林逋。月枕冰痕，露凝荷泪，梦断云裙。桂子冷香仍月古，是嫦娥厌倦妆梳。春景扶疏，秋色模糊，若比西施，西子何如？

也曾在[水仙子]《田家》中描绘了理想中农家生活的闲适：

> 绿野茅屋两三间，院后溪流门外山，山桃野杏开无限。怕春光虚过眼，得浮生半日清闲。邀邻翁为伴，使家童过盏，直吃得老瓦盆干。

还曾在[清江引]《咏梅》中以雪月的映衬歌咏了梅花的高洁：

> 南枝夜来先破蕊，泄露春消息。偏宜雪月交，不惹蜂蝶戏，有时节暗香来梦里。

这些，都无不映衬出他的隐逸闲情和高雅怀抱。

此外，贯云石还有[中吕·粉蝶儿]南北合套描写"真蓬莱赛他不过"的杭州的繁华，[双调·新水令]《皇都元日》歌颂大元朝"江山富，天下总欣伏"的太平气象等，这与马致远的[中吕·粉蝶儿]"寰海清夷"、"至治华夷"两篇套数一样，都是歌颂元王朝的，这种题材在元散曲中很少见，值得重视。对于贯云石的散曲风格，或谓其"清新俊逸"，或谓其"如天马脱羁"，或谓其"清高拔俗"，实际上这正反映了他以豪放为主，但又有清丽、俊秀等多格并存的大家风范。由《元史》的记载，再结合其散曲创作的成就，以及他先后为杨朝英编的《阳春白雪》和张可久的散曲集《今乐府》作序这些事实来看，在延祐、至治的曲坛上，他有可能才是真正领时代风骚的"曲状元"。

薛昂夫（1275？—1350后），本名超吾，汉字昂夫，号九皋、西域回纥人,曾官三衢路达鲁花赤。昂夫才华卓荦,诗词曲兼善,散曲存小令65首,套数3篇。如就创作实绩而言,他与酸斋或在伯仲之间,但其社会地位远不及酸斋高,所以,其影响便不及酸斋大。他的散曲以叹世抒怀、怀古咏史为主,另有一些写景记游之作,其中最具特色的是怀古咏史。他用[朝天曲]小令22首,一连咏叹了如刘邦、吕尚、老莱子、卞和、杜甫等20位古人,他对所咏叹的这些正面的历史人物几乎都持一种嘲讽批判的态度,如:

> 卞和,抱璞,只合荆山坐。三朝不遇待如何? 两足先遭祸。传国争符,伤身行货,谁教献与他。切磋、琢磨,何似偷敲破?

昂夫不仅嘲笑古人,还嘲笑当代的伪学者和假隐士,如:

> 功名万里忙如燕,斯文一脉微如线,光阴寸隙流如电,风霜两鬓白如练。尽道便休官,林下何曾见? 至今寂寞彭泽县。([塞鸿秋])

像这样冷嘲热讽,嬉笑怒骂,是昂夫叹世咏史之曲最显著的特征。他的写景记游之作如[山坡羊]《西湖杂咏》等,总是贯穿着不染世俗的隐逸情怀,是张养浩、贯云石等人的同调。另有如[楚天遥过清江引]之类伤春寓怀之作,雅丽缠绵,又是一格。总之,昂夫之曲能于放逸宏丽中寓雄健之气,于嘲讽戏谑中见诙谐之趣;豪放而不失之粗,诙谐而不失之俗;不饰铅华而自具丽质,不求韵度而自有高格。他所取得的成就,与酸斋一样,都是元代各民族文化交流融合的结晶,在中国文学史上,这是值得大书一笔的。

三、豪放派的强大阵容:冯子振、张养浩、睢景臣等

在鼎盛阶段中,豪放一派的作家占着优势,除了前面已述的马致远、贯云石、薛昂夫而外,重要的作家还有冯子振、张养浩、陈草

庵、曾瑞、刘时中、钟嗣成、睢景臣等人。在这些作家中,陈草庵年
辈最长,冯子振影响最大,张养浩成就最高。

　　陈草庵(1247—1330 后),名英,以号行,析津(今北京)人。
累官甘肃、河南行省参知政事。他与马致远大致同时。其现存
[山坡羊]小令26首,几乎全写人世风波与宦海沉浮的感慨,应作
于有一定官场经历和人生体念以后。其中"红尘千丈"一首涉及
到他自己的仕宦经历和人生感叹:

　　　　红尘千丈,风波一样,利名人一似风魔障。恰余杭,又敦
　　煌,云南蜀海黄茅瘴,暮宿晓行一世妆。钱,金数两;名,纸
　　半张。

参以张养浩《甘肃省创建来远楼记》、《析津陈氏先茔碑铭》等文,
可知此曲为草庵自言仕历,当作于1306 年以后,由此可知其他有
相同感慨的各曲也应作于这前后不久。他这些曲子可谓集人生、
仕宦感慨之大成。其中最为流行的一首云:

　　　　晨鸡初叫,昏鸦争噪,那个不去红尘闹。路遥遥,水迢迢,
　　功名尽在长安道。今日少年明日老,山,依旧好;人,憔悴了!

起首二句既是时间的泛写,又是闹嚷嚷"红尘"的象征,接着写"长
安道"上的争名夺利,不过空耗一生年华,由"长安道"的意象延
伸,将历史之思、现实之感融会一起,加重了感叹力度。这种对红
尘纷乱、人生易老、功名虚幻的慨叹是草庵散曲的主要内容,也是
在本期内得到强化的散曲作品的主旋律。如果拿草庵的叹世归隐
之曲与马致远相比,陈的出发点在于"达"而不能"兼济天下",于
是失意于官场;马之出发点在于仕进无门,于是绝望于官场;故陈
曲没有马曲那样的沉郁悲凉,倒是接近于贯云石的和平宁静,是
"豪"而且"放"的。草庵散曲的语言朴实无华,极潇洒自然,是地
道的"本色"作风。

冯子振（1257—1337后），字海粟，攸州（今湖南攸县）人，官至承事郎、集贤待制。他是豪放派重要作家中在当时曲坛影响较大的一位，且诗文词兼擅。今人王毅有《海粟集辑存》。其曲存小令44首。他以和白贲[鹦鹉曲]（又名[黑漆弩]）42首蜚声当时曲坛，据曲前小序可知其作于大德六年（1302），此时海粟46岁，已经历过宦海风波的险恶，因此也很自然地加入了元散曲叹世归隐的大合唱。冯曲主要为叹世归隐之作，其中有不少抒写作者自己的仕宦感触，多慨叹世道险恶、人生虚幻；也有不少描写闲人形象，如樵父、耕父、农父、田父、渔父、园父等等，借这些人的恬淡闲适，表现自己志在田园山林的怀抱，大多显得豪放爽朗。如《市朝归兴》一首：

山林朝市都曾住，忠孝两字报君父。利名场反覆如云，又要商量阴雨。　[么]便天公有眼难开，袖手不如家去。更蛾眉强学时妆，是老子平生懒处。

除了叹世归隐之曲，冯子振还有一些怀古、咏史、题画、记游、写景、叙别的作品，他还有《农夫渴雨》一曲描写真实的田园和农夫渴雨的急切心情，多为选家注目，曲云：

年年牛背扶犁住，近日最懊恼煞农父。稻苗肥恰待抽花，渴杀青天雷雨。　[么]恨残霞不近人情，截断玉虹南去。望人间三尺甘霖，看一片闲云起处。

这表明，他所用曲牌虽然单一，但题材内容并不单薄。

为冯子振所和的白贲的[鹦鹉曲]如下：

侬家鹦鹉洲边住，是个不识字渔父。浪花中一叶扁舟，睡杀江南烟雨。　[么]觉来时满眼青山，抖擞绿蓑归去。算从前错怨天公，甚也有安排我处。

此曲在当时流传很广,据冯子振曲前序文可知此调十分难作,白贲因作此曲成功而名声大震,他人和作,不过一二首,海粟一下和了42首,其才气豪情可以想见。贯云石《阳春白雪序》评此曲"豪辣灏烂"。所谓"豪辣",当是就气势和语言风格的豪放爽朗而言;所谓"灏烂",当是就意象的色彩斑斓而言。此外,冯曲造语简练娴熟,节奏感鲜明强烈,有豪放潇洒的大家风范。

张养浩(1270—1329),字希孟,别号云庄,济南人。历官监察御史、翰林直学士、礼部尚书、陕西行台中丞。是豪放派作家中除马、贯之外成就最高的一位。有《云庄休居自适小乐府》,存小令161首,套数2篇。希孟是一位刚强、正直的廉吏,任监察御史时因直言敢谏得罪权贵,为避祸而变姓名遁去,不久被起用;英宗即位,因谏其勿于元夕大张灯火,又获罪;因深感官场险恶,便以父老归养为由辞官还乡,在故乡的云庄度过了八、九年的闲散时光,其曲有相当部分便是写于云庄的叹世归隐之作。这些作品多咏叹官场的险恶,思索功名的虚幻,歌颂隐居的闲适,如:

> 中年才过便休官,合共神仙一样看。出门来山水相留恋,倒大来耳根清眼界宽。细寻思这的是真欢。黄金带缠着忧患,紫罗兰裹着祸端,怎如俺藜杖藤冠。([水仙子])

这是他用自己坎坷的仕宦经历换来的切身感受,绝非无病呻吟。他对自己30年宦海沉浮和"中年休官"的感慨,往往会不由自主地溢于言表:"海来阔风波内,山般高尘土中,整做了三个十年梦"([庆东原]);"三十年一梦惊,才与气消磨尽,把当年花月心,都变作了今日山林兴"([雁儿落兼得胜令]);"过中年便退官,再不想长安道"([雁儿落兼清江引])。这些感慨,不仅源于他对现实的体念,也源于他对历史的感悟,如[沽美酒兼太平令]写道:

> 在官时只说闲,得闲也又思官,直到教人做样看。从前的

试观，那一个不遇灾难？　　楚大夫行吟泽畔，伍将军血污衣冠，乌江岸消磨了好汉，咸阳市甘休了丞相，这几个百般，要安，不安。怎如俺五柳庄逍遥散诞。

云庄有许多曲子描写他一年四季在家乡"绰然亭"中的闲放情怀，其舒心惬意，闲适快活，时时洋溢于字里行间，如［塞鸿秋］：

　　春来时绰然亭香雪梨花会，夏来时绰然亭云锦荷花会，秋来时绰然亭霜露黄花会，冬来时绰然亭风月梅花会。春夏与秋冬，四季皆佳会，主人此意谁能会？

无论写对宦海沉浮的感慨，还是写归隐云庄的闲适，他都是如话家常般道来，是那么朴实自然，那么真率朗畅，这在豪放一派中，是与贯云石、陈草庵相近的一种风格。

忘却是非心，绝了功名念后，云庄不像关汉卿、贯云石等人那样在儿女情场中消磨壮志，而是在山水风月中独善人生，所以，他能以最沉静之心对白云，以最闲暇之眼观飞鸟，展示出许多主客交融的优美境界来。如：

　　鹤立花边玉，莺啼树杪弦，喜沙鸥也解相留恋。一个冲开锦川，一个啼残翠烟，一个飞上青天。诗句欲成时，满地云撩乱。（［庆东原］）
　　云来山更佳，云去山如画。山因云晦明，云共山高下。倚杖立云沙，回首见山家。野鹿眠山草，山猿戏野花。云霞，我爱山无价。看时行踏，云山也爱咱。（［雁儿落兼得胜令］）

这些曲子清新明媚，恬淡闲适，是元人山水散曲中的精品。它们有散化的灵活句式，有诗化的优美意境。前曲"一个"两字三次重叠，极其古拙；后曲"云"、"山"语面交错回环，极其工巧；且又有曲的俗趣，这种将诗、文、曲各体艺术不著痕迹地融会为一，正是云庄散曲的突出特征,也是散曲文人化更为圆熟的标志。

张养浩隐居云庄,"山中八九年,七见征书下日边"(《西番经》),面对朝廷的多次征召,他始终不为所动,直到天历二年(1329),陕西大旱,朝廷又数次以陕西行台中丞召他前往赈灾,他才恋恋不舍地离开了云庄。这是他人生的一次大转折,也是他散曲创作的一次大转变,即由写个人的隐逸闲情,转向了写忧国忧民的怀抱。他在前往陕西行台的路上,写了不少的怀古咏史之曲,其中最著名的是[山坡羊]《潼关怀古》:

> 峰峦如聚,波涛如怒,山河表里潼关路。望西都,意踌躇,伤心秦汉经行处,宫阙万间都做了土。兴,百姓苦;亡,百姓苦!

字里行间流溢的是何等深切的忧国忧民之心! 曲末又是何等惊世骇俗的真知灼见! 如此一针见血的高论,旷古以来并无第二人。在陕西的赈灾任上,他忘我地尽职尽责,表现出为劳苦大众鞠躬尽瘁死而后已的崇高品格,诚如其[喜春来]小令所记:

> 路逢饿殍必亲问,道遇流民必细询。满城都道好官人,还自哂,只落的白发满头新。

这种善良的为国为民之心,古今能有几人! 张养浩到任四月,全身心投入拯救灾民,积劳成疾,不幸卒于任所。他的崇高品格,连同他留下的这些哀民散曲,已永垂青史!

从张养浩由仕而隐,再由隐而仕的人生经历中,从他由写叹世隐逸到写民生疾苦的题材转变中,表现了儒家入世思想在文人心中的根深蒂固。正因为如此,所以无论他们是怎样地貌似逍遥散诞、潦倒颓唐,但其心忧社稷、情系苍生的用世之志却始终难以泯灭!

与张养浩差不多同时写出哀民散曲的还有古洪(今南昌)刘时

中。《阳春白雪》收有他的[正宫·端正好]《上高监司》两套,前套描写天历二年江西遭受特大旱灾而民不聊生的种种惨状;后套揭露元代钞法的流弊,并提出整顿建议。作者以蘸着血泪的笔触写出了人民骨肉抛残、饥民相食的万般苦难,也揭露了官吏富豪狼狈为奸、趁火打劫的伤天害理。这种以散曲为呈文的作品是绝无仅有的。这两篇套数与张养浩的哀民散曲具有同样重要的意义,它们在一片叹世归隐的歌吟中出现,不啻于百鸟啼喧中的几声凤鸣!只可惜元代文人入仕之途被普遍阻绝,他们大都因叩不开天门而绝望地放怀悲歌,所以,张养浩等人哀民散曲的人道主义精神未能引起应有的回响,这是张养浩等人的不幸,也更是时代的不幸!

曾瑞、钟嗣成、睢景臣等都是本期豪放派中有名的布衣曲家。

曾瑞(1260?—1330前),字瑞卿,大兴(今属河北)人。现存有小令95首,套数17篇。其曲作内容驳杂,或咏物,或抒怀,或咏史,或叹世,或言情,其中总贯注着一种"英雄失路"的悲愤,在那里荡气回肠,如[四块玉]《述怀》二首:

冠世才,安邦册,无用空怀土中埋。有人跳出红尘外,七里滩,五柳宅,名万载。

白酒篘,黄柑扭,樽俎临溪枕清流。醉时歌罢黄花嗅,香已残,蝶也愁,饮甚酒!

钟嗣成(1275?—1345后),字继先,号丑斋,大梁(今河南开封)人。他的《录鬼簿》简略地记载了元代曲家的生平和创作,是研究元曲史的宝贵资料。钟氏存小令59首,套数1篇,以凭吊元曲作家的19首[凌波仙]最为可取,他与所凭吊的作家大多谊兼师友,故写来深情贯注,颇多感慨沉郁之思。其题为《自序丑斋》的[南吕·一枝花]套数以自嘲的形式发泄有志难展的牢骚,在看似幽默诙谐的调侃中饱含着沦落潦倒的悲酸,如其中[梁州]一曲:

　　子为外貌儿不中抬举,因此内才儿不得便宜。半生来未
得文章力,空自胸藏锦绣,口唾珠玑。争奈灰容土貌,缺齿重
颏,更兼着细眼单眉,人中短髭鬓稀稀。那里取陈平般冠玉精
神,何晏般风流面皮?那里取潘安般俊俏容仪?自知,就里,
清晨倦把青鸾对。恨杀爷娘不争气,有一日黄榜招收丑陋的,
准拟夺魁。

　　钟嗣成也是高唱避世隐逸的作家,但他否定"占清高总是虚
名"的高雅,而在极世俗的生活中玩世,在极俚俗的题材中求"蒜
酪蛤蜊"之味。他和曾瑞都是以俗趣为美很突出的作家。
　　睢景臣(一作舜臣),字景贤(一作嘉贤),里居生卒未详,与钟
嗣成大致同时,仅存3篇套数,但因其[般涉调·哨遍]《高祖还乡》
将散曲特有的滑稽诙谐之趣发挥到极致而享誉曲坛,其曲如下:

　　[哨遍]社长排门告示:但有的差使无推故。这差使不寻
俗,一壁厢纳草除根,一边又要差夫,索应付。又言是车驾,都
说是銮舆,今日还乡故。王乡老执定瓦台盘,赵忙郎抱着酒葫
芦。新刷来的头巾,恰浆来的绸衫,畅好是妆么大户。
[耍孩儿]瞎王留引定火乔男女,胡踢蹬吹笛擂鼓,见一彪人
马到庄门,匹头里几面旗舒。一面旗白胡阑套住个迎霜兔,一
面旗红曲连打着个毕月乌,一面旗鸡学舞,一面旗狗生双翅,
一面旗蛇缠葫芦。　　[五煞]红漆了叉,银铮了斧,甜瓜苦
瓜黄金镀。明晃晃马镫枪尖上挑,白雪雪鹅毛扇上铺。这几
个乔人物,拿着些不曾见的器仗,穿着些大作怪衣服。
[四]辕条上都是马,套顶上不见驴,黄罗伞柄天生曲。车前
八个天曹判,车后若干递送夫。更几个多娇女,一般穿着,一
样装梳。[三]那大汉下的车,众人施礼数,那大汉觑得人如
无物。众乡老展脚舒腰拜,那大汉那身着手扶。猛可里抬头
觑,觑多时认得,险气破我胸脯。　　[二]你须身姓刘,你妻

须姓吕,把你两家儿根脚从头数:你本身做亭长耽几盏酒,你丈人教村学读几卷书,曾在俺庄东住,也曾与我喂牛切草,拽坝扶锄。　　[一]春采了桑,冬借了俺粟,零支了米麦无重数。换田契强称了麻三称,还酒债偷量了豆几斛。有什胡突处,明标着册历,见放着文书。　　[尾]少我的钱差发内旋拨还,欠我的粟税粮中私准除。只道刘三谁肯把你揪捽住,白什么改了姓更了名唤做汉高祖!

此套借一个村民的憨厚无知、孤陋寡闻和少见多怪,把刘邦"衣锦还乡"的盛大排场描写得光怪陆离、滑稽可笑,以浪漫式的笔法剥去了帝王的神圣外衣,还其酒鬼无赖的本来面目,其辛辣的嘲讽意味和滑稽诙谐的喜剧性效果在元散曲中是首屈一指的。《录鬼簿》载:"维扬诸公俱作《高祖还乡》套数,惟公[哨遍]制作新奇,诸公者皆出其下。"可见此套在当时的影响。

第三节　张可久、乔吉等人的清丽风韵

在鼎盛期内的曲坛上,与豪放派双峰并峙的是清丽一派,其中,张可久、乔吉一直被推为清丽派的代表作家。虽然就总体成就而言,清丽一派或较豪放派稍微逊色,但其散曲创作的数量和质量,仍可与豪放一派抗衡。

一、位卑才高的多产作家:张可久

张可久(1279?—1354?),名久可,号小山,庆元(治今浙江鄞县)人。《录鬼簿》载其"以路吏转首领官",一生落魄,年七十余,尚为昆山幕僚。他虽然称马致远为"先辈",但两人共同在曲坛活动的时间却有20多年。贯云石于延祐己未(1319)为可久《今乐

府》作序,称其散曲风格"文丽而淳,音和而平",可见其"清丽"的
主体风格已于此时形成;毫无疑问,张可久的清丽与马致远等人的
豪放并行于同一时期。张可久有《今乐府》、《吴盐》、《苏堤渔
唱》、《新乐府》等散曲集行世,存小令 855 首,套数 9 篇,为元散曲
中位卑才高却又存作最多的作家。今人吕薇芬、杨镰有《张可久
集校注》。

　　小山之曲主要为写景抒怀、男女恋情、叹世归隐,以及各种场
合的唱酬赠答,真实地反映了一位失意潦倒的下层官吏的不平与
悲愁。最能表现小山创作个性的是他大量的写景记游和男女恋情
之作。其中有的清新明丽,如前章第一节中所引[醉太平]《金华
山中》;有的华美壮阔,如[普天乐]《西湖即事》:

　　　　蕊珠宫,蓬莱洞。青松影里,红藕香中。千机云锦重,一
　　片云河冻。缥缈佳人双飞凤,紫箫寒月满长空。阑干晚风,菱
　　歌上下,渔火西东。

有的缠绵悠远,如[金字经]《春晚》:

　　　　惜花人何处,落红春又残。倚遍危楼十二栏。弹,泪痕罗
　　绣斑。江南岸,夕阳山外山。

有的蕴藉空灵,如[凭栏人]《春夜》:

　　　　灯下愁春愁未醒,枕上吟诗吟未成。杏花残月明,竹根流
　　水声。

有的声情摇曳,如[凭栏人]《江夜》:

　　　　江水澄澄江月明,江上何人捣玉筝。隔江和泪听,满江长
　　叹声。

有的婉转含蓄,如[清江引]《秋怀》:

西风信来家万里，问我归期未？雁啼红叶天，人醉黄花地。芭蕉雨声秋梦里。

这些作品情景交融，雅洁凝练，无俚语方言，无浮词废句，虽用典而无艰深晦涩之弊，虽用对而无故意弄巧之痕，虽注重色彩运用而无妖艳浮华之病。它们有诗的凝练庄雅，有词的婉丽蕴藉，是那么清醇，那么精美，那么珠圆玉润，那么剔透玲珑，那么韵味悠然，真是字字珠玑，声声凤鸣。明李开先在《乔梦符小令序》中称："元之张、乔，其犹唐之李、杜乎？"清刘熙载《艺概》卷四谓："元张小山、乔梦符为曲家翘楚。"这些评价，不无溢美。然而，今人或又因其缺少尖新豪泼的曲趣而加以指责。其实，粗服乱发，绣衣严妆，牡丹芍药，春兰秋菊，各具风韵，各有特色，都不失其为美。犹如在以婉约为"正宗"的词体中有苏、辛豪放一派，豪放不失为一体；同理，在以豪放为"正宗"的曲体中有张、乔清丽一流，清丽应不失为一格。不应贵此贱彼，有所轩轾。

张可久也同马致远等人一道，思索历史，批判现实，发泄牢骚，其才高位卑的悲愁不时流露笔端。如［卖花声］《客况》：

十年落魄江滨客，几度雷轰荐福碑，男儿未遇暗伤怀。忆淮阴少年，灭楚为帅，气昂昂汉坛三拜。

此曲借马致远《荐福碑》杂剧中穷书生张镐的沦落自叹，并以对韩信登坛拜将的羡慕表现其渴望用世的急切心情，曲风豪放遒劲，有幽咽沉雄之气，与马致远的豪放之风为近。这表明张可久并非一味地"清丽"，而是以"清丽"为主而又多格并存，唯其如此，这才使他不失为大家的风范。

张可久终生为吏，屈在簿书，各种交际应酬使他写了不少劝酒助兴和唱酬赠答之作，其中有不少浮华空洞，并无实际意义，实为空耗才情的无聊作品。

二、披风抹月的圣手:乔吉

乔吉(1280 前后—1345),一作乔吉甫,字梦符(一作孟符),号笙鹤翁,又号惺惺道人,太原人。《录鬼簿》称其"江湖间四十年,欲刊所作,竟无成事者"。乔吉是与张可久同时而齐名的清丽派代表作家,人们一向以"乔张"或"张乔"并称。作杂剧 11 种,现存《扬州梦》、《两世姻缘》、《金钱记》;散曲存小令 209 首,套数 11 篇。今人李修生、李真瑜等有编校本《乔吉集》。

乔吉最初由太原南下,因为求仕的理想落空,于是放浪江湖,他的[绿幺遍]《自述》大致叙述了他的人生经历和人生态度:

> 不占龙头选,不入名贤传。时时酒圣,处处诗禅。烟霞状元,江湖醉仙,笑谈便是编修院。留连,批风抹月四十年。

在那"批风抹月"的"四十年"浪游生涯中,他所交往的主要是两类人,一是官僚士夫,一是风尘名妓,这就决定了他的散曲创作内容主要是写与名流士夫的宴饮游乐和与歌妓舞女们的欢会离别。其中有相当一部分作品华辞丽藻,但内容空洞,感情浮泛。乔吉的散曲,较有特色的是大量的遣兴抒怀和写景咏物之作。其遣兴抒怀之作,大多是歌咏作为一位"烟霞状元"、"披风抹月"的放诞逍遥,如上引[绿幺遍],而最具代表性的是[满庭芳]《渔父词》20 首,作者借渔夫的悠闲自得,抒发自己向往田园山林的闲情逸趣,如其中一首:

> 江声撼枕,一川残月,满目遥岑。白云流水无人禁,胜似山林。钓晚霞寒波濯锦,看秋潮夜海熔金。村醪窨,何人共饮,鸥鹭是知音。

这种闲适的情调和华美的意境构成了一派文人风致,是典型的"清丽"派作风。有时,作者也流露出强烈的愤世嫉俗之情,如[卖花声]《悟世》:

　　　　肝肠百炼炉间铁,富贵三更枕上蝶,功名两字酒中蛇。尖风薄雪,残杯冷炙,掩青灯竹篱茅舍。

开篇一鼎足对貌似否定富贵功名,但实寓牢骚不平之气。后三句感慨穷困潦倒,有无限酸楚,是有时不免穷愁潦倒的真实写照。

　　乔吉的写景记游之作最具审美价值。如[水仙子]《重观瀑布》:

　　　　天机织罢月梭闲,石壁高垂雪练寒,冰丝带雨旋霄汉,几千年晒未干。露华凉人怯衣单。似白虹饮涧,玉龙下山,晴雪飞滩。

作者驰骋天上人间的奇思妙想,以大胆的夸张,神奇的比喻,瑰丽的语言再现了瀑布的雄浑壮丽之美。与此为近的另如[水仙子]《吴江垂虹桥》:

　　　　飞来千丈玉蜈蚣,横架三天白螮蝀,凿开万窍黄云洞。看星低落镜中,月华明秋影玲珑。溣顶金环重,狻猊石柱雄,铁锁囚龙。

这些作品在雄浑壮观的意象中融贯着非凡的气势豪情,有一种壮丽的阳刚之美。朱权《太和正音谱》评乔吉之作如"神鳌鼓浪",李开先《乔梦符小令》以李白拟之,大致就此类作品而言。

　　乔吉还有一些写景记游之作在幽深冷峭中别寓怀抱,如:

　　　　问荆溪溪上人家,为甚人家,不种梅花?老树支门,荒蒲绕岸,苦竹圈笆。寺无僧狐狸样瓦,官无事乌鼠当衙。白水黄沙,倚遍阑干,数尽啼鸦。([折桂令]《荆溪即事》)

此曲先发奇问,以逗出对现实人间丑陋环境的展示,也暗示了"梅花"为何会消失,末尾以百无聊赖回应开头,表现了对现实中"美"

的失落的无限怅惘。与此曲情调类似的又如[水仙子]《寻梅》：

> 冬前冬后几村庄，溪北溪南两履霜。树头树底孤山上，冷风来何处香，忽相逢缟袂绡裳。酒醒寒惊梦，笛凄声断肠，淡月昏黄。

诗人苦苦追寻的与其说是"梅"，不如说是他的美好理想，与前曲一样，"梅"在这里成为了一种象征。不过，当他寻"香"而"忽相逢缟袂绡裳"，仿佛寻着了自己的理想，却只能是在醉梦之中，酒醒梦散，依旧只有一怀凄凉与落寞。曲末两句分别化用李白和林逋的诗句，把一怀凄凉落寞之情表现得空灵蕴藉，韵味悠然。

　　张、乔虽同为"清丽"一派，都有一种与词接近的骚雅蕴藉之风，但张曲华而不艳，乔曲华而且艳；张曲雅洁温润，乔曲雅俗交融；张曲于流丽中见工巧，乔曲于雄健中见气势；张曲之委曲婉转，情韵绵长，乔有所不及；而乔曲之时发奇想，思落天外，张亦有所不逮。

三、清丽派的缤纷羽翼：徐再思、任昱、周文质等

　　如果说张、乔二位是清丽派的主将，那么，徐再思、任昱、周德清、周文质等各具丽质的重要作家，便是其五彩缤纷的羽翼。
　　徐再思，嘉兴人，《录鬼簿》称其"与小山同时"。因徐再思号甜斋，贯云石号酸斋，人们便称他们二人的散曲为"酸甜乐府"（蒋一葵《尧山堂外记》）。其实，他们两人一豪放逸丽，一清丽雅健，曲风迥然有别。甜斋现存103首小令，有相当一部分是写江浙范围内的湖山美景和名胜古迹，但其最惹人注目的还是题为《春情》、《春思》、《春怨》之类的闺情相思之作。在元代曲家中，他不愧写情的圣手，他的恋情曲绝无调笑戏谑的青楼习气和放浪不羁的浪子作风，但又不失曲的诙谐风趣。如[沉醉东风]《春情》：

　　一自多才间阔，几时盼得成合。今日个猛见他，门前过，待唤着怕人瞧科。我这里高唱当时《水调》歌，要识得声音是我。

此曲以白描手法写一女子既欲表达爱情但又害怕被人看见的矛盾心理，细腻传神，饶有曲趣，其健康活泼，清新爽脆，有如民歌。甜斋还特别注意炼俗为雅，即在通俗自然的口语中巧妙地运用叠韵、重复、对仗、博喻等多种修辞手法，于俗中求雅，于巧中求趣。如[蟾宫曲]《春情》：

　　平生不会相思，才会相思，便害相思。身似浮云，心如飞絮，气若游丝。空一缕余香在此，盼千金游子何之。证候来时，正是何时，灯半昏时，月半明时。

此曲先后叠用"思"字和"时"字韵脚，重复"相思"一词，中间以鼎足对形式运以博喻，再接用一对偶，全曲造成一种往复回环而又一气流转的艺术效果，把难以描绘的相思深情写得如闻如见。正是凭这些巧妙的修饰增加了特有的曲趣，这是将雅与俗、拙与巧融会综合的成功范例。这种于俗中求雅的作风是一种时代风气，它在同时代的马致远、曾瑞、乔吉、张可久等作家的笔下都有表现，但以徐再思最突出，也最圆熟成功。此种风气的形成，从精神实质上说，仍是元曲特有的市井习气在形式方面的流衍。

　　任昱亦是清丽派中重要作家，杨维桢《西湖竹枝集》记其生平云："任昱字则明，四明人，少年狭游平康，以小乐府流布裙钗。晚锐志读书，为七字诗甚工。"他与张可久、徐再思等人大致同时，是求仕未得而以布衣闲游江湖的曲家。他的59首小令以写湖山优游和相思怀人最多。其写湖山优游的作品能再现大自然的明媚秀丽，具有一定审美价值。如[折桂令]《吴山秀》：

　　钱塘江上嵯峨，浓淡皆宜，态度偏多。泪雨冥濛，歌云飘渺,舞雪婆娑。胜楚岫高堆翠螺,似张郎巧画青蛾。消得吟哦,欲比西施,来问东坡。

此曲化用东坡咏西湖之诗境,分别以美女之"泪"、"歌""舞"拟写吴山之"雨"、"云"、"雪",写活了杭州吴山的秀美风韵。艺术上讲究词语锤炼,但华而不靡;讲究对仗精工,却又不失流利生动;而且还特别注意意境的构造和韵味的形成。从遣词造境看,则全然以诗之法作曲,是最与张可久相近的一种曲风。任昱的相思怀人曲能运用清丽雅洁之语,写出一种隽永绵长之味。如[金字经]《书所见》、[清江引]《题情》等。引后曲如下:

> 桃源水流清似玉,长恨姻缘误。闲讴窈窕歌,总是相思句。怕随风化作春夜雨。

此曲首二句情、景、事皆备,似幻似真;后三句写心理感受,想象出奇,耐人玩味。

周德清(1277—1365)是以曲学家著称的,他的《中原音韵》总结了北曲的用韵规律,提出了一系列关于作曲的理论,总的倾向是崇雅卑俗,偏向清丽。他现存30多首散曲涉题较广。与别的清丽派作家不同的是,他不在悠远缠绵的韵味上花气力,而是在语言韵律上下工夫,其曲大多既有词味,又具有曲的通俗朗畅,基本实践了他"文而不文、俗而不俗"的主张。如其言情小令:

> 千山落叶岩岩瘦,百节柔肠寸寸愁,有人独倚晚妆楼。楼外柳,眉叶不禁秋。([阳春曲]《秋思》)

开篇一精工的对偶,词味浓郁,但通俗易解;第三句照应前两句,展现人物,写出孤独落寞情怀,有境界,有情韵,但语言仍是叙事性的直白语;最后二句既写柳,又写人,仍语巧而意明。全曲有词的清丽雅洁,但又不失曲的明白晓畅。又如其遣兴抒怀之作[蟾宫曲]:

宰金头黑脚天鹅，客有钟期，座有韩娥。吟即能吟，听还能听，歌也能歌。和《白雪》新来较可，放行云飞去如何？醉睇银河，灿灿蟾孤，点点星多。

曲中虽然用钟子期善听、韩娥善歌等典故，但均为熟典，就表意来说，仍较朗畅；其遣词造句无一处不清丽雅洁，但又无一处不妥帖精工。以上二曲都是将词之雅丽与曲之朗畅成功融会的范例。

周文质与钟嗣成是至交，钟嗣成在《录鬼簿》中为他作的小传及吊词最为沉痛感人，由钟氏所记可知，他与张可久、徐再思一样，都是"屈在簿书"的失意文人，因而产生了世事若梦的虚无思想，如[叨叨令]《自叹》小令：

筑墙的曾入高宗梦，钓鱼的也应飞雄梦，受贫的是个凄凉梦，做官的是个荣华梦。笑煞人也末哥，笑煞人也末哥，梦中又说人间梦。

全曲把历史英雄和荣华富贵一笔抹倒，以求心理平衡，这与其他曲家一样，都是以老庄齐物我、等是非、一生死的虚无思想来进行无可奈何的自我安慰，一位才高位卑的文士如此虚无地对待人生，显然并非所愿。不过，他的失意之悲却未能直接抒发，而似乎隐约地寄托到他写得最多的闺怨题材中去了。如[寨儿令]：

鸳枕孤，凤衾余，愁心碎时窗外雨。漏断铜壶，乡冷金炉，宝帐安流苏。情不已心在天隅，魂欲离梦不华胥。西风征雁远，湘水锦鳞无。吁，谁寄断肠书。

如此凄苦地相思怀人，内中似不无人生悲愁的寄寓。其辞藻华丽，讲究对仗，且又以景融情，词化现象非常突出，这才是周文质散曲的主要倾向，也是人们将其目为清丽派作家的依据。

第四节　元散曲的衰落与元末曲家的创作

　　整个元顺帝统治时期,是元散曲的衰落期。早在文宗天历年间,全国范围内已灾荒不断,饥民流离失所,尤以天历二年(1329)为最。与天灾并行的是人祸,顺帝即位前有明宗、文宗两系的帝位之争,顺宗即位后有权臣与权臣、权臣与皇帝、皇帝与后族等各利益集团之间的激烈争斗,再加上贪官污吏的胡作非为,以及后来由"开河变钞"为导火线的红巾起义大爆发,这几十年"贼做官官做贼,混愚贤"的混乱状况便不难想见,兵荒马乱的骚扰自然使人民苦不堪言,作为消费性的元曲艺术所需要的诸多物质条件逐步丧失,再加元代后期科举制的恢复又必然分化元曲的作家队伍,元曲也就终于在社会的激烈动荡中走向了衰落。这首先表现在作家作品数量锐减。在现存20首以上的作家中,其创作活动主要在本期内的仅有刘庭信、鲜于必仁、杨维桢、汪元亨、王举之等5人,其作品不过200多首,其作家作品之寥寥,可以想见。其次是题材范围大大缩小,一些传统题材如叹世、归隐、言情等,其深度也大不如前。虽然此时也有刘庭信、鲜于必仁等作家取得一定成绩,但却未能出现可与前一阶段马、贯、张、乔等人相匹的作家。

一、豪放派的尾声:刘庭信、汪元亨、杨维桢

　　在元末属于豪放一流的曲家有刘庭信、汪元亨、杨维桢等人。
　　据夏庭芝《青楼集》载,刘庭信"落魄不羁,工于笑谈,天性聪慧。至于词章,信口成句。而街市俚近之谈,变用新奇,能道人所不能道者"。贾仲明《录鬼簿续编》谓其"风流蕴藉,超出群伦辈;风晨月夕,唯以填词为事"。他属于关汉卿、王和卿一类出入青楼柳巷的勾栏曲家。其现存39首小令和7篇套数,几乎全为男女风

情之咏,内中青楼调笑的浪子作风和逞才斗巧的游戏笔墨非常突出。他的作品语言白俗,曲意显豁,多"蒜酪蛤蜊"之味。但极注意句法形式的修炼,力求在俚俗中求雅炼、求尖新、求奇巧,少自然纯真之美,多刻意弄巧之趣。如[折桂令]《忆别》:

> 想人生最苦别离。愁一会愁得来昏迷,哭一会哭得来痴呆。喜蛛儿休挂帘栊,灯花儿不必再结,灵鹊儿空自干楚。茶一时饭一时喉咙里千般哽咽,风半窗月半窗梦魂儿千里跋涉,交之厚念之频旧恨重叠,感之重染之深鬼病些些,海之角天之涯盼得他来,膏之上肓之下害杀人也。

全曲语俗,意显,情露,流利朗畅,似一气呵成,但仍可见其刻意弄巧之迹:"愁一会"二句用合璧对,"喜蛛儿"三句用鼎足对,"茶一时"二句再换用合璧对,"交之厚"四句用连璧对;句句用对而不断变化,一句之中又有词组结构形式的巧妙重复;这就在通俗中构成尖新奇巧之趣。这种于俗中弄巧的作风,在曾瑞、钟嗣成等人散曲中已有突出表现,到刘庭信曲中达于极致,像这样用心在词而不在意,有时难免走火入魔、堕入恶趣。

元末专写叹世归隐之曲的是汪元亨,《录鬼簿续编》载其为"饶州人,浙江省掾,后徙居常熟。至正间与余交于吴门,有《归田录》一百篇行世,见重于人"。汪元亨现存小令刚好100篇,极有可能正是"《归田录》一百篇"。这些小令,集中写叹世归隐情怀,其豪放之气非常突出,如下面两篇[醉太平]:

> 憎苍蝇竞血,恶黑蚁争穴,急流中勇退是豪杰,不因循苟且。叹乌衣一旦非王谢,怕青山两岸分吴越,厌红尘万丈混龙蛇。老先生去也。
>
> 接诗仙酒豪,伴柳怪花妖。白云边盖座草团瓢,是平生事了。曾闭门不受征贤诏,自休官懒上长安道,但探梅常过灞陵

桥。老先生俊倒。

其抒情遣怀的直率朗畅,字里行间所贯注的气势豪情,决不在前辈豪放作家之下。汪氏小令,可谓集前人叹世归隐散曲之大成,然此类作品,名篇佳作太多,积淀太厚,汪曲实难给人新鲜之感。

杨维桢,字廉夫,号铁崖,又号铁笛道人,绍兴人。泰定四年(1327)进士,做过几任地方小官,后因时局动荡,便浪迹浙西山水间。他是元末"文章巨公"。《全元散曲》辑其小令 1 首,套数 1 篇,今人黄仁生又从《东维子集》、《杨铁崖文集》中新发现其散曲28 首。其中最著名的是 24 首[清江引]重头小令,这组小令叙写其人生经历与感慨,编校者称"是老铁一生年谱"。其内容或为进士及第的得意,或为弃职浪游的放达,或为寄情声色的放荡等等,从中可见横放杰出的豪侠气概和放荡不羁的人格精神。其想象奇特,境界阔大,气势雄豪,如以下二首:

> 铁笛一声吹破秋,海底鱼龙斗。月涌大江流,河泻清天溜,先生醉眠看北斗。

> 铁笛一声云气飘,人在三山表。濯足洞庭波,翻身蓬莱岛,先生眼空天地小。

如就其壮阔之景和豪放之情看,有豪放一派的豪辣遒劲之风;如就其词语的修炼和句式的整饬看,又有清丽一派的雅洁修整之美。

二、清丽派的余波:鲜于必仁、王举之

元末属于清丽一派的曲家有鲜于必仁和王举之,以鲜于必仁成就较高。从前都误以为必仁是前期作家,其实他生于 1298 年前后,元末明初在世。现存小令 29 首,主要内容为写景与怀古。其写景小令[普天乐]《潇湘八景》、[折桂令]《燕山八景》等,如山水画卷,给人以美的享受。如《潇湘八景》中的《洞庭秋月》:

> 水无痕,秋无际,光涵瀹屃,影浸玻璃。龙嘶贝阙珠,兔走蟾宫桂。万顷沧波浮天地,烂银盘寒褪云衣。洞箫漫吹,蓬窗静倚,良夜何其。

此曲以月为中心,以湖为背景,将空中之月与湖中之月借神话传说写出,又融会前人诗境展示洞庭湖"乾坤日夜浮"的浩渺无垠,奇思幻彩,瑰丽多姿。又如《燕山八景》中《芦沟晓月》写卢沟桥的雄伟壮观:

> 出都门鞭影摇红,山色空濛,林景玲珑。桥俯危波,车通远塞,栏倚长空。起宿霭千寻卧龙,掣流云万丈垂虹。路杳疏钟,似蚁行人,如步蟾宫。

作者写卢沟桥的壮观,开篇先扣住晓月,以"山色"、"林景"陪衬,以增朦胧之美;接着一鼎足对以夸张之笔写卢沟桥的雄伟壮丽;"起宿霭"一联忽发奇想,将卢沟桥的壮观夸张到极至;末三句打通天上人间,既照应晓月,又写出一种人间仙境的独特感受。由以上二曲可见,必仁之曲以华美的辞藻、绮丽的意境和雄浑的气象取胜,如就其辞藻之华美、意境之绮丽而言,则远过于小山,可与梦符抗衡;如就雄浑之气象言,亦足可与乔、张相佶伉。

必仁的咏史怀古之作亦具雄豪之气。如[折桂令]《诸葛武侯》:

> 草庐当日楼桑,任虎战中原,龙卧南阳。八阵图成,三分国峙,万古鹰扬。《出师表》谋谟庙堂,《梁甫吟》感叹岩廊。成败难量,五丈秋风,落日苍茫。

此曲对诸葛亮壮志未酬深表遗憾,并对其伟业功勋无限向往。前辈曲家咏史,往往把历史英雄一笔抹到,必仁却转而向慕,很值得注意。这与元后期科举制恢复,文人的心态又逐渐调适到传统的

"修、齐、治、平"的理想有紧密联系。必仁虽存作不多,但首首珠玑,字字美玉。他以藻绘胜,但华而不靡,艳而不妖;又以气象胜,雄浑豪放,有太白遗风。若论其语言和意境的华美,应属清丽一派;若论其雄浑气象,却又非清丽一派所能范围。

———————————

[思考题]

1. 元散曲的鼎盛主要表现在哪些方面? 其兴盛原因主要有哪些? 豪放、清丽两派散曲创作的主要特征有哪些?

2. 试述马致远、贯云石、张养浩、冯子振等豪放派作家的创作特色。

3. 试述张可久、乔吉、徐再思、任昱等清丽派作家的创作特色。

4. 元散曲衰落的基本情形是怎样的? 其衰落原因主要有哪些?

5. 试述刘庭信、汪元亨、鲜于必仁等人的创作特色。

6. 分析马致远《秋思》及睢景臣《高祖还乡》套数的思想内容和艺术特色。

第四章　明代散曲的发展与演变

朱明王朝建国后,对御用文士优宠有加,在一些人眼中,皇权已回归"正统",似乎正是请缨有路,报国有门。但另一方面,朝廷对思想的禁锢却又空前严厉,厂、卫特务横行,明中叶后,宦竖之祸又接连不断,因此,仍有不少文士仕途坎坷,怀才不遇,挟忧愤以终。士大夫有忧愤,有不平,这就有散曲生长的土壤。所以,这株曾由元人浇灌的艺苑奇葩,虽然到明代已呈现不少枯枝败叶,但却也抽出了一些绿叶青枝,有一定新的气象。

明代立国时间(1368—1644)长,作家自然较元代为多,且不少作家有散曲专集传世,所以明散曲现存数量大大超过元代。据谢伯阳《全明散曲》所收,作者凡406家,小令10606首,套数2064篇。尽管数量如此丰硕,但就其能充分体现时代精神和对后世的影响而言,却难以与元散曲相提并论。明散曲的发展,大致可分为三个时期:明成化(1465—1487)以前,是北曲衰微和南曲兴起的时期;从成化中期经弘治(1488—1505)、正德(1506—1521)至嘉靖(1522—1565),是北曲中兴和南曲盛行的时期,是散曲全面复兴的时代;自隆庆(1567—1572)到崇祯(1628—1644)亡国,是南曲词化而北曲再度衰落的时期。

第一节　冷落萧条的明初曲坛

一、百年冷落：明初曲坛概观

1368 年正月，洪武帝朱元璋即位南京，明王朝宣布建立，这虽然从时间上划出了元与明的界限，但散曲的发展，却无法因此而判然划断。揭开明散曲发展序幕的《太和正音谱》所列"国朝一十六人"，如刘兑、汤式、贾仲明等，实际上跨元明两朝。在明初百年间，除这"一十六人"外，就只有朱权和朱有燉两位王爷，就散曲的成就和影响而言，实只有宪王朱有燉一花独放。李梦阳《汴梁元宵绝句》有云："中山孺子倚新装，赵女燕姬总擅场。齐唱宪王春乐府，金梁桥外月如霜。"由此可见其影响。不过，当所谓"国朝一十六人"先后谢世，从永乐后期到宣德、正统年间，曲坛上除了宪王的"乐府"以外，的确也别无其他新曲可唱。从正统中后期开始，到成化、弘治年间陈铎、王磐等人登上曲坛以前，其间无一有影响的曲家，至少出现了 40 余年的空白，明初曲坛的冷落，可以想见。其主要原因，是朱元璋对文人恩威并施，使众多文士醉心于四书五经和八股文等科举考试的内容，从政后又专注于仕途前程，对词曲自然荒疏。诚如何良俊《四友斋丛说》所云："祖宗开国，尊崇儒术，士大夫耻留意词曲。"

由元入明的作家，其入明以后生活时间长短不一，对新朝的态度也不尽相同，因此，在论述上，入元还是入明，应具体分析。如兰楚芳，《录鬼簿续编》载其曾在武昌与元代曲家刘庭信唱和，其现存散曲实饶元人风致，故可以元人目之。如汤式、贾仲明、杨景贤等，明成祖在燕邸时都曾受到宠遇，直到永乐年间还受到恩典，他们还作有歌颂新朝的散曲，且活动于明初至少有 40 年，自当以明曲家目之；他们几乎专写北曲，算是元代北曲衰落的余波。另如刘兑,其所存小令 5 首、套数 4 篇皆为南曲,他是散曲史上专作南曲的第一人,而南曲之兴是在明代,故而也应将其置于明代论述。就南曲而言,元代文人还只是偶一为之,载于《全元散曲》中者总共不过 30 篇左右,而明初仅刘兑、朱权和朱有燉三人,已存南曲 50余篇,染指南曲,已渐成风尚,相对于在元人笔下还只是涓涓细流而言,它已是波澜初兴。尤其刘兑的南曲,最值得注意者有二:其一,专写男女恋情,且格调雅化;其二,逞才弄巧,好为犯调;这都极大地影响了后来的南曲曲家,如就此而言,他不啻为明代南曲开风气的作家。至于"国朝一十六人"中的其余各位,或存作无多,或入明后活动情况不明,则入元入明都无不可。至于两位王爷,朱权和朱有燉,南北曲兼作,是处于过渡时期的两位曲家。

明初诸家,其较有意义和价值的作品,唯汤式和贾仲明的伤衰悼亡之曲。贾氏挽吊元曲作家的 80 首[凌波仙]小令,表现了对那些沦落不遇的元曲作家们的景仰之情,这些作品为研究曲家生平、创作以及元曲史,提供了重要信息。其余如汤式的叹世乐闲,已是元人弹厌的老调;朱有燉的赏景观花与风月闲情,则显出精神的空虚与无聊,皆不足观。

二、两位有成就的曲家:汤式、朱有燉

汤式,字舜民,号菊庄,浙江象山人,生卒年不详。曾补本县吏,后落魄江湖。明成祖在燕邸时宠遇甚厚,至永乐间仍常有恩赐。有《笔花集》,是"国朝一十六人"中唯一有散曲专集存世者。存小令 170 首,套数 68 篇。其题材内容较广泛,主要涉及男女情思、江湖流离、唱酬赠答、记游写景、怀古咏史、咏物题画等。其中较引人注目者,一是表现沦落不遇的江湖飘零之感,如:

起初,看书,只想学干禄,误随流水到天隅,迷却长亭路。古灶苍烟,荒村红树,问田文何处居? 老夫,满腹,都是《登楼

赋》。（[谒金门]《长亭道中》）

二是表现对青楼女子的挚爱深情,如:

> 讣音至伤心万端,挽歌成离恨千般。蝶愁花事空,凤泣萧
> 声断,丽春园长夜漫漫。懊恼阎罗量不宽,偏怎教可意娇娥命
> 短。（[沉醉东风]《悼伶女四首》之一)

三是表现对元亡衰景的无限感慨,如:

> 问西湖昔日如何? 朝也笙歌,暮也笙歌。问西湖今日如
> 何? 朝也干戈,暮也干戈。昔日也二十里沽酒楼香风绮罗,今
> 日个两三个打鱼船落日沧波。光景蹉跎,人物消磨。昔日西
> 湖,今日南柯。（[天香引]《西湖感旧》）

这些曲子都具有真实而深刻的人生体念,有一定时代特征,是菊庄
散曲中较有价值的部分。尤其表现江山易主之际的衰残景象和兴
亡感慨,在现存散曲中唯菊庄一人而已。从艺术风格上看,菊庄散
曲兼元散曲豪放、清丽两派之长,既不失自然质朴之风,又有一种
淡扫蛾眉的修饰之美。元末的曲家,普遍具有一种于俗中求雅的
风尚,菊庄也不例外,他在不少流利通俗的曲语中讲究顶针、叠字、
嵌字、重句、短柱、重韵等技巧的运用,形成了丰富多彩而曲味浓郁
的俳体特色。如他的重句体[蟾宫曲]《闺怨》:

> 冷清清人在西厢,叫一声张郎,骂一声张郎。乱纷纷花落
> 东墙,问一会红娘,絮一会红娘。枕儿余,衾儿剩,温一半绣
> 床,闲一半绣床。月儿斜,风儿细,开一扇纱窗,掩一扇纱窗。
> 荡悠悠梦绕高唐,萦一寸柔肠,断一寸柔肠。

此曲一样句法,多人情态,确为俳体中佳篇。其后,冯惟敏、施绍莘
等人皆有模仿之作,由此可见其影响。

菊庄之曲,就内容之丰富,艺术技巧之高超,尤其具有元人散曲之浓郁的曲味而言,他算得上是元散曲跨越时代的殿军,又说得上是在明散曲这新舞台上走旧台步的揭幕人。

朱有燉(1379—1439),号诚斋,别号全阳子、老狂生等,朱元璋第五子朱橚长子,袭封周王,谥宪,世称周宪王。精音律,杂剧、散曲均所擅长。所作杂剧32种,总名为《诚斋传奇》;散曲有《诚斋乐府》2卷,存小令272首,套数35篇。他虽贵为藩王,但在明初王室相残中屡遭诋毁,故深自韬晦,寄情声色,过着一种养尊处"忧"的日子。元散曲中的避世玩世情调便很自然地影响到他,再加上他的封地汴梁又是金元北曲流行的故地,故所作多为北曲。他虽作有29首南曲小令,但风貌与其北曲无异。因居藩多暇,"将美酒花前自斟,写新诗月下独吟"([蟾宫令]《夏夜》),所以他写了不少惜花赏景、送往迎来、贺节庆寿的曲子,不少作品句式整饬,雅丽温婉,词化倾向相当突出,如:

> 海棠零落空遗恨,芍药芳菲欲断魂,一年春事又成尘。憔悴损,消得几黄昏。([喜春来]《伤春》)

诚斋喜欢学习和模仿元人,他在一些曲子的题目和小序中明确标出"拟黑刘五体",效"刘庭信风流体","追和鲜于体"等等,因此,他有一些感悟人生、歌咏隐居乐闲的曲子,以及一些咏史之曲和花柳风情之篇,尚保留着元曲特有的放达潇洒之味。如:

> 些儿名利争甚的,枉了着筋力。清风荷叶杯,明月芦花被,乾坤静中心似水。([清江引]《题隐居》)
>
> 俏心肠端的性难拿,冷句儿将人奚落煞,盟山誓海口熟滑。俏冤家,一半儿真诚一半儿假。([一半儿]《咏情》)

综观诚斋散曲,数量众多,实为明初一大作手,因广泛学习元曲,部分曲子尚存元人风致,但因生活贫乏,用情不深,艺术上又缺乏创造,故成就有限。他能在明初取得一定成绩,实因其特殊地位和处境所致,而并非风气使然。

第二节　明中叶北派曲家的雄风:康海、王九思、冯惟敏、常伦、李开先等人的曲作

一、散曲复兴盛况:明中叶曲坛鸟瞰

从成化中期开始,中经弘治、正德而至嘉靖,是为中期,这是北曲中兴和南曲盛行的时期,是散曲文学全面复兴的时代。其复兴标志主要有三:一是名家辈出,明散曲中卓有成就的作家大多产生在这一时期,如北派的康海、王九思、冯惟敏、常伦、李开先,南派的陈铎、王磐、祝允明、沈仕、唐寅、杨慎、黄峨等,他们一起构成了群星灿烂的明中叶曲坛。二是北曲沉雄、南曲柔婉的风格分野和各具特色的南北散曲流派也于此时形成,南北辉映,各擅胜场。三是题材内容较元代有所扩展。虽然明人的叹世归隐之曲已远不如元人之气韵沉雄,恋情之曲也不如元人之活泼爽辣,写景之曲亦不如元人之气象万千,咏史之曲更是无可与比,如要就散曲这几大传统题材而论,明不如元。然而,明人也有超过元人之处,比如陈铎的写市井百态,王磐、康海等人的抨击时政,冯惟敏的描写农家,杨慎的写贬谪流放,黄峨的写怀人之苦等等,都很有特色,显示了散曲文学复兴的实绩。

明中叶散曲之所以出现复兴,其主要原因,首先是因为政治的混乱再度造成了一个消沉失意的文人群体,像王九思、康海、杨慎、常伦、冯惟敏等,都是失意于仕途的文士,他们心怀愤郁不平,要宣泄鸣放,散曲无疑是最适合的文体。其次,明中叶以后,朝野上下奢侈成风,享乐成性,这也为失意文人转移情志从而刺激散曲的创作提供了社会条件。再次,也得力于明代文人曲学观念的进步。明代文人不但不卑视曲体,如王九思反而把作曲与"立德"、"立

功"、"立言"相提并论(参见王骥德《曲律》卷四),正因为如此,所以明代不少作家都是诗曲两擅,这与元代诗曲两家基本各自为阵有很大的不同。

明中叶南北曲家各擅胜长,名家腾涌,佳篇叠出。虽说此时南北曲都已波澜壮阔,而南曲的复兴也早于北曲,但总体上却仍是以北曲为主流的时代,这是北曲自元末衰落一百多年来的再度繁荣兴盛,也是它最后的一次振兴,随着隆庆以后昆腔的盛行,曲坛便是以南曲为主流的时代了。由于南北两地不同的文化传统,以及不同的地域文化氛围,南北两地的作家也呈现出不同的创作风格。

二、北曲复兴的功臣:康海和王九思

康海、王九思都是关中才子,都名列"前七子"中,又都以北曲名家,且一同被视为北派散曲的中坚人物。

康海(1476—1540),字德涵,号对山,别号沜东渔夫、浒西山人,武功(今陕西兴平)人。弘治十五年(1502)状元,授翰林院修撰。罢官后家居30年,醉心词曲,寄情声色,常与王九思等相聚唱和。所作诗文有《对山集》,杂剧有《贞烈传》、《中山狼》,散曲有《沜东乐府》2卷,存小令250余首,套数30余篇。

由于仕途挫折,对山之曲多愤世、乐闲之作。他那些直斥时政的作品最引人注目,如[骂玉郎过感皇恩采茶歌]《丁卯即事》:

玉阶昨夜妖星见,排正直,宠奸权,人人剥削夸刘晏。奏文宣,阿武偃,题封禅。　顺水推船,拣空抛砖。假装幺,胡捏鬼,大欺天。翻了旧典,弄出新圈,窜冯唐,囚李广,荐韩嫣。　尽争先,要调元,搬腾的赤眉铜马遍中原。已往斯高须未远,方来狐鼠要忧鹯。

正德元年(1506),刘瑾专权乱政,大学士刘健、谢迁等曾请杀刘瑾,武宗非但不听,反重用之,正德二年(丁卯),刘瑾矫诏开列刘健、谢迁等53人名单,列为奸党,榜示朝堂,又命天下镇守太监干预刑名政事,朝野为之不安,江西等地农民起义军开始行动。对山有感于此,作曲以讽,对刘瑾"假装幺,胡捏鬼,大欺天"的胆大妄为和"窜冯唐,囚李广,荐韩嫣"的倒行逆施予以有力抨击,并预言刘瑾即将成为历史上的李斯和赵高。如此大胆直接地指斥当朝权奸,在散曲史上,应是首开先河。明散曲正是因为有这类作品的存在,才更增添了异样的光彩。

对山的愤世乐闲之曲,大都本色豪放,不失元人风致,如:

> 虽是穷,煞英雄,长啸一生天地空。禄享千钟,位至三公,半霎过檐风。马儿上才会峥嵘,局儿里早被牢笼。青山排户闼,绿树绕垣墉。风,潇洒月明中。([塞儿令])

对山也有一些写得闲适清丽的曲子,如[水仙子]:

> 一溪流水一重山,万缕云烟万顷滩,四时花柳皆无限。许东君随意拣,小蒲团不够三间。石鼎黄鸡馔,青篱紫芋栏,又何须画戟朱轓。

任中敏在《散曲概论·派别》中评价对山之曲云:"用本色为豪放,摆脱明初阘茸之习,力为振拔,有功于明代散曲作风不少。惟贪多务博,殊欠剪裁,是其一失;用俗之处,往往为俗所累,元人衣钵未尽真传,是其二失;其中极热极怨,而表面以解脱之语盖之,时觉捉襟露肘,展其全集以观,无非愤世乐闲两类之作,而志趣并非真正恬淡,根本有异于元贤,是其三失。"任氏此论,甚中肯綮,为行家公认。不过,其所言第"三失",实因时代环境和个人特殊遭遇所至,倘视为不同的时代特征,或许更为恰当。

王九思(1468—1551),字敬夫,号渼陂,别署碧山野叟、紫阁山人,户县(今陕西户县)人。弘治九年(1496)进士,由庶吉士授检讨,历吏部郎中,以附刘瑾谪为寿州同知,次年被勒令致仕。家居后每挟妓酣饮,制曲作歌,多与康海等人唱和。诗文有《渼陂集》,词有《碧山诗余》,杂剧有《中山狼》、《杜甫游春》;曲有《碧山乐府》、《南曲次韵》等,存小令448首,套数38篇。

碧山与对山有共同的人生遭际,故曲作内容与格调亦大致相同。据康海《碧山乐府序》云:"山人旧不为此体,自罢寿州后始为之。"政治上遭受重大挫折,本有满腹牢骚,却借豪放洒脱出之,故显得豪气跌宕,痛快淋漓,如[水仙子带折桂令]《归兴》:

> 　　一拳打破凤凰笼,两脚登开虎豹丛,单身撞出麒麟洞。望东华人乱涌,紫罗兰老尽英雄。参破邯郸一梦,叹息煞商山四翁,思量起华岳三峰。　　掉臂淮南,回首关中。红雨催诗,青春作伴,黄卷填胸。骑一个蹇喂儿南村北坞,过几处古庄儿汉阙秦宫。酒盏才空,鼾睡方浓,学得陈抟,笑杀石崇。

又如[水仙子]:

> 　　紫泥封不要淡文章,白糯酒偏宜小肚肠,碧山翁有甚高名望?也则是乐升平不妄想,听濯缨一曲《沧浪》。瞻北阙心还壮,对南山兴转狂,地久天长。

以极冷极放之语写极热极怨之情,貌似豪放达观,而实愤懑抑郁,格调上豪丽参用,雅俗兼备,虽略有雕润之痕,但不失为精品。

碧山与康海、李开先颇多唱和之曲,且多为南曲,其和李开先的南曲[傍妆台]竟达100首,与康海唱和的五、六十首曲子,亦以南曲为多。其中不乏情韵兼胜的佳篇,如:

> 　　鬓班班,别君容易见君难。每思仗剑来燕阙,持节过秦关。雄才到处千夫避,高论叨陪半日闲。离歌动,饮兴残,淹留深愧野人餐。([南仙吕·傍妆台])
>
> 　　塞雁有哀音,篱菊垂金,悲和何处动豪吟。遥想浒西明月

夜,短剑孤琴。([南越调·浪淘沙])

前曲和李,后曲寄康,皆情深意切,一沉著,一苍凉,都精练蕴藉,耐人寻味。纵观碧山的南曲,与其他北派作家一样,诚如王骥德《曲律》所批评的并"非当家",但如前所引数曲,已符合南曲柔婉雅丽的总体特征,约略呈现出南北曲分流的趋势。

碧山并未真正参破荣辱,他的不少乐隐乐闲之作,也就难有元人彻底放脱的轻松和愉快,倒是一些真实地表现在被迫赋闲中壮志不磨的曲子,反倒诚挚动人,如[南仙吕·傍妆台]:

> 思沉沉,夜来独坐弄瑶琴。不须当世求新谱,太古有遗音。虽无彩凤云中落,且听苍龙水底吟。亭阴转,花影侵,一轮明月到天心。

写月夜弄琴,敛雄心于婉丽,寓沉郁于苍凉,全然宋词格调。这最符合晚明人尚"婉丽"的曲学观,故何良俊《曲论》谓"康对山词迭宕,然不及王蕴藉",王世贞《曲藻》谓碧山之曲"秀丽雄爽,康大不如",王骥德《曲律·杂论》谓对山之曲"喜生造,喜堆积,喜多用老生语,不得与王并驱"。实则如言"秀丽"、"蕴藉",王或稍胜;若言"雄爽",康、王实可估伉;若言"喜生造,喜堆积"等弊端,则二人皆未能免。总之,康、王上宗元人关、马豪放一派,但又豪丽参用,趋向雅化,有鲜明的时代特征,他们是继南派陈铎、王磐之后,是引导明散曲走向复兴的重要作家。

三、明代散曲的巨擘:冯惟敏

冯惟敏(1511—1580),字汝行,号海浮,别署海浮山人,山东临朐人。屡举进士不第,因寄情山水。52 岁后作过几任地方小官,62 岁时弃官家居。与兄惟健、惟重、弟惟讷皆有诗名,时称"临朐四冯"。诗文有《冯海浮集》,杂剧有《不伏老》、《僧尼共犯》,散曲有《海浮山堂词稿》,存小令 522 首,套数 50 篇。

海浮为明曲家中涉题最广泛的作家,举凡社会民生、个人情怀、日常生活、山水风光等凡诗词所可写者,都被他写入曲中。如就涉题之广,曲味之浓,用情之深而言,不愧明代散曲的巨擘。但因其屡困科场,仕途又未能得志,故仍以叹世、乐闲为主。如:

> 海翁,命穷,百不会千无用。知书识字总成空,浮世干和哄。笑俺奔波,从他盘弄,你乖猾咱懵懂。就中,不同,谁认得鸡和凤。(〔朝天子〕《自遣》)

这看似自叹,实为叹世,叹世道昏昧、贤愚不分。在无可奈何中,他只能以乐天安命自慰:

> 万缘,听天,不富贵安贫贱。老妻稚子种山田,骨肉相依恋。家世耕读,时常过遣,又何须名姓显。向前,有年,便足平生愿。(同前)

当他初得一官,又以为时运亨通,于是满怀豪情,决心忠君报国:

> 海翁,老通,时运到官星动。黄堂左右有威风,越显的君恩重。天地无私,文章有用,保山河大一统。效忠,奉公,莫虚耗堂食俸。(〔朝天子〕《感述》)

无赖官小位卑,有志难展,仍不得不决意退隐:

> 中年知止,一官如寄,两鬓成丝。当年无复飞扬志,老更何之。分明是山人样子,怎会做仕路腔儿。清闲事,从前故纸,再不费神思。(〔满庭芳〕)

由此可知,他的一些叹世、乐闲之曲真实地记录着他的人生和思想历程,蕴涵着他在不同人生处境中的切身体验和感受,并非浮言泛语。如就情感特征言,冯曲之"怨愤",不如康、王之沉痛;故康、王多沉郁之气,冯更显洒脱之怀。

在海浮的曲作中,最值得注意的是他的讽世之曲和田家之咏。在他的讽世之曲中,有讽刺官法混乱、贤愚不分的,如:

> 乌纱帽满京城日日抢,全不在贤愚上。新人换旧人,后浪催前浪,谁是谁非不用讲。([清江引]《八不用》之一)

有揭露社会黑暗、百姓伸冤无门的,如:

> 包龙图任满,于定国迁官,小民何处得伸冤,望金门路远。严刑峻法锄良善,甜言美语扶凶犯,死声淘气叫皇天,老天公不管。([醉太平]《李中麓醉归堂夜话》之十七)

海浮这类曲子虽为数不多,但都尖刻犀利。

海浮的田家之咏,不同于传统隐逸散曲中理想化的农家,而与宋代范成大的田园诗一样,带有浓厚的泥土和血汗的气息。如[胡十八]《刈麦有感》二首:

> 穿和吃不索愁,愁的是遭官棒。五月半间便开仓,里正哥过堂,花户每比粮。卖田宅无买的,典儿女陪不上。

> 往常时收麦年,麦罢了是一俭。今年无麦又无钱,哭哀哀告天,那答儿叫冤。但撞着里正哥,一万声"可怜见"!

另如《刈谷有感》、《农家苦》、《苦雨》、《苦风》等,都包含着深切的悯农情怀。这些曲子继承了元张养浩、刘时中等哀民散曲的人道主义精神,同他的讽世之曲一样,有很强的现实性和思想性。

海浮是南北曲兼作的,南曲有200多首,但绝大多数作品与其北曲一样的质朴本色。在艺术风格上,海浮之曲一如其内容的丰富多彩,有如《李中麓归田》套数之恢弘洒脱的,有如《对驴弹琴》、

《髑髅诉冤》等套之浪漫谐谑的,有如南[玉抱肚]《题情》小令之质朴率真的,有如南[高阳台]《落花有感》小令之清丽婉曲的,但其主导风格是如前引诸曲之质朴本色。在明散曲家中,海浮是保存元散曲天真质朴之趣最多的作家,到南曲"婉丽"之风已成气候的晚明,许多曲评家对其颇有微词,近人又从尊崇词、曲各自特征的角度给予冯曲很高的评价,认为他是明曲中成就最高的作家。如任中敏《散曲概论·派别》曾谓冯曲"生龙活虎,犹词中之有辛弃疾,有明一代,此为最有生气,最有魄力之作矣。"

四、北派散曲中的猛将:常伦和李开先

常伦(1493—1526),字明卿,号楼居子,山西沁水人。正德六年(1511)进士,官大理寺评事。以狂放谪寿州判,复忤御史,遂弃官而归。常酒酣骑射,因马惊落水而死。其《常评事集》后附散曲《写真集》,有小令 170 首,套数 9 篇。楼居能诗画,博艺多才,且又少年得志,好谈兵论剑,使气任侠,有"幽并游侠儿"气概。其曲真实地表现了他豪放的人生和恣纵的才情。尤其作于入仕之初的曲子,表现急欲报国的凌云壮志,颇有豪情,如:

> 第一为三军受苦,第二来百姓遭茶。非是俺文官好武,讲孔孟看孙吴。摆列着营前铁鼓,磨擦了靴里昆吾,他便是赤眉铜马待何如? 江山社稷要人扶,英雄英雄下狠毒,杀他个片甲无归路。([尧民歌])

这种为军为民,为江山社稷,向往立功疆场的雄心豪气,颇有唐人气概,在散曲文学中,不啻为振聋发聩的洪钟巨响。

常伦散曲主要的内容仍是乐隐乐闲,而且写得豪放不羁,颇有元曲风味,如颇为人称道的[南商调·山坡羊]:

> 闷葫芦一摔一个粉碎,臭皮囊一挫一个蝉蜕,鸦儿守定兔

巢中睡。曲江边混一回，鹊桥边撞一回。来来往往，无酒也三
分醉。空攒下个铜斗儿家缘也，单买那明珠大似椎。恢恢，试
问青天我是谁；飞飞，上的青霄咱让谁。

任中敏在《曲谐》卷三中极赏此曲，谓："亦愤慨，亦解脱，若颠若
狂，的是楼居一生行径也。"

楼居也是南北曲兼作的人，但其曲风，却南北如一，并无分别。
或许正因为此，以婉丽典雅为南曲"当行"的明代曲论家，或批评
其"多侠而寡驯"（王骥德《曲律·杂论》），或批评其"虽词气豪
逸，亦非当家"（王世贞《曲藻》）。李昌集谓："若论豪放中见沉
稳，其不及康对山；若论其旷放中透郁深，其不及王碧山；然若论任
真放逸，则楼居又自领其风骚。"（《中国古代散曲史》第三卷第二
章）此论是中肯的。

李开先（1502—1568），字伯华，号中麓，别署中麓子、中麓山
人、中麓老樵等，山东章丘人。嘉靖八年（1529）进士，为"嘉靖八
才子"之一。官至太常寺少卿，因抨击当政腐败，为夏言、严嵩所
恨，被罢归。家居后放情自适，为新声小令。曾访康海、王九思于
关中，赋诗度曲，相见恨晚。中麓有传奇《宝剑记》，甚为知名；曲
有《卧病江皋》、《中麓小令》、《四时悼内》等，存小令 227 首，套数
7 篇。他是北派中主要写南曲的作家，但风格实类北曲。其最有
价值者为：或表现其积极用世的雄心壮志，如：

泪淋淋，辞家上马据雕鞍，雄韬未遂平生志，莫作等闲看。
飘飘雪下鹅毛细，阵阵风来马耳寒。平西域，逐北番，得生还
处且生还。（[南仙吕·傍妆台]）

或揭露暴政扰民的社会现实，如：

病难捱，村落萧条态，府县征求债。趁熟来，背井离乡，
失业抛家，免受官差派。犬豚褛负抬，鸳鸯棒打开，子妇东西

在。（［南南吕·一江风］）

中麓散曲中最多的是写对世态人情、仕宦名利、成败是非等的感触，表现出乐隐乐闲的散诞逍遥和看破红尘的虚无态度，表面虽极放脱，但内里却蕴涵着壮志难展的愤激与不平，如［一江风］小令的许多结句："虎瘦雄心在"、"齿落舌还在"、"身在文心在"、"万丈虹霓在"等。作者虽失意沦落，但雄心不灭，壮志犹存，也惟其如此，所以"多悲愤之音，激烈之词"（《中麓山人小令引》）。此外，中麓还有一些哀悼爱妻的小令和套曲，如《春》、《夏》、《秋》、《冬》四套曲子，写对景伤怀、追昔忆旧的悲情，感人至深，为曲中悼亡绝唱。

中麓散曲小令多为重头，而且常自设一格，遵而不犯，颇为谨严整饬，但也不免束缚才情，有时甚至难免牵强生硬。中麓所作南曲实类北调，所以引来晚明人"并非本色"的批评，不过，如王世贞《曲藻》谓其［傍妆台］"不足道"，王骥德《曲律·杂论》谓其"尽伧父语，一字不足取"等，则又并非公论。

第三节 明中叶南派曲家的雅丽：陈铎、王磐、沈仕、杨慎、黄峨等人的曲作

南派作家主要分布于江浙和西蜀，尤以江浙为众。以陈铎、王磐等为代表的南派曲家，其创作时代要比康、王等北派曲家早30年左右。南派作家多作南曲，与北派的豪放质朴相比，则主要表现为温婉雅丽。与北派作家作南曲近于北调一样，南派作家作北调亦近于南曲，词化倾向突出。这既与南北不同的地理环境、人文传统、文化氛围有密切关系，也与元中后期张可久、徐再思、周文质等南方作家渐趋雅化的先期影响直接相关，尤其周德清《中原音韵》、朱权《太和正音谱》等对于曲体的种种规范，也起了不小的作用。

一、江浙曲坛英杰：陈铎、王磐、沈仕

陈铎（1460？—1521？），字大声，号秋碧，别署七一居士，邳州（今江苏邳县）人，迁居金陵。曾以世袭官指挥。工诗善画，尤精声律，被当时教坊弟子称为"乐王"。作杂剧《纳锦郎》、《好姻缘》，词有《草堂诗余》，曲有《秋碧乐府》、《梨云寄傲》、《秋碧轩稿》等，存小令471首，套数99篇。明人甚推崇其南曲，如王骥德在《曲律·杂论》中论及南曲作家，便首推陈大声。但其南曲，小令才70多首，套数30多篇，其数量和成就，远不及他的北曲，因此，徐渭在《南词叙录》中把他推为北曲的名家。

大声南曲之所以引人注目，主要在于其内容和风格都基本归向了"词言情"的传统。在内容方面，除极少的几篇为写景咏物之作以外，其余全为闺情、风情之咏。在风格方面，不少作品与词的温婉雅丽如出一辙，如[南商调·金落索]《四时闺怨》：

> 杨花乱滚绵，蕉叶初学扇。翠盖红衣，出水莲新现。烧残金鸭内，水沉烟。睡起纱厨云鬟偏。无端好梦谁惊破，花外莺声柳鸣蝉。羞临镜，千愁万恨对谁言。只见旧恨眉边，新泪腮边，界破残妆面。

此曲写夏日闺怨，以蕉叶初生、新莲出水等暗示夏日；以沉水香残衬环境之冷落，暗示情感之空虚无聊；其后莺声蝉鸣、好梦惊破，则更见情怀难堪；最后方逼出千愁万恨，欲告无人，愁眉泪眼，折损娇容，使一"怨"字得到极生动的表现。其铺叙的技巧、映衬的手法、温婉的格调、雅洁的语言，规范的句法和平仄声韵的协调等，都与柳永、秦观等人的词非常接近，这就从实践上遵循了周德清、朱权等曲论家以词绳曲的理论倡导，为当时雅好南曲的江浙作家作了示范，由此为人注目，原在情理之中。

综观大声为人及其曲作，可以说他是一位真正的浪子。他在[一枝花]《自述》中说："说兴亡常闭口，期富贵怕劳神。""虹霓志

未伸,因此上笔尖儿判柳评花,心性儿抟香弄粉。"由此可见其人生态度。他最有价值的作品,是他的《滑稽余韵》一卷凡141首,写了如医人、妓女、瓦匠、裁缝、马户等八、九十种行业之人的生活,以及如冠帽铺、香蜡铺、茶铺、灰土行、柴炭行等40多种店铺的经营,宛如市井百态和众生世相的写真,这在中国文学史上,可谓空前的罕见。其中有嘲弄,有讽刺,有调侃,也有同情。如:

> 抹朱涂墨几十年,野史歪文四五篇,《诗》云子曰千百遍,束修钱亲自选。细思量古圣前贤,劝学文都除去,清明诗权告免,必须将礼仪为先。([水仙子]《训蒙》)
>
> 麻绳是知己,匾担是相识,一年三百六十四,不曾闲一日。担头上讨了些儿利,酒坊中买了一场醉。肩头上去了几层皮,常少柴没米。([醉太平]《挑担》)

前曲讽刺私塾先生,后曲同情苦力挑夫;但讽刺未必笔挟针芒,同情未必贯注真情。

大声以游戏态度为曲,言"情"未必深于情,言"隐"未必归于隐,与稍后的康、王诸人相比,他是既无愤懑,也无牢骚,他那些题为《归隐》、《溪隐》、《渔隐》之类的曲子,不过东施效颦而已。其曲或令或套,或南或北,或景或物,或"情"或"隐",或雅或俗,或质朴本色,或雅丽温婉,可谓色色兼有而不拘一格。总之,他在明代曲坛上,是以游戏为曲的典型。他在南曲中以温婉雅洁之笔和韵严音谐之格"言情",为南北二体的分格作了一种示范,极大地影响了江浙南派作家的创作。

沈仕(1488—1565),字懋学,又字子登,号野筠,别署青门山人、东海迷花浪仙,仁和(今浙江杭州)人。任情多侠,留连诗酒,绝意仕进。诗书画皆工,散曲集有《唾窗绒》,已散佚,今存小令86首,套数10篇,其中除两篇南北合套外,全为南曲。青门之曲几乎篇篇美人,曲曲闺怨,不出男女艳情范围,开曲中"香奁"一派,时人称"青门体"(或称"唾窗绒体")。明人虽或把他与陈铎相提并论,但在南派曲家中的实际影响,他是远过于陈的。他的那些香艳之曲,或质朴本色,生动活泼,尖新谐趣,具有元曲中闺情小令的韵味,如[南南吕·懒画眉]《春怨》:

> 倚阑无语掐残花,蓦然间春色微烘上脸霞。相思薄幸那冤家,临风不敢高声骂,只教我指定名儿暗咬牙。

或工丽典雅,似婉约词的风格,如[南商调·黄莺儿]《暮春闺思》:

> 莺懒罢调簧,柳成阴日渐长,春归有个人惆怅。诗闲锦囊,针停绣床,相思暗把浓愁酿。最心伤,随风数点,红雨静敲窗。

值得注意的是,像这样的曲子虽然整体上有词的工丽典雅,但内中如"有个人"等语,又还保留着曲的直白,这表明作者在趋向词的雅化时又不忘曲的通俗,多少有些词不像词,曲不像曲。

沈仕的美人风情之咏,很少寄寓,直接着笔于情感本身,具有民歌直接以情动人的某些特质,虽然不少曲子词语华丽,但意境明朗,这也有助于"情"的展现。梁辰鱼、沈璟等吴中曲家,都受到他的影响。由于后之效仿者笔涉淫滥,沈仕亦为人诟病。对于青门的得失,任中敏在《散曲概论·派别》中分析说:"沈仕《唾窗绒》一卷,亦为清丽,而以'香奁体'著闻,于元人颇得王鼎(指王和卿)之趣,冶艳之中,生动新切。其失在偶摹元人淫亵之作,而后人踵之者又变本加厉,皆标其题曰'效沈青门体',沈氏遂受谤无穷矣。"

王磐(1470?—1530),字鸿渐,号西楼,江苏高邮人。生于富室,有才子气,薄科举不为,常纵情于山水诗画间。尤善音律,常彻夜觞咏。著有《西楼乐府》,存小令66首,套数7篇。他是南派曲家中纯作北曲而成就又最高的一位作家。西楼之曲,多徜徉山水之篇和生活即兴之作。他那些寄兴于烟云水月的曲作,多有清雅闲适之美,如[清江引]《耕》、《牧》、《渔》、《樵》四首:

　　桃花水来如喷雪，闹动村田舍。犁翻陇上云，牛饮溪头月。这其间只堪图画也。

　　东风扫开郊外雪，草色连村舍。鞭敲柳岸风，笛弄桃林月。这其间只堪图画也。

　　江湖老来头似雪，钓艇为家舍。武陵溪上云，西塞山前月。这其间只堪图画也。

　　腰间斧磨光烂雪，山下白云舍。满身红叶秋，一担青松月。这其间只堪图画也。

这些曲子，真可谓句句诗情，篇篇画意，其闲适之情，清雅之趣，恬静之美，是那么迷人，是那么令人心醉！

　　他的生活即兴之作，有对现实的讽刺，如［朝天子］《咏喇叭》：

　　喇叭，锁哪，曲儿小腔儿大。官船来往乱如麻，全仗你抬声价。军听了军愁，民听了民怕，那里去辨什么真共假。眼见的吹翻了这家，吹伤了那家，只吹的水尽鹅飞罢。

据蒋一葵《尧山堂外记》载："正德间，阉寺当权，往来河下者无虚日，每到辄吹号头，齐丁夫，民不堪命。"由此可见，此曲是针对刘瑾等宦官弄权、装腔作势、涂炭生灵而作的，其尖刻犀利的讽刺和嬉笑怒骂的谐趣作风，都堪与元无名氏［醉太平］《堂堂大元》一曲比美，而其物与人巧妙结合，则更有艺术蕴涵。他还有一些曲子就生活中一些琐事随手拈来，往往也妙趣横生，如［满庭芳］《失鸡》：

　　平生淡薄，鸡儿不见，童子休焦。家家都有闲锅灶，任意烹炮。煮汤的贴他三枚火烧，穿炒的助他一把胡椒，到省了我开东道。免终朝报晓，直睡到日头高。

鸡被偷走，不但不气恼，反愿助偷儿烹调，如此调侃，妙趣横生。

　　王骥德在《词律·杂论》中说:"客问今日词人之冠,余曰:'于北词得一人,曰高邮王西楼,俊艳工炼,字字精琢,惜不见长篇。'"可见推崇之高。王磐的长篇也是有的,只不过骥德未见而已。任中敏《散曲概论·派别》评王曲:"善为清丽。""于元人之中,兼得乔、张之趣,其丽也,不仅工雅,兼能出奇;其清也,潇疏放逸,且好为游戏俳谐之作,而不用康、冯两派之粗豪,一以精细出之。"

　　陈铎、王磐等南派曲家在明中叶蜚声曲坛,要比前述康、王等北派曲家早三十余年,实为明中叶散曲复兴之开先声者,这是必须指出的。

二、西蜀曲坛伉俪:杨慎、黄峨

　　杨慎(1488—1559),字用修,号升庵,四川新都人。正德六年(1511)殿试第一,授翰林修撰。嘉靖三年(1524),因议大礼事获罪,谪戍云南永昌卫30余年,卒于戍所。因投荒多暇,书无所不读,《明史》谓其记诵之博,著述之富,明代推为第一。升庵诗、文、词、曲兼擅,著述多达百余种,后人辑其要者为《升庵集》。曲有《陶情乐府》,存小令200余首,套数10余篇。

　　升庵之曲,南北兼善,题材亦广,或遣兴抒怀,或怀人思乡,或写景咏物,或唱酬赠答。因长期流放,曲多贬放流离之苦和思乡怀人之愁。其写贬谪悲苦的,如[寨儿令]:

　　　　雪霁天,倚阑干,南枝头又惊梅蕊丹。鸡唱霜干,雁叫风酸,空翠冷危峦。引归心明月团团,锁归程白雪漫漫。银缸愁未灭,画阁梦初残。寒,万里客衣单。

此写他乡漂泊之悲和客中思归之愁,以景衬情,意境凄清,情感悲凉,有极强的感染力。有时,诗人也想放旷超脱,但最终传达给人的是更为沉重也更为深切的悲苦,如[南仙吕·傍妆台]:

> 远行人,何用浮名绊此身。想人生会有相逢处,南北东西
> 若比邻。一辞故国三千里,独戍遐荒二十春。寻苍雁,觅锦
> 鳞,相思莫厌寄书勤。

本想抛弃浮名,并以前人"天涯若比邻"的旷达思想自慰,但最后
仍不免了流露出远离家乡的孤独和久戍不归的愁苦。此曲直述心
曲,情怀抑郁,感慨深沉。升庵写思乡怀人的愁苦,也多用情景映
衬的手法,写得情韵兼胜,如[南商调·黄莺儿]:

> 客枕恨邻鸡,未明时又早啼,惊人好梦回千里。星河影底,
> 云烟望迷,鸡声才罢鸦声起。冷凄凄,高楼独倚,残月挂天西。

又如[南中吕·驻马听]:

> 把酒花前,错听黄鹂作杜鹃。遥天归雁,落日归心,远水
> 归船。五更归梦岭云边,一声苦被邻鸡唤。愁理冰弦,弦中总
> 是思归怨。

这两曲写客中怀人,都以意境取胜,在凄景中融悲情,在归思中露
哀怨,都是那样的情韵绵长,悠然不尽。此类小令之语言风格、意
境构造,以及情韵意趣,都与传统的婉约词非常接近了。

在明中叶文人中,才高而被弃,饱尝贬谪之苦者,当以升庵为
最,故其曲中之苦情悲怨,亦最为真挚动人。在艺术创作上,他较
多地使用了婉约词的情景映衬之法,又注意保持清丽之曲的清雅
俊朗之风,故能兼得词曲二体之长。就艺术风格而言,他虽无北派
士大夫作家们的豪放萧爽,也不似江浙风流文士们的谐趣精工,但
他却能以其凄清雅炼、情韵绵长独树一帜。升庵为曲,有时喜化用
前人成句,王世贞、钱谦益等大加诟病,批评其窜改古人,掩为己有
(参见《曲藻》及《列朝诗集小传》),不欲成人之美,未免过分。

　　黄峨（1498—1569），峨或作娥，字秀眉，四川遂宁人，工部尚书黄珂次女。正德十四年（1519）嫁杨升庵为继室。峨为人贤淑，博学工诗，其寄夫之作，广为传诵。后人辑有《杨状元妻诗集》、《杨夫人乐府》等。其散曲约存 60 多首。她也是既擅北调，又工南曲的作家。其曲多写别离之苦，情深意长，真切感人。艺术风格较为多样，有如升庵公之凄清雅炼者，如[南南吕·罗江怨]：

　　　　空亭月影斜，东方亮也，金鸡惊散枕边蝶。长亭十里，阳关三叠，相思相见何年月。泪流襟上血，愁穿心上结，鸳鸯被冷雕鞍热。

此曲当为送别升庵公戍滇而作，以凄景衬悲情：残月当空，鸡声唱晓，口诵离歌，襟沾别泪，情怀难堪之极。末句虚想别后情景，一冷一热，同写两方，精警出奇。又如[南商调]《黄莺儿》：

　　　　积雨酿轻寒，看繁花树树残。泥涂满眼登临倦。云山几盘，江流几湾，天涯极目空肠断。寄书难，无情征雁，飞不到滇南。

此曲写旅途怀人，依然是凄景悲情，篇末无理而妙，感伤至极。此曲当时盛传，王世贞说杨慎"别和三词，俱不能胜"（见《曲藻》）。黄夫人此等散曲，常与升庵之曲相混，上二曲或以为即升庵所作。
　　黄夫人散曲，主要倾向是偏于阳刚本色之美的，如[落梅风]：

　　　　春寒峭，春梦多，梦儿中和他两个。醒来时空床冷被窝，不见你，空留下我。

又如[南梧叶儿]：

　　　　衾如铁，信似金，玉漏静沉沉。万水千山梦，三更半夜心，独枕孤眠分。这愁怀那人怎信。

这两首小令写怀人隐痛，其情感虽依然落寞悲凉，但却纯用俗语明言直陈,饶有曲趣,与前之凄清雅炼相比,其阳刚本色之美可谓直逼元人。尤其她那些泛写世俗风情的曲子,此种倾向就更为突出。如[红绣鞋]:

> 你不惯谁曾惯?人可瞒,天可瞒?梦见槐花要绿袄儿穿。
> 嘴咕都看一看,滑即溜难上难,你无缘休把人来怨。

此曲捅破相思女子的内心隐秘,其描写传神逼肖,声口活现,语言亦本色自然,有同类元曲作品的泼辣爽朗、新奇谐趣之美。

前人说她的散曲"旨趣闲雅,风致翩翩,填词用韵天然和律"(徐渭《杨夫人乐府序》),自明以来,论家一直推尊其曲,不少人把她与词中的李清照、朱淑真相提并论,似应当之无愧。

第四节　散曲词化的晚明曲坛:梁辰鱼、沈璟、薛论道、施绍莘等人的曲作

一、散曲词化的明后期曲坛

自隆庆(1567—1572)以后,到崇祯(1628—1644)亡国,是明散曲发展的晚期,这是散曲词化、曲文学精神濒临消失的时期。在此期间,影响曲风变化的几个重要因素是:第一,士风的变化。随着城市经济的繁荣和市民意识的熏染,文士恋世乐生,追求物质和感官享受的风气日益高涨,尤其是一大批江南文士,建园林,植花草,好美食,嗜歌舞,乐声色,家蓄声妓而以选声练色为务者,不知凡几。士风如此,南曲中写花月美景和男女艳情的香奁一体,便乘势大兴,成为曲坛主流。第二,曲文学观念的变化。晚明南曲家在声色歌舞环境中以曲应歌,很自然地继承了婉约词香艳软媚的作风,并在文学观念上视曲为词,如《南词韵选》、《南北宫词记》、《南词叙录》、《词谑》等都是晚明人关于曲选和曲论的著作,但作者却直以"词"

名之。不仅如此，一些曲论家也明确地倡导词的婉约雅丽之风，如王骥德在《曲律·杂论》中谓"曲以婉丽俊俏为上"，徐复祚《曲论》谓"我吴音宜幼女轻歌按拍，故南曲委婉清扬"；沈璟等人过分地讲究格律的严谨，同样也是视曲为词的结果。第三，歌曲声腔的变化。明沈德符《顾曲杂言》谓"自吴人重南曲，皆祖昆山魏良辅，而北词几废"，这是说魏良辅改革昆腔艺术后，将南曲清雅婉媚的特色发挥到极致，极得吴人的爱赏。对于此事，明沈宠绥在《度曲须知》上卷中载之更详："嘉、隆间有豫章魏良辅者，流寓娄东鹿城之间，生而审音，愤南曲之讹陋也，尽洗乖声，别开堂奥，调用水磨，拍捱冷板，声则平上去入之婉协，字则头复韵尾之必匀，……要皆别有唱法，绝非戏场声口，腔曰'昆腔'，曲名'时曲'，声场禀为曲圣，后世依为鼻祖，盖自有良辅，而南词音理，已极抽秘逞妍矣。"综上所述，对于晚明南曲独兴、香奁艳情之曲大盛和散曲的彻底词化，都有极大的影响。如梁辰鱼、陈所闻、张凤翼、沈璟、王骥德等，则差不多都是生活在南方江浙一带且专作南曲的作家，他们大量写作香艳软媚的花月美景和男女艳情，艺术风格上追求典雅圆润之风也愈来愈盛，散曲原本具有的质朴萧爽之风便渐渐丧失殆尽，曲之一体，至此便从文学风貌上复归于南宋雅词了。

对于曲文学的这种衰变，明凌濛初在《谭曲杂札》中曾予以尖锐批评，谓："自梁伯龙出，而始为工丽之滥觞，一时词名赫然。盖其生嘉、隆间，正七子雄长之会，崇尚华靡；弇州公（王世贞）以维桑之谊，盛为吹嘘，且其实于此道不深，以为词如是观止矣，而不知其非当行也。以故吴音一派，竞为剿袭。靡词如'绣阁罗帏'、'铜壶银箭'、'黄莺紫燕'、'浪蝶狂蜂'之类，启口即是，千篇一律；甚者使僻事，绘隐语，词须累诠，意如商谜，不惟曲家一种本色语抹尽无余，即人间一种真情话，埋没不露矣！至今胡元之窍，塞而未开，间以语人，如痼疾不解，亦此道之一大劫哉！"任中敏亦甚为痛惜，他在《散曲概论·派别》中说："昆腔以后只有南曲，而北曲亡矣！

南曲又多参词法以为之,形成所谓南词,而曲亡矣!"又批评梁辰鱼等人的曲风说:"文雅蕴藉,细腻妥帖,完全表现南方人之性格与长处,去北曲之蒜酪遗风、亢爽激越者,千万里矣!惟此种阴柔之美,实宜于词之收敛性格之文学,而不宜于曲之放散性格之文学,故其取材取径,于不知不觉之间,无一不与宋词相接近,而与元曲相背驰者,结果乃得一种词不成词,曲不成曲之物。吾尝论此派之末流,以为意境迂拘,而色彩糅杂,硁硁于字句之渲染,又只有枯脂燥粉,敷衍堆嵌,拆碎固不成片段,并合亦难像楼台。臣妾宋词,宋词不屑;伯仲元曲,元曲其耻。"任先生的批评虽然非常尖锐,但出于对散曲文学个性的尊崇和维护,也是可以理解的。在晚明的南方作家中,施绍莘的创作还继续保持了散曲文学的特有韵味,北方作家刘效祖模仿民歌所作的小曲和薛论道的军旅边塞题材,也还能呈现出异样的光彩。

二、香奁体南曲作家的代表:梁辰鱼、沈璟等

梁辰鱼(1519—1591),字伯龙,号少白,别号仇池外史,江苏昆山人。为嘉靖间江南名士,任侠好游,足迹遍吴、楚间。工诗,精音律。他的《浣纱记》是第一个用魏良辅改革后的昆腔来演唱的传奇剧,曾轰动一时。散曲有《江东白苧》,存小令54首,套数41篇,大部分为香奁风情之曲,少部分为江湖游历之篇。伯龙之曲,受沈仕"香奁"一体影响较大,但已无沈曲之情趣韵味,其寓情取景,遣词造句,多以词法为之,故文辞极精美,描写极细腻,风格极婉丽,不少作品已彻底词化。如[南正宫·白练序]《暮秋闺怨》套数:

> 西风里,见点点昏鸦渡远洲,斜阳外景色不堪回首。寒骤,谩倚楼,奈极目天涯无尽头。凄凉水国,败荷衰柳。
> [醉太平换头]罗袖,琵琶半掩,是当年夜泊,月冷江州。虚窗别馆,难消受暮云时候。娇羞,腰围宽裰不宜秋。访清镜为谁

憔瘦？海盐山咒，都随一江逝水流。　　[白练序换头]凝眸，古渡头，云帆暮收，牵情处错认几人归舟。悠悠，事已休，总欲致音书何处投？空追究，光阴似昔，故人非旧。　　[醉太平换头]飔飔，霜林斗叶，更风檐骤马，夜堂飞漏。白云去远，那堪值雁南归后。衾裯，空余兰麝伴薰篝，冷落了窃香韩寿。背灯独守，寒生兔窟，露凝鸳甃。　　[余文]荏苒年华还九九，登临怕惹无限愁，尽开遍黄花不上钩。

曲前序文中有云：“余沦身未济，落魄不羁，感纨扇之弃捐，每堕班夫人之泪；见草木之摇落，常增屈弟子之悲。非儿女之情多，实英雄之气塞。因假闺人之意，以开烈士之膺。”就序文看，作者是借闺怨以言人生悲怀，此为词家传统寄寓方式；曲中借景物描写和环境映衬抒写悲情，此又为词中常法；曲中“昏鸦”、“斜阳”、“败荷衰柳”等凄凉意象，以及“腰围宽褪”、“错认归舟”等情事亦为词中熟见；其字句精工雅炼，音韵婉转谐美，则更符合词的规范；总之，此等曲从里到外，彻底词化了。其套数尚且如此，小令更不难想见。这种作品，因为其意象的陈旧，表现手法的老套，很难激起读者的共鸣，不仅将曲家一种本色语抹尽无余，而且将人间一种真情话亦埋没不露。

在伯龙的散曲中，一些江湖记游之作，有时同怀古抒情结合，显得清朗而有韵致。如[南仙吕入双调·玉抱肚]《过湘江》：

> 长途秋尽，阻西风停桡远津。听泠泠宝瑟还传，看斑斑修竹犹存。不知何处吊湘君，水尽南天不见云。

伯龙有时模仿坊间小曲而作的艳情曲，也饶有韵味。如[南南吕·懒画眉]《改定武林沈青门作》（摘套）：

> 小名儿牵挂在心头，总欲丢时怎便丢。浑如吞却线和钩，不疼不痛常拖逗，只落得一缕相思万缕愁。

任中敏欣赏此曲说:"可谓陈言务去,戛戛独造矣。吞钩之喻,由起至结,一气贯注,无一字不妥帖,无一字可更易。论用意固尤精于元人之借喻'放债',论遣辞直是南令情词中不可多得之作。"(《曲谐》卷一)

沈璟(1553—1610),字伯英,一字聃和,号宁庵,别号词隐生,江苏吴江人。万历二年(1574)进士,曾官至吏部员外郎、光禄寺丞。壮年辞官还乡,潜心戏曲创作20年,为吴江派领袖。著有《义侠记》、《博笑记》等传奇剧17种,编有《南九宫十三调曲谱》、《南词韵选》。散曲有《情痴寱语》、《词隐新词》、《曲海清冰》等,皆散佚,今存小令17首,套数43篇。沈璟反对雕琢辞藻,倡导本色,洗去了梁辰鱼等人浓艳一流的一些脂粉,但他又过分地重视声律,"斤斤三尺,不欲令一字乖律"(见王骥德《曲律·杂论》),且又喜集曲弄巧,其题材内容又仍以闺情为主,而且不少曲子是翻改元人之曲为之,因此,就总体倾向而言,沈氏之曲缺乏创新,依然未能摆脱词化的倾向,不能给人以新鲜之感。如[南中吕·驻马听]《秋闺》(翻郑德辉北词):

败叶萧萧,雨霁天高摧木杪。江乡潇洒,衰柳千株,笼罩平桥。云寒波冷翠荷凋,露浓霜重丹枫老。景色寥寥,晴虹散彩,落霞余照。　[泣颜回换头]云消,岩谷瘦山腰,雨多水面肥饶。横空翔雁,行行占得秋高。昏鸦万点,茂林中守着呀呀叫。画船归红日衔山,月儿芽百鸟寻巢。　[驻马听]寂寞鸾交,静掩重门情似烧。纱窗人静,锦字书稀,宝篆香消。愁闻绕砌竹相敲,厌听邻院砧常捣。正苦无聊,闲阶落叶,偏随风扫。　[泣颜回换头]谁教,玉漏转迢迢,碧澄澄凉月偏高。鸳衾宽剩,寒来转觉萧条。难捱夜永,欲追寻好梦和衣倒。苦央求业眼才合,恨促织又来喧闹。　[尾声]这虫儿一点身躯小,偏会把愁魂惊觉,紧截定阳台不放饶。

郑德辉《秋闺》套曲原咏秋日怀人念远,以景语渲染,在元曲中虽算不得上乘,但也还较有情韵。经过沈氏这一翻改,虽然词句之朴素,语意之明朗似曲,但在表现方式上,前面纯以景渲染,后面多以情呼唤,则又显然似词。似曲,却无曲活泼萧爽的生气;似词,又无词隽永绵长的情韵;诚如任中敏所批评的:"沈氏于所翻改诸曲,虽自命曰'青冰',实则去'蓝水'犹远甚,直是点金成铁,活文字则死之,新意境则腐之耳。"(《散曲概论·派别》)

沈璟有一些模仿坊间流行小曲的作品较有曲味,如:

> (解三酲)数日间不来不往,非关是不忖不量。我为你不茶不饭添惆怅,更不醒不醉如狂。(皂罗袍)不眠不睡,日长夜长。不言不语,情长恨长。不明不白多魔障。(排歌)撇不了,凑不双,浑如撞入打球场。说不尽,意不防,争些两地忽参商。([南仙吕·解袍哥]《代友怀人》)

此等曲不铺排,不渲染,直以浅俗之语写深情,颇近当时一些流行小曲。不过,短短一首小令竟集三曲而成,就像南宋一些词人喜欢犯调一样,这种集曲的花样明显是文人在音乐上的卖弄了。

在晚明南曲作家中,王骥德、张凤翼、陈所闻也是较重要的作家。王骥德(1560? —1623),字伯良,有《曲律》四卷,是明代最具系统性、最具深刻见识的一部曲论著作。其曲今存小令58首,套数32篇。与其他南曲作家一样,不出香奁范围。其无聊的狎妓之作,如《青楼八咏》中《乳炉》、《被枕》、《腹褥》之类,情趣低下;如[南商调·十二红]《丽情》竟集12曲以成,令不成令,套不成套,实为怪胎。但他有一些描写闺情的小令,情韵绵长,可读可诵,如:

> (解三酲)爱簪花新来慵甚,好薰香近日无心。清晨妆镜黄昏枕,提不起绣时针。难将愁字挑作锦,易得啼痕沾满襟。(排歌)裙松翠,钏减金,海棠开后到如今。红笺杳,鲤鱼沉,

梦中迷路苦难寻。(〔南仙吕·解醒歌〕《闺情》)

张凤翼(1527—1613),字伯起,有《敲月轩词稿》,已散佚。今存小令20首,套数16篇。其曲风之艳雅,与梁辰鱼为近。他也有清疏之作,如:

> 半天丰韵,前生缘分。蓦然间冷语三分,窄地里热心一寸。梦中蝶魂,梦中蝶魂,月中花晕,暗中思忖可怜人。不知兴庆池边树,何似风流偶傥身。(〔南仙吕·桂枝香〕《风情》)

此曲不用雕饰,不用成言套话,只以"冷语"、"热心"等直白语写相思怀人深情,清疏自然而有隽永之味。

陈所闻(?—1604后),字荩卿,有《濠上斋乐府》,已散佚。其曲多见于他所编的《南北宫词纪》中。存小令190首,套数58篇。其题材较广,闺情、咏物、记游、赠答等皆有佳作,曲风较为平实。其咏物佳作如:

> 我爱他形容细又圆,怎说得分两轻还贱。往常时刺鸳鸯费尽钻研,寸肠铁硬曾经炼,小眼星昏望欲穿。灯儿下,凭谁可怜,只落得绣床月冷一线牵。(〔南正宫·玉芙蓉〕《针》)

此曲构思极工巧,造语极质朴,咏物、怀人、写景融为一体,其涵融浑化,了无痕迹,确为南曲中咏物佳作。

三、独树一帜的边塞曲家:薛论道

薛论道(1531?—1600?),字谭德,号莲溪,别署莲溪居士,直隶定兴(今河北易县)人。幼时多病,一足残废。博学能文,又喜谈兵。从军30年,屡建奇功,遭疑忌,以神枢参将加副将归田。散曲有《林石逸兴》,存小令1000首。莲溪南北曲兼作,内容涉及叹世归隐、写景言情、咏物抒怀、咏史怀古等,其涉题之广,可与冯惟

敏相提并论。尤以写边塞军旅生活最引人注目。这些作品,或抒写将士的报国雄心,如[水仙子]《为将》:

> 朝廷命我镇边关,一线封疆万里山。旌旄到处遮云汉,把胡儿心胆寒,净风烟国泰民安。准备着擒可汗,安排着系呼韩,大将军义胆忠肝。

或抒发久戍不归的惆怅情怀,如[南仙吕入双调·玉抱肚]《乡思》:

> 两眉不放,望白云几回断肠。白日里身在胡天,到晚来梦绕高堂。半生壮志自堪伤,一片乡心万里长。

或反映戍边将士的不平人生,如[南商调·山坡羊]《塞上即事》:

> 玉门逴骓蹄奔绽,铁衣寒征袍磨烂,将军战马岁岁流血汗。功名纸上闲,秋颜镜里残,烽烟历尽壮志逐云散,酒郡无缘青丝带雪还。知还,一身得苟安;求全,余生得瓦全。

或描写战骨抛荒的悲凉情景,如[南商调·山坡羊]《吊战场》:

> 拥旌麾鳞鳞队队,度胡天昏昏昧昧,战场一吊多少征人泪! 英魂归未归? 黄泉谁是谁? 森森白骨塞月常常会。冢冢碛堆朔风日日吹。云迷,惊沙带雪飞;风催,人随战角悲。

或抒发壮志未酬的满腔悲愤,如[南仙吕·桂枝香]《宿将自卑》:

> 匈奴未灭,壮怀激烈。空劳宵旰忧贤,那见虏庭流血? 任胡尘乱飞,污辱郊社。堂堂中国,谁是豪杰? 萧萧白发长扼腕,滚滚青衫弄巧舌。

这些边塞之曲,或有盛唐诗人的壮怀,或有中唐诗人的感伤,或有南宋爱国词人的悲愤,都是在曲中很难见到的新鲜内容。这不仅开拓了曲的表现领域,而且提高了曲的境界,使曲中一向灰暗的士人形象焕发出了异样的光彩。

莲溪的叹世讽世、咏物寄兴之作,也有一些佳篇,如[沉醉东风]《题钱》:

> 人为你名亏行损,人为你断义辜恩。人为你失孝廉,人为你忘忠信,细思量多少不仁。铜臭明知是祸根,一个个将他务本。

这把世人钱迷心窍的拜金主义行为和由此而引起的种种社会丑态揭露无遗。又如[南商调·黄莺儿]《斗鸡》:

> 芥羽一毛轻,倚豪雄起斗争,樱冠披发不恤命。且立且行,且战且鸣,倾心抵死搏一胜。总然赢,锦衣零乱,金距血腥腥。

作者写雄鸡争斗的残酷,惟妙惟肖,并以此暗讽世人的争名夺利和争强好胜,情趣盎然,寓意深刻。

莲溪也有不少题为《游乐》、《忘机》、《隐逸》、《思归》、《归乐》、《甘贫》等归隐乐闲的曲子,但这只不过是他在人生和仕途坎坷中的自慰自解。他本不是彻底放脱的人,也不是全然绝望于仕途的人,所以他的这类曲子既不像明中叶康、王诸人潜气内转的愤郁,也不像元代关汉卿、贯云石等人身心两放的闲适,而往往是在表面的放达中深含着功名心和是非感。莲溪还有许多题为《闺怨》、《妓怨》、《妓叹》的言情之作,虽不像一些市井文人的庸俗淫滥,但缺乏深情巧思,艺术上难入上乘。

莲溪之曲洗尽铅华,显出“文而不文,俗而不俗”的本色质朴,在真率朗畅中又时见锤炼的匠心。其曲境的壮阔,情怀的豪壮,气势的雄浑,就更非梁、沈诸人所能梦见。无论其内容的新颖,还是格调上保持了曲体的神韵,莲溪在晚明的曲坛都是独树一帜的。

明清论家对其不置一词,今人也多忽略,是非常遗憾的。

四、别具一格的南派曲家:施绍莘

施绍莘(1588—1626 以后),字子野,号风泖浪仙,南直隶华亭(今上海松江)人,少负俊才,胸怀大志,但屡举不第,因寄情声色,放浪山水。通音律,善词曲,著有《花影集》5 卷(散曲 4 卷,词 1卷),今存小令 72 首,套数 86 篇,是明代曲家中存套数最多的一家。他喜欢在套曲前后写序跋,其中有不少优美的文字。

子野之曲,多歌咏山水园林,欣赏风花雪月,记录风流艳事,表现有闲者的闲情逸趣。但子野毕竟是怀抱高远、格调高雅而沉沦不遇的文士,所以,其叙情有雅怀,赏景有高致,远非梁辰鱼、张凤翼等香奁曲家可比。其友人沈士麟在《秋水庵花影集序》中评其曲说:"其性灵颖慧,机锋自然,不觉吐而为词,溢而为曲,以故不雕琢而工,不磨涤而净,不粉泽而艳,不寄凿而奇,不拂拭而新,不揉摛而韵。"

他是一个花痴,写过许多诸如惜花、佞花、祝花、梦花的曲子,表现了对花的一片痴情。其咏花之作,重在情韵,多能写出一片不即不离的化境,其曲集名《花影》,可谓名副其实。如:

> 仙妃化身生小苑,未了凡尘怨。探头欲语谁,郫叶还羞面,横塘夜凉郎信远。([清江引]《荷花》)

作者把人的情思和仪态风韵移入对荷花的描写之中,亦物亦人,不即不离,人与物交融一体,有一种深情远韵,的确是咏物写景中的上乘。

子野的言情之作,模仿市井小曲,有活泼俊俏之风,如:

> 短命冤家,道是思他又恨他。甜话将人挂,慌到天来大。嗏!倒是不归来,索须干罢;若是归来,休道寻常骂,须扯定冤

家下实打!([南中吕·驻云飞]《闺恨》)

　　索性丢开,再不将他记上怀。怕有神明在,嗔我心肠歹。呆,那里有神来?丢开何害?只看他们抛我如尘芥,毕竟神明欠明白。(前调《丢开》)

此二曲写失恋愁苦,以俗语白描,尖新谐趣,有深情巧思。子野还有不少艳曲,但着笔于深情,不淫不俗,格调较为高雅。

　　子野的套数,既多而且很出色,避免了一般套曲好堆垛重复的毛病,全篇意脉贯通流畅。如[南南吕·懒画眉]《梅花》:

　　一枝花发粉墙西,向雪洞风帘深见伊。琼枝玉蒂一时肥,针窦窗香细,只见疏影中间独鹤栖。　　[不是路]秀骨冰肌,占断江南第一枝。丹青意,天然标格瘦离披。伴人儿,和烟冷淡空园里,伴月微茫浅水时。魂容与,春寒小阁迷香雨,茗炉诗句,茗炉诗句。　　[掉角儿]冷春心寂寂和泥,蝶来迟要寻无计。闭朱门空老残香,与楼头那人憔悴。况更是压溪桥,横古路,点宫妆,粘驿信也,总无情思。霜欺雪炉,风筛露啼,还有个清明细雨,梅子黄时。　　[尾声]樽前一瓣风吹至,重向灯前瞧忍你,原来是幻出林逋无字诗。

此套咏梅,重在梅的深情远韵。首曲展示傲雪飘香之梅的整体形象,以"雪洞风帘"反衬,以"琼枝玉蒂"美化,以"独鹤"辉映,其高格自显。次曲化用林逋《山园小梅》诗意,用人的仪态风韵写梅的高华,人与物融合浑化,有不即不离之妙。第三曲惋惜梅的飘零,又糅进迟暮情怀,亦天然妙合。尾曲收束,由实入虚,有无穷意趣。全套由形而韵,由韵而情,由情而意,一气贯注,别无枝蔓,形成了庄雅的文人风致。

　　总的来看,子野之曲虽兼南北两派之长,但其主体风格仍是南派的雅丽,尤其是他的套数,更能表现出这一点。与晚明其他南曲作家相比,其过人之处在于高格远韵。如果就风格而言,他的一些套数已归复于南宋雅词,这对清代散曲的影响是很大的。

第五节 明代通俗文艺一绝:时尚小曲

到明中叶,一方面是曲在文士的雅玩中脱离市民,一步步归向南宋雅词的传统,另一方面,作为散曲嫡传的民间时尚小曲,却异常活跃,形成与文人雅曲对垒抗衡的新局面。总之,散曲在明中叶后逐渐雅化之日,也就是时尚小曲逐渐流行之时。

一、时尚小曲的流行及其精神风貌

明人沈德符在《顾曲杂言·时尚小令》中记载了当时小曲流行的情况,谓:"自宣、正至化、治后,中原又行[锁南枝]、[傍妆台]、[山坡羊]之属,李崆峒(梦阳)先生初自庆阳徙居汴梁,闻之,以为可继《国风》之后。何大复继至,亦酷爱之。今所传[泥捏人]及[鞋打卦]、[熬鬏髻]三阕,为三牌名之冠,故不虚也。自兹以后,又有[耍孩儿]、[驻云飞]、[醉太平]诸曲,然不如三曲之盛。嘉、隆间乃兴[闹五更]、[寄生草]、[罗江怨]、[哭皇天]、[干荷叶]、[粉红莲]、[桐城歌]、[银绞丝]之属,自两淮以至江南,渐与词曲相远,不过写淫媟情态,略具抑扬而已。比年以来,又有[打枣竿]、[挂枝儿]二曲,其腔调约略相似,则不问南北,不问男女,不问老幼良贱,人人习之,亦人人喜听之,以至刊布成帙,举世传诵,沁人心肺。"沈氏明确记载了小曲兴起的时代,流播的地域,流行的曲牌,以及时人的爱好和评价。他认为这些小曲"不过写淫媟情态",则显然是站在"乐而不淫"的正统诗教立场所作的评判,实际上,不过其表现情感时任情任性,无遮无拦,说出了"人间的一种真情话"而已。如写男女之情如胶似漆,难舍难分的:

　　傻俊角,我的哥,和块黄泥捏咱两个。捏一个儿你,捏一个儿我。捏的来一似活脱,捏的来同床上歇卧。将泥人儿摔碎,着水儿重和过,再捏一个你,再捏一个我。哥哥身上也有妹妹,妹妹身上也有哥哥。([南双调·锁南枝]《傻俊角》)

　　要分离除非是天做了地,要分离除非是东做了西,要分离除非是官做了吏。你要分时分不得我,我要离时离不得你,就死在黄泉也做不得分离鬼。(《山歌·分离》)

这些曲子想象奇特,构思新颖,表现了男女之间难以分割的深厚爱情。对《傻俊角》一曲,蒋一葵《尧山堂外纪》说为宋末元初文士赵孟頫夫人所作,则显属附会。在这些写男女深情的曲子中,还有如[挂枝儿]《送别》写情人别离之痛的:

　　送情人直送到丹阳路,你也哭,我也哭,赶脚的也来哭。赶脚的你哭的因何故? 道是“去的不肯去,哭的只管哭;你两下里调情也,我的驴儿受了苦!”

有如[南商调·山坡羊]写女子相思之苦的:

　　熨斗儿熨不展眉间摺皱,竹撑儿撑不开面皮黄瘦,顺水船儿撑不过相思黑海,千里马儿也撞不出四下里牢笼扣。俺如今吞了倒须钩,吐不的,咽不的,何时罢休? 奴为你梦魂里抓破了被角,醒来不见空拖逗。泪道也有千行哟,恰便是长江不断流。休,休,阎罗王派俺是风月行头;羞,羞,夜叉婆道你是花柳营对手。

这些时尚小曲,植根于民众,其文学精神与历代真正的民歌一脉相承,以世俗化的题材内容,尖新巧妙的艺术构思,率真质朴的口语白话表现出了滚烫的心,沸腾的血,火热的情,这绝非文人曲家所能梦见,因为那是天籁。

二、刘效祖、冯梦龙等文人曲家的模仿创作

当时尚小曲流行之时,不人模仿创作,写出了与雅曲完全不同的脍炙人口的时调小令。在这些模仿创作的曲家中,当以刘效祖、冯梦龙最为突出。

刘效祖(1522—1589),字仲修,号念庵,滨州(今山东惠民)人而侨寓北京。嘉靖二十九年(1550)进士,官至陕西按察副使。其散曲有《词脔》1卷,收小令112首,套数1篇,内容多为叹世乐闲之曲和儿女风情之咏。从《词脔》诸小曲所标曲数看,仲修原作时尚小曲至少有400多首,但其现存者不过30余首了,这些曲子对男女恋情做了生动而真切的描绘。如[挂枝儿]中二曲:

> 俏冤家但见我就要我叫,一会家不叫你你就心焦。我疼你那在乎叫与不叫。叫是提在口,疼是心想着。我若有你的真心也,就不叫也是好。

> 俏冤家非是我好叫你叫,你叫声儿无福的也自难消。你心不顺怎肯便把我来叫,叫的这声音儿俏,听的往心髓里浇。就是假意儿的勤劳也,比不叫到底好。

曲中情郎的"贪婪",少女的娇羞,如此传神逼肖,若非有真实的经历和体验,似莫能道。又如[南双调·锁南枝]中二首:

> 伤心事对谁说,仔细度量都是我自惹。我为你使破喉舌,我为你费尽周折,谁想恩爱为仇刀刀见血。虽然与你不久相交,一夜夫妻如同百夜,有什么亏心下拼的抛舍。瞒着心只是你精细,吃杀亏认着我痴呆。

> 伤心事对谁学,要见个明白惟天可表。你和我谁厚谁薄,谁情绝谁信儿难调,谁把谁心全然负了。也是俺妇人家痴愚,好心偏不得个好报,瞎虫蚁逃生实撞着你线索。虽不和你见识一般,杀人可恕情理难饶。

这两支曲子写痴心女子对负心汉的怨恨,把女子失恋的痛苦和无可奈何的情怀也表现得非常真切。据刘芳躅清康熙初年所作《词裔序》云:"明中叶士大夫以曲擅长者,亦不下数十家,而遗音之传于今者盖寡。……惟公所为散曲,都人至今犹歌之。"由此可见其所作时尚小曲的强大艺术生命力。

　　冯梦龙(1574—1646),字犹龙,亦字子龙,号姑苏词客、顾曲散人、墨憨子,别署龙子犹,长洲(今江苏吴县)人。明崇祯时贡生,曾做过宁县知县。他一生热心于通俗文学的创作、收集、整理,著述甚丰。小说有号称"三言"的《喻世明言》、《醒世恒言》、《警世通言》,戏曲有《墨憨斋定本传奇》等。他又编有散曲集《太霞新奏》,时尚小曲《挂枝儿》和《山歌》。他的散曲集《宛转歌》已散佚,今存小令6首,套数20篇,内容多写男女恋情,其深情巧思,颇类时尚小曲。如[南仙吕入双调·玉抱肚]《赠书》:

　　　　频频书寄,只不过叙寒温别无甚奇。你便一日间千遍书来,我心中也不嫌聒絮。书呵,原非要紧好东西,为甚一日无他便泪垂?

此曲以热恋少女对书信的感受写出一怀深挚的恋情,语淡情浓,耐人玩味。又如[南仙吕双调·江儿水]《偶述》:

　　　　郎莫开船者!西风又大了些,不如依旧还奴舍。郎要东西和奴说,郎身若冷奴身热,且受用而今这一夜。明日风和,便去也奴心安帖。

此曲所写闺中少女对情郎的关爱,情真意切,如此痴浓的情怀,真是百倍地感动人心!其[南南吕·一江风]写痴情女子对于薄情郎的怨恨,则更见情趣:

　　　　恨冤家,写着他名儿挂,对着窗儿骂。怪猫儿、错忍鹊儿

抓，碎纷纷就打也全不怕。你心亏做事差，猫儿也恨他，我不
合错把猫儿打。

由怨恨薄情而在纸条上写着名儿骂，已甚出奇；猫儿将纸条儿抓
碎，使她无法棒打薄情郎而出这口恶气了，于是迁怒于猫儿；但转
念一想，对薄情郎不但人恨连猫儿也恨，猫儿并不是"错认鹊儿"，
而正是因为恨他，所以才将他抓碎的，自己是"错把猫儿打"了；这
就愈转愈奇了。这些曲子的民歌风味是较浓郁的。

　　在明中后期，模仿时尚小曲成风，除此前已叙者外，还有许多
人留下了清新爽脆的小曲作品。如金銮（1494—1583）的［南双
调·锁南枝］：

　　　　心肠儿窄，性气儿粗，听的风来就是雨。尚兀自拨火挑
　　灯，一密里添盐加醋。前怕狼，后怕虎，筛破的锣，擂破的鼓。

赵南星（1550—1627）的［劈破玉］：

　　　　俏冤家我咬你个牙厮对，平空里撞着你。引的我魂飞，无
　　颠无倒，如痴如醉。往常时心似铁，到而今着了迷，舍死忘生
　　只是为着你。

丁彩（1573？—1637）的［南双调·锁南枝半插罗江怨］《代妓小玉
作》：

　　　　灵丹药，医不瘥，病体恹恹何日休，负心不管前和后。别
　　人家的相思是正经的相思，你留下的相思怪样症候。七八般
　　病来攒辏，皮困眼涩肠断心酸，又悔又恨又疼又羞，那般儿教
　　我容易受。得个信来胜似灵丹，十分病治个回头，冤家早把我
　　残生救。

凡此等等，也都是以奇巧的构思，浅俗的语言写男女风情的，其怨

女思妇,声口毕肖,活泼如生。

　　明人的时尚小曲,既从文学精神上为曲坛吹进新风,又从音乐上丰富了曲牌。其曲多写男女风情,具有晚明通俗文学中所普遍具有的"以情反理"的时代精神,明人对此便已有清醒的认识,如冯梦龙《叙〈山歌〉》云:"若夫借男女之真情,发名教之伪药,其功与[挂枝儿]等。"也正是在这个意义上,明代小曲成为了通俗文学中不可或缺的艺术丰碑,卓人月《古今词统序》谓:"我明诗让唐,词让宋,曲又让元,庶几吴歌[挂枝儿]、[罗江怨]、[打枣竿]、[银绞丝]之类,为我明一绝耳。"不愧为高见卓识。

[思考题]

1. 明散曲前中后三个阶段各有何特点?这些特点的形成与社会文化背景有怎样的联系?
2. 明中叶北派散曲有哪些重要作家?其散曲创作各有怎样的成就?
3. 明中叶南派散曲有哪些重要作家?其散曲创作各有怎样的特色?
4. 晚明"香奁体"曲作的代表作家和曲作有什么特点?为什么说薛论道、施绍莘在晚明曲坛独树一帜或别具一格?
5. 明代小曲有何特色?文人模仿写作的主要有哪些作家?

第五章　清代散曲的衰落

清代散曲,总体上处于衰落境况中。清代之曲,有专集存世者寥寥,而大半散见于诗文词集和笔记、小说、曲谱、曲话之中,凌景埏、谢伯阳二先生费数十年心力艰苦搜寻,在其所编成的《全清散曲》(增补版)中,共收散曲作者400余家,作品近5000篇。不仅作家作品数量锐减,而且更无可与元明比肩的一流作家,其衰落状况十分明显。究其原因,这首先与政治环境有关。清统治者为巩固其统治地位而软硬兼施,既特别优宠愿意依附的文人,又大兴文字狱,残酷地杀戮异端文士,使不少士子醉心于经义时文而卑视词曲,一些心怀不满的失意文人迫于文字狱的淫威,又不敢放肆地染指那需要肆意畅情的散曲,只好转向文史考据以消磨壮志,这些都极不利于散曲的发展。其次,清散曲的衰落也与散曲自身的发展趋势有关。自晚明梁、沈诸人以来,散曲逐渐成为文人雅士的清玩,散曲的雅化又最终导致了文人对它的冷落,清代词的中兴与散曲的衰落,正有着紧密的内在联系。

清代散曲的发展,约可分为三期:从顺治(1644—1661)到康熙(1662—1722)中期为前期,康熙中期以后至道光(1821—1850)为中期,咸丰(1851—1861)至宣统(1909—1911)为末期。

第一节　黍离悲歌与传统题材并行的清初曲坛

活动于顺治和康熙前期的曲家,大都是由明入清的文士,他们亲身经历了改朝换代的政治风暴,不少人在散曲中表现了故国沦亡的黍离之悲,这使得清初的散曲在情感的底蕴上比任何时代都显得更为激越沉痛。但也有或以超然物外来掩盖内心深处的亡国之痛,或以恋情和写景来消磨人生壮怀,从题材内容和艺术倾向上多表现出向元曲的复归。

一、江山易主的悲歌:沈自晋、夏完淳、徐石麒等

沈自晋(1583—1665),字伯明,号西来,又号长康,晚号鞠通生,江苏吴江人。明吴江派首领沈璟从子。弱冠补博士弟子员,但一生未仕。明亡,隐居吴山。精音律,善度曲,与卜大荒、冯梦龙、袁于令等相友善。著有《望湖亭》、《翠屏山》、《耆英会》传奇,又增补沈璟《南九宫十三调曲谱》为《南词新谱》,散曲有《鞠通乐府》。今存小令75首,套数32篇。

在明亡以前,伯明的散曲创作也受到过晚明"香奁"一体的熏染,其现存作品中还有《遇艳即事》、《咏钩臂》、《和词隐咏美人红裩》等艳情之作,不过为数较少。他的绝大多数散曲作于明亡以后,内中无论是写景抒怀,还是咏物叙事,往往都直接或间接地表现出极深沉的黍离之悲。如他的[南杂调·六犯清音]《旅次怀归》:

(梁州序)西山薇苦,东陵瓜隽,孤竹千秋难践。青门非旧,萧条故苑依然。(浣溪沙)雪径迂,云根变,望虹亭驿路谁传?(针线箱)愁的我寒烟宿雨残兵燹,愁的我衰草斜阳欲暮

天！(皂罗袍)江山千古,波萦翠镌。兴亡一旦,歌狂酒颠。挥毫写不尽登楼怨!(排歌)梅含韵,柳待妍,羁人应想旧家园。(桂枝香)好倩东风便乘帆,早放船。

此曲写羁旅怀乡之情,但开篇却用了孤竹国之伯夷、叔齐在商亡后义不食周粟而采薇于首阳山,以及东陵侯召平在秦亡后种瓜长安城东等典故,由此表明其誓作前朝遗民的坚定立场。其后抒发故国沦亡之悲和他乡飘零之愁,直是无可告语的内心悲号!

在伯明的亡国悲歌中,最典型的是套数[南商调·字字啼春色]《甲申三月作》:

(字字锦)唐风警太康,宵旰劳宸想。箕畴诵取刚,呵谴谁非当。叩穹苍,为甚地裂天崩,天崩也一似朽枯飒亡?惊惶!(莺啼序)唬得人刲胆摧肠。痛犀龙留书殉国,悲犖凤断魂辞幌!(绛都春)感时衔恨,鹃啼絮舞,普天同怆! [转调泣榴红](啭林莺)雄都万年金与汤,更何难未雨苞桑。奈养军千日都抛向,说甚输攻墨守无伤!(泣颜回)恁金台骏马,叹连镳朽骨谁堪赏!(石榴花)总博得负心劣相,知多少天禄客投新莽!(水红花)怪道仓惶趋变,还似入旧鸱行,衣冠争惹玉炉香也啰。 [双梧秋夜雨](金梧桐)酬恩事已荒,报国身何往!死矣襄城,血溅还争葬。(秋夜月)内监王,死向官家傍。更多一剑凌风千秋壮,身趋水火把忠魂抗。(夜雨打梧桐)再有匹马返方,星飞疾卷来旧疆。忍割亲报主,须不是杀妻求将,诸臣英爽。恨茫茫,执简知谁是,留名若个芳! [雪簇望乡台](雪狮子)缑笙缈,凤难翔;宝瑟断,雁沉湘。伤心万户荒烟卷,宫槐奏,宫槐奏,弦管儿悲凉。(簇御林)顷翻成桑与沧,铜驼金谷无人访。(望吾乡)兵戈扰路忙,愁看直北烽尘曈。(傍妆台)云白山青远,把老眼频舒放。舆图广,关塞长,五陵深处杳难忘。

甲申(1644)三月,李自成攻破北京,崇祯皇帝自缢身亡,这套曲子便是由此而发,作者抒写出了撕心裂肺的亡国悲痛!其传统的忠节观念不一定可取,但那心魂摧伤的巨大的震撼力度,却俨然如杜甫、陆游等人之诗的沉郁悲怆,再加上曲体淋漓畅快的特质,便使得此曲的表现力非传统诗词可比。

伯明直接抒发亡国悲感的曲作虽然不是很多,但这种沉郁的悲感却渗透到许多即事抒怀、写景咏物的曲子当中。如以下二曲:

> 睡起如醒带醒容,愁且忡忡,乐且融融。那当愁乐总填胸,歌似无从,哭似无踪。([南南吕·一剪梅]《山楼雨窗午睡》)

> 只道领春风向野花飘洒,却纷飞在战地尘埃。牡丹丛曾染姚家色,怕霜信紧旧颜衰。他倒不辞素秋将姿态改,兀自松粉沾衣展翅来。还留在,喜得个篱边菊下,且自抒怀。([南仙吕·解三酲]《见黄蝶》)

在这些曲子中,分明有黍离悲歌的底蕴,与前一类直写亡国悲痛的曲子相比,它们在沉郁的基调中更含有一种不可言状的苍凉。

如就散曲发展演变而言,改朝换代的历史暴风雨使伯明将晚明散曲由闺阁香奁引向了时代与社会,由此摆脱了晚明曲坛的颓风,如就其作品艺术精神的旨归而言,它已具有了诗的庄严宏深,就艺术风格而言,它又不失曲的淋漓畅达,不过已无散曲传统的谐趣俏丽之风,总体上显现出诗与曲的融合。

夏完淳(1631—1647),字存古,号小隐,华亭(今上海松江)人。与父夏允彝同为抗清烈士。完淳7岁能文,13岁拟庾信《哀江南赋》,文采斐然。明亡,其父夏允彝、师陈子龙组织义军抗清,完淳从之。鲁王曾封其为中书舍人,参谋太湖吴昜军事。事败,被逮下狱。临刑,谈笑自若,年仅17岁。其所作诗文词赋曲,嘉庆间王昶、庄师洛辑为《夏节愍全集》。

　　完淳所存小令3首,套数2篇,俱为狱中抒怀之作,其慷慨悲歌,激烈壮怀,曲中罕有其匹。如小令[南仙吕入双调·江儿水]:

　　　望青烟一点,寂寞旧山河。晓角秋笳马上歌。黄花白草英雄路,闪得我对酒消魂可奈何! 荧荧灯火,新愁转多。暮暮朝朝泪,恰便是长江日夜波!

又如他的套数[南仙吕·傍妆台]《自叙》:

　　　客愁新,一帘秋影月黄昏。几回梦断三江月,愁杀五湖春。霜前白雁樽前泪。醉里青山梦里人。(合)英雄恨,泪满巾,响丁东玉漏声频。　　[前腔]两眉攒,满腔心事向谁论? 可怜天地无家客,湖海未归魂。三千宝剑埋何处,万里楼船更几人! (合)英雄恨,泪满巾,何年三户可亡秦! 　　[不是路]极目秋云,老去秋风剩此身。添愁闷,闷杀我楼台如水镜如尘。为伊人,几番抛死心头愤,勉强偷生旧日恩。水鳞鳞,雁飞欲寄衡阳信,素书无准,素书无准。　　[掉角儿序]我本是西笑狂人。想那日束发从军,想那日霜角辕门,想那日挟剑惊风,想那日横槊凌云。帐前旗,腰后印;桃花马,衣柳叶,惊穿胡阵。(合)流光一瞬,离愁一身。望云山当时壁垒,蔓草斜曛。　　[前腔]盼杀我当日风云,盼杀我故国人民,盼杀我西笑狂夫,盼杀我东海孤臣。月轮空,风力紧。夜如年,花似雨,英雄双鬓。(合)黄花无分,丹荄几人。忆当年,吴钩月下,万里风尘。　　[余音]可怜寂寞穷途恨,憔悴江湖九逝魂,一饭千金敢忘恩!

　　这些曲子,是完淳被解至南京大狱后所作,他抱定必死的决心,蘸着血泪,写下了这些慷慨悲歌。此等文字,乃英雄碧血丹心所化,曲中深广的愁情和悲恨,是个人之悲与时代之恸的交互涌动,是柔情与壮怀的浑然凝结。小令中"暮暮朝朝泪,恰便是长江日夜波"

的悲壮情怀,套曲中接连四个"想那日"和"盼杀我"的英雄气概,既喷涌着一种激昂,也展示着一种崇高! 它突破了"亡国之音哀以思"的常例,把诗的庄严宏深与曲的酣畅淋漓完美结合,故其情悲而豪,其境壮而阔,其语峭而健,其凛然大气,将千载如生!

在清初,还有传为归庄所作的《万古愁》曲,那更是改朝换代的悲怆的历史画卷。归庄(1613—1673),江苏昆山人,明末复社成员。参加昆山抗清失败后,改换僧装亡命得脱,以佯狂终身。传为他作的《万古愁》曲,表现出强烈的民族感情。这篇套曲从混沌初开写起,由盘古、女娲、有巢氏、庖羲、神农、轩辕、唐尧、虞舜等一路直叙下来,以揶揄和嘲戏的态度写他们的"英雄伟业",当写到"大明太祖"及其"十七叶神圣子孙"时,方多赞誉之词。随后由历史转向现实,作者禁不住失声悲号:

> 痛痛痛! 痛的是十七载圣明天子横尸在长安道。痛痛痛! 痛的是咏《关雎》颂徽音的圣母抛首在宫门没一个老宫娥私悲悼。痛痛痛! 痛的是掌上珍的小公主一剑向朝阳倒。痛痛痛! 痛的是有圣德的东宫砍做肉虾蟆。痛痛痛! 痛的是无罪过的二王竟填了长城窖。痛痛痛! 痛的是奉宝册的长信宫只身儿陷在贼营杳。

> 恨的是左班官平日里受皇恩,沾封诰,乌纱罩首,金带围腰,今日里向贼庭稽颡得早。那如鬼如蜮的文人,狗苟蝇营,还怀着几句劝进表。那不争气的蠢公侯,如羊如豕,尽斩首在城东隩。那娇滴滴的处子,白日里恣淫奸。俊翩翩的缙绅们,牵去做供奉龙阳料。更可恨九衢万姓悲无主,三殿千官庆早朝,便万斩也难饶!

> 没一个建旌旄下井陉张天讨,没一个鞭铁骑渡黄河使贼胆摇,没一个痛哭秦庭学楚包,没一个洒泪新亭仿晋导,没一个击江楫风涌怒涛高,没一个舞鸡鸣云静月痕小,没一个拥孤

城碎齿在睢阳庙,没一个喷贼血截舌似常山杲。大都是黑夜风声尽遁逃,把青徐兖济拱手儿送得好。

夸定策号翼戴铁券儿光耀,倚狐朋树狗党蜩蛄般喧噪。巴掌大的两淮供不起群狐吵,更半壁江南下不得诸公钓。反让那古建州做了兴义帝的隆准公军容素缟,可怜那图雪恨的将军做了绝救兵的李都尉辫发缨帽。兀的不闷杀人也么哥!兀的不闷杀人也么哥!尚敢贪天功在秦淮渡口把威风耀。

再不向汉南庭拜现投降表,再不向钱神国苦纳通关钞,再不向醉乡中跪进精裈袴。拔尽了虎狼毫,椎碎了陈元宝,万石君到处抛,楮先生绝了交,我自向长林丰草,山蹊海岛,一曲伴渔樵。

……

这套曲子也有说为清初熊开元所作,名《击筑余音》,文字略有异同。它用民间流行的曲调写成,不入南北宫调。作者用写实的笔法叙述清兵入京后的暴行和降官们拜迎新朝的丑态,对国难当头却无擎天英雄深致怅恨!并为南明王朝在苟延残喘中仍党争不息而痛心疾首!其后表明自己不事新朝而忠于故国的态度,表现出强烈的民族感情。其亡国悲痛和时代感愤所融会成的凄厉而悲怆的旋律,在那不事修琢的朴素文字中得以自然地展开,如中间感慨国家沦亡的几曲,一无丹铅华彩,却满纸血雨腥风,那撕心裂肺的悲怆,那充塞天地的愁情,分明昭示着此曲不止是整个中国散曲史上,也是整个中国文学史上第一等以血泪凝成的文字!

故明文人在清初的这种黍离悲歌虽为数不多,但它却振起晚明散曲香艳软媚的颓波,使散曲的发展又焕发出一线新的生机,仿佛在那即将偃旗息鼓的战地上突然传来的几声烈马的悲鸣,又仿佛在那夕阳余辉映照的天幕上垂挂着的几朵璀璨的晚霞,虽然它们都已经没有光明的前景和美好的未来,但它们自身的顽强和壮烈却在人们的记忆中定格为一种永恒！

徐石麒（生卒不详），字又陵，又字长公，号坦庵，别署坦庵道人，原籍湖北而流寓扬州。工诗词，善花鸟，尤精度曲。明亡，不应试，以诗酒自娱。其著作甚丰，词曲有《坦庵诗余瓮吟》、《坦庵乐府添香集》等，今存小令52首，套数10篇。

又陵之曲多写闲居逸兴，如《自适》、《春兴》、《避世》、《自放》等等，表面看来，仿佛是元人散曲的翻版，如以下三曲：

> 沧鸥白鹭水云书，赤楗青山烟雨图，丹枫紫菊冰霜赋。怕相看名利徒，有一班牧竖樵夫。酒熟藏春坞，花开泛月湖，醉倩人扶。（[湘妃怨]《适意》）

> 卧沧浪一湖水，瞪白眼终朝醉。莽自伤悲，可惜多情泪。鲍落无归，头枕着秋山背。把铁笛空吹，直唤醒天公睡。（[芙蓉花]《感怀》）

> 弄萧疏半窗影，风雪考寒梅性。骨傲神清，叹世上无人省。曲体幽情，索与你安排定。带月连冰，好移向蓬莱境。（前调《惜梅》）

这些曲子，意境清雅，骨气俊健，既有元散曲中张、乔一派的雅致，又有冯海粟的高格。但细细品味，其字里行间却隐含着一种铮铮傲骨，一种傲岸的寒梅心性，一种把兴亡付醉乡的无奈情怀！这既与元人绝望于仕途后彻底放脱的潇洒大有差异，也与元人心怀牢骚愤懑的抑郁感伤迥然不同。元人的放脱有一种轻松愉快，又陵曲中分明深蕴着令人一寒彻骨的抑郁悲凉！元人的牢骚一发则无比淋漓痛快，又陵之曲的抑郁感怀却一如寒梅的"曲体幽情"。其欲言又不能畅言的抑郁，其底蕴正是黍离悲怀，如果说《万古愁》一类曲子是放声长号，这些作品便是悲声内咽，潜气内转了。

在清初，另如沈永隆（1606—1667）的《甲申除夕咏》和《甲申作》，宋存标的《咏燕》、《咏莺》、《咏雁》等，都直接或间接地表现了作者的亡国悲感。

二、清初传统题材的变化:沈谦、朱彝尊等

在清初的曲坛,一方面是黍离悲歌的产生与变奏,另一方面则是传统题材的变化:首先,在散曲传统的大宗题材中,叹世、归隐之曲已大大减少,而恋情、写景则较盛行,窥其原因,不外乎叹世、归隐之曲免不了要涉及时世,发泄牢骚,这在文禁严厉的清初,最容易惹来麻烦,因此,这两类题材就少有人作了。其次,就比较盛行的恋情、写景之曲来看,因为清初曲家黍离悲情的广泛渗透,恋情中已少有从前的调笑戏谑,更多的是相思悲苦;写景中已无昔日的恬淡闲适,而多展示外在景观。故沈谦、朱彝尊等人虽恋情写景的题材貌似复古,但情感内蕴实有很大的变化。

沈谦(1620—1670),字去矜,别号研雪子,浙江仁和(今杭州)人。少颖慧,崇祯十五年(1642)补县学生员。明亡,以医为业,绝口不谈时事。他诗文词曲俱工,尤精于音韵、戏曲。与陈子龙、毛稚黄等合称"西泠十子"。所著有《东江诗抄》、《词谱》、《南曲谱》等,另有《庄生鼓盆》杂剧,《兴福宫》、《美唐风》等传奇。散曲见《东江别集》,存小令75首,套数20篇。

沈谦南北曲兼作,于恋情、写景、旅怀、悼亡等均有涉历,但以恋情为主,且多写相思怀人的苦情悲怨。如:

> 人间恨,天上影,你团圆照咱孤另。助凄凉雁儿三四声,小楼西夜阑人静。([落梅风]《对月感怀》)
>
> 为你十场害,拼着一个死,病淹煎没人伏侍。不是他反教咱将性使,倒不如只身独自。(前调《病中》)

此类曲子直接着笔于人物内心情怀,有时也以环境映衬,把闺中女子的孤苦寂寞表现得相当突出。其直叙白描的手法,质朴本色的语言,使得这些曲子曲味较浓,与元曲中豪放一派为近。这表现了

沈氏北曲的特点。

如果说沈氏的北曲近于元，那么他的南曲则近于明，特别与沈璟等人的作风近似：一是多集曲，短短一首小令，有时集三四曲为之，有时几乎一句一换调；二是多翻改，不仅翻改元明之曲，有时也翻改唐宋之词。如：

> （山坡羊）夜溶溶亭皋闲步，过清明却伤春暮。雨声儿东风抵拦，看朦胧淡月云来去。（月儿高）桃李含烟，微香暗偷度。（五更转）秋千上似有人低低语，芳心一寸，一寸成千缕。天上人间没安排处！（[南商调·山坡月儿转]《春夜谱李后主诗余》）

像此类作品，虽然也表现出翻改的技巧，但终归是在音乐和文字方面的一种游戏而已。

沈氏是有一定民族气节的人，但却醉心于恋情相思的传统题材，艺术上又多蹈袭元明曲家故辙，看来不过是面对现实的无奈，借曲艺消磨壮志而已。沈氏也有少许较有创意的作品，如[南仙吕入双调·江头金桂]《孤山吊小青墓作》：

> （五马江儿水）青山夕照，芳魂何处招？只见寒烟碧树，乱水斜桥，嫩桃花风外飘。（金字令）想着你听雨无聊，临波独笑。直弄得红啼绿怨，翠减香消，今来教人空泪抛！（桂枝香）怪苍天恁狠！生他才貌，将他罗唣。漫心焦，如今几个怜文采，只是卿卿没下梢！

此首集曲的前两段先用象征寓意，以凄景映衬悲情，烘托出才女冯小青被无辜折磨而不幸夭折的凄凉，并追忆这位才女生前被幽闭西湖的悲苦与不幸，最后对她寄予无限同情，全篇闪耀着人道主义的光芒。前面情景交融，凄凉无限！后面直抒胸臆，感慨深沉！前后却又浑然天成，是明清人集曲中少有的佳作。

　　朱彝尊为浙西词派创始人,诗与王士禛称南北两大宗。其散曲有《曝书亭词集》后所附《叶儿乐府》,存小令 50 余首。朱氏之曲多写山水名胜,其写江浙一带名胜风景的便有[一半儿]25 首。这些小令中所写多清雅秀美之境,如《九峰》一首:

　　　　一峰低映一峰高,十里沙连十里桥,曾记小船迎晚潮。冷萧萧,一半儿芦花一半儿草。

其词句雅炼,词味较浓,与张可久等清丽一派为近。不过,作者对所写之景,多采取冷静客观态度,既无借景抒怀的深沉寄寓,也少有闲适之情的畅快抒发,所以,比起张可久等元人之曲来,就显得缺乏丰厚的蕴涵了。

　　朱氏还对官场中的权谋机诈和争名夺利多有揭露讽刺。如:

　　　　野狐涎笑口,蜜蜂尾甜头。人生何苦斗机谋? 得抽身便抽。散文章敌不过时髦手,钝舌根念不出摩登咒,穷骨相封不到富民侯。老先生去休! ([醉太平])
　　　　瞎儿放马,纸虎张牙。寒号虫时到口吱喳,尽由他自夸。假词章赚得长门价,老面皮写入瀛洲画,秃头发簪了上林花。被旁人笑杀! (前调)

这两支小令对那些投机钻营者的伪善面目,招摇撞骗者的卑劣丑态给予了辛辣的嘲讽。如此犀利的笔触和强烈的憎恶态度,在清初的散曲中是少有的。其揶揄嘲讽的谐趣,通俗活泼、圆转流畅的语言,酣畅淋漓的气势,都与元陈草庵、张养浩等豪放派曲家的作风为近。

　　朱氏还有一些歌咏隐逸的曲子,如:

　　　　半湖山采樵夫,百步桥边垂钓徒,三家村里耕田父。这生涯都不苦,要归与只便归与。锦屏风苍崖红树,白雪滩金斋玉

鲈,绿杨湾赤米青菰。([水仙子])

叹世和归隐,在散曲中历来是孪生而出,这些曲子的豪放潇洒,与元张养浩归隐云庄后的同类题材的风格极其相似。

总的来看,朱氏之曲涉题较广,风格亦较为多样,且几乎全为北曲,从题材内容到体式风格都表现出向元曲的复归,不过,因为时代环境和个人的经历已与元人有较大差异,元人彻底放脱的畅快和遭受压抑的愤懑,朱氏是不可能有的,故其曲中所蕴涵的感情,也就无复元人之深刻了。

除上述诸人以外,另如尤侗(1618—1740)的写闺情旅思,毛莹写青楼女子的不幸遭遇等,也多有可观。

第二节　清中叶散曲创作的纷零不振

随着清朝统治的巩固和"康乾盛世"的到来,以及那些誓不与新朝合作的遗老遗少们的谢世,蕴藏于汉族文人心底的反清复明意识也就渐渐淡薄以至消失,清初曲家亡国之痛的悲怆也就渐渐被一己命运的感伤所取代,清代散曲的情感底蕴日渐浅薄。更有甚者,康、乾以后,传统学术文化全面复兴,乾、嘉考据之风盛行,文人对"经世致用"之学甚为重视,或醉心于科举时文,或用力于文史研究,大多数人才情得以施展,失志之士,较元明为少;而清代文网严密,文人因言获祸者不少,不再如元明文人的放言无惮,而一向被失意文人用着发泄牢骚、讽刺时事的散曲文学便受到了冷落,曲学多被视为"小道末技",问津者寥寥,因此,染指于散曲创作者也就大大减少,其存曲既少,佳作亦不多见。虽然一些或尚奇求新、或清雅复古、或豪放本真的曲家也有一些可观的曲作,但总体上没有可与元明比肩的作家,也没能形成有影响的流派,所呈现的是一种无主流的纷零局面,其衰落的颓势,已无可挽回。

一、尚奇求新的曲家:金农、郑燮、徐大椿

在清中叶,散曲创作虽然整体上衰落不振,但其中一些傲世尚奇、求新求变的曲家如金农、郑燮、徐大椿等却写了一些较为优秀的散曲作品,仿佛一片沼泽中的几泓清流,虽然无复长江大河的波澜壮阔,但也不失自身的旖旎风光。

金农(1687—1764),字寿门,号冬心,别号稽留山民、曲江外史、之江钓师等,浙江钱塘(今杭州)人。不屑仕进,长期客居扬州。与同时画家罗聘、郑燮等并称"扬州八怪"。著有《冬心集》。其散曲今存 50 余首,全为自度曲,清新秀丽,不落俗套。

冬心的自度曲,有不少为题画而作,作者往往借题画写其遗气高怀,如《题秋江泛月图》:

> 小艇空江,一人清彻骨,恍游冰阙,弄此古时月。管领秋光,平分秋色。便坐到天明,不归也得。

其人其境,高雅绝俗,清气逼人。虽名为题画,但分明是自咏孤高,那"清彻骨",且"坐到天明""不归也得"的"一人",无疑便是作者自己的化身。又如《题自写曲江外史小像》:

> 对镜濡毫,自写侧身小像。掉头独往,免得折腰向人俯仰。天留老眼看煞隔江山,漫拖着一条藤杖。若问当年,无边风月,曾为五湖长。

如果说前曲还仅仅是以画境暗示高怀,此曲在自画像的题词中明言"免得折腰向人俯仰",其清高之怀便表露无遗了。

冬心的自度曲中还有一些咏物之曲,也饶有寄慨,如:

> 莫轻折,上有刺。伤人手,莫可治,从来花面毒如此!

（《蔷薇》）

　　　楚山叠翠，楚水争流，有幽兰生长芳洲。仙枝骈穗，占住十分秋。无人问，国香零落抱香愁，岂肯同葱同蒜，去卖街头！
（《秋兰词》）

前曲咏蔷薇的妖艳而毒，后曲咏秋兰的孤高绝俗，均属有感而发。

　　冬心的自度曲涉题较广，除上述题画咏物而外，其记游如《忆枞阳道中看月》、写送别如《送远曲》等也都是出色之作。

　　冬心的自度曲，既不因袭南北旧调，也不重复传统题材，而依所咏题目随心所欲地写去，这在曲史上是绝无仅有的特例，由此一端，可见其傲世绝俗，好奇尚异的个性。其曲风自然真率，一无铅华，就如同其画风的古雅朴拙，但内里却蕴涵着一种灵心秀气，给人一种清新秀丽之感，这与某些用华艳的辞藻掩盖着一种陈腐气的作品，便有天壤之别了。在清代的曲坛上，金农是独树一帜的。

　　郑燮出身贫寒，早年在扬州以卖画为生。后应试为康熙秀才、雍正举人、乾隆进士。曾任山东范县、潍县知县，有政声。后辞官居扬州卖字画，是"扬州八怪"中最为人熟知的一位。板桥擅兰竹，名播中外；自创"六分半书"，熔真、草、篆、隶于一炉；其诗清灵秀雅，富有个性；人称其诗、书、画为"三绝"。著有《板桥集》，散曲存有《道情》10首，质朴率真，别具一格，为人所称。

　　散曲中"道情"一体又称"黄冠体"，元明人已有作。《太和正音谱》云："黄冠体：神游广漠，寄情太虚，有餐霞服日之思，名曰'道情'。""道情"作为流传于民间的一种曲艺，用渔鼓和笛板伴奏，故而有的地方又称"渔鼓"。板桥所作"道情"，既有对"餐霞服日"的渔樵生活的向往，也有对历史兴亡的感慨和对迷恋功名富贵的劝戒。他改进了道情的形式，其曲前有开场，后有尾声。其开场白极其诙谐："自家板桥道人是也。我先世元和公公，流落人间，教歌度曲。

我如今也谱得'道情'十首,无非唤醒痴聋,销除烦恼。每到山青水绿之处,聊以自遣自歌;若遇争名夺利之场,正好觉人觉世。这也是风流世业,措大生涯。不免将来请教诸公,以当一笑。"

在他的《道情》中,写渔樵乐山乐水之闲适者,如:

> 老渔翁,一钓竿,靠山崖,傍水湾,扁舟来往无牵绊。沙鸥点点清波远,荻港萧萧白昼寒,高歌一曲斜阳晚。一霎时波摇金影,蓦抬头月上东山。

以浅白之语,写闲适之境、高雅之怀,颇有元人张、乔等人的清丽之风。其感叹历史兴亡者,如:

> 邈唐虞,远夏殷。卷宗周,入暴秦。争雄七国相兼并。文章两汉空陈迹,金粉南朝总废尘,李唐赵宋慌忙尽。最可叹龙盘虎踞,尽消磨《燕子》、《春灯》。

此曲虽从远古顺次叙来,并带有虚无主义色彩,但结穴到篇末"最可叹"二句,则重在感叹明朝的灭亡,仍潜涵着一种难言的黍离悲怀。其劝戒迷恋富贵功名者,如:

> 老书生,白屋中,说黄虞,道古风。许多后辈高科中,门前仆从雄如虎,陌上旌旗去似龙,一朝势落成春梦。倒不如蓬门僻巷,教几个小小蒙童。

作者把"高科中"的后辈同"白屋中"的"老书生"作了对比,否定了前者炙手可热的气势声威,表现了自己乐道甘贫的人生理想。这些感叹和劝谏的内容,虽然都是元明曲家的老生常谈,乍看并不新奇,但联系其生平作知人论世的品玩,仍觉其颇有韵味。

徐大椿(1693—1772),字灵胎,晚号洄溪老人,江苏吴江人。博学多才,星经、地志、水利等均有涉历,尤精于医学,因弃儒从医。

又通晓音律,著有《乐府传声》。长于度曲,著有《洄溪道情》1 卷,
存曲 39 首。其内容除了道情中常见内容外,还有吊祭、赠答、题跋
等等。其中最引人注目者是讽刺世情积弊和人事恶习,如甚为流
传的《时文叹》:

> 读书人,最不济,烂时文烂入泥。国家本为求才计,谁知
> 道变作了欺人计。三句承题,两句破题,摆尾摇头,便是圣门
> 高第。可知道《三通》、《四史》是何等文字,汉祖、唐宗是那朝
> 皇帝。案头放高头讲章,店里买新科利器。读得来肩背高低,
> 口角嘘唏,甘蔗渣儿嚼了又嚼有何滋味? 辜负光阴,白白昏迷
> 一世。就叫他骗得高官,也是百姓朝廷的晦气。

此曲对醉心功名的举子只知读"圣贤书"而无实际知识的状况进
行了辛辣的嘲讽,也批判了科举制度本身的弊端。本曲与蒲松龄
的[九转货郎儿],都是指斥科举之弊的,也都是清散曲中非常难
得的具有强烈现实性的佳篇。任中敏曾在《散曲概论·派别》中
将徐氏之"道情"与郑板桥之"道情"作了比较,认为:"郑氏之作,
所警醒顽俗者,不过勿贪富贵功名而已,道家之套语也。若徐氏所
警者,乃世情积弊,人事恶习,敢言他人所未尝言,他人所不敢言
者,乃于世道人心,颇有感化作用之文字,非等闲俚唱可比,自足另
成一派。"就艺术表现而言,徐氏之道情质朴本色,能摆脱陈言俗
套,给人新鲜之感,可谓深得通俗文学之精髓。

二、清雅复古的曲家:厉鹗、吴锡麒等

　　清中叶厉鹗、吴锡麒等略有声名的曲家,其存作亦不过数十
首,与清初朱彝尊等人一样,虽然形貌上复归于元曲的清丽一流,
但情感内蕴却远不如元曲的醇厚丰满,情趣上更少其灵动活泼。
与清代诗文词的复古相比,散曲的复古并不成功,元曲的风韵,是
无法重复的。

厉鹗是浙西词派的重要代表,存北曲小令81首。他是继朱彝尊之后的又一清雅曲家。他有不少曲子写人世沧桑之感,如:

> 仙山回磴重,酒楼空翠中。霜落千门树,风清十庙钟。夕阳东,越王何在?鸦翻江上峰。([后庭花]《冬日同江声登吴山》)

> 支瘦筇,访城东,板桥夕阳依旧红。名士词工,狎客歌终,醉卧锦胭丛。闲愁埋向其中,温柔老却吴侬。香消南国尽,花落后庭空。风,吹梦去无踪。([柳营曲]《寻秦淮旧院遗址》)

前后两曲分别以群鸦翻飞和“香消”“花落”衬托荒凉衰煞之景,借以感叹前朝繁华已杳无踪迹,在人世沧桑之感中蕴涵着无尽的凄凉与落寞。前曲之凝练庄雅,颇近于诗;后曲之骚雅空灵,又同于词。任中敏《散曲概论·派别》谓厉鹗之曲“一味崇雅,虽未得元人真味,要得雅之真味,成所谓词人之曲”,是较为中肯的。

厉鹗除了大部分“词人之曲”,也还有一些小令保持了曲的韵味,如:

> 问先生底事穷愁?放浪形骸,笑傲王侯。不隐终南,不官彭泽,不访丹丘。搔白发三千丈在手,算明年六十岁平头。天许奇游,弄月蛟门,看雨龙湫。([折桂令]《述怀》)

> 写秋思,芭蕉叶叶竹枝枝。南湖风雨凉何自?潘鬓成丝。虫声唱鬼诗,雁影排人字,凤纸书仙事。余香灭后,幽梦回时。([殿前欢]《秋思用张小山春思韵》)

前曲直抒放浪情怀,爽朗透辟,有元人豪放之风;后曲写秋夜幽思,把“潘鬓”、“风雨”、“虫声”、“雁影”等主、客体形象交融成凄凉的意境,借以抒发怀才不遇的悲愁,与小山清丽曲风为近。

吴锡麒(1746—1818),字圣征,号穀人,别署东皋生,钱塘(今浙江杭州)人。乾隆四十年(1775)进士,改庶吉士,授翰林院编修,累官国子监祭酒。晚年寓居扬州,历主东仪、梅花、安定、乐仪等书院讲席。吴氏工骈体,善词曲,是浙西词派的殿军。其著有《正味斋集》和《渔家傲》传奇等。散曲今存小令71首,套数13篇。

吴氏之曲,多写欣赏自然风光的闲情和吊古伤怀的幽思,其曲风近于朱彝尊、厉鹗等人的清雅。其写欣赏自然风光者,如:

> 听田呕水乡最宜,鸣秧鼓梅天新霁。转桑阴时看笠敧,立草泥不嫌脚腻。这边抛,那边接,井字排,针尖簇,绿混东西。风来暗长,雨来更肥。娇儿比一般田稚,煞费栽培。([南仙吕·掉角儿序]《吴兴道中观插秧者》)

> 红过桃花雪一场,蓦吹来风更香,坐围野榼隔溪望。布黄金界出祇园广,涌黄云显得田屯旺。鹅儿壳脱新,蜂儿翅扇忙。但酒波和著花光荡,浑不信有斜阳。([油葫芦]《北郭外观菜花》)

前曲写农民插秧情景。春种秋收,都是农夫极辛苦的事,作者对之有"煞费栽培"的同情,但更多的却是表现出一种观赏的愉快。后曲就更是写观赏菜花时的闲适心情。作者没有像传统的隐逸散曲那样直言放情自然山水的恬淡闲适,其怡然闲雅只是在环境和景物的描写中得以自然流露,这就显然是词的蕴藉而内敛的表达方式了。

吴氏写吊古伤怀的曲子尤多,如《一舸》、《虞兮》、《出塞》、《归国》、《当垆》、《堕楼》、《骊山》、《虎丘》、《秦淮》等等。滋引二首如下:

> 西风吹白纻,歌罢人何处?莫道功成,肯逐鸱夷去,算回头只有烟波路。吴苑千秋,花也愁无主;越客千丝,网也兜难住。剩相思石上苔无数。([南商调·梧桐树]《一舸》)

> 流云忽遁,秋星两点,照入花疏。隔花隐隐闻私语,天上

欢娱。骇羯鼓渔洋响初,感琵琶天宝弹余。招魂路,黄昏古驿,冷雨一铃呼。([满庭芳]《骊山》)

前曲吊咏西施与范蠡的爱情悲剧,用男欢女爱的题材写"鸟尽弓藏"的悲感,可谓寄慨遥深;后曲歌咏李隆基与杨贵妃的悲欢离合,在冷热对比中蕴涵无穷遗恨,仿佛白居易一篇《长恨歌》的浓缩。总之,作者的悲恨情怀是在意象的展现中流露出来的,读者是在由意象到意境的结构整合中领略的,这很显然是词人之曲而非曲家之曲了。

在清中叶偏于清雅一流的曲家中,还有凌廷堪(1755—1809)、王景文(嘉庆十五年举人)、许光治(1811—1855)等,或言情,或写景,也都有一些较为可观的作品。如:

> 郎言多赣,娘言多诟,两般儿都在奴心上。费思量,费推详,未能排解翻惆怅,男儿运来当自强。娘,休笑郎;郎,休怨娘。(凌廷堪[山坡羊]《嘲人笑乔梦符》)

> 我登高百尺层楼,手搁沧溟,目瞰神州。一任尔赋似班张,诗如李杜,文如韩欧。傥不得朱衣相就,究何殊白璧空投。好酌轻瓯,静对群鸥。一带沙洲,几只渔舟。(王景文[折桂令]《登望有感》)

> 绿阴野港,黄云陇亩,红雨村庄。东风归去春无恙,未了蚕忙。连日提笼采桑,几时荷锸栽秧?连枷响,田塍夕阳,打豆好时光。(许光治[满庭芳])

凌曲言少妇情怀,以白话口语表现一个民间小媳妇的两难处境,人物形象活脱如生;王曲抒怀才不遇之叹,感慨深沉,以对偶句一气呵成,气势酣畅;许曲写江南田园风景,前半着色富艳,后半简洁朴素,总体上清新可喜。

三、豪放本真的曲家:黄图珌、赵庆熺等

与厉鹗、吴锡麒等人的偏于清雅相对,黄图珌、赵庆熺等人则偏于豪放,虽无元人的浑厚丰宏,但一种"本真"差可近之。

黄图珌(1700—1771),字容之,号守真子,别署蕉窗居士,峰泖(今上海松江)人。雍正六年(1728)入都谒选,分守杭州,不久移衢州。迁河南卫辉知府。善诗词,喜作曲。有《看山阁集》,并有《雷峰塔》、《楼云石》、《百宝箱》等传奇7种,合称《排闷斋传奇》。其散曲存南曲小令90首。

黄氏之曲,虽尽为南调,但其风味却几乎全类北曲,表现出清中叶后南北曲归于一体的时代风尚。黄氏的小令,又篇篇都用集曲,而且差不多每篇之前都有序文,有不少序文词句精美,与曲文相得益彰。黄氏的小令,多为言情、赏景之作。其言情之作多为"闺情",难出前人窠臼,其最佳者为赏景之作。黄氏无论对春花秋月的爱赏,还是对自然山水的怜惜,都投入了一怀真情,如他的[南南吕·花溪月]《酬月》的怜赏夜月:

> (梅花塘)夜深也,只因贪看花溪月。春色自奢华,月色偏清洁。(浣溪沙)花下逢,杯中接,这是古今来最多情者。(秋夜月)愁常有圆缺,喜从无离别。

曲前有小序云:"山庄之西有花溪一曲,桃红李白,争娇斗丽,夹于岸旁,疑是两行红粉,笑舞风前。主人尝于此垂钓,余醉游其间,迷不知径。但山溪水萦纡,桃李灼烁,一轮金镜又早横空相照,留连不舍久之。小童促曰:'月将斜矣,尚可恋乎?'已而,寻径而归,万顷玻璃,几已踹破其半矣。乃制[花溪月]一章,歌以酬之。"作者陶醉于花光月色之中,视春花为红粉佳人,更视月色为"古来最多情"美女,故作曲以酬,其眷恋深情,溢于言表。

又如[南商调·花落满园]《送春》的悼惜春残:

　　(梧桐花)雨初晴,风犹烈。落花儿复满前溪,把碧流染得红如血。吊不转芳魂一片,愁杀了蜂和蝶。(满园春)离情切,离情切,且求一醉从头说。和伊家作一年别,岂不痛杀人也邪！岂不苦杀人也邪！你可曾知？你可曾闻？重思再想,只落得悄临风目瞪痴呆。

虽全是明言直说,但有一怀痴情,故仍能感动人心！

　　另如[南仙吕入双调·夜潮月一江]《观潮》的欣赏钱塘江潮:

　　(夜行船序)一线雷声,顷刻间出幽冥,卷起了怒涛千顷。把这一轮月,幻做了江海燃无数的琉璃之灯。(三月海棠)愤不了伍相孤忠成泡影,重不了钱王声价随潮盛。(江儿水)天教他特壮吴山名胜。满目里秋水长天,维有那月色江声交并。

此曲从高远处取景,又巧妙地融进伍子胥和吴越王的典故,展示出星月交辉、水天一色的壮阔境界,其气势恢宏,震撼人心。

　　凭以上几曲,已可领略黄曲风范,应该说,在清中叶的曲坛上,像黄曲这样写得自然健朗,深情贯注,而且又富有曲味的人,是不多见的。他对自然美景的一往情深,以及他豪放而遒劲的曲风,都与元人张养浩等较为接近。不同的是,元人之景景大多是为了忘忧,黄氏之赏景则纯是为着娱情,故黄氏之曲表现了一种更为实在的审美愉悦,既不像元人那样隐含着一种愤世嫉俗的内蕴,又不像清中叶有些清雅曲家那样“清空”而朦胧,他是实实在在地表现出一种“本真”。他在[南越调·桃柳满江头]《放浪歌》序中曾说:“余生平颇乐闲旷,深恶拘泥,知必尽言,饮必求醉。”“脂粉风流,不碍须眉气象,人皆所好,我见亦怜,由是乐之不能倦也。”读其曲,观其言,就知道他是怎样一个任情任真的人了。

　　赵庆熺(1792—1847),字秋舲,仁和(今浙江杭州)人。道光二年(1822)进士,曾任金华府教授。著有《蘅香馆诗稿》、《楚游草》等,其词、曲存有《香消酒醒词》及《香消酒醒曲》各一卷,存小令9首,套数11篇。

在清中叶后期,赵氏虽存曲无多,但以长于言情而为人注目,任中敏《散曲概论·派别》谓"清代散曲之有赵,犹明代之有施,虽局面较狭,而文字恰到曲之好处,非此不足以存曲体之真价矣"。其言情之小令如:

> 鸦雏年纪好韶华,碧玉生成是小家,挽个青丝插朵花。鬌双丫,一半儿矜严一半儿耍。([一半儿]《偶成》)

> 等得还家,淡月刚刚上碧纱。亲手递杯茶,软语呼名骂。他,只自眼昏花,脚踪儿乱蹦。问着些儿,半晌无回话,偏生要靠住侬身似柳斜。([南中吕·驻云飞]《沉醉》)

前曲写一位既矜持又活泼的少女,形象活脱如生;后曲写妻子对醉酒归来的丈夫既疼爱又气恼,情景鲜明如画;其生动谐趣之美,不亚元人。其言情之套数,如[南商调·黄莺儿]《拜月》:

> ……
> [琥珀猫儿坠]夜深人静,小语骤呼娘。问您的传来窃药方,长生何处捣琼浆?迷藏,不信那奔月梯儿,万丈长。
> [前腔]夜深人静,小语漫呼郎。缟袂凭肩白似霜,弓弓站立小鞋帮。提防,须识那伶俐鬟儿,窃听回廊。 [前腔]愿侬月里,作个小寒簧。管领仙班法曲商,紫云一曲舞《霓裳》。商量,还要把蟾影无单,兔影成双。 [前腔]愿郎月里,作个小吴刚。偷研清虚桂树香,手擎玉斧跨虹梁。推详,还要似蟾恋瑶宫,兔恋银缸。 [尾声]铜壶漏箭丁冬响,早罗袖抬风玉指凉,兀自呆看那花影重重绣粉墙。

此套叙少女对明月话心曲。前半4曲[黄莺儿]是环境的展示和女主人公烧香拜月的行动描写,这里所引后半4曲[琥珀猫儿坠]

叙述少女的心理活动:她幻想像嫦娥一样飞升月宫,与情郎一起过幸福美满的生活。全套抒情细腻,写景清幽,一向被人认为是写拜月曲中的上乘之作。

　　总的来看,赵氏之曲新鲜活泼,曲味浓郁,与前述黄氏之曲正可相互比美,一写景,一言情,二者各擅胜场,可谓清中叶曲坛上豪放曲家中的双星。除黄、赵二人外,还有王庆澜(1737—? 字安之)、孔广林(1746—1814 后,字从伯),也是豪放一流中值得注意的作家。

第三节　晚清散曲的式微

　　清代散曲自中叶以来便纷零不振,到了晚清,就更是如强弩之末了。这时的作者,受人关注者如杨恩寿、易顺鼎等人,所存散曲不过零星几首,其他则更可想见。总之,晚清散曲基本上是无家数可言的。在现存的散曲作品中,最多的是题咏之作,散曲由抒写失意者的心中之情,变成了歌咏丹青手的画中之境,散曲的灵光机趣,终于消失。这时,稍有新意的是一些生平不详的作者所写的揭示鸦片之祸的劝世曲。

一、凌丹陛等人的劝世曲

　　清末鸦片之祸,使国人深受其害,一些曲家用散曲来揭示鸦片的危害,并劝勉世人戒除鸦片,表现出了唤醒世道人心的热望。这些曲家有凌丹陛、隐忧子、半觉子、黄荔等。凌丹陛和隐忧子各存小令 24 首,半觉子存小令 10 首,黄荔存套数 1 篇。他们的作品,内容大体一致,都是揭露和控诉列强倾销鸦片对国人的毒害,并尖锐地讽刺那些瘾君子的可悲下场,热切地希望人们能迷途知返。如凌丹陛的[南商调·黄莺儿]《鸦片烟词》揭露鸦片的来源和危害云:

　　　　大土外洋来,那兰州、也会栽,栽烟得利家家赛。罂粟花
　　开,贩土来哉,明知毒药人争买。费疑猜,听人传说,中有死
　　尸骸。

"大土"(鸦片)自"外洋"而来,祸起列强可知;国人"明知毒药"而
争买,其愚昧实在可叹;而"中有死尸骸",其结局实在可悲!作者
描写了那些瘾君子"初食为开心,到后来假变真"的不知不觉,上
瘾后还"逢人尚辩咱无瘾"的自欺欺人,以及他们"不消几日",便
"肌骨瘦凌嶒"的可悲下场。作者还揭露了鸦片的破败家业:

　　　　可叹富家郎,更趋时、没主张,无端上了终身当。何必赌
　　场,何必宿娼,管教断送洋烟上。不思量,油灯一盏,烧得尽
　　田庄。

辛辣地讽刺了那些烟鬼的各种丑态:

　　　　习气染闺房,本良家、学贱娼,蓬头垢面眠长炕。不理梳
　　妆,不问家常,妇工妇德都休讲。更荒唐,姑郎小叔,一样共
　　烟床。
　　　　穷极没人怜,受凄凉、为吃烟,亲朋怕鬼难相见。面目堪
　　嫌,廉耻都捐,狗偷鼠窃俱难免。不羞惭,牵连妻女,卖笑倚
　　门前。

抽吸鸦片,不但伤身败业,而且殃及人伦,其为祸之烈,可想而知。
有感于鸦片的巨大危害,作者奉劝世人说:"为什来由,罗网轻投,
思量好处全无有。劝君休,光阴易逝,发很早回头。"
　　隐忧子、半觉子和黄荔的曲作,其内容与凌丹陛大同小异。隐
忧子的24首[黄莺儿]小令,从嗜烟之人"失品行"、"制烟具"、"遣
愁闷"等写起,全面揭露了吸鸦片使人"改昼夜"、"换面目"、"变性
情"、"坏心术"、"造谣言"、"勾嫖赌"、"染妻妾"、"混男女"、"慢朋

友”、"误功名"、"艰子嗣"、"忤长上"、"败田宅"、"乖骨肉"、"丧廉耻"、"受窘辱"、"卖妻子"等种种危害,最后劝人要立志改邪归正。半觉子的10首[黄莺儿]也是极力劝人戒烟,他用形象的比喻,说"烟具如刀,烟馆如牢",恳切地希望人们"改过回头","急须细想抽身早"。黄荔的[新水令]《鸦片词》在揭露鸦片的种种祸害后,更从民族尊严着眼劝人迷途知返,如最末[鸳鸯煞]曲云:

> 聪明人反睡糊涂觉,中华人反被英夷笑。甚日脱金绦,枪儿丢,盘儿坏,签儿撩。煞板儿打得俏,迷途儿回头得早。鬼门关霹然打破,做一个狠英雄,把这张倒头灯吹灭了。

这些劝人戒烟的曲家虽然都不甚知名,但其悲天悯人的情怀可佳,值得肯定。他们的作品语言通俗,注重用事实说话,且具有鲜明的时代色彩,是晚清散曲中的佳品。

二、杨恩寿、易顺鼎等末世曲家

杨恩寿(1834—1891),字鹤俦,号蓬海,又号坦园,别署蓬道人,湖南长沙人。同治九年(1870)举人,光绪初授盐运使,迁湖北候补知府。历年游幕滇、黔。善制曲,有《坦园六种曲》,戏曲论著有《词余丛话》、《续词余丛话》,散曲有《坦园词余》,存小令1首,套数10篇。

坦园之曲,亦多题咏之作,但其可贵之处,在于能借题发挥以指斥时弊。如他的[南北双调合套]《题钟馗拥妾锯坐小鬼唱曲图》,便是借钟馗依仗特权而寻欢作乐,尖锐地揭露和讽刺现实社会中的滥官污吏。

……

> [折桂令北]记当初嫩年华短发飘萧,摘句寻章,诗癖文妖。历风檐烛尽三条,一道文光贯斗杓。试春官抽毫打稿,宴曲江

曳帔扬鑣。准拿定上了云霄,辞了蓬蒿。一霎时红杏绿衣,倒做了凤泊鸾飘。　　　[江儿水南]古鬼堪为伴,山魈待解嘲。鬼乜斜幻出如花貌,赤发卷会订金兰好,蓝面相可鼓同心调。一任那木客胡妖,亏的闾赴阴司,陪着老阎罗谈笑。　　　[雁儿落带得胜令北]今日个退冰衔暑气消,说什么闹么么时局扰。那管他抱枯枝魑魅号,那管他踞城堞狐狸跳。但征歌吹残碧玉箫,但索醉稳睡风流觉。笥便便皤腹没人嘲,意孜孜拍手临风笑。朝朝,倚荷囊隐纱帽;宵宵,伴红装扇绿蕉。
　　……

　　作者在[折桂令]一曲中揭穿了钟馗的老底,他原来不过是一"寻章摘句,诗癖文妖"的腐儒,自以为可身登高第,"上了云霄,辞了蓬蒿",结果却名落孙山,"倒做了凤泊鸾飘"。后来因在阴司里"陪着老阎罗谈笑",攀上高枝,于是在鬼世界中"稳睡风流觉",但从此忘记了自己驱邪的职责,只知道"伴红装扇绿蕉",既不管"魑魅号",也不管"狐狸跳"了。作者表面上说的是钟馗,但笔锋所向,是腐朽黑暗的官场,是令人鄙恶的滥官污吏。
　　坦园的散曲,不仅具有现实意义,而且艺术上也较为质朴老辣,曲味较浓。他还特别喜欢运用韵脚的重叠来增强曲的旋律美,使之更具有曲体的韵味。如[南越调·黑麻令]《送别》:

　　　猛吹起胡笳塞笳,恰正好风斜雨斜,最凄清霜葭露葭。送行人南浦依依,莽前程烟遮雾遮,望不见人家酒家,尽相对长嗟短嗟。只够着半日勾留,才悟透尘海团沙。　　　[前腔]料理着渔叉画叉,寻君到山涯水涯,隔断了喧哗市哗。饱看够清爽秋光,闹喳喳朝鸦暮鸦,冷清清芦花荻花,重叠叠鲍瓜枣瓜。会编就一套曲儿,付与那一面琵琶。

前曲写送别时清冷的环境氛围,后曲叙寂寞的别后情怀。全曲情景交融,在别情中融会着出世情绪。其中不少句子都重复韵脚,显出跌荡多姿而富有咏叹味的旋律美来,这种为曲所特有的"文字游戏",坦园是做得很成功的。

易顺鼎(1858—1920),字实甫,又字仲硕、中实,号眉伽,又号哭庵,湖南龙阳(今汉寿)人。幼有"神童"之称。光绪三年(1877)举人,曾分教两湖书院,出为广西右江道、广东钦廉道。诗词骈文俱工,与宁乡程颂万、湘乡曾广钧号称"湖南三诗人"。所著诗词甚丰,曲有《南北曲》,存小令7首,套数2篇。其曲仍以题咏为主。他的两首[一半儿]《题〈聊斋志异〉》,表现了他的灼见:

> 凉灯颤雨梦回时,姑妄言之妄听之,纸上墨花浓欲飞。境迷离,一半儿狐仙一半儿鬼。
>
> 灵谈鬼笑任纷挐,笔妙偏从痒处抓,只字不曾饶过他。听无哗,一半儿讥嘲一半儿骂。

"一半儿狐仙一半儿鬼",这是作者对蒲松龄《聊斋志异》内容的概括,但他并不认为此书是无聊地谈狐说鬼,而认为蒲氏是笔挟感愤,"一半儿讥嘲一半儿骂";所以他称誉其"纸上墨花浓欲飞"、赞赏其"笔妙偏从痒处抓"。他算得上是蒲松龄的知音了。

他作于20岁生日的[北中吕·粉蝶儿]套数,颇能表现他的纵横豪气。他以宋玉、陆机等人自比,淋漓酣畅地抒发了自己怀才不遇的苦闷情怀:

> ……
>
> [醉春风]麒麟阁要推翻,鹦鹉洲拼踢倒,元龙楼上置身高。问英雄可也少,少?敲残一百八蒲牢,吟完二十五楚骚,游遍万千重蓬岛。　[迎仙客]泉明酒,禹锡糕,秋到重阳秋又老。雨和风,正厮闹,一事差豪,少个催租恼。　[红绣鞋]新活计笔床茶灶,旧行窝禅榻书巢,愁来悔不一肩挑。

江声今夜桴,草色去年袍,尽留些雪泥爪。　　[普天乐]相当初结客五陵豪,走马千山道。曾过那唐陵汉寝,蜀垒秦壕。也曾上江楼吊六朝,也曾从海市窥三岛。斜街两度踏樱桃,厮赶着好风光燕围莺绕。听凭他鹤谤猿嘲,遮莫放风流白石,独自吹箫。

　　……

那推翻麒麟阁、踢倒鹦鹉洲、置身元龙楼的豪气,真是不可一世!这豪气,缘于身不逢时而怀才不遇的不幸命运,所以,尽管他南北浪游,"游遍万千重蓬岛","走马千山道",也终不能排忧解愁,不过把满怀愁思播满天涯而已。对于这篇套曲,羊春秋说:"真可谓满纸风云气,一腔闲懊恼,完全是才子的笔调,诗人的风骚。"并认为可以把易顺鼎拿来做"晚清散曲的殿军"(见《散曲通论·作家论》)。这被推为殿军的作家,才那么几首散曲,晚清散曲之衰落不振就可以想见了。

　　散曲的回光返照,是在 20 世纪前期,如王季烈、姚华、庄临、于右人、陈栩、周梅初、吴梅、孙为霆、陈翠娜、卢前等,一时南北风行,云蒸霞蔚,其成就相当可观。不过,这已非本书所论述的范围了。

[思考题]

1. 清初散曲有怎样的时代特征?试结合作家作品具体分析。

2. 清中叶散曲创作有哪些带倾向性的作家群体?试结合作品分析其不同特征。

3. 试述晚清散曲的衰落情况。

[主要参考文献]

《全元散曲》 隋树森编 中华书局 1964(后多次重印)

《全明散曲》 谢伯阳编 齐鲁书社 1994

《全清散曲》　凌景埏　谢伯阳编　齐鲁书社 1985

《全元曲》　徐　征　张月中等主编　河北教育出版社 1998

《新校九卷本阳春白雪》　（元）杨朝英编　隋树森校　中华书局 1957

《朝野新声太平乐府》　（元）杨朝英编　隋树森校　中华书局 1958

《梨园按试乐府新声》　（元）无名氏编　隋树森校　中华书局 1958

《词林摘艳》　（明）张禄辑　文学古籍刊行社 1955（影印）

《元曲三百首》　任中敏选编　中华书局 1945（近年有多种注释本）

《元散曲选注》　王季思　洪柏昭等选注　北京出版社 1981

《元散曲选粹》　宁希元等选注　甘肃人民出版社 1985

《元明清散曲选》　王起主编　洪柏昭　谢伯阳选注　人民文学出版社 1988

《元曲鉴赏辞典》　蒋星煜主编　上海辞书出版社 1990

《元明散曲精华》　黄天骥　罗锡诗选注　人民文学出版社 1992

《曲苑观止》　陈邦炎主编　上海古籍出版社 1997

《元散曲经典》　吴新雷　杨栋主编　上海书店 1999

《关汉卿全集校注》　王学奇　吴振清　王静竹校注　河北教育出版社 1988

《白朴戏曲集校注》　王文才校注　人民文学出版社 1984

《贯云石作品辑注》　胥惠民　张云生　杨镰辑注　新疆人民出版社 1986

《马致远散曲校注》　刘益国校注　书目文献出版社 1989

《张可久集校注》　吕薇芬　杨镰校注　浙江古籍出版社 1995

《全元散曲典故辞典》　吕薇芬著　湖北辞书出版社 1985

《元曲释词》　顾学颉　王学奇著　中国社会科学出版社 1983—1990

《元曲百科辞典》　袁世硕主编　山东教育出版社 1989

《元曲百科大辞典》　王　洪　卜键等主编　学苑出版社 1991

《元曲大辞典》　李修生主编　江苏古籍出版社 1995

《中国曲学大辞典》　齐森华等主编　浙江教育出版社 1997

《中原音韵》　（元）周德清著　有《中国古典戏曲论著集成》（中国戏剧出版
　　社 1959）本

《录鬼簿》　（元）钟嗣成著　有《中国古典戏曲论著集成》本

《青楼记笺注》　（元）夏庭芝著　孙崇涛　徐宏图笺注　中国戏剧出版
　　社 1990

《太和正音谱》　（明）朱权著　有《中国古典戏曲论著集成》本

《曲律》（明）王骥德著　有《中国古典戏曲论著集成》本

《曲谱》（又名《钦定曲谱》）（清）王奕清等编　有《四库全书》本

《宋元戏曲考》　王国维著　商务印书馆 1915　（有多种再版本）

《顾曲麈谈》　吴梅著　商务印书馆 1930

《插图本中国文学史》　郑振铎著　商务印书馆 1930（多次重印）

《散曲概论》　任讷（中敏）著　中华书局 1931（在《散曲丛刊》内）

《曲谐》　任中敏著　同上

《中国诗史》　陆侃如　冯沅君著　大江书铺 1931（多次重印）

《元明散曲小史》　梁乙真著　商务印书馆 1934　（1998 年再版）

《曲海扬波》　任中敏辑编　（在《新曲苑》内）中华书局 1940

《元曲家考略》　孙楷第著　上海古籍出版社 1981

《元曲纪事》　王文才编　人民文学出版社 1985

《元人散曲论丛》　隋树森著　齐鲁书社 1986

《中国古代散曲史》　李昌集著　华东师范大学出版社 1991

《散曲通论》　羊春秋著　岳麓书社 1992

《散曲研究与教学》　谢伯阳主编　浙江教育出版社 1992

《元散曲通论》　赵义山著　巴蜀书社 1993

《元曲管窥》　门岿著　天津人民出版社 1993

《中国古典诗歌的晚晖——散曲》　门岿主编　天津古籍出版社 1994

《词乐曲唱》　洛地著　人民音乐出版社 1995

《元曲艺术风格研究》　王星奇著　江苏文艺出版社 1996

《元散曲艺术论》　王毅著　岳麓书社 1997

《中国古代曲学史》　李昌集著　华东师范大学出版社 1997

《元代散曲论丛》　王忠林著　（台湾）文津出版社 1997

《中国散曲学史研究》　杨栋著　高等教育出版社 1998　（续编由山东大学
　　　出版社 1998 出版）

《斜出斋曲论前集》　赵义山著　四川人民出版社 1999